外国文学名著丛书

〔英〕D.H.劳伦斯／著

儿子与情人

陈良廷　刘文澜／译

"外国文学名著丛书"编委会

人民文学出版社

D. H. Lawrence
SONS AND LOVERS
根据英国 Penguin Books，1979 年版译出。

图书在版编目(CIP)数据

儿子与情人/(英)D. H. 劳伦斯著;陈良廷,刘文澜译. —北京:人民文学出版社,2020(2024.1 重印)
(外国文学名著丛书)
ISBN 978-7-02-016135-5

Ⅰ.①儿… Ⅱ.①D…②陈…③刘… Ⅲ.①长篇小说—英国—现代 Ⅳ.①I561.45

中国版本图书馆 CIP 数据核字(2020)第 033108 号

责任编辑　张海香
装帧设计　刘　静
责任印制　王重艺

出版发行　人民文学出版社
社　　址　北京市朝内大街 166 号
邮政编码　100705

印　　刷　河北新华第一印刷有限责任公司
经　　销　全国新华书店等

字　　数　402 千字
开　　本　850 毫米×1168 毫米　1/32
印　　张　19　插页 3
印　　数　8001—11000
版　　次　1987 年 4 月北京第 1 版
印　　次　2024 年 1 月第 3 次印刷

书　　号　978-7-02-016135-5
定　　价　69.00 元

如有印装质量问题，请与本社图书销售中心调换。电话:010-65233595

D.H. 劳伦斯

出版说明

人民文学出版社自一九五一年成立起，就承担起向中国读者介绍优秀外国文学作品的重任。一九五八年，中宣部指示中国科学院文学研究所筹组编委会，组织朱光潜、冯至、戈宝权、叶水夫等三十余位外国文学权威专家，编选三套丛书——"马克思主义文艺理论丛书""外国古典文艺理论丛书""外国古典文学名著丛书"。

人民文学出版社与中国科学院文学研究所，根据"一流的原著、一流的译本、一流的译者"的原则进行翻译和出版工作。一九六四年，中国社会科学院外国文学研究所成立，是中国外国文学的最高研究机构。一九七八年，"外国古典文学名著丛书"更名为"外国文学名著丛书"，至二〇〇〇年完成。这是新中国第一套系统介绍外国文学作品的大型丛书，是外国文学名著翻译的奠基性工程，其作品之多、质量之精、跨度之大，至今仍是中国外国文学出版史上之最，体现了中国外国文学研究界、翻译界和出版界的最高水平。

历经半个多世纪，"外国文学名著丛书"在中国读者中依然以系统性、权威性与普及性著称，但由于时代久远，许多图书在市场上已难见踪影，甚至成为收藏对象，稀缺品种更是一书难求。在中国读者阅读力持续增强的二十一世纪，在世界文明交流互鉴空前频繁的新时代，为满足人民日益增长的美好生活的需要，人民文学出版社决定再度与中国社会科学院外国文学研究所合作，以"网罗经典，格高意远，本色传承"为出发点，优中选优，推陈出新，出版新版"外国文学名著丛书"。

值此新版"外国文学名著丛书"面世之际，人民文学出版社与中国社会科学院外国文学研究所谨向为本丛书做出卓越贡献的翻译家们和热爱外国文学名著的广大读者致以崇高敬意！

"外国文学名著丛书"编委会

二〇一九年三月

编委会名单
(以姓氏笔画为序)

1958—1966

卞之琳	戈宝权	叶水夫	包文棣	冯　至	田德望
朱光潜	孙家晋	孙绳武	陈占元	杨季康	杨周翰
杨宪益	李健吾	罗大冈	金克木	郑效洵	季羡林
闻家驷	钱学熙	钱锺书	楼适夷	蒯斯曛	蔡　仪

1978—2001

卞之琳	巴　金	戈宝权	叶水夫	包文棣	卢永福
冯　至	田德望	叶麟鎏	朱光潜	朱　虹	孙家晋
孙绳武	陈占元	张　羽	陈冰夷	杨季康	杨周翰
杨宪益	李健吾	陈　燊	罗大冈	金克木	郑效洵
季羡林	姚　见	骆兆添	闻家驷	赵家璧	秦顺新
钱锺书	绿　原	蒋　路	董衡巽	楼适夷	蒯斯曛
蔡　仪

2019—

王焕生	刘文飞	任吉生	刘　建	许金龙	李永平
陈众议	肖丽媛	吴岳添	陆建德	赵白生	高　兴
秦顺新	聂震宁	臧永清

目　次

译本序 ……………………………………… 陈良廷　1

第 一 卷

第 一 章　莫雷尔夫妇早期的婚后生活 …………… 3
第 二 章　保罗出世，又一个回合 ………………… 38
第 三 章　莫雷尔遭鄙弃——威廉承欢 …………… 63
第 四 章　保罗的青年时代 ………………………… 80
第 五 章　保罗踏进社会 …………………………… 115
第 六 章　家有丧事 ………………………………… 156

第 二 卷

第 七 章　少男少女的爱情 ………………………… 199
第 八 章　爱的冲突 ………………………………… 252
第 九 章　米丽安失恋 ……………………………… 303
第 十 章　克莱拉 …………………………………… 355
第十一章　考验米丽安 ……………………………… 390
第十二章　激情 ……………………………………… 422
第十三章　巴克斯特·道斯 ………………………… 477

1

第十四章 解脱 …………………………………… 528
第十五章 被遗弃的人 ……………………………… 570

译本序

在二十世纪的英国文学中，现代著名小说家戴维·赫伯特·劳伦斯可以说是最富有创见、争议最多的作家之一。他在世时，曾因一再触犯当局而多次受到官方迫害，作品几度遭禁。他敢于打破十九世纪前辈作家的传统创作方法，以其独特的风格，抒情的笔调，细致的心理刻画，抒写原始的美和自然的美，企图表现人类本能的力量。他认为工业化的西方文明过度强调人们的才智，剥夺了人们自然的、肉体的本能，使人们丧失了人性。他相信西方文明正处于没落阶段，并反对一切私有财产观念，这就直接违背了西方多少年来的传统文化和习惯势力。无怪乎他除了受到官方的迫害之外，还遭到评论家的抨击和谩骂，目为异端邪说，甚至在他死后几十年中，还受到种种非难和歪曲。不过，近年来，他受到越来越多的人的重视，被推崇为二十世纪英国文学最重要的代表作家之一。

劳伦斯一八八五年九月十一日生于英国诺丁汉郡附近的伊斯特伍德村，父亲是个煤矿工人，母亲出身清教徒家庭，受过相当教育。由于矿区生活艰苦，家庭经济拮据，父亲经常酗酒，母亲满腹辛酸，所以劳伦斯的童年生活并不美满，幸亏母亲对他偏爱，才算有个安慰。一九一〇年十二月，他母亲故世，这对他是一大打击，也是一大解放。他决心开始新的生活。他结识了欧内斯特·威克利教授的夫人，比他大六岁的弗丽达，两人一见钟情，不出几个星期便一同出走到欧洲大陆。一九一四年六月他们回到英国，七月正式结婚。不久，第一次世界大战爆发，劳伦斯公开谴责战争，因而受到当局监视。一九一五年九月，他在新出版的《虹》里揭露了国内的黑暗，触犯了当局的战时"利益"，于是此书遭到禁售、销毁的厄运。劳伦斯受此打击，几乎一蹶不振。此后他曾和弗丽达浪迹天下，到处寻觅逃避现实的绿洲，但终未找到。一九三〇年三月二日，他因患肺病而溘然长逝。

劳伦斯虽然只活了短短四十五年，但他给后人留下了一大笔文学遗产。除了做诗、绘画、翻译、写作游记和剧本外，他的主要精力都放在小说创作上，一共写了六十多篇短篇小说，七篇中篇小说和十部长篇小说。其中《儿子与情人》是他的成名作。

通常人们把《儿子与情人》看作是一部带有自传性质的长篇小说，因为故事内容取材于劳伦斯的早年生活。本书贯穿了劳伦斯三点主要思想：一是哀叹和抗议由于工业发展造成自然环境的污染；二是对社会地位的强烈自卑感，决心挣脱所属阶级的枷锁；三是因不能正确对待婚姻与性生活的矛盾而感到苦闷。

虚构的贝斯伍德矿区位于德比郡和诺丁汉郡边界，自从十九世纪工业发展到资本家对工人进行大规模剥削以来，这个小矿村的矿工越来越多，因而建造了许多居民区，虽然房屋构造结实，还有小院子，但是后院却杂乱无章，垃圾成堆。对莫雷尔太太来说，生活在这里就是"同贫困、丑恶和卑贱做斗争"。这种逼人的生活迫使长子威廉到伦敦谋生,企图出人头地。次子保罗十四岁就不得不到处求职,深深感到自己是"工业社会制度的囚徒",工厂厂房就像阴暗的矿井,而这个矿井正是他千方百计想逃离的生活陷坑。保罗所以有这种感觉,正是出于社会地位而产生的自卑感。父亲瓦尔特·莫雷尔十岁时就做童工下井挖煤,被剥夺了受教育的权利,说话满口俚语,语句不通。他乐天知命,只图温饱,不认识自己受剥削压迫,但求几个儿子继承他当矿工。母亲出身中产阶级,当过教师,知书达理,说一口标准的英语。当初莫雷尔追求她时,她并未考虑到一旦下嫁矿工,就会失去中产阶级的一切享受,在社会、经济各方面都会受苦。当她终于认识到自己无法改变被剥夺、被歧视的命运时,她才把希望寄托在儿子身上,一心指望他们能免蹈覆辙。威廉果然不负母望,初出茅庐就和贝斯伍德头面人物来往,后来干脆远走高飞,到伦敦就职,跻身上流社会,最后结识了一个冒充贵族小姐的姑娘,为了拼命攒钱巴结情人,工作过度劳累,终于病死。不久保罗得了肺炎,卧床七周,母亲日夜侍候,这才逐步把爱威廉之心转移到保罗身上,重新鼓起勇气活下去。然而这种畸形的母爱却在不知不觉中害了保罗,使他陷入更深的苦闷中。

　　小说的后半部环绕着保罗、他的母亲、米丽安和克莱拉这四个主要人物的矛盾冲突发展。保罗这个生性腼腆、不合群的少年无意中认识了莱佛斯一家,居然同他们相处融洽,经常去做客聊天,和他家男孩子在田间一起劳动,并教他家女儿米丽安学法语。米丽安生性羞怯,从母亲那儿受到宗教影响,又沉迷于传奇小说,一心向往纯洁的精神恋爱。她认为爱情是上帝的赐予,如果委身于保罗那就是作出重大的牺牲,所以对他若即若离。保罗无法对付她这种暧昧态度,他不知道自己要的是肉体满足,弄得终日苦闷不堪,而她却对性爱十分厌恶,甚至拒绝他的求婚,使他对她非常痛恨,但依然对她忠诚。她知道他拼命想摆脱她而摆脱不了,始终等着他向她屈服。不久,保罗迷上了有夫之妇克莱拉,并和她发生了不正当的关系,尽管克莱拉成熟的性爱满足了他肉体上的要求,却没有得到他的心。至于保罗和他母亲的关系,更是错综复杂。他曾对克莱拉说,他一旦发了财,就要在伦敦郊区买幢漂亮住宅,侍奉老母。他还告诉母亲,只要她在世一天,他就决不会找到真正适宜做他妻子的女人。后来他母亲病重,他起初尚能悉心照料,可是日子一久,他就越来越不耐烦,而且也不忍心看到母亲弥留期间与日俱增的病痛,遂与姐姐在牛奶中掺上过量的吗啡,促使母亲死亡。

小说将近结尾时,巴克斯特·道斯因妻子与保罗私通,一怒之下打了保罗。但保罗仍然内疚不已,在道斯贫病交加住院期间多次前往探望,要求对方原谅,并把克莱拉还给了丈夫。保罗在母亲死后虽然得到了自由,但颇有茫然若失之感,甚至产生了轻生的念头。米丽安想通过和他结婚来挽救他,却被他一口回绝。至此,保罗由恋母而弑母,由依赖爱人和情妇到逐个摆脱,终于完成了一个男人阳刚性的成熟。劳伦斯的小说一贯具有不了了之的特征,本书也不例外。有人认为这种没有结尾的故事引人入胜,耐人寻味。也有人说不合情理。但劳伦斯毕竟是诚实的作家,他并没有为读者加上一个令人欣慰的结局。莫雷尔一家的痛苦同当时所处的工业社会环境不无密切关系,他们的生活是社会底层的一个缩影。可以说本书也是劳伦斯对当时社会的批判。

本书在写作技巧方面的一个最明显的特点是作者对自然景色,尤其是对花鸟的描写特别集中,而且经常出现。这是因为作者把自然景色的描写看成叙述人与自然关系的重要方法,所以不厌其详,不惮其烦。仔细阅读的话,我们可以看到书中有些片段是写得比较成功的,堪称情景交融,对刻画人物心理起到烘云托月的作用。书中这类描写比比皆是,不胜枚举,有的如恬静的田园诗,有的如素朴的风景画,读来回味无穷。

尽管如此,本书也不是尽善尽美的艺术精品,有些人物性格的刻画首尾不一,矿工瓦尔特·莫雷尔的心理变化就不能令人信服。小说结构也不平衡,这是因为劳伦斯写作时并不遵循十九世纪伟大前辈那种合情合理的方式,而是独辟蹊径,所以小说情节脉络不清,场景不匀。故事平铺直叙,没有高潮,虽然有些头绪,但重复太多,文字也不够精炼。然而,瑕不掩瑜,本书无论在思想上还是在艺术上都不失为英国现代小说中一部重要著作,在一九一三年出版时,英美还没有一个作家的作品能与之匹敌。

陈 良 廷

第一卷

第一章 莫雷尔夫妇早期的婚后生活

"洼地区"取代了"地狱街"。地狱街原是青山巷那条小河边的一片茅草盖顶、墙面鼓鼓囊囊的村屋。那儿住的是矿工,他们都在相隔两个矿区的小矿井里干活。小河在一片赤杨树下流过,还没受到这些小矿井的污染。矿里的煤是靠驴子迈着沉重的步子,吃力地绕着一台吊车打转拉到地面上来的。乡下到处都是这种小矿井,有些矿井从查理二世①时代就开始采掘了,两三个矿工和毛驴就像蚂蚁打洞似的往地底下挖,在麦田和草地当中弄出一座座奇形怪状的土堆和一小片一小片黑色的地面来。这些煤矿工人的茅屋一排排,一幢幢,到处可见。这些小屋,加上教区里寥寥无几的织袜工人的零星田园、住房,组成了贝斯伍德村。

后来,大约在六十年以前,这里突然变了样。小矿井被金融家的大矿挤掉了。诺丁汉郡和德比郡发现了煤矿和铁矿,成立了一家卡逊—魏特公司,帕默尔斯顿勋爵②在群情振奋下,正式主持了这家公司第一个矿的开采仪式,地址就在秀坞

---

① 查理二世(1630—1685):英国国王,1660—1685 年在位。——译者注,下同。
② 帕默尔斯顿勋爵:指英国政治家亨利·约翰·丹波尔(1784—1865),1855—1865 年任英国首相。

3

森林①边上的斯宾尼园里。

年深月久,地狱街早已声名狼藉,这条臭名昭著的街就在这时烧得精光,把大批垃圾荡涤一空。

卡逊—魏特公司认为他们交上了好运,趁此在从席尔贝和纳塔尔往下一带的河谷接连开发新矿,不久这一带就有了六个矿井。铁路从纳塔尔出来,顺树林环绕、地势很高的砂岩地下行,途经卡尔特教团②荒芜的修道院,路过罗宾汉③泉,到达斯宾尼园,再通往敏顿,一个坐落在一片麦田中的大矿;从敏顿穿过山谷坡地到本克尔小山,在那儿分岔,向北通到贝加利和俯瞰克里希以及德比郡群山的席尔贝;六个矿就像几枚黑钉子分布在乡间,由一条弯弯曲曲的细链——铁路线——连接起来。

卡逊—魏特公司为了安置大批矿工,盖起了好几个居民区,在贝斯伍德山脚下形成了一个个大四方院,后来又在小河谷地狱街的废墟上,建立了洼地区。

洼地区包括六排矿工住宅,每三排为一行,恰如一张六点的骨牌那样,每排有十二幢房子。这两行住宅坐落在贝斯伍德那相当陡峭的山坡脚下。前窗,至少是阁楼窗口,正对着通往席尔贝的那座缓坡。

这些房子倒是构造结实,相当不错。人们可以到处走走,看看宅前的小园子,在下面一排屋前的阴凉处种着樱草和虎

---

① 秀坞森林:其主要部分在英国诺丁汉郡,为皇家狩猎森林。
② 卡尔特教团:1086年圣·布罗诺在法国卡尔特鲁山中成立的教团,提倡苦修冥想。
③ 罗宾汉:英国民间传说中的人物,是中世纪时反抗强暴、劫富济贫的绿林好汉,相传常在秀坞森林一带出没。

耳草，上面一排向阳的屋子前种着美洲石竹；看看那些干干净净的前窗，小小的门厅，小小的水蜡树的树篱，阁楼上的天窗。不过这只是外观；这是所有矿工的家眷们都很少去用作住房的起居室这一面的景象。日常住人的房间、厨房都在屋子后部，面对两排屋子的里侧，看到的只是一个难看的后院，还有垃圾坑。在两排房子当中，两长行垃圾坑当中，是一条小巷，孩子们玩耍，女人们聊天，男人们抽烟都在巷子里。因此尽管房子盖得那么好，外表挺不错，洼地区的实际生活条件却非常恶劣，因为人们只能在厨房里过日子，而这一间间厨房却面对着那条有好多垃圾坑的臭巷。

莫雷尔太太并不急于搬进洼地区，她从贝斯伍德搬下山，住进山下这房子时，这房子已经盖了十二年而且已经在走下坡路了。不过她只能这么做。再说，她住的是上面一排的末了一家，因此只有一家邻居；在房子的另一边还比人家多着一块长条形的院子。而且住在末了一家，跟住在那些"中间"房子里的女人相比，她身上仿佛还有了一种贵族气派，因为她每星期要付五先令六便士房租，而她们只付五先令。不过这种高人一等的身份对莫雷尔太太算不上什么安慰。

她现年三十一岁，结婚已经八年。她长得相当娇小，气质柔弱，但举止果断。她和洼地区那些女人第一次接触就有点害怕。她七月份搬下山来，九月份就要生第三个娃娃了。

她丈夫是个矿工。他们搬进新居刚刚三星期，就赶上了大节①，集市开市。她知道莫雷尔准保会尽情度这个假日的。集市开市那天是星期一，他一大早就出了门。两个孩子也兴

---

① 指英国北部工业区如兰开夏、约克郡等地一年一度的节庆。

奋万分。七岁的男孩威廉吃完早饭立刻就没影了,到集市场地上逛来逛去,撇下五岁的安妮哭哭啼啼闹了一早上,也要上集市去。莫雷尔太太自顾自干着活儿。她还不大认识邻居,不知道把这小姑娘托给谁好,因此只好答应吃了午饭带安妮去赶集。

十二点半威廉才回来。他是个性子好动的孩子,一头金发,满脸雀斑,有点像丹麦人或挪威人。

"妈妈,我可以吃饭了吗?"他帽子也不脱,就那么冲进来直嚷嚷。"人家说,集市一点半就开始了。"

母亲回答说:"饭一做好你就吃吧。"

"还没做好吗?"他嚷着,气得那双蓝眼睛直瞪着她。"那我要错过了。"

"误不了,不到五分钟饭就好了。这会儿才十二点半呢。"

"人家可要开场了。"那孩子又哭又叫。

"就是他们开场了,你也死不了。"母亲说,"再说这会儿才十二点半,你还有整整一小时。"

孩子急急忙忙去摆好餐具,三个人立刻坐下。他们正吃着果酱布丁,这孩子一下跳起来,愣愣地站着。原来远处传来了旋转木马开动的嘎嘎声和号角声。他看着他母亲,一张脸直抽搐。

"我早跟你说过了。"他说着就奔到碗柜边去拿帽子。

"拿着布丁——现在才一点过五分,你搞错了——你还没拿钱呢。"母亲一口气说了一大串。

孩子大为失望地回过身来,拿了两个便士,一声不吭地走了。

安妮哭了起来,"我要去,我要去嘛。"

"得了,那你就去吧,你这个哭哭啼啼的小傻瓜!"母亲说。晚半晌儿,她带着孩子回家,在高高的树篱下走过,拖着沉重的步子上了小山。田里的干草都堆起来了,牛群也转到了麦茬田上。到处是一片暖和、平静的气氛。

莫雷尔太太并不喜欢大节的集市。那里有两套木马,一套靠蒸汽发动,另一套由一匹小马拉着转;三架手摇风琴在摇着,夹杂着手枪子弹的零星射击声,卖椰子小贩咭咭呱呱的尖声叫卖,管打木人游戏①摊的人的吆喝声,和摆西洋景摊的女人的尖叫声。母亲看见自己的儿子正欢欢喜喜地在狮子吃人游戏摊外面看着那些画片,上面画着出名的狮子华雷士,据说它曾咬死过一个黑人,咬伤过两个白人。她让孩子一个人待在那里,自己去给安妮买点儿奶油糖。不一会儿,孩子忽然兴高采烈地来到她面前。

"你从来没说过你也来赶集——这儿东西真不少吧?——那只狮子咬死了三个人——我把两便士都花了——瞧。"

他从口袋里掏出两只蛋杯②,上面有粉红色的蔷薇。

"我在那个摊子上赢来的,人家在那儿玩打弹子。我玩了两回就得了这两只杯子——一便士一回——杯子上有蔷薇花,瞧,我就要这样的。"

她知道他是为她要的。

"唔,"她高兴了,说,"这杯子真好看。"

"你拿着杯子好吗?我生怕把杯子砸了。"

---

① 此处指用棍棒或球击倒口含烟斗的木雕女像的一种游戏,击中者有奖。
② 吃煮熟带壳鸡蛋时用来盛蛋的小杯。

她来逛集,他兴奋得不得了,就带她参观场子,让她一一看个明白。后来,看西洋景的时候,她把图片内容讲给他听,就像讲故事,他听得入了迷。他不肯离开她,一直挨在她身边,充满一个男孩子对母亲的自豪感。她戴着小黑帽,披着斗篷,一副阔太太的气派,谁也比不上她。她看见认识的女人总是对她们微微一笑。后来她累了,就对儿子说:

"好了,你这就回去,还是待会儿?"

"你这就要走啊?"他叫着,满脸责怪的神气。

"这就走?现在都四点多了。"

他抱怨说:"你回去干吗呀?"

她说:"你不想回去,就别回去。"

于是她带着小女孩慢慢地走了,儿子站在那儿望着她,伤心地让她走去,但又舍不得离开集市。她穿过星月酒馆门口时,只听见男人们吵吵嚷嚷,还闻见一股啤酒味儿,不由加快了步子,心想她丈夫可能也在酒馆里。

六点半光景,儿子回来了,玩累了,脸色有点苍白,还有几分懊丧情绪。他虽然自己并没意识到,心里却总有点闷闷不乐,因为他竟然让她一个人回家来了。从她走了以后,他在集市上就提不起兴致来了。

"我爹回来了吗?"他问。

母亲说:"没有。"

"他卷着袖子在星月酒馆帮忙端酒呢。我从窗上那黑铁皮洞里看见的。"

"嘿,"母亲简短地应了一声,"他没钱,人家多少给他几个钱,他就满意了。"

天色渐渐暗了,莫雷尔太太做针线活也看不见了,就站起身来走到门口。到处都是欢声笑语,节日那种叫人坐立不安的气氛终于感染了她。她走到宅边的园子里。女人们都从集市上回来了,孩子们不是抱着一只绿腿的白羊羔,就是抱着一只木马。偶尔也有个把男人慢慢走过,手里都捧满了大包小包。也有好丈夫带着一家子安安静静地走过的。不过一般都只有女人带着孩子们一起走。暮色苍茫时,那些在家的主妇都围着白围裙,抱着膀子,站在小巷角落里闲聊。

莫雷尔太太孤零零地一个人,不过她也习惯了。她的儿子和小女儿都已在楼上睡着了;因此看起来她这个家似乎正在她身后牢靠稳当地支撑着她。可她一想起就要出世的孩子来却总觉得闷闷不乐。她觉得这个世界似乎是个枯燥乏味的地方,至少直到威廉长大成人以前,对她来说不会发生一点变化。对她来说,只有枯燥乏味地熬下去——一直熬到孩子们长大。可孩子们哪!她实在养不起第三个了。她不想要这个孩子。孩子的父亲在小酒馆里端端啤酒,自己也灌得醉醺醺的。她看不起他,可又离不开他。眼看着肚里这个就要出世的孩子,她可真有点受不了啦。要不是为了威廉和安妮,这种天天跟贫穷、丑恶和粗俗打交道的日子她实在早就过够了。

她走到宅前园子里,只觉得身子沉甸甸的,迈不开步子,可在屋里又待不下去。天气闷热得叫人透不过气来。展望未来,一想到她这辈子的前途,她就觉得自己像是给人活埋了。

宅前园子是水蜡树篱围着的一小方块地。她站在那儿,尽量想寄情于花香和渐渐深沉的悦目暮色。园门对面,高高的树篱下,是上山的踏级①,两旁是割过了草的草坡,沐浴在

---

① 这种踏级专设在篱笆或围栏两边,以供行人跨越而阻拦牲畜闯入。

一片耀眼的霞光中。天色瞬息万变,那片霞光转眼就在田野上消失,大地和树篱都笼罩在暮霭里。天渐渐黑了,小山顶上亮起一道红光,红光中看得见集市已渐渐冷落下来了。

不时有人顺着树篱下那条一团漆黑的小路跌跌撞撞走回家去。有个小伙子一口气冲下山脚边的那段陡坡,叭嗒一下摔在踏级上。莫雷尔太太不由打了个寒噤。小伙子爬起来,嘴里骂骂咧咧,怨天尤人,好像踏级存心要害他似的。

她走进屋去,心想这种境况不知是不是会一成不变。她此刻已开始认识到,它是不会改变的了。她似乎离自己做姑娘的时代好久好久了,她真不知这个常拖着沉重的步子走上洼地区后园的人,是不是十年前在希尔纳斯防波堤上轻快飞奔的那个人。

"这和我有什么关系?"她自言自语地说,"这一切和我有什么关系?哪怕是快要出世的孩子也罢!看来谁也不把我当一回事。"

一个人往往受生活的支配,生活支撑人的躯壳,完成人的历史使命,但同时却又虚无缥缈,仿佛任人去自生自灭,不闻不问。

"我等着,"莫雷尔太太自言自语地说,"一直等着,可我等的事却永远不会来到。"

随后她把厨房整理一下,点上灯,添上火,找出第二天要洗的东西,拿来泡着。做完了这些,她坐下来做针线活儿。只见她手里的针在布料上一起一落,闪闪发光,一连做了好几个钟头。她偶尔叹口气,起来松散一下。同时一直在想着,为了孩子们,该怎样把手头的钱用在刀口上。

到了十一点半,她丈夫回来了。只见他从黑黑的胡子以上满面红光,还微微地点头晃脑,自得其乐。

"哎呀呀!宝贝,在等我吧?我帮安东尼干活来着,你知道他给我多少?只不过半克朗①臭钱,一个子儿也不多……"

"他想其余的都抵作啤酒给你喝了。"她没好声气地说。

"我没喝——我没喝。你相信我吧,我今天只喝了一点点,就一点儿。"他的嗓音变得温柔了。"瞧,我带给你一点白兰地姜饼,还有一个椰子给孩子们吃。"他把姜饼和一个毛茸茸的椰子放在桌上,"嘿,你这辈子还从来没说过一声谢谢呢?"

她拿起那只椰子摇了摇,看看里面有没有汁水,算是讲和的表示。

"这是好货,管保错不了。我是从比尔·霍基森那儿弄来的。我说,'比尔,你不见得要三个椰子吧?肯送我一个给我家小子和丫头吃吗?''行,瓦尔特,'他说,'你看中哪个就拿去吧。'所以我就拿了一个,还说了声谢谢。我不想当着他的面摇摇椰子好不好,不过他说,'瓦尔特,你最好看准了,拿一个好的。'所以,你瞧,我知道这是个好货。他是个好人,比尔·霍基森真是个好人。"

"一个人喝醉了,他什么都舍得给,你就是跟他一起喝醉的。"莫雷尔太太说。

"嘿,你这讨厌的小贱人,你说谁喝醉了,我倒要问问。"莫雷尔说。因为他对自己在星月酒馆帮了一天忙非常得意,还在唠叨个没完。

莫雷尔太太累坏了,也听腻了他那些废话,趁他在封火,

---

① 英国旧制钱币,半克朗合二先令六便士。

赶紧上床去了。

莫雷尔太太出身于一个古老的市民家庭，祖上是有名的独立派①，跟着哈钦森上校②打过仗，一直都是坚定的公理会教徒。她的祖父做花边买卖，当初诺丁汉不少花边厂老板纷纷破产那会儿，他也破了产。她父亲乔治·科珀德是个工程师——一个身材魁梧，相貌英俊，态度傲慢的汉子，深以自己长着白皮肤蓝眼睛为荣，不过他更引以为荣的却是自己为人正直。格特鲁德身材像母亲一样娇小，不过那种高傲、顽强的性格却不愧为科珀德家的嫡传。

乔治·科珀德穷愁潦倒，不胜苦恼，后来总算在希尔纳斯修船厂工程师的手下当上了工头。莫雷尔太太——格特鲁德——是他的第二个女儿。她像母亲，也最爱母亲；不过她却秉承了科珀德家遗传的那宽阔的前额和一双清澈而大胆的蓝眼睛。她记得自己那时最恨父亲对温柔善良、生性诙谐的母亲摆出一副盛气凌人的态度。她记得自己跑遍希尔纳斯的防波堤去找船。她记得自己到修船厂去的时候，男人们都对她百般爱恋，百般奉承，因为她是个又娇弱又高傲的孩子。她还记得那个有趣的老女教师，后来她老爱去私立学校里帮那女教师做事，成了她的助手。她手头仍然保留着当初约翰·费尔特给她的那本《圣经》。她十九岁那年常常和约翰·费尔特一块儿从礼拜堂走回家去。他是个富商的儿子，在伦敦上

~~~~~~~~~~~~~~~~~~~~

① 独立派：英国清教徒中的一派。创于十六世纪下半叶，主张各个教派独立自主，反对设立国教，更不赞成教会从属于国家政权。主要指公理会、浸礼会等；十七世纪英国资产阶级革命时期，曾以克伦威尔为领袖，主张建立共和国，进行过战斗。
② 哈钦森上校：指 John Hutchinson(1615—1664)，英国革命时期国会军的指挥员，曾签名同意处死查理一世。

过大学,即将投身于商界。

她一直能清清楚楚地回想起那年九月的一个星期天下午,他俩坐在她父亲家后院的葡萄藤下。阳光透过葡萄叶的缝隙,洒下美丽的图案,像条花边织的披肩似的披在他俩身上。有些叶子是纯黄色的,就像朵朵平展的黄花。

"别动,"当时他嚷道,"瞧你的头发呀,我说不出你的头发像什么!像黄金和紫铜一样闪闪发光,像烧透的铜一样发红,太阳一照又有根根金丝。想不到人家竟说你的头发是棕色的。你母亲还说是灰褐色的呢。"

她看到了他那炯炯有神的眼睛,但她那张明净的脸却很少流露出涌上心头的那股得意劲儿。

"可你说你不喜欢做买卖。"她缠着他问。

"我不喜欢。我恨做买卖!"他激动地叫道。

"你愿意做牧师吧。"她半带恳求地说。

"我愿意。我要是认为自己能做个第一流的传教士,我就喜欢这一行。"

"那你干吗不去——干吗不去呢?"她气势汹汹,咄咄逼人。"我要是个男子汉,什么也挡不住我。"

她昂起头,他在她面前倒有点胆怯了。

"可我父亲是个倔老头。他打算让我去做买卖,我知道他说得到做得到。"

她叫道:"可你不是个男子汉吗?"

"是个男子汉又算得了什么。"他无可奈何地皱着眉头回答说。

如今她在洼地区忙着干自己的家务,对什么是个男子汉的意义有点体会了,她懂得这确实算不了什么。

她二十岁那年,由于身体不好,离开了希尔纳斯。她父亲退职回到了诺丁汉老家。约翰·费尔特的父亲这时已经破产;做儿子的到诺伍德去当了教师。她一直没听到他的消息,过了两年,她下决心去打听一下。原来他已经娶了他的房东太太——一个年过四十的富孀。

可是莫雷尔太太仍然保存着约翰·费尔特的《圣经》。如今她已不相信他当初会——唉,他这个人究竟会怎样或者不会怎样,她如今已知道得一清二楚。因此她是为了自己才保存他的《圣经》,而且把对他的怀念藏在心里。直到她临死那天,三十五年里,她从未提起过他。

她二十三岁那年,在圣诞节舞会上,遇见了伊里华许谷来的一个小伙子。莫雷尔当时二十七岁。他体格健壮,身材挺秀,风度翩翩。一头波浪形的黑发闪闪发亮,还有一部浓密的黑胡子,从来没剃过。他脸庞红通通的,红润的嘴更引人注目,因为他笑口常开。难得的是他的笑声洪亮爽朗。格特鲁德·科珀德眼睁睁地看着他,简直入了迷。他生气勃勃,有声有色,动不动就说笑话,跟每个人都一见如故,十分投机。她父亲本来也富于幽默感,不过那幽默里总带着挖苦。这个人就不同了,性格和气,不文绉绉,热诚待人,还有点爱跳跳蹦蹦。

她本人恰恰相反。她生来好奇,秉性灵慧,就喜欢津津有味地听别人说话。她能巧妙地引人家说下去。她喜欢探讨各种思想见地,大家都认为她非常聪明。她最喜欢的就是跟一些有学识的人辩论有关宗教、哲学或政治的问题。可惜她不大有这种机会。所以她总是设法要人家跟她谈谈他们自己的事,倒也自得其乐。

从她的容貌来看,她长得娇小玲珑,宽阔的额头上披着几缕棕色的卷发。那双蓝眼睛十分坦率真诚,目光敏锐。一双漂亮的手一看就知道是科珀德家的人。衣着总是素雅宜人。她穿着藏青色的绸衣,加上一条独特的海扇贝形银链,还有一只沉甸甸的螺旋形金扣花,这就是她仅有的饰物。她当时还是个白璧无瑕的少女,为人也极虔诚,而且坦率得可爱。

瓦尔特·莫雷尔一见她魂就酥了。对于这个矿工来说,她真是个神秘的尤物,一位千金小姐。她跟他说话带着南方口音,而且是一口纯正的英语,他听得心里扑扑直跳。她冷眼看着他。他善于跳舞,仿佛天生就会跳舞,跳起舞来其乐无穷。他祖父是个法国难民,娶了个英国的酒店女招待——如果算是正式结过婚的话。格特鲁德·科珀德眼睁睁看着这个年轻的矿工跳舞,他的动作得意扬扬,有股微妙的魅力。那张红通通的脸加上乱蓬蓬的黑发更是全身的精华,而且无论邀请哪个舞伴,他都同样笑容可掬。她觉得他真有趣,她还从没碰见过他这样的人呢。在她心目中,她父亲就是男人的典范。乔治·科珀德英俊而自豪,为人相当厉害。他只喜欢研读神学,只跟圣徒保罗①一个人有思想共鸣。他做事爱当家做主,毫不容情,说话口没遮拦,总爱带刺。凡是感官上的乐趣他都不屑一顾,——总之,他和这矿工大不相同。格特鲁德本人对跳舞素来不齿,她对此道毫无兴趣,甚至连乡村舞蹈也没学过。她像她父亲一样,是个清教徒,志趣甚高,实在古板得厉害。这个人生命里那股情欲之火不断散发出幽幽的幸福的柔情,就像蜡烛冉冉发光似的从他那血肉之躯中自然流露出来,

---

① 保罗:基督教中耶稣的十二门徒之一。

不像她生命里那股火花受思想和精神的压制和支配,发不出光来。因此,对她来说,这股火似乎是某种不可理解的奇妙东西。

他走过来,对她鞠了一躬。她顿时像喝了酒一样,感到浑身上下贯穿着一股暖流。

"这回你可千万得跟我跳这支舞,"他亲热地说,"要知道,这很容易跳。我真想看你跳舞。"

她先前告诉过他,她不会跳舞。她看看他那副谦恭的样子,不由嫣然一笑。她的笑容真美,竟使他动了心,忘乎所以。

"不,我不会跳舞。"她温柔地说,每个字都那么清脆悦耳。

他采取了一个不假思索的行动——他往往全凭直觉做了恰恰该做的事,——他在她身边坐了下来,毕恭毕敬地微微欠身向着她。

她责怪他说:"你可不该错过这支舞。"

"不,我不想跳这支——我不喜欢这支。"

"可你刚刚还请我跳这支哩。"

他听了这句话哈哈大笑起来。

"这点我倒没想到。你真够麻利的,一下就驳得我只好缩了起来。"

这回轮到她活泼地大笑了。

她说:"看上去你不像要竭力伸直的样子。"

"我就像条猪尾巴,要它不卷缩起来也不行。"他兴高采烈地笑着。

"可你居然是个矿工!"她惊讶地大声说。

"是啊,我十岁就下井了。"

她看着他,惊愕莫名。

"十岁就下井?这活儿很辛苦吧?"她问。

"你一下子就习惯了。那生活就像耗子一样,到晚上才伸出脑袋来看看外面的情况。"

她皱着眉头说:"听起来都叫人觉得两眼抹黑。"

"像个地老鼠!"他笑着说,"是啊,有些家伙真的像地老鼠似的到处乱转。"他闭起眼睛探着脑袋,学着地老鼠的样子翘起鼻子,东闻西嗅,就像在窥测方向似的。"他们真是这样的。"他天真地坚持说,"你从来没见过他们进去时的那副模样,不过你要是什么时候让我带你下去一趟,你就能亲眼看见了。"

她看着他,吃了一惊。她眼前突然展现出生活的另一个新的侧面。她了解到了矿工的生活,千百个矿工在地下辛辛苦苦干活,到晚上才出来。她觉得他似乎很高尚。他每天冒着生命危险,却还是一团高兴。她看着他,一副谦恭的神情,令人觉得可爱。

"您不喜欢吗?"他温柔地说,"不喜欢,那会把您弄脏吧!"

她从来没听人称她您啊您的。

第二年圣诞节他们结婚了,开头三个月她真快活极了,婚后六个月她还是很快活。

他已经发誓戒酒,戴上了禁酒会的蓝缎带①。其实他根本不是什么禁酒会会员,只是招摇过市罢了。她本来以为他们住的房子是他自己的。这房子很小,不过挺实用,布置的家

---

① 英美一种戒酒组织的标志,会员戴上这种标志表示绝对戒酒。

具也精致结实、用料讲究,跟她这个正派人的身份蛮相称。她跟左邻右舍的那些女人都没什么来往,莫雷尔的母亲和姐妹就常爱取笑她那种小姐气派。不过她只要有丈夫在身边,完全可以自立门户,日子过得挺不错。

有时候她听厌了绵绵情话,也想正正经经跟他谈谈心里话。她看出他是在十分尊重地听着,却听不懂。她本想彼此能更加亲密无间,这一来可就枉费心机了,她感到阵阵不安。有时候他一晚上坐也不是站也不是,她这才明白单单守在她身边,他觉得还不够。后来她看见他动手做些琐碎家务,便感到很高兴。

他是个心灵手巧的人——什么都会做,什么都会修。比如她说起:

"我真喜欢你母亲那个火拨子——又精致又灵巧。"

"真的吗,小娘儿们?得,那火拨就是我做的,我可以给你也做一个。"

"你说什么?嘻,那可是个钢做的。"

"是钢做的又怎么样?即使不能完全一模一样,我也一定给你做一个跟那差不离的。"

她倒不在乎家里弄得乱七八糟,也不在乎锤子丁当响成一片。至少他在高高兴兴地忙着。

谁知到了第七个月,她正在刷他那件节日穿的外套,一下子摸到胸前口袋里有几张纸,不由起了好奇心,就把纸片拿出来看看。平时他很少穿这件结婚时穿的礼服,因此她以前没想到追究这些纸片是什么。原来这是房子家具的账单,钱还没付清。

到了晚上,等他洗过澡,吃过饭,她才说:"瞧,我在你结婚礼服的口袋里找到的。你还没付清账吗？"

"没有,我还没来得及。"

"可你跟我说账都付清了。星期六我还是上诺丁汉去把这事办了的好。我可不想坐着别人家的椅子,吃还欠着账的饭。"

他默然不答。

"把你的银行存折给我行不行？"

"拿去吧,可有什么用呢？"

"我还以为……"她开口说。他跟她说过,他攒下好多钱。不过她看出问也是白搭,不禁又气又恼,直挺挺地坐着不动了。

第二天,她去看望他母亲。

"你替瓦尔特买过家具吗？"她问。

"对,我买了。"老太婆尖刻地应道。

"他给你多少钱去买家具？"

老太婆气得七窍生烟。

"既然你这么想打听,不妨实话告诉你,八十英镑。"她回答说。

"八十英镑,可是还欠着四十二英镑呢。"

"这叫我有什么办法？"

"可是钱都上哪儿去了呢？"

"我想,你会找到全部账单的,只要你看账单就知道了——除去他欠我的十英镑以外,还有六英镑是在我这儿办酒席的花费。"

"六英镑！"格特鲁德·莫雷尔跟着说。这话在她听来未免太荒谬,她父亲为她办喜事花了一大笔钱,到瓦尔特父母家吃喝一顿竟又多花了六英镑,还要算在他头上。

"那他的两幢房子付了多少钱?"她问道。

"他的两幢房子——哪来的房子?"

格特鲁德·莫雷尔气得嘴唇都发白了。他跟她说过,他住的这幢房子和隔壁的一幢都是他自己的。

"我以为我们住的那房子……"她开口说。

"那两幢房子都是我的。"做婆婆的说,"而且收费并不高。我尽量少收点,只要够付押款利息就行了。"

格特鲁德坐在那儿,脸色苍白,沉默不语。这会儿她真像她父亲。

"那么说我们还该付给你房租。"她冷冷地说。

"瓦尔特付我房租。"婆婆回答说。

"房租多少钱?"格特鲁德问道。

"六先令六便士一星期。"婆婆针锋相对。

这房子可不值这么多。格特鲁德仰起脖子,直愣愣地看着前面。

"你真好福气,"老太婆话里带刺地说,"嫁了个丈夫把为钱操心的事都包下了,却让你逍遥自在地花。"

媳妇对此哑口无言。

她没对丈夫说什么,但她对他的态度却起了变化。她那高傲、正直的心灵里有些感情已经结成坚冰了。

到了十月,她已经一心想着圣诞节了。两年前的圣诞节,她认识了他。去年圣诞节她嫁给他。今年圣诞节她要为他生个孩子了。

十月份,大家都纷纷谈论着贝斯伍德的砖瓦旅馆开了个跳舞班。她的一家近邻问她:"你自己不跳舞吧,太太?"

"不跳——我一点都不想跳。"莫雷尔太太回答说。

"怪不怪!你嫁给你家先生可太有趣了。你知道他真是个有名的跳舞能手呐。"

"我可不知道他有名。"莫雷尔太太笑了。

"嘻,他才有名呢。哎呀,他在矿工酒馆办跳舞班已经五年多了。"

"是吗?"

"是啊,那还假?"那女人毫不客气,"那儿每星期二、四、六都挤满了人——照大家的话说那儿真是丑态百出哩。"

诸如此类的事真叫莫雷尔太太又气又恨,可她也应该对此负一部分责任。开始时那些女人都没肯饶过她,因为她处处高人一等。不过她也并非有意如此。

他开始很晚才回家。

"他们近来活儿干得很晚吧?"她问洗衣女工说。

"我看不见得比平常晚。不过他们路过艾伦酒店就喝上了,一面喝一面谈天说地。就这么回事!眼看晚饭都冰凉了——活该。"

"可是莫雷尔先生不喝酒。"

那女人放下衣服,瞧瞧莫雷尔太太,然后又接着干活,一句话也不说了。

生儿子的时候,格特鲁德·莫雷尔大病了一场。莫雷尔当时对她很好,再好也没有了。不过她觉得独自远离娘家,十分寂寞。如今,跟他在一起她也感到寂寞。甚至他在家只能使她感到更寂寞。

儿子生来弱小,不过长得很快。他是个漂亮的孩子,一头金黄色的卷发,一双眼睛是深蓝色的,后来逐渐变成浅灰色。

做母亲的满腔热情地爱他。他生下来正是她自己幻想破灭,伤心得日子过不下去的时候。也是她对做人的信念动摇,心灵感到寂寞而凄凉的时候。她一心疼爱孩子,做父亲的都感到妒忌了。

最后,莫雷尔太太竟不把丈夫看在眼里。她的心不放在做父亲的身上,而放到孩子身上去了。他也逐渐不把她放在心上,他对自己家的那股新鲜劲儿已经过去了。她伤心地对自己说他没有长性。他干什么都是趁一时的兴致,他什么事都坚持不了。他除了面上的这些东西,骨子里什么也没有。

于是夫妇之间展开了一场斗争——这场斗争真是可怕、残忍,大家要拼个你死我活。她斗争是要让他承担起他的责任,要他履行自己的义务。可是他跟她太不同了。他的天性完全是要感官上的享受,她却硬要他讲道德,信宗教。她尽量逼他面对现实,他受不了——他简直被逼得要发疯了。

孩子还小,做父亲的脾气就已经变得那么急躁,真叫人对他不放心。孩子只要有一点吵闹,男人就要吓唬他。再要闹的话,他就举起他那双矿工的铁拳揍孩子了。揍过一顿,莫雷尔太太就痛恨丈夫,一连恨上好多天。于是他索性上外面去喝酒;她也不大在乎他去干什么。只是看见他回来了,就话里带刺地损他。

他们之间的关系日益疏远,因此他有意无意,总是粗野地惹她生气,而过去他是不会这样做的。

威廉刚一岁就长得很漂亮,他母亲得意扬扬。她如今手头拮据,亏得她姐妹们常送给孩子衣服穿。孩子头戴小白帽,帽上摇曳生姿插着根鸵鸟毛,身穿白上衣,满头卷发。真是妈妈的心肝儿。一个星期天早上,莫雷尔太太躺着听见爷儿俩在楼下瞎扯。后来她睡熟了一会儿。她下楼的时候,只见壁炉里火光熊熊,屋里暖烘烘的,早餐草草放着,莫雷尔坐在背靠壁炉架的扶手椅上,有点不好意思的样子。孩子站在他两腿之间——像绵羊似的给剪了毛,露出个可笑的圆脑袋——莫名其妙地瞧着她。炉边地毯上摊着一张报纸,炉火的红光照着无数月牙形的卷发,像金盏草的花瓣一样撒在上面。

莫雷尔太太站着一动不动。这是她的头生孩子呀。她脸色发白,话也说不出来了。

"你看他怎么样?"莫雷尔不安地笑了。

她紧握双拳,举着拳头走上前来。莫雷尔退缩了。

"我真想宰了你,我真想!"她说。她高举双拳,气得再也说不出话来。

"你不见得要把他打扮成丫头吧!"莫雷尔带着害怕的语气说,他只顾低下头,眼睛不敢看她,本想打个哈哈,现在也不敢了。

母亲低头看看孩子那头发很短,又剪得参差不齐的脑袋,不由伸出双手,心疼地摸着他的头发。

"哎呀,我的儿子!"她结结巴巴地说,嘴唇直哆嗦,脸色也变了,她一把抱起孩子,把脸埋在孩子的肩膀上,痛苦地哭了。她这种女人不善于哭,伤心起来像个男人。几声抽泣叫人听上去活像从她身上割掉块肉似的。

莫雷尔肘拐撑住膝盖坐着,双手紧握在一起,指关节都发白了。他凝视着炉火,感到当头挨了一棒,简直不能呼吸似的。

过一会儿,她总算不哭了,去哄好孩子,收拾了饭桌。她听任那张乱撒着短卷发的报纸摊在炉边地毯上。她丈夫终于把报纸收了起来,放在炉子后面。她紧闭着嘴,一声不吭,干起活来。莫雷尔屈服了。他可怜巴巴地轻手轻脚地走动,那天的饭也吃得不是滋味。尽管她对他说话仍旧和和气气,根本不提他干的那件事,可他还是感到已经铸成致命大错。

事后她说自己当时真糊涂,孩子的头发早晚总是要剪的。最后,她竟然对丈夫说,他剪头发的手艺就像当过理发师似的。不过她知道,莫雷尔也知道,这次行动已经在她心灵上产生了重大的影响。这件事她一辈子都记得,这是她感到最痛苦的一件事。

男人的这次莽汉行为,大大地减损了她对他的爱。过去她跟他苦斗,还为他烦恼,就像他已经走上邪路一样。现在她不再为他的爱烦恼了,他对她已经是个外人。这一来日子反而好过一些。

然而,她还是不断跟他斗。她继承了世代相传的清教徒家风,仍旧有一种高度的道德感。这种道德感这时已经成了一种虔诚的本能,而她因为爱他,或者说曾经爱过他,在跟他相处中更显得几乎像个狂热的信徒。如果他有过失,她就不让他安生。他要是喝了酒,说了谎,她就常常毫不留情地骂他是懒汉,有时还骂他是恶棍。

可惜的是,她为人跟他截然不同。她不能满足于他稍有长进,而是要求他一步登天。因此,正因为她竭力要他超过自己力之所及,成为一个更高尚的人,结果却反而把他毁了。她也害了自己,伤了自己,可她丝毫没有失去自己的好品质。再说她已有了子女。

他一向贪杯,不过比起许多矿工来,喝得并不多,而且他总是喝啤酒,因此尽管健康受点影响,可根本不伤身子。到了周末他就放怀痛饮一番。每逢星期五、星期六的晚上,他都坐在矿工酒馆,一直喝到关门,星期天晚上也照喝不误。星期一、二两天,他不得不只喝到十点左右就勉强站起来走了。星期三、四傍晚,有时候待在家里,或者出去一小时就回来。实际上他从来没为喝酒而误了干活。

可惜他干活虽然十分踏实,工钱却减少了。因为他多嘴多舌,是个碎嘴子。可他认为官方最可恨,所以觉得该挨骂的只能是矿井管事。他在帕默尔斯顿酒馆会说:

"今天早上工头到我们坑道来了,他说:'你瞧,瓦尔特,这不行,这些支柱是怎么架的?'我对他说:'喂,你说什么呀?你说这些支柱怎么啦?''这样决不行,'他说,'早晚总有一天会冒顶。'我就说:'那你最好站在一个小土堆上,用脑袋把它顶起来吧。'他听了气坏了,咒天骂地的,别人都哈哈大笑。"莫雷尔善于模仿,他学着管事逼紧嗓门,力图用地道英语说话的腔调。

"'我决不许你这么放肆,瓦尔特,这些事是谁懂得多,是你还是我?'我说:'我从来也没打听你到底懂得多少,艾尔弗雷德。还不如抱着哄哄你上床睡觉哩。'"

莫雷尔就这样滔滔不绝说下去让他的酒友们解闷。他说的话自然也有几分是真的。矿井管事并没有受过什么教育。他是跟莫雷尔一起长大的,因此,这两个人尽管互相厌恶,也只好多少彼此容忍着点。不过艾尔弗雷德·查尔斯沃思决不原谅这矿工在酒店里这样嘲弄他。因此,莫雷尔尽管是个好矿工,结婚那阵子,一星期有时还能挣到五英镑,却渐渐落到越来越坏的矿坑里,那些地方煤层薄,采起来费力,而且挣不到钱。

再说,到了夏天,矿井也处于淡季。大晴天早上,男人们往往一到十点、十一点或十二点就成群结队回家了。矿井口也没有空卡车在停着。山坡上的女人在篱笆上拍打炉边地毯的时候,朝这边望着,数着火车头拖进山谷来的车皮究竟有多少。孩子们中午放学回家吃饭时,眺望着山下的田野,一看见吊车的轮子停了,就说:

"敏顿停工了,我爹快回家了。"

不论男女老少,大家心头都有一种阴影笼罩着,因为到了周末又要缺钱花了。

照理,莫雷尔应该给他老婆三十先令一星期,用来养家糊口——付房租、买粮食,做衣服,付俱乐部的会费,保险费和医药费。偶尔,手头宽裕的话,就给她三十五个先令。不过这种情况并不多,更多的是一星期只给她二十五先令。到了冬天,如果被派在一个像样的矿坑里,这位矿工就可能挣到五十或五十五个先令一星期。那时他就快活了。到了星期五晚上,加上星期六和星期日,他总是大把花钱,一花就是一个金镑①左右。尽管花这么多,可平时连一个便士都舍不得多给孩子,也难得买一磅苹果给他们。钱都用来喝了酒。碰到不景气的时候,事情还更叫人烦心,但那时他倒不大会喝醉了,因此莫雷尔太太常说:

"我说不准自己是不是还宁愿手头紧点,因为他手头一宽裕,我们就一分钟也不得安生了。"

要是他挣了四十个先令,他就留下十个,挣三十五个就留五个;挣三十二个留四个;挣二十八个留三个;挣二十四个留

---

① 金镑:英国旧金币(合二十先令),相当于现一英镑。

两个；挣二十个他留下一先令六便士；挣十八个他留一个；挣十六个他留下六便士。他从来没攒下一个便士，也不让他老婆有机会攒钱。相反，她偶尔还得替他还账，不过不是酒店的账，因为酒账从来不会转给妇道人家，而是他买了只金丝雀或者一根花哨手杖而赊的账。

节庆期间，莫雷尔没有好好干活，莫雷尔太太为了要坐月子尽量想省几个钱。她一想到自己待在家里发愁，他却在外面花天酒地，不禁烦得要死。节日为期两天。星期二早上，莫雷尔早早就起床了，他兴高采烈。一大早，六点不到，她就听见他在楼下一个人任情地吹着口哨。他口哨吹得挺有味，活泼动听，差不多总是吹一些赞美诗。他过去曾进过唱诗班童声队，嗓子很甜，还在南井大教堂唱过独唱。这只从他早上吹的口哨里才听得出来。

他老婆躺在床上，听着他在花园里一个劲儿修修补补。他一边锯呀锤呀，一边吹着口哨。碰到天清气爽的清晨，自己躺在床上，孩子们还没醒，听见他像个男子汉一样地快快活活，她心里总有种温暖、安宁的感觉。

到九点钟，孩子们还光着脚坐在沙发上玩，母亲正在洗脸时，他做完木工进来了，袖子卷起，背心敞着。他仍然不失为一个漂亮男人，黑头发成波浪形，再加上黑色的大胡子。也许由于他经常面红耳赤，看上去显得脾气暴躁。不过这会儿他倒兴高采烈，一直走到他老婆正在洗的水槽旁边。

"怎么，你在这儿！"他哇啦哇啦地说，"走开！让我洗洗。"

"等我洗完你再洗吧。"他老婆说。

"哦，要我等？我要是不想等呢？"

他这么心情愉快地吓唬人,倒把莫雷尔太太逗乐了。

"那你就在放软水①的水槽里洗吧。"

"嘿!我去洗,你这讨厌的小贱人。"

说罢他站着看了她一会儿,才走开来等着她。

他要愿意的话,仍旧可以使自己成为一个真正的俊俏人物。平时他总是围上个围脖儿就出门去。可现在他却着意梳洗打扮了一番。他洗脸的时候似乎兴致勃勃,一边冲水一边擤鼻子。他赶到厨房去照镜子时,显得那么轻松活泼,因为镜子太低,还弯下腰,一丝不苟地把他那头湿漉漉的黑头发分了又分,真把莫雷尔太太烦死了。他戴上一个翻下来的硬领,一个黑领结,穿上他节日穿的燕尾服。光这样,他就已显得够潇洒的了,何况即使衣服不够出众,他那善于显示自己好长相的天生本能也会使他显得更出众。

九点半,杰里·珀迪来招呼他的伙伴。杰里是莫雷尔的知心朋友,莫雷尔太太可不喜欢他。他是个瘦高个儿,一副狡狯相,脸上好像没有眼睫毛一样。他走路时直挺挺、硬僵僵故作矜持,就像脑袋下面装了个死板板的弹簧。这人生性冷酷精明,可在想慷慨的地方也会慷慨一下,看来他很喜欢莫雷尔,多少也照管着他点。

莫雷尔太太恨他。她认识他妻子,那女人是生肺病死的,临死时对丈夫非常痛恨。他一走进她屋子,她就要吐血。杰里对此一点也不在乎。目前是他大女儿——一个十五岁的姑娘,在替他管那份可怜的家,照料两个较小的孩子。

莫雷尔太太提起他就说:"一个没心肝的小气鬼。"

---

① 不含矿物质,容易溶解肥皂的水。

"我一辈子都从来没发现过杰里小气,"莫雷尔反驳说,"据我所知,你哪儿都找不到像他这样慷慨大方的家伙。"

"对你慷慨,"莫雷尔太太反唇相讥说,"可他对自己几个可怜虫孩子却小气得很。"

"可怜虫!他们怎么会是可怜虫呢?我倒要请教一下。"

可莫雷尔太太只要一提起杰里,气就怎么也平不下来。

这场争论的中心人物忽然从洗碗间的门帘外探进细脖子来,正好看见莫雷尔太太。

"早上好,太太,先生在家吗?"

"在——他在家。"

杰里不等人家请就走了进来,站在厨房门口,没人请他坐下,他只好站在那儿,沉着地替男子汉大丈夫争个面子。

"天气真好。"他对莫雷尔太太说。

"是啊。"

"今天早晨外头真好——散散步才好呢。"

"你是说你要去散步?"她问道。

"是啊,我们要步行到诺丁汉去。"他回答说。

"嗜。"

两个男人互相打了招呼,彼此都很高兴。可是,杰里充满了信心,莫雷尔却有点低声下气,生怕在老婆面前过分兴高采烈。不过他很快就兴冲冲地穿好了靴子。他们准备越野走十英里路到诺丁汉去。他们俩从洼地区登上山坡,开开心心地迎着晨光爬着山。他们先在星月酒店喝了第一通酒,然后又到了老酒店。出了酒店,他们熬受干渴,走了五英里路,才在布威尔痛快地喝到了一品脱苦啤酒。不过后来他们在一块田地里跟几个翻晒干草的人一起歇了一会儿,这些人带的大酒

29

瓶是满满的,因此等到看见城市的时候,莫雷尔已经喝得昏昏欲睡了。城市从他们眼前往高处伸展,在正午炫目的阳光下显得烟雾弥漫,南面远处峰顶上点缀着一座座尖顶、厂房和烟囱。走到最后那片田野,莫雷尔索性躺在一棵橡树下,呼呼大睡了一个多钟头。等他起来再往前走的时候,只感到头昏眼花。

这两个人在草地饭店和杰里的姐姐一起吃了午饭,随后又一起到五味酒家,在酒店里跟大伙儿呼幺喝六地赌起钱来。莫雷尔生平从来没玩过纸牌,觉得纸牌有种神秘的恶毒力量——他称纸牌是"鬼画"。不过他玩九柱戏和骨牌可是老手。玩九柱戏他向一个纽瓦克人应战,所有在这家长条形的老牌酒吧间里喝酒的人都各自支持一边,有的赌这个赢,有的赌那个赢。莫雷尔脱掉上衣。杰里拿顶帽子放赌注。那些坐在桌边的男人都眼睁睁地看着他们。有几个还拿着酒杯站起来看。莫雷尔仔细摸摸他那只大木球,这才把球抛出去。他一下子把九个柱子都击倒了,赢了半克朗,恰好使他有钱付了酒账。

到七点的时候,这两个人一切都很顺当,就乘坐七点半的火车回家去。

洼地区的下午可真不好过。凡是在家的居民都待在户外。女人家系着白围裙,帽子也不戴,就三三两两地聚在两排房子之间的小巷里聊天;男人家喝了酒,要休息一下再喝,也蹲在那儿说话。这片地方发出一片霉味儿,石板屋顶在干热的气候下闪闪发亮。

莫雷尔太太带着小女儿来到离家不到两百码的那条流经草地的小溪边,溪水轻快地流过石头和破罐。娘儿俩靠在古老的放羊桥的栏杆上观看。莫雷尔太太可以望见草地另一边的积水潭边,有些男孩光着身子在又深又黄的水里时隐时现,偶尔还有个把白闪闪的人影水淋淋地在颜色黯淡、毫无生气的草地上窜过。她知道威廉在水潭边玩,总是提心吊胆,生怕他淹死。安妮在高高的老树篱下玩,捡些杨树果子,她管这个叫小葡萄干。胎儿需要多多保重,苍蝇真缠人。

七点钟她就把孩子们打发上床。后来她又干了一会儿活。

瓦尔特·莫雷尔和杰里到达贝斯伍德的时候,两人都觉得心里放下了一块石头,火车总算乘过了,他们可以锦上添花,再来庆祝一下。他们带着倦游归来的满意心情,踏进了纳尔逊酒店。

第二天是上工的日子,一想到上工,这些男人心里就觉得有点扫兴。再说,他们大多把钱都花光了。有些人已经没精打采地蹒跚走回家去睡觉,准备第二天上工。莫雷尔太太一面听着他们忧伤的歌声,一面走进屋去。九点过了,十点也过了,那对"难兄难弟"还没回来。不知在哪家门前的石阶上,有个男人拖长声音大声唱起《引导我,慈爱的灵光》,那些醉汉酒后伤感必定要唱这首赞美诗,莫雷尔太太听了心里总是大为反感。

"就像唱《吉尼薇芙》[①]还不够劲似的。"

厨房里一股熬草药和蛇麻子[②]的香味,炉子铁架上搁着一只黑色大汤锅,慢慢地冒着热气。莫雷尔太太搬来一个大

---

① 指英国流行民歌《可爱的吉尼薇芙》。
② 这是制作草药啤酒的主要原料,蛇麻子即酒花。

和面钵——一只厚红陶土的大钵,往钵里倒进一堆白糖,然后用尽全身力气端起锅里熬好的酒汁来倒进钵子里。

就在这时,莫雷尔进来了,他在纳尔逊酒店倒很快活,可回到家里又变得烦躁起来。他因为浑身发热时在露天地里睡了一觉,醒来就感到烦躁、疼痛,这会儿还没完全复元。他走近家门口时,心里有一种内疚的感觉。他没有意识到自己在发火。他想开花园大门没开成,就用脚踢,把门闩都踢断了。他走进屋去,正赶上莫雷尔太太把汤锅里的草药酒汁倒出来。他脚步有点踉跄,一下撞在桌子上。那熬开的酒汁洒了出来,把莫雷尔太太吓了一跳。

"我的老天哪,"她大声说,"喝得烂醉地回来了。"

"喝得怎么样回来了?"他帽子盖没了眼睛,吼着说。

她浑身的热血一下子沸腾了。

"敢说你没喝酒么?"她发火地说。

她已经放下汤锅,正在把糖和酒汁搅和。他双手重重地落在桌上,把脸凑到她面前。

"'敢说你没喝酒么?'"他跟着说了一遍。"哼,只有你这个讨厌的臭婆娘才会这么想。"

他把脸凑到她面前。

"钱多得没处用喽,该瞎扔乱花嘛!"

"我今天只花了两个先令都不到。"他说。

"总不见得白白让你喝得这么醉吧。"她回答说。"还有,"她一下子大发雷霆,喊道,"如果让你去一直靠你那个宝贝的杰里过日子,咳,还不如叫他照应照应自己的孩子吧,他们才需要照顾呢。"

"这是瞎说八道,瞎说八道,婆娘,你少废话。"

他们这会儿已经剑拔弩张,大家都忘了一切,只想着彼此间的仇恨和这场争吵。她跟他一样满腔怒火,暴跳如雷。他们就这么你一句我一句地吵下去,吵到后来,他就骂她是个瞎说八道的骗子。

"不成,"她大声说,一面跳起来,气得差点透不出气,"不准叫我骗子——你才是披着人皮的天字第一号大骗子呢。"说到最后几个字,她简直气也透不出了。

"你是个骗子!"他喊叫着,拳头直捶桌子。"你是个骗子!你是个骗子!"

她握紧拳头,铁青着脸。

"屋子都被你弄脏了!"她叫着说。

"那你就滚出去——这屋子是我的!滚出去!"他叫着,"是我挣钱养家,不是你。这是我的屋子,不是你的。快滚出去——滚出去!"

"我会走的。"她突然气得发抖,流下了示弱的眼泪,大声说,"啊,要不是为了那些孩子,我早就走了。唉,我后悔几年前我只有一个孩子的时候没走。"——她的眼泪一下子又气干了,"你以为我是为你才留下的吗?——你以为我为你肯多待一分钟吗?"

"那么,你走啊,"他发疯似的大叫大嚷,"走!"

"不走!"她看看四周,"不走!"她大声喊叫,"你休想样样都趁你的心,你休想爱干什么就干什么。我要照顾那些孩子。我说话算数,"她大笑道,"我真会把他们交给你来管么?"

"走!"他举起拳头,口齿不清地喊着。他怕她,"走!"

"我要是能离开你,那我真太高兴了,我真要大笑一场,大笑一场,老天爷!"她回答说。

他走到她身边,眼睛充满血丝,把通红的脸凑到她面前,一把抓住她的胳膊。她害怕得叫起来,挣扎着想脱身。他稍微清醒了些,气喘吁吁,粗暴地把她推到屋门口,顺势往外一推,砰的一声在她背后闩上了门。随后他回到厨房,倒在扶手椅上,把被血冲昏了的头脑一直俯垂到膝盖上。就这样,他精疲力竭,又喝醉了酒,终于昏睡不省人事了。

八月的晚上,月光皎洁。莫雷尔太太气得麻木了,她发现自己沉浸在一大片白光里,不由哆嗦了一下,月光照在她身上好凉,使她那激动的心灵为之震颤。她无可奈何地站了一会儿,凝视着近门处那一片闪闪发亮的大黄叶子。后来,她深深吸了口气,顺着花园的小径走去,四肢不住哆嗦,胎儿也在不停地躁动。一时间她竟胡思乱想起来,她不由自主地回想着刚才的事情,想了一遍又一遍,每次想到某句话,某个时刻,都给她的心灵加了个火红的烙印。每次她重温那前一小时的事,都要在同样的地方再加上个烙印,直至这个痕迹深印心头,痛苦已麻木不仁,最后她终于清醒了过来。她这么丧魂落魄已有半个钟头了。这时她又一次感到眼前是黑夜。她提心吊胆,东张西望,信步来到宅边园子,在长长一溜墙根下的红醋栗灌木丛边的小路上走来走去。宅边园子是狭长的一条,隔着一道密密的荆棘树篱,与横贯两排住房之间的路相邻。

她赶紧从宅边园子走到宅前园子,她可以站在那儿,宛若置身于一大片白光下。月亮高照在她脸上,月光从前面的小山上升起,明晃晃地照遍洼地区的整个山谷。站在那儿,方才那番紧张激动又涌上心头,她气喘吁吁,抹着眼泪,一遍又一遍喃喃地说道:"讨厌!讨厌!"

附近有什么东西引起她的注意,她勉强振作精神看看是什么,原来是高高的白百合花在月光下摇曳,空气中充满了清香。仿佛有精灵鬼怪在侧似的,莫雷尔太太提心吊胆地轻轻喘了口气。她摸摸白色的大朵百合的花瓣,又哆嗦起来。月光下的花儿似乎正在伸展开来。她把手指戳进白花蕊里,映着月光手指上简直看不出金黄颜色来。她弯下腰来看看花蕊上的黄色花粉,可是花粉看上去却是黑糊糊的。她深深吸了一口香味,香得脑袋也晕了。

莫雷尔太太靠在花园门上往外眺望,一时竟出了神。她不知道自己在想什么,除了感到有点恶心,还意识到胎儿的存在,她就像这股香味一样,完全溶化在晴朗、苍白的夜空中了。过了一会儿,连胎儿也跟她一起溶化在月光这熔炉里。她和群山、房子、百合花静静栖息在一起,一切都仿佛共同浸沉在一场昏睡之中。

等她清醒过来,只觉得累了,想睡觉。她无精打采地看看四周。那一簇簇白夹竹桃似乎像铺着亚麻布的树丛。一只飞蛾掠过花丛,穿过园子飞去。她两眼跟着飞蛾转,人又清醒了。夹竹桃的阵阵浓香又把她的精神提起来了。她沿着小径走,在白玫瑰树丛前踌躇着。这花的香味又甜又纯。她摸摸白玫瑰的花瓣。那清新的香味和阴凉、柔软的叶片使她想起早晨和阳光。她真喜欢这些花。不过她累了,要睡觉了。待在这神秘的露天里,她觉得自己孤零零的。

四下一片寂静。显然孩子们还没被吵醒,要不就是吵醒了又睡着了。三英里之外,一列火车隆隆响着穿过山谷。夜空寥廓,不可思议,茫茫伸向无垠的远方。黑暗的银灰色迷雾里传来种种模糊沙哑的声音:秧鸡在不远处啼叫,火车的呼啸像一声叹息,远处男人在叫嚷。

她已趋平静的心又跳得快起来了。她匆匆走过宅边园子，来到屋子后面。她轻轻提起门闩，门还是闩着，紧紧对她关着。她轻轻敲门，等一会儿，又敲敲门。她千万不能吵醒孩子，也不能吵醒邻居。他一定睡着了，不会轻易醒来。她真巴不得快进屋里去。她抓住门把儿。这会儿天凉了，她会着凉的，何况她眼下还正怀着孕！

她把围裙盖在头上，遮住胳臂，又赶快走到宅边园子，到厨房窗口去。她贴近窗台，从百叶窗下刚能望见丈夫两臂摊在桌上，黑糊糊的脑袋靠着桌面，脸贴在桌边睡着了。不知怎的，他那种姿势就叫她感到事事不顺眼。她一看灯光成了古铜色，就知道灯烧得冒烟了。她敲敲窗子，越敲越响，简直快把玻璃敲碎了，可他还没醒。

白白辛苦了一场，她又直打哆嗦了，一则碰到了顽石，二则已经搞得筋疲力尽。她一直担心肚子里的孩子，不知怎么办才能暖和一点。她走到堆煤房里，那儿有一条旧的炉边地毯，是她上一天放在那儿准备卖给收破烂的。她把这条毯子裹在肩膀上。毯子虽然脏，倒还暖和。随后她在园里小径上走来走去，不时从百叶窗下往里张望，敲敲窗子。她自譬自解地说，他这姿势很僵，睡到末了总会醒的。

最后大约过了一小时，她在窗上轻轻敲了半响。这声音逐渐使他惊觉了，正当她已经绝望，不再敲窗时，她看见他动弹一下，接着迷迷糊糊地抬起头来。他心脏的剧烈跳动所引起的难受，使他渐渐恢复知觉。她急不可耐，在窗子上敲了几下。他这才惊醒了。她顿时看见他捏紧拳头，瞪大眼睛。他一点也不害怕。即使是来了一大帮强盗，他也会冒冒失失地冲上去的。他瞪大眼睛，愣愣地看着周围，准备打一架。

她冷静地说:"开开门,瓦尔特。"

他两手放松了。他明白自己干了什么。脑袋耷拉下来,绷着脸,一副倔相。她看见他赶到门边,听见他卡住锁簧的声音。他拔掉门闩,门开了——习惯了昏暗的灯光,猛一看到外面银灰色的夜空,他感到有点畏缩,赶快退了回去。

莫雷尔太太进去的时候,只见他夺门而过,奔上楼去。他为了趁她还没进屋就抢先上楼,匆匆扯掉了脖子上的硬领,纽孔都拉坏了,就扔在那儿,她看了真没好气。

她暖暖身子,镇定了一下。疲倦使她忘记了一切,她走来走去又干起那些没干完的活儿来,准备他的早餐,把下井的水壶洗干净,下井的衣服放在炉边烤着,下井的靴子也放在旁边,再拿出一块干净围巾、背包和两只苹果,通了通炉子,这才去睡觉。这时他早已睡得烂熟。两条紧锁的黑眉毛在额头上耸起着,流露出闹别扭的痛苦神情,拉长着脸,噘着嘴,似乎在说:"我不管你是谁,也不管你是干什么的,我要怎么样就怎么样。"

莫雷尔太太很了解他,看也不看他。她对着镜子解下胸针,看见自己脸上沾满了百合花的黄粉,不禁微微一笑。她擦掉花粉,终于躺了下来,但脑子里还继续冒出各种各样的念头。不过等她丈夫一觉睡醒时,她已经睡着了。

第二章　保罗出世，又一个回合

出了这件事以后，有几天瓦尔特·莫雷尔羞愧难当，但不久又故态复萌，盛气凌人，满不在乎。然而他的威风却稍有收敛。甚至身体也变得哈腰曲背，本来神采奕奕，现在憔悴了。他从来就没发胖过，因此他一旦神情沮丧，不再趾高气扬，挺胸凸肚，他那身体似乎也随着他的自尊心、道德感一起缩小了。

不过如今他总算认识到老婆拖着身子干活有多么辛苦，悔过的心情触动了他的同情心，促使他出力帮忙。他出了矿井就径直回家，晚上也待在家里。到了星期五晚上他就坐不住了。不过他十点钟就回来，而且一点也没醉。

他总是自己准备早餐。他起得早，时间从容，不像有些矿工那样，六点钟就把老婆拖起来。他五点就醒了，有时醒得更早，立刻起床下楼去。他老婆睡不着的时候，总是躺在床上挨过这段时间，趁此安静片刻。真正的安静似乎只有等他出去上工以后。

他穿着衬衫下楼去，再急躁地套上下井的裤子，那是晚上放在炉边烘过夜的。莫雷尔太太封过炉子，早上总是有火。屋子里第一个声音就是拨火棍扒炉灰的砰砰声，水壶早就灌满了水，放在炉边铁架上，莫雷尔砸碎炉中的残煤，搁上水壶，把水煮开。除了吃的,凡是他要用的刀、叉和杯子,都早已放在桌上一张报纸上。于是他开始吃早餐,沏茶,用毯子堵上门缝防风,把火弄得旺旺的,坐下来高高兴兴过一个小时。他又起咸肉放在火上烤,让肉油滴在面包上,然后把薄片咸肉放在厚厚的面包上,用一把折刀一块块切着吃,把茶倒在小碟子里喝,这时,他快活了。他跟家里人一起吃饭,倒从来没这么快活。他不愿意用叉;这是近来才时行的,普通人用叉的还很少。莫雷尔宁愿用一把折刀。他就这么一个人又吃又喝,碰到冷天,还常常坐在一张小凳子上,背靠着暖和的壁炉架,吃的东西放在炉子围栏上,杯子搁在炉边。随后他看看隔夜报纸——拿到什么就看什么——费劲地念着。尽管是大白天,他却宁愿下着百叶窗,点上蜡烛,这是矿上的人的习惯。

六点差一刻,他站起来,切下两片厚厚的黄油面包,放进白布干粮袋里。把铁皮水壶灌满茶。他下井就爱喝凉茶,不加牛奶也不加糖。然后他脱下衬衫,穿上下井的汗衫,那是一件厚绒布汗衫,领口开得很低,短袖,像件女式衬衫。

接着他又上楼给老婆端去一杯茶,一则她生病了,二则是一时乘兴。

"婆娘,我给你送茶来了。"他说。

"得了,你用不着送来,你知道我不喜欢在床上喝。"她应道。

"喝了吧,喝下去你又会睡着的。"

她接过茶。看见她端起茶来喝,他高兴了。

"我敢打赌,茶里没搁糖。"她说。

"咦,我搁了一大块呢。"他回答时有点委屈。

"那就怪了。"她说着又抿了几口。

她头发披散时脸蛋格外迷人。他就爱看她嗔怪的这副模样。他又看看她,连一声招呼也不打就走了。他在井下最多只吃两片黄油面包,因此有个苹果或橘子对他就是件难得的高兴事。每逢她留出个把果子给他,他总是很满意的。他围上条围巾,穿上那双笨重的大靴子和外套,大口袋里放着干粮袋和水壶,顺手掩上门,没上锁就径直出去呼吸早晨的新鲜空气。他喜欢清晨,也喜欢漫步穿过田野。因此他来到井口的时候,嘴里常常咬着一根从树篱上摘下的花梗,整天在矿里嚼着这根花梗,保持口腔湿润,他觉得这样就像在田野里一样逍遥自在。

又过了些日子,她产期快到了,他就大大咧咧地忙乱起来,上工前捅炉灰,擦壁炉,打扫屋子,什么都干。然后他一副自以为是的样子,走上楼去。

"好了,我替你打扫过了,你可以整天一步都不动,光坐着看看书就行了。"

听了这话,她不禁又好笑又好气。

她回答说:"那饭会自动烧好吗?"

"唉,烧饭的事我可不懂。"

"等没饭吃了,你就会懂的。"

"哎,大概是吧。"他说着就出去了。

她下楼以后,看见屋子虽然收拾整齐了,却还是很脏。直到她彻底打扫干净,才顾得上休息;她还拿着畚箕去倒垃圾。暗中在注意她的寇克太太,装作正巧要上自己的堆煤房去,经过木栅栏时叫道:

"怎么你还在忙个不停啊?"

"唉,"莫雷尔太太不在乎地说,"没办法呀。"

"你看见霍斯吗?"大路对过有个个子很小的女人在叫唤,原来是安东尼太太,此人一头黑发,身材矮小得出奇,老是穿一件棕色丝绒衣服,紧紧裹在身上。

"我没看见。"莫雷尔太太说。

"嗳,我盼望他来。我有一大锅衣服要煮呢。我肯定刚才听见他的铃声了。"

"听!他在巷口了。"

两个女人朝小巷望去。洼地区的那一头有个男人站在一辆老式双轮轻便马车里,身子俯伏在一捆捆米黄色的东西上,一群女人向他伸着手,有些人手里也拿着一捆捆的东西。安东尼太太的胳膊上就搭着一堆没染过色的米黄色长袜子。

"这个星期我做了十打。"她骄傲地对莫雷尔太太说。

"啧—啧—啧!"那一个说,"我真不知道你怎么有时间干活的。"

"呃!"安东尼太太说,"要是你抓紧点,你就有时间了。"

"我不明白你是怎么抓紧的,"莫雷尔太太说,"这么多长袜子你可以挣多少钱呢?"

"两个半便士一打。"另一个回答说。

"得了,"莫雷尔太太说,"我情愿饿死,也不愿为了挣两个半便士坐在那儿缝二十四只长袜子。"

"哦,我可说不准,"安东尼太太说,"你可以顺手缝下去嘛。"

霍斯一面摇着铃一面过来了。女人家的胳膊上搭着她们缝好的长袜站在院子口等他。这人是个粗俗的人,跟她们开开玩笑,想方设法哄骗她们,欺负她们。莫雷尔太太不屑地走进自己的院子去了。

这儿的习惯是：要是哪家女人要邻居来帮忙，她就拿拨火棍伸进火里，敲敲壁炉后面，因为壁炉都是背靠背造的，这一敲就会在隔壁房子里发出很响的声音。一天早上，寇克太太正在和面做布丁，听见她家的壁炉发出砰砰的声音，差点没吓死。她双手沾满面粉，赶到篱笆边。

"是你敲的吗，莫雷尔太太？"

"对不起，劳驾了，寇克太太。"

寇克太太爬上她家的煮衣锅，翻过墙落在莫雷尔太太的煮衣锅上，就此闯到邻居家里去了。

"哎，亲爱的，你觉得怎么样？"她关切地叫着说。

"你最好去把鲍尔太太找来。"

寇克太太走到院子里，扯起她那又尖又响的嗓子叫开了：

"艾——吉——艾——吉！"

这声音从洼地区这头到那头都听得见。最后艾吉跑来了，并被派去找鲍尔太太。寇克太太扔下自己家的布丁，守着她的邻居。

莫雷尔太太上了床，寇克太太把威廉、安妮带去吃午饭。胖胖的鲍尔太太走路摇摇摆摆，在屋里发号施令。

"切点冷肉给当家的吃吃，再给他做一个苹果奶油布丁。"莫雷尔太太说。

"他今天没有布丁也能凑合。"鲍尔太太说。

一般说来，莫雷尔从不抢先来到竖井底部，以便早点上地面去。有些人不到四点钟，还没等到吹哨子放工就候在那儿了。莫雷尔当时干活的矿坑是个苦地方，离井底有一英里半，他总是干到副手歇手才收工。这天，莫雷尔不知怎么干得不耐烦了。两点钟他就在绿蜡烛光下看了一次表——他在一个安全巷道工作——两点半又看了一次。他正在劈开一块岩石,因为这块石头挡住了第二天的工作面。他一会儿蹲着,一会儿跪着,用镐使劲挖得"克嚓,克嚓!"响。

"干完了吗,嘎们①?"他的伙伴巴克尔喊道。

"干完?永远也干不完。"莫雷尔吼着说。

他接着挖下去。他累坏了。

"这活儿真叫人伤心。"巴克尔说。

莫雷尔已经火冒三丈,忍无可忍,顾不上答理他,只顾用尽全力劈呀,挖的。

"你还是放下吧,瓦尔特,"巴克尔说,"放到明天干好了,用不着拼死卖命。"

"明天我就不干这活了,伊斯雷尔。"瓦尔特大声说。

"哦,得了,如果你不干,总会有别人干的。"伊斯雷尔说。

于是莫雷尔继续挖下去。

"嗨——上面——收工了。"隔壁巷道里的人都一边喊着一边走了。

莫雷尔还是挖个不停。

"碰得巧的话,你会赶上我的。"巴克尔说着也走了。

巴克尔走了,只剩下莫雷尔一个人,他气极了,活儿没干完,自己却疲劳过度,累得快发狂了。他站起来,浑身汗水淋淋,扔下工具,穿上外套,吹灭蜡烛,拿上灯往外走。在主巷道里,看得见别人的灯影在摇晃,听得见种种空洞的回声。地下这一长段路可真不好走啊。

他坐在井底,大滴大滴的水珠啪啦啪啦往下掉。那些在

---

① "嘎们"是一种通行的称呼,也许是"哥们"的讹称。——原作者注

等候依次到地面上去的矿工七嘴八舌说着话。莫雷尔只是爱理不理地回答个三言两语。

"嘎们,下雨了。"老贾尔斯说,这消息是井上人传下来的。

莫雷尔心安了些。他有把心爱的旧伞放在矿灯室里。终于轮到他站在升降机里,一会儿就升到地面。随后他把矿灯递进去,拿了雨伞,这是他在一次大拍卖中买来的,只花了一先令六便士。他在矿井口边上站了一会儿,眺望着田野。灰濛濛的雨下个不停,卡车上装满了湿漉漉、亮晶晶的煤。雨水顺着矿车边往下淌,滴在"卡—魏公司"几个白字上。矿工们不顾大雨,径自走着。这一大群脸色苍白,神情忧郁的人川流不息地沿着铁轨来到田野上。莫雷尔撑起雨伞,听着雨点滴滴答答打在伞上,倒也觉得是种乐趣。

矿工们一路向贝斯伍德走去,个个都湿淋淋,灰不溜秋,浑身肮脏,但嘴巴还有血色,大家正谈得起劲。莫雷尔也跟一伙人走在一起,可他没吭声,一路走一路恼怒地皱着眉头。好多人走进了威尔斯王子酒店,也有人走进了埃伦酒店。莫雷尔为了抵制这种诱惑感到老大不痛快,他拖着沉重的脚步,走过伸出公园墙头那排湿淋淋的树下,踏进青山巷的泥浆里。

莫雷尔太太躺在床上,听着雨声和从敏顿回来的矿工的脚步声,他们的说话声,从田野走上石阶和砰砰的敲门声。

"伙房门后面有点草药酒,"她说,"我当家的在路上不停留的话,就会要喝上一杯的。"

可他迟迟没有回来,于是她断定,因为天下雨,他被人叫去喝酒了。他才不管娃娃或她的死活呢!

她生孩子的时候,总要大病一场。

"生了个什么?"她问,觉得自己快要死了。

"生了个男孩。"

听了这话她觉得有了安慰。一想到生了个男孩,她心头就暖烘烘的。她看看那娃娃,他长了一双蓝眼睛,一头金发,健壮可爱。一股强烈的母爱油然而生,什么都不顾了。她陪着娃娃一起睡了。

莫雷尔什么也不想,拖着脚步走进园里的小径,又疲倦,又生气。他把雨伞收下,把伞搁在水槽里,然后把那双笨重的靴子扔在厨房里。这时鲍尔太太从里面门口出现了。

"哎呀,"她说,"她身子要多弱有多弱。生了个男孩。"

莫雷尔哼了一声,自顾自把空的干粮袋和铁皮水壶放在厨房柜子上,又走到洗碗间,挂好外套,这才回屋,一屁股坐在扶手椅上。

"你有酒吗?"他问。

那女人走进伙房,只听见软木塞噗的一声。她带着点厌恶的神情把杯子砰地放在莫雷尔面前的桌上。他喝一口酒,喘口气,用围巾一角擦擦大胡子,再喝一口,喘口气,然后倒在椅子上。那女人再也不跟他说话。她把晚饭端到他面前,上楼去了。

"是当家的来了吧?"莫雷尔太太问道。

"我已经把晚饭端给他了。"鲍尔太太回答说。

他双臂搁在桌上,坐了一会儿,才开始吃饭。鲍尔太太没给他铺上桌布,又没给他大号的菜盘子,只递给他一个小盘子,他为此很不高兴。他老婆生病,又添了个儿子,这些事眼下在他看来都算不上什么。他太累了,他要吃晚饭,他要坐着,把胳臂放在桌上,他不喜欢鲍尔太太在身边。炉火不旺,他也不满意。

他吃过饭,坐了二十分钟,然后把火拨旺。于是他只穿着长袜子,勉强上楼去了。这时候去看老婆可真够呛,而且他累坏了。他满脸乌黑,汗流浃背。汗衫湿了又干,浸透了污垢。脖子上围了条脏的羊毛围巾。所以他只好站在床脚边。

"喂,你觉得怎么样?"他问。

"我就要好了。"她回答说。

"嗨!"

他站在那儿,不知所措,想不出接下来该说什么。他累了,这件麻烦事对他来说真讨厌,他不知道自己该怎么办。

他结结巴巴地说:"据说,是个男孩。"

她掀起被单,让他看看孩子。

他低声说:"上帝保佑他!"她一听就笑了,因为他装出父子情深的模样,生硬地祝福孩子,其实他并没有这种感情。

"好,你走吧。"她说。

"我这就走,婆娘。"他回答道,随即转过身去。

老婆打发他走,他本想吻吻她,可又不敢。她心里也有点想要他来吻她,可她自己又没法表示什么。直到他走出屋去,留下一股淡淡的矿井的脏味儿,她才轻松地透了口气。

公理会牧师每天都来看望莫雷尔太太。希顿先生很年轻,也很可怜。他老婆生第一个孩子时死了,他至今还一个人住在牧师住宅里。他是剑桥大学文学士,为人很腼腆,不是做传教士的料子。莫雷尔太太喜欢他,他也相信她,她不生病的时候,他跟她一谈就是几个钟头。他做了这孩子的教父。

牧师偶尔也跟莫雷尔太太一起喝茶。这时她就趁早铺上桌布,拿出她最好的细绿边杯子,心里希望莫雷尔别太早回来。说真的,这一天如果他在外面喝杯酒,她倒不在乎。她总是烧两顿饭,因为她认为孩子们主要一顿应该在晌午吃,而莫雷尔这顿饭必须在五点钟吃。因此莫雷尔太太调面粉做布丁,或削土豆皮的时候,希顿先生就抱着娃娃,一直看着她干活,一边跟她讨论他下一次的讲道。他的看法荒谬古怪,她颇有见识地劝他面对现实。这回是讨论迦拿的婚礼①。

"耶稣在迦拿把水变成酒,"他说,"这是一种象征,说明成了亲的夫妇的日常生活,他们的生命,以前就像水一样,从来没有受过圣灵感召,一旦受到圣灵感召,会变得甘醇如酒。因为,一旦有了爱情,一个人受了圣灵感召,精神结构就会改变,外貌也会变化。"

莫雷尔太太心里暗想:

"是啊,可怜的家伙,他老婆年纪轻轻就死了,所以他才把爱倾注到圣灵身上。"

他们第一杯茶刚喝了一半,就听见扔矿井靴的声音。

"天哪!"莫雷尔太太不由自主地叫道。牧师看上去也有点害怕。莫雷尔进来了,他正在气头上。他对牧师点头招呼,牧师站起来要跟他握手。

"别,"莫雷尔说,一面伸出手让他看看,"你看看这手!你决不想握这样的手吧?手上净是铁镐和铁锹上的煤灰。"

牧师慌乱地涨红了脸,又坐下了。莫雷尔太太站起来,把冒热气的汤锅拿开。莫雷尔脱掉外套,把扶手椅拖到桌边,一屁股坐下。

---

① 典出《圣经·约翰福音》第二章。加利利的迦拿有娶亲的筵席,耶稣的母亲在那里,耶稣和他的门徒也被请去赴宴。酒用尽了,耶稣叫用人摆了六只石缸,每缸盛两三桶水,盛满水后,舀出来就变成了酒。

牧师问："你累了吧？"

"累？我是累了。"莫雷尔答道，"你可不知道我这种累是什么滋味！"

"不知道。"牧师回答说。

"来，你看看这儿，"矿工说着让他看自己汗衫的肩部，"这会儿干点了，不过即使现在也还像块汗湿的抹布。摸摸看。"

"天哪，"莫雷尔太太大声说，"希顿先生才不想摸你那件臭汗衫呢。"

牧师小心翼翼地伸出了手。

"对，也许他不想摸，"莫雷尔说，"可是不管怎么说，汗确实从我身上出来了。我的汗衫每天都拧得出水来。太太，你有没有给一个从井下回家的男人准备一杯酒？"

"你明明知道自己把酒都喝完了。"莫雷尔太太说着给他斟茶。

"难道一点也没有了吗？"他转身对牧师说，"不瞒你说，煤矿里到处都是灰，一个人浑身煤灰，回到家来就少不了一杯酒。"

"那是一定要喝的。"牧师说。

"如果说应该喝的话，十次倒有九次喝不到。"

"有水——还有茶。"莫雷尔太太说。

"水！水又清不了嗓子。"

他把茶倒在茶碟上，吹吹凉，隔着乌黑的大胡子，一口喝干，喝完又叹了口气。随后他又倒了一茶碟，把茶杯放在桌上。

"我的桌布！"莫雷尔太太说着连忙把茶杯拿起来放在盘

子上。

"我这种人回家来已经累得不行了,哪还顾得上桌布。"莫雷尔说。

"可怜哪!"他老婆挖苦地大声说。

屋子里一股肉味和菜味,还有他那身下井衣服的臭味儿。

他向牧师俯着身子,大胡子往前面翘着,那张黑脸上只见血红的嘴巴。

"希顿先生,"他说,"一个人整天待在黑洞里,在煤层上丁丁当当挖呀挖的,唉,回来看到的比那堵煤墙还要受不了……"

"用不着唉声叹气的。"莫雷尔太太插嘴了。

她真恨她丈夫,每当他找到个听众,他就装模作样,嘟嘟囔囔,博取人家同情。坐在那儿照应小娃娃的威廉心里也恨他。孩子就恨他自怨自艾,恨他这么混账地对待母亲。还有安妮也从来没喜欢过他,总是躲着他。

牧师走了以后,莫雷尔太太看看她那块桌布。

"一团糟!"她说。

他大声喝道:"难道因为你招来个牧师一起喝茶,我就该晃着两条膀子坐着吗?"

两口子都气呼呼的,可她一声不吭。小娃娃哭了,莫雷尔太太抓起炉边的一只汤锅,不巧碰了安妮的脑袋,小姑娘呜呜哭起来,莫雷尔对她直嚷嚷。在这场混乱中,威廉看着壁炉架上几个发亮的大字,清楚地念道:

"上帝保佑我家!"

这时莫雷尔太太正打算哄娃娃,跳起来冲到他面前,打他耳光,说:

"要你插嘴干吗？"

说着她坐下哈哈大笑，笑得眼泪都流出来了。威廉踢着自己一直坐着的凳子，莫雷尔吼着说：

"我看不出这有什么可笑的。"

一天傍晚，牧师刚走，她觉得自己再也受不了丈夫的那一套夸夸其谈，就带着安妮和娃娃走出去。莫雷尔刚踢过威廉，做母亲的永远也不能原谅他。

她走过放羊桥，穿过草地一角，来到板球场。草地看上去像一片金黄的晚霞，远处水车的潺潺水流声隐约可闻。她坐在板球场杨树下一个座位上，面对着这片暮色。在她眼前展现着一大片绿油油的板球场，又平坦又结实，像亮晃晃的海底。孩子们在浅蓝色的帐篷阴影里玩。好多白嘴鸦飞得高高的，经过微云片片似锦似绣的天空，呱呱叫着飞回家去。白嘴鸦弯成一条长长的弧形，飞进金色的夕照，又聚拢来，呱呱叫着，像缓慢的旋风上的黑色鳞片，围绕着突出地矗立在牧场中间的一个暗沉沉的树丛不住打转。

球场上有几位绅士正在练球，莫雷尔太太听得见打球的声音和男人的失声惊呼。她看得见白色的人影在绿茵上静静移动，绿茵上已是暮色朦胧，再看远处的农庄，干草堆的一面仍然发亮，另一面已成了蓝灰色。一辆装着一捆捆谷物的大车在沉沉暮霭中轻摇而过。

太阳下山了。每当晴暖的傍晚，德比郡的群山都被火红的夕照映得闪闪发光。莫雷尔太太眼望太阳从绚丽的天空沉下，当空只留下一抹柔和的吊钟花一般的蓝色，西面天际却染成了红色，就像所有的火都汇集在那下面一样，让吊钟花径自发出明净的蓝色。一时间，田野那边的山梨果从黑沉沉的叶丛中探出头来。几捆麦子竖在一块休耕地角上,就像活人似的。她想象麦子在点头哈腰,说不定她的儿子将来会成为一个正派人。在东方,落日反射出一片浮动的粉红色,和西面的绯色遥遥相对。山坡上那些大干草堆,原来晒在耀眼的阳光下,这会儿也变凉了。

对莫雷尔太太说来,眼前这种寂静的时刻,琐碎的烦恼全消失了,万物的美也显示出来了。只有这时她才能有这份宁静和这份力量来清醒地自省。她就这么坐着,时而有只燕子掠过她身边,时而安妮拿着一把杨树果来到她身边。小娃娃在母亲膝盖上一刻也不安生,两手对着亮处爬啊爬的。

莫雷尔太太低头看着娃娃。由于她对丈夫没感情,她曾经把这个娃娃当做洪水猛兽。现在她对这孩子还不免感到陌生。她想到这孩子就觉得心情沉重,就仿佛孩子身体不好,长得畸形似的。不过孩子看来长得挺不错。但她注意到娃娃奇怪地皱着眉头,眼睛也特别忧郁,仿佛他正在努力领会痛苦的滋味。她看着孩子那对沉思的深色眼珠,心里总不由觉得压着块大石头。

寇克太太说过:"他看上去像是在想心事——挺伤心的呢。"

她正看着孩子,突然间,母亲心头那股沉重的感觉化为强烈的悲喜之情。她俯在孩子身上,滚下几滴由衷的热泪。娃娃举起了小手指。

她温柔地说:"我的好乖乖。"

在这一刹那,她从自己灵魂深处感到她和丈夫是有罪的。

娃娃抬眼看着她。一双蓝眼睛跟她的长得一模一样,只是眼神忧郁、沉着,仿佛他已经明白心灵中受到了什么打击。

娇弱的娃娃躺在她怀里。他那暗蓝色的眼睛老是一眨也不眨地望着她,好像要把她心底的念头勾出来。她不再爱她丈夫了。她本来不想生这个孩子,如今他躺在她怀里,使劲牵动她的心。她感到把孩子那脆弱的小躯体和她的身子连在一起的那根脐带似乎还没割断。她心头涌上一股疼爱孩子的热浪。她把孩子紧紧贴在胸前,贴在脸上。孩子出世没人疼爱,她真想全心全意去补偿。既然他出世了,她就要格外疼爱他,让他享受到母爱。他那清澈懂事的眼睛让她看了又痛苦又害怕。莫非他了解她的一切心情?他在她肚子里的时候,就一直听着她说话吗?他神色是不是带着责备的意思?她又痛苦又害怕,不由感到心肠都软了。

她又一次意识到一轮红日落在对面山头上了。突然她双手抱起了孩子。

"瞧!"她说,"瞧瞧,我的宝贝儿!"

她几乎怀着欣慰的心情,把婴儿朝正在搏动的、红艳艳的落日推过去。她看见他举起小拳头。随后她又把他搂在怀里,对自己一时冲动想叫他从哪里来回哪里去感到羞愧。

"如果他活下去,"她暗自想道,"他会怎么样呢——他会成为什么样的人?"

她担心了。

"我要叫他'保罗'。"她突然说,连她自己也不知道为什么。

过了一会儿,她回家去了。深绿的草地已经投下一层阴影,黑暗笼罩着一切。

果然不出所料,她发现家里没人。不过莫雷尔十点钟就回家了,至少那一天是太太平平过去了。

这一时期,瓦尔特·莫雷尔心情特别烦躁,他的活儿似乎把他累得筋疲力尽。回到家里对谁也没有好声气。如果炉火不旺,他就咋呼着吓唬人,他还抱怨饭菜不称心。孩子们要是叽叽喳喳,他就对他们直吆喝。做母亲的看见他那副腔调,真是火冒三丈,孩子们看了也都痛恨他。

星期五那天,晚上十一点他还没回来。娃娃那天不舒服,烦躁不安,一放下就哭。莫雷尔太太累得要死,加上她身体还很虚弱,几乎控制不住自己了。

她疲倦地自言自语:"但愿那死鬼快点回来。"

孩子终于在她怀里睡着了,她累得没劲把他抱到摇篮里去。

"不过,随便他几时回来,我都不作声。"她说,"说了只会惹我上火,我什么也不说。但我知道,只要他干出什么事来,我就要发火了。"她又自言自语道。

听到他回来了,她叹了口气,好像这件事叫她受不了似的。他喝得醉醺醺的,对她进行报复。他进来时她一直俯首对着孩子,不想看他。谁知他走过去时,东倒西歪地撞上了碗柜,里面的铁罐都乒乒乓乓响起来,他赶紧抓住白色的把手稳住身子,她看了顿时无名火起。他挂好衣帽,回过身来,站在远处瞪着她,她却坐在那儿低头照顾孩子。

"家里没东西可吃吗?"他霸道地问她,口气就像是对下人在说话。他喝醉以后在某些场合会装出城里人说话那种含糊其词的做作腔调。莫雷尔太太最恨他这一套。

"你知道家里的东西放在什么地方。"她用毫不关心的口气冷冷地说。

他站在那儿,纹丝不动,只顾瞪着她。

"我客客气气地问一句,也希望听到客客气气的回答。"他装腔作势地说。

"不是回答了你么。"她说,还是不理他。

他又瞪着眼睛。随后他摇摇摆摆向前走。一手按在桌上,一手拉开桌子抽屉去拿刀切面包。因为他从侧面拉抽屉,一下子拉不开。他索性拼命一拉,整个抽屉突然都拉出来了。刀啊,叉啊,匙子啊,上百件五金杂物稀里哗啦掉在砖地上,把娃娃吓了一跳。

"你这个笨手笨脚的醉鬼,干什么呀?"做母亲的大叫起来。

"那你就应该自己把这些劳什子捡起来。你应该像别的娘们一样,侍候男人。"

"侍候你——侍候你?"她叫着,"噢!我总算明白了。"

"对,我要叫你学会你应该做的事。侍候我,对了,你应该侍候我……"

"没门儿,老爷,我还不如去侍候门口的一条狗哩。"

"什么——什么?"

他正想法把抽屉装上去,听见她后面那句话,他转过身来,满脸通红,两眼布满血丝,恶狠狠地默默瞪了她一会儿。

"呸——"她轻蔑地啐了一声。

他激动得把抽屉猛地一拉,抽屉掉了下来,狠狠砸在他的腿上,痛得他顿时把抽屉向她扔去。

那只浅浅的抽屉一只角磕在她眉毛上,然后掉进了壁炉里。她身子一歪,差点没从椅子上掉下来摔昏在地。她心里感到难受得要命,把孩子紧紧搂在怀里。过了一会儿,她才拼命振作起来。娃娃正哭得伤心。她左眉一个劲地在流血。她刚低头看一眼孩子,头就发晕,几滴鲜血滴湿了娃娃的白围巾。幸好娃娃没有受伤。她保持头部平衡,这一来鲜血就流到自己眼睛里了。

瓦尔特·莫雷尔仍然像刚才那么站着,一手撑在桌上,茫然地看着。他好容易才站稳了,走到她身边,摇摇晃晃,一把抓住她摇椅的椅背,差点没把她翻倒在地。接着,他探着身子,说话时摇摇晃晃,用疑惑的关切口气问:

"砸中你了吗?"

他又身子一晃,好像差点要倒在孩子身上。闯下这个大祸,他早就吓得站不稳了。

"走开。"她说,一面尽量保持冷静。

他打了个嗝儿。"让我——让我看看他。"他说着,又打了个嗝儿。

她大声说:"走开!"

"让我——让我看看嘛,婆娘。"

她闻到一股酒味,觉得他晃晃悠悠抓着她摇椅的椅背,时不时地带动着椅子。

"走开。"她说着,有气无力地把他推开。

他摇晃不定地站着,死死盯着她。她用尽全身力气站起来,一手抱着娃娃。她全凭一股坚强的意志,像在梦里般的行动着,走到洗碗间,用凉水冲洗一下眼睛。可她头太晕了,生怕自己昏倒,就回到摇椅上,浑身直打哆嗦。她出于天性,仍然紧紧抱着娃娃。

莫雷尔好不容易才把抽屉装回那个空格,然后跪下来,双手木木地摸索着撒了一地的匙子。

她的眉头仍然在流血。不一会儿莫雷尔站起身,向她伸出脖子。

"伤得怎么样,婆娘!"他可怜巴巴,低声下气地问。

她回答说:"伤得怎么样你自己看得见。"

他弯下腰,双手扶住膝盖,撑着身子,两眼盯着伤口。她扭过头去,尽量避开他凑过来的那张胡子拉碴的脸。他看见她紧紧抿着嘴唇,冷若冰霜,无动于衷,不觉情绪消沉,心里绝望得难受。他正无趣地转过身去,只见她那避开他的伤口里淌下一滴血,落在娃娃娇柔发亮的头发上。他痴痴望着那滴凝滞发黑的血在亮闪闪的发丝上挂着,并逐渐往下渗。又一滴血淌下来了。血会浸透到娃娃的头皮上的。他痴痴望着,觉得血吸进去了,于是他的大男子气概终于垮台了。

"这孩子怎么啦?"他老婆只对他说了这么一句。不过她那低低的认真声调使他更加垂下了脑袋。她口气就放和缓了些,"给我拿点纱布块,在中间抽屉里。"她说。

他乖乖地跌跌撞撞走开了,一会儿就拿来一块纱布,她坐着把娃娃放在身上,把纱布块先在火上烘一烘,再放在额头上。

"还有那条干净的下井用的围巾。"

他又笨手笨脚地在抽屉里乱翻一气,一会儿就拿来一窄条红围巾。她接过来,手指抖个不停,开始把围巾扎在头上。

他低声下气地说:"让我替你扎上。"

她回答说:"我自己能扎。"扎好以后她就上楼去了,吩咐他封好炉子,锁上门。

第二天早上,莫雷尔太太说:

"因为蜡烛灭了,我摸黑去拿火拨,头碰在堆煤房的门闩上。"两个孩子都惊愕地睁大了眼睛看着她。他们虽然什么也没说,可是却张着嘴,似乎表示他们已经感觉到这场不知不觉发生的悲剧。

第二天,瓦尔特·莫雷尔一直躺在床上,到快吃午饭的时候才起来。他没去想昨晚的事情。他难得想什么事,更不愿意想昨晚的事。他躺在床上,苦恼得像条丧家犬。其实他自己受害最深,而且由于他决不肯对她说什么,或者表示点悔恨之情,因此弄得自己更难受。他竭力想摆脱责任,暗自说:"这全怪她自己不好。"然而,什么也阻止不了他内心良知对他的责备,这种感觉像铁锈一样腐蚀他的心灵,他只能借酒解闷。

他觉得自己似乎不能主动起床,说话,或行动,只能像段木头一样躺着。而且头也痛得厉害。这天是星期六,到晌午时分,他才起来。自己在食品柜里弄了点吃的,低着头吃了,随后穿上靴子就出去了。到了三点钟,他微带醉意,心情轻松了些,回到了家里,随即又直接上了床。傍晚六点他又起来,喝了茶,径自出去了。

星期日还是一样,睡到中午,上帕默尔斯顿酒店混到两点半,回来吃了午饭就上床,几乎一句话也没说。快到四点的时候,莫雷尔太太上楼去换节日穿的衣服,他已经睡熟了。这些日子只要他说一句"婆娘,委屈了。"她就会替他感到难受。可是偏不是这样,他坚持认为这事全怪她不好,结果弄得自己苦恼不堪,她只好让他去。他们之间的感情出现了这次僵局,在僵局中她是强者。

一家人开始喝茶了,只有星期天全家才聚在一起喝茶。

威廉问:"我爹不准备起来吗?"

母亲回答:"让他睡去。"

家里愁云密布,孩子们呼吸到毒化了的空气,都感到没趣。大家闷闷不乐,不知道干什么、玩什么才好。

莫雷尔一醒,总是马上起床。这是他生平的特点。他一向好动,一连两个早上没事好干,他已经憋不住了。

他下楼时已经快到六点了。这一次他毫不犹疑地走进来,那种畏缩感消失了,态度又变得强硬起来。他再也不在乎家里人怎么想,怎么看他了。

茶具都放在桌上。威廉正大声朗读《儿童读本》,安妮一面听一面不断问"为什么?"两个孩子一听见父亲穿着袜子的脚步声冬冬地走近,就不响了。他一进屋,他们都缩成一团。不过他平常倒是一向纵容他们的。

他一个人胡乱弄了点吃的。吃喝时故意弄出好多响声。谁也不跟他说话。他一进来,家庭生活就不存在了,变成一片沉默。不过他再也不在乎这种疏远。

他喝完茶就干脆站起来到外面去。莫雷尔太太最讨厌的就是他这种干脆而急于要走的神色。她听着他精神饱满地在用冷水浸头,听着他蘸水梳头时那把钢梳子使劲擦着脸盆边,她厌恶地闭上了眼睛。他弯下腰系鞋带的时候,动作中总有一股粗里粗气的味道,这点跟家里其他人那种含蓄谨慎的举止截然不同。他在头脑里发生思想斗争时总是临阵脱逃。甚至在内心深处他也总在为自己辩解:"要不是她怎么怎么说,根本就不会出事,她是活该。"他准备出门的时候,孩子们拘谨地等待着,他走了以后,大家才松一口气。

他把门随手关上,人就快活起来。那天傍晚天正下雨,因此帕默尔斯顿酒店里就更显得可亲。他满怀期望地匆匆向前走去。洼地区的石板瓦屋顶全都湿得黑油油的。原来总是被煤灰染黑的大路,这时满是黑泥。他匆匆走着。帕默尔斯顿酒店的窗户雾气腾腾,过道里尽是一双双湿淋淋的脚在走动。不过里头的空气虽然浑浊,倒很暖和,而且人声嘈杂,烟酒味弥漫。

莫雷尔刚刚站在门口,就有人大声说:"瓦尔特,来点什么?"

"哦,吉姆,老兄,你从哪儿蹦出来的?"

人们给他让了个座,热情地欢迎他进去。他很高兴。不一会儿,他们就把他的全部责任心、羞耻心、烦恼事都消除了,他就此浑身轻松地过了一个愉快的晚上。

到了星期三,莫雷尔身上已经分文不名。他害怕老婆。因为伤了她,心里就更恨她。那天傍晚他连到帕默尔斯顿酒店去喝酒的两便士都没有,而且已经欠下好多债了,他真不知道该怎么办才好。因此乘老婆带着孩子到园里去时,他到碗柜最上面她放钱包的那只抽屉里去翻,找到钱包,打开来看看。里面有一枚半克朗,两枚半便士,还有一枚六便士。于是他拿了那枚六便士,小心翼翼地把钱包放回原处,就出去了。

第二天,她要付钱给蔬菜铺,打开钱包找那枚六便士,心里顿时凉了半截。随后她坐下来想:"钱包里有过一枚六便士吗?我没花了吧?难道我把钱放在别处了吗?"

她太烦恼了。她到处找这钱。后来,她想着想着,心里断定准是丈夫把钱拿去了。她仅有的这点点钱都放在钱包里,可他竟偷偷把钱拿走,这真叫人受不了。以前他就干过两次。第一次她没有指责他,到了周末,他就把一个先令又放回她钱包里。因此她才知道钱是他拿的。第二次他拿了就没有还。

这一次她觉得实在太过分了。他回来吃饭的时候——那天他回来得早——她冷冷对他说：

"昨晚是你从我钱包里拿了六便士吗？"

"我！"他说着生气地抬眼看看，"没有，我没拿过！我从来不看你的钱包。"

可是她看得出他在撒谎。

"得了吧，你明明知道是你拿的。"她平静地说。

"我告诉你我没拿。"他大声嚷嚷，"你又冲我来了，是不是？我实在受够了。"

"你趁我去收衣服的时候，从我钱包里拿走六便士。"

"就冲你这句话，我要叫你吃吃苦头。"他说着拼命把椅子一推，匆匆忙忙地洗了个脸，就头也不回地走上楼去。不一会儿，他穿好衣服下来，手里拿着一个大包袱，用条蓝格子大围巾包着。

"好了，"他说，"指不定等到什么时候你才会再见我。"

"没等到我要见你，你就会回来的。"她回答说。他听了这话就拿着包袱大步走了出去。她坐在那儿，有点哆嗦，不过心里却一百个瞧不起他。如果他上别的矿井，找到活干，跟别的女人好上了，她该怎么办呢？不过她太了解他了——他不会去的。她对他的为人很有把握，但她还是心烦意乱。

威廉从学校回来说："我爹上哪儿去了？"

"他说他要跑了。"母亲答道。

"跑哪儿去？"

"呃，我不知道。他拿了个蓝围巾打的包袱，说他不回来了。"

孩子叫道："那咱们怎么办？"

"呃，别着急，他走不远。"

"可他要是不回来呢。"安妮哭叫着。

她和威廉都躲到沙发上哭着。莫雷尔太太坐着哈哈大笑起来。

"你们这对小傻瓜!"她大声说,"不等天黑,你们就会见到他。"

可这话哄不了孩子们。到黄昏时分,莫雷尔太太感到困乏不堪,变得坐立不安起来。她一会儿想,从此看不见他倒也省心;一会儿想到孩子的抚养问题便又焦急起来。到目前为止,她心里觉得她还不能让他走。实际上,她心里也明白,他决不会走。

她走到花园尽头的堆煤房去,不料竟在门后摸到什么东西。她往里一看,只见黑暗中有只蓝色的大包袱。她不由坐在包袱前面一块煤上大笑起来。包袱这么臃肿,这么丢人现眼,鬼鬼祟祟放在暗处角落里,打结的两头像垂头丧气、耷拉下来的耳朵,她一看到就要笑。这下她可放心了。

莫雷尔太太等待着。她知道他身上一个钱也没有,因此他要是在外面过夜,他就得欠上一身债。她对他真厌透了——厌透了。他连把包袱带出家园的勇气都没有。

她沉思着,到了九点钟左右,他开门进来了,样子鬼鬼祟祟,不过还是板着脸。她一句话也不说。他脱下上衣,溜到他的扶手椅上,开始脱靴子。

她平静地说:"趁你还没脱下靴子,最好先把你的包袱拿来。"

"我今晚回来,你就该谢天谢地才是。"他说着抬起耷拉着的脑袋往上看了看,板着脸,尽量装出神气活现的样子。

"哼,你有什么地方可去? 你连自己的包袱都不敢拿出家园。"她说。

看着他那副熊相,她简直都没法再跟他生气了。他还在那儿脱靴子,准备睡觉去。

"我不知道你那蓝包袱里有什么东西,"她说,"不过如果你让它扔在那儿,孩子们早上会去拿的。"

于是他站起来,走到外头去。不一会儿他就回来了,扭着脸穿过厨房,匆匆走上楼去。莫雷尔太太眼看他拿着包袱,偷偷摸摸赶紧走过里面的过道,不由暗自好笑。不过她心里也很痛苦,因为她竟爱过他。

第三章 莫雷尔遭鄙弃——威廉承欢

第二个星期,莫雷尔的脾气简直叫人难以忍受。他像所有的矿工一样,很喜欢吃药,奇怪的是,这钱他还常常肯自己出。

"你给我弄点儿含矾的万灵药来吧,"他说,"说来也怪,我们家里竟然一口药也喝不上。"

于是莫雷尔太太给他买了他最喜欢的妙药:含矾的万灵药。他自己熬了一罐苦艾茶。他在阁楼上挂了大把大把的干药草:有苦艾、芸香、夏至草、接骨木花、芫荽菜、蜀葵草、牛膝草、蒲公英和矢车菊。平常炉边铁架上总放着一罐煎好的药汁,他就大喝而特喝。

"妙极了,"他喝了苦艾茶舔嘴咂舌地说,"妙极了!"他还劝孩子们尝一尝。

"这个比你们的茶或可可都好喝。"他发誓说。不过他们可不感兴趣。

然而,这一回不论药丸也好,矾也好,他的全部药草也好,都治不好他"该死的头痛病"。他得的是脑炎。自从他跟杰里一起上诺丁汉去,途中露宿以后,他一直没好过。从那时起他就一直酗酒,使性子。如今他得了重病,莫雷尔太太只得护理他。他是个最难侍候的病人。可是不管怎么说,即使不看在他养家活口的分上,她也从来没想让他死去。因为她心里还是有点眷恋他。

邻居们都对她很好:偶尔有人会叫孩子们去吃饭,还有人会来替她干些楼下的家务,有人会替她带一天娃娃。不过这一得病,总是一大累赘,邻居们不见得天天来帮忙。于是她照顾了娃娃,又要照顾丈夫,还要洗衣服烧饭,什么都得干。她精疲力竭,不过好歹总还是把分内的事都干了。

再说钱也拮据得很。工会俱乐部每星期给她十七先令,每到星期五,巴克尔和其他伙伴把在矿上挣的钱分给莫雷尔老婆一部分。邻居们替她煮肉汤,给她鸡蛋,以及诸如此类的病人零星必需品。这段日子要不是他们这么慷慨相助,莫雷尔太太不借债休想渡过这个难关。要是借债她就要被拖垮了。

过了几个星期,几乎毫无生望的莫雷尔居然病情好转。他体质原来很好,因此一有转机,就一天天好起来。不久竟在楼下走来走去了。他生病期间,老婆有点惯坏了他,如今他还想要她照样待候他。他常常摸着脑袋,撇着嘴,装出头痛的样子。可这骗不了她。开头她只是心里暗自好笑,后来她就狠狠骂他。

"嗐,老天哪,别哭哭啼啼啦。"

这话稍微有点伤他的心,不过他继续装病。

他老婆没好声气地说:"我可不是三岁小娃娃。"

他听了就火了,像孩子似的喃喃咒骂着。最后他只得恢复用正常声调说话,不再哼哼唧唧。

不过,家里倒因此过了一段太平日子。莫雷尔太太对他较为宽容了一些,他像个孩子一样依靠着她,心里也很快活。

他并不知道她已经不大爱他,所以才对他较为宽容。不管怎么说,到目前为止,他总是她的丈夫,她的男人。她多少感到他对自己怎么样,对她也怎么样。她还靠他过日子哪。她对他的爱情越来越冷淡,经过了一个逐步逐步的过程。不过它确是在不断地越来越冷淡。

如今,生下第三个孩子,她的心再也不向着他了,真是毫无办法,就像一阵永不再涨的落潮,离他远去。此后她几乎不想他了,老是离他远远的,她再也不觉得他是她的一部分,只觉得他是她周围环境的一部分,她对他干了些什么毫不在乎,可以把他扔在一边了。

第二年他们间的感情有一种无可奈何、怅然若失的味道,正如一个男人渐渐进入老境时那样。老婆抛弃了他,心里虽说有点遗憾,毕竟还是毫不留情地抛弃了他,把她的爱和生活都转移到孩子身上。从此他多少成了个没用的空壳,他只得像好多男人一样,有点认命了,让位给了孩子们。

在他复原期间,当他们两人的感情实际上已经不复存在时,两人都曾努力想把感情多少恢复到他们结婚头几个月的样子。等孩子都上床去以后,他就在家里坐着,一边给她读报,一边看她做针线活。她所有的针线活都是手工做的,一家子的衬衫和孩子的衣服都由她做。他慢慢地拼音,一个个字读出来,就像在扔铁环似的。她常常催他快念,还预先提示他下面的一句话估计会是什么,他总是低声下气地听凭她说。

他们之间的沉默很特别,只听得她手里的针轻快地嗖嗖响,他喷烟时嘴唇发出刺耳的噗噗声,还有他向火里吐唾沫、炉栅冒热气的咝咝声。于是她的心事又转到威廉身上。他已经长成个大孩子了,是班上的尖子,老师说他是学校里最聪明的孩子。她把他看成男子汉,年轻力壮,使她又一次看到人间大放光明。

莫雷尔坐在那儿却孤孤单单,他没什么可想,只隐隐觉得不自在。他的心灵盲目地去接近她,却发现她早已心不在焉。于是他感到一种空虚,心里几乎成了真空。他坐立不安。不久他在这种气氛中就过不下去了,这也影响了他老婆。他俩都觉得两人单独在一起那阵子,连呼吸都受到压抑。于是他索性上床睡觉,她一个人才安下心来,消消停停,做做家务,想想心事。

与此同时,家里又添了个娃娃,这是日渐离心的父母在这段短暂的和好日子里的结晶。娃娃生下来的时候,保罗已经十七个月。当时他是一个胖胖乎乎、脸色白净、老老实实的孩子,暗蓝的眼睛,眉头还是那么特别地微微皱着。这个最小的娃娃也是个男孩,金头发,长得活泼可爱。莫雷尔太太知道自己怀孕的时候,心里很难受,原因是为了经济困难,而且她又不爱她丈夫,对孩子本身她倒没什么。

他们给这孩子取名阿瑟。他满头金卷发,长得十分漂亮,而且他一开头就爱上了父亲。莫雷尔太太对孩子喜欢父亲感到很高兴。只要一听见他父亲的脚步声,娃娃就伸出双臂欢叫起来。要是莫雷尔那天心情好,他立刻就用那热情、圆润的嗓子答应着:

"怎么啦,我的小宝贝,我马上就来了。"

他一脱下那身下井的衣服,莫雷尔太太就给娃娃围上围涎,把他递给他父亲。

有时她抱回娃娃的时候,看见娃娃被父亲吻啊逗啊,弄得满脸都是煤灰,她会失声惊叫起来:"瞧,这孩子像什么样子了!"这时莫雷尔总是乐呵呵的。

他大声说:"他是个小矿工,上帝保佑这小羊羔。"

就这样,她生活里又有了快乐的时刻,因为娃娃把父亲一起带进她心里去了。

不久威廉长大了一些,他身体更壮实,性子更好动了。而本来就相当娇弱、文静的保罗,却变得个子更加细长,他跟在母亲后面,就像她的影子一样。通常他也好动,对什么都有兴趣,可是有时他也会发闷脾气。这时母亲就会看见这个三四岁的男孩坐在沙发上直哭。

"怎么啦?"她问。可是没听到回话。

"怎么啦?"她发火了,一定要问个明白。

"我不知道。"孩子抽抽搭搭地说。

于是她想法劝他别哭,逗逗他,可是没用,弄得她真要发疯了。这时父亲总是沉不住气,跳起来直嚷嚷:

"他要是再不住口,我就要揍得他住口。"

母亲冷冷地说:"你不能干这种事。"随后她把孩子带到院子里,把他重重地按在小椅子上说:"好了,你在这儿哭吧,苦命鬼!"

随后,不是一只蝴蝶歇在大黄叶子上凑巧引他注目,就是他自己哭着哭着睡着了。像这类怪脾气虽不常发,总在莫雷尔太太心头投下一层阴影。她对待保罗和对待别的孩子不一样了。

一天早上,她正朝着洼地区的下坡头候着卖酵母的,忽然听见有声音叫她。原来是瘦小的安东尼太太,穿了一身棕色丝绒衣服。

"喂,莫雷尔太太,我要告诉你你家威廉的事儿。"

"是吗?"莫雷尔太太说,"怎么啦,什么事啊?"

"有个孩子抓住人家孩子,把他衣服剥了,"安东尼太太说,"要出他丑。"

"你们家艾尔弗雷德跟我家威廉都一般大了。"莫雷尔太太说。

"一般大倒是一般大,但人家也没权利抓住他领子,剥他衣服呀。"

"嗯,"莫雷尔太太说,"我可不揍孩子,就是要揍,也得听听他们怎么说。"

"闹出故意剥掉人家衣服这样的事,结结实实揍他们一顿兴许对他们会有点好处。"安东尼太太反驳说。

"我肯定他不是有意的。"莫雷尔太太说。

"你当我撒谎?"安东尼太太大声吵嚷。

莫雷尔太太径自走开,把大门关上。手里拿着一杯酵母,直打哆嗦。

安东尼太太在她后面喊着:"我要告诉你当家的。"

吃午饭时,威廉吃完饭刚想出去——当时他已经十一岁了——他母亲对他说:

"你为什么扯了艾尔弗雷德·安东尼的领子?"

"我几时扯了他衣领来着?"

"我不知道几时,可他娘说是你干的。"

"咦——这是昨天的事了——再说领子早就撕破了。"

"可你把它撕得更破了。"

"喔,我有个'砸砸果',打败了别人十七个砸砸果,艾尔弗雷德·安东尼就说:

　　'亚当和夏娃跟揞人的坏小子,

同到河里去干坏事。
　　亚当和夏娃做了落水鬼,
　　你猜哪个得了救?'

我就说,'哦,掐你个坏小子,'我掐了他一下,他就火了,抢了我的砸砸果就逃。我就在后头追,我一把抓住他,他往后一躲,就把领子撕破了。可我的砸砸果也拿回来了……"

他从口袋里掏出一只黝黑陈旧的七叶树果,吊在一根绳子上。这个陈旧的砸砸果曾经"砸了"——碰撞和击碎了——另外十七个也吊在同样的绳子上的砸砸果。这孩子对自己这身经百战的功臣感到很得意。

"得了,"莫雷尔太太说,"要知道你没权利去撕他的领子。"

"唉,好妈妈,"他回答说,"我根本不是有意撕破的——再说那不过是一个旧的橡皮领子,而且早就破了。"

"下次,"他母亲说,"你可要多加小心。要是你回家时领子被人家撕坏了,我也会不高兴的。"

"我才不在乎呢,好妈妈,我不是有意撕的。"

孩子挨了顿训,有点可怜巴巴的。

"那也不行,得了,下回你要多加小心才是。"

威廉见母亲放了他,心里很高兴,一溜烟跑掉了。莫雷尔太太向来不喜欢跟邻居争吵,心想她去向安东尼太太解释一下,这事就过去了。

谁知那天傍晚,莫雷尔从矿井回来时,看上去很生气。他站在厨房里,瞪着眼四下张望,有好几分钟没吭声。后来才问:

"威廉上哪儿去了?"

"你找他干什么?"莫雷尔太太明知故问。

"我找到他就会叫他明白。"莫雷尔把下井的水壶砰的一声放在餐具柜上。

"八成是安东尼太太找你,跟你胡扯一通她家艾尔弗雷德的领子吧。"莫雷尔太太冷笑一声说。

"别管谁找我,"莫雷尔说,"我要是抓住他,我就揍得他骨头散架。"

"真是胡扯,"莫雷尔太太说,"你竟会听信瞎话,准备跟冤枉你儿子的雌老虎一鼻孔出气。"

"我要教训教训他!"莫雷尔说,"不管是谁的孩子,他总不能心血来潮就随便到处去撕坏人家的衣服。"

"到处去撕坏人家的衣服!"莫雷尔太太学着他说话,"那个艾尔弗雷德拿了他的砸砸果,他去追,无意间扯住了那孩子的衣领,因为人家躲躲闪闪——安东尼家的孩子就会这一套。"

"我知道!"莫雷尔气势汹汹地喝道。

"还没听人说,你就知道了。"他老婆讽刺地应道。

"用不着你操心,"莫雷尔大发雷霆,"我知道我该怎么办。"

"那就更靠不住了,"莫雷尔太太说,"要是哪个多嘴多舌的畜生怂恿你揍自己的孩子怎么办?"

"我知道。"莫雷尔又说了一遍。

他不再吭声,就那么怒气冲冲地坐着。突然威廉一头闯进来说:

"妈妈,我可以吃茶点吗?"

"叫你吃不了兜着走。"莫雷尔大喝一声。

"别嚷嚷,孩子他爹,"莫雷尔太太说,"别那么出乖露丑的了。"

"没等我好好收拾完他,他就要出乖露丑的了。"莫雷尔嚷着站起身来狠狠瞪着儿子。

就年龄来说,威廉算是长得高的,不过他生性非常敏感,已经吓得脸色发白了,正惶恐地望着他父亲。

"出去!"莫雷尔太太吩咐儿子说。

威廉吓得动弹不得,莫雷尔突然弯下身来,捏紧拳头。

"我教你怎么出去!"他发疯似的喊叫。

"什么!"莫雷尔太太火冒三丈,气喘吁吁,大声说,"不准你听人家的话来碰他,不成!"

"我打不得?"莫雷尔哇哇叫着,"我打不得?"

他狠狠瞪着孩子,冲上前去。莫雷尔太太举起拳头跳到他们之间。

她大声喊叫:"你敢!"

"什么!"他口里嚷嚷,一时愣住了,"什么!"

她转过身去冲着儿子。

"滚出去!"她气呼呼地吩咐他。

那孩子像是中了催眠术似的,猛地转身就跑。莫雷尔冲到门口,可是来不及了。他回过身来,尽管煤灰满面,还是看得出气得脸色发白。不过这时他老婆正在火头上。

"只要你敢!"她声音响亮地说,"老爷,只要你敢伸一个指头碰碰孩子,就叫你后悔一辈子。"

他怕她,因此只好气呼呼地坐下了。

当孩子们长大一些,放得下了,莫雷尔太太就参加了妇女协会。这是批发合作社附属的一个小型妇女俱乐部,每星期一晚上在贝斯伍德合作社的杂货铺楼上一间长屋里聚会。这些女人可以在那儿讨论合作社的好处以及其他一些社会问题。有时候莫雷尔太太也看看报。孩子们看见一向忙于家务的母亲居然坐着飞快地写字,想一想,查查书,再写,不免觉得奇怪。在这种场合他们总对她怀着深深的敬意。

不过他们都很喜欢这个协会,并不埋怨它抢走了母亲,这是绝少有的——一半是因为她喜欢这个协会,一半也因为他们从协会得到一些优待。有些心怀敌意的丈夫看见老婆变得太独立,把协会叫作"呱啦呱啦"铺子——意思就是"嚼舌根"铺子。就协会的基本宗旨而言,这话倒也不错。这些女人就是可以借此反省一下她们的家庭,她们的生活条件,从中找到不满的地方。因此矿工们发现他们的老婆做人有了自己的新标准,不免有些心慌。同时,莫雷尔太太星期一晚上总有好多新闻,因此孩子们都希望母亲回家来时威廉待在家里,因为她会告诉他好多事情。

后来,威廉十三岁那年,她给他在合作社办事处找了个工作。他是个十分聪明的孩子,为人坦率,面目粗犷,一双蓝眼睛像真正的北欧人。

"你干吗叫他去当坐冷板凳的?"莫雷尔说,"他只会把裤子磨破,什么也挣不到。刚进去他挣多少钱?"

莫雷尔太太说:"他刚开头挣多少都没关系。"

"没关系!叫他跟我下井去,一开头他就可以稳拿十先令一星期。不过我也知道,照你看为了挣六先令而在凳子上磨破裤子,还是比跟我下井挣十个先令好。"

"他不下井,"莫雷尔太太说,"这事就别再提啦。"

"我下井不算是委屈了我,偏偏他下井就算是委屈了他。"

"你妈让你十二岁就下井,我可不能凭这条理叫我的孩子也跟你一样。"

"十二岁!还根本没到十二岁呢。"

"不管你几岁都一样。"莫雷尔太太说。

她对自己的儿子非常自豪。他上夜校,学会了速记,因此到十六岁那年,他已经成了当地数一数二的速记员兼簿记员了。后来他在夜校教书。可是他太暴躁,只是由于他心眼好,身材高大,才没人敢惹他。

凡是男子汉做的事——正经事——威廉都会。他跑起来快得像阵风。十二岁那年他在一次比赛中得了第一名。奖品是一只玻璃墨水缸,形状像只铁砧,神气活现地搁在餐具柜上,给莫雷尔太太带来莫大的愉快。孩子是为了她才去参加赛跑的。他上气不接下气地拿着那个铁砧飞奔回家,说:"妈妈,瞧!"这是送给她的第一件真正的礼物。她像皇后一样接过了墨水缸。

"多美呀!"她叫着说。

于是他开始有了抱负。他把所有的钱都交给母亲。他挣到十四个先令一星期的时候,她让他自己留两先令,因为他从来不喝酒,有了这钱就觉得自己阔了。他跟贝斯伍德的中产阶级来往。小镇上地位最高的是牧师,然后是银行经理,再就是几个医生,其后是商人,再往后才是煤矿老板。威廉同药剂师的儿子,教师,以及商人交往。他在技工会堂打弹子,尽管碍着他母亲,他还是去跳舞。凡是贝斯伍德的娱乐活动,从教堂街那些便宜跳舞会,到运动会,以及打弹子,他都有兴致。

保罗常常听到威廉有声有色地讲起各种各样如花似玉的

小姐,这些人大多像摘下的花朵,在威廉心里只开了短短两星期就凋谢了。

偶尔也有些情人追来寻找她行踪飘忽的情郎。莫雷尔太太看见门口来了个陌生姑娘,立刻就闻出味道不对。

这闺女哀求地问:"莫雷尔先生在家吗?"

莫雷尔太太答道:"我丈夫在家。"

"我——我意思是说小的一位莫雷尔先生。"这少女鼓足勇气重复了一遍。

"哪一个?有好几个呢。"

于是这个美人儿红着脸,说话也结结巴巴了。

她解释说:"我——我是在里普利——遇见莫雷尔先生的。"

"哦——在舞会上?"

"是啊。"

"我儿子在舞会上认识的那些姑娘我一概不赞成。而且他也不在家。"

后来他回来就跟他母亲发火,因为他母亲竟如此粗暴地把那姑娘撵走了。他是个大大咧咧,但却神情急躁的家伙,昂首阔步,有时皱着眉头,常常兴高采烈地把帽子推到后脑勺上。这会儿他就皱着眉头走进来,把帽子朝沙发上一扔,手托着下巴,低头瞪着他母亲。她身材矮小,头发全都朝后梳着。她态度平静,令人敬畏,然而又极其亲切。看见儿子生气,她内心感到不安了。

"昨天有位小姐来找过我吗,妈妈?"他问。

"我不知道什么小姐。只有个姑娘来过。"

"那你干吗不告诉我?"

"因为我干脆忘了。"

他有点激动了。

"一个漂亮姑娘——看上去是一位小姐。"

"我没朝她看。"

"棕色的大眼睛?"

"我没看。去告诉你那些姑娘,我的儿,要是她们追求你,别来你妈这里找你。把这话告诉那些——告诉你在跳舞班认识的那些厚皮婊子。"

"我敢肯定她是个好姑娘。"

"可我肯定她不是。"

这次口角就此结束。母子之间为了跳舞的事曾发生过一场很大的争执。威廉提出要去赫克诺尔·托卡德参加化装舞会,这地方一向被看作是下等城镇,这时两人间的不洽就达到了顶点。他要打扮成一个苏格兰高地人。他可以租一套服装,他有个朋友有套服装,他穿了正合适。那套高地人服装送到家里,莫雷尔太太冷冷收下,连包也没拆开。

威廉大声说:"我的衣服来了吗?"

"前面屋里有个包。"

他连忙冲进去,解开绳子。

"你儿子穿这身衣服,你看怎么样!"他说着,欣喜若狂地叫她看那套衣服。

"要知道我不愿看你穿这种衣服。"

舞会那天傍晚,他回家来穿衣服,莫雷尔太太戴上帽子,穿上大衣。

"你不待在这儿看我吗,妈妈?"他问道。

"不,我不要看你。"她回答。

她脸色苍白铁板,神情冷酷。她怕儿子跟他父亲走上同样的道路。他犹疑了一下,心里有点焦急不安。接着,他看见了那顶有彩带的苏格兰高地帽子,就高高兴兴地拿起帽子,把她忘了。她也就转身走了出去。

十九岁那年,他突然离开合作社办事处,在诺丁汉找了个差使。这个新差使一星期可以挣三十个先令,过去他只挣十八个先令。这当然是长进了。他父母都洋洋得意。大家都称赞威廉。一时间他似乎快飞黄腾达起来了。莫雷尔太太希望他能帮助他两个弟弟。安妮如今正在学当教师。保罗也很聪明,成绩也不错,正跟那位当牧师的教父学法语和德语。牧师至今还是莫雷尔太太的好朋友。阿瑟是个宠儿,也是个漂亮孩子,正在念公立小学,不过有人说,他正在争取得到一份进诺丁汉中学念书的奖学金。

威廉在诺丁汉的新职位干了一年。他刻苦学习,人也严肃起来。看上去似乎有什么事情使他感到烦恼。他仍然出去参加一些舞会和河滨的游宴。他不喝酒。他们家几个孩子倒都是狂热的戒酒主义者。他晚上很晚才回来,还要坐着学习到深夜。母亲苦苦求他多多保重,不要一心两用。

"要是你想跳舞,就跳吧,我的儿。不过,别以为你既能在办事处工作,又能玩乐,此外还能学习。不成,身子骨受不了。不要东一锤西一棒的——要么好好玩,要么念拉丁文,可是别想样样兼有。"

后来他在伦敦找了个工作,年薪一百二十英镑。这数目似乎是笔巨款。母亲简直搞不清应该高兴还是伤心了。

"他们叫我下星期一上莱姆街去,妈妈。"他大声说着,念信的时候两眼炯炯发光。莫雷尔太太只觉得连心脏都停止跳动了。他念着信:"'不论接受与否,请于星期四作出答复。……某某谨上。'他们要我啦,妈妈,一百二十英镑一年,连面也没见过就要我了。我不是告诉过你我干得了吗。想想看,我要去伦敦了!我可以给你二十英镑一年,妈妈。我们大家都要发财了。"

"我们要发财了,我的儿。"她伤心地回答。

他想都没想到她对他发迹居然并不怎么快活,对他就要离开家倒十分伤心。说真的,随着他动身的日子日益逼近,她心里越来越想不开,绝望得万念俱灰。她多么爱他呀!不仅如此,她还对他抱有多大的希望啊。她几乎是靠他过日子。她喜欢为他做种种事情:她喜欢为他端茶杯,喜欢替他熨烫衬衣硬领,他对这些硬领很得意,她看着觉得非常高兴。当地没有洗衣房。她一向用一只凸肚的小熨斗把衣领整治得干干净净,纯靠臂力烫得熠亮才罢。如今她不会为他熨烫硬领了,眼看他就要走了。她感到他似乎要离开她的心。看来他似乎不让她跟他住在一起,她的悲痛也就在此。他几乎要完全脱离她了。

他动身前几天,刚满二十岁。临走他把那些情书烧了。这些情书放在一只文件夹里,搁在厨房碗柜顶上。有些信他曾经摘要念给母亲听过,有些信她不厌其烦地亲自看过。不过大多数信都写得浅薄得很。

到了星期六早上,他说:

"来吧,圣徒[①],咱们一起来翻翻这些信,信上的花鸟都送

[①] 据《圣经》记载,耶稣有十二个门徒,其中有一个叫保罗。这里是威廉对弟弟保罗的戏称。

给你。"

莫雷尔太太已把星期六的活儿都赶在星期五做完,因为这天是威廉在家里的最后一个休息天。她给他做了一块米糕让他带走,这是他爱吃的东西。他简直一点也不知道她是那么痛苦。

他从文件夹里抽出第一封信。信笺是淡紫色的,还画着深红的和绿色的蓟草。威廉闻闻信纸。

"好香啊,你闻闻!"

他把那张纸塞到保罗鼻子下面。

"嗨,"保罗说着,吸了口气,"这是什么味儿?闻闻看,妈妈。"

母亲那小巧玲珑的鼻子匆匆凑到信纸上。

她嗤之以鼻地说:"我才不要闻她们那些废话呢。"

"这姑娘的父亲,"威廉说,"像克利苏斯①一样富有。他的财产数也数不清。她叫我拉斐特,因为我懂法文。'你会明白,我已经原谅你了'——她原谅我,我很高兴。'我今天早上把你的事告诉母亲了,她很愿意请你星期天来喝茶,不过她还得征求我父亲的同意。我衷心希望他能同意。事情怎么收场我会通知你的。不过,要是……'"

"'会通知你事情怎么'个啥?"莫雷尔太太打断了他。

"'收场'——哦,是啊!"

"'收场'!"莫雷尔太太挖苦地又学说了一遍,"我还以为她受过很好的教育呢。"

威廉感到有点不自在,把这姑娘就此丢开一边,角上的蓟

---

① 克利苏斯:公元前六世纪小亚细亚吕底亚国国王,相传极其富有。

草给了保罗。他继续摘要念一些信,有些信把母亲逗笑了,有些引起她不高兴,而且使她为他担心。

"孩子,"她说,"她们都很聪明,她们知道只要夸上几句满足你的虚荣心,你就会紧紧跟着她们,就像一只狗被人搔搔脑袋时那样。"

"得了吧,她们不能老这么搔,"他回答说,"等她们搔过了,我也走掉了。"

她回答说:"不过总有一天,你会发现脖子上套上了条绳子,拉也拉不掉。"

"才不会呢!这些人我个个都对付得了,妈妈,她们没什么可以自夸的。"

"你这会儿就是在自夸。"她平静地说。

不一会儿,这儿就堆起了一堆皱巴巴的脏纸团,这就是原来夹在文件夹里的那些香笺,只有保罗从信笺角上弄下了三四十个好看的笺花——有燕子,有毋忘我草,还有常春藤小枝。随后,威廉就动身到伦敦过他的新生活去了。

第四章　保罗的青年时代

保罗可能长得像他母亲,身材羸弱,相当瘦小。他的金头发先发红,后来变成深棕色。眼睛呈灰色①。他是个脸色苍白,举止文静的孩子。那双眼睛似乎在谛听,下唇丰满,往下撇着。

一般说来他似乎显得少年老成。人家有什么想法,他完全清楚,尤其是他母亲有什么想法。她有什么不顺心的事,他都理解,而且就此定不下心来。他的心灵似乎总在关注着她。

他长大一点以后,身体强壮了些。威廉离他太远,不能作他的玩伴。因此这小孩一开头几乎完全属于安妮。她是个顽皮姑娘,母亲叫她"上天入地"。不过她倒非常喜欢这个二弟。所以保罗就寸步不离地盯着安妮,跟她一起玩。她跟洼地区其他野孩子一起淘气地拼命赛跑。保罗总在她身边飞跑,由于那时还轮不到他参加比赛,他就跟着她分享一份。他安安静静,一点也不引人注目。他姐姐很喜欢他。如果她要他爱惜什么东西,他也似乎一直很爱惜。

她有个大洋娃娃,这是她非常得意的,不过她并不怎么喜

---

① 作者在上文描写保罗出世时眼睛是暗蓝色的(见第二章),此处写他眼睛呈灰色,下文又写成淡蓝色的(见第五章),以后仍作蓝色,第八章有一处又写成黑色(或可译作深色)。

欢它。因此她把洋娃娃放在沙发上,盖上一个沙发套,让它睡觉。后来她就把这件事忘了。当时保罗硬要练习跳过沙发扶手。所以他跳过来,一下就把藏在那儿的洋娃娃的脸压扁了。安妮冲过来,大哭大叫,后来索性坐下来大放悲声。保罗待在那儿一动也不动。"人家不知道娃娃在那儿,妈妈,人家不知道娃娃在那儿。"他一遍又一遍地说。安妮哭多久,他就愁眉苦脸,手足无措地坐多久。这件事哭过也就算了,她原谅了弟弟——他多么惶惶不安啊。可是过了一两天,竟叫她大吃一惊。

"咱们把阿拉贝拉①做祭品吧,"他说,"把它烧掉。"

她吓坏了,可又有点着迷。她想看看这孩子干得出什么事来。他用砖头搭了座祭坛,从阿拉贝拉身体里抽出一些刨花,把碎蜡块放在娃娃凹陷的脸上,浇上点煤油,把娃娃付之一炬。他幸灾乐祸地,眼睁睁看着一滴滴蜡从阿拉贝拉破碎的额头上融化,像汗珠似的滴在火里。只要这个又大又笨的娃娃烧着,他心里就暗暗高兴。最后他用根棍子在灰烬里拨拨,把烧得发黑的娃娃四肢都捞出来,用石头砸烂。

"这就是阿拉贝拉夫人的献身,"他说,"我很高兴她烧得尸骨不剩。"

这话使安妮心里很不安,虽然她一句话也说不出。看来他好像十分痛恨这个娃娃,因为是他把它弄坏的。

所有的孩子,尤其是保罗,都特别反对父亲,大家跟母亲站在一边。莫雷尔还是那么爱欺侮人,爱喝酒。他有个周期,每隔几个月,就要闹得全家不得安生。保罗怎么也忘不了,一

---

① 阿拉贝拉是洋娃娃的名字。

个星期一的傍晚,他从少年禁酒团回家,看见母亲一只眼睛又青又肿,父亲叉开两腿,站在炉前地毯上,低着头。威廉刚下班回来,瞪着父亲。几个小孩子进来时,屋里一片寂静,但大人谁也不朝周围看一眼。

威廉气得脸色发白,攥紧拳头。他等几个小的孩子怀着孩子们的愤怒和仇恨眼睁睁看着,都安静下来不作声的时候,才说:

"你这胆小鬼,你就不敢当着我面这样干。"

这下子莫雷尔可气坏了。他冲着儿子转过身来。威廉身材虽然高大些,但莫雷尔肌肉发达,而且又正在气头上。

"我不敢?"他大喊大叫,"我不敢?毛头小伙子,你再啰嗦几句,我就请你尝尝拳头。嘿,我会叫你知道厉害,瞧着吧。"

莫雷尔猫着腰,凶相毕露地扬扬拳头。威廉气得脸色煞白。

"你来吧!"他说,平静中带着激动,"不过这是最后一次了。"

莫雷尔跳近了些,又猫下腰,缩回拳头要打。威廉也握拳做好准备。他那双蓝眼睛闪过一丝光芒,就像是在笑一样。他两眼望着父亲。再有一言不合,两人就要打起来。保罗希望他们打起来。三姐弟都面色苍白地坐在沙发上。

"你们俩都住手,"莫雷尔太太厉声说,"我们今晚上已经够受了。你,"她转身对着丈夫,"瞧瞧你的孩子!"

莫雷尔朝沙发瞥了一眼。

"瞧瞧孩子么,你这小贱人!"他冷笑了,"怎么,我倒想问问看,我对孩子怎么啦?可他们都像你,你把你那套鬼把戏鬼花样都教给他们——都是你教他们的,是你。"

她不理他。谁也不说话。过了一会儿,他把靴子扔在桌子下面,上床去了。

"你干吗不让我跟他干一场?"莫雷尔上楼后,威廉说,"我不费什么力就能把他打倒。"

"好哇——那是你的亲爹。"她回答说。

"爹!"威廉重复了一遍,"我叫他爹!"

"得了,他是你爹,所以……"

"可你干吗不让我收拾他?我能行,这不费事。"

"什么话!"她大声说,"还没到这步田地呢。"

"不,"他说,"情况越来越糟了。看看你自己吧。你干吗不让我给他尝尝厉害。"

"因为我受不了,所以决不要有这个想法。"她赶快喝止道。

孩子们就此闷闷地上床去了。

早在威廉渐渐长大时,莫雷尔家已从洼地区搬到了小山顶上的一所房子里,居高临下,面对着山谷。山谷就像只凸形的海扇壳那样在房子面前摊开着。屋前有棵老大的白蜡树。德比郡刮来的西风来势迅猛地朝房子扑来,白蜡树给刮得尖声呼啸。莫雷尔听了很喜欢。

"这是音乐,"他说,"这声音催我睡觉。"

可是保罗、阿瑟和安妮都痛恨这种声音。对保罗来说,这声音就像鬼叫。他们搬到新居的第一年冬天,父亲就变得非常坏。孩子们在黑沉沉一大片山谷边缘的街上玩到晚上八点钟,然后上床睡觉。母亲坐在楼下做针线。屋子前面这一大片茫茫空间,使孩子们心头都产生了一种黑夜、空旷和恐怖之感。感到恐怖是因为听到那棵树的尖声呼啸,看到家庭不和的烦恼。保罗睡了一大觉醒来,常常听见楼下有砰砰声,他立刻就完全清醒了。于是他听见喝得醉醺醺回家的父亲哇啦哇啦地大叫大嚷,母亲厉声回答,接着父亲拳头把桌子捶得砰砰响,到后来男人的声音越扯越高,索性恶声恶气地吆喝起来。此后,一切都淹没在大风劲吹的白蜡树发出的那片乱糟糟的尖啸声中。孩子们惴惴不安地默默躺着,等着风声停息,好听听父亲在干什么。他可能又打母亲了吧。他们感到恐怖,在黑暗中毛骨悚然,如同眼看要出人命似的。他们提心吊胆,痛苦万分地躺着。大风从树上刮过,越刮越凶,那只大竖琴①的全部琴弦都哼的哼,叫的叫,啸的啸。随后突然一片寂静,令人毛骨悚然,四下一片寂静,楼下静悄悄的,屋外也静悄悄的。这是怎么回事?是出了人命才鸦雀无声吗?他干下了什么勾当?

孩子们躺在暗处,气都透不过来。后来,他们终于听见父亲扔下靴子,光穿着长袜子重重地走上楼来。他们再听下去。终于,风势变小了,他们听得见龙头里的水噗噗地注入水壶,这是母亲在灌早上用的水,他们这才安下心来睡觉。

到了早上他们就快活了。晚上围着黑暗中那根孤零零的路灯柱玩耍、跳舞也很快活。不过他们心里始终有一块疙瘩,眼睛里有一片阴翳,由此可见他们生活的全貌。

保罗恨他父亲。从小他就暗自抱有一种强烈的宗教信仰。

"让他别喝酒吧。"他每天晚上这么祈祷着。"主啊,让我爸爸快死吧。"他还经常这么祈祷。有时下午吃完茶点,父亲还没放工回家,他又祈祷,"别让他死在矿井里。"

---

① 指那棵白蜡树。

又有一回,全家人可活受罪了。孩子们放学回家吃完茶点,炉边铁架上那只大黑锅在慢慢沸腾,炖菜放在炉子上,准备给莫雷尔做晚饭。他本来应该五点钟到家,可是几个月来,他放了工,天天晚上都在外面喝酒。

冬天晚上天气寒冷,又黑得早,莫雷尔太太在桌上放一只铜烛台,点上一支牛油蜡烛以节省煤气。孩子们吃完抹着黄油或者肉油的面包,准备出去玩。可莫雷尔要是没回家,他们就不大敢出去。一想到他干了一天活,浑身污垢,不回家洗脸吃饭,却空着肚子坐在那儿喝得烂醉,莫雷尔太太就受不了。这种感觉从她身上传到孩子们身上。她不再是一个人在受罪,孩子们也跟她同样受罪。

保罗跟大家一起出去玩。暮色苍茫中,山坳里的矿井亮起点点灯火。几个落在后头的矿工吃力地走上昏暗的田间小路。点路灯的人①一路走过去了。再没有矿工过来了。黑暗笼罩山谷,矿里早就放工了,是夜间了。

于是保罗急匆匆奔进厨房。桌上还点着那支蜡烛,炉火熊熊。莫雷尔太太孤零零坐着。铁架上的汤锅直冒热气;餐盘还放在桌上等着。整个屋里充满等待的气氛,等着那个当家的,他还没吃晚饭,浑身污垢,隔着茫茫黑夜,在离家几里路以外的地方独自买醉呢。保罗在门边停住了。

"我爹回来了吗?"他问。

"你明知他没回来。"莫雷尔太太说,她听了这句废话发火了。

儿子慢慢走近母亲,母子俩一起担惊受怕。不一会儿,莫

---

① 煤气灯时代,入晚,路灯都由专人一盏盏点亮。

雷尔太太出去把土豆捞起来。

"土豆都煮糟发黑了,"她说,"可我才不管呢。"

他们没什么话说。保罗几乎有点恨母亲不该为父亲放工不回家,心里这么难受。

"你何苦自寻烦恼呢?"他说,"要是他愿意不回家,愿意喝酒,你干吗不让他去?"

"让他去!"莫雷尔太太火了,"你倒说得好,'让他去。'"

她知道男人放了工不回家一害自己,二害家庭,在下坡路上会越走越远。孩子们毕竟还小,全靠他养家糊口。威廉总算让她感到欣慰,要是莫雷尔不行了,到底也有个人能依靠。不过每逢等待莫雷尔的晚上,屋里的气氛总还是一样紧张。

时间一分分过去。到六点了,桌上仍旧铺着台布,饭菜还摆在那儿,屋里大家还是那么焦急不安地等着。这孩子再也受不了啦,他不能上外面去玩,于是他跑到英格太太家去找她说说话。这家人跟他们家就隔着一个门,她没有孩子,她丈夫待她很好,可他在一家铺子里工作,回来很晚。所以,她一看见孩子站在门口,就叫道:

"进来,保罗。"

他们俩坐着说了一会儿话,孩子忽然站起来说:

"好啦,我要走了,去看看我妈有没有事要我干。"

他装出一副高高兴兴的样子,没把自己的烦恼告诉朋友。他就这样奔进屋去。

莫雷尔这阵子回家来时,总是粗暴可憎。

"这早晚回家倒不错。"莫雷尔太太说。

他大声喝道:"我什么时候回来关你什么事?"

这时屋里每个人都悄然无声,因为他一副凶相。他的吃相粗野极了,吃完就把一叠盆子推开,用胳臂枕着,往桌上一趴就睡了。

保罗非常痛恨他父亲。那颗猥琐的小脑袋就那么枕在光膀子上,黑发里夹杂着少许白发。那张脸肮脏而发红,鼻子肉嘟嘟的,细得看不出来的眉毛歪到旁边。因为灌了一肚子酒,身子又疲倦,再加脾气不好,已经睡着了。要是有什么人突然闯进来,或者弄出什么声音,他就抬起头来看看,大叫大嚷:

"听着,你们要是再咕咕呱呱,我就要叫你们吃拳头!听见没有?"

最后一句是用恐吓的口气喊叫的,通常总是冲着安妮,弄得一家人都恨透了他。

家里事样样都没他的份。什么事都没人告诉他。孩子们跟母亲在一起的时候,把白天发生的事一古脑儿都告诉她。凡事没告诉母亲,那就不能算数。可是父亲一来,一切就都停顿了。对于幸福的家庭来说,他好比一台运转平稳的机器的障碍。而且他一向知道自己进来时总会遇到这种突然的沉默,家人把他拒之门外,他是不受欢迎的。可是现在要改变这种局面已经来不及了。

他巴不得孩子们跟他谈谈,可是他们说不出口。有时候莫雷尔太太会说:

"你应该去告诉你爹。"

保罗在一张儿童报纸的竞赛中得了奖。大家都兴高采烈,喜气洋洋。

"等你爹回来,你最好告诉他一声。"莫雷尔太太说,"你知道他总是吵吵嚷嚷,说从来没人告诉他什么事。"

"好吧。"保罗说。不过要他告诉父亲,他简直情愿不要这个奖了。

"爹,我在一次竞赛中得了个奖。"他说。

莫雷尔转过身来对着他。

"是吗,我的儿子？是什么竞赛啊？"

"哦,没什么——是考考关于妇女名流们的事。"

"那你得的奖有多少呢？"

"得了一本书。"

"哦,当真！"

"一本关于鸟类的书。"

"唔——唔！"

可说的话仅此而已。父亲和家里无论哪一个都没法谈话。他是个局外人。他心中背弃了上帝。

只有他干活的时候,高高兴兴干活的时候,他才又一次和自己一家人真正在一起。有时候,到了傍晚,他会补补鞋,修修锅,或井下用的水壶。那时他往往需要几个下手,孩子们都乐于干这个。碰到他恢复本来面目,跟大家一起干,真正动手干些事的时候,他们才能和他打成一片。

他是个能工巧匠,碰到他心情好,总是唱歌。长期以来他一直闹家庭不和,脾气暴躁,一闹就是好几个月,甚至好几年。然而他有时也会兴致勃勃。看见他拿着一块火红的铁奔到洗碗间,嘴里一面叫着,"闪开——闪开！"真叫人高兴。

那时他会把这块红通通、软绵绵的东西放在铁砧上,锤打成他需要的形状。再不然他就全神贯注地坐着焊接。孩子们兴高采烈地看着那金属突然熔化开了,被他用烙铁头子压进焊缝里去,屋子里充满烧松香和热铁皮的气味,一时间莫雷尔默不作声,一心一意干活。补鞋时,他总是合着一下子响得挺欢的锤子声唱着歌。他坐着给自己下井穿的鼹鼠皮裤子打大补丁的时候,也很快活。这活儿他常做,因为他觉得这东西又脏又硬,不能让老婆补。

不过孩子们最高兴的还是看他做引信。莫雷尔从阁楼里找了一捆结实的长麦秆,他用手把麦秆弄干净,直弄得麦秆根根亮得像金杆,随后把麦秆切成大约六英寸的一段段,尽量在每段麦秆底部留一个槽口。他经常带着一把锋利的刀子,能丝毫无损地把麦秆切断。随后他在桌子当中倒了一堆火药,只见擦得发白的桌面上堆起一小堆黑色颗粒。他整理麦秆,保罗和安妮往麦秆里填火药,再把口子堵上。保罗喜欢看着这些黑色颗粒顺着自己的手掌缝慢慢流进麦秆口去。他兴冲冲地一直撒下去,直到麦秆灌满为止。接着他大拇指指甲在一碟肥皂上刮下一点儿,用肥皂塞住麦秆口子,这样麦秆引信就算完工了。

"爹,你瞧!"他说。

"对了,我的宝贝。"莫雷尔回答说。他对第二个儿子显得特别亲热。保罗把引信插在火药罐里,准备早上用,到时候莫雷尔就把引信带到井下,用来引爆,把煤块炸下来。

这时,仍旧喜欢父亲的阿瑟会靠在莫雷尔椅子扶手上说:

"爹,给我们讲讲矿井的事吧。"

这可是莫雷尔最乐意的了。

"好,有那么个小家伙——我们大伙管他叫塔非,"他这么开了个头,"他是个小滑头。"

莫雷尔讲故事可真来劲,叫人一听就觉得塔非为人狡猾。

"他是棕色皮肤,"他接着说,"个儿也不高。嗯,他跩拉跩拉地来到井下,只听他打了个喷嚏。'喂,塔非,'人家说,

'你干吗打喷嚏啊？你鼻子里闻到什么呀？'

"他又打了个喷嚏。随后他一跤跌下去，把脑袋直抵在你身上，这个坏蛋。

"人家说：'塔非，你要什么？'"

"他怎么说？"阿瑟老是问。

"他要点烟草，宝贝儿。"

塔非的故事可以没完没了地讲下去，而且大家都爱听。

有时候，莫雷尔也讲一个新的故事。

"你们想得到吗，宝贝儿？吃点心的时候，我去穿衣服，有样东西从我胳臂上溜过，原来是只耗子。

"我大喝一声，'嗨，往哪儿跑？'

"后来我正好赶上抓住了耗子尾巴。"

"你把它打死了吗？"

"打死了，因为耗子可讨厌呢。井下耗子真多。"

"它们吃什么呢？"

"吃拖煤车的马掉下来的谷子呗——要是你让它们去的话，耗子会钻进你的口袋，吃掉你的点心——不管你把衣服挂在哪儿都没用——这些偷偷摸摸、乱啃乱咬的东西就这么讨厌。"

只有碰到莫雷尔手头有什么活干的日子，才有这么愉快的晚上。通常他总是很早就上床睡觉，往往比孩子们先睡。因为修修补补的活儿干完了，报纸的大标题也粗粗看完了，他再待下去就没事干了。

父亲一上床，孩子们就安心了。他们躺着轻声说一会儿话，忽然间，吓了一跳，只见天花板上映出晃动的亮光，原来是外面的矿工手里提着灯去上九点钟的夜班。他们倾听着那些男人的声音,想象着他们怎么走进黑黝黝的山谷。有时他们还走到窗前,望着三四盏灯在黑暗的田野里摇曳不定,越来越小。这时一个箭步奔回床上。暖暖和和地挤在一起真是一大乐事。

保罗是个相当娇弱的孩子,容易患支气管炎,另外几个孩子都很强壮,因此母亲更有理由对他另眼相看。一天他吃午饭的时候回来,感到不舒服。不过他们家向来不喜欢大惊小怪。

母亲厉声问:"你怎么啦?"

"没什么。"他回答说。

可是他饭也吃不下。

"你吃不下饭,就不能上学去。"她说。

"为什么?"他问。

"就是不能去。"

这样,饭后他就在沙发上躺下,躺在孩子们喜欢的暖和的印花布垫子上。后来他就慢慢打起瞌睡来了。那天下午,莫雷尔太太在熨衣服。她一面干活一面听着孩子嗓子眼里那微弱、烦躁的声音,心里又涌起以前对他那种几乎有点厌烦的感觉。她从来没指望他能活下来。然而他那年轻的身躯里却有着一种巨大的生命力。也许他死了,她倒会感到宽慰些。她总觉得对他又疼又恼。

他呢,半睡半醒中只听见熨斗搁在熨斗架上时的喀嗒声,还有落在熨衣板上时轻微的撞击声。一醒过来,他就睁开眼睛看着母亲站在炉边地毯上,把热熨斗贴近脸蛋,就好像在用耳朵听熨斗有多烫似的。她脸色平静,由于内心充满痛苦、幻灭和自我克制而紧紧闭着嘴,鼻子稍微有点儿偏向一边,眼睛蓝蓝的，看上去多么年轻、敏锐、热情。他看了心里不由涌起一种强烈的爱。当她像现在这样心绪平静的时候，她看上去很勇敢，精力充沛，可又似乎被剥夺了权利。想到母亲的生活从来没有美满过，孩子感到非常伤心；他想要报答她却又无能为力，这使他感到自己太窝囊而十分痛心，但同时也使他一直念念不忘。这是他幼稚心灵中立志要达到的目标。

她在熨斗上吐口唾沫，唾沫星子从黑油油的熨斗面上反弹起来，很快消失。然后她跪着，在炉边地毯的反面用力擦擦熨斗。她在红通通的炉火边觉得很暖和。保罗喜欢看母亲蹲下身子，脑袋偏在一边的模样。她动作轻快，看着她干活一向是种乐趣。在她孩子们的眼里，她的任何动作，她做任何事，都挑不出毛病来。屋里暖烘烘的，充满熨烫衣服的香味。后来牧师来了，轻声跟她谈天。

保罗支气管炎发作，病倒了。他自己倒不怎么在乎。事已如此，硬充好汉也没用。他喜欢晚上，八点钟熄灯以后，他就可以看着火苗在黑沉沉的墙壁和天花板上跳跃，看着庞大的影子起伏摇摆，直到屋里似乎挤满了人，在默默地互相厮打。

父亲去睡觉的时候，会走进这间病室。家里不论什么人生病，他总显得特别温柔。可他还是妨碍了孩子的安宁。

"你要睡了吧，我的宝贝？"莫雷尔温柔地问道。

"没睡呐，妈妈来吗？"

"她这就快把衣服折好了。你要什么吗？"

"我什么也不要，她要过多长时间才来？"

"时间不长，宝贝儿。"

父亲拿不定主意，在炉边地毯上站了一会儿。他看得出儿子不希罕他。后来他就上楼去对老婆说：

"这孩子急着要你,你还要多长时间才好啊?"

"等我忙完,天哪,叫他睡觉。"

父亲温柔地把话传给保罗听:"她说叫你睡觉。"

"嗯,我要她来嘛。"孩子死缠着说。

莫雷尔对楼下叫道:"他说你不来他睡不着。"

"哎呀,我一会儿就来。别对楼下大声嚷嚷。还有几个孩子……"

莫雷尔又进来了,他蹲在卧室火炉前。他最喜欢烤火了。

"她说她一会儿就来。"他说。

他不知如何是好地在屋里捱时间。孩子烦躁得要命。他父亲待在他身边,似乎更加加重了他那种病人的烦躁不宁。最后,莫雷尔站在那儿看了一下儿子,温柔地说:

"晚安,我的宝贝。"

"晚安。"保罗回答说。他翻过身去,松了口气,总算落得一个清静了。

保罗喜欢跟母亲睡。不管卫生学家怎么说,和自己心爱的人同睡总是一件最舒心的事。那股暖和劲儿,心灵的安全感和宁静,对方的触摸所产生的那种极其舒服的感觉,都催人入睡,这样就能完全恢复身心健康。保罗挨着她睡,就觉得病好了些。她平时老睡不好,后来竟然睡得很沉,看来对睡眠也有了信心。

到了恢复期,保罗坐在床上,望着那些鬃毛蓬松的马匹在田间饲料槽里吃草,吃得踩成黄糊糊的积雪上都是干草;看着那些矿工成群结队地走回家来——一个个小小的黑影慢慢穿过白色的田野。过后,就在雪地上腾起的那片深蓝色雾霭中,黑夜来临了。

在恢复期,一切都是美妙的。片片雪花突然落在窗玻璃上,一时停在那儿就像只只燕子,随后雪花化了,玻璃上只留下一滴滴水蜿蜒而下。又有片片雪花围着屋角直打转,像一只只飞过的鸽子。山谷对面,一片银白世界里有小小一列黑色火车迟迟疑疑地爬过。

因为他们家很穷,孩子们很高兴能做点什么活来帮助家庭。夏天,安妮、保罗和阿瑟大清早就出去找蘑菇,在湿漉漉的草丛中找啊找的,云雀从草丛里倏地飞出,那白生生、光溜溜得可爱的白蘑菇就悄悄躲在这片青草里。要是他们采到半磅,他们就高兴得不得了:这是一种发现了什么的欢乐,直接从大自然手里领受到什么的欢乐,是能为家庭经济做点贡献的欢乐。

不过除了拾麦穗来熬牛奶麦粥以外,最大的收获还是采黑莓。莫雷尔太太每星期六总要买水果,放在布丁上,她还特别喜欢黑莓。所以保罗和阿瑟每到周末就寻遍了小树丛、树林和旧石矿,只要找得到黑莓的地方都去。在矿工村较集中的那一地带黑莓已经变成比较希罕的东西了,不过保罗到处都去找,他喜欢到乡下,在小树丛中找。但叫他两手空空回家去见母亲,这滋味他也受不了。他觉得那会使母亲失望,这样他宁可死。

有时孩子们很晚才回去,累得要死,肚子又饿。她失声惊叫:"天哪,你们上哪儿去了?"

"咳!"保罗回答说,"这儿一点黑莓也没有,所以我们爬过米斯克山。瞧,妈妈!"

她朝篮子里张望一下。

"哟,真大!"她赞叹说。

"而且有两磅多——这有两磅多吧?"

她提起篮子,掂掂分量。

"不错。"她含糊地回答。

随后保罗又掏出一小枝花。他总是把最好的花找来给她。

"真好看!"她说,声调就像女人收下一件定情礼时那样怪。

这孩子宁可走上一整天,走得很远很远,也不愿承认自己累坏了,两手空空回家来见她。他小时候,她根本不了解这一点。她是个期待自己的孩子快快长大成人的妇女。而且她心里主要关心的是威廉。

不过,威廉上诺丁汉去以后,在家的时候少了,母亲这才把保罗当成伴儿。其实保罗不知不觉地妒忌威廉,威廉也妒忌他。同时他俩又是好朋友。

莫雷尔太太对第二个儿子的亲昵,比起对大儿子的感情来得微妙、细致,也许没那么热情罢了。保罗每星期五下午照例去领钱。五个矿井的矿工都是星期五发工资,不过不是单独发放。每个巷道的全部收益都交给那个作为承包人的矿工头,由他再分成一份份工资,不在小酒店里发,就在他自己家里。为了让孩子们去领工钱,学校每到星期五下午总是提早放学。莫雷尔的孩子,没工作之前都去领过工钱,先是威廉,后是安妮,然后是保罗。保罗一般总是三点半动身,口袋里揣着个花布包。那时,每条路上都看得见妇女、姑娘、孩子和男人,成群结队地上办事处去。

这些办公室造得相当漂亮:一幢新的红砖房,简直称得上是一座大楼,坐落在青山巷底一片收拾得很整洁的院子里。

95

等工钱的地方就是屋子的大厅,这是一间没什么陈设的长房间,地上铺着青砖,靠墙四周都是椅子。矿工们就穿着他们下井的脏衣服坐在这儿。他们是提早上来的。妇女和孩子通常在红沙砾路上徘徊。保罗总是细细看着花坛和那大草坡,因为那里长着小朵紫罗兰和勿忘我。那里一片嘈杂,女人家都戴上出客的帽子,姑娘们大声聊天。几只小狗到处乱跑。只有四周的绿叶灌木沉默着。

随后里面传出一声叫唤:"斯宾尼园——斯宾尼园。"所有为斯宾尼园矿井干活的人都拥进去了。轮到布雷提矿井的人拿工钱的时候,保罗也挤在人堆中走了进去。领工钱的房间相当小,横放着一条柜台,把房间一分为二。柜台后面站着两个人——一个是布雷思韦特先生,一个是账房温特博特姆先生。布雷思韦特先生是大个子,外表有点像那种严厉的长者,留着稀稀拉拉的白胡子。他平时老围着一条很大的丝围巾,就是到了夏天,敞口火炉里也烧着旺旺的火,而且窗子都关着。到了冬天,人们从新鲜空气里走到这儿来,喉咙都像要烤焦了。温特博特姆先生又矮又胖,脑袋秃得厉害。他的上司老对矿工们摆出长者架子教训几句,而他却往往说些蠢话。

屋里挤满了一身污垢的矿工,还有些回家去换了衣服来的男人,几个女人,一两个孩子,往往还有一条狗。保罗生得矮小,因此经常被挤到大人腿后靠近炉子的地方,把他烤坏了。不过他知道名字的次序是根据下井的号码来叫的。

"霍利德。"传来了布雷思韦特先生响亮的声音。霍利德太太默默走上前去,领了钱,退到一边。

"鲍尔——约翰·鲍尔。"

一个男孩走到柜台边,布雷思韦特先生个子大,脾气也大,怒冲冲地透过眼镜瞪着他。

"约翰·鲍尔!"他又叫了一遍。

男孩说:"就是我。"

"咦,过去你的鼻子不是这样的嘛。"圆滑的温特博特姆先生从柜台里目不转睛地盯着他说。人们想起老约翰·鲍尔,都偷偷笑了。

布雷思韦特先生威风凛凛地大声说:"你爹怎么不来?"

"他不舒服。"孩子尖声说。

"你应该叫他戒酒。"这位大掌柜说。

"即便他听了会一脚踢穿你肚子也没关系。"孩子背后传来什么人嘲弄的声音。

所有的男人都哈哈大笑了。这位神气的大掌柜眼睛朝下,看看下面一张工资单。

"弗雷德·皮尔金顿!"他无动于衷地叫了一声。

布雷思韦特先生是矿上一个大股东。

保罗知道下面就该轮到他了。他的心怦怦跳起来。他被人推得靠着壁炉架,连腿肚子都烫痛了。不过他并不打算穿过这堵人墙。

"瓦尔特·莫雷尔!"传来了那响亮的声音。

"到!"保罗尖声回答,声音又细又弱。

"莫雷尔——瓦尔特·莫雷尔!"掌柜又喊了一次。他的食指和拇指捏着那张工资单,准备翻过去。

保罗害羞得不知怎么才好,他不敢大声答应,也不想大声答应。这些大人的身体把他完全挡住了。幸亏温特博特姆先生救了他。

"他来了。他在哪儿呢? 莫雷尔的小子?"

97

这个胖嘟嘟、红通通的秃头小个子,眼光敏锐地朝四下看看。他指着火炉。矿工们也四处张望,让到一边,这才露出了孩子。

"他来了!"温特博特姆先生说。

保罗走到柜台前面。

"十七英镑十一先令五便士。叫到你的时候,干吗不大声答应?"布雷思韦特先生说。他砰的一声把装有五英镑的一袋银币放在清单上,然后做了一个优雅漂亮的手势,捏起一小叠共计十英镑的金币放在银币旁边。金币像一条发亮的小溪泻在纸上。掌柜数完了钱,孩子把钱全部捧到温特博特姆先生的柜台上,向他交付房租和工具费扣款。这时他又活受罪了。

"十六先令六便士。"温特博特姆先生说。

孩子太心烦意乱,顾不得数钱了。他把几个零星的银币和半个金镑推过去。

"你知道你给了我多少钱吗?"温特博特姆先生问道。

孩子看看他,一声不吭。他一点也不知道自己给了他多少钱。

"你没长嘴吗?"

保罗咬着嘴唇,又推过去几个银币。

"小学里人家没教会你数数吗?"他问。

"只教代数和法语。"一个矿工说。

"还教他装厚脸皮。"另外一个人说。

保罗已经让后面的人等久了,他手指哆哆嗦嗦地把钱放在包里,溜了出去。碰到这种场合,他总是被这些该死的人折磨得好苦。

他走到外面,顺着曼斯菲尔德路一直走,感到自己大大地松了口气。公园墙上到处是青苔。果园里有几只金黄色的鸡和白鸡在苹果树下啄食。矿工们川流不息地走回家去。他害羞地贴着墙根走,这些矿工中很多人他都认识,可是他们一身污垢,他就认不出来了。这对他又是一种折磨。

他到达布雷提的新客栈时,他父亲还没来。客栈老板娘沃姆比太太认识他,保罗的奶奶过去就是沃姆比太太的朋友。

"你爹还没来呢,"客栈老板娘说,声音里半带嘲弄,半带迁就,这是专跟男人家打交道的妇女特有的腔调,"坐下吧。"

保罗在酒吧里的长凳的一头坐下。这儿有几个矿工在墙角算账,分钱;还有一些人进来。大家都朝这孩子看一眼,谁也不吭声。最后,莫雷尔总算来了,他兴致勃勃,即使他满脸煤灰,仍然煞有介事。

"喂,"他挺温柔地对儿子说,"领了多少你没有瞒哄我吧?想喝点什么吗?"

保罗和家里几个孩子从小就是坚定的禁酒主义者,要他当着这么多人哪怕是喝杯柠檬水,也简直比拔掉一颗牙还要难过得多。

老板娘从头到脚打量了他一下,有点可怜他的样子,同时对他那种一本正经、毫不通融的循规蹈矩态度深表不满。保罗悻悻地回家,走进屋去,一声不吭。星期五是烘面包的日子,家里总有一只火热的小圆面包留给他吃。母亲把面包放在他面前。

突然,他气冲冲地转过身去对着她,眼睛里充满怒火。

"我再也不到办事处去了。"他说。

"咦,怎么啦?"母亲吃惊地问。他突然发起火来,她倒觉得好笑了。

他声明说:"我再也不去了。"

"哦,好极了,跟你爹说去。"

他狠狠嚼着面包,像是把面包当成冤家似的。

"我不——我不去领工钱了。"

"那就叫卡林家的孩子去吧,他们能挣六个便士还不乐坏了。"莫雷尔太太说。

这六便士就是保罗惟一的收入。他把钱大多都用来买些生日礼物,但这毕竟是一笔收入,他很看重这笔钱。可是……!

"那就给他们挣好了,"他说,"我不要了。"

"哦,好极了,"母亲说,"不过你也用不着冲我发威风啊。"

"他们真可恶,又俗气,又可恶,因此我再也不去了。布雷思韦特先生连'赫'的字音都发不出,温特博特姆先生说话语法也不通。"

"原来你就为这事才不肯再去吗?"莫雷尔太太笑了。

孩子沉默了一会儿。他脸色苍白,眼神阴沉而愤怒。母亲忙着干家务,没去注意他。

"他们老是挡着我,弄得我没法挤出来。"他说。

"咳,我的孩子,你只要请他们让一下就行了。"她回答说。

"还有艾尔弗雷德·温特博特姆说什么'小学里人家教你什么?'"

"人家没教会他多少,"莫雷尔太太说,"一点也不假——既没礼貌,又没头脑,——他那点狡猾性子还是从娘肚子里带

100

来的哩。"

就这样,她用自己的方式哄着他。他这份可笑的小心眼儿真叫她感到难受。有时他眼神里那种狂怒唤醒了她,使她沉睡的心灵一时受到惊动,振奋起来。

"拿到多少钱?"她问道。

"十七英镑十一先令五便士,扣去十六先令六便士。"孩子回答说,"这星期真不错,爹自己只扣了五先令零用。"

由此她就可以算出她丈夫究竟挣了多少钱,要是他少给了她钱,她就可以叫他报账。因为莫雷尔一向对每个星期的收入保密。

星期五晚上既要烘面包又要上市场去。保罗照例待在家里烘面包。他喜欢待在家里看书作画,他非常喜欢作画。安妮每星期五晚上都在外面闲逛,阿瑟像平时一样尽兴玩耍。因此家里只剩下保罗一个人。

莫雷尔太太喜欢到市场去买东西。这个小小的市场坐落在小山顶上,从诺丁汉、德比、伊尔克斯顿和曼斯菲尔德通来的四条大路在这儿会合,设有好多摊子。周围村子里驶来了好多大马车。市场上到处都是女人,街上却挤满了男人。看见街上到处都有那么多男人简直令人惊讶。莫雷尔太太总跟卖花边的女人吵架,她对卖水果的倒深表同情,因为他是个傻瓜,不过他老婆可不是好东西。她跟卖鱼的说说笑话,他是个窝囊废,不过老引人发笑。她治得卖漆布的人不敢胡来。她对卖杂货的态度冷淡。只有非买不可的时候,或者被一只盘子上的矢车菊图案所驱使——或者说所吸引,她才上卖陶器的那儿去,摆出一副冷冰冰的客气态度。

"不知道那只小盘子要多少钱?"她说。

"七个便士。"

"谢谢。"

她放下盘子就走开了,可是她不买到手就离开市场决不甘心。她又打从摆着那些坛坛罐罐的地摊旁走过,装得若无其事,偷偷看看那只盘子。

她是个矮小的女人,戴顶无檐帽,穿身黑衣服。这顶帽子已经戴了三年,安妮看了非常不满。

"妈!"姑娘恳求说,"别戴那顶圆头圆脑的小帽子了。"

"那么叫我戴什么呢?"母亲尖酸地说,"我相信这顶帽子还是不错的。"

这顶帽子原先有个尖顶,后来加上几朵花,如今索性只剩下黑花边和一块黑玉了。

"这帽子有点垂头丧气的,"保罗说,"你不能给它打打气吗?"

"就凭你说话这么没分寸,瞧我不揍扁你的脑袋。"莫雷尔太太说着,毫不气馁地把那顶黑帽子的帽带系紧在下颔下。

她又朝那只盘子瞥了一眼。她和她的对头,那个卖陶器的,彼此都感到不自在,好像他们之间有什么疙瘩一样。突然他大声吆喝道:

"五便士卖给你要吗?"

她吓了一跳,想硬硬心肠不睬。但接着她就站住,拿起那只盘子。

"我买下了。"她说。

"该说声承你赏光了,对吗?"他说,"你最好再对盘子吐口唾沫,就像人家送给你什么你还有点嫌弃时那样。"

莫雷尔太太冷冷地付给他五个便士。

"我看你不见得白送给我啊,"她说,"如果你不愿卖,你也不会五便士卖给我的。"

"这个鬼地方,如果你送得掉什么,倒算是走运了。"他咆哮着说。

"是啊,时势有景气也有不景气的。"莫雷尔太太说。

不过她已经原谅了这个卖陶器的。他们成了朋友。如今她敢用手指摸摸那些坛坛罐罐了。她感到很高兴。

保罗正等着她。他盼她回家来。这往往是她心情最好的时候——只见她得意扬扬,神色疲惫,大包小包的满载而归,而且精神上也感到很充实。他一听见她走进门来那轻快的脚步声,就赶紧放下画,抬起头。

"唉!"她叹了口气,站在门口对他笑吟吟的。

"哎呀,你可真是满载而归呀!"他放下画笔,欢呼道。

"可不是!"她喘着气说,"不要脸的安妮还说她来接我呢。多沉啊!"

她把网兜和大包小包都放在桌上。

"面包烘好了吗?"她嘴里问着,一面朝炉子走去。

"最后一只已经在烘着了,"他回答说,"你用不着担心,我没忘。"

"咳,那个卖陶器的!"她关上炉门说,"你记得吗,我以前说过他真是个无赖?看起来,他倒不见得怎么坏。"

"真的?"

孩子在挺专心地听着她说。她脱下那顶小黑帽。

"对。我想他赚不了什么钱——得了,如今每个人都这么嚷嚷——他也这么嚷嚷,就让人讨厌了。"

保罗说:"换了我也会这么嚷嚷的。"

"是啊,这也难怪。而且他后来还是卖给我了——你猜他卖给我这个只要我多少钱?"

她从裹着的破报纸里拿出那只盘子,喜气洋洋地瞧着它。

"让我看看!"保罗说。

娘儿俩站在一起,心满意足地看着这盘子。

"我就喜欢有矢车菊图案的东西。"保罗说。

"是啊,我想起你给我买的那只茶壶……"

"一先令三便士。"保罗说。

"五个便士!"

"不止不止,妈妈。"

"是不止。告诉你吧,我这简直等于是白偷来的哩。不过我已经花钱花得太多,再贵我就买不起了。再说如果他不愿意卖,他也用不着卖给我。"

"是啊,他不愿意卖,就用不着卖嘛。"保罗说。娘儿俩都竭力在安慰对方别担心那个卖陶器的吃了亏。

"咱们可以用它盛煨水果。"保罗说。

母亲说:"要不就盛蛋糕或果子冻。"

"再不,就盛水萝卜和莴苣。"他说。

"别忘了那只面包。"她高兴得说起话来都喜气洋洋的。

保罗看看炉子里面;拍拍底层的那只面包。

"行了。"他说着,把面包递给她。

她也拍拍这只面包。

"不错。"她回答了一声,就动手打开网兜,"哦,我真是个大手大脚的坏女人,我知道这样会变穷的。"

他急不可耐地跳到她身边,想看看她买来什么贵重东西。她摊开一团报纸,露出几株紫罗兰和深红的雏菊。

"要四便士呢!"她诉苦说。

"多便宜啊!"他大声说。

"是啊,可是正巧我这个星期钱不够用,本不该买这些。"

"可这些花儿多可爱啊!"他大声说。

"可不是!"她按捺不住心头的喜悦,叫道,"保罗,你看那朵黄的,像不像一个老头的脸!"

"像极了!"保罗嚷着,弯下腰来闻闻,"味儿真香! 不过花上溅得都是泥。"

他奔到洗碗间,拿了块绒布,仔仔细细洗起紫罗兰来。

"快看看水淋淋的花儿!"他说。

"真好啊!"她赞叹着,感到心满意足了。

斯卡吉尔街上的孩子们择交很严。莫雷尔家住的那一头小孩子不多。因此这几个孩子更加团结。男女孩子一起玩,女孩子也打架和做粗鲁的游戏,男孩子也一起跳舞、转圈圈和玩过家家。

安妮、保罗和阿瑟挺喜欢冬天的晚上,只要天气不下雨。他们在家里等到矿工们全都回进了屋里,等到天色漆黑,街上阒无一人的时候,这才围上围巾出去。因为他们跟其他矿工的孩子一样,不屑于穿大衣。门口一片漆黑,外面茫茫夜色里,露出一块凹地,下面有一簇灯火,这就是敏顿矿井,对面远处也有些灯,那是席尔贝矿井。最远的那些微小的灯火似乎彻底刺破了黑暗,一直延伸出去。孩子们顺着大路焦急地向矗立在田间小路尽头的路灯柱望去。如果那一小块亮堂的地方没有人,两个男孩就感到真正的孤寂。他们站在路灯下,双手插在口袋里,背对着夜色,可怜巴巴地望着那些黑压压的屋子。突然,看见了一件短外套下的围裙,一个长腿小姑娘正飞奔而来。

"比利·皮林斯跟你们家的安妮,还有埃迪·达金都在哪儿呀?"

"我不知道。"

不过这也没多大关系——现在他们已经有三个人了。他们围着路灯柱做起游戏来,玩到后来,另外的孩子也嚷嚷着冲出屋来。他们就玩得更痛快更热闹了。

这儿就只有这么一根路灯柱。后面一片漆黑,仿佛整个黑夜就在那里。路灯柱前面,另外一条宽阔的黑路是通向山顶的。偶尔也有些人走到半道,就踏上这条小路走向田间。走不了十几英尺,夜色就把他们的身影吞没了。孩子们又接着玩下去。

由于孩子们都感到与世隔绝,大家彼此非常亲密。要是吵了一架,整个游戏就玩不成了。阿瑟是动不动就要发火的,比利·皮林斯——实际上是姓菲力浦斯——脾气更坏。这时保罗就必须站在阿瑟一边,爱丽思又站在保罗一边,而比利·皮林斯一向都有埃米·利姆和埃迪·达金作他的后盾。到那时这六个孩子就会打起架来,彼此恨得咬牙切齿,打完架就吓得逃回家去。保罗永远也忘不了,有一回双方这样恶狠狠地互相火并后,看见就在通向山顶的荒凉大路上空,像一只缓缓凌空的大鸟似的,一轮大大的红月亮徐徐升起。他不由想到《圣经》上说的,这月亮会变成血①。第二天,他就赶快去跟比利·皮林斯讲和。于是,在一大片黑暗中,他们又围着路灯柱

---

① 典出《圣经·约珥书》第二章第三十一节。耶和华说:"在天上地下,我要显出奇事,有血,有火,有烟柱,日头要变为黑暗,月亮要变为血。"保罗看见月亮血红,所以有此联想。

子,继续玩着那种粗野、激烈的游戏。莫雷尔太太只要走到起居室里,就听得见孩子们在远处唱着:

> 我穿的鞋是西班牙皮鞋,
> 我穿的袜是丝袜;
> 我十个手指都戴的是戒指,
> 我洗澡用的是牛奶。

夜色苍茫中传来他们的歌声,听上去他们是那么全神贯注地在做着游戏,令人感到他们此刻的感受就像是野人们在唱歌时一样。母亲听了很激动,等到八点钟他们回家来时,一个个都玩得脸蛋红通通,眼睛亮晶晶,说起话来像连珠炮,劲头十足,这时她对他们的心情就十分理解了。

他们都喜欢斯卡吉尔街这幢房子视野宽阔,大千世界,尽收眼底。夏日的傍晚,女人家往往靠在田间篱笆上聊天,面对西方,看着夕阳火辣辣地烧得天际一片血红,远处德比郡的群山绵亘在其间,像蝾螈黑色的脊背。

夏季,矿井从来不开足班次,尤其是采烟煤的矿井。住在莫雷尔太太隔壁的达金太太,正走到篱笆旁边去拍拍炉边地毯时,会看到慢慢走上山来的男人。她立刻就看出来那是矿工。于是她等待着。她是个细高挑儿,看上去很精明,站在山顶上,对那些使劲爬上山来的可怜矿工,简直就像是威胁的化身。这时还只有十一点钟,远处树木葱翠的群山,夏日清晨那层透明黑纱似的薄雾还没有散尽呢。第一个人走到踏级上来了。他把栅栏门推得"吱,吱"地直响。

达金太太大声说:"怎么,叫你们停工了?"

"是啊,太太。"

她挖苦地说:"他们竟让你们走,真太糟糕了!"

"就是嘛。"那人回答说。

"不对,要知道你们就是巴不得再回地面上来哩。"她说。

那人径自走过去。达金太太走到自己院子里,看见莫雷尔太太正出来倒垃圾。

她大声叫道:"太太,我看敏顿矿已经停工了。"

"多糟糕!"莫雷尔太太愤慨地惊叫了。

"哼,我刚刚把约翰·赫奇比狠狠挖苦了几句。"

"他们干脆还是省点鞋底皮算了。"莫雷尔太太说着,两个女人都厌恶地走进屋去。

矿工们的脸还没染上黑色,就成群结队地又回来了。莫雷尔真不愿回去。他喜欢阳光明媚的早晨。可是他刚下井去干活,又给打发回家,真叫他扫兴。

"老天爷,这时候就回来!"他刚进门,老婆就叫了起来。

"叫我有什么办法,婆娘!"他大声嚷嚷。

"可我午饭做得不够吃的啊。"

"那我就吃随身带去的干粮好了。"他叫苦连天地说,感到又羞又恼。

孩子们放学回家,看见父亲竟然啃着带下井去又带了回来的两厚片又干又邋遢的黄油面包权当午饭,不免觉得奇怪。

"我爹干吗这会儿吃干粮?"阿瑟问。

"我不吃,回头就要跟我诉苦了。"莫雷尔气鼓鼓地说。

"胡说八道!"他老婆叫道。

"难道就让它浪费掉?"莫雷尔说,"我可不像你们这批人大手大脚,糟蹋东西。在井下我要是掉了一丁点面包屑,哪怕沾满了脏土,我还是捡起来吃下去。"

"耗子也会吃,"保罗说,"面包不会浪费的。"

"好好的黄油面包可不是喂耗子的。"莫雷尔说,"不管脏不脏,我情愿吃下去也不让它浪费掉。"

"你该把面包屑留给耗子,自己少喝一瓶酒不就有了。"莫雷尔太太说。

"哦,是这样么?"他大声嚷嚷。

那年秋天,他们家特别拮据。威廉刚去伦敦,母亲就惦记着他的钱。有一两回,他寄来过十先令,可是凡事刚开头,他的开销实在太多了。他每星期都按时给家里寄封信,给母亲写得很多,把自己的生活全告诉她:他怎么交朋友,怎么跟一个法国人互教互学,他在伦敦玩得多么有趣。母亲又感到他仍然跟在家里一样,陪伴在她身边。她每星期都给他回信,措词直率而又妙语如珠。她收拾屋子时,整天都想着他。他在伦敦会有出息的。他简直像是她的骑士,佩带着代表她的纹章上战场。

他要回来住上五天过圣诞节。家里从来没有这么忙碌地准备过。保罗和阿瑟把地上擦得干干净净,准备放上冬青树。安妮照老规矩做了漂亮的纸花环。备的吃食也从来没有这么豪奢过,莫雷尔太太做了一个气派很大的大蛋糕。随后她感到自己阔得像女皇一样,教保罗怎样把杏仁浸烫去皮。他恭恭敬敬地剥掉那些长长的果仁的皮,全部点数一遍,生怕丢了一个。听说打鸡蛋最好在凉处,他干脆就站在洗碗间里,那儿的温度将近冰点,他在那儿不断打呀打的,后来他兴冲冲地奔进来告诉母亲,蛋白变稠了,而且更加白了。

"瞧,妈妈,这不是很可爱吗?"

他挑起一点放在鼻子上,再把它吹向空中。

"行了,别浪费。"母亲说。

大家都兴奋得要命。威廉定于圣诞夜回来。莫雷尔太太把伙房检查一遍。里面有一只葡萄干大蛋糕,还有一块米糕,有果酱馅饼,柠檬馅饼和碎肉馅饼——装了两大盆。她还做了西班牙馅饼,奶酪饼,这才算完。屋里到处都布置好了。一束束带有浆果的邀吻冬青树枝①,缀着亮晶晶的东西也挂好了。莫雷尔太太在厨房里装饰她那些小小的馅饼时,树枝就在她头上慢慢地旋转。炉火熊熊,烘糕饼的香味扑鼻。他应该七点钟到家,不过他可能迟到。三个孩子出去接他。她一个人留在家里。谁知七点差一刻,莫雷尔又走进屋来。夫妻俩谁也不说话。

他坐在自己的扶手椅上,兴奋得手足无措,她却安安静静地烘着面包。只有看着她干活的细心样子,才能说明她内心有多么激动。时钟嘀嗒嘀嗒走着。

"他说几点回来?"莫雷尔这是第五次问她了。

"火车六点半到。"她加强语气回答他。

"那他到家就得七点十分了。"

"唉,天哪,中部②火车有误点几小时的呢。"她冷漠地说。不过她希望宁可当他来得晚,他倒反而会来得早。莫雷尔走到门口去等候威廉。后来他又回来了。

"哎哟,你啊!"她说,"你就像只不伏窝的老母鸡。"

"你把吃的东西准备好了吗?"莫雷尔问。

"时间还早着呢。"她回答说。

---

① 英国风俗,圣诞节走过这种冬青树(一般用槲寄生)下的女子,大家都可以吻她。
② 指英格兰中部各郡。

"我看时间不早了。"他一面回答,一面暴躁地在椅子上扭过来扭过去。她开始收拾桌子。茶壶也咕嘟咕嘟叫了。他们等啊,等啊。

这时,三个孩子正站在离家两英里的中部铁路干线塞斯利桥站的月台上。他们等了一小时。来了一列火车——可他不在车上。只见铁路线上红绿灯一闪一闪。天又黑又冷。

他们看见一个戴着鸭舌帽的男人。保罗对安妮说:"去问问他,伦敦的火车来了没有?"

"我不去,"安妮说,"你别出声——说不定他会赶我们走的。"

不过保罗巴不得让这人知道,他们是在接从伦敦乘火车来的人,这话听上去多了不起啊。然而他实在太怕跟人家打交道,更不用说壮起胆子去问一个戴鸭舌帽的人了。三个孩子简直不敢到候车室去,生怕被人赶出来,又怕他们刚离开月台就有什么事情,因此仍旧在寒冷的黑夜里等待着。

"已经晚点一个半小时了。"阿瑟可怜巴巴地说。

"得了,"安妮说,"反正今儿是圣诞夜。"

他们大家都沉默了。他不会来了。他们朝铁路暗处望去,那边就是伦敦!这段距离似乎是最远最远的了。他们觉得要是有人从伦敦来,路上不定会出什么事呢。他们忧心忡忡,话也说不出。大家身上又冷,心里又愁,就这么悄悄地在月台上挤成一团。

过了两个多钟头,他们终于看见一辆机车的灯光隐隐出现,从黑暗中迎面驶来。一个搬运工奔出来了。孩子们心头怦怦直跳,向后退去。原来是一长列到曼彻斯特去的火车进站了。只见两扇车门大开,其中一扇走出了威廉。他们向他扑过去。他喜洋洋地把几个包裹递给他们,接着马上开始解释这列火车原来这儿是不停的,为了他才特地在塞斯利桥这个小站停车。

这时做父母的已开始着急起来。桌子收拾好了,排骨也烧好了,一切都准备就绪。莫雷尔太太围上那条黑围裙,她身上穿着自己最好的衣服。后来她坐下了,装作看书的样子。时间一分分的过去,对她真是一种折磨。

"唔!"莫雷尔说,"已经一个半小时了。"

"孩子们还在等着他呢!"她说。

"火车不可能还没到哇。"他说。

"我说了,圣诞夜总要误点几小时的。"

他们彼此都有点怄气,忧心如焚。屋外那棵白蜡树在刺骨的寒风里呻吟。漫漫长夜,从伦敦赶到家里这一段路程多长哪!莫雷尔太太痛苦极了。时钟嘀嗒嘀嗒走着,叫她心烦意乱。时间越来越晚,她也越来越耐不住了。

最后好容易听到七嘴八舌的说话声,门口响起了脚步声。

"哈,他到了。"莫雷尔一跃而起,大叫起来。

随后他往后一站。母亲朝门口跑了几步,等待着。只听见啪嗒啪嗒一阵争先恐后的脚步声,门给推开了。威廉就站在那儿。他扔下旅行包,把母亲搂在怀里。

"妈妈!"他说。

"我的孩子!"她大声叫着。

她搂住他,吻了他。不一会儿就抽出身子,尽量像平常一样说:

"你怎么这么晚啊!"

"是吗!"他转过身去对着父亲叫道,"嗨,爹!"

父子俩握了握手。

"嗨,我的小子!"

莫雷尔眼睛里噙着泪花。

"我们还以为你不回来了呢。"他说。

"哦,我回来了!"威廉叫道。

这时儿子又转过身对着母亲。

"不过你看上去气色不错。"她乐呵呵的,自豪地说。

"是啊!"他叫道,"我早该料到了——到底回家了啊!"

他是个棒小伙子,大个儿,腰板笔直,一副天不怕地不怕的样子。他看看那些冬青树和接吻树枝,又看看炉边铁格子里烤着的一只只小馅饼。

"天哪,妈妈,还是老样子!"他像松了口气似的说。

一时大家愣住了。随后他突然跳过去,从炉边拿起一只馅饼,一下子就把整个馅饼塞进嘴里。

"瞧,你在外面没见过这种小地方的烤炉吧?"父亲大声说。

他给他们带来数不尽的礼物。他把自己所有的钱都花在他们身上。屋里洋溢着一股奢华的气氛。他送给母亲一把伞,淡色伞柄上镶着金。她一直把伞保存到死,什么东西都舍得丢,就是不舍得丢这把伞。每个人都得到一种漂亮的东西,除此以外,还有好几磅叫不出名字的甜食,什么拌砂软糖啊,冰糖菠萝这一类的东西。在孩子们心目中,这类东西只有了不起的伦敦才有。保罗在他的亲人们中间夸耀这些甜食说:

"真正的菠萝,切成一片片,再做成蜜饯,美极了!"

家里人人都喜气洋洋。家里到底是家里。不管受了多少苦,大家总还是热爱着家的。举行了好几次喜庆宴会,人们走来看望威廉,看看他到了伦敦变了多少。他们都发现他"乖乖,好一副绅士气派,真是一表人才。"

等到他再次离家的时候,孩子们都各自躲开,悄悄哭了。莫雷尔愁眉苦脸地上床睡觉,莫雷尔太太觉得自己像吃了麻药似的,变得麻木不仁,连感觉都没有了。她是热爱他的啊。

那时威廉在一个律师办事处工作,跟一家大的航运商行有联系。这年仲夏,他的上司表示,只要他出一小笔钱,就可以乘商行的一条船去地中海旅行。莫雷尔太太在信里写道:"去吧,去吧,我的孩子。也许这种机会今后再也碰不到了。我想到你在地中海航行,真比你回家来还要高兴。"不过威廉那两星期的假期还是回家来过了。尽管地中海是这小伙子一心想要去旅行的地方,一旦他可以回家,那个令他这样一个穷小伙子心向神往的南方胜地还是吸引不了他。这给了他母亲莫大的慰藉。

第五章　保罗踏进社会

莫雷尔是个相当粗心的人,对危险满不在乎。因此事故层出不穷。莫雷尔太太一听见一辆空煤车咕隆隆来到她家门口,就奔到起居室去张望,她料想多半会看到丈夫坐在矿车里,污垢满面,脸色灰白,身体有气无力,不是病就是伤。如果真是他,她就奔出去帮忙。

威廉上伦敦去了大约一年以后,保罗刚出学校,还没找到工作。有一天,莫雷尔太太正在楼上,保罗在厨房里画画——他擅长绘画——忽听得有人敲门。他恼火地放下画笔去开门。这时母亲打开窗子,从楼上往下看着。

矿上的一个小伙子穿着脏衣服站在门口。

他问:"这儿是瓦尔特·莫雷尔家吗?"

"是啊,"莫雷尔太太说,"什么事?"

不过她已经猜到了。

"你们当家的受伤了。"他说。

"哎呀,天哪!"她喊了一声,"他要不出事那才怪呢。小伙子,这回他怎么啦?"

"我不太清楚。不过大概是他的腿出毛病了。他们把他送到医院去啦。"

"哎呀呀,"她惊叫道,"天哪,他真是个怪人! 没有五分钟太平,要有五分钟太平倒好了!他的大拇指刚好,可现在——你看见他了吗?"

"我在井下看见过他。我还看见他们把他放在矿车里送上去,他昏过去了。不过弗雷泽大夫在灯具室给他检查的时候,他大叫大喊,骂天咒地。人家要送他上医院的时候,他说他不去医院,要回家。"

小伙子结结巴巴地说完了这番话。

"他偏要回家,让我来受罪!谢谢你,小伙子。哎呀,天哪,这难道还不够我受的么——我真受不了啊!"

她走下楼来,保罗机械似的继续画他的画。

"既然人家把他送进了医院,情况一定不妙。"她接着说,"不过他这人太粗心大意了。别人家就没出这么多事。是啊,他偏要把担子都压在我身上。唉,天哪,咱们好不容易日子才刚刚松动一点。把那些东西扔开,现在没时间画画了。火车几点开?看来我只好赶到凯斯敦去了。我只好扔下卧室不管了。"

"我会收拾好的。"保罗说。

"用不着去收拾。据我看,我可以乘七点钟那班车赶回来。咳,我的天!他要闯出多少祸来啊!再说丁德山上那段花岗石路面吧——还不如叫它碎石子路——简直会把他颠死。我真不知道他们干吗不修修这条路,路面这么糟糕,凡是乘救护车经过这段路的都够呛。你以为他们总会在这儿开一家医院吧。老板把矿区都买下了,天哪,将来出事故的可多着呢,不愁没人来看病。可偏不,他们一定要把人放在一辆慢慢爬的救护车里,开上十英里路,送到诺丁汉去。这真是太不像话了!咳,他还要惹出多少麻烦啊!我知道他准会的。不知道谁在那儿陪着他。大概总是巴克尔吧。可怜的家伙,他宁愿待在任何地方,总比待在医院里强。不过我知道这家伙会照应他的。眼下还不知道他要在医院里待多久——这岂不把他憋死吗!不过要是他只是腿受伤,那还不太严重。"

她一面唠叨一面准备动身。她匆匆解下紧身围腰,蹲在烧水锅前面,把热水慢慢灌进她的水罐里。

"我真希望这水锅沉到海底里去才好!"她大声说着,一面不耐烦地拧着那个龙头。想不到她这么娇小,两条胳臂却又漂亮又有力。

保罗收拾清桌子,放上茶壶,摆上餐具。

"四点二十分火车才到,"他说,"你还有好多时间呢。"

"哦,不行,我来不及了。"她叫着,一面擦脸,一面从毛巾上边眨巴着眼睛望着他。

"行,你来得及。无论如何你得喝杯茶。要我陪你上凯斯敦吗?"

"陪我去?我倒要问问看,陪我干吗?哎呀,我要带点什么给他呀?唉,天哪!他的干净衬衫——谢天谢地,衣服总算已经洗干净了,不过最好还是烘烘干。还有袜子——他用不着袜子了——我想,还要一条毛巾吧,还有手绢。此外还有什么呢?"

"梳子、刀、叉和匙子。"保罗说。他父亲以前也住过医院。

"天知道他的脚到底怎么样了。"莫雷尔太太接着说,一面梳着自己棕色的长发。头发细软如丝,如今已经夹杂着白发了,"他自己擦洗上身特别干净,下身他就认为无所谓了。不过好在我看那儿的人这种情况也见得多了。"

保罗已经摆好餐具,他给母亲切了薄薄的一两片黄油面包。

"你快吃吧。"他说着把一杯茶放在她面前。

"烦死人了,真受不了!"她脾气暴躁地大声说。

"行了,受不了也得受,还是快吃吧,东西都摆好了。"他强调说。

于是她坐下,默默啜着茶,还吃了一点面包。心里还在琢磨着。

不一会儿她就走了,要走两英里半路才到凯斯敦车站。她把带给他的东西统统装在鼓鼓囊囊的网兜里。保罗望着她走上两排树篱间的大路——一个身材矮小、步伐敏捷的背影,想到她又一次陷入痛苦烦恼之中,他真为她痛心。她尽管心急如焚,行走如飞,也感到自己背后有儿子的心追随着她,感到他尽力承当着一部分负担,甚至还在支持她。她在医院里的时候心想:"我要是告诉孩子伤势严重,他听了会心烦意乱的。我还是小心点好。"等她步履艰难地一回到家里,就感到他是急着来分挑她的重担了。

她一进屋,保罗就问:"伤得厉害吗?"

"够厉害的。"她回答说。

"什么?"

她叹了口气,坐下来解开帽带。儿子眼睁睁看着她抬起脸,那双磨得全是茧子的小手摸索着颏下的那个帽结。

"唉,"她回答说,"其实伤势并不危险,不过护士说,这下砸得够呛。你瞧,一大块石头砸在他腿上——这儿——弄成个有创骨折①,碎骨都戳穿了……"

---

① 有创骨折又称哆开骨折,断骨往往戳破皮肉。

"啊——多吓人!"孩子们都失声惊叫起来。

"还有呢,"她接着说,"他当然说自己快死了——他要不说,那才怪呢。'我完蛋了,婆娘!'他望着我说。'别胡说,'我对他说,'折断一条腿,不会死的,哪怕砸得再厉害也死不了。'他哼哼唧唧地说,'不进棺材我出不了医院啦。'我说,'得了吧,等你好点了,你要他们把你放在棺材里抬到花园去,我肯定人家也会照办的。'护士长说,'只要我们觉得对他有好处就成。'那护士长真好,只是严格得很。"

莫雷尔太太脱下帽子,孩子们都一声不响地等她说下去。

"当然,他的情况不好,"她接着说,"一时好不了。这下砸得不轻,他出了好多血,而且这次骨折非常危险,根本拿不准能不能轻易复原。再说还有发烧和坏疽病——如果情况坏下去,他很快就会送命的。不过幸亏他这个人血液干净,皮肉也很容易长好,所以我看,不见得准会变坏。当然,他伤得……"

她说到这儿情绪激动不安,连脸色也发白了。三个孩子明白父亲情况非常严重,屋子里鸦雀无声,个个焦急不安。

过了一会儿,保罗才说:"不过他总会好的。"

"我也这么对他说来着。"母亲说。

大家在屋里走动时都默不作声。

"他看上去也真像快没命了,"她说,"可护士长说这是因为痛得厉害。"

安妮把母亲的外套和帽子拿开了。

"我走的时候,他净瞧着我!我说,'我这就得走了,瓦尔特,因为赶火车……还有孩子们。'他就那么瞧着我。看上去心里很难受。"

保罗又拿起画笔,继续作画。阿瑟上外面去拿煤。安妮神色凄然地坐着。莫雷尔太太一动不动,坐在自己的小摇椅上想心事。这摇椅还是她怀头一胎时她丈夫为她做的呢。她很伤心,为伤势严重的男人感到十分难过。然而在她心灵深处,应该燃烧起爱情的地方却是一片空白。如今,她已经完全激起了那种女性的怜悯心,她将拼死累活地护理他,救助他,要是办得到的话,甚至愿意自己承受痛苦。然而在她心灵深处,她对他和他受的痛苦却仍是冷漠的。最使她伤心的是,即使在他激起她强烈感情之际,她还是不能爱他。她默然沉思了一会儿。

"瞧,"她突然说,"我去凯斯敦的半道上,才发现自己脚上穿着干活穿的鞋——你们瞧。"原来是保罗的一双棕色旧鞋,脚趾那儿已经磨穿了。"我真臊得不知把脸往哪儿搁才好。"她又加了一句。

第二天早上,安妮和阿瑟上学去了,莫雷尔太太又跟帮她做家务的儿子聊起来。

"我在医院碰见了巴克尔,看上去他垂头丧气的,可怜的小家伙!'喂!'我对他说,'你这一路上陪着他觉得怎么样?''别提了,太太。''唉,'我说,'我知道他会怎么样。''不过他是不好过,莫雷尔太太,这倒不假!'他说。'我知道。'我说。'车子颠一下,我的心就像要蹦出嘴来了。'他说,'还有他时常大叫大嚷,太太,就是给我一大笔钱叫我再跑一趟,我也不干了。''我能理解。'我说。'不管怎么说,这差使真让人恶心,'他说,'可要等这条路修好,还早着呢。'我说,'恐怕是吧。'我喜欢巴克尔先生——我的确喜欢他。他身上有种男子汉气概。"

保罗一声不响,只顾继续作画。

"当然,"莫雷尔太太接着说,"像你爹这么个人,住医院的日子可不好过。他不懂那里的规章制度,而且不到万不得已,决不让谁碰他一下。这回他大腿上的肉都砸烂了,一天要换四次药。除了我和他妈,他肯让哪个碰他一下?他才不肯呢。所以当然喽,要他在那儿受护士的摆布,真够他受的了。而且我也不想撇下他。说真的,临走我亲了他一下,自己也觉得不好意思。"

她就这么跟儿子谈啊谈的,仿佛边想边把心事都告诉他似的。他也尽力耐心听着,帮她分担烦恼,减轻她的痛苦。到后来,她竟不知不觉地几乎跟他无话不谈了。

这期间莫雷尔的情况一直不好,整整一星期他处于危急期中。后来才逐步恢复过来。他们全家知道他渐渐好转了,才松了口气,开始过着快活日子。

莫雷尔住院期间,他们的生活倒不怎么困难。矿井每星期给他们十四个先令,疾病互助会给他们十先令,伤残基金给他们五先令,还有莫雷尔的伙伴每星期也给莫雷尔太太一点钱——五先令到七先令——因此她手头就相当宽裕了。莫雷尔在医院里顺利康复的日子,家里也过得特别愉快、安宁。每逢星期三、六,莫雷尔太太总上诺丁汉去探望丈夫。随后她往往带点小东西回来:给保罗带上一小管颜料,或几张画纸;给安妮带上几张明信片,全家人欢天喜地欣赏好几天,随后才准她把明信片寄给人家;给阿瑟买把钢丝锯,或者买一块好看的木板。她高兴地把自己在大商店里的种种奇遇讲给孩子们听。画店里的人一下子就认识她了,也知道保罗的情况。书店里的姑娘对她也很感兴趣。莫雷尔太太从诺丁汉回家来的时候总是一肚子消息。三个孩子围成一圈坐着听她讲,一边插嘴,一边争论,闹到该上床才罢休。随后往往是保罗去通炉灰。

他常常高兴地对母亲说:"现在我就是家里的男人了。"他们认识到家里可以变得何等安宁美满。可惜的是父亲不久就要回来了,大家几乎都有这个感觉,但没人肯承认自己这么无情无义。

这时保罗已经十四岁了,正在找活儿干。他是个相当矮小、纤弱的孩子,长着深棕色的头发,淡蓝色的眼睛。他的脸已经不是那种年轻的圆脸蛋,倒变得有点像威廉了——浓眉大眼,甚至于可以说有点粗——而且还特别表情丰富。通常,他的神色总仿佛在憧憬着什么,显得那么生气勃勃,兴味盎然;有时他会突然莞尔一笑,笑容就像他母亲,非常可爱;有时,如果他敏感多变的心灵碰上了别扭事,他的面容就会变得又蠢又丑。像他这种孩子,一旦得不到人家理解,或者感到被人看不起,他就变成了一个小丑,一个大老粗;然而只要一接触到温暖,他顿时又变得可爱了。

无论他跟什么事物接触,一开头,他总觉得非常别扭。他七岁那年,开始上学这件事对他来说,简直就是活受罪,做噩梦。不过后来他却喜欢这种生活了。如今自己得踏上社会,独立生活了。他又感到羞怯畏缩,十分苦恼。以他这个年纪来说,他算得上是个聪明的画家,希顿先生教过他法文、德文和算术,他总算都懂一点。不过这些都没什么实用价值。他母亲就说过,干重体力劳动,他的身体还不够格。他不喜欢做手工,却喜欢赛跑,或是到乡下去旅行,再不然就读书、画画。

母亲问他:"你想成个什么样的人?"

"随便。"

"这不算答复。"莫雷尔太太说。

不过他只能作出的这一个答复,倒是说的真心话。他的野心无非是在离家近点的地方,安安分分地干活,一星期挣上三十到三十五先令;等父亲过世以后,就跟母亲同住一所小屋,高兴时画上几笔,或者出外走走,快快活活地过日子。就目前的情况来说,这就是他的打算。不过他拿人家同自己比较一下,无情地估量他们,内心便感到自豪。他想,说不定他也可能成为一个画家,地地道道的画家。不过这件事暂且不谈。

母亲说:"那你一定得去看看报上的广告。"

他望着她。这对他来说无异要蒙受一次辛酸的屈辱和痛苦的折磨。不过他一句话也没说。第二天早上他起来的时候,整个身心都纠缠在这么一个念头里:

"我只好去看广告找个工作了。"

这天早晨他尽想着这个念头,这念头不仅大大扫了他的兴,他甚至感到毫无生趣。心里乱成一团。

后来到了十点钟,他动身了。大家都认为他是个古怪而安静的孩子。走在小镇洒满阳光的街道上,他只觉得遇见他的人都在暗地里说:"他上合作社阅览室去看报找工作了,他找不到活儿干。我猜他是靠他娘过日子的。"于是他轻手轻脚地走上合作社布店后面的石阶,朝阅览室张望。这里通常只有一两个人,不是老废物,就是"靠互助会过活"的矿工。他就这么走了进去,人家抬头看他的时候,他一副畏畏葸葸,活受罪的样子。他坐在桌边,假装浏览新闻。他知道人家会想:"一个十二三岁的孩子跑到阅览室来看什么报纸啊?"他心里真难受。

后来他沉思地看着窗外。他已经成了工业社会制度的一名俘虏了。一眼看去,伸出在对面花园的旧红墙墙头上的尽是大朵大朵的葵花。花儿欢快地俯视着拿着东西匆匆赶回家去做饭的女人。山谷里长满了谷物,在阳光下闪闪发光。田野里有两座煤矿,缕缕白色的水蒸气从那儿冉冉飘起。远远的小山上,是安耐斯利森林,阴暗而迷人。他的心已经沉下去了。他要被派去做苦力了。他在心爱的家乡山谷里这种自由自在的日子结束了。

酿酒商的货车从凯斯敦咕碌碌驶来了,车上装着巨大的酒桶,一边四个,就像绽开的豆荚上的豆子。赶车人高踞车上,实墩墩地坐在赶车座里颠簸摇晃,保罗却一点也不敢轻视。只见他那小圆脑袋上的头发,在太阳底下晒得几乎发白,那粗壮的红胳臂懒洋洋地搁在麻布围裙上直晃动,白色的汗毛闪闪发亮。他的白脸膛亮光光,给阳光晒得睡眼惺忪。几匹棕色骏马自由自在地跑着,倒更像是整个场面的主人。

保罗此刻真但愿自己是个傻瓜。他暗自想道,"我但愿我跟这人一样胖,像太阳下的一条狗。我但愿自己做一只猪,做个替酿酒商赶车的算了。"

后来,阅览室总算空了,他在纸片上匆匆抄下一条广告,接着又抄下另一条,抄好就溜出来,松了一大口气。随后母亲就把他抄下来的广告细看一遍。

"行,"她说,"你可以去试试。"

威廉曾经用讲究的商业用语写过一封求职信,保罗把信抄了好几遍。保罗的书法非常拙劣,威廉干什么事都很在行,看了他的字不由烦躁起来。

这些日子,做哥哥的变得十分爱摆架子了。他发现自己在伦敦可以结交比贝斯伍德的朋友地位高得多的人。办公室有些职员学过法律,多少都当过一段时期见习生。威廉为人开朗,每到一处都广交朋友。因此不久他就在好多人家里出入做客,这些人要是在贝斯伍德,对人家高攀不上的银行经理都不会放在眼里,对教区长也不过冷淡地拜访拜访而已。因此他幻想自己成了大人物。他对自己不费吹灰之力就成了个上等人,确实感到有点出乎意料。

母亲看到他日子似乎过得很满意,心里也很高兴。只是他住在瓦尔珊斯托夫太枯燥乏味。不过这阵子小伙子的来信中显得情绪兴奋。他被眼前这些变化弄得心绪不宁,他不但没有站稳脚跟,反而似乎已经被新生活的激流转得晕头转向了。母亲为他焦急不安,她感到他已经迷失了方向。她知道他在那儿跳舞,看戏,在河上划船,还跟朋友们一起出门去;她也知道他玩乐过后坐在冰冷的卧室里,苦苦攻读拉丁文,因为他想在办公室里出人头地,还想尽量在法律界出人头地。如今他再也不寄钱给母亲了,仅有的收入全都用在他自己身上了。而她也不想要他的钱,不过有时她手头实在拮据,本来只要十个先令就能解脱她好多烦恼。她总是梦见威廉,梦见他在干这干那,而她自己一直跟在他后头转。她从来不肯承认自己为了他,心情多么沉重焦急。

此外,他信中还经常提到一个在舞会上认识的姑娘,一个年轻漂亮的浅黑色皮肤的姑娘。她是一位小姐,有一大帮子男人拼命追求她。

"要是你没看见人家也都在追求她,"母亲写信给他说,"我不知道你是否会去追求她,我的孩子。你在随着大流这么干的时候觉得很安全、很得意。但你要冷静地看看一旦你独自情场得胜时,心里究竟感到怎样。"

威廉对这些话很不以为然,继续追求那姑娘。他带姑娘到河上去划船。"妈妈,要是你看见她,你就会知道我的心情了。她身材颀长,温文尔雅,皮肤纯净之极,呈透明的橄榄色,头发乌黑发亮,还有那对灰色的眼睛——明亮而像在嘲弄人,宛若黑夜中水面的点点灯光。你还没看到她,怪不得你话里对她带点刺儿了。她的衣着也比得过伦敦任何一个女人。我告诉你,她陪着你儿子走在皮卡迪利①的时候,他不会抬不起头来的。"

莫雷尔太太心里不由疑惑,跟儿子一起在皮卡迪利散步的,会不会只是一个衣着讲究的漂亮姑娘,而并不一定是一个亲近他的女人呢。不过她还是用有点半信半疑的态度祝贺了他。有时她俯身站在洗衣盆边的时候,又想起儿子的事来。她依稀看见他娶了一个会花钱的漂亮妻子,自己挣钱又少,苦苦过日子,住在郊区小小一间陋屋里勉强对付。"得了吧,"她自言自语说,"我简直是傻瓜——真是自寻烦恼。"不过尽管如此,她始终忧心忡忡,生怕威廉自作主张做错了事。

不久,诺丁汉,斯帕尔尼街二十一号,外科医疗器械厂老板托马斯·乔丹约见保罗,莫雷尔太太欣喜若狂。

"哎呀,你瞧!"她两眼发光,大声说道,"你才写了四封信,第三封就有回音了。你真走运,我的孩子,我老是说你会走运的。"

保罗看着乔丹信纸的图案:一只假腿套着弹性袜子以及

---

① 皮卡迪利:伦敦市中心繁华地区,在海德公园附近。

其他一些器械,他感到惊慌失措了。因为他从来不知道有这么种弹性袜子。他似乎感受到这个商业社会自有它的价值规律,它不讲人情,他真害怕这些。而同样显得可怕的是,靠经营假腿居然也可以做买卖。

星期二一早,娘儿俩就一起出发了。这时是八月份,天气热得火辣辣的,保罗一路走,一路只觉得心里七上八下。他情愿肉体上多吃点苦头,也不愿受这份无名罪,当着陌生人的面,让人家决定是否录用他。不过他还是跟母亲随便聊聊。他从来没对她坦白过他碰到这类事情时感到多么苦恼,她只是猜到了几分。这天她喜气洋洋,可爱极了。她站在贝斯伍德售票处窗口,保罗看着她从钱包里掏钱买票。他看着她的手戴着黑色小山羊皮旧手套,在破旧的钱包里掏出个银币,他对她真是心疼得难受。

她很激动,也很快活。眼看她竟在车上当着其他旅客的面大声说话,他深为苦恼。

"瞧瞧那条母牛多糊涂,"她说,"飞跑着直转圈子,它大概以为自己是在马戏团里呢。"

他说得很轻:"很可能是因为有一只牛虻。"

"一只什么?"她喜形于色地问,丝毫不以为意。

他们琢磨了一阵子。他跟她面对面坐着的时候一直很敏感。突然娘儿俩的眼光碰在一起了,她冲他一笑——这是难得看见的亲切笑容,心头的快乐和母爱使笑容显得格外美。随后两人都看着车窗外面了。

十六英里的铁路旅程慢慢过去了。娘儿俩走在车站街上,体会到情人一起出外历险时的那种兴奋心情。到了卡林顿街,他们停下脚步扒在栏杆上,看着下面运河里的驳船。

"这儿真像威尼斯。"他看见工厂高墙之间水面上的阳光说。

"也许像吧。"她微笑着回答。

他们很喜欢那些商店。

"喏,你瞧那件衬衫,"她说,"给咱们安妮穿,不是正合适吗?而且只卖一英镑十一先令三便士,多便宜啊?"

"还是刺绣的呢。"他说。

"是啊。"

他们有的是时间,所以一点也不着急。他们觉得这个市镇新奇可爱。不过孩子心里总有一个揪心的疙瘩,他一想到跟托马斯·乔丹见面就害怕。

圣彼得教堂的大钟快十一点的时候,他们来到一条通向城堡的窄街上。这条街又阴暗又老式,有些又低又暗的店面,几家深绿色的大门,上面有黄铜门环,还有黄赭石的台阶伸向人行道。接着又是另一家商店,那个小窗口看来就像一只狡猾的、半开半闭的眼睛。娘儿俩小心翼翼地走着,到处寻找"乔丹父子"的招牌。这真像在某个蛮荒地区搜索什么东西,他们兴奋极了。

突然他们发现了一个黑洞洞的大拱廊,拱廊上有好几家商行的招牌。托马斯·乔丹也在其中。

"到了!"莫雷尔太太说,"不过究竟在哪儿呢?"

他们四下张望。一边是一家古怪的、暗沉沉的、有名无实的工厂,另一边是一家通商客店。

"一定在门洞里面。"保罗说。

他们鼓起勇气走进拱廊,就像走进龙口一样。拱廊里头是个大院子,像口井一样,周围都是房子。院子里乱七八糟地堆放着稻草、纸盒和纸板。阳光正照在一只大板条箱上,只见里面的稻草黄澄澄地撒得满地,但其他地方都像矿井一样阴暗。这里有好几扇门,两座楼梯。正对面的楼梯最上面一级有一扇肮脏的玻璃门,上面隐约看得见几个不祥的字眼:"托马斯·乔丹父子外科医疗器械厂"。莫雷尔太太走在前头,儿子跟在后面。保罗跟着母亲踏上肮脏的楼梯,走到那扇肮脏的门前,此时此地的心情比起查理一世①上断头台的心情还沉重呢。

她推开门,喜出望外地站在那儿。在她眼前是一所大货栈,到处都是奶油色的纸包,那些伙计卷起衬衫袖子,自由自在地走来走去。这儿光线柔和,那些光滑的奶油色纸包似乎闪闪发亮,还有深棕色的木柜台。一切都那么安静,又非常亲切。莫雷尔太太向前走了两步,然后等待着。保罗站在她后面。她戴着最好的帽子,披着黑面纱,他穿着男孩子穿的那种白色大硬领,一套在诺福克买的衣服。

有一个伙计抬起头来。他是个瘦高个,狭长脸,样子很机灵。随后他又朝屋子那头,一间用玻璃隔开的办公室瞥了一眼,这才走上前来。他并不说话,只是带着温和的询问神情微微俯身向着莫雷尔太太。

"我可以见见乔丹先生吗?"她问道。

"我去找他。"小伙子回答说。

他向那间隔着玻璃的办公室走去。一个红脸膛、白胡子的老头儿抬起头来。这人使保罗联想起一只长毛尖嘴小狗。

---

① 查理一世(1600—1649):英国国王(1625—1649 年在位),资产阶级革命爆发后被推翻,被克伦威尔处死。

随后这小老头走到外面屋里来了。他两条腿很短,又矮又胖,穿件羊驼毛上衣。他像是竖起一只耳朵似的,步伐稳健,带着询问的神情走来。

"早上好!"他说,在莫雷尔太太面前显得有些犹疑,不知她到底是不是一个顾客。

"早上好。我是陪我儿子保罗·莫雷尔一起来的。你约他今天早上来见你。"

"这边来。"乔丹先生说话干脆利落,摆出公事公办的样子。

他们跟着这位工厂老板走进一间邋遢的小屋子,屋内摆着黑漆布面家具,被不少顾客摸得光溜溜的。桌上有一堆绕着黄色的小羊皮箍的疝气带,看上去崭新,而且给人一种新鲜的感觉。保罗闻到一股新鲜小羊皮的气味,可他不知道这是什么东西。这时他已经目瞪口呆,只注意外界的事物了。

"坐下。"乔丹先生急躁地指着一张马鬃椅叫莫雷尔太太坐下。她心神不定地坐在椅子边上。随后小老头掏啊掏地掏出一张纸片。

"这封信是你写的吗?"他大喝一声,顺手抓起那张纸塞到保罗面前,保罗认出这是他的信纸。

"是的。"他回答。

这时他有两个想法:第一,为说了谎而感到内疚,因为这信是威廉拟的稿;第二,他的信捏在那个人胖乎乎的红手里,不知为什么看上去很生疏,跟原来放在家里厨房桌上不一样了。这封信就像他身体的一部分,如今找错了人家。他真恨这个人拿着信的那副模样。

"你在哪儿学会写信的?"老头儿暴躁地说。

保罗只是不好意思地看着他,却不回答。

"他写得不好。"莫雷尔太太抱歉地插嘴说。随后她撩起面纱。保罗真恨她,在这么个普普通通的小老头面前,干吗不放骄傲点呢。不过他喜欢她不戴面纱的脸。

"你还说你懂法语?"小老头依然厉声问着。

"是的。"

"你在哪个学校念书?"

"公立小学。"

"你在那儿学的法语?"

"不——我……"孩子满脸通红,说不下去了。

"是他教父教他的。"莫雷尔太太说,带着辩解的意思,但口气有点冷淡。

乔丹先生犹疑了一下。随后他态度急躁地——这人似乎随时都在准备动手干——从口袋里又掏出一张纸来,摊开。弄得那张纸稀里哗啦直响。他把这张纸递给保罗。

"念念这个。"他说。

这是一张用法文写的便条,那种纤细而龙飞凤舞的外文手写字迹,孩子认不出来。他茫然地瞪着这张条子。

"'先生,'"他开始念了;随后他慌乱不堪地望着乔丹先生,"这是……这是……"

他想要说"手写体"这个字,可是他的聪明却再也不管用了,怎么也说不出来。他觉得自己活像个大傻瓜,心里暗恨乔丹先生,只好绝望地再看着那张纸。

"'先生——请寄给我'——呃——呃——我看不出来——呃'两双——gris fil bas——灰色长统麻纱袜'——呃——呃——'sans——没有'——呃——我看不出这字——

131

呃——'doigts——手指'——呃——我看不清这种……"

他想要说"手写体"这个字,可这个字就是说不出来。乔丹先生看见他难住了,就把那张纸抢过去了。

"请寄两双无趾灰色长麻纱袜来。"

"嗳,"保罗忽然灵机一动,"'doigts'意思是'手指'——也可以指……不过一般是指……"

那小老头看看他。他并不懂得这个字的意思是不是"手指";但他明白从他的用途来说,这个字指的是"脚趾"。

"长袜子扯得上手指吗?"他喝问道。

"嗳,这个字意思确实是手指呀。"孩子坚持说。

他恨这个小老头竟让他出了这么大的丑。乔丹先生看着这个脸色苍白、傻里傻气的佝偻孩子,再看看那个做母亲的,她安安静静地坐着,一副听天由命的神情,只有不得不靠旁人施恩的穷人才有那副神情呢。

"那么他几时能来上班?"他问。

"这个嘛,"莫雷尔太太说,"你几时要他就几时来。他已经毕业了。"

"他还是要住在贝斯伍德吗?"

"是啊,不过他可以在七点三刻赶到火车站。"

"唔!"

结果保罗被录用为罗纹部伙计,八个先令一星期。这孩子自从坚持说"doigts"就是"手指"以后,再也没开过口。他跟着母亲走下楼梯。她望着他,那双明亮的蓝眼睛里充满了疼爱和欢乐。

"我想你会喜欢这工作的。"她说。

"'doigts'意思是'手指',妈妈,而且信的笔迹不好认,我认不出。"

"没关系,我肯定他以后就待你好了,而且你也不大会见到他。开头那个年轻人不是挺好吗?我肯定你会喜欢他的。"

"妈妈,乔丹先生不是挺平常吗?难道这个厂全是他的?"

"我猜他过去是个工人,后来发迹了。"她说,"你千万不能对人家斤斤计较。他们并不是不喜欢你——这只是他们待人接物的方式罢了。你总以为人家对你有什么用意,其实不然。"

那天阳光灿烂,在市场那片荒凉的大场地上空,蓝天晶莹,路面的花岗岩圆石闪闪发光。长街上好多店铺都深深掩映在朦胧中,阴影也是五彩缤纷的。就在有轨马车穿过市场滚滚向前的地方,有一排水果摊,水果在太阳下绚丽夺目——有苹果,有一堆堆红橘子,有青梅,有香蕉。娘儿俩走过时,一股暖烘烘的水果香味扑鼻而来。他那股又羞又恼的情绪,终于逐渐消失了。

"咱们上哪儿吃饭去?"母亲问。

在外面吃饭,这岂不让人感到是乱花钱吗。保罗长到这么大,只到馆子去过一两次,而且就是在馆子里也只要一杯茶和一只小圆面包。贝斯伍德的人大多认为他们在诺丁汉上馆子,至多只吃得起茶和黄油面包,或是罐焖牛肉一类的东西。吃真正烹调的饭菜,可被认为是天大的浪费。因此保罗觉得深为内疚。

他们找了一家看来非常便宜的饭店。不过莫雷尔太太粗粗看了一下菜单,心情就沉重起来,菜多么贵啊。于是她点了最便宜的一种菜,腰子馅饼配土豆。

"咱们不该上这儿来的,妈妈。"保罗说。

"没关系,"她说,"咱们以后不会再来了。"

她坚持要给他叫一个葡萄干小馅饼,因为他喜欢吃甜点心。

"我不要吃馅饼,妈妈。"他恳求说。

"要的,"她坚持说,"你要吃的。"

接着她四下寻找女招待。可是女招待正忙着,莫雷尔太太不想在这个时候去麻烦她。因此女招待在男人中间打情骂俏那阵子,娘儿俩就干等着,趁她高兴再说。

"不要脸的贱货!"莫雷尔太太对保罗说,"瞧,她给那个男人端布丁了,他可比咱们晚来得多。"

"没关系,妈妈。"保罗说。

莫雷尔太太生气了。可是她太穷,她要的东西又太不起眼,因此她当时还没有勇气坚决维护自己的权利。娘儿俩只好老等着。

"咱们走吧,妈妈?"他说。

这时莫雷尔太太站起来了。那女招待走近了。

"你拿一个葡萄干馅饼来,好吗?"莫雷尔太太一清二楚地说。

女招待无礼地朝四下看看。

"一会儿就来。"她说。

"我们已经等得够久了。"莫雷尔太太说。

不一会儿姑娘就端来了馅饼。莫雷尔太太冷冷地叫她拿账单来。保罗恨不得钻到地板里去。他真佩服母亲那份勇气。他知道只有长年饱经风霜,她才学会了稍稍争一下自己的权利。她其实也像他一样畏缩的。

他们求之不得地走出饭店,她就声称:"我从此再也不上这儿来吃东西了。"

她说:"咱们这就上基普帽店和蒲特布店去看看,再去一两个地方,好吗?"

他们讨论画,莫雷尔太太想给他买一支小的貂毛画笔,那是他渴望已久的。不过他拒绝了这份优待。他在那些女帽店、布店门前站得简直烦死了,不过看见她感兴趣,他也就心满意足。他们就这样漫步向前走去。

"哎,瞧那些黑葡萄!"她说,"看得嘴里都淌口水了。多年来我一直想买点这种黑葡萄,不过我还得等一阵子才能买。"

随后她到了花店,站在门口,只管闻着香味,高兴得不得了。

"哦,哦,多可爱啊!"

保罗看见花店暗处,有一个穿黑衣服的漂亮小姐正好奇地往柜台外面张望。

"人家正望着你呢。"他说着想把母亲拉着走开。

"可那是什么啊?"她不肯动弹,大声说着。

"紫罗兰!"他一面回答,一面赶紧闻了闻,"那儿有满满一桶呢。"

"噢,在那儿——有红的有白的。可是说真的,我从来不知道紫罗兰是这种香味!"她走出花店门口,他不禁大大松了口气,不过她只是站到花店橱窗前面罢了。

"保罗!"她大声叫他,他却正在设法走到那个穿黑衣服的漂亮小姐——女店员看不见的地方去。"保罗,瞧瞧这儿!"

他勉强走了回来。

"哎,瞧那株倒挂金钟!"她指着花,大声叫着。

"唔,"他装出好奇的关心声音说,"你时刻都以为这些花儿要掉下来,花儿倒挂着又大又沉。"

"而且开得密密层层。"她大声说。

"瞧那些枝枝节节都朝下长!"

"是啊,"她惊叫着,"多可爱!"

"我不知道谁会买这种花。"他说。

"我不知道,"她回答说,"咱们可不会买。"

"它在咱们家起居室里会枯死的。"

"是啊,那个地洞真冷得要死,不见天日,种什么都活不了,要是放在厨房里又会烤死。"

他们买了一点东西,就朝车站走去。透过两侧楼宇夹峙而成的阴暗通道的尽头,抬眼远远望去,他们看见那座城堡耸立在布满褐色和绿色灌木的悬崖峭壁顶上,被柔和的阳光照耀得有如名副其实的仙境。

"将来午饭休息时间我要能出来走走该有多好?"保罗说,"我可以到处转转,看看这儿的一切,我准会喜欢这儿的。"

"你会喜欢的。"母亲同意地说。

娘儿俩一起度过了一个完美的下午。薄暮时分才回到家里,他们高高兴兴,脸色红扑扑的,已经累坏了。

第二天早上,他填好买火车月季票的申请表,把表送到车站。他回来的时候,只见母亲刚刚开始擦地板,他就蜷着身子坐在沙发上。

"他说月季票星期六送来。"保罗说。

"要多少钱?"

"大概一英镑十一先令。"他说。

她一声不吭,只顾擦地板。

"这价钱贵吗?"他问。

她回答说:"跟我想的差不多。"

"我一星期就挣八个先令。"

她不回答,继续干她的活。最后她说:

"威廉到伦敦去的时候答应过我,每月给我一英镑。他给过我十先令,给了两次;如今我要是问他要,我知道他连一个小钱也拿不出了。倒不是我要他的钱,只不过这会儿想着兴许能让他帮你买月季票,因为这笔费用我可从来没想到过。"

"他挣好多好多钱呢。"保罗说。

"他挣一百三十英镑。不过他们反正都是一个样。嘴里答应得大方,拿出手的却少得可怜。"

"他自己一星期就要花五十多个先令。"保罗说。

"可我一家子的日用开支只花三十先令不到,"她回答说,"而且还得想法子省出钱来应付额外支出。一旦他们走了,他们就不想帮助你了。他情愿把钱花在那个爱打扮的姑娘身上。"

"如果她真是那么了不起,她自己就该有钱。"

"她该有钱,可她就是没钱。我问过他了。我知道他决不会白白给她买只金镯子。我还不知道有谁给我买只金镯子呢。"

威廉跟他称为"吉卜赛人"的姑娘进行得很顺利。那姑娘名叫路易莎·莉莉·丹尼斯·韦斯顿,他向她要了一张照片寄给母亲。照片寄来了,是个黑里俏的美女侧面像,笑吟吟的,很可能几乎光着身子,因为照片上看不出一丝衣服,只见一片袒露的胸脯。

"不错,"莫雷尔太太写信给她儿子,"路易莎的照片十分动人,而且我看得出她一定很迷人。可是,我的孩子,一个姑娘家给她的男朋友这么一张照片,让他去寄给他母亲——而且是第一张照片,你看这像话吗?当然,你说得不错,她的肩膀是美的。不过我简直没料到第一次看照片就看见露出这么一大片。"

莫雷尔发现这张照片搁在起居室的五斗柜上。他用两个粗壮的指头捻着照片走到外面。

他问他老婆说:"谁认识这是什么人啊?"

"那是跟我们家威廉谈恋爱的姑娘。"莫雷尔太太回答。

"哼,一看她就是个花俏姑娘,对他准不会有什么好处。她是谁?"

"她名叫路易莎·莉莉·丹尼斯·韦斯顿。"

"'请您多捧场!'"矿工大叫一声,"她是个戏子吧?"

"不是的,据说她是位小姐。"

"那敢情好啊!"他大声说着,两眼还是盯着这张照片,"一位小姐,是吗?她有多少钱可以供她维持这么副排场呀?"

"什么钱都没有。她跟自己痛恨的一个老姑妈住在一起,人家给她几个钱,她就拿几个钱。"

"哼!"莫雷尔说着把照片放下,"这么说来,跟这样的人打得火热,他就是个傻瓜。"

"亲爱的妈妈,"威廉回信说,"你不喜欢这张照片,我很遗憾。我寄这张照片的时候根本没想到你会认为它不正派。可是我告诉吉卜赛人,这张照片不合你们的正统观念。她就此准备再寄给你一张,但愿这张会中你的意。她经常拍照,事实上有些摄影师还求她,愿意白白给她拍照呢。"

不久,新照片寄到了,还附有那姑娘写的一张无聊的便条。这一次,这位小姐是穿着一身黑缎子紧身晚礼服拍的,方领口,小小的灯笼袖,两条玉臂上披着黑色的花边。

"我不知道她除了晚礼服之外还穿不穿别的衣服。"莫雷尔太太挖苦地说,"我确信自己应该觉得满意了。"

"你真难侍候,妈妈,"保罗说,"我觉得那第一张光肩膀的照片就很好看嘛。"

"是吗?"母亲回答说,"可我认为不好看。"

星期一早上,孩子六点钟起床,准备去上班。他把那张为买它曾招致了那么多辛酸话题的火车月季票放在背心口袋里。他喜欢票面上横贯着的两条黄杠杠。母亲把他的午饭放在一只盖得严严的小篮里。他六点三刻动身去搭七点一刻的火车。莫雷尔太太走到门口送他上路。

那天早上天气好极了。白蜡树上长着些细长的绿果子,孩子们都管它叫"鸽子",微风吹来,果子晶莹可爱地掉落在宅前的园子里。山谷笼罩在黑黝黝的雾霭中,透过雾气,可以看见成熟的稻谷微微发亮,敏顿矿井飘来的水蒸气也在雾气中很快地消失了。晨风阵阵吹来,保罗从安耐斯利那片高高的树林上面看过去,那儿的乡村隐约可见,家从来没有像这样有力地吸引着他。

他笑着说:"再见,妈妈。"心里却感到闷闷不乐。

"再见。"她愉快而温柔地答道。

她围着条白围裙站在大路上,目送他穿过田野走去。他身材矮小结实,看上去充满活力。她看着他拖着沉重的步子走在田野上,觉得他一旦决定上哪儿去,就会达到目的。她想起了威廉,他准会跳过篱笆,才不绕弯走踏级呢。他到伦敦去了,干得还不错。保罗就要在诺丁汉干活。如今她有两个儿子走上社会了。她有两个地方可以想念,两个都是大工业中心。她想到自己给两大中心各添了一个男子汉,这两个男子汉会作出她所期望的成就。他们是她生的,是属于她的,他们的事情也就是她的事情。整个早上她一直牵挂着保罗。

八点钟,他就爬上乔丹外科医疗器械厂那座阴暗的楼梯,不知所措地站在第一排大货架前,等着什么人来找他。这个地方还没有苏醒。柜台上蒙着大块大块的遮尘布。两个男人刚到,只听见他们在一个角落里说话,一面脱下外衣,卷起衬衫袖子。这时已是八点十分了,显然在这里上班用不着准时赶到。保罗听着那两个伙计说话的声音。随后他又听见有人咳嗽,这才看见屋子尽头的办公室里有一个年迈老朽的伙计,戴着顶绣有红绿花纹的黑丝绒吸烟帽,正在拆信。他等啊等啊。一个小伙计走到老头身边,兴冲冲地大声跟他打招呼。显然这个上了年纪的"头儿"是个聋子。那小伙子打完招呼就神气活现地大踏步走回自己的柜台。他察觉到保罗。

"喂!"他说,"你是新来的小子吧?"

"是的。"保罗说。

"唔,你叫什么名字?"

"保罗·莫雷尔。"

"保罗·莫雷尔?好咧,你上这儿来。"

保罗跟着他绕过柜台拐角。这间屋子是在二楼,地板中央有个大洞,用一圈柜台围起来,电梯就从这个大井口通下去,光线也从这井口照到底层。天花板上也有一个相应的长方形的大洞。抬头就可以看见上面,楼上的栅栏旁边有一些机器,再往上就是玻璃天棚了。这三层楼房的光线全靠从天棚上照进来,越往下越暗。因此底层老是像晚上一样,二楼也相当阴暗。工厂设在三楼,货栈在二楼,底层是仓库。这地方很旧,搞得真不卫生。

保罗给人带到一个十分阴暗的角落。

"这儿就是'罗纹部'的角落,"那伙计说,"你跟帕普沃思是罗纹部门的。他是你的头儿,不过他还没来。他不到八点半是不会来的。你要是高兴的话,就到那边梅林先生那儿去把信件取来好了。"

小伙子指指办公室里的老伙计。

"好吧。"保罗说。

"那儿有个木钉,你可以挂帽子。这是你的收发簿。帕普沃思先生不一会儿就来了。"

瘦小伙子说完就急急忙忙迈着大步横穿过那块有洞口的地板,走开了。

过了一两分钟,保罗走过去,站在那间玻璃办公室门口。戴吸烟帽的老伙计从眼镜边上往下瞅着他。

"早上好,"他和蔼可亲地说,"你是替罗纹部来拿信件的吧,托马斯?"

保罗听见人家叫他托马斯很不高兴。不过他还是拿着信回到他那暗角里,这儿的柜台恰成一个犄角之势,正巧又是大包货架的末端,角落里还有三扇门。他坐在一张高凳上看

141

信——这些信的手写体倒还不大难认。内容如下：

"请立即寄来一双无脚的罗纹女长统丝袜,即我去年向你厂购买的那种长袜;长度从大腿到膝盖即可。"或是"张伯伦少校希望再定购一条无伸缩性的丝绸吊绷带,盼速办理。"

信件不少,有法文写的,有挪威文写的,这孩子看得莫名其妙。他紧张地坐在高凳上等他的头儿来。八点半了,工厂女工成群结队走过他身边,他真害羞得苦不堪言。

八点四十分,人家都在干活了,帕普沃思先生才嚼着含哥罗颠①的药糖来了。他面容枯瘦,长着个红鼻子,说话简短,声调急促,穿着时髦,却不自然,约有三十六岁,看起来相当阔气,相当时髦,相当聪明伶俐,也很热情,就是稍微有点鄙俗。

"你就是我这儿新来的伙计?"他说。

保罗站起来说了声是。

"信件取来了吗?"

帕普沃思先生又嚼了一阵药糖。

"取来了。"

"抄好了吗?"

"没有。"

"好吧,那么来吧,咱们赶快抄。你换衣服了吗?"

"没有。"

"你要带一件旧衣服来放在这儿。"说到最后几个字时,他把药糖咬在侧面的上下牙齿之间。他走到那排大货架后面,就在暗处不见了,再出来时他已经脱掉上衣,卷起时髦的条子衬衫的袖口,露出细瘦多毛的胳臂,随后他又匆忙穿好了

---

① 哥罗颠:含有鸦片、哥罗仿、印度大麻的止痛麻醉药。

上衣。保罗看到他是那么瘦,瘦得裤子后面都是宽松的褶子。他抓起一只凳子,拖到孩子身边坐下。

"坐下。"他说。

保罗坐下了。

帕普沃思先生紧挨着他,一把抓起信件,从面前架子上抽出一本长的收发簿,打开来,抓起一支笔说:"喂,瞧着。你要把信抄录在这儿。"他鼻子擤了两下,赶紧嚼了一下药糖,目不转睛地盯着一封信,随后凝神屏气,全神贯注地用漂亮的花体字一下子就抄录好了。他匆匆朝保罗看了一眼。

"看见了吗?"

"看见了。"

"你想你能行吗?"

"能。"

"好吧,那就瞧你的吧。"

他从凳子上跳起来。保罗拿起一支钢笔。帕普沃思先生一下子就不见了。保罗挺喜欢抄写信件,不过他写得又慢又费劲,而且写得糟极了。帕普沃思先生再次露面的时候,他正在抄第四封信,感到忙得愉快。

"喂喂,抄得怎么样,完事了吗?"

他俯在孩子肩头,嘴里还一个劲嚼着,只闻见一股哥罗颠气味。

"我的天哪,孩子,你的字可真够漂亮的!"他挖苦地惊叫着说,"没关系,你写好几封了?才三封!要是我一口就把它们吞掉了。写下去,我的孩子,把信编上号码。这儿,瞧!写下去!"

保罗埋头写信,帕普沃思先生却忙忙碌碌干着各种各样的事情。突然间,耳边响起刺耳的哨音,把他吓了一跳。帕普沃思先生走过来,从一根管子上拔下插头,说话声音怒气冲冲,强横霸道,令人惊讶。

"喂?"

保罗听见一个微弱的声音从那话筒口传出来,像是个女人的嗓门。他愣愣地看着,因为他从来没见过通话管。

"好吧,"帕普沃思先生对着通话管烦躁地说,"你们最好先把拖欠的活儿干好。"

那女人的细嗓门又传上来了,声音很好听,像在发火了。

"我没功夫站着听你说话。"帕普沃思先生说着,把插头又插到通话管里。

"来,我的孩子,"他恳求保罗说,"波莉来要订单了,你不能快点吗?来,出来!"

他一把拿过本子,开始自己抄写,弄得保罗好不委屈。他抄得又快又好,抄好以后,抓起几长条大约三英寸阔的黄纸条,给女工写起订货单来。

"你最好看着我。"他一面对保罗说,一面始终麻利地工作着。保罗看着那些奇形怪状的小草图,上面画着人腿,画着大腿、脚踝,编着号码,打着叉,还有他的上司在黄纸条上写的一两句简短指示。帕普沃思先生写完以后,一跃而起。

"跟我来。"他说。那些黄纸条在他手里飞舞,他冲出门,走下一段楼梯,来到点着煤气灯的地下室。他们穿过阴冷潮湿的仓库,又穿过一长间冷冷清清的屋子,里面放着一张搁板条桌,这才走进一间小巧舒适的房间,房间不高,它是主楼的附加建筑。里面有个矮小的女人在等着,她穿了件红哔叽衬衫,黑发高高堆在头顶上,活像只神气的矮脚鸡。

"好,给。"帕普沃思说。

"你是说'好了,给你'吧!"波莉大声说,"女工在这儿已经等了快半个钟头啦。你想想浪费了多少时间!"

"你还是想想怎么把活干完,少啰嗦,"帕普沃思先生说,"你们的活早就该干完了。"

"你明明知道我们上星期六就把活儿全部干完了。"波莉叫着,黑眼睛炯炯发光,冲着他直发火。

"啧—啧—啧—啧!"他嘲弄她道,"这是新来的小伙计,可别像上回那样把人家引坏了。"

"'上回那样'!"波莉照他的调门说了一遍,"是啊,我们老在引坏人。我们是在引坏人。我的天,一个小伙子跟你在一起,日子长了倒会乐意被人引坏的。"

"现在是干活的时候,不是说话的时候。"帕普沃思先生铁面无私地说。

"早就是干活的时候了。"波莉说着昂首阔步走开了。她约有四十岁,个子矮小,身体笔直。

这间房靠窗的工作台上,放着两台圆口罗纹机。穿过里间的门,还有一间较长的房间,里面有六台机器。一小群穿得很漂亮的姑娘,围着白围裙,站在一起说话。

"你们除了说话就没事干吗?"帕普沃思先生说。

"只不过在等你呀。"一个俊俏的女工哈哈笑着说。

"得了,干吧,干吧,"他说,"来吧,孩子,下回到这儿来就摸得着门了。"

保罗跟着他的上司跑上楼去。上司又交给他一些开发票和核对的工作。他站在桌边,辛辛苦苦用拙劣的字体写着。不一会儿,乔丹先生从玻璃办公室里大摇大摆地走出来,站在他背后,这孩子不禁感到浑身不自在。突然间,一个又红又胖的指头搠到他正填写的表格上。

"J. A. 贝茨先生,老爷!"那怒气冲冲的声音紧贴他耳根大声嚷着。

保罗看看自己写得不成样子的"J. A. 贝茨先生,老爷"摸不清怎么回事。

"他们教你时,怎么没好好教会你?要是你写'先生'就别写'老爷'——一个人不能一下子用两个称呼。"

孩子后悔不该如此大方地滥用尊称,他犹疑了一下,手指哆哆嗦嗦把"先生"两个字画掉。乔丹先生立刻把发票抢了过去。

"重写一张!难道你想把这样的东西寄给一位有身份的人?"他烦躁地把那张蓝色单据撕掉了。

保罗羞得耳朵也红了,开始重写。乔丹先生仍旧看着他。

"我不知道学校里教你些什么。你一定得写得更好些。如今的孩子们除了背诗,拉小提琴,什么都没学会。你看见他写的字没有?"他问帕普沃思先生。

"是啊,挺棒吧?"帕普沃思先生不以为意地说。

乔丹先生哼了一声,口气倒还算亲切。保罗由此推测他的东家只是嘴里喊得凶罢了。的确,这个小工厂老板虽然英语说得很差,但他放手让手下人独自工作,不计较枝节小事,倒还不失为颇有肚量的人。不过他也知道自己看上去不像戏里的老板,因此他一开始就得拿出老板的派头,立个规矩。

"再看吧。你叫什么名字来着?"帕普沃思先生问孩子说。

"保罗·莫雷尔。"

说也奇怪,孩子们凡是遇到得自报姓名的时候,总是那么不自在。

"叫保罗·莫雷尔吗?好吧,那你就要用心把这些事干好,像个保罗·莫雷尔的样子,然后……"

帕普沃思先生一屁股坐在凳子上,开始写字。一个姑娘从他们背后一扇门走进来,把一些刚刚烫好的弹性织品放在柜台上,又走了。帕普沃思先生拿起那只蓝里带白的护膝,迅速检查一下,又核对护膝上的黄色订货单,把它放在一边。其次是一只肉色的假腿。他处理完这几件活,填好两三张订单,又叫保罗跟他一起去。这一次他们从刚才那姑娘露面的那扇门走出去。保罗不知不觉走到一小段木梯顶上,他看见下面有一间两面有窗的房间。再往前,房间尽头有六个姑娘在工作台旁弯腰坐着,借窗户透进来的光,在做针线活。她们正齐声唱着《两个穿蓝衣服的小姑娘》。一听见开门的声音,她们都转过身来看,只见帕普沃思先生和保罗从房间这头往下看着她们,她们就不唱了。

"你们不能安静一会儿吗?"帕普沃思先生说,"人家还以为我们这儿养猫呢。"

坐在高凳上的一个驼背女人转过那张阴沉的长脸,对着帕普沃思先生,用女低音的嗓子说:

"这么说,他们都成了雄猫啦。"

帕普沃思先生为了有保罗在场,枉然拼命装出一副令人肃然起敬的样子。他走下楼梯来到成品间,走到驼背芳妮身边。她坐在高凳上,上身那么短,她那脑袋,连同梳成几大股的浅棕色头发,相形之下就显得太大了,那张苍白、阴沉的脸也更见大了。她穿一件绿黑双色的羊绒衣,她紧张地放下活儿的时候,狭窄的袖口里露出了枯瘦的手腕。他给她看看一只有毛病的护膝。

"得了吧,"她说,"你不用把这事怪在我的头上。这不是我的过错。"她脸蛋涨得通红。

"我没说这是你的过错。请你照我说的干,好吗?"帕普沃思先生暴躁地回答。

"你嘴里没说是我的过错,可是你希望人家听上去是这么回事。"驼背女人大声叫嚷,眼泪都快掉下来了。后来她一把从"头儿"手里把护膝抢过去说:"好,我会替你做的,不过你用不着脾气那么大。"

"这是新来的伙计。"帕普沃思先生说。

芳妮转过身来,十分温柔地对保罗笑笑。

"哦!"她说。

"哎,你们可别拿他当宝耍。"

她愤愤地说:"拿他当宝耍的可不会是我们。"

"来吧,保罗。"帕普沃思先生说。

"再回①,保罗。"一个姑娘说。

接着是一片哧哧笑的声音,保罗满脸通红,一言不发地走出去了。

这一天可真长啊。整个早上,工人不断跑来跟帕普沃思先生说话。保罗不是写,就是学着打包,准备赶中午的邮班。到了一点钟,或者更准确点说一点差一刻的时候,帕普沃思先生就不见了,他住在郊区,这时是赶火车去了。到了一点钟,保罗感到不知如何是好,就拿着饭篮走到地下室货栈里,到那

---

① 此处姑娘说的是法语"再会",可又说错了。

间放着搁板条桌的房间里,一个人坐在阴暗寂寞的地下室里匆匆吃了饭。饭后他走出门去。街上十分明亮,自由自在,使他感到又惊又喜。可是两点钟一到,他就回到那间大房间的角落里去了。不久,女工成群结队地走过,嘴里还说东道西的。这是些粗活女工,她们在楼上做疝气带的重活,还管假肢的最后一道工序。他不知道该干什么,就坐着,在黄色定货单上乱涂一气,等着帕普沃思先生。帕普沃思先生两点四十分才来。一来他就坐着跟保罗聊天,他对待这孩子倒完全平等,就像跟同年人说话似的。

下午要干的活向来不多,除非是快到周末的日子,需要结账。到了五点钟,所有的男工都到放着搁板条桌那间地下室去,他们就在那个没有餐具的肮脏搁板上喝茶,吃黄油面包,一面说话,那副模样就跟吃相一样难看,匆匆忙忙,随随便便。然而在楼上,他们之间的气氛倒总是明净而愉快的。这是因为地窖和搁板影响了他们。

吃完茶点,所有的煤气灯都点上了,大家干得更欢了。因为要赶上晚邮班发货。工厂里送来的长袜刚刚烫好,还是暖烘烘的。保罗已经开好发票。这时他还得包扎和写地址,随后他要把装袜子的邮包在磅秤上称称分量。到处都是报重量的喊声,还有铿锵的金属声,嚓——扯断绳子的声音,催促老梅林先生要邮票的声音。最后邮递员带着邮袋,乐呵呵地来了。这时一切才放松下来。保罗抓起他的饭篮,奔到车站去赶八点二十分的火车,他在工厂里足足待了十二小时。

母亲相当不放心地坐着等他回家。他得从凯斯敦走回家来,所以九点二十分才到得了家。可早上七点不到就得出门。莫雷尔太太不放心的是他的健康问题。但她自己过去不得不熬受这么多苦痛,她希望她的孩子也能尝尝同样的滋味。不管什么风浪,他们一定都得经受住。因此保罗就待在乔丹那儿了,虽然他在那儿干活的时候,一直由于光线暗,空气不足,工时长而损害健康。

他面色苍白,神态疲惫地走进来。母亲瞧着他,她看得出他相当高兴,不由疑虑顿消。

"嗯,怎么样?"她问道。

"别提多有趣了,妈妈,"他回答说,"用不着辛辛苦苦地干活,大家待人也挺好的。"

"你干得好吗?"

"好,他们只是说我的字写得不好。不过帕普沃思先生——他是跟我一块干活的——对乔丹先生说,我会写得好的。我是罗纹部门的,妈妈,你只要来看看就知道了,那儿再好也没有了。"

他很快就喜欢上乔丹工厂的帕普沃思先生了,这人有点"名士"气派,总是神态自若,而且待他就像对待一个亲密的伙伴一样。有时候这位"罗纹部门的头儿"一上火,药糖就嚼得格外多,即使是在这种时候,他也不令人讨厌,不过这种容易上火的人,对自己身子有害,对人家倒没什么大害。

"你还没把那活儿干完吗?"他会大声喊道,"干吧,甭急,有的是时间。"

他又是在兴高采烈地开玩笑,可保罗碰到这种情况最摸不透他是什么用意。

他喜气洋洋地对保罗说:"明天我要把我的约克郡小猩狗带来。"

"什么叫约克郡猩狗啊?"

"你不懂约克郡狗是什么?不懂约克郡……"帕普沃思先生大吃一惊。

"是不是那种毛皮光光的小狗——皮是铁灰色加银灰色的?"

"一点不错,老弟。这狗真是宝贝儿。这狗已经有了价值五英镑的狗崽子,本身也值七英镑,可体重还不到二十盎司。"

第二天,那只母狗来了。这小不点儿净打哆嗦,可怜巴巴的。保罗可不喜欢。它就像一块老是干不了的湿抹布。后来有个男人来看它,扯起粗俗的笑话来。不过帕普沃思先生朝保罗那边点头示意,谈话声音就低下去了。

后来乔丹先生只来看过保罗一回,这回他在这孩子身上挑出的惟一毛病只是把钢笔放在柜台上。

"你要想当伙计的话,就得把钢笔夹在耳朵上!"又一天他对孩子说,"你干吗不把肩膀挺直?到这儿来。"他把孩子带到玻璃办公室,给他套上特制的背带,以保持肩膀端正。

不过保罗最喜欢的还是女工。男工看上去似乎都平平庸庸,呆头呆脑。他虽然也喜欢他们,可他们乏味得很。楼下那个活泼矮小的监工波莉碰见保罗在地下室吃饭,就问他要不要她在她的小炉子上给他烧点什么。第二天母亲就给了他一盘可以热一热的菜。他把菜拿到那间舒适干净的房间里交给波莉。他们一起吃饭很快就成了一种常规。他早上八点来的时候把饭篮交给她,一点钟他下去的时候,她已经把他的午饭准备好了。

他个子不高,脸色苍白,满头浓浓的褐发,其貌不扬,再加上一只阔嘴巴,她却像只小鸟。他常常叫她作"小知更鸟"。

虽然他生来就不大爱讲话,却竟会陪她坐着聊天,一聊就是几个钟头,把家里的事说给她听。女工们都喜欢听他说话。她们常常坐成一圈,他就坐在工作台上,滔滔不绝地跟她们说笑。有些女工把他看成是个古怪的小家伙,一本正经,然而又那么开朗、愉快,而且对待她们总是那么温柔。她们都很喜欢他,他也喜欢她们。他感到自己是属于波莉的。其次就是康妮,她长着密密一头红发,苹果花似的脸蛋,说话轻声轻气,这么一位小姐却穿着褴褛的黑长裙,倒很投合他那浪漫的天性。

"你坐着绕线的时候,"他说,"看上去就像在纺车上纺纱——真有说不出的好看。你使我想起了《国王的田园诗》里的伊琳,我要能画的话,真想把你画下来。"

她涨红了脸,羞答答地朝他瞥了一眼。后来他画了一幅素描,而且视为至宝。画的是康妮坐在纺车边的凳子上,密密的红发飘拂在她褴褛的黑长裙上,她的红唇紧闭,神情严肃,正在把一绞红线绕到卷轴上去。

说到露伊,她虽然漂亮,脸皮却很厚,似乎老想把嘴唇凑到他面前,他常常跟她开玩笑。

爱玛长得相当平常,年纪也较大,而且还摆出点屈尊俯就的样子。可她对他摆这种架子心里感到挺高兴,而他也不在乎。

"你这针是怎么插进去的?"他问。

"走开,别捣蛋。"

"可我应该知道怎么插针啊。"

说话的时候她一直不断摇着机子。

"你应该知道的事多着呢。"她回答说。

"那么,告诉我,怎么把针插在机器上?"

"哦,这孩子,多讨厌呀!哎呀,你就这么插。"

他全神贯注地看着她。突然,响起一声哨音,波莉出来了,她嗓音嘹亮地说:

"帕普沃思先生想知道你在下面跟姑娘们还要玩多久,保罗。"

保罗飞奔上楼,一面叫着"再见!"爱玛也挺直了身子。

"我可没叫他玩机器。"她说。

每到两点钟,女工都上班以后,他照例上楼到成品间驼背芳妮那儿去。帕普沃思先生不到两点四十分是不露面的,他常常发现他的小伙计坐在芳妮旁边聊天,画画,或者跟姑娘们一起唱歌。

芳妮常常迟疑一下,才开始唱歌。她有一条出色的女低音嗓子。大家一起合唱,配合得好极了。保罗跟六个女工坐在一间屋子里,不一会儿就一点也不感到窘迫了。

唱完了歌,芳妮会说:

"我知道你们一直在笑话我。"

"别说傻话,芳妮!"一个姑娘大声说。

有一次,有人提起康妮的红头发。

爱玛说:"还是芳妮的头发好看,更合我的意。"

芳妮满脸绯红地说:"你用不着哄我。"

"不,她头发好看着呢,保罗,她有一头美发。"

"这是一种看了挺舒服的颜色,"他说,"这种冷色虽像泥土,却闪闪发光,就像泥浆一样。"

"天哪!"一个姑娘哈哈笑着,叫起来了。

"我怎么梳都会招来批评。"芳妮说。

"不过你应该看看头发放下来是什么样子,保罗,"爱玛诚恳地说,"真美极了。芳妮,要是他想写生,你就把头发披下来给他画吧。"

芳妮嘴上不肯,心里可愿意呢。

"那么我自己来放了。"那孩子说。

"好吧,你喜欢,你就放吧。"芳妮说。

他仔细拔出发髻上的发夹,那一大片深褐色头发一下子就披落在驼背上了。

"这么多头发多可爱啊!"他惊叹着。

姑娘们都眼巴巴看着,谁也不说话,孩子再把卷发拉拉松。

"妙极了!"他闻闻发香说,"我敢说这头发值好多钱呢。"

芳妮半开玩笑地说:"等我死了把头发留给你,保罗。"

"你坐在那儿晾头发,看上去跟一般人没两样。"一个姑娘对长腿驼背说。

可怜的芳妮心眼儿小得可怕,老以为人家在侮辱她。波莉说话直截、干脆,这两个部门老闹矛盾,保罗常常看见芳妮哭。后来她把全部委屈都告诉保罗,而且保罗为她的事还去向波莉申辩。

就这样,日子快快活活地过去,大家感到工厂就像家里一样,没有人催你,也没人逼你。每逢快到赶邮班的时候,男工们都齐心协力,活儿越干越快,保罗总是干得挺欢。他喜欢看着同事们干活的样子。在这种时候,仿佛人就是工作,工作就是人,人和工作是一码事。不过女工就不一样了。真正的女人干活时似乎从来不与工作打成一片,而总是那么置身事外,静观其变。

晚上他乘火车回家去的时候,经常眺望城里的灯光,只见各个小山头上都是密密层层的灯火,山谷里更是交相辉映,大放光彩。他觉得生活是充实而快乐的。火车驶到远一点的地方,只见布威尔的点点灯光像群星撒在地上的无数花瓣,中间是座座高炉的耀眼红光,直往云朵上喷着热气。

他从凯斯敦到家得步行两英里多路,还要爬上两座高高的小山包,翻下两座矮矮的小山。他老感到累得慌,因此他爬山时就数着山上的灯,还要走过几盏灯。在漆黑的夜里,到了小山顶上,他看着周围五六英里之外那密密麻麻仿佛闪闪发光的有生命物体似的村庄,真像脚下出现个天堂一样。远处黑暗中,马尔普尔和希诺的灯火星星点点。偶尔,一长列火车一路开来,闯入这片黑暗的山谷中,有时从南面开往伦敦,有时从北面开往苏格兰。火车疾如流星,在黑暗中咆哮而过。浓烟滚滚,炉火熊熊,山谷随着火车经过而铿锵轰鸣。火车过去了,城镇乡村的灯光还是默默地闪烁着。

他总算回到家这个角落里了,这个角落面向着夜空的另一面。如今白蜡树好像也成了他的朋友。他进屋的时候,母亲高兴得站了起来。他得意地把他那八个先令放在桌上。

"妈妈,这钱可以贴补贴补了吧?"他渴望地问。

她回答说:"除去你的车票,伙食等等,剩下的实在少得可怜。"

接着他就把一天的新闻统统讲给她听。他的生活小故事就像《天方夜谭》里写的一样,天天晚上讲给母亲听,以至它们几乎也成了她自己的生活经历。

第六章　家有丧事

　　阿瑟·莫雷尔长大了。这孩子性子急,漫不经心,容易冲动,很像他父亲。他不爱念书,要是硬叫他干活,他总是哼哼唧唧,一有机会就又溜出去玩了。

　　从外表上看,他仍不失为家里的精华,他身材匀称、优雅,充满活力。他生就深棕色的头发,红润的脸色,敏锐的深蓝眼睛配上长长的睫毛,加上爽快的举止,火辣辣的性子,使他成了家里的宠儿。然而他长大以后,脾气变得捉摸不定了。他会无缘无故大发雷霆,粗暴生硬,简直叫人受不了。

　　有时候,他心爱的母亲也对他厌烦,因为他只想着自己。他要玩乐的时候,凡是碍他的事的,他都痛恨,即使是她也不例外。而他碰到什么麻烦的时候,却对她哼哼唧唧,哭诉个没完。

　　有一回他抱怨说,老师恨他。她说:"天哪,孩子,要是你不想招人恨,你就改了吧;要是你改不了,那你就忍着吧。"

　　再说他的父亲,过去他也爱过,父亲也疼他,如今他变得厌恶父亲了。他慢慢长大,莫雷尔却慢慢堕落。过去莫雷尔的身体一举一动都那么优美,如今却萎缩了。他不是随着岁月流逝而日趋成熟,反而是变得相当卑鄙恶毒,一副无赖嘴脸。每当这个面目可憎的老头儿威吓阿瑟,或是把他差来差去,阿瑟总要发火。而且,莫雷尔的行动举止越来越坏,他那些习惯简直令人作呕。孩子们长大了,正在青春期的关键时刻,父亲的行为对他们的心灵是一种丑恶的刺激。他在家里的举止就跟在井下同矿工们一起干活的时候一个样。

每当阿瑟被父亲惹得厌烦透顶的时候,他就会一面叫着"混账,讨厌!"一面跳起来扬长而去。孩子们越恨莫雷尔这一套,他就越是坚持自己的一套。他似乎以惹得他们厌恶,把他们气得发狂为满足。他们都是十四五岁的孩子,特别容易激动。阿瑟长大的时候,他父亲刚开始堕落和渐渐衰老,所以他最恨他父亲。

有时,父亲似乎也感到孩子们那种轻蔑的憎恶。

"还有谁像这么辛辛苦苦为家里卖命的呀,"他会大喊大叫,"他为他们拼死拼活,到头来人家却把他当做一条狗。说真格的,我可再也忍不下去了。"

要不是他这么虚声恫吓,要不是事实上他并没有像他自夸的那么勤奋卖力,他们本来是会感到于心不忍的。可是实际上这场斗争如今几乎完全成了父子之间的斗争,他只是为了维护他的不受旁人所左右,才死抱着自己那套肮脏而讨厌的行为方式。他们都痛恨他。

阿瑟最后变得如此恼火,按捺不住性子,因此当他刚获得进诺丁汉文法学校①念书的奖学金,母亲就终于决定让他去住在城里她妹妹家,周末放学才回家。

安妮仍然在寄宿学校做低级教师,一星期挣四个先令。

---

① 文法学校:十六世纪时英国开设的一种中学,当时以拉丁文为主要科目,后来演变为公学。

不过她已经考试合格,很快就要挣十五先令一星期,家里的经济问题总算即将解决了。

如今莫雷尔太太牢牢守着保罗。他性格恬静,才貌并不出众。不过他仍旧坚持画画,也仍旧守着他母亲。他一切事都是为她而做。她晚上等他回家,总把白天她心里想的,或碰到的事向他和盘托出。他认认真真坐在那儿听着。娘儿俩就这么同甘共苦过日子。

当时威廉已经跟那个黑里俏订了婚,而且花八个几尼①给她买了只订婚戒指。孩子们听到这么大的价钱都咋舌不已。

"八个几尼!"莫雷尔说,"这更显出他蠢了,要是他省出点钱给我,对他说来面子上还会好看些呢。"

"省点给你!"莫雷尔太太叫道,"干吗要省点给你?"

她想起他从来就没给她买过什么订婚戒指,因此她宁可喜欢威廉,要是说他蠢,至少他不吝啬。不过这小子这阵子信上只谈他怎么跟未婚妻去参加舞会,她穿的各种各样盛装,要不然他就向母亲津津乐道地谈他们怎么打扮得像头面人物一样上戏院去。

他要把姑娘带回家来。莫雷尔太太说她应该圣诞节来。这回威廉来时果然带了一位小姐,可没带礼物。莫雷尔太太准备了晚饭,一听见脚步声,她就站起来走到门口。威廉进来了。

"你好,妈妈。"他匆匆吻了吻她,然后站到一边,介绍一个漂亮的高个子姑娘,她穿着一套漂亮的黑白格子女装,披着

---

① 英国旧时金币,每几尼合二十一先令。

毛皮。

"这是吉普①！"

韦斯顿小姐伸出手来，粲然一笑。

"哦，你好，莫雷尔太太！"

"你们恐怕饿了吧。"莫雷尔太太说。

"哦，不饿，我们在火车上吃过晚饭了。你拿了我的手套吗，胖墩儿②？"

其实威廉·莫雷尔倒真是个子高大，骨骼粗壮。他匆匆朝她看了一眼。

"我怎么会拿呢？"他说。

"那么我把手套丢了，你别生气。"

他皱了一下眉头，没说什么。她朝厨房四下瞟了一眼，看看那闪闪发亮的邀吻树枝、画框后面的冬青树，还有那些木椅和那张小松木桌子，觉得这儿倒是小巧精致。正巧这时，莫雷尔进来了。

"你好，爹！"

"你好，我的儿！你们的事我全知道了！"

两人握了握手。威廉引见了这位小姐，她同样粲然一笑。

"你好，莫雷尔先生？"

莫雷尔巴结地鞠了一躬。

"我很好，希望你也好。非常欢迎你。"

"哦，谢谢你。"她回答说，觉得怪有趣的。

"你要上楼去吧。"莫雷尔太太说。

～～～～～～～～～

① 威廉常把她的未婚妻路易莎·莉莉·丹尼斯·韦斯顿称为"吉卜赛人"，"吉普"即"吉卜赛人"的简称。
② 威廉的未婚妻对他的戏称，音译为"丘比"。

"你不介意的话,就去一下,要是给你们添麻烦就算了。"

"不麻烦。安妮会带你去的。瓦尔特,把这个箱子搬上去。"

威廉对他的未婚妻说:"梳妆打扮时间别太长了。"

安妮拿起一支铜烛台,她害羞得几乎说不出话来,领着这位小姐到前面的卧室去,这是莫雷尔夫妇特地为她腾出来的。这间卧室在烛光下也是又小又冷。矿工们的老婆只有在得重病的时候,才在卧室里生火。

安妮问:"要我解开箱子上的皮带吗?"

"哦,多谢你了。"

安妮就此充当了使女,接着又下楼去端热水。

"我想她有点累了,妈妈。"威廉说,"路上很辛苦,我们来得很匆忙。"

"要我给她点什么吗?"莫雷尔太太问。

"哦,不用了,她回头就没事了。"

不过屋子里的气氛总有点叫人扫兴。过了半个钟头,韦斯顿小姐下来了。她穿一件略带紫色的衣服,在这间矿工家的厨房显得非常讲究。

"我跟你说过了,用不着换衣服。"威廉对她说。

"哦,胖墩儿!"随后她掉过那张甜蜜的笑脸,冲着莫雷尔太太,"你不觉得他老在埋怨我吗,莫雷尔太太?"

"是吗?"莫雷尔太太说,"这点他可不大好。"

"真的,是不大好!"

"你冷了吧,"做母亲的说,"要不要到炉边来?"

莫雷尔从扶手椅上跳起来。

"来,坐在这儿。"他说,"来,你坐在这儿。"

"不,爹,你自己坐吧。坐在沙发上,吉普。"威廉说。

"不,不,"莫雷尔大声说,"这张椅子最暖和了,来,坐在这儿,韦森①小姐。"

"多谢你了。"姑娘说着,在莫雷尔的扶手椅这个荣誉座上坐下,她哆嗦着,感到厨房的热气渐渐渗入她的身体。

"给我拿条手绢来,宝贝胖墩儿。"她说着翘起小嘴对着他,说话那股亲热劲儿就像是两口子单独在一起似的。家里人看了都觉得自己似乎不应该待在这儿了。这位年轻的小姐分明没把他们当人看,这会儿她只把他们看成牲口,威廉不由有点局促不安了。

韦斯顿小姐来到斯特里瑟姆这么一家人家里,已可算是贵人屈尊光降贱地了。对她来说,这些人实在太粗俗——总之,他们是工人阶级。她有什么必要要稍微检点一些呢?

"我去拿吧。"安妮说。

韦斯顿小姐毫不理会,就像听到下人在说话似的。不过安妮拿了手帕下楼来的时候,她倒和善地说了声:"哦,谢谢你。"

她坐在那儿谈起火车上的晚饭怎么怎么糟糕。谈起伦敦,谈起跳舞。由于担心,她实际上很紧张,所以喋喋不休。莫雷尔一直坐着抽那种浓辣的手捻的烟卷,一面看着她,听着她那口流利的伦敦话,一面噗噗地喷着烟圈。莫雷尔太太穿着她最好的黑绸衬衫,从容而简短地回答她。三个孩子羡慕地默默围坐在一起。韦斯顿小姐是位公主,为了她,最好的东西都拿出来了,最好的杯子,最好的匙子,最好的台布,最好的

---

① 韦斯顿的讹音。

咖啡壶。孩子们想,她一定觉得这些东西气派大极了。而她只感到生疏,不能了解这些人,也不知道怎样对待他们。威廉虽然说说笑话,也感到有点不自在。

将近十点钟时,他对她说:

"你累了吧,吉普?"

"有点儿,胖墩儿。"她立刻用那种亲热的口吻回答说,脑袋稍稍偏在一边。

"我给她点蜡烛去,妈妈。"他说。

"好极了。"母亲回答说。

韦斯顿小姐站起来,向莫雷尔太太伸出了手。

"晚安,莫雷尔太太。"她说。

保罗坐在烧水锅前,把龙头里的热水灌进一只石头的啤酒瓶里。安妮把瓶子用下井穿的旧绒布衬衫包好,吻吻母亲,道了晚安。她要跟小姐同住一间屋子,因为家里已经挤满了。

"你等一会儿。"莫雷尔太太对安妮说。安妮坐着仔细照料着那只热水瓶。韦斯顿小姐跟大家一一握手,弄得大家都很不自在。后来威廉在前面开道,她总算走了。过了五分钟,他又走下楼来。他只觉得心里有点恼火,却不知道为什么。他不大说话,直到大家都上床去了,只剩下他和母亲两个人,他才像以前一样,两腿分开,站在炉边地毯上,犹疑地说:

"怎么样,妈妈?"

"怎么样,孩子?"

她坐在摇椅里,有点儿为他感到伤心丢脸。

"你喜欢她吗?"

她迟迟才回答说:"喜欢。"

"她还害羞,妈妈。她不习惯这儿的一切。你知道,这儿跟她姑妈家里不一样。"

"当然不一样,我的孩子,她一定觉得不知怎么才好吧。"

"是啊,"他顿时皱了皱眉头,"只要她不摆出那副臭架子就好了。"

"她只不过是开头有点尴尬罢了,我的孩子,往后她就没事了。"

"是这么回事,妈妈,"他感激地回答说,不过他还是愁眉苦脸,"你知道,她不像你,妈妈。她为人不是一本正经的,而且她也不会动脑筋。"

"她还年轻,我的孩子。"

"是啊,而且她也没有机会。她从小就死了娘,从那时起,她就跟姑妈住在一起。这位姑妈真叫她受不了,她爹又是个浪荡子。没有人爱她。"

"没人爱!那好吧,这方面你一定得补偿她。"

"这么一来——好多方面你都得原谅她了。"

"哪些方面得原谅她,我的孩子?"

"我不知道。她看上去很肤浅的时候,你得记住从来没有人教会她深沉。再说她确实非常喜欢我。"

"这一点谁都看得出。"

"不过你要知道,妈妈——她——她跟咱们不一样。这些人,就是跟她生活在一起的这种人,他们的原则好像跟咱们不同。"

"你千万不要匆忙下结论。"莫雷尔太太说。

不过他心里似乎忧虑重重。

然而,第二天早晨,他起来就在屋里又唱歌又说笑了。

"喂,"他坐在楼梯上叫道,"你起来了吗?"

"起来了。"她喊的声音很轻。

"祝你圣诞快乐!"他大声对她叫唤。

只听见卧室里传来她铃铛似的悦耳笑声。过了半个钟头,她还没下来。

他问安妮:"刚才她说起来了,是真的吗?"

"是起来了。"安妮回答说。

他等了一会儿,随后又走到楼梯口去了。

"新年快乐!"他喊着。

"谢谢你,宝贝胖墩儿!"只听见远处传来阵阵笑声。

"快点!"他恳求说。

这时已经过了将近一小时了,他还在等她。莫雷尔一向在六点钟以前就起床,他看了看钟。

"哎呀,真是奇怪!"他大声说。

除了威廉,大家都吃早餐了。他又走到楼梯脚下。

"要等我给你送复活节彩蛋①上去吗?"他有点生气地叫道。她只是笑笑。大家都以为准备了这么长时间,会变出什么戏法来。最后她总算下来了,穿着衬衫和裙子,显得十分可爱。

"难道你这么多时间真的全在梳妆打扮吗?"他问。

"宝贝胖墩儿! 这话可问不得,对不,莫雷尔太太?"

开头,她摆出贵小姐的派头。她跟威廉上教堂去的时候,他穿着大礼服,戴着大礼帽,她穿着伦敦做的服装,披着毛皮。保罗、阿瑟和安妮心里巴不得人人看了都羡慕得五体投地。

----

① 复活节一般是三月二十一日以后,月圆后的第一个星期日。此处意思说她是否要从圣诞节一直打扮到复活节才算完。

莫雷尔穿着他最好的衣服,站在路旁,看着这对服饰华丽的人走去,觉得自己成了王子和公主的父亲了。

其实她并不那么尊贵。她在伦敦一家公司里当秘书或办事员已经有一年了。不过她跟莫雷尔一家在一起的时候,总以女王自居。她坐着,让安妮或保罗像下人似的伺候她。她对莫雷尔太太伶牙俐齿,对莫雷尔先生却是一脸恩赐的气派。可是过了一两天她就开始改变态度了。

威廉往往叫保罗或安妮陪他们一起去散步,这样要有趣得多。而保罗确实一心一意崇拜着吉普,事实上母亲简直不能原谅他对待那姑娘的那股巴结劲儿。

第二天,莉莉说:"哦,安妮,你知道我把皮手筒放在哪儿了吗?"

威廉回答说:"你明明知道皮手筒在你卧室里,干吗还问安妮呢?"

于是莉莉生气地紧闭着嘴上楼去了。不过这件事使威廉感到很恼火,因为她竟把他妹妹当下人使唤。

第三天晚上,威廉和莉莉坐在黑暗的起居室炉边。十一点差一刻的时候,他们听见莫雷尔太太在通炉子。威廉走到厨房里,后面跟着他的心肝儿。

"已经很晚了吧,妈妈?"他说。她一直独自坐着。

"不算晚,孩子,不过我平常总只待到这时候。"

"那么你要去睡了吗?"他问。

"留下你们俩在这儿?不行,孩子,我不赞成这么做。"

"你还信不过我们吗,妈妈?"

"信也好,不信也好,我都不会这么做。你们高兴的话,就待到十一点好了,我可以看看书。"

"睡觉去吧,吉普,"他对那姑娘说,"我们别让妈妈等了。"

"安妮没有吹灭蜡烛,莉莉,"莫雷尔太太说,"我想你看得见的。"

"好的,谢谢你,晚安,莫雷尔太太。"

威廉在楼梯脚下吻了他的宝贝儿,她走了。他又回到厨房里来。

"你还信不过我们,妈妈?"他有点生气,又说了一遍。

"孩子,我告诉你,大家都睡觉的时候,我不赞成你们两个这么年轻的人单独留在楼下。"

他听了这话只好算了。就此吻了母亲,祝她晚安。

复活节时,他一个人回到家里,于是他没完没了地净跟他母亲讨论他那宝贝儿。

"你知道吗,妈妈,我不在她身边的时候,我一点也不想念她。就是从此再也见不着她了,我也不放在心上。不过,每当傍晚我跟她在一起相处的时候,我总是非常喜欢她的。"

"要是她对你的吸引力只不过如此,"莫雷尔太太说,"那促使你们结合的那种爱情可太奇怪了。"

"说来可笑!"他大声说着,这事使他烦恼,又不知道怎么办才好,"不过——我们之间的关系已经不一般,因此我不能扔下她。"

"这点你自己最清楚,"莫雷尔太太说,"不过事情要是像你说的这样,我不会把这种感情称为爱情——总而言之,这种感情不大像爱情。"

"唉,我不知道,妈妈。她是个孤儿,而且……"

他们得不出任何结论。他好像不知所措,又很烦恼。她却比较含蓄。他全部精力和金钱都用来侍候这个姑娘。回到家来连带母亲上诺丁汉去一次的钱都没有。

到了圣诞节,保罗的工资加到每星期十个先令,他不禁喜出望外。他在乔丹工厂里过得相当愉快,不过由于工时过长,终日不得出门,健康不免受到影响。如今他母亲对他越来越看重了,心里净惦着怎么才能有所补救。

星期一下午他有半天休息。五月里一个星期一上午,只有他们俩在一起吃早餐。她说:

"我想今天准是好天。"

他惊讶地抬头看看她,听话听音,这话里有话呢。

"你知道吗,莱佛斯先生搬到一个新农场去住了。说起来,上星期他还邀请过我,上那儿去看看莱佛斯太太。我答应要是星期一天气好就带你去,咱们一起去,好吗?"

"嗨,好妈妈,好极了!"他大声叫道,"咱们今天下午就去吗?"

保罗喜气洋洋地匆匆走向车站。德比路边上有一棵红艳艳的樱桃树。斯塔图院子的旧砖墙发出深红色,春天却是一片极其耀眼的绿色。公路的急转弯处,在早晨阴凉的尘土中,铺满阳光和阴影交织而成的图案,蔚为壮观,显得一片宁静。树木骄傲地低垂着绿油油的粗大胳臂,整个早上,保罗待在仓库里一直梦想着外面的春天。

他吃午饭的时候回到家里,母亲有点激动。

"咱们去吗?"他问。

"我准备好了就走。"

一会儿他就站起来了。

"我去洗碗,你去换衣服。"他说。

她去换衣服,他就把锅碗全洗好,收拾停当,然后拿起她的靴子。靴子十分干净。莫雷尔太太生来就讲究清洁,她在泥浆里走路连靴子都不会弄脏。不过保罗定要替她擦靴子。这是八先令一双的小羊皮靴子,不过他却认为这是世界上最精致的靴子,他擦起靴子来那么诚惶诚恐,就像把靴子当成花儿似的。

突然,她有点不好意思地站在里屋门口,身上穿了件新的布短衫。保罗跳起来走上前去。

"哎呀,乖乖!"他惊叫道,"穿得花花绿绿的!"

她有点高傲地从鼻子里哼了一声,昂起了头。

"一点也不花花绿绿,"她回答说,"这衣服挺素静。"

她往前走了几步,他跟在她身边打转。

"得了,"她有点不好意思地问他,可是又装出一副神气活现的样子,"你喜欢这件衣服吗?"

"喜欢极了!你真是个游山玩水的好女伴。"

他走到她后面,上下打量着。

"咳,"他说,"要是在街上,我走在你后头,我准说:'啊,这小女人自以为很帅呢。'"

"唉,她可没这么认为,"莫雷尔太太回答说,"她还拿不准这身衣服合适不合适呢。"

"哦,不!她就喜欢穿那种龌龊的黑颜色,看上去就像裹着烧焦的纸一样。这件衣服穿在你身上真合适,我敢说你看上去真漂亮。"

她高兴了,又稍稍打鼻子眼里哼了一声,不过仍旧装出一副心中自有主张的样子。

"咳,"她说,"我只花了三个先令。现成服装这个价钱可买不到吧?"

"依我看可买不到。"他回答说。

"要知道,这料子也好。"

"漂亮极了。"他说。

这件短衫是白的,上面有紫红色和黑色的小枝状图案。

"不过恐怕我穿上显得太年轻了。"她说。

"显得太年轻!"他极不以为然地嚷道,"那你干吗不去买些假的白头发粘在脑门上?"

"用不了多久我就不需要了,"她回答说,"我头发已经白得够快了。"

"得了吧,你凭什么白头发啊,"他说,"我要个白头发的妈妈干吗?"

"恐怕你只好将就一下了,孩子。"她说话的口气有点古怪。

他们气派十足地动身上路,因为有太阳,她带着威廉送给她的那把伞。保罗长得虽不魁梧,身材可比她高多了。他自以为很了不起。

休耕地上那些没成熟的小麦闪着柔和的光泽。敏顿矿井上空飘着缕缕蒸汽,传来阵阵沙哑的格格声。

"来,瞧瞧那边!"莫雷尔太太说。娘儿俩站在大路上眺望着。沿着大矿山的山脊,天边有几个侧影缓缓移动,原来那是一匹马,一辆小货车和一个男人。一行人马头顶青天,正在爬上斜坡。最后,男人把货车推倒,垃圾从那大型矿坑的陡坡滚下去,发出哗啦啦的响声。

"你坐一会儿,妈妈。"他说。她在土坡上坐下,他迅速地画起素描来。趁他画着,她默默看看周围的午后景色,看看绿树丛中的红色农舍。

"人间真是个美妙的奇境,"她说,"太美了。"

"矿井也很美,"他说,"你瞧它堆在一起,简直像活的——一个叫不出名的庞然大物。"

"是啊,"她说,"恐怕有点像。"

"还有那一串等待着的货车,真像一群要喂食的牲口。"

"货车在那儿等着,我可得谢天谢地。"她说,"因为这说明这个星期的光景会还算过得去。"

"不过凡是有生气的东西,我都喜欢从那上面去体味人的存在。从货车上面就体味得到人的存在,因为货车统统都由人来开过。"

"对啊。"莫雷尔太太说。

他们在公路的树阴下往前走去。他不断地告诉她这告诉她那,不过她倒也很感兴趣。他们走过尼瑟米尔河的尽头,阳光像轻轻摇曳的花瓣一样洒在山坳里。随后他们又折向一条私有的路,有点怯生生地走近一家大农场。一只狗凶狠地吠叫起来,一个女人走出来张望。

"请问这是到威利农场去的路吗?"莫雷尔太太问。

保罗落在母亲身后几步,生怕人家叫他往回走。幸而那女人和蔼可亲,给他们指了路。娘儿俩穿过小麦地和燕麦地,走过一座小桥,来到一片荒草地。一只只红嘴鸥,白胸脯闪闪发亮,在他们身边盘旋尖叫。湖水是蓝色的,一片宁静。一只苍鹭高高从头顶飞过。对面小山上,树林郁郁葱葱,一片绿色,也是那么宁静。

"这条路真荒无人迹,妈妈,"保罗说,"就像加拿大一样。"

"美不美!"莫雷尔太太说着四下眺望。

"瞧那只苍鹭——瞧——瞧它的腿。"

他指点着母亲,什么是应该一看的,什么可以不看。她不禁感到心满意足。

"不过,现在该走哪条路呢?"她说,"人家告诉我穿过树林。"

这片围起来的树林黑沉沉的,就在他们的左面。

"我在这条路上能找到一条小路,"保罗说,"不知为什么,你好像只会走城里的路呢。"

他们找到一扇小门,不一会儿就走进树林中一条宽阔的绿色幽径,一面是新栽的枞树和松树,另一面是长着老橡树的林间空地,地势倾斜。橡树林中青色的小水塘里,新栽的绿榛树下,铺着一层淡黄橡树叶的地上,处处都长着风信子。他为她采了些花。

"这是一点刚割下来的草。"他说,然后他又为她采来勿忘我。看着她那双操持家务的手拿着他给她的那一小束花。他又感到怜惜心疼。她却高兴得不得了。

不料这条林间小路的尽头有一道栅栏要爬,保罗一眨眼就进去了。

"来,"他说,"让我帮你过来。"

"不,你走开,我自己会过来的。"

他站在下面,伸出手准备扶她。她小心翼翼地爬过来。

"瞧你爬过来那副模样!"看见她安然着地,他大声取笑她。

"都是这可恶的踏级!"她大声说。

"不中用的女人。"他答道,"连踏级都跨不过。"

前面,在这片林子边上,有一片低矮的红色的农场建筑。他们俩赶紧走上前去。紧挨着是苹果园,苹果花纷纷落在磨石上。树篱下有一个深深的池塘,上面有几棵橡树遮掩着,树阴下站着几头母牛。农场和房屋朝着树林的四面,有三面晒在阳光下。这儿非常宁静。

娘儿俩走进一个有栏杆的园子,园子里飘来一股红色紫罗兰的香味。敞开的屋子门口放着几只白面面包,放在外面冷却。一只母鸡正走过来想啄面包。这时,门口突然出现了一个围着条脏围裙的姑娘。她大约有十四岁,脸蛋黑里透红,短短的黑卷发扎成一束,头发纤细而自然,一对漆黑的眼睛。她见了生人有些害羞、疑惑、嗔怪。她不见了。过了一会儿,又出来一个人,这是个弱不禁风的小个子女人,红润的脸蛋,深棕色的大眼睛。

"哦,"她微露喜色,笑吟吟地大声说,"你们来啦。看见你们,我很高兴。"她的声音很亲热,又有点忧伤。

两个女人互相握了手。

"我们真的没给你添麻烦吗?"莫雷尔太太说,"我知道农场过日子有多忙。"

"哦,哪儿的话。能看见一张陌生的脸,我们还要感谢你呢,这儿简直没人来。"

"我也这样想。"莫雷尔太太说。

主人把他们带进了起居室——这是一间又长又低的屋子,壁炉边插着一大把绣球花。两个女人聊天的时候,保罗趁此上外面去看看田园风光。他站在园里闻着花香,看着那些草木,这时那姑娘又赶快走出来,走到篱笆边的煤堆旁去。

他指着栅栏旁边的灌木丛对她说:"我猜这些是重瓣蔷

薇吧？"

她那双吃惊的棕色大眼睛直望着他。

"我想这些花开出来该是重瓣蔷薇吧？"他说。

"我不知道。"她支支吾吾说，"这些花是白的，中间带粉红色。"

"那么这些是女儿红了。"

米丽安脸红了，她脸色娇艳可爱。

"我不知道。"她说。

"你们园里的花并不怎么多。"他说。

"我们住在这儿还是第一年。"她说话时语气疏远，还有点高傲，说完退后几步，进屋去了。他没在意，还是四处转悠，东看西看。一会儿他母亲出来了，他们仔细看着这儿的建筑，保罗高兴极了。

莫雷尔太太对莱佛斯太太说："我看你们还有家禽、小牛啊，猪啊得照料吧？"

"不，"那小个子女人说，"我没时间去照料牛，而且我也干不了这活。我最多只能管管家。"

"咳，我猜也是这样。"莫雷尔太太说。

一会儿，那姑娘走出屋来。

"茶点准备好了，妈妈。"她说话的声音很平静，也很悦耳。

"哦，谢谢你，米丽安，我们就来了。"她母亲几乎有点讨好地回答说，"我们现在就去喝茶好吗，莫雷尔太太？"

"当然好，"莫雷尔太太说，"什么时候准备好就喝吧。"

保罗和母亲跟莱佛斯太太一起喝了茶。随后他们走出来到树林里去，那里遍地都是野风信子，小路上长着犹如云蒸霞蔚的勿忘我花,娘儿俩都看得出神了。

他们回到屋里去的时候,莱佛斯先生和大儿子埃德加已经在厨房里了。埃德加大约有十八岁。其次是杰弗里和莫里斯,两个十二三岁的孩子,刚放学回来。莱佛斯先生是一个正当壮年的美男子,留着金黄色的小胡子,像时刻谨防什么似的眯紧一双蓝眼睛。

男孩子们的态度有点屈尊俯就的样子,不过保罗却没注意到。他们到处去找鸟蛋,到处乱钻乱爬。等到他们喂鸡的时候,米丽安出来了。男孩子一点也不理睬她。有一只母鸡和几只嫩黄的小鸡关在一只笼里。莫里斯手里抓了一把谷子,让鸡在他手里啄谷子吃。

"你敢吗?"他问保罗说。

"看看吧。"保罗说。

他的手很小,暖烘烘的,看上去就很灵巧。米丽安眼睁睁看着他。只见他拿了谷子凑到母鸡面前,那只母鸡眼睛尖利明亮,朝谷子看了一看,冷不防在他手上啄了一下。他吃了一惊,哈哈大笑。"笃,笃,笃",鸡喙在他手掌上不停地啄。他又笑了,那些男孩子也笑了。

谷子都啄完以后,保罗说:"它碰你,啄你,但不会弄痛你。"

"来,米丽安,"莫里斯说,"你来试试。"

"不。"她叫着,直往后退。

"哈,奶娃娃,小娇气!"几个兄弟说。

"它一点也不伤着你,"保罗说,"只不过怪有趣地啄啄你。"

"不嘛。"她仍旧大声叫着,满头黑鬈发不住摇晃,直往后退。

"她不行,"杰弗里说,"除了朗诵诗歌,她什么都不敢。"

莫里斯大声说:"跳大门不敢,转圈圈不敢,上滑梯也不敢,制止别的姑娘打她也不敢。她什么都不行,只会走来走去自以为了不起,是'湖上夫人'①,嗳呀呀!"

米丽安又羞又恼,满脸通红。

"我敢做的事比你们多,"她叫道,"你们只不过是些胆小鬼和恶棍。"

"哦,胆小鬼和恶棍!"他们装腔作势地跟着她说了一遍,嘲弄她。

> 这种笨汉休想惹我生气,
> 对蠢人只配不睬不理。

他针对她引了两句诗,一面嚷还一面笑。

她进屋去了。保罗跟男孩子一起上果园去。他们在那里草草搭了个双杠,练功夫。保罗身体与其说是结实,不如说是很灵活,在这儿正用得上。他摸了摸一朵低垂在摇曳不停的树枝上的苹果花。

"我可不摘苹果花,"大哥埃德加说,"摘了花,明年就不结苹果了。"

"我不是要摘花。"保罗回答着,走开了。

男孩子对他并不友好,他们对自己的消遣更感兴趣。他

---

① "湖上夫人"原是英国亚瑟王传奇中人物,是巫士墨林的情妇薇薇安的外号,她幽居在湖中一座宫殿里。英国诗人、小说家瓦尔特·司各特(1771—1832)写过一部长诗,也叫《湖上夫人》。诗中女主人公埃伦是詹姆斯王的爱宠,因失宠被黜,贬居在凯特林湖附近。此处指后者。

漫步走回屋里去找他母亲。他绕到屋后时,看见米丽安跪在鸡舍面前,手里捧着点玉米,咬着嘴唇,神情紧张地蹲下身子。那只母鸡正不怀好意地瞅着她。她小心翼翼地伸出手去,母鸡伸过头来。她叫喊一声,又赶快缩回手去,神情又是害怕,又是懊恼。

"不会弄痛你的。"保罗说。

她满脸通红地跳起来。

"我只是想试一试。"她低声说。

"瞧,不会弄痛的,"他说着,捏了两粒谷子放在手掌上,让那只母鸡在他光着的手上啄啊啄的,"只会啄得你发笑。"他说。

她伸出手,又缩回去,再试一次,大叫一声又缩回去。他皱皱眉头。

"唉,我可以让它在我脸上啄谷子,"保罗说,"它只不过稍微碰一下罢了。鸡一向挺干净。要是它不喜欢干净,怎么会每天啄那么一大片土呢。"

他坚持地望着她,等待着。米丽安终于让鸡在她手里啄食了。她轻轻叫了一声——一来是害怕,二来是因怕而痛——模样实在可怜。不过她总算做到了,而且她又试了一次。

"好啦,你瞧,"保罗说,"它没有弄痛你吧?"

她睁大黑眼睛瞪着他。

"没有。"她哆嗦着笑了。

随后她站起来进屋去了。看上去她不知为什么对保罗有点不满意。

"他以为我不过是一个普通的姑娘。"她心里想着,可她要证明自己是一个像"湖上夫人"那样了不起的人。

保罗发现母亲已经准备回家了。她对儿子微微一笑。他接过那一大束花来。莱佛斯夫妇陪他们穿过田野。黄昏时分小山已经染成金色,树林深处露出暗紫色的野风信子。到处都是一片寂静,只有树叶和飞鸟发出的沙沙声。

"这地方真美啊。"莫雷尔太太说。

"是啊,"莱佛斯先生回答说,"只要没那么多兔子,这小地方倒挺好。牧场的草都快被兔子吃光了,我真不知道我挣的够不够付这笔地租呢。"

他拍拍手,靠近树林的地里一下子跳出好多棕色的兔子,四处乱蹦。

"真叫人难以相信!"莫雷尔太太失声惊叫。

她和保罗娘儿俩一起向前走去。

"这儿不是够可爱的吗,妈妈?"他平静地说。

一弯新月冉冉升起。他欢欣喜悦得心里都几乎发痛了。做母亲的也东拉西扯不断说着话,因为她也高兴得要哭了。

"啊,我真希望能帮帮那个男人!"她说,"要是让我来照应照应那些家禽和家畜多好!我会学着挤牛奶,我会跟他谈谈,帮他筹划筹划。哎呀,我要是他的老婆,这农场一定会发达,我知道!可是她却没这份力量——她可真没这份力量。你知道,她根本就不该挑起这副重担。我为她难过,我也为他难过。哎呀,如果我跟他过日子,我决不会把他看作是一个坏丈夫!当然她也没那么看,而且她还非常可爱。"

降灵节①,威廉又带着他的宝贝儿回来了。那时他有一

---

① 降灵节:复活节后第七个星期日。

177

个星期假期。正碰上个好天。早晨,威廉、莉莉和保罗照例一起去散步。威廉除了跟他的爱人谈谈自己小时候的事情之外,不大说话。保罗却对他俩说个没完。他们三人在敏顿教堂旁边一片草地上躺下。挨着城堡农场那一边是一排枝叶摇曳的白杨树,煞是好看。山楂从树篱上垂下,小雏菊和仙翁花成片,像田间的笑脸。威廉已是二十三岁的小伙子了。这阵子他瘦了些,显得有点憔悴,躺在阳光下梦想着。她抚摸着他的头发。保罗却去摘那大朵的雏菊。她脱下帽子,头发像马鬃一样乌黑。保罗回来时,把雏菊插在她乌黑的头发上——大朵大朵亮晶晶的白菊花和黄菊花,还点缀着粉红色的仙翁花。

"现在你看上去像个年轻的女巫了。"保罗对她说,"对不对,威廉?"

莉莉哈哈大笑。威廉睁开眼睛看看她。他眼光里有种说不出的既痛苦又热烈赞叹的神情。

"他把我打扮成一副怪相了吧?"她俯首对自己的情人笑着问道。

"确实是的!"威廉笑笑说。

他看着她。她的美貌似乎使得他挺不舒服。他朝她插满花朵的脑袋看了一眼,皱起双眉。

"你确实漂亮,如果你想要我说出来就是这个的话。"

她不戴帽子就走了。威廉一会儿平静了下来,对她相当温柔。他们走过一座桥的时候,他把两人的姓名缩写刻成一颗心的形状。

路·莉·韦

威·莫

他刻的时候,她看着他那只有力的紧张的手,手上亮晶晶的汗毛和斑点,她似乎着了迷。

威廉和莉莉待在家里的这段日子,屋里总有一股既忧伤,又热烈,又有点温情脉脉的气氛。不过威廉常常会发起火来。她这次来住八天,竟带了五件上衣、六件短衫。

她对安妮说:"哦,请你替我洗洗这两件短衫和这些东西好吗?"

第二天早上威廉和莉莉出去的时候,安妮正站着洗衣服。莫雷尔太太为此大发雷霆。有时候,威廉一眼看见他的情人这样对待自己的妹妹,心里不由恨她。

星期天早上,她穿了一件滑爽的印花薄软绸拖地长裙,颜色像樫鸟羽毛一样蓝,一顶奶油色的大帽子,上面装饰着好多玫瑰花,多数是深红色的,显得十分美丽。大家都对她赞不绝口。谁知到了晚上,她要出去时,她又问了:

"胖墩儿,你拿了我的手套吗?"

"哪一双?"威廉问她。

"我那双新的小山羊皮黑手套。"

"没拿过。"

到处都找遍了,她把手套丢了。

"瞧,妈妈,"威廉说,"从圣诞节到现在,她已经丢掉四双了——一双手套要五先令呢。"

"可只有两双是你给我买的。"她不服气地说。

晚上,吃过饭以后,她坐在沙发上,他站在炉前地毯上,心里似乎在恨她。这天下午他出去看望几个老朋友,把她留在家里,她就一直坐着看书。晚饭后威廉要写封信。

"给你书,莉莉,"莫雷尔太太说,"你想再看一会儿书吗?"

"不,谢谢你,"那姑娘说,"我就这么坐着吧。"

威廉急躁地在纸上飞快涂写着。他封上信封时说:

"看书,哼,她这辈子还从来没看过一本书呢。"

"唉,去你的!"莫雷尔太太说,听到他夸大其词,她生气了。

"是真的,妈妈——她没看过,"他一骨碌站起来,照旧站在炉前地毯上,嚷着说,"她这辈子从来没看过一本书。"

"她跟我一样,"莫雷尔赞许地说,"她坐在那儿啃书本,啃来啃去啃不出什么名堂来,我也一样。"

"不过你不该去说这些。"莫雷尔太太对儿子说。

"可这是真的,妈妈——她看不懂书。你给她什么书来着?"

"咳,我给她一本安妮·斯璜写的小书。星期天下午这样的时候没人要看枯燥的东西。"

"好吧,我敢说她连十行都没看完。"

"你错了。"母亲说。

这段时间莉莉一直痛苦地坐在沙发上。他倏地转过身来对着她。

"你看过那书吗?"他问。

她回答:"是啊,我看了。"

"看了多少?"

"我不知道看了几页。"

"把你看的说点给我听听。"

她说不出来。

原来她连第二页都没翻到。他倒是博览群书,头脑聪明灵活。她却只会谈情说爱,聊天闲扯,别的什么也不懂。他一向习惯于把自己的想法统统讲给母亲听,凭母亲的头脑来帮他细细分析一遍。如今正当他需要友谊的时候,对方却要他做个只会谈情说爱、卿卿我我的情人,所以他就恨起他的未婚妻来了。

"你知道吗,妈妈,"夜间他单独和母亲在一起的时候说,"她根本不懂什么是钱,她头脑太单纯,一拿到工钱,她会突然买起那种毫无意思的冰糖栗子来,于是我只得为她买月季票,买些额外东西,甚至连她的内衣裤也得买。可她还想要结婚呢,我自己想想,我们还是明年结婚的好。不过照这个样子……"

"那准会结成一门糟糕透顶的亲事。"母亲回答说,"要是我就得再考虑一下,我的孩子。"

"哦,算了吧,现在我要跟她断绝关系也来不及了,"他说,"因此我要尽快结婚。"

"唉,那也罢,我的孩子。要是你愿意结婚,就去结,没人拦住你。不过我告诉你,我一想到这件事就睡不着。"

"哦,她会变好的,妈妈,我们会凑合下去的。"

"是她让你给她买内衣裤吗?"母亲问。

"嗯,"他辩解似的开口说,"她没问我要,可是有天早晨——天气很冷——我发现她站在车站上直哆嗦,站也站不住;因此我问她,是否穿足了衣服。她说:'我想穿足了。'于是我说:'你有没有穿上暖和的内衣裤?'她说没有,她的内衣裤是布的。我问她,这种天气她干吗不穿厚点的衣服,她说因为她没衣服。她就这样得了支气管炎!我只好带她去买些暖和的衣服。得了,妈妈,要是我们有钱,我倒也不在乎。而且你知道,她应该留点钱买自己的月季票,可她就是没存下钱,还来找我要钱买票,我只好去想办法弄钱。"

"看来将来的日子不会好过哩。"莫雷尔太太讥刺地说。

他脸色苍白,脸上皱纹密布,过去那么无忧无虑,笑容满面,如今却打上了内心冲突和悲观绝望的烙印。

"可我现在不能抛弃她,已经走得太远了,"他说,"再说,有些方面我没有她也不行。"

"我的孩子,记住,你这样做可是豁出命来了,"莫雷尔太太说,"没法补救的不称心婚姻是再糟糕也没有的了。上帝知道,我的婚姻生活就够糟的了,你应该从中吸取一些教训,而你的婚姻可能比我还要糟糕得多。"

他背靠壁炉架,双手插在口袋里。他是个瘦削的大个子,看上去他要是愿意远走天涯的话,他也会去。不过她看出他脸上有绝望的神色。

"事到如今,我不能抛弃她。"他说。

"可是,你记住,还有别的错事,比解除婚姻更糟呢。"

"事到如今,我不能抛弃她。"他说。

时钟嘀嗒嘀嗒响着,娘儿俩都沉默不语,两人意见有冲突,不过他再也不说话了。最后她说:

"算了,睡觉去吧,我的儿子。明儿早上你心里会好受些,说不定你会清醒一些。"

他吻了她,径自去睡了。她捅捅炉火,感到心情从来没有这么沉重过。过去,跟丈夫争吵过后,她只觉得心里没有着落,但还没有丧失活下去的力量。这一次她整个心灵都不中用了,她的希望受到了打击。

威廉经常表示出他对未婚妻的这种憎恨。在家的最后一个晚上,他又责骂她了。

"好吧,"他说,"如果你不相信我说的她是个什么样的人,那你信不信她受过三次坚信礼①?"

莫雷尔太太哈哈大笑:"胡说八道。"

"别管胡说不胡说,她是受过三次坚信礼嘛!坚信礼对于她来说——有点像演戏,她可以在那儿出出风头。"

"我没有出风头,莫雷尔太太!"那姑娘大声叫道,"我没有!这不是真的!"

"什么!"他猛地向她转过身来,喊着说,"一次在布隆利,一次在贝肯罕,还有一次在另外什么地方。"

"另外什么地方也没有!"她眼泪汪汪地叫道,"另外什么地方也没有!"

"有的!要说没有,那你干吗行两次坚信礼?"

"一次我才十四岁,莫雷尔太太。"她含着眼泪分辩说。

"是啊,"莫雷尔太太说,"我完全能理解,孩子。别理他。威廉,你说这些话应该感到害臊!"

"可这是真的,她可虔诚呢——她有蓝丝绒封面的祈祷书——她有什么信仰的话,那桌腿也跟她一样有信仰了。她行三次坚信礼就是存心要卖弄自己,她干什么事都是这样的,都是这样!"

姑娘坐在沙发上哭了,她性格并不坚强。

"说到爱情呢!"他叫道,"你还是叫苍蝇去爱你吧!它倒会挺爱停在你身上的……"

"好了,别说了,"莫雷尔太太下命令了,"你要说这些话,

---

① 坚信礼是基督教仪式,凡受过一次坚信礼者,就成为正式的教徒。

183

得另找地方说去。我真为你害臊,威廉!你怎么不拿出点男子汉的气概来。没事好干,净找姑娘的岔子,还假惺惺地要同她订婚呢。"

莫雷尔太太气恼不堪地颓然坐下。

威廉不作声了,过一会儿他懊悔起来,吻着那姑娘,安慰她。不过他说的倒是真话,他恨她。

他们走的时候,莫雷尔太太陪他们去诺丁汉去。到凯斯敦车站先有一大段路要走。

"你知道,妈妈,"他跟她说,"吉普很浅薄,什么事都到不了她心里去。"

"威廉,希望你别说这种话。"莫雷尔太太说,她真为走在她旁边的姑娘难过。

"不过真是这样,妈妈。她现在是很爱我的,可是万一我死了,不出三个月她就会把我忘了。"

莫雷尔太太害怕了。听到儿子最后那句话里暗中那股辛酸味儿,她的心狂跳起来。

"你怎么知道呢?"她回答说,"你不知道,因此你就没权利说这种话。"

那姑娘大声说:"他老是说这种话!"

"我入土不到三个月,你准会找到新欢,把我忘了。"他说,"这就是你的爱情。"

到了诺丁汉,莫雷尔太太送他们上了火车才回家。

"有一点可以放心,"她对保罗说,"我肯定他永远也积不起钱来结婚,因此她这样反而救了他。"

于是她又高兴起来了,事态毕竟还没有走入绝路。她坚信威廉决不会娶吉普。她等待着,同时把保罗紧紧留在身边。

整个夏天,威廉的来信都充满狂热的语气,他似乎热情得反常。有时候他高兴得过分,而往常他的信都是平淡乏味,怨气冲天的。

"唉,"母亲说,"恐怕他要毁在那个不值得他一爱的娘们儿手里了——不,她只不过是个玩具娃娃。"

他想要回家来。可是暑假已过,离圣诞节还早得很。他激动得要命,写信来说他打算在十月份的第一个星期,鹅市时来过周末。

母亲一看见他就说:"你身体不好吧,我的儿。"

看见他又回到她身边,她差点掉泪了。

"是啊,这阵子我不大舒服,"他说,"上个月我好像一直在感冒,总好不了,不过我想现在快好了。"

十月的天气阳光明媚,他似乎高兴得不得了,就像个逃学的学生。随后他又变得沉默冷淡了。他比以往更瘦,眼神也憔悴不堪。

"你工作太辛苦了。"母亲对他说。

他说,为了想法攒点钱结婚,他在加班加点干活。他只在星期六晚上跟母亲谈过一次,谈到他的爱人,他又伤感又怜惜。

"可你知道吗,妈妈,虽然如此,我要是死了,她只会伤心两个月,事过境迁,她就会把我扔在脑后了。你看着吧,她决不会到这儿来上我的坟,一次也不会来。"

"咦,威廉,"母亲说,"你又没死,说这个干吗?"

"不管怎么样……"他回答说。

"她也是没办法,她就是那么个人,如果你选中了她,那么你就不能发牢骚。"母亲说。

星期日早上,他正要戴上硬领。

"瞧,"他翘起下巴对母亲说,"我这硬领把下巴擦成什么样子了!"

在下巴和喉咙之间有一大块红肿。

"硬领不至于擦成这样吧,"母亲说,"得,你搽点这种止痛油膏。你应该换别的衣领。"

星期日午夜他离开了家。在家里待了两天,他似乎好点了,心里也踏实些了。

星期二早上,伦敦来了一封电报说他病了。莫雷尔太太正跪着擦地板,她站起来看了电报,叫来一个邻居,自己到房东太太那里借了一个金镑,收拾好东西就出发了。她匆匆赶到凯斯敦车站,在诺丁汉搭乘一列去伦敦的快车。她在诺丁汉等车等了将近一小时。人们只见一个戴着黑帽子的小个子女人,焦急地问那些搬运工,是否知道怎么才能到艾尔默斯区去。这段路走了三个小时。她恍恍惚惚坐在车厢角落里,一动也不动。到了皇家岔口,还是没人告诉她怎么上艾尔默斯区去。她拿着个网兜,里面装着她的睡衣、梳子、刷子。她逢人便打听,最后,人家叫她去乘地铁,到坎农街下车。

她赶到威廉住所已经六点钟了。百叶窗还没有拉下。

"他怎么样?"她问道。

"还不见好。"房东太太说。

她跟着那女人上楼去。威廉躺在床上,两眼充满血丝,脸上已经有点变色了。房间里没有生火,衣服扔了一地,一杯牛奶放在他床边的小桌子上。没有人陪着他。

母亲鼓起勇气说:"怎么啦,我的儿!"

他没有回答。他看着她,可是视而不见。随后他开始说话了,声音模模糊糊,像是在复述一封口授的信:"由于该船货舱漏损,糖已受潮结块,必须凿碎……"

他几乎已经不省人事了。在伦敦港检验船上装载的糖是他平时干的工作。

母亲问房东太太:"他病成这样有多久了?"

"星期一早上他六点钟回来,好像睡了一整天,到了晚上,我们听见他在说话,到今天早上他要找你,因此我就打了电报,还找了医生。"

"你把火生起来好吗?"

莫雷尔太太想办法安慰她儿子,想使他平静下来。

医生来了。他说这是肺炎,而且还得了特殊的丹毒,从硬领擦破的下巴下面开始,已经扩展到脸部。他希望丹毒不要发展到脑子里。

莫雷尔太太住下来照顾威廉。她为威廉祈祷,但愿他会认识她。可是小伙子脸色变得更难看了。到了晚上她陪他跟死神挣扎。他语无伦次,尽说胡话,始终没有恢复知觉。到了两点钟,病势突然发作,他终于死了。

莫雷尔太太在这间租来的卧室里一动也不动地坐了一小时,随后她唤醒了屋子里的人。

六点,她在打杂女工帮助下,为尸体作了殡葬准备。接着她又走遍这个凄凉的伦敦市郊的村子去找户籍官和医生。

九点,斯卡吉尔街的小屋里又接到一份电报。

"威廉昨晚去世,请父带钱来此。"

电报送来的时候,安妮、保罗和阿瑟都在家,莫雷尔上工去了。三个孩子一声不吭,安妮害怕得呜咽起来,保罗出去找他父亲。

187

那天天气很好。布林斯利矿井的白色蒸汽在色彩柔和的蓝天的阳光下慢慢化去,吊车的轮子在高处闪闪发亮,筛子正在把煤送到货车上。真是一片嘈杂。

孩子在井口劈面遇见第一个人就说:"我要找我爹,叫他上伦敦去。"

"你找瓦尔特·莫雷尔吗,上那边屋里去,找乔·华德好了。"

保罗走进那间小小的井上办公室。

"我找我爹,要他上伦敦去。"

"你爹?他在井下吗?叫什么名字?"

"莫雷尔先生。"

"什么,瓦尔特?出什么事了么?"

"要他上伦敦去。"

那人走到电话机旁,打到井下办公室去。

"有人找瓦尔特·莫雷尔,工号四十二号,哈德。出什么事了,他孩子在这儿。"

接着他回过身来对保罗说:"过几分钟他就上来了。"

保罗漫步走到井口顶上。他看着罐座托着运煤车升上来。那只大罐笼停妥了,满满一车煤被拖开,一节空煤车推上了罐座,不知什么地方响起了铃声,罐座猛地一动,就像块石头一样迅速落下去了。

保罗无法想象威廉已经死了,这是不可能的。这儿不是还在忙忙碌碌吗。装卸工把小货车搬到转台上,另一个工人跟着货车在井口顺着弯曲的铁轨向前奔去。

"威廉死了,妈妈到伦敦去了,她在那儿怎么办呢?"孩子自己问自己,就像这是一个猜不透的谜。

他看着一只只罐笼升上来,就是不见父亲的人影。最后,他总算看见运煤车旁边有一个男人的身影。罐笼停妥了,莫雷尔走了出来。由于上次出的事故,如今他的腿稍有点瘸。

"是你啊,保罗?他情况不好吗?"

"要你上伦敦去。"

爷儿俩离开了井口,好多人都好奇地看着他们。他们走出井口区,沿着铁路向前走着,铁路一面是秋阳照耀下的田野,另一面是一列城墙似的货车。莫雷尔惊慌地说:

"他没死吧,孩子?"

"死了。"

"啥时死的?"

莫雷尔的嗓音听上去已经吓坏了。

"昨晚。我们接到妈妈的电报。"

莫雷尔走了几步,就靠在一辆货车旁边,手蒙住眼睛。他没有哭。保罗站着,四处望望,等待着。一辆货车慢慢滚过过磅机。保罗什么都看见,就是没看他父亲靠在货车上,他像是累了。

莫雷尔只到伦敦去过一次。他动身去帮老婆料理儿子的后事,心里害怕,人也憔悴了。这是星期二的事①。家里只留下孩子们。保罗去上工,阿瑟去上学,安妮找了一个朋友来陪她。

星期六晚上,保罗从凯斯敦回家,刚拐过路口就看见了他的父母。他们是乘车到塞斯利桥车站的。他俩默默摸着黑走

---

① 此处作者行文显有矛盾。因前面提到莫雷尔太太收到威廉生病的电报是在星期二,威廉咽气是在莫雷尔太太赶到的第二天(星期三)凌晨两点钟。瓦尔特接到电报应是星期三早晨九点。

189

着,疲疲沓沓,两人拉开一大截子。保罗等待着。

他在暗处叫道:"妈妈!"

莫雷尔太太矮小的身影似乎毫无感觉。他又叫了一声。

"保罗!"她漠然地说。

她让他吻了她,可她似乎不觉得他在她身边。

回到家里,她还是这样——一个矮小、苍白、沉默的人。她什么都不在意,什么话也不说,只说:"棺材今晚就到,瓦尔特,你最好找人帮帮忙。"接着又回头对孩子们说,"我们把他运回家来了。"

随后她又恢复原状,又是那么默不作声,茫然看着,叉着双手放在膝上。保罗看着她,觉得自己气也透不过来了。屋里一片死寂。

他哀痛地说:"我上班了,妈妈。"

"是吗?"她痴痴答道。

过了半小时,莫雷尔烦躁不安,手足无措地又走进来。

他问老婆道:"他来的时候,我们把他停放在哪儿?"

"停放在前面屋里。"

"那么我还是搬掉桌子吧?"

"好。"

"把他停放在椅子上?"

"你知道停放在哪儿……对了,我也这么想。"

莫雷尔和保罗拿了支蜡烛,走到起居室去。里面没有煤气灯。父亲把那只桃花心木大圆桌的桌面拆下,把房间当中空出;又找来六把椅子面对面放着,以便停放棺材。

"从来没见过他那么长的身子。"矿工说。他一面干活,一面焦急地张望着。

保罗走到凸窗前,眺望窗外。那株白蜡树在茫茫黑暗中显得又大又黑。这天晚上真是天昏地暗啊。保罗回到母亲身边去了。

十点钟,莫雷尔叫道:"他来了!"

大家都吃了一惊。只听见前门一阵开锁起闩的声音。前门一开,就可以从户外的夜空里直接跨进屋子来了。

莫雷尔叫道:"再拿支蜡烛来!"

安妮和阿瑟去了。保罗跟着母亲,他一手搂着母亲的腰,站在里屋的门口。收拾干净的房间当中准备好六张椅子,面对面放着。窗前,阿瑟靠着花边窗帘,举着一支蜡烛。安妮站在敞开的门口,背对着夜色,俯身向前,手里的铜烛台闪闪发亮。

只听得一阵车轮声。保罗看得见外面黑沉沉的街上几匹马拉着一辆黑色的灵车,一盏灯映出几张发白的脸;接着又看见几个男人,矿工,大家都只穿衬衫,像是在暗处拼命使劲。不一会儿,看见两个男人抬着沉沉的棺材,压弯了腰。一个是莫雷尔,一个是邻居。

"稳住!"莫雷尔上气不接下气地叫道。

他和伙伴们踏上庭园陡峭的台阶,那微微发亮的棺材头在烛光下一起一伏,只见其他人的胳臂在后面使着劲。莫雷尔和本斯在前面一个踉跄,这个又大又黑的棺材就晃动起来。

"稳住! 稳住!"莫雷尔大声喊着,仿佛十分痛苦。

六个抬棺人把那只大棺材高高抬起,走进小园子。进屋子还有三级台阶。黑沉沉的路上,只有马车上那盏昏黄的灯孤零零地照着。

"再使一把劲!"莫雷尔说。

棺材晃动着。人们开始抬着重担走上三级台阶。刚看见第一个人,安妮手里的蜡烛就晃了一下,她啜泣起来。接着就看见六个男人的胳臂和低垂的脑袋,他们好不容易才抬着像压在心头的大石块似的棺材上了台阶进屋来。

"哦,我的儿——我的儿啊!"莫雷尔太太轻声号哭着。因为人们登台阶时脚步不一致而引起棺材一摇晃,她就哭着:"哦,我的儿——我的儿——我的儿!"

"妈妈!"保罗一边搂着她的腰,一边呜咽地说:"妈妈!"

她没听见。

"哦,我的儿——我的儿啊!"她一遍又一遍地说。

保罗看见父亲额头汗珠涔涔。六个男人走进屋里来了——六个人都没穿上衣,胳臂拼命使着劲,身子在家具上磕磕绊绊,把屋子挤得满满的。棺材掉过头来,轻轻放落在椅子上。莫雷尔脸上的汗珠一滴滴流在棺材板上。

"哎呀,他可真够沉的!"一个男人说。那五个矿工都叹着气,鞠了一躬。由于使了劲,身体还有点哆嗦,他们就这样走下台阶,随手把门关上。

如今只剩下全家人陪着这个光亮的大棺材在起居室里了。威廉入殓时,身长六英尺四英寸,躺在那只笨重的浅棕色棺材里,活像个纪念碑。保罗觉得棺材无论怎么也抬不出屋去了。母亲不住抚摸那光亮的木头。

星期一,他们把他葬在山坡上的小公墓里,那里可以俯瞰田野上的大教堂和住宅。安葬的那天阳光明媚,白菊花都热得皱起来了。

从此,莫雷尔太太不管人家怎么劝说也不说话,她再也不像过去那样对生活发生兴趣,总是一言不发。坐火车回家来的时候,她就暗自说:"要是死的是我就好了。"

如今保罗晚上回家来,总看见母亲干完了家务事就把叉着的双手搁在膝头那条粗围裙上。以前,她做完家务事总要换衣服,围上一条黑围裙。如今安妮端晚饭给保罗吃,母亲就那么坐着,眼睛茫茫然看着前方,嘴巴抿得紧紧的。这时他就绞尽脑汁想出几件新闻来告诉她。

"妈妈,乔丹小姐今天来过了,她说我那张煤矿开工的素描画得真美。"

可是莫雷尔太太置之不理。他天天晚上都勉强想出各种各样的事情告诉她,虽然她不听,他还是说下去。看见她这副模样,他真要发疯了。他终于问道:

"妈妈,你怎么了?"

她听不见。

"怎么回事?"他一直问个不停,"妈妈,怎么回事?"

"你明明知道是怎么回事。"她背转身去,烦躁地说。

这孩子只好怏怏上床去了。如今他已经十六岁了。十月、十一月、十二月他都是这样孤单愁闷地度过。母亲也竭力试过,可她怎么也提不起兴致来。她只是默默想着她死去的大儿子,他死得太惨了。

十二月二十三日,保罗口袋里装着五个先令的圣诞节赏钱①,昏头昏脑地走回家来。母亲看着他,不禁愣住了。

她问:"怎么回事?"

"我难过死了,妈妈!"他回答说,"乔丹先生给了我五先

---

① 英国习俗,在圣诞节时,常赏给邮递员、商店送货员等雇用人员一点礼物或钱,以酬劳他们一年辛劳,并暗示明年继续雇用。

令做圣诞节赏钱。"

他双手哆嗦着把钱递给她。她把钱放在桌上。

他怪她说:"你并不快活。"可是他哆嗦得好厉害啊。

她一边替他脱大衣一边问:"你什么地方不舒服?"

这是个老问题。

"我难过死了,妈妈。"

她为他脱掉衣服,扶他上床去。医生说他得的是严重的肺炎。

她一听见这话,首先就问:"要是我让他待在家里,不让他上诺丁汉去,他就不至于生这种病吧?"

"他可能不至于病得这么厉害。"医生说。

莫雷尔太太责怪起自己来了。

"我应该照应活着的人,不是照应死者啊。"

保罗病重了。母亲晚上总睡在床上陪他。因为他们雇不起护士。他的病越来越重,将近病危了。一天晚上他被一种死已临头的恐怖、阴沉的感觉折腾得辗转不安,全身的细胞似乎都处于极度激动不宁的状态,即将崩溃。意识正拼命做着最后的挣扎。

"我要死了,妈妈!"他叫着,在枕头上喘息不止。

她把他抱起来,低声哭叫着:"哦!我的儿——我的儿!"

这声音唤醒了他。他认出她来了,他的全部求生意志油然而生,提起了他的精神。他把头靠在母亲胸前,求得母爱的慰藉。

他姨母说过:"说起来,保罗圣诞节生病倒是件好事,我相信这一来倒救了他妈妈。"

保罗在床上躺了七个星期。到他能起床的时候,仍是面色苍白,身体虚弱。父亲给他买了一盆深红和金黄的郁金香。他坐在沙发上跟母亲聊天的时候,花儿就放在窗台上,三月的阳光照得它如火如荼。母子俩就这样相依为命。莫雷尔太太如今把保罗当成命根子了。

威廉果然是个预言家。圣诞节到了,莫雷尔太太接到莉莉的一份小礼物和一封信。过新年的时候,莫雷尔太太的妹妹收到莉莉的一封信。

信上写道:"昨晚我参加了一个舞会。舞会上有一些可爱的人,我玩了个痛快,我每舞必跳,一次也没空坐着。"

莫雷尔太太再也没听到她的消息。

莫雷尔夫妇在大儿子死后,有一段时期彼此相敬如宾。他会茫茫然睁大眼睛,呆呆盯着屋子那头。接着他突然站起身来,匆匆出去,到三点酒店喝上几杯,回来就恢复正常了。不过他从此再也不到雪普斯东去散步,免得走过他儿子生前工作过的办公室,而且他总是回避那块墓地。

第二卷

第七章 少男少女的爱情

这年秋天,保罗到威利农场去了好多次。他和那两个最小的男孩成了朋友。最大的男孩埃德加开头还有点摆架子。米丽安也不肯跟他接近。她生怕他像她几个兄弟一样瞧不起她。这姑娘富于幻想。她想象着到处都有瓦尔特·司各特笔下的女主人公,受到头戴钢盔或帽簪羽毛的人们的爱慕。她想象着自己原来就是一个公主一流的人物,沦落为一个卑贱的姑娘。而且她见了保罗也害怕。不管怎么说,他长得倒真有点像瓦尔特·司各特笔下的主人公,他既会画画,又会说法语,懂得代数,他还每天乘火车上诺丁汉去。她惟恐他会把她干脆当成卑贱的姑娘,看不出她金枝玉叶的本来面目。因此她总对他敬而远之。

她的好伴儿就是她母亲。母女俩都有棕色的眼睛,都生性耽于神秘,这种女人内心蕴藏着信仰,连呼出来的气里都含有信仰的气息,她们看整个人生也是透过它的迷雾。对米丽安来说,当看到瑰丽的夕阳染红了西方的天际,她就认为是她所战战兢兢热情膜拜的基督和上帝在显灵。当伊迪丝、露茜、罗恩娜、布里安·德·布伊斯·吉尔伯特、罗勃·罗依和盖·曼纳林①一流人

---

① 这些人名都是她喜爱的作家瓦尔特·司各特作品里的人物。

物,仿佛在披开朝阳下簌簌作响的枝叶联翩出现,或者在下雪天,——高高浮现在她卧室的空际时,情况也是这样。这就是她的生活。其他时间,她在家里做单调乏味的家务,要不是她擦干净的红地板常常立刻给几个兄弟的农田靴踩脏的话,这些家务她是不放在心上的。她拼命要四岁的小弟弟让她紧紧抱着,她的疼爱差点没把他闷死。她上教堂时总是一片虔敬,低着头,唱诗班其他姑娘粗俗的行为或副牧师粗声大气的嗓门都会使她痛苦得发抖。她把几个兄弟看成蛮子,跟他们针锋相对。她对父亲也不太尊敬,因为他心里没有一点想接近上帝的理想,只想尽量过个舒服日子,而且他几时准备吃饭,就得马上开饭。

她痛恨自己这个卑贱姑娘的地位,想要受人尊重。她想要学习,心里想着如果她也能像保罗自己声称的那样读《高龙巴》①,《环球旅行记》②,那么众人就会换一副嘴脸对待她,对她更加尊敬了。靠财产和地位,她成不了公主,所以她拼命想有学问,以此来自豪。因为她跟其他人不同,不能让人把她和那些庸碌之辈一起一下子淘汰掉。学习是她一心向往的惟一出人头地的机会。

她的美,那种生来羞怯、任性、神经过敏得浑身颤抖的姑娘的美,在她看来算不了什么。即使她那能那么热烈地陶醉于狂想的心灵也还是不够。她一定得有什么资本来加强她的自尊心,因为她觉得自己跟别人不一样。她对保罗简直心向神往。她基本上是藐视男性的。不过,眼前是一个从未见过

---

① 《高龙巴》是法国作家梅里美(1803—1870)的长篇小说。
② 《环球旅行记》是法国作家凡尔纳(1828—1905)的长篇小说。

的人,这人聪明伶俐,潇洒文雅,有时温柔,有时又会忧伤,而且他又那么机灵,见多识广,家里刚遇丧事。这孩子肚子里虽然装着这么一点儿可怜的学问,已经博得了她的无比尊敬。然而她还是拼命装出一副看不起他的样子,因为他没把她看成公主,只看成个卑贱的姑娘。而且他简直不大注意她。

后来他生了场大病,她感到他身体会变虚弱,她就比他强了。这一来她就可以爱他了。要是她在他身子虚弱的时候能够做他的情人,照料他,要是他能依靠她,可以说,要是她能把他搂在怀里,那她不知有多么爱他呢。

天刚亮,李花刚刚绽开,保罗就搭乘送牛奶的那辆笨重的马车一直来到了威利农场。早晨空气新鲜,当车子慢慢爬上坡的时候,莱佛斯先生亲切地向他嚷了一声,接着就嗒嗒连声地催着马儿。一路上只见白云朵朵,往小山后面涌去,这是春天才有的景象。山下尼瑟米尔河水在干枯的草地和荆棘的衬托下流淌着,显得格外蓝。

这条路长达四英里半。只见路边树篱上朵朵小小的花蕾,像点点铜绿似的触目耀眼,正开出玫瑰似的花朵。画眉声声,山鸟聒噪。这儿真是一个迷人的新世界。

米丽安在厨房窗户里张望,看见马儿走过白色的大门,进了还不见人影的院子。这个院子后面是一片橡树。她又看见一个穿着厚大衣的年轻人爬下车来,他伸手接过那个相貌好看,红光满面的庄稼汉递给他的鞭子和毯子。

米丽安站在门口。她快要十六岁了,长得很美,脸色红润,仪态端庄。她眼睛突然睁得老大,欣喜若狂。

"喂,"保罗怪不好意思地转过脸去,"你家的水仙花已经快开了,好早啊?不过这花看上去怪冷的,是吗?"

"冷!"米丽安说,嗓音悦耳,脉脉含情。

"那花蕾上的绿色……"他支支吾吾,说了一半就羞得不吭声了。

"让我来拿毯子吧。"米丽安过分温柔地说。

"我能拿。"他回答时有点生气了。不过他还是把毯子交给了她。

这时莱佛斯太太来了。

"我敢说你一定又累又冷,"她说,"让我替你脱了衣服。这衣服太厚,你可千万别穿着这么厚的衣服走长路。"

她帮他脱下大衣。他对这种殷勤照顾很不习惯。她几乎被大衣压得透不过气来了。

"喂,孩子妈,"那庄稼汉正提着两只大奶桶,晃荡晃荡地走过厨房,"你快忙不过来了吧。"

她替这小伙子把沙发垫子拍拍松。

这间厨房很小,很零乱。这个农场原是一个工人的小屋。家具也破旧不堪。不过保罗喜欢这儿——他喜欢当做炉边地毯的麻袋,喜欢楼梯下面那有趣的小角落,还有那角落深处的小窗户,他弯下腰来就可以从这儿看到后园里的李树,以及一座座可爱的馒头状小山。

莱佛斯太太说:"你要不要躺下?"

"哦,不,我不累,"他说,"你不觉得到外面来有多舒畅吗?我看见一棵野刺李开满了花,还有好多白屈菜,我真高兴今天有太阳。"

"我给你弄点什么吃喝好吗?"

"不用了,谢谢你。"

"你妈好吗?"

"我想她这阵子太累了。我觉得她手头老有干不完的活。说不定过一阵子她要陪我上斯基格涅斯去。到那时她就能休息了。她能休息,我才高兴呢。"

"是啊,"莱佛斯太太答道,"她自己没病倒可真不容易。"

米丽安这时走来走去在张罗午饭。保罗看着周围的一切。他脸色苍白,面容瘦削,不过那双眼睛还像以前那样聪明伶俐,充满活力。他看到那姑娘走动的样子那么异样,那么如醉如痴,看到她把一个大炖锅搁到炉子上,看到她留心照顾着汤锅。这儿的气氛跟他自己的家就是不一样,自己家的一切似乎都普通得很。莱佛斯先生在外头大声吆喝着马儿,因为马竟在园里吃起玫瑰花来了。听到吆喝声,米丽安吃了一惊,黑眼睛四下望望,就像有什么东西闯进她的内心世界一样。屋里屋外都是一片静寂。米丽安仿佛身在梦境,成了受奴役的姑娘,她的心灵梦想着遥远、神秘的地方。她那褪色的旧蓝衣服和破靴子,看上去就像是传奇中科费图亚王①爱上的女乞丐那身破烂衣服。

突然她意识到他那双敏锐的蓝眼睛注视着她,把她的一切都看在眼里。她的破靴子和褴褛旧衫顿时使她感到痛心。她恨只恨他看到了这一切。他甚至还知道她的长袜也没拉好。她涨红着脸跑进了洗碗间。此后,她干起活来,双手一直有点发抖。手里拿着什么东西,都会差点掉在地上。她内心的梦想一旦受到惊动,她的身体就会惊慌得直打颤。她一心只恨他看到的东西太多了。

---

① 科费图亚王:传说中的非洲国王,他向一个女乞丐求婚,赢得了她的爱情。英国诗人丁尼孙(1809—1892)曾将这故事写成长诗《乞丐千金》。

莱佛斯太太虽然有活要干,还是陪保罗坐下谈了一会儿。她太讲究礼貌,不便撇下他。不久,她就站起身来告退。又过了一会儿,她看了看那只铁皮汤锅。

"哎呀,米丽安,"她失声惊叫道,"这些土豆都烧干了!"

米丽安像给刺痛了似的猛吃一惊。

"是吗,妈妈?"

"我是把这事交托给你的,否则我也不会来计较了。"她母亲说着,眼睛一直盯着锅子。

姑娘像是挨了一拳似的,身体僵直。黑眼睛睁得大大的,站在原地一动不动。

"唉,"她羞愧交加地回答说,"五分钟以前,我肯定还看过土豆呢。"

"是啊,"她母亲说,"我知道土豆容易烧煳。"

"这些土豆还不怎么焦,"保罗说,"大概不要紧吧?"

莱佛斯太太睁着伤心的棕色眼睛看着这个小伙子。

"要是没有那哥儿们几个,本来也没什么关系,"她对保罗说,"不过米丽安知道,一旦被他们发觉土豆烧煳了,那就会惹出麻烦来的。"

保罗暗自想道:"那你就不该让他们惹麻烦啊。"

过了一会儿,埃德加进来了,他打着绑腿,靴子上全是泥。作为一个庄稼汉来说,他个子相当矮小,神气也太拘谨了。他朝保罗看了一眼,冷淡地向他点点头,说:

"饭好了吗?"

"快好了,埃德加。"母亲抱歉地回答说。

"我可已经在等着吃了。"这小伙子说着拿起报纸来看。不一会儿家里其他的人都纷纷走了进来。饭也端上来了。大家吃得狼吞虎咽。母亲的过分耐心,带有歉意的语调,相形之下更显出儿子们态度的蛮横。埃德加尝了一口土豆,像兔子一般快地咂咂嘴,就气鼓鼓看着母亲说:

"这些土豆烧焦了,妈妈。"

"是啊,埃德加,我一时忘了土豆,要是你吃不下,就来点面包吧。"

埃德加气鼓鼓地看着对面的米丽安。

"米丽安在干什么,她就不能照料点土豆么?"他说。

米丽安抬起头来,她的嘴张着,黑眼睛闪动了一下,显出了怒火,可是她什么也没说。她低下头,强自把愤怒和惭愧都咽下肚去。

"她倒真是在拼命干活。"母亲说。

"她连煮土豆都不会,"埃德加说,"还把她留在家里干吗?"

"只会把伙房里剩下的东西全吃光。"莫里斯说。

父亲哈哈大笑了:"他们没忘了用那回土豆馅饼的事来打击咱们的米丽安。"

她真是丢尽了脸。母亲默默坐着,苦恼着,仿佛圣徒不巧跟蛮汉共餐似的。

保罗看到这种场面大感不解。他搞不清楚几个土豆烧焦了怎么会引起这么一场轩然大波。做母亲的把一切都提高到几乎成了一种宗教职责,即使是一点点家务活也不例外。几个儿子对此非常不满,他们觉得这是成心和自己过不去,因此他们就用蛮不讲理和傲慢讥笑来回答。

保罗刚刚从童年时期进入成年时期。这儿对一切都赋予一种宗教意义的气氛对他有着说不出的魅力。他只觉得这儿有股说不出的味儿。他自己的母亲是条理分明的,这儿却有所不同。有些事情是他喜欢的,也有些事情往往是他痛恨的。

米丽安跟几个兄弟大吵一场。晚晌等哥儿几个又出去了以后,母亲说:"米丽安,吃饭时你真叫我失望。"

姑娘低下头来。

突然她两眼冒火地抬头叫道:"他们都是些畜生!"

"可是你不是答应过不答理他们吗?"母亲说,"我相信了你。你跟他们这样争吵,我真受不了。"

"他们多气人啊!"米丽安叫道,"而且——而且那么混账。"

"是啊,亲爱的。不过我不是常跟你说吗,别跟埃德加顶嘴。难道你就不能让他想说什么就说什么?"

"他凭什么可以想说什么就说什么?"

"难道你这样不够坚强,连看在我分上忍住这口气都做不到?你就那么软弱,非跟他们吵不可?"

莱佛斯太太不厌其烦地大讲"转过脸来由人打"①的教义。这一点她怎么也不能灌输给几个儿子。在女儿身上,她比较成功,米丽安就是深深合她心意的孩子。几个儿子最恨人家转过脸来让他们打。米丽安却常常万分高傲地转过脸来让他们打。他们碰到这种情况就向她吐唾沫,心里恨极了她。可是她却摆出自豪的谦逊态度自顾自走动,生活在自己内心的小天地里。

莱佛斯家总给人这种争吵不和的感觉。母亲不断要求几

---

① 典出《圣经·马太福音》第五章,"……不要与恶人作对,有人打你的右脸,连左脸也转过来由他打。"

个儿子对逆来顺受和自豪的谦逊有进一步的认识,他们虽然感到极其不耐烦,然而这些对他们也还是起了作用。他们不屑跟一个外人建立一般感情和寻常友谊,老是不断追求深刻一些的东西。对他们来说,一般人似乎又浅薄,又平凡,微不足道。因此他们在最简单的社交方面也很不习惯,显得格格不入,简直活受罪,然而又自认高人一等,傲慢不逊。他们心坎里倒也渴望精神上的亲密,可这种亲密他们又没法得到,因为他们太麻木不仁,对待别人一概愚蠢地表示蔑视,因而把每一条密切交往的门路都堵死了。他们要的是真正的亲密,可是他们连一个人都没有好好接近过,因为他们不屑走出第一步,他们看不起建立人们普通交情的琐碎小事。

保罗对莱佛斯太太着了迷。他和她在一起的时候,一切事物都赋有了一种宗教的强烈意义。他那经历过创伤、已经高度启蒙的心灵,像寻求滋养似的渴求她的心灵。他们在一起似乎就能从某一项日常经历中探究出其中的真谛。

米丽安不愧为她母亲的女儿。在午后的阳光下,娘儿俩陪他到田野里去。他们去找鸟窝。果园的树篱上就有只雌鸫鹩的窝。

"我真想让你看看这个窝。"莱佛斯太太说。

他蹲下来,仔细用手指透过荆棘丛摸进鸟窝圆圆的门。

"这简直就像摸到这鸟儿活蹦乱跳的身体内部一样,"他说,"里面真暖和。人家说鸟儿把窝里弄成杯子那样圆,是用胸脯压出来的,可我不明白这鸟窝的顶怎么也是圆的呢?"

娘儿俩似乎感到这只鸟窝活起来了。从此以后,米丽安每天都来看这个窝。对她来说,它似乎是那么亲切。还有,当他跟米丽安一起沿着树篱边走过的时候,看到那些白屈菜,就仿佛一片片金黄色的光斑摊开在沟边上。

"我喜欢这些白屈菜,"他说,"在阳光下,花瓣就平展了。像被太阳烫平了似的。"

这一说,白屈菜从此对她也具有魔力了。尽管她自己也很善于拟人化,她还是激励他像这样去赏析各种事物,这样事后这些事物在她眼里就变得栩栩如生了。她似乎需要事物能激发她的想象力,鼓舞她的心灵,然后她才会感到自己掌握了这些事物。由于她一心信教,她仿佛跟凡俗生活脱了节,对她来说,这个世界要不能成为既无罪恶又无性关系的修道院或者天堂乐园,那就是个丑恶的地方。

正是在这种微妙的亲密气氛,这种因对大自然某种事物具有同感而产生的情投意合中,两人逐渐萌发了爱情。

从他这方面来说,他是过了很长时间才了解她的。病后他不得不待在家里达十个月之久。有一段时间,他跟母亲上斯基格涅斯去,过得非常愉快。不过即使在海滨,他也写过几封长信给莱佛斯太太,描绘海岸和大海。他还把他心爱的几幅单调的林肯海岸的素描带回来,急着要给她们看。莱佛斯家对他的画简直比他母亲更感兴趣。当然莫雷尔太太并不是关心他的艺术,她关心的是他这个人和他取得的成就。可是莱佛斯太太和几个孩子却几乎成了他的信徒。他们鼓舞了他,使他对画画满腔热情,而他母亲的影响则是促使他更加拿定主意,孜孜不倦,不屈不挠,坚持不懈。

他很快就和莱佛斯家的几个儿子交上了朋友。他们的粗鲁只不过是表面现象罢了,一旦他们遇到自己信得过的人,他们就变得特别温文有礼,和蔼可亲。

"你跟我一起到休耕地去,好吗?"埃德加有点犹疑地问他。

保罗高高兴兴地去了,整个下午都帮着他的朋友锄地,或者拣大头菜。他常常和三兄弟一起躺在谷仓里的干草堆上,告诉他们诺丁汉的事情和乔丹厂里的事情。投桃报李,他们也教他挤牛奶,还让他做点小事情——切切干草,捣烂大头菜——他愿意干多少就干多少。到了仲夏,整个干草收割季节,他都跟他们一起干活,而且喜欢上他们了。这家人事实上是跟世界隔绝的,不知怎么的,他们就像硕果仅存的遗民①。虽然这些小伙子长得强壮有力,然而他们都生性过分敏感,踌躇不前,所以他们如此孤寂,而你一旦赢得他们的亲密感情,他们又是多么亲切、体贴的朋友。保罗深深爱上了他们,他们也同样爱保罗。

米丽安是后来才进入他的生活圈子的,不过他却早在她还没在他的生活中留下任何痕迹时,就已经进入她的生活圈子了。一个沉闷的下午,男人都下地干活去了,其他人上学去了,只有米丽安和母亲在家。这姑娘犹疑了一阵子,对他说:"你看见过秋千吗?"

"没有,"他回答说,"在哪儿?"

"在牛棚里。"她回答说。

她要给他什么东西,或者让他看什么东西之前,总是犹疑不决。男人对事物的价值标准和女人的看法就是不一样,她喜欢的东西——在她看来是宝贵的东西——常常受到几个兄弟的嘲弄取笑。

"好,走吧。"他说着跳起身来。

---

① 原文是法文。

她家有两个牛棚,分在谷仓两边,一边一个。一个牛棚较低较暗,里面有四头母牛。暗处屋梁上吊着根又粗又大的绳子,绳子向后绕在墙上的一枚钉子上。小伙子和姑娘向绳子走去时,母鸡都飞在食槽沿上吵个不停。

"这倒真是根挺像样的绳子哩!"他赞赏地惊叫着,接着他就坐在上面,急着想显显身手。随后他又赶快站起来。

"那么来吧,你先来。"他对姑娘说。

"喂,"她答应着,走进谷仓去,"咱们铺上几个口袋再坐。"她为他把秋千铺得舒舒服服。这样做她很高兴。他抓住绳子。

"那么来吧。"他对她说。

"不,我不要先来。"她回答。

她默默地远远站到一边去。

"为什么?"

"你来吧。"她恳求他了。

这几乎是她一生中第一次尝到对一个男人让步的乐趣,尝到宠爱他的乐趣。保罗看看她。

"好吧,"他说着坐在秋千上,"当心!"

他一跳就离了地,过了一会儿就飞到空中,差点没飞出牛棚门口。这扇门的上半部是开着的,只见外面正下着濛濛细雨,院子肮脏不堪,牛群没精打采地靠着黑色的车棚,远处是那排绿灰色林带。她头戴绯红色的宽顶无檐帽,站在下面望着。他往下看她,她看见他那双蓝眼睛闪闪发光。

"荡秋千真是一大乐事。"他说。

"是啊。"

他在空中荡啊荡啊,全身凌空越过,活像一只高兴得飞扑过来的鸟儿。他往下看看她。那顶绯红的帽子扣在她的黑鬈发上,她朝他仰起美丽而热情的脸蛋,一动也不动,像是在沉思。牛棚里又黑又冷。突然那高高的屋顶上,有只燕子飞下来,冲出门外去了。

"我不知道还有一只鸟儿在看着我呢。"他叫道。

他懒懒散散地荡着秋千。她感觉得到他在空中一起一落,仿佛借着股什么势头似的。

"好了,我要死了。"他说,声音恍恍惚惚,超然物外,仿佛他就是那逐渐停止摆动的秋千。她看着他,看得入了迷。突然他停下,跳起身来。

"我荡了很长时间了,"他说,"不过荡秋千确实是一大乐事,真是一大乐事。"

米丽安看到他对荡秋千这么认真,而且这么热衷,觉得怪有趣的。

"不!你再来好了。"她说。

"咦,你不来一回吗?"他惊讶地问道。

"嗯,我不怎么想玩,我只来一会儿吧。"

他为她把口袋铺好,她坐下了。

"荡秋千真好玩,"他一面说着一面推她,"把你的脚后跟抬起来,不然就要撞在食槽沿上了。"

她感到他灵巧地正好及时抓住她,恰到好处地猛推了她一把。她不禁害怕起来。她心底泛起一股恐惧的热浪。她在他的手里了。接着,到时候他又不失时机地用力推一把。她紧紧抓住绳子,几乎晕过去。

"哈,"她害怕地笑着,"别再高了!"

"可是你荡得一点也不高呀。"他分辩说。

"可别再高了。"

他听出她嗓音里有几分害怕,就住手了。等他再一次又该来推她时,她的心几乎紧张得发痛。可他没有来推她,她这才开始喘过气来。

"你真的不愿荡得再高一些吗?"他问,"要我推你一直保持这么高吗?"

"不,让我自己来荡吧。"她回答说。

他走到一边,看着她。

"咦,你简直动也不动嘛。"他说。

她不好意思地笑笑,不一会儿就下来了。

"人家说要是会荡秋千,就不会晕船,"他说着又爬上秋千,"我不相信我会晕船。"

他又荡起秋千来了。在她看来,他身上有某种令人入迷之处。眼前他仿佛完全是一个正在凌空荡着的东西。他浑身上下没有一处不在飘荡。她从来不会这样入迷,她的兄弟也不会这样入迷。她心中不由升起一股热情。仿佛他是一团火焰,在空中荡来荡去的时候,点燃了她心中的热情。

保罗对这家人的亲密感情逐渐集中到三个人身上——母亲、埃德加和米丽安。对于母亲,他是去寻求同情和那股似乎能使他袒露胸臆的魅力。埃德加是他的密友。对于米丽安,他多少有点俯就她,因为她看来是那么卑微。

不过这姑娘逐渐喜欢找他做伴。要是他带来了他的写生簿,只有她看到最后一张画,对着画沉思的时间最长。随后才抬起头来看看他。突然她的黑眼睛变得亮晶晶,宛如一汪清水,在黑暗中闪出一道金光,她会问:

"我为什么这么喜欢这幅画?"

可是,她心里总有股力量,害怕自己流露出那种眩惑的亲密眼神。

他问:"那你到底为什么喜欢呢?"

"我不知道,它看上去像是真的。"

"这是因为——因为这张画里简直没有阴影,看上去很亮,仿佛我画出了树叶里的发亮的原生质,别的地方也都这么画,不是去画那僵硬的外形,那些对我来说是死的。只有发亮的才是真的生命力。外形是没生命的空壳。发亮的才是真的精髓。"

她把小指头含在嘴里,默默思索着这些话。这些话再次给了她生命的感觉,使好多在她看来没什么意思的东西变得栩栩如生。她好不容易才多少理解了他那些深奥而不易讲清楚的话。而正是借助于这些话,她才清楚地领悟了她所心爱的许多事物。

又有一天,黄昏时他在画西下夕照里的几棵松树,她在旁边坐着。他一直没说话。

"你瞧!"他突然说,"我就要那个。嗨,你看看这幅画,再告诉我,这些是松树干还是黑暗中火堆里竖着的红煤块?上帝为你点燃了灌木林,烧也烧不光。"

米丽安朝画上一看,不由吓了一跳。不过这些松树干在她看来的确妙不可言,而且风格独特。他收拾好画箱,站了起来。突然,他看看她。

"你干吗老是伤心啊?"他问她。

"伤心!"她惊叫起来,那双受惊的、奇妙的棕色眼睛抬起来望着他。

"是啊,"他回答说,"你总是一副伤心的样子。"

"我没伤心——哦,一点也不伤心。"她叫道。

"即使你高兴,也只是伤心之余一时的热情,"他坚持说,"你从来没高兴过,甚至连好脸色也没有过。"

"不,"她想了一下,"我也不知道——为什么。"

"就因为你不高兴,因为你的内心与众不同,像棵松树,你突然一下子燃烧起来。不过你并不光像一棵普通的树,长着摇曳不定的叶子,兴高采烈的……"

他变得语无伦次了。不过她倒默默思索起来,他有一种奇怪的激动的情绪,仿佛他这些感想是刚产生的。她顿时变得跟他如此亲近。这真是一种希奇的兴奋剂。

可是有的时候他又恨她。她的小弟弟只有五岁,是一个身体虚弱的孩子,那张虚弱而又秀气的脸上长着偌大一对棕色眼睛——就像雷诺兹①画的《天使的唱诗班》里的人物,有几分淘气。米丽安常跪在这孩子跟前,把他拉到她身边。

"嗳,我的休伯特,"她声音低沉而充满深情地叫他,"嗳,我的休伯特!"

她把他抱在怀里,怜爱地把他轻轻摇来摇去,她稍稍抬起脸蛋,眼睛半开半闭,声音热情洋溢。

"别!"孩子不舒服地说,"别,米丽安!"

"是啊,你爱我的,对吗?"她喉咙里喃喃地说,几乎神志恍惚似的,晃动着身子,好像爱得如醉如痴,神魂颠倒。

"别!"那孩子又喊了,清秀的眉毛也皱起来了。

"你爱我不爱?"她喃喃说。

---

① 乔舒亚·雷诺兹爵士(1723—1792):英国画家,以肖像画著称,一生中绘有两千幅肖像画及历史题材画。作品色彩丰富,人物形神逼真。

"你这么小题大做干什么呀?"保罗看见她这种狂热的感情,忍不住大声说,"你干吗不能平平常常地对待他?"

她放了孩子,站起身来,一声不吭。她的过分热烈使任何感情都不能保持在正常状态,小伙子对此感到很冒火。像这样无缘无故流露出来的可怕而率直的亲近真叫他感到震惊。他习惯于他母亲的那种稳重。碰到眼前这种场合,他不由全心全意地感到自己能有这么一位明智而健全的母亲真要谢天谢地。

米丽安身上最有活力的要算是她的眼睛。这对眼睛往往黑得像座黑沉沉的教堂,不过也可以亮得仿佛喷出熊熊烈火。她的脸倒总是一副沉思的样子,难得有什么变化。她很像是当年跟玛利亚一起去静观耶稣去世的女人之一。① 她的身体并不柔软也不灵活。走路时摇摇摆摆,相当笨重,脑袋往前低着,默默沉思。她倒不是笨手笨脚,然而她每一个动作都不像样。她擦碟子的时候,常常站在那儿发愣和犯愁,因为她把茶杯或者酒杯擦成两片了。她似乎由于害怕和自我怀疑,使劲过猛。她没有松松散散,也没有大大咧咧。一切都抓得死紧,而她的努力,由于过分紧张,往往只起了反作用。

她难得改变自己那种摇摇摆摆,只顾埋着头,冲着身子的走路姿势,偶尔她会跟保罗在田野里奔跑,那时她眼睛就炯炯发亮,露出一种狂喜的神情,使他大吃一惊。不过具体说来她是很害怕的,如果她要跨过一级踏级,就不免有点苦恼,紧紧抓住他的手,心慌意乱。而且他即使劝她从一点也不高的地

---

① 典出《圣经·马太福音》第二十八章,据说耶稣被钉死的时候,有许多妇女在那里远远地观看。……内中有抹大拉的玛利亚,又有雅各和约西的母亲玛利亚……

方跳下来,她也不肯。她会眼睛睁得大大的,心怦怦乱跳,窘相毕露。

"不,"她叫着,心里害怕,脸上似笑非笑的,"不!"

有一次,他一面说:"你跳啊!"一面使劲把她向前一推,带着她从栅栏上跳了下来。她惊恐得拼命大叫了一声"啊!"似乎眼看就要晕了过去,他听了真好像当头挨了一棒。可结果她双脚安然落了地,而且从此在这方面有了勇气。

她对自己的命运非常不满意。

保罗惊讶地问她:"你不喜欢待在家里吗?"

"谁愿意啊?"她低声激动地答道,"有什么意思?我整天打扫,几个哥儿不消五分钟就搞得乱七八糟。我不要待在家里。"

"那么你要什么呢?"

"我要做点事。我要跟别人一样有个机会。凭什么我就该待在家里,不准出去做事?就因为我是个姑娘吗?我有什么机会呢?"

"什么机会?"

"了解情况——学点知识,干点事情的机会呗。这真不公平,就因为我是个女人。"

她看上去好像非常伤心。保罗觉得很奇怪。在他自己的家里,安妮就喜欢做个姑娘。她没有那么多责任心,她的事情也比较轻松。她从来没想过不做姑娘。可是米丽安几乎拼命希望自己是个男人。然而她同时又痛恨男人。

"可是做个女人和做个男人是一样的呀。"他皱着眉说。

"哈,是吗!可什么都归了男人。"

"我认为女人应该乐意做女人,男人也应该乐意做男人。"他回答说。

"不!"她摇摇头,"不,什么都让男人给占去了。"

"可你要什么呢?"

"我要学习。为什么我就该什么也不懂呢?"

"什么!就像数学和法语吗?"

"我为什么不该懂数学?该懂!"她大声嚷嚷,眼睛睁得偌大,流露出不服气的神情。

"好吧,我懂多少,你可以学多少,"他说,"要是你愿意,我来教你好了。"

她眼睛睁大了。因为他当老师她信不过。

"你愿意学吗?"他问。

她低下了头,沉思地吮着手指头。

"愿意。"她犹疑地说。

他常把这些事都讲给母亲听。

"我要去教米丽安代数了。"他说。

"好吧,"莫雷尔太太说,"我希望她学了代数会长胖些。"

他星期一傍晚到农场去的时候,天色快黑了。他进去正碰上米丽安在打扫厨房,跪在炉边。他们一家都出去了,只有她一人在家。她回头看看他,脸红了,黑眼睛亮晶晶的,一头秀发披散在脸上。

"你好!"她说话时声音温柔动听,"我知道是你来了。"

"怎么知道的?"

"我听得出你的脚步声。别人的脚步没那么快,那么有力。"

他吁了口气,坐下了。

"现在就学代数好吗?"他从口袋里抽出一本小册子,

217

问道。

"可是……"

他感到她逐渐后退了。

"你说过你要学呀。"他盯着不放说。

"今晚就学?"她支支吾吾说。

"我可是特地来的。如果你要学代数,你就该开始了。"

她把炉灰倒进畚箕,看着他,有点胆怯地笑了。

"是啊,可是今晚就学,你瞧,我想都没想到呢。"

"得了,哎呀,把脏土倒了就来吧。"

他走到后院,坐在石凳上,凳上放着一只只大牛奶罐,歪倒着放在那里晾着。男人都在牛棚里,他听得见牛奶喷进桶里那种轻轻的单调的声音。不一会儿她来了,拿着几个青皮大苹果。

"要知道你喜欢吃这个。"她说。

他咬了一口。

"坐下。"他满嘴含着苹果说。

她是近视眼,老越过他的肩头费劲地盯着书。他生气了,赶紧把书递给她。

"瞧,"他说,"代数就是用字母代替数字,你写个 a,代替 2 或 6。"

他们上课了。他讲解着,她低头看着书。他急匆匆地讲着。她却从来不应声。偶尔,他问她:"你懂吗?"她才抬头看看他,眼睛睁得大大的,由于心里害怕,脸上似笑非笑。"你懂不懂啊?"他叫道。

他教得太快了。不过她什么也不说。他问她的次数一多,不由动了肝火。看见她坐在这儿,可以说是受他摆布吧,张着嘴,睁大眼睛,露出害怕的笑容,又是抱歉,又是害羞,他真是火冒三丈。凑巧这时埃德加提着两桶牛奶走过来。

"嗨,"他说,"你们在干什么?"

"代数。"保罗回答说。

"代数?"埃德加好奇地学他说了一句,说罢哈哈一笑就走过去了。保罗咬了一口刚才忘记吃的苹果,看看园里那些遭殃的卷心菜,被鸡啄得像花边似的,想去把这些菜拔掉。他朝米丽安看了一眼。她正仔细看着那本书,像是全神贯注的样子,然而身子却直打哆嗦,生怕自己听不懂。这副模样真叫他生气。她脸色红润,长得很美,然而她的内心似乎拼命在祈求什么。她合上那本代数书,知道他在生气,不由畏缩了。与此同时,他看出她伤了自尊心,因为她听不懂,他态度变得温柔了。

但是讲课进度很慢。每当她战战兢兢竭力想要领会课程,显出一副诚惶诚恐的样子时,他看了就冒火。他对她大发雷霆,接着感到不好意思了,又接着上课,然后教着教着又发火了,又骂她。她只是默默听着。偶尔,她也难得地辩解几句。那双水汪汪的黑眼睛对他直冒火星。

"你没给我时间好好学。"她说。

"好吧。"他把书扔在桌上答道,自己点起一支香烟。过了一会儿,他又后悔地回到她身边。就这样继续上课。他总是一会儿大发雷霆,一会儿特别温柔。

"你上课时干吗战战兢兢,魂不附体啊?"他大声叫道,"你学代数又不是用你的魂儿来学。你就不能用清醒的头脑来看看书吗?"

他再回到厨房去的时候,莱佛斯太太常常责备地看着他说：

"保罗，别对米丽安那么严格。尽管她学不快，不过我肯定她是用功的。"

"我没办法，"他有点可怜巴巴地说，"我总是这么不由自主发作起来。"

后来，他问那姑娘说："米丽安，你没生我气吧？"

"没有，"她那深沉动听的语调使他放心了，"没有，我没生气。"

"别生我气啊，是我不好。"

可是，他不知不觉又开始对她发火了。这真是件怪事，谁也没惹他发过这么大的脾气。他会突然对她火冒三丈。有一回，他竟把铅笔扔在她脸上。接着大家默不作声。她把脸稍微扭到一边。

"我不是……"他开始说，可是说不下去，只觉得浑身上下都没力气了。她从来没责备过他，也没生他的气。他常常感到非常不好意思。可是他的怒火还是一次次爆发，就像一只气泡压得重就崩。而且他一看见她那渴望、沉默、茫茫然的脸时，他仍然感到忍不住要把铅笔扔在她脸上。他看见她的手直打哆嗦，痛苦得张开嘴巴那副样子，他还是为她感到痛心。同时由于她唤起了他的激情，他渴求着她。

此后，他常常避开她，跟埃德加出去。米丽安和她哥哥是天生的对头。埃德加是一个讲究理性的人，他生来好奇，对生活有一种科学的兴趣。米丽安看见保罗为了埃德加而冷落她，感到非常伤心，在她看来埃德加似乎低下得多。可是保罗跟她大哥在一起，居然非常快乐。两人一起在田里消磨几个下午，碰到下雨天，就在草料棚里干木匠活。他们还在一起聊天,有时保罗把自己在钢琴边跟安妮学唱的歌教给埃德加。男人在一起,经常就土地国有化和类似的问题争论得很激烈,莱佛斯先生也不例外。保罗早已听到他母亲在这方面的见解,就把这些见解当成自己的见解,为她而辩论。米丽安也来凑热闹,不过她老是等待着,等着争论结束,才能只剩他们俩自己谈谈。

"说到头来,"她心里说,"要是土地国有化了,埃德加、保罗和我也还是一个样。"因此她等待着保罗回到她身边来。

当时他正在学画画,晚上,他喜欢坐在家里,单独和母亲在一起,画啊画啊。她不是做针线活就是看书。画着画着,他抬起头来,目光落在母亲脸上,只见那张脸容光焕发,热情洋溢。看了一会儿,再高高兴兴地画他的画。

他说:"妈妈,有你坐在这儿的摇椅上,我就能画出我最好的作品来。"

"真的!"她叫着,还假装怀疑地嗤之以鼻。不过她感觉得到这话是真的,她的心高兴得颤抖了。她做针线活或者看书的时候,一连几个小时坐着纹丝不动,隐隐意识到他在旁边工作。他呢,满腔热情地挥动着画笔,感觉得到她的热情在他身上化成了力量。娘儿俩都很快乐,可两个人都没意识到这一点。他们几乎忽略了这一段时间是多么有意义,这才是真正的生活。

只有受到激励的时候,他才意识到这些。一幅素描完成了,他往往要拿去给米丽安看。在那儿受到激励,他才对自己无意中作的画加深了认识。和米丽安的接触,使他增强了洞察力,他对事物领悟得更深了。从母亲身上,他汲取了生活的热情,创作的力量。米丽安把这种热情激励成为白热化的激情。

他回到工厂去上班时,工作条件已经改善。每星期三下午,他有半天休息,可以上美术学校——由乔丹小姐资助——傍晚回来。后来工厂每逢星期四和星期五又由八点下班改为六点下班。

夏天,一天傍晚,米丽安和他从图书馆回家去,穿过赫罗德农场的地。从这儿到威利农场只有三英里路。田里收割的干草发出一片黄里透红的光,栗色的顶部已经变成了深红色。他们在高地上向前走时,西方一片金色逐渐消退,转为红色,红色又转化为深红色,再后来就悄悄升起一片阴森森的蓝色,与那片黄里透红的光形成对比。

他们走上往阿弗雷顿去的公路,在黑沉沉的田野中,这条泛白的公路蜿蜒向前。走到这儿,保罗犹疑了一下。这儿到他的家还有两英里,往前走一英里就是米丽安的家。他们不约而同都眺望着西北方天际晚霞下这条在阴影中绵延远去的公路。小山顶上是席尔贝矿井,那儿有几所荒凉的房子,天边看得见矿井的吊车竖立着的黑影。

他看看表。

"九点钟了。"他说。

这一对紧紧挟着几本书站着,不愿意分手。

"这早晚的树林可爱极了,"她说,"我想请你去看看。"

他慢吞吞跟着她穿过公路,走向那扇白色的大门。

"要是我回去晚了,他们会埋怨我的。"他说。

"可你又没干什么坏事。"她不耐烦地说。

他跟着她穿过暮色中那片刚被牲口啃过草儿的牧场。树林中凉意袭人,一股树叶的香味,忍冬的香味沁人心脾,一切都朦朦胧胧的。他俩默默走着。在这黑糊糊的树丛中,夜色奇妙地降临了。他环顾四周,期待着。

她是想指给他看她发现的一棵野玫瑰花。她知道这棵野玫瑰好看极了。然而,她总觉得如果他没看到过这棵野玫瑰,这花就没有铭刻在她心上。只有他才能使这棵玫瑰花变成她的,不朽的。她还感到不满足。

小路上已经有露珠了。老橡树林里有一层雾气正在升起,他一时摸不清那白茫茫的究竟是一片雾呢,还是在云朵中显得苍白无力的石竹花。

等他们走到松树林旁边,米丽安已经变得非常焦急和激动了。她的野玫瑰可能已经不在了。她可能找不到它了;她是多么想要找到它呀。她几乎迫不及待地盼望他站在花前的时候,自己跟他在一起。他们要在花前心心相印——要享受一种令她心醉神迷的、圣洁的境界。他在她身边默默走着。他俩挨得很近很近。她颤抖着,他谛听着,心里隐隐着急。

来到林边,他们看见面前的天空颜色宛如珍珠母,大地已经暮色苍茫。不知从哪儿飘来攀在松树林外层枝桠上的忍冬香味。

"在哪儿呀?"他问道。

"从中间那条路走下去就是。"她哆嗦着喃喃说。

他们刚走到小路拐弯处,她就站着不动了。她害怕地凝视着松树间的宽阔大路,有一阵子,她什么也分不清;愈来愈暗淡的光线使各种东西的颜色都模糊得看不出了。后来她才看见那棵野玫瑰。

"啊。"她叫了一声,赶紧走上前去。

这棵玫瑰静止不动。花树长得很高,枝叶蔓生。有刺的

223

花梗披挂在一棵山楂树上,长长的枝条密密层层垂在草地上,但见黑暗中到处开满像一大颗一大颗裂开的星星似的纯白色花朵。野玫瑰形成一团团象牙球,犹如满天星斗,在暗沉沉的簇叶、花梗、青草上闪烁发光。保罗和米丽安挨在一起,默默无言,站着观看。从容自若的玫瑰花的光一点一点地罩没了他们,似乎点亮了他们心灵的某个角落。暮色四合,宛如烟雾,但仍掩不住那些野玫瑰。

保罗看着米丽安的眼睛。她脸色苍白,带着惊叹的神情期待着。她嘴唇张开,黑眼睛坦率地盯着他。他的眼光似乎一直看到她心里。她的心儿颤抖了。这正是她所要的心心相印。他好像很苦恼地转过身去,又面对着那棵玫瑰花去了。

"看来这些花儿像蝴蝶一样会飞,会晃动。"他说。

她看着这些玫瑰花。花儿是白色的,有些花是卷曲的,显得那么圣洁,还有些花却欣喜若狂地竞相怒放。这棵野玫瑰树黑得像个影子。她一时冲动,对着花儿举起了手,不胜仰慕地走上前去抚摸这些花儿。

"咱们走吧。"他说。

这些象牙色的玫瑰有一股冷香——一种雪白、纯洁的香味。不知怎的,竟使他感到焦急和束缚。两人默默地走着。

"星期天见。"他从容地说了一句,就离开了她。她慢慢走回家去,深深沉浸在圣洁的夜色中,感到心满意足。他在小路上磕磕绊绊地走着。一走出树林,来到那开阔的草地,他就能呼吸自如了。他撒腿飞奔,浑身热血沸腾,感到痛快极了。

每当他和米丽安一起出去,总是很晚才回来,他知道母亲为这事烦恼,生他的气——可为什么呢,他不明白。他一走进家门,扔下帽子,母亲就抬眼看着钟。她一直坐在那儿想心事,因为眼睛不好,她连书也不大看。她感觉得到保罗给这个姑娘拉走了,再说她也不喜欢米丽安。"她那种人一定要把男人的魂儿都勾得一点不剩,"她暗自说;"而他竟听凭自己被她勾引过去,真是个傻瓜。她永远不会让他成为一个男子汉大丈夫;永远也不会。"因此他跟米丽安出去的时候,莫雷尔太太心里就越来越上火了。

她看了一下钟,相当疲劳地冷冷地说,"你今晚走得可够远的了。"

他跟那个姑娘来往以后,心里本来热情洋溢,毫无掩饰,现在却一下子畏缩了。

"你一定是一直把她送回家去了。"母亲说。

他不回答。莫雷尔太太赶紧看了他一眼。只见他正气恼地皱着眉头,刚才因为匆忙,连额上的头发也汗湿了。

"她一定迷人极了,叫你离不开她,天这么晚了,还硬要走八英里路。"

他一面想到刚才跟米丽安在一起的魅力,一面知道他母亲感到烦恼,弄得左右为难。他本想什么也不说,不回答母亲的问话。可他又硬不起心肠不理她。

"我就是喜欢跟她谈谈。"他烦躁地回答。

"就没有别人能跟你谈谈吗?"

"我要是跟埃德加一起出去,你就什么话也不会说了。"

"你知道我还是要说的。你知道,无论你跟谁一起出去,我都要说。从诺丁汉回来,天这么晚,你一路走来未免太远了。再说,"——她声音突然露出愤怒与轻蔑——"这么丁点儿小的姑娘和小子就谈婚事,真叫人恶心。"

"不是求婚。"他大声说。

"我不知道你还能管它叫什么。"

"真不是!你当我们在动手动脚,干什么事吗?我们只不过谈谈罢了。"

"只有老天才知道谈了多久,扯得多远。"传来了这么一句挖苦的回答。

保罗气得把鞋带也拉断了。

"你发这么大火干吗?"他问,"就因为你不喜欢她?"

"我没说我不喜欢她。不过我不赞成小孩子之间这么亲热,我永远也不赞成。"

"可是咱们家安妮跟吉姆·英格出去,你就不管。"

"他们比你们俩懂事得多。"

"为什么?"

"咱们家安妮不是那种叫人莫测高深的人。"

他不懂这句评语是什么意思。不过母亲看来很疲劳了。威廉死后,她身体一直不太好。而且眼睛也痛。

"好吧,"他说,"乡下的风景真美。斯利思先生问起你。他说他惦着你呢。这下子你觉得好点了吧。"

"我早就该上床去了。"她回答说。

"咦,妈妈,你明明知道十点一刻以前自己决不会上床的。"

"哦,不,我该去睡了。"

"哦,小妈妈,你是跟我闹别扭,所以才想怎么说就怎么说的,对么?"

他吻了吻她的额头,那是他十分熟悉的:眉宇之间深深的皱纹,一头耸起的柔发,发梢如今已经发白了,还有那梳得挺有气派的鬓角。他吻了她以后,手还在她肩上搁了一会儿。然后他才慢慢走开,去上床睡觉。他已经忘了米丽安;他仿佛只看见母亲的头发从温暖、宽阔的额头向后梳去。而且不知为什么,她伤心了。

下一回他跟米丽安见面的时候,他对她说:

"今晚别让我回去迟了——不能超过十点钟。我妈不放心了。"

米丽安低头沉思。

"她干吗不放心?"她问。

"因为她说我要起早,不应该在外面待得这么晚。"

"好吧。"米丽安相当沉着地说,只听得出话音里稍带一丝嘲笑的味儿。

他觉得很不是滋味。因此他又经常晚回去了。

要说他和米丽安之间滋长了爱情,他们俩都不会承认。他认为自己为人老成持重,不致如此多情,她却认为自己高傲过人。他们俩都成熟得很晚,而且心理方面比肉体方面还要晚熟得多。米丽安像她母亲一贯为人一样,非常小心眼儿。稍有粗俗的言语,她就会苦恼得退避不迭。她的兄弟们都是粗汉,但说话从来不用粗俗的词句。男人家要讨论庄稼的事情都在外面。不过也许由于家家农场都不断碰到牲口下崽的事,米丽安对这类事情更加敏感,她纯朴得哪怕听到人家稍微暗示一下两性关系都会感到十分厌恶。保罗跟她采取同样的态度;他们之间的亲密关系完全是一种纯洁的关系。连母马怀孕的话都从来不能提。

他十九岁那年,每周只能挣二十个先令,不过他很快乐。因为他的绘画大有进步,生活也过得不错。耶稣受难日①那

---

① 耶稣受难日:复活节前的星期五。

天,他组织了一次到铁杉石去的远足。有三个和他同年的小伙子参加,还有安妮和阿瑟,米丽安和杰弗里。阿瑟那时在诺丁汉学着当电工,回家来度假。莫雷尔还像往常一样,一早就起床,在院子里吹着口哨锯木头。七点钟,家里人听见他在买三便士一个的十字霜糖面包①;他兴致勃勃地跟那个送面包来的小女孩说话,叫她"小宝贝"。他还把好几个来兜卖甜面包的男孩打发走了,告诉他们说这买卖已经给小丫头夺走了。这时莫雷尔太太才起床,一家人纷纷走下楼来。不是礼拜天,过了通常该起身的时候还赖在床上,这对大家来说都是莫大的享受。保罗和阿瑟早餐前看看书,不梳洗,单单穿着衬衫就坐下吃饭。这又是过节日的一大乐事。屋子里很暖和,一切都无忧无虑。家里有一种富足的感觉。

小伙子看书的时候,莫雷尔太太走进花园里去了。他们现在住在另一所房子里,这是一幢老房子,离斯卡吉尔街他们原来的家很近,威廉死后不久,他们就搬到这儿来了。不久,花园里传来一声激动的叫声:"保罗,保罗!来看哪!"

这是他母亲的声音。他扔下书就往外走。屋前有一个长长的花园通向一片田野。那天天气阴冷,德比郡那边吹来了凛冽的寒风。只隔着两块田以外就是贝斯伍德地区,那边房屋鳞次栉比,红墙比比皆是。其中还耸起了教堂的尖塔,和公理会礼拜堂的尖顶。再往后就是树林和小山,一直通向淡灰色的潘宁山脉的高峰。保罗往花园里望去,寻找母亲。只见她在红醋栗小树丛中露出头来。

~~~~~~~~~~

① 十字霜糖面包:一种在基督教四旬斋(复活节前四十天)前后常吃的小甜面包,上面有用糖汁浇出的十字形图案。

"到这儿来!"她叫道。

"干吗呀?"他回答。

"来瞧瞧。"

她一直在看红醋栗树上的骨朵。保罗走了过去。

"想想看,"她说,"我还以为在这儿永不会见到这些花的哩!"

儿子走到她身边。栅栏下面,有一块小小的花坛,里面长着一些乱蓬蓬像青草似的叶子,有如发育不良的球茎上长出来的一样,开了三朵奇形怪状的花。莫雷尔太太指着那些深蓝的花。

"来,你看看那个!"她惊叫着说,"我正在看红醋栗,这时我心里想,'那边有什么东西很蓝很蓝;难道是一个蜂巢吗?'就在那儿,你看呀! 蜂巢! 三朵雪里青,多美啊! 不过这些花儿到底从哪儿来的呢?"

"我不知道。"保罗说。

"好吧,这可真是个奇迹! 我还以为这花园里的一草一木我都认识哩。可这些花儿长得多妙呀! 你瞧,那棵醋栗树刚好掩护着这些花,没碰着它,也没伤着它。"

他蹲下来,把钟状的小蓝花翻过来。

"这花的颜色多美啊!"他说。

"可不是吗!"她叫道,"我猜这种花是从瑞士传来的,据说他们那儿就有这么好看的东西。想想看,这花竟开在雪地里! 不过它是哪儿来的呢? 总不见得是吹来的吧?"

这时他才想起,他在这儿插过很多修剪下来的断枝,任其生长。

"你从来没告诉过我。"她说。

"对,我想随它去,到开花时再说。"

"嗜,你瞧,我差点错过了。我这辈子花园里还从来没种过雪里青呢。"

她非常激动,得意扬扬。有一个庭园对她来说真是其乐无穷。保罗为她感到高兴,他们总算住进有一长块庭园的住宅了,庭园还可以直通田野。每天早上吃了早饭,她都要出去,快快活活地在庭园里遛遛。的确,她对庭园里的一草一木都很熟悉。

家里每个人都参加这次远足,食品都装好了,他们就动身了。大伙儿都欢天喜地。他们在水车沟堤上扑出身子去,从沟这边扔下一张纸,看着纸片给水冲到对面。他们站在游艇码头车站的人行桥上,看着铁轨闪着寒光。

"可惜你们没看到六点半那班飞快车!"伦纳德说,他爸爸是铁路上的信号员。"好家伙,那车轰隆隆真响啊!"这一伙人抬眼看看这条铁路,一头通向伦敦,另一头通向苏格兰,他们隐隐感觉到这两个奇妙的地方的存在。

在伊尔克斯顿,成群的矿工正在等待酒店开门。这个小镇是个懒懒散散,混日子的地方。到了斯丹顿门,只见铸铁厂炉火熊熊。他们对所见所闻都展开热烈的讨论。到了特罗威尔,他们又穿过德比郡返回诺丁汉郡。午饭时分,他们来到铁杉石。这儿的田野上挤满了诺丁汉和伊尔克斯顿来的人们。

他们原以为这儿会有一个历史悠久,名闻天下的古迹。结果只发现了一小块盘根错节的石墩,样子有点像枯烂的蘑菇,可怜巴巴地崛起在田野一边。伦纳德和迪克连忙动手把他们名字的缩写"L. W."和"R. P."刻在那古老的红砂石上;不过保罗打消了这个念头,因为他看见报上对刻字留名的人大肆挖苦,说他们找不到其他流芳百世的路了。后来所有的小伙子都爬到岩石顶部去眺望风景。

下面的田野里,到处都是工厂来的男女青年在吃午饭,或是嬉戏。那边是一个古老庄园的花园。草地四周有水松树篱和密密的树丛,还有一个个种着金黄色番红花的花坛。

"瞧!"保罗对米丽安说,"这花园多安静!"

她看看那黑压压的水松和金黄的番红花,又感激地看看他。跟这么多人在一起,他似乎不属于她了;他跟平时不一样,不是她的保罗,那个能理解她心灵深处最轻微的震颤的保罗,而是某个说着跟她完全不同的另外一种语言的人。她感到多么伤心,连知觉也麻木了。只有他马上回到她身边来,撇下她想象中另一个他,比较渺小的他,她才会感觉自己又活了过来。果然,如今他又渴望跟她接触了,因此叫她去看看这个花园。她正看厌了田野的景色,就转过身来看着这片宁静的草地,只见四周环绕着密匝匝的番红花束,一股静寂感油然而生,她几乎感到心醉神迷,仿佛他们俩是单独待在这个花园里一样。

随后他又撇下她,跟别人一起走了。不久他们就动身回家去。米丽安一个人慢慢走在后面。她跟别人合不来,跟任何人都极少交往。她的朋友、伙伴、情人就是大自然。她看着太阳暗淡无光地落山。在阴暗、寒冷的排排树篱中有几片红叶。她在树篱边徘徊,温柔而热情地采集红叶。她指尖爱抚着树叶,借着树叶焕发心中的热情。

突然她意识到自己一个人走在一条陌生的路上,就赶紧向前走去。走到这条小巷的拐角,她遇上了保罗,只见他弯着腰,正全神贯注在做什么事,态度又镇静又耐心,只是有点灰心绝望的样子。她犹疑不决地向他走去,看着他。

他待在路中央,全神贯注地不知做什么。远处苍茫的暮色还留下一抹金光,把他衬托得像个黑色浮雕。她看着他,身子虽然瘦弱,却很结实。就像夕阳把他给了她。她感到心猛地抽紧了,她意识到自己一定得爱他,她发现了他,发现他身上有一种少有的潜力,发现了他的孤独。她像是"天使报喜节"①听到圣灵降生的消息一样,战战兢兢,慢慢朝前走去。

他终于抬起头来。

"咦,"他感激地叫道,"你是在等我吧?"

她看见他眼睛里有一片阴影。

"怎么回事?"她问他。

"这儿的弹簧断了。"他给她看看他那把伞损坏的地方。

她立刻带着几分惭愧地意识到,这伞不是他自己弄坏的,得由杰弗里负责。

"这只不过是把旧伞吧?"她问。

她觉得纳闷,为什么他平常并不计较琐碎事情,这会儿竟小题大做起来。

"可这是威廉的伞,而且也没法瞒过我妈。"他平静地说着,仍旧耐心地修着那把伞。

这句话像把利刃刺中了米丽安的心。这下子可证实了方才她对他的想象。她看着他,可他的态度有几分冷淡,她不敢安慰他,甚至不敢温柔地跟他说话。

"走吧,"他说,"我修不了这把伞。"他们默默上路了。

---

① 天使报喜节在三月二十五日,相传为天使加百列向圣母玛利亚预告她将生耶稣的喜讯。

就在那天晚上,他们漫步在尼德·格林草地旁的树下。他像是在拼命要说服自己似的,对她焦急地说:

"你知道,"他好不容易才说出口,"如果一个人产生了爱了,对方也会这样的。"

"啊!"她回答说,"这话正像我小时候妈妈对我说的一样,'爱情滋生爱情'。"

"是啊,差不多是这个意思。我想这一定是对的。"

"但愿如此,否则的话,爱情就会是一件非常可怕的事了。"她说。

"是啊,至少对大多数人来说是这样的。"他说。

米丽安以为他这话是在自我宽慰,她心里也感到踏实了。她常常把自己在小道上突然遇见保罗看作是一种天机。这次谈话就像法律条文一样牢牢铭刻在她脑海里。

如今她跟他意见一致,并且全力支持他。在这段时间里,他在威利农场曾经傲慢无礼地伤害了这家人的感情,可她忠于他,相信他是对的。就在这段时间,她多次梦见他,梦中的形象栩栩如生,令人难忘。这些梦境后来还一再重现,发展到一个更微妙的心理活动的阶段。

复活节的星期一,上次远足的原班人马又到温菲尔德庄园去做一次游览。对米丽安来说,跟欢度公假日的人群挤在一起,到塞斯利桥乘火车真是一件令人兴奋的大事。他们在阿弗雷顿下车。保罗对这儿的街道和带着狗的矿工很感兴趣。这儿的矿工和老派的矿工不同。米丽安却直到到了教堂,才高兴起来。他们进去时都有点胆怯,生怕拿着装满食品的挎包会被人家赶出来。伦纳德是个爱说笑的瘦子,走在头里;宁死也不愿被人赶出来的保罗走在最后。教堂为了迎接复活节已经装饰一新。圣水器里似乎长出了上百朵白水仙花。光线透过窗玻璃射进来,显得暗淡而带点彩色,一股淡淡的百合和水仙的香味沁人心脾。在这种气氛里米丽安才兴高采烈起来。保罗却生怕做了他不该做的事,他对这儿引起的感受很敏感。米丽安转身对着他,他也作出了反应。他们待在一起了。他不愿挤到领圣餐栏杆前面去。她就爱他那样。在他身边,她心花怒放地做起祈祷来。他感觉到了这个幽暗、虔诚的教堂那种奇特的魅力。他原来就潜在的醉心于神秘幻想的天性又蠢蠢欲动起来。她被他吸引了,他跟她一起做着祷告。

米丽安很少跟其他小伙子说话,他们跟她说话也会马上变得窘迫不堪,因此她往往沉默寡言。

等他们爬上通往庄园的陡峭小山路时,已过晌午。阳光暖和极了,生气勃勃,周围的一切在阳光照耀下都显得那么柔和。白屈菜和紫罗兰都开花了。大家都兴高采烈。城堡墙壁的那种柔和而富于意境的浅灰,墙上常春藤的碧绿,古迹附近的一切都带有的那种典雅,真是美极了。

庄园是用坚固的淡灰色石块建造的,外面的墙壁单调而宁静。那些年纪轻些的兴致勃勃。走进去的时候战战兢兢,生怕享受不到考察这个古迹的乐趣。在第一进庭院中,高高的断墙残垣里,扔着几辆农场的运货马车,车辕弃置在地上,轮胎上长满了金红的锈斑。周围一片寂静。

大家急切地各付了六便士,胆怯地穿过一个漂亮完整的拱门进入里面的庭院。他们心里都有点害怕,这块铺着碎石子的地方,过去是门厅,有一棵带刺的老树正在发芽。周围的阴影里有各种奇特的空地和破屋。

吃完午饭,他们再度出发去探索这个古迹。这一回,连姑娘们也跟小伙子一起去了,因为小伙子可以做向导和解说员。庄园一角有一座快要倒塌的高塔,据说苏格兰的玛丽女王①曾经被囚禁在里面。

米丽安爬上那空荡荡的楼梯时,低声说:"想想看,女王也到上面来过呢。"

"不知她是不是上得来,"保罗说,"因为她有很厉害的风湿病。我猜想他们一定虐待她。"

"你看她不是罪有应得吗?"米丽安问。

"不,我不这么看。她只是太活跃了。"

他们继续攀登那螺旋楼梯。一阵大风从窗眼里吹进来,一直冲上塔尖,吹得姑娘的裙子像气球似的鼓了起来,她为此感到很不好意思,直到后来他拉着她裙子褶边,替她把裙子拉下来才算没事。而且他的神情非常自然,就像替她拾起手套一样。这事她始终不能忘怀。

常春藤环绕着残破的塔顶长得密密层层,显得十分古雅。此外还有几支桂竹香,那苍白无力的花骨朵显得冷冰冰的,寒意逼人。米丽安想探身摘一些常春藤,可是保罗不让她摘。反而要她站在他背后等着,让他摘下一枝枝常春藤,摆出十足的骑士气派,一枝枝递给她,她才接过来。高塔似乎在风声中飘摇。他们望出去,只见田野一望无际,树木繁茂,还有草地闪现。

庄园的地下墓穴非常壮观,保存得也很好。保罗在这儿

---

① 指玛丽·斯图亚特(1542—1587),苏格兰女王,后被伊丽莎白一世斩首。

画了幅画,米丽安待在他身边陪着他。她在想象苏格兰的玛丽女王睁着紧张而绝望的眼睛,眺望着小山那边有没有援兵来,眼神里怎么也不能理解这种不幸;要不然,她就是坐在这个墓穴里,听着人家告诫她,要信奉那个就像她被囚禁的地方一样冷冰冰的上帝。

他们又高兴地出发了,回过头看看,那个整洁可爱的大庄园巍然屹立在小山上。

保罗对米丽安说,"如果你能拥有这个农庄就好了。"

"是啊!"

"到这儿来看看你多好哇!"

这会儿他们走在围着石墙的荒地上,他喜欢这个地方,这儿离家虽然只有十英里,对米丽安来说却似乎充满了异国情调。这伙人如今步伐零零落落。他们穿过一大片背阴的草坡,走上一条洒满着无数细小的光斑的小径,保罗和米丽安肩并肩走着,手指勾在米丽安拿着的提包带子上,她立刻感到安妮在后面,妒忌地虎视眈眈。不过这儿的草地沐浴在阳光下面,小路就像镶嵌着宝石一样,他也不必对她多作什么表示。她的手指紧紧抓住提包带子,动也不动,他的手指就那么挨着,这地方一片金光,有如在梦境里一样。

最后他们来到克里奇村,这个村子地势高,住屋分散,色调暗淡。村子那边就是有名的克里奇看台,保罗在家时从庭园里就看得见这个看台,他们加快步子向前走去。下面就是一片辽阔的田野,小伙子们都急着要爬上山顶去。这座小山上面是个圆土墩,如今一半已经砍去了,山顶上有个古代的石碑,矮墩墩,很坚固,是古时候用来对山下远处诺丁汉郡和莱斯特郡的平地发信号的。

山上这么高的地方,没遮没盖,风特别大,要想安全,惟一的办法就是顺风紧贴高塔墙边,一动不动地站着。脚下就是悬崖,人们开采石灰石的地方。再往下就是一堆小山头和小村子——马特洛克村,安伯门村,斯托尼·米得尔顿村。小伙子们急于在远处左边,住屋鳞次栉比的农村里找出贝斯伍德教堂,他们看见教堂好像坐落在一块平地上,都觉得扫兴。他们还看见德比郡的群山逐渐平缓下来,连接着一直向南延伸的单调的中部。

米丽安有点被大风吓住了,不过小伙子们都很快活。他们一直走啊走啊,走到沃特斯丹德威尔。带来的食品统统吃完了,大家都饿了,回家的路费也寥寥无几了。不过他们总算想法买了一只面包和一只葡萄干面包,用小折刀切成一块块,坐在桥边的墙上一面吃,一面看着欢快的德温特河奔腾而过,看着马特洛克来的马车停在小酒店门前。

这会儿保罗已经累得脸色苍白,他为这伙人操心了一天,弄得精疲力竭。米丽安了解他,一直紧紧跟着他,他也让她照顾自己。

他们在安伯门车站要等一个钟头。火车来了,上面挤满要回到曼彻斯特、伯明翰、伦敦去的游客。

"或许咱们本来该上那儿去——人家很可能以为咱们真的曾跑得那么远哩。"保罗说。

他们回去时已经相当晚了。米丽安和杰弗里一起走回去,眼看月亮在朦胧中升起,显得又大又红。她感到心里有某种愿望已经满足了。

她有一个姐姐名叫阿加莎,是个教师。两姐妹长期不和。米丽安认为阿加莎太俗气。她很希望自己也能当个教师。

一个星期六下午,阿加莎和米丽安在楼上穿衣打扮。她们的卧室就在马厩上面。屋子很低,地方不大,也没有什么陈设。米丽安在墙上钉了一幅委罗内萨①的《圣·凯瑟琳》的复制品。她喜欢画中那个坐在窗台上梦想的女人。她自己的窗户太小了,没法坐。但前面的一扇窗爬满了忍冬花和蛇葡萄,望出去就是院子那头的橡树林的树顶,后面还有一扇小小的窗,不过一块手绢那么大,是卧室朝东的透气孔,由此可以看见周围圆溜溜的可爱小山的黎明景色。两姐妹之间不大说话。阿加莎长得漂亮娇小,性格果断。她反对家里的环境,反对那种"转过脸来让人打"的教导。如今她已经走上社会,大有希望独立生活了。因此她坚持看重那种世俗的标准,看重外表、举止、地位,这些都是米丽安竭力要加以藐视的。

两姐妹在保罗来的时候,都喜欢先待在楼上,暂时避开。她们情愿到时候奔下楼来,打开楼梯脚下的门,看见他正在眼巴巴地期待她们。米丽安站在那儿焦急地把他送给她的一串念珠往头上套。念珠在她头发上的细发网上绊住了,不过她终于把念珠戴好,那棕红色的木念珠衬托着她光洁的棕色脖子,显得很好看。她是一个发育良好的姑娘,十分俊俏。不过从挂在白粉墙上那面小镜子里,她一次只能看见自己的一小部分。阿加莎自己买了面小镜子,可以把镜子支起来称心如意地照自己。米丽安正靠近窗口,忽然听见熟悉的链条格啦啦响,她看见保罗推开大门,推着自行车进了院子。她看见他望望屋子,她就退到一边去了。他走路时一副若无其事的样

---

① 委罗内萨(1528—1588):意大利文艺复兴后期威尼斯画派重要画家之一。往往采用豪华、热闹的宴乐场景来处理宗教题材,作品充满欢乐的世俗情趣。

子,那辆自行车在他身旁走着,活像个生物。

"保罗来了!"她失声叫道。

阿加莎尖刻地说,"你不高兴吗?"

米丽安愣住了,手足无措。

"那么,你高兴吗?"她问。

"高兴,不过我可不会让他看出这一点,以为我在盼着他呢。"

米丽安吃了一惊。她听见他把自行车放在下面马厩里,跟那匹叫吉米的马说起话来,吉米原来在矿上干活,现在掉膘了。

"唷,吉米,好马儿,你好哇?总是那么病恹恹,垂头丧气的,是不?唉,这样可不像话,我的好马儿。"

保罗抚摸着马,马就昂起头来,她听得见缰绳抖动的声音。她多么喜欢趁他以为只有马才听得见他说话时偷偷听着。不过她的伊甸乐园里有一条蛇①,她真诚地反问自己,是不是在想保罗·莫雷尔。她觉得这好像总有点不正经似的,她充满复杂的心情,生怕自己真是在想他。她自觉有罪地呆站着,随后内心又突然感到羞愧难当,在苦恼的纠缠中,紧缩成一团。她到底想不想保罗·莫雷尔?他知道她在想他吗?这岂不叫她丢人现眼!她感到自己整个心灵都陷入重重羞辱之中。

阿加莎首先打扮好,跑下楼去。米丽安听见她放荡地招呼小伙子,一听就知道她用这种腔调说话时,那双灰眼睛变得

---

① 典出《圣经·创世记》第二、三章,上帝用地上的尘土造人,取名亚当,让他住在东方的伊甸园,并用那人身上的肋骨,造成一个女人,取名夏娃。伊甸园里有条蛇,引诱夏娃偷吃禁果,触犯上帝,被逐出乐园。

多么明亮。她要是也这么招呼他,一定会觉得自己太冒失了。然而她仍旧站在那儿,一心自我谴责不该想他,不断折磨自己。她不胜困惑,就此跪下祈祷着:

"哦,主啊,别让我爱上保罗·莫雷尔。如果我不应该爱上他,就别让我爱上他吧。"

祷告里有些异常的话引起了她自己的注意。她抬起头来,默默思索。我爱他有什么错呢?爱是天赋。然而爱又引起她的羞愧。这都是因为他,保罗·莫雷尔。可是这又不关他的事,这是她自己的事,是她本人和上帝之间的事。她要成为一个牺牲品。不过这是上帝的牺牲品,不是保罗·莫雷尔的,也不是她自己的。过了几分钟,她又把脸藏在枕头里说:

"可是,主啊,如果您的意愿是我应该爱他,就让我爱他吧——正如基督一样,他为拯救人类的灵魂而死。让我堂堂正正地爱他,因为他是您的儿子。"

她跪在那儿,一动也不动,待了好一阵子,感动得不得了,一头黑发紧紧贴在红方块和淡紫色小枝叶图案方块拼缀起来的被面上。祈祷对她来说几乎是必不可少的。祈祷后,她就进入自我牺牲的极乐境界,认为上帝作出牺牲,赐给芸芸众生的灵魂最大的幸福,而自己和上帝是一致的。

她下楼的时候,保罗正靠在一张扶手椅上,很热心地把一幅小小的画拿给阿加莎看,阿加莎正在嘲笑他。米丽安朝他俩看了一眼,回避了他们的轻浮举止,走到起居室去,一个人待着。

直到吃茶点的时候,她才能跟保罗说话,那时她态度非常冷淡,保罗还以为他得罪她了呢。

米丽安放弃了每星期四晚上到贝斯伍德图书馆去的惯

例。整个春天,她都经常去邀约保罗,根据他家里一连串小事和小小的侮辱来看,她觉察到他家对她的态度,于是决定再也不上他家去了。所以有天傍晚,她对保罗声明,今后星期四晚上她不再到他家去约他了。

"为什么?"他问话时态度十分简慢。

"没什么。我只不过觉得还是不来的好。"

"那好吧。"

"不过,"她欲言又止,"如果你愿意跟我约好在哪儿见面,我们还可以一起去。"

"在哪儿跟你见面?"

"随便什么地方——你喜欢哪儿就上哪儿。"

"我不想约你上任何地方见面。我不明白你为什么不继续来约我。不过既然你不来,我也不想来约你了。"

就这样,对他俩都十分宝贵的星期四晚上就这么中断来往了。他用工作来代替这种活动。莫雷尔太太对这种安排满意得鼻孔里直哼哼。

他不肯承认他们俩是情人。他们之间的亲密关系一直保持着十分超然的色彩,好像纯粹只是一种精神上的事,一种念头,一种力求保持清醒的斗争,因此在他看来,这只不过是一种柏拉图式的友谊。他坚决否认他们之间有任何其他关系。米丽安则保持着沉默,要不,就是默认。他真是个傻瓜,竟不知道自己到底是怎么回事;他们俩心照不宣地一致同意,不去理会亲友的议论和暗示。

"我们不是情人,我们是朋友。"他对她说,"我们心中有数。让人家去说好了,人家说什么有什么关系呢?"

有时,他们走在一起,她羞怯地伸手挽着他。可是她也知道,他总是对此不满。因为这引起他强烈的内心斗争。跟米丽安在一起,他总是处于极端超然的状态,把他那股自然的爱火转变成为一连串微妙的思绪。她也愿意他这样。如果他兴高采烈,像她说的变得忘乎所以起来,她就等待着,等他回到她身边,等他的心情又恢复原样。他拼命跟自己的心灵挣扎,皱着眉头,热切渴望得到谅解。在这种渴望得到谅解的热情中,她的心灵就跟他的贴在一起;她觉得他是完全属于她了。不过他首先得处于超然的状态才行。

正因为这样,要是她伸出胳臂挽着他,那就简直是叫他活受罪。他的意识似乎要分裂了。她挨着他的那块地方由于摩擦变得火烫。他心里好似在进行一场殊死的血战,为此他对她变得冷酷了。

仲夏的一个傍晚,米丽安到他家来看他,因为爬坡,走得脸红红的;只见保罗正一个人在厨房里,听得出他母亲在楼上走动。

"来看看这些香豌豆花吧。"他跟姑娘说。

他们走进花园。小镇和教堂背后的天空呈现一片橘红色,花园里弥漫着奇妙而温暖的光,点染得每片树叶都美不胜收。保罗走过一排长势良好的香豌豆花,从各处摘下一朵朵花,都是奶黄和淡蓝的。米丽安跟着他,呼吸着这股芬芳的香味。她感到花儿有那么强的力量,自己简直非得跟它们变成一体不可。她弯下腰去闻闻一朵花,看起来就好像和花在相爱似的。保罗痛恨她这种样子,这种动作似乎有一种太露骨、太亲热的味道。

等他采了一大把花,他们就回到屋里去了。他母亲在楼上悄悄地走动,他听了一会儿,这才说:

"过来,让我给你把花戴上。"他两三朵一簇、两三朵一簇地把花别在她胸前的衣襟上,时时后退几步,看看美不美。"你知道吗,"他把别针从嘴里取出来,说,"女人戴花一定要在镜子面前下工夫戴好才对。"

米丽安笑了。她认为花儿簪在人们衣服上,应当是随随便便的。保罗那么下工夫为她戴花,是他一时异想天开。

他看见她笑,有点生气了。

"有些女人是这样的——就是那些看上去很体面的女人。"

米丽安又笑了,不过这回是苦笑,因为她听见他竟如此把她和其他女人一般地混为一谈。要是大家这么说,她早都置之不理了。可是出自他的口中,就伤了她的心了。

他快要别好那些花朵时,听到母亲下楼的脚步声。他匆匆忙忙扣上了最后一个别针,转身就走。

"别让妈知道。"他说。

米丽安拿起她的书,站在门口,委屈地看着壮丽的夕阳。她心里说,她再也不来看望保罗了。

"你好,莫雷尔太太。"她恭恭敬敬地说。听起来她像没有权利上门来似的。

"哦,原来是你啊,米丽安?"莫雷尔太太冷冷地说。

可是保罗坚持要每个人都承认他和这姑娘的友谊,莫雷尔太太很聪明,不会公开跟她翻脸。

保罗长到二十岁,他们全家才有能力出外去度假。莫雷尔太太自从结婚以后,除了去看望她的妹妹,从来没有出去度过假。如今保罗终于攒够了钱,他们都可以去了。这回要去的一伙人有:安妮的几个朋友,保罗的一个朋友,这个小伙子就在威廉生前工作过的办公室做事,还有米丽安。

写信找住处真是忙碌。保罗和母亲为这事争论不休。大家想租一幢带家具的小别墅,为期两周。她认为一周就够了,可是他坚持说非要两周不可。

最后他们终于接到从马伯索浦寄来的回信,答应租给一所他们想要的那种小别墅,租金三十个先令一周。于是全家一片欢腾。保罗也为了母亲欢喜得不得了。如今她总算能过一个真正的假期了。晚间他和她坐在一起,想象着这个假期是什么样的。安妮进来了,还有伦纳德、爱丽思和凯蒂。大家都欢欣鼓舞,满怀期望。保罗告诉了米丽安。她似乎高兴地默默思量着这件事。而莫雷尔家里则是兴奋得闹翻了天。

他们准备星期六早晨乘七点钟一班火车动身。保罗提出米丽安应该上他家来过夜,因为要她临时走来路太远了。她到他们家来吃晚饭。大家都很起劲,连米丽安都受到了热情欢迎。可是几乎在她刚进门后不久,家里的气氛就又变得沉闷尴尬了。他找到了一首琴·英吉罗①写的诗,其中提到马伯索浦,因此他一定要念给米丽安听听。他还从来没有这么动感情,对自己家里人念过什么诗。不过这一次他们都迁就他,也来听听。米丽安坐在沙发上,全神贯注地看着他,守着他。只要有他在旁边,她总是显得一颗心全扑在了他身上。莫雷尔太太妒忌地坐在自己的椅子上。她也准备听他念,甚至连安妮和父亲也参加了。莫雷尔脑袋歪在一边,就像人家在恭听牧师讲道而又觉得不大自在似的。保罗低头看着书,

---

① 琴·英吉罗(1820—1897):英国女诗人,著名作品有长诗《林肯郡的高潮》(1863)。

这会儿他心目中的听众都到齐了。莫雷尔太太和安妮几乎是在跟米丽安比个高低,看看谁听得认真,能博得他的欢心。他兴致高极了。

"可是,"莫雷尔太太中途插嘴说,"说钟声在奏出'恩特贝的新娘',那到底是什么意思呢?"

他回答说:"那是一支老曲子,人家经常在沼泽地上演奏,警告人们提防落水。我猜那恩德贝的新娘就是在洪水里淹死的。"其实他对这件事是一无所知,不过他在这伙妇道人家面前,可从来不肯有失身份,承认自己无知。他们都听信他。他也相信自己。

"人们都知道那支曲子的意思?"母亲说。

"是啊,就像苏格兰人一听见那支《森林里的花朵》①——或者一听见打倒钟②报警时一样。"

"怎么回事?"安妮说,"一只钟不论正打,倒打,声音不都是一样的吗?"

"可是,"他说,"如果你先打低音的钟,再打高音的,当—当—当—当—当—当—当—当!"

他从低到高哼着音阶示意。大家都觉得这么举例说明很聪明。他自己也这么认为。过了一会儿,他又接着念诗了。

他念完以后,莫雷尔太太好奇地说,"嗨,不过我希望每篇作品都别写得那么惨就好了。"

"我不明白他们干吗要跳水自杀。"莫雷尔说。

冷场了片刻,安妮站起来收拾桌子。

---

① 《森林里的花朵》是苏格兰古代民间歌曲,瓦尔特·司各特曾根据此曲写诗。
② 苏格兰旧时风俗,颠倒各钟的音响而乱鸣,用以报警。

米丽安站起身来帮她收拾锅盘碗盏。

"让我帮你洗吧。"她说。

"哪能叫你洗呀,"安妮叫道,"你还是坐下吧,没有多少锅盘。"

米丽安不善于跟人家亲热随便,死缠住不放,就又坐下,陪保罗一起看书。

他父亲不中用,他就成了这一伙的带头人。为了生怕人家搞错,没把铁箱运到马伯索浦,而错运到弗斯比去,他好不担心受怕。随后他又没有勇气去雇一辆四轮马车。还是他那位勇敢的好妈妈去雇的。

"喂,"她对一个马车夫嚷道,"喂!"

保罗和安妮躲在其他人后面,笑得前俯后仰,都不好意思了。

"到清溪别墅要多少钱?"莫雷尔太太问。

"两个先令。"

"怎么,有多远啊?"

"远着呢。"

"我才不信呢。"她说。

不过她还是爬上车去,他们一行八人就这么挤在一辆破旧的海滨游览马车里。

"你瞧,"莫雷尔太太说,"一人只合到三便士,如果乘电车的话……"

他们一路驶去。每经过一幢别墅,莫雷尔太太就叫着:"到了吗?啊,到了!"

大家都屏息坐着。车子驶过了,大家才一起叹了口气。

"谢天谢地,不是那所混账别墅,"莫雷尔太太说,"我真吓坏了。"他们一路向前驶去。

最后他们终于下车了,这所别墅孤零零地坐落在公路旁边的堤岸上。他们得走过一座小桥才能进入屋前的花园,大家都兴奋万分。但他们喜欢这所别墅倒在于这个地方很僻静,一面是一大片海草,另一面是一望无垠的土地,上面一块块的种着白色的大麦,黄色的燕麦,红色的小麦和绿色的块根作物,平坦坦的一片一直伸展到天边。

保罗和母亲一起管事,他管账目。全部费用包括膳宿是一个人每星期十六先令。他和伦纳德早上一起去洗澡。莫雷尔一早就到外面去转悠了。

"保罗,"母亲在卧室里喊他,"你吃一块黄油面包吧。"

"好吧。"他回答说。

他回来的时候,看见母亲一本正经地坐在早餐桌旁做主人。别墅的女房东年纪很轻,丈夫是个瞎子,她还要替人洗衣服。因此莫雷尔太太老是自己到厨房洗碗,自己铺床。

"你不是说过你来过一个真正的假期吗?"保罗说,"你怎么又干起活来了。"

"干活!"她叫道,"你说的什么呀!"

他喜欢跟她一起穿过田野到村子里去,到海边去。她怕走那些木板桥,他骂她像个小娃娃。总之,他跟她寸步不离,就像他是她男人一样。

也许除了人家都去听黑人民歌的时候之外,米丽安是不大有机会跟他在一起的。米丽安认为黑人民歌实在蠢得叫人受不了,他就此认为他也受不了,还一本正经地对安妮大谈其听黑人民歌之愚蠢。其实黑人民歌他都会唱,一路上他还放声高唱过呢。要是他偶然情不自禁地在听他们唱,那种蠢劲还使他感到大为惬意呢。可他对安妮却说:"全是胡扯,一点没有意思。有点儿头脑的人决不会去坐在那儿听唱歌。"而在米丽安面前,他又用很瞧不起的口气提到安妮和其他人:"我猜他们是听黑人民歌去了。"

看见米丽安竟然也唱起黑人民歌来真是件怪事。她下巴长得直橛橛的,从下唇到下面呈垂直线。她唱歌的时候常使保罗想起波蒂柴里①画的悲伤的天使,即使她唱的是:

沿着情人巷,
陪我散步又谈心。

只有在他画素描的时候,或是其他人都去听黑人唱歌的时候,他才是完全属于她的。他会滔滔不绝地讲给她听,他是多么喜欢地平线,林肯郡绵延不断的天空和田野,对他意味着无穷的意志,正如诺曼底式②的教堂弯形的拱门重重叠叠,意味着不屈不挠的人类灵魂,顽强地向前跃进,不停前进,漫无止境。他说,诺曼底式跟垂直线条和哥特式③拱门截然相反,哥特式拱门是直冲云霄的,接近极乐境界,消失于天国。他说,他自己属于诺曼底式,米丽安则是哥特式。她听了这样的话也点头同意,不加反驳。

一天晚上,他和她到瑟德素浦附近的大沙滩去,层层碎浪涌到岸边,形成嘶嘶响的泡沫。那天傍晚天气暖和,偌大一片沙滩除了他们两人之外,空无一人,除了海涛声声以外,万籁

---

① 波蒂柴里(1444?—1510):文艺复兴时期佛罗伦萨的画家。
② 诺曼底式建筑是罗马式建筑的初级形式。
③ 哥特式建筑是十二到十四世纪流行于欧洲的建筑式样,以高耸入云的尖拱和修长的立柱为特色,造成一种向上升华,天国神秘的境界,巴黎圣母院即是哥特式的代表作。

俱寂。保罗喜欢浪花拍打着大地的声音。他喜欢体会身处浪花的喧闹和沙滩的静寂之间那种滋味。米丽安跟他在一起。一切都变得十分紧张。他们回来的时候,天已经很黑了,回家的路上要经过沙丘中的一块凹地,还要经过两条长堤之间的一条隆起的草路。四下静悄悄的,一片漆黑。只有沙丘后面传来大海的低语。保罗和米丽安默默走着。突然他吓了一跳。他全身的血液似乎都燃烧起来,他简直透不过气来了。一轮巨大的橘红色的月亮正从沙丘边缘上凝视着他们。他一动也不动地站着,看着月亮。

"哎呀!"米丽安看见月亮,叫了一声。

他仍旧站在那儿不动,盯着那又大又红的月亮,这是茫茫一片黑暗中惟一的东西。他的心沉重地跳着,两条胳臂的肌肉也收缩了。

"怎么啦?"米丽安一面等他一面低声说。

他转过身来看着她。她就站在他身边。始终跟他形影不离。她的脸被帽子的黑影遮住,他看不见她正眼巴巴望着他。不过她心里在沉思,她有点儿害怕——也深为感动,再加上一片虔诚。这就是她的最佳心态。他对此是无力左右的。他的热血犹如一股火焰在胸腔燃烧。然而他就是无法把自己的想法向她讲清楚。他浑身热血沸腾,可是不知怎么她却装作不知道。她盼望他处于一种虔诚的状态。她一面迫切盼望他这样,一面对他的激情也有点觉察,她凝视着他,心乱如麻。

"怎么啦?"她又低声说。

"这月亮。"他皱着眉回答说。

"是啊,"她同意地说,"多美啊!"她真想弄明白他是怎么回事。危机已经过去了。

他自己也不知道这是怎么回事,他自然年纪还轻,他们之间的亲密关系又很抽象,他不知道自己要的是把她紧紧搂在怀里,来解除心中的痛苦。可是他怕她。他硬把自己心里像一般男人对女人那样对她的需要看成是见不得人的事而压了下去。眼看她忍受痛苦激动的折磨,拼命排除这种念头,他也就此把这念头藏在心底。正是这种所谓纯洁作梗,弄得他们连初恋的吻也不敢尝试。她似乎受不住肉体爱的震动,即使是一个热吻也受不住。而他也太敏感,太胆怯,不敢去吻她。

他们沿着黑沉沉的沼泽草地走,他只顾看着月亮,一言不发。她拖着沉重的步子,在他身边走着。他恨她,因为她似乎有点使他瞧不起自己了。他向前望去,只见黑暗中有一点亮光,前面就是他们那点着灯的别墅窗户。

他喜欢想到自己的母亲和其他欢乐的人们。

他们进去的时候,母亲说,"唷,大家早就回来了!"

"那有什么关系!"他烦躁地大声说,"要是我高兴,我总可以出去散散步吧!"

"我还以为你可以回来跟大伙儿一起吃晚饭呢。"莫雷尔太太说。

"那要趁我高兴,"他反驳说,"现在还不晚,我爱怎么样就怎么样。"

"好吧,"母亲尖刻地说,"那就随你便。"

那天晚上她再也没理过他,他假装没注意,也不在乎,径自坐着看书。米丽安也在看书,想使别人不注意她。莫雷尔太太恨她把她的儿子变成这个样子。她眼睁睁看着保罗慢慢变得急躁,一本正经,郁郁寡欢。她觉得这全怪米丽安不好。安妮和她的朋友们也都反对这个姑娘。米丽安自己没有朋友,只有保罗。不过她倒不怎么苦恼,因为她瞧不起其他这些人的浅薄。

而且保罗竟然也恨她,因为不知怎的,她破坏了他的闲适和自然。他因自觉受到屈辱而内心苦恼不堪。

第八章 爱的冲突

阿瑟学徒期满,在敏顿矿井电工车间里找了个工作。他挣的钱不多,不过这个工作提升的机会很多。可是他这个人又任性,又浮躁。他不喝酒,也不赌博。然而不知为什么,他老是头脑发热,做事欠考虑而陷入没完没了的困境中。他要么像个非法打猎的,偷偷到树林里去打兔子,要么就整夜待在诺丁汉不回家,要么在贝斯伍德的运河里跳水失误,胸脯磕在河底里的粗石头和铁片上,弄得伤痕累累。

他有好几个月没去上工,一天晚上,他又没有回家。

保罗吃早餐的时候问道。"你知道阿瑟上哪儿去了吗?"

"我不知道。"母亲回答说。

"他是个傻瓜,"保罗说,"他要真是在干点什么,倒还罢了。可是不,他只是打牌打得走不开,再不然就是大献殷勤,硬要送一个溜冰场上的姑娘回去——因此才回不了家,他真是个傻瓜。"

"要是他真干出点什么来害得咱们大家丢脸,我不知道情况是不是会比现在更好一点。"莫雷尔太太说。

"得了吧,要真是那样,我倒会更尊重他了。"保罗说。

"我看未必吧。"莫雷尔太太冷冷地说。

他们继续吃着早餐。

"你非常喜欢他吗?"保罗问他母亲。

"你问这个干吗?"

"因为据说女人往往喜欢最小的孩子。"

"那是人家——可我不喜欢,不,他把我烦死了。"

"你当真希望他乖乖的吗?"

"我倒希望他拿出点儿男人应有的常识。"

保罗态度生硬急躁。他也常常惹得他母亲心烦。她现在看见他变得神色冷冰冰的,感到十分不快。

他们吃完早餐以后,邮递员送来一封德比郡寄来的信。莫雷尔太太眯起眼睛看着信上的地址。

"拿来,你这瞎子!"儿子叫着,劈手把信夺了过去。

她吓了一跳,差点要打他一巴掌。

"是你儿子阿瑟寄来的。"他说。

"怎么啦——!"莫雷尔太太叫道。

"亲爱的妈妈,"保罗念道,"我不知道我怎么会变得这么傻。我要你上这儿来,把我领回去。我昨天非但没去干活反而跟杰克·布雷顿来到这儿,应征入伍了。杰克说他做工做得厌透了,你知道我是个傻瓜,我竟跟他一起走了。

"如今我已经领了官饷,不过如果你来领我,他们说不定会让我跟你回去的。我真是个傻瓜,竟当了兵。其实我不喜欢待在军队里。亲爱的妈妈,我不争气,老给你添麻烦,不过你如果能把我带出去,我保证今后要多长个心眼,多考虑……"

莫雷尔太太一屁股坐在摇椅里。

"得了吧,"她大声说,"让他待着吧!"

"是啊,"保罗说,"让他待着吧。"

屋里一片沉默,母亲叉起双手搁在围裙上坐着,板着脸想心事。

"我真够受的了!"她突然叫道,"够受的了!"

"好了。"保罗说着,开始皱眉头了。"听着,你用不着为这事着急得什么似的。"

她发火了,把气出在儿子头上。"那我倒应该把这件事当成一件大喜事?"

他反驳说,"我只是说,你也用不着把这事看成一件了不起的悲剧啊。"

"这个傻瓜——这个小傻瓜!"她叫着。

"他穿上军服可神气呢。"保罗恼火地说。

母亲像一团火似的对着他发作。

"哦,神气!"她大叫大嚷,"我看不见得。"

"他应该编入骑兵团;那他就可以快快活活地过一段他一生中的好日子,而且看上去神气极了。"

"神气——神气——神气得不得了——还不是一个普通丘八!"

"得了,"保罗说,"那我是什么呢,不就是个普通伙计吗?"

"强多了,我的孩子。"母亲大声说,她被这话刺痛了。

"什么?"

"不管怎么说,你是一个人,不是一个穿红军装①的呆木头。"

"穿红军装我可不在乎——穿藏青色的也好,那样对我更合适——只要他们别过分支使得我团团转就行了。"

~~~~~~~~~~

① 过去一般英国兵都穿红色军装。

不过他母亲已经听不进他在说什么了。

"正当他现在干的这个活有了点前途,或者可能会有点前途的时候——这个小讨厌鬼——他却跑去当了兵,毁了自己的一生。你倒想想看,干上了这个以后,他还会有什么好下场?"

"或许会把他逼成了才。"保罗说。

"逼成了才!——会把他骨头里原来有的那点点油都逼干了。一个丘八!——一个普通丘八呀——他什么也不是,只不过是一个听号令行动的躯壳!真是个好差使!"

"我不懂你干吗生这么大的气。"保罗说。

"对,也许你不懂,可是我懂。"说着她又坐到椅子上,一手托着下巴,另一手托着肘拐儿,满心又气又恼。

"那么你要上德比郡去吗?"保罗问。

"要去。"

"去也没用。"

"我要亲自去看看。"

"你到底为什么不就让他待在那儿呢?这正是他需要的啊。"

"当然啦,"母亲大声叫道,"你倒挺知道他需要什么!"

她收拾停当,赶乘最近的一班车上德比郡去了。在那儿她看到了她的儿子和军曹。不过,毫无结果。

晚上莫雷尔吃饭的时候,她突然说,"我今天不得不上德比去了一趟。"

莫雷尔抬起眼睛,乌黑的脸上只看见眼白。

"是吗,婆娘,你上那儿干吗?"

"为了阿瑟!"

255

"哦——这回又闹出什么来了?"

"他刚入伍。"

莫雷尔放下餐刀,仰身靠着椅背。

"不,"他说,"他决不会这么干。"

"明天就要开到奥尔德肖村①去了。"

"嘿!"莫雷尔叫道,"真没想到。"他考虑了一会儿,说了声"唔!"就继续吃起晚饭来。可是突然间他的脸变得怒气冲冲。"我希望他永远别再进我的门。"他说。

"什么话!"莫雷尔太太说,"亏你说得出口!"

"我说了,"莫雷尔又说了一遍,"只有傻瓜才跑去当兵呢。让他自己照顾自己好了,我再也不为他操心了。"

"你为他操过心才怪呢。"她说。

那天晚上,莫雷尔差点连上酒馆都不好意思去了。

保罗回家后问母亲说,"怎么,你去过了吗?"

"去过了。"

"你见得到他吗?"

"见到了。"

"他怎么说?"

"我临走的时候,他又哭又闹。"

"哼!"

"我也哭了,所以你用不着'哼!'"

莫雷尔太太为这个儿子烦恼不堪,她知道他不会喜欢军队生活的。他果然不喜欢。纪律就叫他受不了。

"不过,"她又带着几分得意告诉保罗,"医生说他长得很

---

① 奥尔德肖村:英国南桑普敦郡一小镇,设有军营。

匀称——差不多挑不出毛病。一切测量都合格。你也知道他长得俊着呢。"

"他长得俊极了。可他却不像威廉那样对姑娘们有吸引力,对吧?"

"是啊,因为他的性格不一样。他很像他爹,不负责任。"

这一段时间,保罗为了安慰母亲,不常到威利农场去了。在城堡里举行的秋季学生作品展览会上,他有两件作品展出,一幅是水彩风景画,另一幅是静物油画,两幅画都得了一等奖。他感到非常兴奋。

一天傍晚,他回家时问:"你知道我的画得了什么,妈妈?"她从他眼睛里看出他很高兴。她也满脸喜色。

"唉,我怎么知道呢,我的孩子!"

"那幅玻璃瓶得了一等奖……"

"唔!"

"威利农场的那幅素描也得了一等奖。"

"两个一等奖?"

"是啊。"

"唔!"

虽然她没说什么,脸上却变得红光满面,喜气洋洋。

"真叫人高兴,"他说,"是吗?"

"是啊。"

"那你为什么不把我捧到天上呢?"

她笑了。

"因为我再要把你拉下来就费事了。"

不过她还是满怀喜悦的。威廉曾经把他参加体育比赛的奖品带给她。她仍然保存着这些东西,而且她不能原谅他的死。阿瑟长得漂亮——至少,外表不错——性格热情大方,将来最终说不定也会干出点名堂来。不过保罗将来是会出人头地的。她对他很有信心,特别是因为他还不知道自己有这种能力。他身上可以发挥的潜力多着呢。她的生活充满了希望。她即将看见自己称心如意。她总算没有白白奋斗啊。

展览会期间,莫雷尔太太瞒着保罗上城堡去过好几次。她顺着那间长长的画廊漫步走着,看看其他展品。是啊,这些都不错。不过这些作品里都没有称她心的东西。有些作品使她感到妒忌,那些画太好了。她久久望着这些作品,极力想找出点毛病。蓦地里,她大为震动,心也狂跳起来。保罗的画就挂在那儿! 她熟悉这幅画,就像它是刻在她心上一样。

"姓名——保罗·莫雷尔——一等奖。"

她一生中在城堡的画廊四壁看见过那么多画,如今在画廊上当众挂着这幅画,看上去多么突兀啊。她朝四下看看有没有人注意她又站在这幅素描面前了。

不过她感到自己是个自豪的女人。她遇到回斯宾尼园来探望老家的那些衣着入时的太太小姐时,心里就想:

"是啊,你们看上去挺神气——可我不知道你们的儿子在城堡画廊里有没有得过两个一等奖。"

她就这么扬扬得意地走着,简直是全诺丁汉最自豪的一位小妇人。保罗也觉得他已经为她做了一点事,尽管只是一件微不足道的小事。他所有的事业都是为了她。

一天,他正向城堡大门走去,遇见了米丽安。星期日他刚和她见过面,没想到在城里又碰上了。她跟一个相当引人注目的女人一起走着,这女人一头金发,板着脸,一副目中无人的姿态。看见米丽安走在这个肩膀长得很美的女人身边,低头弯腰,默默沉思,那神态简直相形见绌,好不古怪。米丽安目光锐利地看着保罗,他却盯着那个不理睬他的陌生人。米丽安看得出他那种男子汉气概抬头了。

"喂,"他说,"你没告诉我你要到城里来啊。"

"是啊,"米丽安有点抱歉地说,"我跟爸爸一起坐车到牛市来的。"

他看看她的女伴。

"我跟你说起过道斯太太。"米丽安嗓子嘶哑地说,她紧张了,"克莱拉,你认识保罗吗?"

道斯太太跟他握了握手,冷淡地回答:"我想我看见过他。"她长着一对瞧不起人的灰眼睛,雪白的皮肤,丰满的嘴巴,上唇稍稍翘起,不知是表示瞧不起天下的男人,还是一心想要人家亲亲她,不过看来准是前一种情况。她把头往后仰着,仿佛是因为瞧不起人,或许也包括男人,才存心想避远一点的吧。她戴一顶陈旧过时的大黑海狸皮帽子,穿一身似乎有点故意做作味道的朴素衣服,就像穿了个大布袋。一看就知道她家里穷,而且没什么审美观。米丽安却一向看上去很美。

"你在哪儿看见过我?"保罗问这个女人。

她看着他,似乎不屑于回答,到后来才说:"跟露伊·特拉佛斯一起走的时候。"

露伊是罗纹车间的一个女工。

"怎么,你认识她?"他问。

她不理他。他转过身来对着米丽安。

"你上哪儿去?"他问。

"到城堡去。"

"你准备乘哪一班火车回去?"

"我跟爸爸一起坐车回去。希望你也能来。你什么时候下班?"

"你知道不到晚上八点我下不了班,真该死!"

不一会儿,这两个女人就向前走去了。

保罗想起克莱拉·道斯是莱佛斯太太一个老朋友的女儿。米丽安挑她做伴是因为她一度在乔丹厂当过罗纹车间工头,也因为她丈夫巴克斯特·道斯是厂里的铁匠,专门为跛子用的器械打铁等等。米丽安感到通过她,自己和乔丹厂就有了直接联系,可以更充分地判断保罗的地位。可是道斯太太跟她丈夫分居,从事起女权运动来了。想来她该是个聪明人,这点使保罗很感兴趣。

巴克斯特·道斯这人他倒认识,可并不喜欢。这个铁匠年约三十一二岁,偶尔也走过保罗的角落——他是个大个子,身体结实,也很引人注目,相貌英俊。他跟老婆之间有一种奇怪的相似点。他皮肤也很白,略呈明净的金黄色。淡棕色的头发,金黄色的胡子。举止态度也同样目中无人。不过两人也有不同的地方。他的眼睛是深棕色的,骨碌碌直转,一副放荡相。眼睛还稍稍鼓起,眼皮耷拉下来,那副神情真叫人讨厌。他的嘴也很丰满,给人整个印象是咄咄逼人,准备把任何不满意他的人打翻在地——说不定其实是因为他自己很不满意自己吧。

从第一天开始,他就恨保罗。他发现这小子用艺术家那种深思熟虑的冷漠眼光直盯着他的脸,他就大发脾气。

"你在看什么?"他气势汹汹,冷笑着说。

保罗眼光看着别处了。可是铁匠常常站在柜台后面跟帕普沃思先生说话。他说话时满口脏话,令人厌恶。他又一次发现这个小伙子品头评足的冷静眼光盯着他的脸。铁匠吃了一惊,像是被什么刺痛了。

"你看什么呀,臭小子?"他吼着说。

小伙子轻轻耸了耸肩。

"你干吗……"道斯大叫大嚷。

"让他去好了,"帕普沃思先生说,那声音暗示着,"他不过是这儿一个不顶用的小鬼,不能怪他。"

打那回起,这人每次来,小伙子都用好奇而挑剔的眼光看着他。不等碰到铁匠眼光,就赶紧往别处看。道斯为此大怒。他们彼此都默默恨着对方。

克莱拉·道斯没有孩子。她离开丈夫之后,这个家也就拆散了,她索性回娘家去住。道斯住在他妹妹家里,同住的还有他的妹夫。不知怎的,保罗竟了解到那个叫露伊·特拉佛斯的姑娘已经跟道斯相好了。她是个俊俏而傲慢的轻佻女人,喜欢嘲弄这小伙子,然而要是他在她回家时陪她走到车站,她倒要脸红了。

他下一回去探望米丽安是星期六晚上。她在起居室里生了火,正等着他。她家里除了父母和小的孩子以外都出去了,因此起居室里只有他们俩。这间屋子又长又低,又暖和。墙上挂着保罗的三幅素描,壁炉架上放着他的照片。桌上和那只花梨木立式旧钢琴上放着几钵变色的叶子。他坐在扶手椅上,她蹲在他脚边的炉前地毯上。炉火熊熊映照着她俏丽、沉思的脸庞,她跪在那儿就像个信徒一样。

"你觉得道斯太太这人怎样?"她沉着地问。

"她看上去不怎么亲切。"他回答说。

"是啊,可你看她不是个美人儿吗?"她声音深沉地说。

"是啊——身材不错。不过毫无审美观。她的某些方面我倒还喜欢。她这人难相处吗?"

"我看不见得,我觉得她有点失意。"

"为了什么?"

"嗯——换了你要跟这么个男人过一辈子,你又怎么想呢?"

"早知她会这么快就变了心,那她当初干吗嫁给他呢?"

"唉,她当初干吗嫁给他!"米丽安用辛辣的口吻重复说。

"我原以为她这人够厉害的,正配得上他。"他说。

米丽安低下了头。

"嗳,"她挖苦地问道,"你怎么会这么想的?"

"看看她那张嘴——充满热情——还有那仰着脖子的模样……"他学着克莱拉那目空一切的神情,脑袋直朝后仰。

米丽安把头埋得更低了些。

"是啊。"她说。

他想着克莱拉的时候,大家沉默了一会儿。

"那么你喜欢她哪些方面呢?"她问。

"我不知道——她的皮肤和她的肌理——还有她的——我也不知道——她身上不知哪来一股杀气。我作为一个艺术家很欣赏她,仅此而已。"

"是啊。"

他不知道米丽安干吗这么怪模怪样地蹲在那儿想心事。他一看就心烦。

"你其实并不真的喜欢她吧?"他问这姑娘。

她那双大大的黑眼睛茫然看着他。

"我喜欢她。"她说。

"你不喜欢——你不会喜欢——这不是真的。"

她慢条斯理地问:"那又怎么样?"

"嗳,我不知道——也许你喜欢她,是因为她对一切男人都怀恨在心。"

这其实倒可能是他自己喜欢道斯太太的理由之一,不过他没想到这一点。他俩都不说话了。他皱起了眉头,这已经成为习惯了,尤其是他和米丽安在一起的时候。她很想把他皱起的眉毛捋平,因为她看了害怕。看上去好像保罗·莫雷尔身上留下一个不属于她的男人的标志。

钵里的叶丛中有一些深红的浆果。他伸出手来,摘下一串果子。

"即使你把这些红浆果簪在头发上,"他说,"你也会像女巫或尼姑,而一点不像个寻欢作乐的人,为什么呢?"

她笑声里有一股毫不掩饰的痛苦。

"我不知道。"她说。

他那双有力而温暖的手正激动地抚弄着那串浆果。

"你干吗不能笑?"他说,"你从来没有哈哈大笑过。你只有看见什么怪事,或者什么不恰当的事才笑,而且还仿佛笑得挺不舒服。"

她低着头,好像在挨他骂。

"我希望你能对我笑笑,哪怕笑一分钟也好——只要笑一分钟。我觉得这样似乎就会使什么东西得到了解脱。"

"可是……"她抬头看着他,眼睛里露出害怕和挣扎的神情,"我是对你笑的呀——我笑的呀。"

"从来没笑过!你老是过度紧张。你每次笑,我总要哭;

这种笑好像流露出你的痛苦。哦,你笑得我的灵魂都要皱起眉毛来想一想了。"

她绝望地慢慢摇头。

"我真的不想这么笑的。"她说。

"跟你在一起,我老觉得自己神圣得不得了。"他大声说。

她还是不说话,思索着。"那么你干吗不能成为另一个样儿呢?"他看见她紧缩着身子在默默沉思,一颗心就似乎撕成两半了。

"不过,难怪,秋天到了,"他说,"这种时候人人都感到像个游魂。"

又是一片沉默。他们之间这种特殊的伤感气氛使她心里不寒而栗。他那双眼睛变成黑色的时候显得多么俊美。看上去这双眼睛深沉得就像最深的井。

"你使我变得多么神圣!"他伤心地说,"可我不想变得这么神圣。"

她噗的一声把手指从唇边抽开,几乎是存心呕人地抬头望着他。不过从她那双大大的黑眼睛里仍然可以看出她的心灵还是坦率的,身上依然有种渴望的魅力。如果他能怀着超然的纯洁心情吻她,他早就吻了。可是他无法这样吻她——而且她似乎也不容他有其他想法。她倒是一心渴望着他呢。

他声音短促地笑了一声。

"好啦,"他说,"去把法文书拿来,咱们来学一点——一点韦莱纳①的作品吧。"

"好的。"她说话嗓音低沉,简直有点无可奈何的样子。

---

① 韦莱纳(1844—1896):法国象征派诗人。

她站起来去拿书。看着她那双有点发红的手那么紧张,他真想吻吻她,安慰安慰她,想得都快发疯了。可同时他又不敢——也做不到。他们之间不知有什么力量阻挡着他。他要吻她是不应该的。他们一直念到十点钟,等他们走进厨房,跟米丽安的父母在一起时,保罗的态度才又自然愉快了。他的眼睛深邃发亮;看上去真有股魅力。

他走进马厩去拿自行车,却发现前轮车胎刺穿了。

"给我拿碗水来。"他对她说,"我回去要是晚了,会挨骂的。"

他点上防风灯,脱下上衣,把自行车翻过来,赶快动手修补。米丽安拿来一碗水,紧挨他站着,看着他。她喜欢看他那双手干活。他精瘦有力,即使是极其匆忙的动作,干起来也从容不迫。他忙于干活似乎忘记了她。她却在一心一意地爱他。她想用双手抚摸他的身体,只要他不曾产生渴慕她的念头,她就老是想去拥抱他。

"好了!"他说着,突然站起身来,"喂,你能干得比我还快吗?"

"不行!"她笑了。

他背对着她,伸了个懒腰。她伸手摸着他身体两侧,很快地从上到下抚摸了一下。

"你真好看!"她说。

他虽不喜欢她说这话时的声音,听了不由发笑,但被她的手一摸,却浑身热血都沸腾起来了。看来她并没意识到他这些感觉。在她眼里,他说不定只是个客观的事物,可从来没意识到他是个男人。

他点上自行车灯,把车子在马厩地上蹾了几下,看看车胎是不是补好,接着扣上了外衣。

"好了!"他说。

她捏捏车闸,她知道车闸已经坏了。

"你没修过车闸吗?"她问。

"没有!"

"可你干吗不修呢?"

"后车闸还能凑合。"

"可是那不安全吧。"

"我还能用脚尖来刹车。"

"我希望你去修理一下。"她喃喃说。

"放心好了——明天你和埃德加来喝茶吧。"

"请我们去?"

"是啊——四点钟左右。我会来接你们的。"

"好极了。"

她高兴了。他们穿过黑沉沉的院子,走到大门口。回头看去,只见没窗帘的厨房窗户里,莱佛斯夫妇的脑袋映着熊熊炉火。看上去舒服极了。前面那条有松树的大路却是一片漆黑。

"明天见。"他跳上自行车说。

"你留点儿神啊。"她恳求说。

"好咧。"

他的声音已经是从黑暗中传来的了。她站了一会儿,凝视着他车子的灯光一路穿进暗地里去,这才慢吞吞转身走进门来。猎户座①在树林上空旋转,他的狗紧随在后面一闪一闪,时隐时现。除了牛群在牛栏里的喘息声,四下一片黑

---

① 猎户座位置在天球赤道上,最显著的有七颗星,其中两颗为一等星,五颗二等星,闪闪发亮,有如猎户腰带上的宝石饰物,最下面一颗像他所带的猎狗,即我国古代所谓参宿。

266

暗,万籁俱寂。那天晚上她诚心诚意祈祷他平安无事。每逢他跟她分手,她常常忧心忡忡地躺着,不知道他是否平安到家了。

他骑着自行车顺着小山驶下去。道路泥泞,他只好听任车子滑下去。车子冲到第二个较陡峭的山坡,他感到一阵轻松。"好,来了!"他说。这可真够冒险的,一则山脚下暗处弯弯曲曲,二则驾着酒厂货车的车夫喝醉睡着了。他的自行车似乎要从胯下掉下去了,他喜欢这种感觉。玩命是男人对女人报复的手段。他感到自己不受尊重,所以他要冒险毁灭自己,索性叫她落得一场空。

他飞驶而过的时候,只见湖上的星星像蚱蜢似的跳跳蹦蹦,黑暗中闪着银光。前面就是回家的一段长长的上坡路了。

"瞧,妈妈!"他说着把带叶的浆果扔到桌上给她看。

"唔!"她说。只看了浆果一眼,眼光就又移开了。她像平常一样,独自坐着看书。

"好看吗?"

"好看。"

他知道她在跟他怄气。过了几分钟他说:"埃德加和米丽安明天要来吃茶点。"

她不答理。

"你看行吗?"

她还是不答理。

"行吗?"他问道。

"行不行你自己有数。"

"我不明白为什么不行。我在他们家吃过好多回饭了。"

"你吃过吗?"

"那你干吗不肯请他们吃点茶点呢？"

"我不肯请谁吃茶点？"

"你那么反感干吗？"

"哦，别多说了！你请她来吃茶点，这就够了。她会来的。"

他对母亲非常生气。他知道她不赞成的只是米丽安而已。他甩掉靴子就上床去了。

第二天下午保罗去接他的朋友。看见他们来，他很高兴。他们大概四点左右到他家。星期天下午到处都弄得干干净净，一片宁静。莫雷尔太太穿着一身黑衣服，系着条黑围裙坐着。她起身迎接客人时，对埃德加态度倒还亲切，对米丽安就显得冷冰冰，有点勉强了。可是保罗倒认为这姑娘穿棕色开司米外衣很好看。

他帮母亲准备好茶点。米丽安本来很想帮忙，可是心里害怕。他对自己的家相当自豪。他心想，如今这家有一定的特色了。虽然只有几把木头椅子，沙发也是旧的。不过炉边的地毯和靠垫都很舒适。画片也印得很风雅；一切是那么朴素，还有很多书。他从来也没有丝毫嫌弃自己家的意思，米丽安也一样，因为这两个家庭都保持了自己的本色，而且很温暖。此外他们家的餐桌也是他引以为豪的，这里有精致的瓷器，台布也很漂亮。虽然汤匙不是银的，餐刀也没有象牙柄，那也没什么关系；一切看来都很完美。莫雷尔太太持家有方，一切都井井有条，几个孩子也都拉扯大了。

吃茶点时，米丽安谈起书，略微说了几句。这是她谈不厌的话题。可是莫雷尔太太并不热心，一下子就转身对着埃德加了。

起初,埃德加和米丽安到教堂去常常坐在莫雷尔太太那排长凳上。莫雷尔从来不去做礼拜,他宁可去酒店。莫雷尔太太像个矮小的魁首,坐在这排长凳头上,保罗坐在另一头;起初米丽安是挨着保罗坐的。当时礼拜堂就像家里一样,这地方真雅致,黑油油的长凳,细长的精美柱子,还有鲜花。保罗从小就看见这些人坐在老座位上。他坐在米丽安身边,紧挨着母亲,凭借教堂的魔力把两个心爱的人联在一起,这样坐上一个半小时,真是妙不可言。于是他一下子就觉得温暖、幸福和虔诚了。做完礼拜,他陪米丽安走回家去,莫雷尔太太就跟老朋友伯恩斯太太一起度过傍晚的时光。星期天晚上他跟埃德加和米丽安一起走的时候,总是活跃非凡。他每次晚上经过矿井,经过亮着灯火的矿灯室,又高又黑的吊车和一排排卡车,走过幽灵般慢慢转动的风扇,总是会立刻又想起米丽安来,而且想得心痒难抓,简直受不了。

她在教堂里跟莫雷尔家坐一排长凳这段时期并不长。因为她父亲在教堂里又重新为他家里人占了专座,就在小小的廊台下面,莫雷尔家专座对过。保罗和他母亲来到教堂时,莱佛斯家的长凳总是空的。他满心焦急,生怕她不来。因为路太远了,而且星期天又常常下雨。往往等到时间很晚,她才大步走进来,低着头,深绿色丝绒帽子遮着脸。她坐在对过,那张脸总是给阴影遮住。不过这张脸给他一种非常深刻的印象,仿佛看见她在那儿,他的心就激动起来。这种心情不是他感到有母亲照顾的那种幸福的喜悦和自豪,这种心情更奇妙,不同寻常,有点像感到剧痛似的,仿佛有什么东西可望而不可即。

这时他正开始探索正统的教义。他二十一岁,她二十岁。

她害怕起春天来了,他变得非常任性,大大伤了她的心。他一路上毫不容情地把她的信念都粉碎了,埃德加对此大为欣赏。因为他生来爱吹毛求疵,而且比较冷静。可是米丽安深感痛苦,她心爱的人竟然用锋利如刀的才智考查她的宗教信仰,她就是在这个信仰中生活,受感动,做人的啊。可是他偏偏不放过她。他真狠心。他们两人单独在一起的时候,他甚至更加凶狠,仿佛他要扼杀她的心灵一样。他对她的信念大肆攻击,几乎弄得她不省人事才罢休。

"她高兴死了——她把他从我身边抢走了,多高兴啊。"保罗走后,莫雷尔太太心里大声呼叫着。"她不像一个普通女人,能让我在他心中保留一席之地。她要独吞了他。她要拉走他的心,把他全部吞下,一点也不剩。他永远也成不了一个自立的男子汉——她会把他榨干的。"母亲就这么坐着,辛酸地想着心事,心里净打架。

他陪米丽安散步回来,总是苦恼得如疯如狂。他咬着嘴唇,捏紧拳头,快步走来。接着突然停住在踏级跟前,一站就是几分钟,一动也不动。他面前是黑暗的大山谷,黑沉沉的上坡有几星灯火,而在暗谷的最低处是矿井的火光。这一切是多么神秘可怕。为什么他这么烦恼,简直茫然失措,动也动不了?为什么他母亲坐在家里忍受痛苦?他知道她痛苦不堪。可她为什么这么痛苦呢?他为什么一想到母亲,就恨米丽安,就这么狠心对待她呢?要是米丽安害得他母亲受苦,那么他就恨她——而且也确实很容易恨她。她使他感到六神无主,毫无保障,失魂落魄,像是他身无坚甲,阻挡不了黑夜和空间的侵袭,这是为什么啊?他多么恨她呀!但同时心里又对她是多么柔情脉脉,五体投地啊!

突然他又跳起来,奔回家去。母亲看出他苦恼的神色。没有吭声。可是他硬要她跟他说话。这才引起她对他发火,怪他和米丽安不该走得那么远。

他绝望地大声说:"你干吗不喜欢她,妈妈?"

"我不知道,我的孩子。"她可怜巴巴地回答。"我的确试过,想要喜欢她。我试了一次又一次,可是我做不到——我做不到啊!"

他感到母子俩之间气氛沉闷,无法调和。

春天是最不好的季节。他性情多变,变得又紧张又狠毒。于是他决定疏远米丽安。过了些时候,他得知米丽安正在盼望着他。母亲眼看他变得坐立不安,工作也做不下去,什么都做不成。仿佛有什么东西把他的魂儿拉到威利农场去了。于是他戴上帽子,一句话也不说就走出了门。母亲也知道他走了。他一上路就轻松地透了口气,但等他跟米丽安待在一起了,他又变得狠毒起来。

三月里的一天,他躺在尼瑟米尔河边,米丽安坐在他身旁。那天风和日丽,天朗气清。大朵大朵的绚丽云彩飘过他们头上,一路上在水面投下云影,晴空一片湛蓝,清澈明净。保罗仰卧在草地上,抬眼望天。他忍不住看看米丽安。她似乎很需要他,他却抵制着,他一直在抵制着。他这时渴望把满腔热爱和一股柔情献给她,可是他不能。他感到她要的是他躯壳里的心灵,而不是他。她通过某种把他俩联在一起的途径,把他的全部精气神儿都吸到自己身体里。她并不要跟他会合,使他们俩作为一男一女两个人聚合在一起。她要的是把他整个吸到她身体里。这使他变得如醉如痴,就像吃了迷魂药一样,失魂落魄。

当时他正在谈论米开朗琪罗①,听着他的议论,她觉得自己仿佛真的触摸到了颤动的肌体组织,生命的原生质。这就给了她最深的满足。谈到末了,她不由吓坏了。他躺在那儿,只顾狂热地探索着,他的声音渐渐叫她感到害怕,它是那么平板,简直不像平常人在说话,倒像在迷梦中呓语似的。

"别再说了。"她温和地恳求着,一只手搁在他额头。

他静静躺着,简直不会动弹了。他的躯体被他抛弃到不知什么地方去了。

"干吗别说了,你累了吗?"

"是啊,你也乏了。"

他明白了,顿时一笑。

"不过正是你老是使我讲个没完的呀。"他说。

她低声说:"我并不存心想这样。"

"那只是到你自觉过了分,自己也感到受不了的时候。可那个连你自己也不自觉的自我,却老是在叫我讲,我想我也愿意讲。"

他呆板地接着说:"要是你能要我这个人,而不是要我能滔滔不绝地讲给你听就好了。"

"我!"她伤心地大声说,"我!唉,你什么时候才能让我明白你到底是什么意思啊?"

"那么这是我的不是了。"他说着打起精神,站了起来,开始谈些琐碎小事。他只觉得一切都在幻境里。他模模糊糊地恨她这一点。他知道他也同样该责备自己。但不管怎么说,

---

① 米开朗琪罗(1475—1564):意大利文艺复兴时期雕刻家、画家、建筑家及诗人。

这仍阻止不了他恨她。

就在这段时期,有一天傍晚,他陪她走回家去。他们站在一直通向树林的牧场旁边,舍不得分手。正当星星出来时,云层掩合了。他们只来得及短暂地望见了一下他俩的照命星宿,西边的猎户座。猎人的宝石饰物短暂地发出闪烁的微光,他的猎狗跑得很低,竭力想从泡沫状的云层里挣扎出来。

猎户座在他们眼里原是星宿当中最有意义的。每当他们感触万千而说不出所以然的时候,他们总是久久凝视着猎户座,到后来他们自己似乎也生活在猎户座的每一颗星星上了。这天晚上保罗心情烦躁别扭。猎户座在他看来也只是一个普通的星座。他拼命抗拒这星座的魅力。米丽安仔细探察着她情人的心情。不过他一点也没透露自己的想法,等到分手的时候,他还是站在那儿,阴沉地皱着眉头,望着密集的云层,云层后面那个大星宿一定仍在大步前进吧。

第二天他家要举行一个小小的晚会,她也要参加。

"我不能来接你了。"他说。

"哦,好吧,你可真够不客气的。"她慢条斯理地回答。

"不是这么回事——只是他们不喜欢我来。他们说我关心你比关心他们还要多。你懂了吧?要知道咱们之间只不过是友谊。"

米丽安惊讶了,也为他难过。他说出这话是很不容易的。她离开他,免得他更加丢脸。她一路走着,一阵细雨扑面而来。她太伤心了,她看不起他竟然随风倒。在她心底里,她不知不觉地隐隐感到他是在想法摆脱她。这一点她本来是永远也不肯坦白承认的。她可怜他。

在此期间,保罗已经成为乔丹厂货栈的要员。帕普沃思先生已经离职去经营自己的买卖,保罗留在乔丹先生那里担任罗纹车间监工。到年底,如果一切顺利,他的薪水就要加到三十先令了。

星期五晚上,米丽安还是常来他家学法文。保罗却不常上威利农场去了。她一想到她学习即将结束就发愁;再说,尽管有这些不和,他们俩还是喜欢待在一起。因此他们就一起读巴尔扎克的作品,写文章,觉得自己的修养也提高了。

星期五晚上是矿工们算账的时候。莫雷尔"算账"——把他们这个坑道挣的钱大家分一下——完全随承包伙伴们的意思,或者在布雷提的新酒店,或者在自己家里。因为巴克尔如今戒了酒,所以这些人就都到莫雷尔家来算账。

安妮本来在外面教书,这阵子又回家来了。她仍然是一个顽皮姑娘;但已经订了婚。保罗则在学习设计。

除非这星期挣的钱太少,莫雷尔星期五傍晚心情总是特别好。吃过晚饭,他立刻忙忙碌碌,准备擦洗身子。出于礼貌,男人家在算账的时候,女人家都不在场。女人不能打听包采煤工算账这种男子汉的私事,也不该知道这个星期到底挣了多少钱的准数。因此当父亲在洗碗间水花四溅地搓洗起来时,安妮就到邻居家去坐上一个小时。莫雷尔太太则忙着烘面包。

"把门关上!"莫雷尔狠狠吼着。

安妮砰地带上门,走了。

"下回我在擦洗的时候,你再敢开门,我就揍死你。"他满身肥皂泡,威胁着说。保罗和母亲听着不由皱起眉来。

不一会儿,他从洗碗间奔出来了,身上肥皂水滴滴答答,冷得直哆嗦。

"哦,天哪!"他说,"我的毛巾在哪儿?"

毛巾就挂在火炉前的一张椅子上烘着,不然他又要叫天骂地了。他蹲下就着烘面包的炉火,把身子擦干。

"唿—唿—唿!"他装作冷得发抖的样子,不住出声。

"天哪,当家的,别那么孩子气了!"莫雷尔太太说,"天不冷。"

"你倒剥光了到洗碗间去洗洗看,"莫雷尔说着捋捋头发,"真像个冰窖子!"

他老婆回答:"我才不会那么大惊小怪呢。"

"不,你会直挺挺摔倒,全身冻得像个门把①。"

"干吗说冻得像个门把,不说冻得像别的呢?"保罗好奇地问。

"呃,我不知道;人家都那么说。"他父亲回答说,"不过洗碗间的穿堂风真厉害,就像吹过铁栅栏大门似的,吹透你肋骨。"

"要吹透你的肋骨可不大容易。"莫雷尔太太说。

莫雷尔伤心地看看自己身体的两胁。

"我!"他叫道,"我现在成了个瘦皮猴。骨头都蠹出来了。"

"我倒要看看在哪儿。"他老婆回嘴说。

"到处都是!我只剩下一把干柴啦。"

莫雷尔太太哈哈笑了。他的身子仍然富有青春活力,肌肉发达,一点肥肉也没有。他的皮肤光滑干净。看上去真像一个二十八岁男人的身体,只有嵌在皮肤里的煤灰给他留下

---

① 英语成语中"冻得像个门把""冻得像青鱼"都是冻僵的意思。

275

一身蓝疤,像刺花,而且胸脯上毛太多了。可他却沮丧地把双手贴在两胁上。他有一种固执的想法,因为自己没发胖,就是瘦得像只饿瘪的耗子。

保罗看着他父亲那双粗壮的紫膛色大手,伤疤累累,手上的指甲都断裂了,这双手正抚摸着自己光洁的两胁,这么不调和真叫保罗吃惊。说来真怪,这竟然是属于同一个身体。

"我想,"他对父亲说,"你的身材以前一定很好。"

"呃。"他父亲大声叫着,朝四周看看,吃了一惊,怪不好意思的,活像个孩子。

"以前他是长得好。"莫雷尔太太说,"他要不是自己东磕西碰,像拼命要钻进地缝里似的就好了。"

"我!"莫雷尔叫道,"说我身材生得好!我向来就是一副骨头架子。"

"当家的!"他老婆嚷道,"别装出那么一副哭丧脸来了!"

"说真的!"他说,"你根本不知道我身子看来真像是已经在飞快垮下去了。"

她坐着哈哈大笑。

"你身子骨像铁打的一样,"她说,"如果光看身体的话,没有人比得上你。可惜你没看见他年轻时的样子。"她突然对保罗大声说话,说着还挺直身体,学她丈夫过去英俊的体态。

莫雷尔忸怩地看着她。他又一次看到了以前她对他的热情。这种热情在她身上闪耀了一阵子。他却忸忸怩怩,有点受宠若惊、不敢抬头的样子。不过他还是重新感受到了自己过去那种得意的心情。随后,他立刻又意识到了这些年来他所闯下的祸事。他急于想忙点什么,以便逃避开这个念头。

"你给我擦擦背。"他求她。

他老婆拿了一块蘸满肥皂的绒布,啪的一声撩在他肩膀上。他跳了起来。

"嗳,你这小贱人!"他叫道,"冷得要命!"

"你应该是条火龙。"她笑着替他擦背。她难得亲手为他做这样贴身的琐事。这些事都是孩子们做的。

"来世你连一半这么热都享受不到呢。"她又加了一句。

"哎呀,"他说,"你应该知道这儿尽是穿堂风吹着我。"

可是她已经洗好了。她随便替他擦了几下,就走上楼去,不一会儿又拿着他的替换裤子走下来。他擦干身子就挣扎着穿上衬衫。于是他红光满面,精神焕发,头发根根竖起,他的绒布衬衫拖在下井穿的裤子上。他站着把准备穿的这套衣服烘热。他把衣服翻来翻去,烤热了。

"天哪,当家的!"莫雷尔太太大声说,"快穿上吧!"

"难道你会喜欢套上一条冰凉的裤子,像掉进一桶冷水吗?"他说。

最后,他终于脱下下井穿的裤子,穿上讲究的黑衣服,他就在炉边地毯上换衣服,要是安妮和她的好朋友在场,他也照穿不误。

莫雷尔太太翻动炉子里的面包。随后她从屋角的红陶器和面钵里又拿了一团面,捏成面包形状,放进铁皮烤盘里。她正在做面包,巴克尔敲门进来了。他是个小个子,举止沉着,身材结实,看上去就是穿过一堵石墙也不在话下。一头黑头发剪得短短的,脑袋瘦骨嶙峋。像多数矿工一样,他脸色苍白,不过身体倒很健康,衣着也很整洁。

"你好,太太。"他向莫雷尔太太点点头,叹了口气,自己坐下了。

"你好。"她亲切地回答。

"你鞋跟裂开了。"莫雷尔说。

"我不知道啊。"巴克尔说。

他跟别人一样,在莫雷尔太太的厨房里总有点拘拘束束的。

"你太太好吗?"她问他。

他前些日子曾经跟她说过:"你瞧,我们家那口子正怀着第三胎呢。"

现在听她问起,他一面摸脑袋,一面回答:"嗯,我想,她还算不错。"

"让我想想看——几时生啊?"莫雷尔太太问。

"嗯,眼下我估计随时都快生了。"

"啊,她确实保养得不错么?"

"是啊,身体挺好的。"

"真是老天保佑,因为她身体一向不大结实。"

"是啊。而且我又干了件蠢事。"

"什么事?"

莫雷尔太太知道巴克尔不会干出太蠢的事的。

"我出来没带菜篮子。"

"那你用我的好了。"

"不,你自己也要用的。"

"我不用,我总是拿个网兜。"

她曾见这个行事果断的小个子矿工星期五晚上常为家里采购肉食和杂货,对他非常佩服。她对丈夫说:"巴克尔虽然矮小,不过他的男子汉气概却十倍于你。"

这时韦森进来了。他很瘦,看上去弱不禁风,尽管他有了七个孩子,还是不脱一副稚气的天真相,脸上露出稍带点傻气的笑。不过他老婆倒是个火辣性子的女人。

"我看你们已经把我撇在一边了吧。"他有点不痛快地笑着说。

"对了。"巴克尔回答。

新来的人把帽子和羊毛大围巾都脱掉了,他的鼻子又尖又红。

"恐怕你冷了吧,韦森先生?"莫雷尔太太说。

"是有点冷得刺骨。"他回答说。

"那么来烤烤火吧。"

"不,我就待在这儿好了。"

两个矿工都靠后坐着。没人能劝他们坐到炉边去,炉边是家庭中视为神圣的地方。

"你坐到扶手椅上去好了。"莫雷尔兴高采烈地说。

"不,谢谢你,我在这儿挺好的。"

"对了,来吧,不用说了。"莫雷尔太太坚持说。

他站起来,尴尬地走过去。坐在莫雷尔的扶手椅上,这未免有点太熟不拘礼了,不过炉火的确使他感到其乐无穷。

"你近来胸口好点了吗?"莫雷尔太太问道。

他又微笑了,那双蓝眼睛看上去乐呵呵的。

"哦,挺不错的。"韦森说。

"就是里面老呼噜呼噜像开了壶似的。"巴克尔不客气地说。

"啧—啧—啧!"莫雷尔太太啧啧连声。"你那件绒布衬衫还没做好么?"

"还没呢。"他微笑了。

"那你干吗不做呀?"她大声说。

"总会有的。"他笑道。

"啊,到世界末日就会有了!"巴克尔叫道。

巴克尔和莫雷尔两人对韦森都有点不耐烦。不过当然喽,他们俩自己倒都结实得像牛,至少躯体上是如此。

等到莫雷尔快准备好的时候,他就把钱包推给保罗。

"数一下,孩子。"他低声下气地求他。

保罗不耐烦地放下书本铅笔,把钱包底朝天,倒在桌上。里面有一袋银币共计五英镑,还有金镑和一些零钱。他数得很快,一边数一边核对着清单——那些纸条上写的是出煤量——把钱分别理好。随后巴克尔再查看了一下清单。

莫雷尔太太上楼去了,三个男人走到桌边。莫雷尔作为这家的主人,在他的扶手椅上坐下,背对着暖烘烘的炉火,两个包工伙伴就坐在比较冷一些的位子上。他们谁也不数钱。

"辛普生该得多少?"莫雷尔问道;伙伴们对那个做日班的人得的工钱认真盘算了一番,然后把那笔钱放到了一边。

"还有比尔·内勒那份呢?"

这笔钱也从这一堆里拿掉了。

此外,因为韦森住在公司的房子里,他的房租已经在总账中扣除了,莫雷尔和巴克尔就各拿了四先令六便士。还因为总账中扣除了莫雷尔家用煤的钱,巴克尔和韦森各拿了四先令。算清这些以后,事情就好办了,莫雷尔分给每人一个金镑,直到金镑分完为止;再分给每人一枚半克朗,直到半克朗分完;接下来每人一个先令,直到先令分完为止。要是末了还剩下一点钱分不匀,就由莫雷尔留着供大家喝酒。

随后三个男人站起来走了。莫雷尔趁他老婆没下来,一溜烟地逃走了。她听见门关上了,就走下楼来。赶紧看看炉子里的面包,接着朝桌上瞟了一眼,看见给她的钱就在桌上放着。保罗一直在工作。可这会儿他感到母亲正在数这星期的家用,越数火越大。

"啧—啧—啧!"她舌头啧啧连声。

他皱起眉头。她发火的时候,他就不能工作了。她把钱又数了一遍。

"只有这么二十五先令!"她叫道,"那清单上写的是多少?"

"十英镑十一先令。"保罗烦躁地说。他担心着就要出的事。

"他这星期就给我这么二十五先令,还要付他俱乐部的会费呢!可是我知道他的心思。他以为你在挣钱,他就用不着再养家糊口了。不行,他把自己的钱都用来大吃大喝了。可我要给他点厉害尝尝!"

"哦,妈妈,别!"保罗喊着说。

"别什么,我倒要问问看!"她大声叫道。

"别吵了,我不能工作了。"

她安静下来。

"是啊,说得轻巧,"她说,"可你想想看,叫我怎么过日子呢?"

"得了,你吵吵嚷嚷又有什么好处呢?"

"我倒想看看要是叫你拿这点钱凑合着过,你怎么办?"

"用不了几天了。你可以拿我的钱去用,让他见鬼去吧。"

他继续做他的工作。她冷冷地系好帽带。碰到她烦躁起来,他总感到难以忍受。不过他现在开始坚持要她买他的账。

"最上面一层那两只面包,"她说,"再过二十分钟就好了。你别忘了。"

"好吧。"他回答着;她就上市场去了。

他一个人留下工作了。可是他平常思想高度集中,如今竟神魂不定。他听着院子大门的动静。七点一刻,有人轻轻敲了一下,米丽安进来了。

"就你一个人?"她问。

"是啊。"

她像在家里一样,脱下宽顶无檐圆帽和长外套,挂好。他看了不由心里怦怦跳。这儿就像他俩自己的家一样,他和她的家。接着她走过来凝视着他的作品。

"这是什么?"她问。

"还是设计,设计装饰布和刺绣。"

她近视地弯腰看着这些画稿。

她这么目不转睛地盯着他的一切东西,对他刨根问底,他不由生气了。他走进起居室,回来时拿了一捆带棕色的亚麻布。他小心翼翼把布展开,铺在地板上。原来这是一条窗帘或门帘,上面用雕版印出一组美丽的玫瑰花图案。

"啊,多美啊!"她叫道。

铺在她脚下的这块装饰布,上面那奇妙的红玫瑰和深绿的梗子那么朴实,可不知怎么又那么妖艳。她跪在装饰布旁边,黑色的卷发也披散下来。他看见她娇媚地蹲在他的作品前面,心儿不由怦怦狂跳起来。突然她抬头看着他。

"这花为什么看上去那么无情?"她叫道。

"什么?"

"这里面好像有一种无情的感觉。"她说。

"不管无情不无情,这图案可是够好的。"他小心翼翼把作品折好,随口答道。

她慢慢站起来,还在沉思着。

"你准备拿它怎么处理?"她问。

"送到自由商行去。我是为我妈画的。可是我想她是宁可要钱的。"

"是啊。"米丽安说。他刚才话音里有一丝苦味,米丽安很同情他。对她来说钱可算不了什么。

他把那块布又拿回起居室去了。回来的时候扔给米丽安一块小一点的布料,这是个同样图案的靠垫套子。

"这块我是做给你的。"他说。

她双手颤抖着抚摸这件作品,一言不发。他感到有点发窘。

"天哪,面包!"他叫道。

他把最上层两只面包拿出来,使劲拍打着。面包已经烘好了。他把面包放在炉边,让它冷却。随后他走到洗碗间,蘸湿了手,从和面钵里捏起最后一团白面团,放进烤盘。米丽安还是弯腰看着她那幅印花料子。他站着搓去手上的面团碎屑。

"你真喜欢吗?"

她抬头看着他,黑眼睛里满含着炽烈的爱。他不安地笑了笑。随即谈起这件设计来了。对他来说,跟米丽安谈谈自己的作品是最愉快不过的。每当他谈到自己的作品,或是有什么设想,他和她的思想交流中就寄托了他的全部激情和狂热。是她使他产生了想象力。虽然她并不了解他的作品,正如一个女人不了解她子宫里怀着的胎儿一样。不过这就是她的生命,也是他的生命。

他们正在谈天,进来了一个年约二十二岁的女人,身材矮小,面色苍白,双眼凹陷,但神色冷酷,她是莫雷尔家的一个朋友。

"把衣服宽了吧。"保罗说。

"不用,我不在这儿久待。"

她坐在扶手椅上,面对着坐在沙发上的保罗和米丽安。米丽安挪动了一下,离保罗远一点。房间里暖烘烘的,一股新烤面包的香味,炉边放着焦黄色的新鲜面包。

比阿特丽斯不怀好意地说:"我没想到今晚会在这儿碰见你,米丽安·莱佛斯。"

"为什么没想到?"米丽安沙哑地低声说。

"咦,让我看看你的鞋。"

米丽安不自在地一动也不动。

"要是你不肯那就算了。"比阿特丽斯笑笑。

米丽安把脚从衣裾下面伸了出来。她的靴子看上去有股古怪,畏缩,甚至可怜巴巴的味道,显得她这个人多么害羞,多么缺乏自信。而且靴子上还溅满了泥巴呢。

"哎呀!你简直成了个粪堆啦!"比阿特丽斯惊叫了,"谁替你擦靴子?"

"我自己擦。"

"那是你没事找事,"比阿特丽斯说,"今晚上这种天气叫我上这儿来,起码要有八抬大轿我才肯来。不过爱情可不怕泥泞,对吗,圣徒,宝贝儿?"

"Inter alia.①"他说。

"哦,天哪!你竟装腔作势说起外国话来了?这是什么意思,米丽安?"

后面这个问题有点挖苦的味道,可是米丽安没听出来。

"我猜意思是'除了别的以外'。"她腼腆地说。

比阿特丽斯不怀好意地伸舌笑笑。

"'除了别的以外'吗,圣徒?"她跟着说了一遍。"你意思是说爱情对什么都付诸一笑,爹妈也罢,兄弟姐妹也罢,男女朋友也罢,甚至心爱的人也罢,是吗?"

她装出一副天真烂漫的样子。

"确实,它可算是开怀大笑吧。"他答道。

"还不如说是心里暗笑吧,圣徒莫雷尔——这话准没错。"她说着,又不怀好意地暗笑不止。

米丽安一声不响地坐着,缩在自己的天地里,保罗的朋友个个都喜欢跟她作对,而他却扔下她不管——好像对她报什么仇似的。

"你还在学校里吗?"米丽安问比阿特丽斯。

"在啊!"

"那么说你还没拿到解雇通知?"

"我看复活节就会拿到的。"

"就为了你考试不及格,就把你解雇,这多不像话!"

"我不知道。"比阿特丽斯冷冷地说。

"阿加莎说你并不比任何地方的教师差。我觉得这事未免太荒唐了。不知道你怎么会不及格的?"

---

① 拉丁文,意思是"除了别的以外"。

"脑子少几根弦,对吗,圣徒?"比阿特丽斯简单地说。

"只有讽刺人的脑子。"保罗大笑说。

"讨厌鬼!"她叫着,跳起来冲上去,打他耳光。她那双小手长得很美。她跟他扭打的时候,他就捏住她手腕。最后她总算挣脱了,在他那浓密的深棕色头发上抓住两把直摇。

"比特!"他把自己的头理直了以后说,"我恨你!"

她乐得哈哈直笑。

"听着!"她说,"我要坐在你旁边。"

"我情愿跟一个泼妇坐在一起。"他嘴里这么说,还是在他和米丽安之间给她腾出个位子。

"把他的漂亮头发弄乱了吧?"她叫着,拿出自己的梳子把他头发梳梳直。"还有那口漂亮的小胡子!"她惊叫道。她把他脑袋扳到后面,替他梳梳小胡子。"这胡子一股邪气,圣徒,"她说,"这是个危险的信号。你有那种烟卷吗?"

他从口袋里掏出烟盒。比阿特丽斯朝烟盒里看看。

"想想看,我抽着康妮最后一支烟的模样,"比阿特丽斯说着,把烟咬在牙缝里,他替她点了火,她优雅地吐着烟圈。

"多谢你,宝贝儿。"她嘲弄地说。

这使她感到一种恶作剧的愉快。

"你觉得他招待得周到吗,米丽安?"她问。

"哦,非常周到!"米丽安说。

他自己拿了支烟卷。

"要火吗,老兄?"比阿特丽斯说着,冲他翘起了烟卷。

他欠身在她的烟卷上对了火。她看见他眨眨眼睛,也对他眨眨眼睛。米丽安看见他的眼睛淘气地颤动着,丰满得几乎是好色的嘴唇也在颤抖。他不是原来的保罗了,她真受不了。像他现在这副模样,她跟他就没什么关系了。她还不如不存在呢。她看见那支烟在他丰满的红唇上一跳一跳。她恨他那头厚厚的头发被弄得乱蓬蓬地披在额头上。

"乖孩子!"比阿特丽斯说着,捧起他下巴,在他脸上轻轻亲了一下。

"我也要亲还你,比特。"他说。

"你亲不到。"她格格笑着,跳起来走开了。"米丽安,瞧他多不要脸?"

"不错,"米丽安说,"顺便说说,你没忘记面包吧?"

"天哪。"他叫了一声,急忙打开炉门。

只见一股青烟扑面而来,还有一股焦面包味。

"哎呀,天哪!"比阿特丽斯叫着,走到他身边。他蹲在炉子前面,她从他肩膀上望过去,张望着炉里。"这就是爱情的健忘症的恶果,孩子。"

保罗伤心地把这几只面包拿出来。一只面包向火的一面烤得乌黑;另一只硬得像块砖头。

"啊呀,我的妈!"保罗说。

"你应该把面包擦一下,"比阿特丽斯说,"给我把磨豆蔻的擦子拿来。"

她把炉子里的面包整理了一下。他拿来了擦子,她把面包焦屑擦在桌上一张报纸上,他打开房门,让面包的焦味散发出去。比阿特丽斯一面吐着烟雾,一面把那烤煳的面包上的焦炭擦掉。

"哎呀,米丽安,这回的事你可得挨骂了。"比阿特丽斯说。

"我!"米丽安惊叫了。

"你最好乘他妈没回来就走。我知道阿尔弗雷德王①烘焦糕饼是怎么回事了。我明白啦!保罗可以编一套谎言,就说他忙得忘记了面包。只要他认为这套谎话站得住脚就行了。要是那位老太太回来得稍早一点,她就不会去打那个可怜的阿尔弗雷德而要打这个厚脸皮东西耳光,怪他健忘了。"

她一面擦面包,一面格格笑。连米丽安也忍不住,大笑起来。保罗却懊丧地只顾给炉子加煤。

忽听得院子大门砰的一声响。

"快!"比阿特丽斯叫道,把擦过的面包递给保罗,"把面包包在湿毛巾里。"

保罗跑进洗碗间去了。比阿特丽斯把擦下来的面包屑吹到火里,像没事人似的坐好。安妮一头冲了进来。她是个莽撞的姑娘,长得相当漂亮,到了屋里明亮的灯光下,眼睛直眨巴。

"怎么一股焦味儿?"她叫道。

"是烟卷的味道。"比阿特丽斯假装正经地回答说。

"保罗呢?"

伦纳德跟着安妮走了进来。他生来一张长脸,看上去很滑稽,还长着一双忧伤的蓝眼睛。

"我猜他是撇下你们,好平息你们之间的不和吧。"他说。他同情地对米丽安点点头,又不无嘲讽地对比阿特丽斯点点头。

"不,"比阿特丽斯说,"他吃了迷魂药去睡觉啦。"

---

① 阿尔弗雷德王(849—899):西撒克逊国王,在位期间为871—899年,英国历史上最受爱戴的人物。公元九世纪末曾大力抗击丹麦人入侵,同时着手振兴艺术。相传公元878年他败退至萨默塞特沼泽地时,曾在行军途中把饼烤焦。

"怪不得我碰见梦神在打听他呢。"伦纳德说。

"是啊——我们准备像所罗门分孩子①那样,把他一人一半分掉。"比阿特丽斯说。

安妮哈哈大笑。

"哦,嗳,"伦纳德说,"那么你要哪一半呢?"

"我不知道,"比阿特丽斯说,"我将让别人先挑。"

"你等着拣剩货对吗?"伦纳德说着扮了个鬼脸。

安妮正在看炉子里面,米丽安坐着没人理,保罗进来了。

"这面包可真好看呐,我的保罗。"安妮说。

"要嫌弃你就应该待在家里照应面包。"保罗说。

"你是说你应该干你想干的事。"安妮回答说。

"他当然应该,难道这不对吗?"比阿特丽斯叫道。

"我想他手头工作一定不少。"伦纳德说。

"米丽安,你一路上不大好走吧?"安妮说。

"是啊——可我整个星期都闷在家里……"

"你自然想换换空气。"伦纳德和气地暗示说。

"是啊,你不能老闷在家里不动。"安妮赞同说。她态度相当亲切。不一会儿比阿特丽斯穿上外套和安妮、伦纳德一起出去了。她要去会自己的男朋友。

"别忘了面包,保罗。"安妮喊道,"再见,米丽安,大概不

---

① 所罗门王(公元前十世纪):古代以色列王国国王,相传以智慧过人著称。据《圣经·列王纪上》第三章记载,一日有两个妓女来到所罗门王前告状,一个说她们两人共住一个房间,两人都生了一个男孩子,那个妇女半夜睡着时压死了自己的孩子,趁她睡着,把死孩子偷换了她的活孩子,另一妇人坚持说孩子是她的,要求公断。所罗门王吩咐左右拿把刀来将活孩子劈成两半,一人一半。活孩子的母亲疼爱孩子,情愿放弃,另一妇人却同意,所罗门王据此把孩子判给主张不杀孩子的妇人。

会下雨吧。"

大家都走了,保罗拿出那只包起来的面包,打开来,懊丧地查看着。

"都一团糟了!"他说。

"可是,"米丽安不耐烦地说,"这又怎么样呢,说到底,也只值两个半便士罢了。"

"话是不错,不过这烘面包是妈妈最重视的事,她准会往心里去的。不过,多说也没有用。"

他把面包又拿回洗碗间去了。这时他和米丽安之间出现了一点小小的隔膜。他站在她对面踌躇不前,考虑了一阵子,想着刚才他和比阿特丽斯的行为。他感到一阵内疚,然而又有点高兴。由于某种不可思议的理由,他认为米丽安受到这样对待是活该。他并不后悔。她不知道他站在那儿一动不动想些什么。他那头浓密的头发披散在前额上。为什么她就不能替他将上去,抹掉比阿特丽斯的梳子留下的痕迹?为什么她就不能双手紧抱着他的身体?他的身体看上去多么结实,处处都那么生气勃勃。他让别的姑娘跟他亲热,为什么就不能让她?

突然他惊醒了。他赶紧把前额上的头发捋开,朝她走来,她简直害怕得要发抖了。

"八点半了!"他说,"咱们得快点了,你的法文在哪儿?"

米丽安不好意思地,同时又有点难受地拿出了她的练习本。她每星期用法文写一篇类似日记的东西交给他,谈谈自己的心理活动。他发现只有这种办法才能叫她写作文。她的日记多数是一封情书。现在,他就要念了。她感到,他抱着现在这种心情来看作文,她的心灵变化过程似乎即将被他亵渎了。他坐在她身边。她看着他的手,那只有力而温暖的手,严格地批改着她的作业。他看的只是法文,毫不理会那日记里面有她的心声。不过他的手慢慢忘了批改作业。他一动不动地默默念着。她颤抖着。

"今天清晨小鸟把我唤醒,"他念道,"天刚破晓,我卧室的小窗子已经泛白,又呈现出一片黄色,林中百鸟欢快歌唱,歌声不绝。整个黎明在震颤。我梦见了你。你是否也看见了黎明?小鸟几乎每天清晨唤醒我,在鹈鸟的叫声中,我总觉得有点令人心寒的东西。天是那样蔚蓝……"①

米丽安坐在那儿直打哆嗦,一半也是不好意思。他还是一动也不动,尽量想理解其中的意思。他只知道她爱他。他害怕她对他的爱。这种爱对他来说是太幸福了,他配不上。他自己的爱情却不行,比不上她的。他惭愧地批改她的作业,腼腆地在她的字上写着。

"瞧,"他平静地说,"Avoir② 这个词的过去分词放在前面的时候,变形要和直接宾语一致。"

她探着身子,弯下腰,想看看,弄弄清楚。她那细柔的卷发挨在他脸上。他吓了一跳,仿佛挨了火烫似的,竟战栗起来。他看见她直愣愣盯着本子,两片红唇惹人怜爱地张开着,一绺绺细细的黑发披散在她红褐色的脸蛋上。她脸色就像一只石榴那么鲜艳。他看着她,呼吸不觉急促起来。突然她抬头看着他,那双黑眼睛坦然露出爱意、恐惧和渴望。他的眼睛也是乌黑的,这对眼睛伤害了她,似乎主宰着她。她不克自

---

① 原文是法文。
② 法语动词,意思是"有"。

持,深为害怕。他知道必须先克服自己内心的某种东西才能吻她。对她的一丝恨意又偷偷袭上他的心头。他只好重新批改作业。

突然他扔下铅笔,一骨碌跳到炉前去翻动面包。他的动作在米丽安看来实在太快了。她猛地吓了一大跳,这种行为真正伤了她的心。就连他蹲在炉边的姿势也伤了她的心。那种姿势似乎有点冷酷无情,连他赶快把面包扔出烤盘,又把它接住的姿势也是冷酷无情的。只要他动作轻柔,她就会感到充实和热情。然而事实是,他伤了她的心。

他回过头来把练习改完了。

"你这星期写得很好。"他说。

她看得出他看了她的日记很满意。但这句话并不能完全补偿她的伤心。

"有时候你的文笔确实很流畅,"他说,"你应该去写写诗歌。"

她高兴得抬起头来,后来又不相信地摇摇头。"我不相信自己。"她说。

"你应该试一试。"

她又摇摇头。

"咱们要念点什么吗?时间也许太晚了吧?"他说。

"是不早了——不过咱们就念一点儿也好。"她恳求说。

此刻她真仿佛是在为自己下一星期的生活积蓄精神食粮。他叫她抄一首波德莱尔[①]的《阳台》。然后他把这首诗念

---

① 波德莱尔(1821—1867):法国象征派诗人,著有诗集《恶之花》,诗中歌颂死亡,描写病态心理。

给她听。他的声音原是温柔而亲热的,可这时逐渐变得粗声粗气了。他有一种习惯,在他深为感动的时候,往往激烈而辛酸地张着嘴唇,露出牙齿。这次他又这么做了。这使米丽安感到他仿佛存心糟践她。她不敢看他,只是低头坐着。她不能理解他为什么那么慷慨激昂。这使她十分沮丧。总的说来她不喜欢波德莱尔,也不喜欢韦莱纳。

> 看她在田野里歌唱,
> 远处孤独的高原少女。

像这样的诗句就鼓舞了她,同样,《美丽的伊内斯》也是如此。还有……

> 这是一个美丽的傍晚,安宁而悠闲,
> 神圣的时光寂静得像修道院。

这些诗句就像描写她本人一样。而他却痛苦地用喉音念着:

> 你想起了美女的爱抚①。

诗念完了;他把面包从炉子里拿出来,把烘焦的面包放在发面钵底里,好面包放在面上。那只烤煳的面包仍旧包起来放在洗碗间。

"妈妈到明儿早上才会知道,"他说,"到了早上她就不会像晚上生这么大气了。"

米丽安看看书架,看看他收到些什么信和明信片,还看看书架上有什么书。她拿了一本他感兴趣的书。随后他捻小煤

---

① 这一句原文是法文。

气灯,他们就动身了。他连门都没锁上。

直到十一点差一刻他才回来,只见母亲正坐在摇椅里。安妮一动不动地坐在炉前一张小凳子上,一股头发披在背上,肘拐儿撑着膝盖,闷闷不乐。桌上放着那只已经从裹着的毛巾里取了出来的倒霉的面包。保罗进来时气也有点透不过来了。大家都不说话。母亲正在看本地出的一张小报。他脱了外套,走到沙发跟前去坐下。母亲怒悻悻地把身子挪开一点,让他走过去。谁也不说话。他非常不自在,开头几分钟,他坐着假装看看在桌上发现的一张纸片。后来……

"我忘记那只面包了,妈妈。"他说。

母女俩都不理他。

"行了,"他说,"这只值两个半便士,我可以赔你。"

他生气了,放了三个便士在桌上,还把钱向母亲那边一推,她扭过头去,紧紧抿着嘴。

"嘎,"安妮说,"你不知道妈妈刚才多不舒服。"

她坐着一直瞪着炉火。

"她为什么不舒服?"保罗蛮横地说。

"哼!"安妮说,"她差点回不了家啦。"

他走近看看母亲,她果然一脸病容。

"她为什么差点回不来?"他还是厉声问安妮。她不回答。

"我发现她坐在这儿,脸色煞白。"安妮说话的声音快要哭出来了。

"咦,怎么会呢?"保罗钉住不放。他皱着眉头,两只眼睛激怒地睁得偌大。

莫雷尔太太说:"拿着那么多大包小包——又是肉,又是蔬菜,还有两块窗帘……谁也受不了啊。"

"嘻,你为什么要拿这些包呢;你用不着拿嘛。"

"那么谁去拿呢?"

"让安妮去拿肉好了。"

"是啊,我可以去拿肉,可我怎么知道呢?你陪米丽安出去了,妈妈回来的时候家里就没人。"

"你到底是怎么不好呢?"保罗问他母亲。

"我猜是心脏不好。"她回答说。的确,看上去她嘴边一圈都发青了。

"你以前有过这种感觉吗?"

"有——常有。"

"那你干吗不告诉我?——你干吗不去看医生?"

莫雷尔太太在椅子上辗转不安,她对他这么瞎咋唬非常生气。

"你什么事都不管,"安妮说,"一心只想陪米丽安出去。"

"哦,我吗——哪点比你和伦纳德差?"

"我十点差一刻就到家了。"

屋子里沉默了一阵子。

"我本来以为,"莫雷尔太太辛酸地说,"她不会把你的魂都勾去,弄得一炉面包全烘焦了。"

"不只她一个,比阿特丽斯也在这里。"

"或许是这样。不过我们还是明白面包怎么会糟蹋的。"

"怎么呢?"他火了。

"因为你全部精力都集中在米丽安身上。"莫雷尔太太激动地说。

"哦,说得好——可恰恰不是这么回事。"他愤愤地回答。

295

他心情苦恼,十分沮丧。抓起一张纸就看起来。安妮解开罩衫,把长头发编成一根辫子,简慢地跟他道了声晚安,就上楼去睡了。

保罗坐着假装看书。他知道母亲要责备他。他还想知道她怎么会生病的,因为他很担心。他原想溜去睡觉,因为这才没去,只是坐在那儿,等待着。屋里气氛紧张,异常沉默,只听见时钟嘀嗒嘀嗒响。

"你最好趁你爹还没回来先上床去,"母亲刺耳地说,"你要是想吃什么东西,最好这会儿就去拿。"

"我什么都不要。"

每星期五晚上是矿工们大吃大喝之夜,母亲照例总要买点小吃来做晚餐。今晚他火气太大,不想去看伙房里有什么东西。这可惹恼了她。

"星期五晚上如果我要你到席尔贝去,你是怎么样一副嘴脸,我想都想得出来,"莫雷尔太太说,"可要是她来找你,你无论怎么累也会去。而且,到那时你连吃喝都不要了。"

"我不能让她一个人回去。"

"你不能?那么她干吗来呢?"

"我又没请她来。"

"你不要她来,她是不会来的……"

"好吧,就算我真要她来,那又怎么样?……"他回答说。

"当然,要是这事合情合理,那也没什么。可是在泥塘里来回奔波几英里,搞到半夜才回家,而且明儿一早还得上诺丁汉去……"

"就是我不去,你还不是会这样。"

"是啊,我还是会这样,因为这事没意思。难道她就那么迷人,你一定得一路跟着她?"莫雷尔太太拼命挖苦他。她坐着不动,扭过脸去,手指有规律地一抽一抽,捋着身上那条缎纹布的黑围裙。保罗看见她这种动作,感到很伤心。

"我是喜欢她,"他说,"可是……"

"喜欢她,"莫雷尔太太说话还是那种讽刺的语调。"在我看来,你好像别的什么人什么东西都不喜欢了。安妮也罢,我也罢,你什么人都不喜欢。"

"你胡说什么呀,妈妈——你明明知道我不爱她——我——我跟你说我不爱她——她甚至从来没跟我一起手挽手走过,因为我不要她挽着我。"

"那你干吗老上她那儿去?"

"我就喜欢跟她谈谈——我从来没说过我不喜欢。不过我不爱她。"

"难道就没别人可以谈谈吗?"

"没人可谈我们谈的这些东西——有好多事情你是不感兴趣的,那种……"

"什么事?"

看到莫雷尔太太那么激动,保罗心里不禁怦怦跳。

"噢——画画啊——书啊。你对赫伯特·斯宾塞[①]是不会关心的。"

"对,"她伤心地回答,"你到了我这把年纪也不会关心的。"

"好吧,可是我现在关心——米丽安也关心。"

---

① 赫伯特·斯宾塞(1820—1903):英国哲学家,社会学家,不可知论者,认为人只能认识事物的现象,不可能认识本质。

"可你怎么知道,"莫雷尔太太气势汹汹地说,"我就不会去关心呢?你跟我谈过吗?"

"可你是不关心的,妈妈,你知道你不会关心一幅画是不是具有装饰性;也不会关心一幅画是什么风格。"

"你怎么知道我不关心呢?你跟我谈过吗?你到底有没有跟我谈过这些事,试探一下?"

"可这些事跟你都没关系,妈妈,你知道没关系。"

"那么什么事——那么什么事才和我有关系呢?"她突然冒火了。他痛苦地皱着眉头。

"你老了,妈妈,我们还年轻。"

他只是想说在她这年纪跟他这年纪的兴趣是不一样的。不过话一出口,他就意识到自己说错话了。

"是啊,我很清楚——我老了。因此我可以靠边站了;我跟你已经没什么关系了。你只要我侍候你,其他的都给了米丽安了。"

他受不了啦。他本能地知道他是她的命根子。而且她毕竟也是他的主心骨,是他惟一至高无上的东西。

"你知道不是这么回事,妈妈,你知道不是这么回事!"

她看见他哭了,又动了怜悯心。

"可看起来很像这么回事。"她说着,气也消了一半。

"不,妈妈——我真的不爱她。我跟她谈谈,可心里总在想着早点回来,看见你。"

他已经把硬领和领子都拿下来了,光着脖子站起来,准备上床去。他弯下身子吻吻母亲,她两臂搂住他脖子,把脸藏在他肩膀上,像孩子似的哭哭啼啼,这和她平时完全不一样,他感到非常痛苦,身体也扭动起来。

"我受不了。我可以让另外的女人——可不能让她。她没给我留下余地,一点点余地也没留……"

他立刻痛恨起米丽安来。

"而且我从来没有过——保罗,你知道——我从来没有一个丈夫——没有真正的……"

他摸摸母亲的头发,他的嘴吻着她喉头。

"她把你从我身边抢去有多么得意啊——她不像一般的姑娘。"

"好吧,我不爱她,妈妈。"他低下头喃喃说,痛苦地把眼睛蒙在她肩头。母亲给了他一个火热的长吻。

"我的儿。"她声音颤抖,充满了热爱。

不知不觉中,他竟轻轻摸起她的脸来了。

"好了,"母亲说,"你睡觉去吧。明天早上你要累坏了。"她正说着,听见丈夫回来了。"你爹来了——去吧。"突然她看着他,几乎害怕了。"也许我太自私了。如果你要她,你就娶她吧,我的孩子。"

母亲看上去真古怪。保罗颤抖着吻吻她。

"哈——妈妈。"他温柔地说。

莫雷尔跌跌撞撞地走进来了。帽子遮住一只眼睛的眼角。他在门口踌躇地站住了。

"你又在玩什么把戏了吧?"他恶毒地说。

莫雷尔太太的感情一变而为对这个醉鬼的突然痛恨,他竟这样冲着她来了。

"至少总没喝得醉醺醺的。"她说。

"哼——哼!哼——哼!"他冷笑了几声。他走进过道,挂好衣帽。随后他们听见他走下三级楼梯到伙房去了。他回来时手里拿着一块猪肉馅饼。这是莫雷尔太太为儿子买的。

"那可不是为你买的,要是你只给我二十五先令,我决不会在你灌满一肚子黄汤以后再买猪肉馅饼给你糟蹋。"

"什么——什么——什么?"莫雷尔怒吼了,身体摇摇晃晃。

"什么——不是为我买的?"他看看那块肉和馅饼皮,突然大发脾气,一下子把馅饼扔进火里去了。

保罗吓了一跳,站起来了。

"浪费你自己的东西去吧!"他嚷道。

"什么——什么!"莫雷尔忽然大叫,跳起来,紧握拳头,"我让你瞧瞧,你这小子!"

"好吧,"保罗恶狠狠地说,头歪在一边,"给我瞧吧!"

那时他正巴不得对着什么猛揍一下。莫雷尔半蹲着身子,举着拳头,准备跳过来。小伙子站着,唇边浮着微笑。

"呜嘘!"做父亲的嘴里嘘了一声,猛地一拳打来,在儿子脸前擦过。虽然离得这么近,他也不敢真正碰碰这个小伙子,只能在一英寸之外虚晃拳头。

"好!"保罗说着,眼睛只顾盯着他爹的嘴角,再过一刹那他拳头就要揍在这儿了。他真渴望着揍这一拳。但这时他听见身后传来一声微弱的呻吟。只见母亲脸色像死人一样苍白,嘴唇也发黑了。莫雷尔正跳跳蹦蹦,想要再揍一拳。

"爹!"保罗震天价大喊了一声。

莫雷尔一惊,站住了。

"妈!"儿子悲声说,"妈!"

她开始竭力挣扎。虽然她还不会动,睁开的眼睛却一直望着他。她逐渐恢复了。他把她放在沙发上,奔到楼上拿了一点威士忌,最后她总算能抿几口了。泪水在他脸上滚滚直流。他跪在她面前,并没哭出声来,可是眼泪悄悄淌下来。在屋子那头的莫雷尔,肘拐儿撑住膝盖坐着,瞪着他们。

"她怎么了?"他问。

"晕倒了。"保罗回答。

"哼!"

莫雷尔动手脱靴子,蹒跚地上床去。他在这个家里的最后一仗已经打完了。

保罗跪在那儿,一直搓着母亲的手。

他一次又一次地说:"别病倒啊,妈妈,别病倒啊!"

"没什么,我的孩子。"她喃喃说。

最后他站起身来,拿来一大块煤,把火封了。随后他打扫房间,一切都整理好,摆好早饭的餐具,给母亲拿来了蜡烛。

"你能上床去吗,妈妈?"

"能,我就来了。"

"跟安妮睡去,别跟他睡。"

"不,我要睡在自己床上。"

"别跟他睡,妈妈。"

"我要睡在自己床上。"

她站起来了,他捻灭了煤气灯,拿着蜡烛,紧跟着她上楼去。在楼梯口他又亲热地吻了她。

"晚安。妈妈!"

"晚安。"她说。

他痛苦万状地把脸埋在枕头里。然而他内心深处却感到平静,因为他觉得他毕竟还是最爱他母亲。这种平静是一种无可奈何的痛苦的平静啊。

第二天,父亲为了跟他和解,煞费苦心,这对他是一种莫大的羞辱。

每个人都想忘记这一幕。

第九章 米丽安失恋

保罗对自己对万事都不称心。他爱得最深的还是他母亲。每当他感到自己伤了她的心,或是有损他对她的爱,就受不了。眼下已是春天,他跟米丽安闹起了纠纷。这一年来他跟她很不对劲。她对此也隐隐有所察觉。每当她做祈祷的时候,心里就感到自己注定要成为这场恋爱的牺牲品,这股熟悉的感觉同她种种情感交织在一起。她心灵深处并不相信她总有一天会嫁给他。她首先就不相信自己;不知道自己能不能做个符合他要求的人。她的确看不出自己能跟他过一辈子幸福日子。她看到的前途只有悲剧、忧伤和牺牲。她为作出牺牲而感到自豪,她善于克制自己,因为若要她料理日常生活,她对自己毫无自信。她对应付悲剧之类的大事和难事,倒是胸有成竹。不敢自信的就是究竟能否应付日常的生活琐事。

复活节假期喜气洋洋地开始了。保罗露出了真诚的本性。可她总感到会出事。星期日下午,她站在卧室窗口,眺望着对过林子里那片橡树,在午后的晴空下,枝桠间透着斑斑驳驳的微光。窗前挂着一簇簇灰绿色的忍冬树叶丛,她心想,有的已经萌出新芽来了吧。春天到来了,她心里对春天又喜欢又害怕。

听到大门格拉拉一响,她不由怔怔地站着。阴沉的天色晴朗了,保罗推着自行车走进了院子,车身闪闪发亮。平时他总是按着车铃,笑着走近屋子。今儿个却抿紧着嘴,脸色冷漠无情,神情有点懒散,略带讥诮。她如今已经摸透他的脾气,透过他那年轻人敏锐、高傲的外表,就能看出他内心的情绪。他一丝不苟地搁好自行车,那副神态冷冰冰的,她看了不免心里一沉。

她心急慌忙地下了楼。这天她身穿一件新的网眼罩衫,她暗想这件罩衫穿着很合适。高高的领子打着小皱褶,叫她想起苏格兰的玛丽女王,她寻思着自己穿着看上去格外显得像个女人,雍容华贵。如今她已经二十岁了,胸部丰满,体态美妙。脸上仍像戴着个柔和多彩的面具,表情一成不变。可她一旦抬眼看人,那对眸子真美极了。她怕他。他会看出她穿着新罩衫。

他怀着嘲讽的刻薄心情,有声有色地讲给她们家听美以美教会守旧派一个有名的传教士在教堂里做礼拜的情形。他坐在桌子上首,脸上表情说变就变,忽而这种神情,忽而那种神情,一味学着他嘲讽的各个对象的模样,两只原来怪好看的眼睛也一会儿和颜悦色,一会儿眉飞色舞。他的嘲弄老是叫她不痛快;实在太活灵活现了。他聪明过人,而且刻毒过人。每当他眼睛这样冷峻,充满嘲弄的敌意,她就感觉到他对人对己都毫不留情。可是莱佛斯太太听了却笑得直擦眼泪。莱佛斯先生星期天总爱打个盹,刚一觉睡醒,也乐得直搔脑袋。三兄弟光穿着衬衫坐着,蓬头乱发,睡眼惺忪,不时呵呵大笑。全家人对"学模学样"比什么都喜欢。

他根本没把米丽安放在眼里。后来她看到他注意她的新罩衫了,并且流露出了一个画家的赞赏,但却并没博得他一丁点儿温情的表示。她不由气馁,连从搁板上取茶杯的劲儿都没有了。

直等到家里几个男的都出去挤牛奶了,她才壮起胆亲自跟他打招呼。

"你来晚了。"她说。

"是吗?"他答道。

双方沉默了一会儿。

"骑车辛苦吗?"她问道。

"我没在意。"

她继续快快摆好茶桌。她刚忙完……

"茶一时还上不了。你要去看看水仙花吗?"她说。

他没答话,站起身来。他俩走到后花园,站到含苞待放的西洋李树下。群山和天空一片明净,透着寒意。一切景物看上去都像冲洗过似的,显得有点刺目。米丽安瞥了保罗一眼。只见他脸色发青,无动于衷。她看到她热爱的眼睛和眉头会看上去如此严峻伤人,觉得他未免太狠心了。

"顶头风吹得你累了吧?"她问道。她觉得他身上隐隐有点倦意。

"不,不见得。"他答道。

"想必是一路上辛苦了——树林子沙沙响得厉害。"

"看云色你就知道是西南风;到这儿来可顺风呢。"

"不瞒你说,我不骑车,所以我不懂。"她喃喃说。

"难道这个还要骑车才懂吗?"他说。

她心想他何必挖苦人呢。他俩一路默默向前走。围绕屋后那片野草丛生的草坪有一堵荆棘树篱。树篱下,水仙花正从灰绿色的叶片丛中探出头来。花瓣绿得透着凉意。可是仍然有几朵绽开了,金黄色的花朵摇曳生姿,灿烂夺目。米丽安跪在一簇水仙花跟前,双手捧着一朵野花似的水仙,掬起金黄色的花瓣,凑下身去,用嘴唇、脸蛋和额头亲着花朵。他站在一边,双手插在口袋里看着她。她掬起一朵朵开得婉约动人的黄花给他看,一直尽情抚弄着。

"这花真美极了,对么?"她喃喃道。

"美极了!这花长得密了点儿——还算好看罢了!"

她听到他议论她对花儿的赞美词,又径自低下头看花。他看着她蹲下身子,用热吻啜吮着花朵。

"你干吗一定要老是抚弄东西?"他烦躁地说。

"可我就爱摸这些花儿。"她不高兴地答道。

"难道你喜欢什么东西就非得紧紧抓住不放,仿佛要把它们的心都掏出来不可吗?你干吗不多少克制着点儿,或者留点儿余地啊什么的?"

她不胜懊恼地抬眼看看他,随即又慢慢用嘴唇挨挨一朵摇曳的花。她闻着花,只觉得那股香味比他还亲切得多;这几乎使她哭出声来。

"你就会把什么东西都诓得灵魂出窍,"他说,"不管怎么说——我可决不会诓人。我就会直来直去。"

他简直不知道自己在说什么。这番话无意识地脱口而出。她瞧着他。他的身子挺得笔直,简直犹如一把毫不容情地直指着她的尖刀。

"你老是苦苦哀求什么东西爱你,"他说,"仿佛你是个专门乞求爱情的叫花子。连对花朵你也这样死乞白赖的……"

米丽安有节奏地用嘴摇着花,亲着花,深深地吸着花香。后来,每当她再度闻到这种香味时,就会不由得身上直打寒噤。

"你不想去爱——你只是没完没了地、反常地老巴望人家来爱你。你不是积极的,而是消极的。你一个劲儿地吸收啊吸收,仿佛你必须用爱来充实自己,因为你内心的某个角落缺少点什么。"

她被他的刻薄弄得目瞪口呆,简直再也听不进去了。他丝毫也不明白自己在说些什么。由于热情遭到挫折,他那烦恼痛苦的心灵似乎激动得失掉自制,于是这番话就像通了电迸出火花似的冒了出来。她不明白他说的是什么。在他的刻毒和嫌恶下,她只有蜷缩着身子坐着。她从来没有一下子就弄清什么事。凡事她都要在心里反复琢磨。

吃过茶点,他不理米丽安,只顾陪着埃德加兄弟。她对这个盼望已久的节日感到十分失望,只好默默地等着他。临了他总算让了步来找她。她打定主意要探明他心情如此变化的原因。她认为这大不了是心境不好罢了。

"咱们到林子里走一程好吗?"她知道他决不会拒绝正面提出的要求,就问他道。

他们走到养兔场。半道上走过一个陷阱,用小枞树枝编的马蹄形树篱遮掩着,上面用兔子内脏做诱饵。保罗皱着眉头看了一眼。她看到他的眼神。

"挺可怕的,是不?"她问道。

"我不知道这挺可怕?可是这难道比黄鼠狼叼住兔子的喉咙更可怕么?是叫黄鼠狼送命呢,还是让许多兔子遭殃?两者必居其一!"

他对生命的悲剧十分感慨。她有点为他难过。

"咱们回屋子去吧,"他说,"我不想穿过林子去了。"

他们走过丁香树,树上古铜色的叶芽快绽开了。正好留下一块干草堆,弄得方方正正,晒成棕色,像个石柱子。这是上次割草时留下的一个小草垛。

"咱们在这里坐一会儿吧。"米丽安说。

他老大不愿意地坐了下来,背靠着坚硬的干草。他俩面对披着晚霞的群山环抱处,那里有如圆形的戏台,远处矗立一座座小小的白色农舍,牧场泛着金光,树林郁郁苍苍,兀自熠熠发亮,树顶重重叠叠,望去历历在目。傍晚天朗气清,东方天际一抹嫣红的暮霭,大地寂静无声,瑰丽之至。

"这景色美不美?"她追问道。

可他只是愁眉不展。当时他倒恨不得这片景色难看呢。

这时一条杂种大狗奔过来,张大嘴巴,腾起两只爪子,扑在小伙子的肩头,舔着他的脸。保罗把身子一缩,哈哈大笑。比尔对他倒是一大安慰。他推开狗,可它又扑上身来。

"去去去,"小伙子说,"不去我给你一下子。"

谁知这条狗推也推不开,保罗就此跟这畜生打闹起来,想把它推开,可它反而拼命挣扎,闹得更欢,竟撒起野来。两个厮打成一团,人勉强在笑,狗张牙舞爪。米丽安眼睁睁看着他们。看看这人真是可怜见。他如此迫切地需要情有所钟,需要温存。瞧他跟狗打闹的那副狠相实际上就是爱呢。比尔跳起身,乐得气喘吁吁,白脸上一对棕色眼珠骨碌碌直转,蹒跚地又挨近前来。它可喜欢保罗呢。保罗皱皱眉头。

"比尔,我跟你闹够了。"他说。

不料这条狗竟站起来,伸出两只有力的爪子,满心喜爱,颤巍巍地扑到他大腿上,还向他吐着血红的舌头。他不由倒退一步。

"别,"他说——"别——我闹够了。"

不一会儿这条狗就兴冲冲地一溜烟跑开,另找乐子去了。

他兀自愁闷地两眼盯着对面群山,这片宁静的美景他并不希罕。他只想去找埃德加骑自行车玩玩。可他又鼓不起勇气撇下米丽安。

"你干吗发愁啊?"她低声下气地问。

"我没发愁;我发愁个啥?"他答道。"我很正常。"

她不知道为什么他心里不痛快的时候,嘴里总是自称为正常。

"可到底什么事啊?"她好声好气地劝慰他。

"没事!"

"不对!"她喃喃道。

他捡起一根枯枝,在地上刺个不休。

"你还是别说话更好。"他说。

"可是我希望了解……"她答。

他愤愤地大笑。

"你老是这样。"他说。

"这样待我可不公平。"她喃喃说。

他用尖头的枯枝在地上捅啊捅的,掘起了一小堆土,仿佛他窝了一肚子火没处发似的。她轻柔而坚定地把手搭在他手腕上。

"别,"她说,"扔掉吧。"

他把枯枝扔进醋栗丛中,往后一靠。这下他总算控制住了。

"什么事?"她温柔地追问道。

他一动不动地躺着,只有两只眼睛骨碌碌直转,饱含着痛苦。

"不瞒你说,"最后他消沉地说,"不瞒你说——咱们还是吹了吧。"

这正是她所害怕的事。她眼前顿时一片漆黑。

"为什么?"她喃喃道,"出了什么事?"

"没出什么事。咱们只是认清了自己的处境罢了。这样下去是不会有好处的……"

她伤心地耐着性子默默等着。对他按捺不住性子可不行。至少他这下子总会告诉她有什么苦恼了。

"咱们说定了保持友谊,"他声调沉重呆板地说,"咱们不是经常说好保持友谊吗!可是——这段友谊既没到此为止,又没任何进展。"

他又沉默了。她暗自琢磨着。他是什么意思啊?他这么消沉。他心里有事就是不肯说出口。但她对他务必耐着性子。

"我只能给你友谊——我只能做到这一点了——这是我性格上一个缺点。现在事情偏到一头去了——我就最恨偏到一头去。咱们还是散了吧。"

他最后几句话里满透着愤激之情。他意思是说她爱他实际上还超过他爱她。也许他无法爱她。也许她身上恰恰没有他所要的东西。她心里埋藏得最深的行为动机就是自我怀疑。埋藏得这么深,她自己既不敢正视,也不敢承认。也许她这人是有所欠缺。这点像无比强烈的羞耻那样,使她总是往后退缩。如果他真是这样的意思,那她就没有他也行。她宁愿永远不让自己想他。她准备只是等着瞧。

"可到底出了什么事呢?"她说。

"没事——这全是我自己的缘故——只是眼下才冒出来的。咱们一到复活节就老是这样。"

他这样无可奈何地求饶,她不由得可怜起他来了。至少她从来没这么可怜地前言不搭后语过。说到头来,这回主要还是他丢了面子。

"你到底要怎样?"她问。

"唉——我绝对不能来得太勤了——就是这么回事。我何必霸占你,我又不——你瞧,拿你来说,我就是缺乏一点儿……"

原来他是在跟她说他不爱她,所以打算给她个机会另找男人。他这人真是糊涂透顶,简直瞎了眼,愚蠢得不像话!别的男人在她眼里算得了什么!不管哪个男人,在她眼里究竟算得上什么!不过,他呀!她爱的是他的心灵。他欠缺些什么吗?也许欠缺吧。

"可我弄不懂。"她嗄声说,"昨天还……"

暮色渐深,他觉得夜晚变得又喧闹又可恨。她心里痛苦得抬不起头。

"我知道,"他大声叫着说,"你决不会相信!你决不会相信就好比我不能像只云雀那样一飞冲天那样,肉体上我也不能……"

"什么?"她喃喃说。这下她可有点害怕了。

"爱你。"

此时此刻他准恨死她了,因为他在使她痛苦。爱她!她知道他爱她。他的的确确属于她。说什么肉体上、身体上不爱她,这番话全是他任性胡说,因为他知道她爱他。他笨得像个孩子。他属于她。他的心灵需要她。她猜想准有什么人在影响他。她觉得他态度生硬,一副受了其他人影响的怪样。

"他们在家里说些什么来着?"她问。

"不是这么回事。"他答道。

而她知道准是这么回事。她就瞧不起他家里人那股子俗气。他们不懂得事情的真正价值。

这天晚上他跟她没再谈什么。他到底撇下她,径自去跟埃德加骑车了。

他回到了母亲身边。母子情才是他一生中最看重的呢。每当他左思右想的时候,米丽安的形象就退缩了。她叫人感到模糊而虚幻。别人谁也无关紧要。世上有一块地方始终不变,不会成为虚无缥缈:这就是他母亲所在的处所。其他任何人都会逐渐变得模模糊糊,在他心目中几乎并不存在,可是他母亲决不会。他母亲有如他的命根子、主心骨,他躲都躲不掉。

她也同样等着他。如今她的一生都寄托在他身上。说到头来,来生也并没给莫雷尔太太多大指望。她看出我们有所作为的机会全在此生,而有所作为历来最为她所看重。保罗就将要证明她一向是对的;他要做个大丈夫,不容什么东西引他失足;他要在某一重要的方面改变人间的面貌。不管他上哪儿,她都感到自己的心灵伴随着他一起去。不管他做什么,她都感到自己的心灵站在他一边,似乎随时准备替他传递工具。她就受不了他跟米丽安在一起。威廉去世了。她要拼命把保罗留住。

他总算回到了她身边。在他心灵里有一种自我牺牲的满足感,因为他是忠于她的。她首先爱的是他,他首先爱的是她。然而这还不够。他正当青春,年富力强,还迫切需要一些别的。这折磨得他坐立不安,如痴如狂。她看出了这点,一心但求米丽安是她所希望的那种女子,能够只占有他新萌发的生命力,而把老根子留给她。他竭力抵抗着他的母亲,几乎就像抵抗米丽安一样。

过了一星期,他才又上威利农场去。米丽安心里痛苦极了,生怕再见到他。难道竟要她忍受他抛弃她的耻辱吗?这种事只不过是表面的暂时现象。他仍会回来的。她掌握着开启他心灵门扉的钥匙。不过,眼前,他会处处跟她抬杠来折磨她。她一想不由退缩了。

可是,复活节后的一个星期天他倒来吃茶点了。莱佛斯太太很欢迎他。她推测有什么事叫他烦恼,他碰到什么难关了。看来他是不知不觉走到她这里来寻求安慰的。她对他很好。她十分好意地几乎用极为恭敬的态度来接待他。

他在前面庭园里看到她正跟几个小的儿女在一起。

"欢迎你来啊。"莱佛斯太太说,一对如怨如诉的棕色大眼睛朝他望着,"今儿出大太阳,我正要到地里去走走,今年还是头一回去呢。"

他感到她喜欢他来。这一点使他放心了。他们一路走,一路随便谈谈,他既谦卑又有礼。她对他这么尊重,他简直感激得快哭了。他感到没脸见人。

在禾场尽头,他们看到一个画眉鸟窠。

"要不要给你看看鸟蛋?"他说。

"好啊!"莱佛斯太太回答说,"它们使人感到春意。给人带来了希望。"

他拨开荆棘,掏出鸟蛋,捧在手心里。

"蛋还热烘烘的呢——我想咱们把正在孵它们的母鸟吓

跑了。"他说。

"唉,真可怜!"莱佛斯太太说。

米丽安不禁伸手去摸摸鸟蛋,同时也触到了他的手,她觉得,他一双手把蛋捧得牢牢的。

"暖呼呼的可真妙,是不!"她喃喃说着去挨近他。

"那是体温。"他答道。

她眼看他把蛋放回去,他身子紧靠着树篱,胳臂慢慢伸进荆棘丛里,一手小心翼翼地捏紧鸟蛋。他全神贯注做着这件事。眼见他这样,她心里更疼他了。看上去他那么单纯,那么知足。可她却没法接近他。

吃过茶点,她站在书架前拿不定主意。他拿起一本《达拉斯贡城的达达兰》①。他俩又坐到草垛脚边那个干草堆上。他念了几页,可是心不在焉的。那条狗又奔过来跟上回一样闹着玩。狗把口鼻拱到他怀里,保罗摸了一会儿狗耳朵,然后一把推开。

"去去去,比尔,"他说,"我不要你来。"

比尔溜走了,米丽安心里纳闷,生怕出什么事。这小伙子的沉默仍然叫她感到担心。她怕的倒不是他发火,而是怕他暗中下定的决心。

他微微把脸偏到一边,这样她就看不到他脸了。他慢条斯理,煞费苦心地开腔说:

"你看——要是我来得不勤的话——兴许你还能喜欢上别人——别的男人吧?"

---

① 《达拉斯贡城的达达兰》:法国作家都德(1840—1897)的一部中篇小说。

原来他唠唠叨叨讲个不休的还是这句话。

"可我不认识别的男人。你怎么问这话?"她回答时,声音很低,这口气本来就是对他的一种指责。

"怎么,"他脱口而出,"因为人家说我没权利这样上你家来——咱们又不想结婚……"

米丽安一向最气任何人强行干涉他们之间的事。那回她父亲对保罗笑呵呵地说自己知道为什么他来得这么勤,她一听就跟父亲大发脾气。

"谁说的?"她不知是不是自己家里人在管闲账,就问道。其实没有这回事。

"妈说的——还有别的人。他们说到了这个地步,人人都会把我看作是已定了亲,我自己也应当这样看,因为否则对你不公平。所以我一直在想法子弄弄清楚——结果认为我并没有像一个男人爱他妻子那样地爱着你。你对这件事怎么看呢?"

米丽安不高兴地低着头。她为这种无谓的纠纷生气。人家不该来管他和她的闲事。

"我不知道。"她喃喃说。

"你认为咱们相爱的程度够得上结婚了吗?"他毫不含糊地问。一听这话她不由直哆嗦。

"不行。"她实话实说,"我看还不行——咱们都太年轻。"

"我想或许,"他愁闷地接着说,"凭你对事情的这种认真劲儿,你已经给了我叫我无法报答的情意。所以即使马上订婚也成——要是你认为这样做合适的话。"

听到这儿米丽安简直想哭。她也十分生气。他老是像个小孩子,任人家爱怎么摆布就怎么摆布他。

"不行,我认为不行。"她坚决地说。

他沉吟了片刻。

"不瞒你说,"他说,"我啊——我认为谁也休想独占我——成为我的一切——我认为决不会。"

这点她也认为不会。

"不会。"她喃喃说。说罢歇了口气,她瞧着他,一对乌黑的眼睛闪闪发亮。

"是你妈,"她说,"我知道她从来就不喜欢我。"

"不,不,不是这么回事,"他赶紧说,"这回她是为你着想才说的。她只是说,我要是准备这样继续下去,就应当看作自己是已经订婚了。"沉默了一会儿。"以后什么时候我请你到我家来,你总不至于不肯再来了吧?"

她没答腔。到这时她已火冒三丈了。

"得了,咱们该怎么办呢?"她简慢地说。"大概我最好还是放弃学法文吧。我还刚开始学得有了点门道。不过我看我一个人能学下去了。"

"我看用不着,"他说,"我可以给你上法文课,这没问题。"

"哦——还有星期天晚上呢。我可决不放弃做礼拜,因为我喜欢做,这是我仅有的一点儿社交生活。不过你用不着送我回家。我一个人能走。"

"那好吧。"他回答时有点吃惊,"不过要是我请埃德加,他总会跟我们一起走的,这样他们就没话说了。"

大家一时沉默了。说到头来,她毕竟没什么大损失。尽管他家里人说三道四,情况仍不会有什么大变化。她但愿他们别再多管闲事了。

"你不会把这事搁在心上,老为它感到烦恼吧?"他问。

"噢,不会。"米丽安回答,连看都不看他。

他默不作声。她觉得他反复无常。他意志不坚定,没有正义感做主心骨。

"因为,"他继续说,"男人家跨上自行车——就上工去——做各种各样事情。可女人家却老是在心里琢磨。"

"不,我才不操这份心呢。"米丽安说,而且决心说到做到。

天气变得有点凉意,他们就进屋了。

"保罗的脸色多苍白!"莱佛斯太太叫道,"米丽安,你不该让他坐在外边的。你觉得着凉了吗,保罗?"

"才没呐!"他笑了。

不过他感到精疲力竭了。他内心的斗争折磨得他好苦。这下米丽安倒有点可怜他了。可没到九点,时间还不晚,他就起身要走了。

"你不是要回家吧?"莱佛斯太太焦急地问。

"嗯,"他答道,"我说过要早点回去。"他很尴尬。

"可现在还早着呢。"莱佛斯太太说。

米丽安坐在摇椅里不吭声。他犹豫不决,想等她站起来,像往常那样陪他到马厩去取自行车。她安坐不动。他不知所措。

"好吧——各位再见!"他结结巴巴说。

她跟大伙儿一起向他道了别。不过他走过窗子时朝里面张望了一下。她看见他脸色苍白,像他现在常有的那样微皱着眉头,两只眼睛深藏着痛苦。

她站起身,走到门口,看到他走出大门时向他招招手。他慢慢骑过松树下,觉得自己是个窝囊废,可怜虫。他的自行车横冲直撞地下了山。他心想摔折了脖子倒是一大解脱呢。

两天后他送上一本书和一张便条,催她看书和用功。

这时他跟埃德加成了好朋友。他很爱这户人家,他很爱这个农场;这里对他来说是人间最可亲的地方。他的家反而没这么可爱。值得留恋的是他母亲。可话说回来,只要他能跟母亲在一起,到哪儿也一样幸福。然而他对威利农场倒很热爱。他爱那个简陋的小厨房,男人穿着大皮靴在里面踩得咚咚响,那条狗睁着一只眼睡觉,生怕给人踩着;入夜厨房里桌子上挂着盏灯,一切都静悄悄的。他爱米丽安家那间低矮的长客厅,客厅里那种传奇的气氛,又是鲜花,又是书本,还有高高的花梨木钢琴。他爱那些庭园和坐落在光秃秃的田边的红屋顶房子,这些房子向背后的树林伸展,仿佛在寻求庇荫,从山谷这边向下延伸再一直连接到另一边的荒山坡都是一片旷野。只有到了那儿,他才感到精神振奋,其乐融融。他爱莱佛斯太太,她为人古雅脱俗,玩世不恭。他爱莱佛斯先生,他为人热情,充满朝气,煞是可爱。他爱埃德加,每次他去,埃德加都喝得烂醉。他还爱那些小伙子和孩子,还爱看门狗比尔——甚至还爱老母猪塞西和叫替浦的印度斗鸡。除了米丽安之外,这一切他也都舍不得。

所以他照常去,不过他往往去找埃德加。只是全家包括父亲,一到晚上都在一起玩字谜,做游戏。后来,米丽安又把大家凑拢来,朗诵廉价版本的《麦克白》①,各扮各的角色,玩得痛快极了。米丽安可高兴呢。莱佛斯太太也高兴,莱佛斯先生也玩得津津有味。接下来,一家人就围着火唱歌,一起根

---

① 这是英国古典戏剧家莎士比亚(1564—1616)四大悲剧之一。

据首调唱法①学唱。不过现在保罗难得单独跟米丽安在一块儿。她等待着,每当她和埃德加同他三个人做好礼拜,或者从贝斯伍德文学联谊会出来,一起走回家时,她知道那番热情洋溢,如今常带有异端邪说味道的话,都是说给她听的。尽管如此,她的确妒忌埃德加,妒忌他陪保罗骑自行车,妒忌他每星期五晚上的活动,妒忌他白天在地里干活。因为她从前的星期五晚上和她的法文课都已成为过去。她几乎总是孤零零一个人,在树林里漫步和沉思,独自看书,学习,梦想和等待。他经常跟她通信。

有一个星期天晚上,他俩总算达到了过去那种难得有的和谐。埃德加不知道领圣餐②是怎么回事,就留下跟莫雷尔太太领圣餐。因此保罗就一个人陪着米丽安上他家去。他多多少少又给她迷住了。他俩照例又议论着讲道的内容。这时他正一头闯进不可知论③的领域,米丽安对宗教的不可知论倒并没有受不了。他们的争论不出勒南的《耶稣传》④的范围,米丽安做了他论争的讲坛,他借助它把自己的信念都摆了出来。就在他把自己的思想竭力向她的心灵灌输的同时,他觉得真理似乎越辩越明了。她一个人成为他论争的讲坛。她

---

① 首调唱法:又称音名记谱法,即用音名(do,re,me,fa……)来记谱、学唱。
② 基督教的一种宗教仪式,据《圣经·马太福音》第二十六章,耶稣受难前夕,手持面饼和葡萄酒祝福后,分给众门徒吃,并说,"这是我的身体和血。"基督教根据这个传说规定举行"圣餐"时,分食少量的酒和饼,作为纪念耶稣的仪式。
③ 不可知论:对宗教教义提出的一种学说,认为精神实体是否存在无法证明。上帝是否存在,灵魂是否不朽是不可知的。
④ 厄内斯特·勒南(1823—1892):法国历史学家,评论家,主张用科学方法研究历史、宗教和文学。代表作为《基督教起源》,全书共八卷,《耶稣传》为其中第一卷。

一个人帮助他认清道理。任凭他据理力争,一味解释,她几乎无动于衷,不加抗辩。可不知怎么的,正亏了她,他终于渐渐认识到了自己错在哪里。而一旦他认识到了,她也就认识到了。她觉得他简直少不了她。

他们来到静悄悄的屋子。他从洗碗间的窗口掏出钥匙,两人进了门。他一直在继续议论。他点亮了煤气灯,拨旺了炉火,给她从伙房里拿来了几块蛋糕。她默默坐在沙发上,膝头搁着盘子。她戴着一顶大白帽,帽上簪着几朵粉红的花。帽子虽是便宜货,可他倒喜欢。帽檐下一张脸蛋神态平静,似在沉思,黄褐色的脸显得红扑扑的。两耳一直掩藏在短卷发里。她眼巴巴看着他。

她就喜欢他星期天这副模样。他总穿一套深色衣服,显示出身手矫健。他样子干净利落。嘴里仍一个劲儿在向她谈着自己的想法。突然间他伸手去拿本《圣经》。米丽安就喜欢他伸手去拿的样子——动作又猛又准。他迅速地打开书,给她念一章《约翰福音》。他坐在扶手椅上,全神贯注地念着,他的声音仿佛只是在出声的沉思而已,她感到他是在不自觉地利用她,就像一个人专心干活时利用工具一样。她喜欢这样。他声音里那种渴望,像是想得到什么,仿佛她就是他要得到的。她坐在沙发上仰身向后靠一靠,离他稍远一点,可还是觉得自己是他手里捏着的工具。她想到这一点,心里很愉快。

后来他变得结结巴巴,不自在起来。他刚要念到"妇人生产的时候,就忧愁,因为她的时候到了。"[①]就干脆跳过去了。米丽安觉得他越来越不自在。当她发现他没念接下来这

---

① 引文见《圣经·约翰福音》第十六章第二十一节。

句名句时,就不由畏缩起来。他接着念下去,可她听也听不进。心里一阵悲伤和羞愧,她低下了头。换作六个月前他早就照念不误。眼下他跟她的交往上出现了裂痕。她感到他俩之间确实存在着某种敌意,某种他俩感到羞愧的东西。

她呆板地吃着蛋糕。他还打算继续议论下去,可是说来说去说不到点子上。一会儿埃德加进来了。莫雷尔太太去访友不在家。三个人就一起动身到威利农场去。

米丽安思量着他跟她的裂痕。他还有着什么别的要求。他不能满足,他不会让她安宁。眼下他们之间老是存在着争吵的因由。她想考验他。她相信他生活中的第一需要就是她,如果她能既对己也对他证明这点,其他一切问题都可迎刃而解;她可以干脆把一切都信托给未来了。

所以到了五月里,她请他到威利农场来见见道斯太太。他心里准在渴慕着什么。每逢他们谈到克莱拉·道斯,她看见他总是站起身来,有点生气。他说自己不喜欢她。可他偏又很想了解她的情况。好吧,他该让自己接受一下考验。她相信他心里既有对高尚事物的欲望,也有对比较鄙俗的事物的欲望,而对高尚事物的欲望总会占上风的。总而言之,他应当考验考验。她忘了自己所谓的"高尚"和"鄙俗"其实是武断的。

他一想到在威利农场会见克莱拉就不免有点激动。克莱拉·道斯那天来玩一整天。她那头浓密的暗褐色头发盘在头顶上。身穿白短衫和深蓝裙子。不知怎么的,她到哪儿,哪儿的东西就相形见绌。她一进门,厨房看上去就又窄小又寒伧。米丽安那间幽暗的漂亮客厅显得又局促又土气。莱佛斯家的人个个都像蜡烛般黯然失色。他们觉得她简直有点叫人受不

321

了。其实她倒是十分和蔼,不过态度总是冷冰冰的,甚至有点严峻。

保罗要到下午才来。他来得相当早。他刚跳下自行车,米丽安就看见他焦急地朝屋子四下看看。要是客人还没来,他准会失望的。米丽安出去迎接他,因为阳光强烈,她微低着头。金莲花在森森的绿叶荫下绽出深红的花朵。一头乌发的米丽安站着欢迎他上门。

"克莱拉来了没有?"他问。

"来了。"米丽安用悦耳的声调答道,"她在看书呢。"

他把自行车推进马厩。他打了一条漂亮的领带,对此他相当得意,袜子也正好和领带相配。

"她早上就来了?"他问。

"对了。"米丽安走在他身边,接口答道,"你说过要把'自由'酒店那个人写来的信带给我看。你记得吗?"

"哎哟,糟了,没带!"他说,"这下你可以不断唠叨我了,直到你拿到那封信为止。"

"我可不愿老唠叨你。"

"那就随你吧。她现在比较和气点了吗?"他接着说。

"不瞒你说,我一向认为她是相当和气的。"

他不吱声。显然他今天赶早来就是为了这个新来的人。米丽安心里已经有点不痛快了。他俩一起走到屋里。他把裤脚上的夹子拿掉,尽管领带和袜子这么漂亮,鞋上的灰却懒得去掸掉。

克莱拉坐在阴凉的客厅里看书。他看到她白皙的颈背和往上盘起的柔发。她站起身,冷漠地望着他。她伸直胳臂跟他握手,这副样子就像是一方面要跟他保持一定的距离,一方面又总算赏给他一点面子。他注意到她衬衫里面隆起一对乳房,胳臂上端的薄纱下面露出富有曲线美的肩膀。

"你倒挑上了一个好天。"他说。

"碰巧罢了。"她说。

"是啊,"他说,"好极了。"

她径自坐下,没感谢他的殷勤。

"你一早上都干什么来着?"保罗问米丽安。

"哦,不瞒你说,"米丽安哑声咳着说,"克莱拉是爹去陪了来的——所以——她才来不久。"

克莱拉倚桌坐着,态度冷淡。他注意到她一双手很大,不过保养得很好。手上皮肤看上去几乎又粗又白,没有光泽,上面长着金黄色的细汗毛。她倒不在乎他打量她一双手。她打算干脆不当他一回事。她那条粗壮的胳臂懒懒散散地搁在桌上。嘴巴抿紧,仿佛人家得罪了她,她的脸微微偏开。

"前几天晚上你参加了玛格丽特·邦福德那儿的聚会吧?"他跟她说。

米丽安从没见过保罗如此殷勤有礼。克莱拉瞟了他一眼。

"不错。"她说。

"咦,"米丽安问,"你怎么知道的?"

"火车没到前我去待了一会儿。"他答道。

克莱拉相当傲慢地又掉过头去。

"我认为她是个怪可爱的妞儿。"保罗说。

"玛格丽特·邦福德么!"克莱拉大声说,"她比大多数男人聪明得多。"

"喔,我没说她不聪明,"他辩解说,"不过不管怎样她还是怪可爱的。"

"当然喽,这点最关紧要。"克莱拉咄咄逼人地说。

他摸摸脑袋,有点困惑和气恼。

"我想,这点倒是比聪明更要紧,"他说,"说到头来,再聪明她也进不了天国。"

"她要的不是进天国——是在人间享受到公平待遇。"克莱拉反驳道,口气倒像是他应该对邦福德小姐被剥夺什么权利负责似的。

"说起来,"他说,"我觉得她为人热情,非常有教养——只是太脆弱。但愿她能什么也不操心,安安闲闲地坐着。"

"替她丈夫补袜子。"克莱拉刺他一句。

"我敢说,哪怕替我补袜子她也不在乎,"他说,"我敢说,她一定补得好好的。正如要我替她擦皮鞋,我也同样不在乎。"

可是克莱拉对他这句俏皮话偏不答理。他跟米丽安又谈了一会儿。克莱拉还是冷冰冰的。

"好吧,我想我要去看看埃德加了。他在地里吧?"他说。

"我想,"米丽安说,"他是运一车煤去了。应该马上就回来的。"

"那么,我去接他。"他说。

米丽安不敢再提议他们三个人做什么。他站起身走了。

在路头,开着金雀花的地方,他看到埃德加正懒洋洋地走在一匹母马身边,母马哐啷哐啷地拉着一车煤,长着白斑的马头一点一点的。这个庄稼小伙子看见朋友就满面春风。埃德加长得很好看,黑眼睛透着热情。他穿的衣服虽旧得几乎破烂不堪,可他走路的模样倒着实神气。

"你好!"他看见保罗没戴帽子,就说,"你上哪儿去?"

"来接你呗。受不了那个'决不再'。"

埃德加乐呵呵地露出一口闪亮的牙。

"谁是'决不再'啊?"他问。

"那位太太呗——道斯太太——应当称呼她为老说'决不再'的大乌鸦①太太。"

埃德加乐得哈哈大笑。

"你不喜欢她吗?"他问。

"一点儿也不喜欢,"保罗说,"嗐,你呢?"

"不!"回答的口气干脆,毫不含糊,"不!"埃德加噘起嘴。"我觉得她不大配我的口味。"他沉思了一会儿,又问道:"可你干吗管她叫'决不再'呢?"

"这个嘛,"保罗说,"要是她朝一个男人看一眼,她就盛气凌人地说,'决不再',要是她对着镜子照照自己,她就鄙夷不屑地说,'决不再',要是她回想过去,她就厌恶地说,'决不再',要是她瞻望未来,她就玩世不恭地说,'决不再'。"

埃德加把这番话琢磨了一番,悟不出什么道理来,就笑着说:

"你当她是个厌世者吗?"

"她把自己当成这么种人。"保罗答道。

"可你不以为然吗?"

"对。"保罗答道。

"那她对你不好吗?"

---

① 《大乌鸦》是美国著名诗人、小说家爱伦·坡(1809—1849)的代表作。诗句中写一只大乌鸦嘴里老叫着:"决不再"。

"你能想象她对任何人好吗？"小伙子问。

埃德加笑了。两个人一起把煤卸在院子里。保罗有点拘拘束束的，因为他知道如果克莱拉往窗外望望，准看得见他。可她没望。

每逢星期六下午，他们都要把马匹刷洗、调理一番。保罗和埃德加一起干着这活，吉米和花花炮蹶子掀起的尘土把他们呛得直打喷嚏。

"你会唱什么新歌教教我？"埃德加说。

他一直不断干活。他弯下腰时只见颈背晒得通红，握住刷子的手指粗壮。保罗不时眼望着他。

"《玛丽·莫里逊》？"保罗试探着问。

埃德加说好。他天生一条绝妙的男高音嗓子，凡是他朋友能教他唱的歌，他都爱学；学会了在赶车的时候就可以放声歌唱。保罗的那条男中音嗓子挺不怎么样，不过耳朵灵敏。尽管如此，他还是低声唱了，生怕给克莱拉听见。埃德加却放开嘹亮的男高音嗓子，一句句跟着唱。他们俩唱着唱着就忍不住打起喷嚏来，先是这个人打，后是那个人打，打了就把马臭骂一顿。

米丽安觉得男人真叫人受不了。他们挺容易对一件小事津津有味——连保罗也是这样。她心想，保罗准是有点异常，才会这么一心一意地干着琐碎小事。

等他们忙完已经是吃茶点的时候了。

"那是什么歌？"米丽安问。

埃德加说给她听。话题就此转到唱歌上去了。

"我们常过得挺快活。"米丽安对克莱拉说。

道斯太太慢条斯理、仪态万方地吃着茶点。碰到有男人在场,她总显得冷淡。

"你喜欢唱歌吗?"米丽安问她。

"如果是好听的歌。"她说。

不消说,保罗脸红了。

"你是说如果唱的是高级歌,嗓子又受过训练吗?"他说。

"我认为,嗓子需要经过训练才能谈得上唱歌。"她说。

"那你不如强调说,人们的嗓子先要经过训练才能让他们说话呢。"他答道,"说真格的,一般说来,人们唱歌是为了自己消遣。"

"那别人听了也许会浑身不自在。"

"那别人就应当把耳朵堵上。"他答道。

几个小伙子都哈哈大笑。沉默了一会儿。他的脸烧得慌,只顾默默吃着。

吃过茶点,男的都走了,只有保罗留着。莱佛斯太太对克莱拉说:

"你现在日子过得比较舒心了吗?"

"舒心极了。"

"那么说你称心了?"

"只要我能自由自在,不受人管。"

"你生活中不觉得缺少什么吗?"莱佛斯太太和颜悦色地问。

"我把这些都置之脑后了。"

她们两人闲扯间保罗一直感到不自在。他站起身。

"你会发现自己老是被你抛之脑后的东西绊住脚跟。"他说。说着他就动身到牛棚去了。他感到自己刚才说得很妙,因而自觉男子气概十足。他一路顺着砖石小道走,一路吹着口哨。

过了一会儿,米丽安来找他,问他愿不愿陪她和克莱拉散散步。他们三个人迈开步子往斯特雷利磨坊的畜牧场走去。他们在威利河畔,沿着小溪走着,在林边的缕缕阳光下,剪秋萝色彩正浓艳,透过树林边缘的空缺望过去,他们看到在树干和稀稀朗朗的榛树丛那边,有个人牵了匹高大的枣红马穿过溪谷。这匹枣红大马远远地在若明若暗的光影下,像传奇中似的,踩着舞步,穿过那片朦胧的绿榛树丛,在曾为窦德绿①和伊苏特②开放过的凋谢的蓝铃花③丛中出没,仿佛是湮没已久的古代情景。

这三个不由出神地站住了。

"当个武士,在这里设顶大帐篷,真是人生一大乐事啊。"他说。

"把我们牢靠地幽禁在这儿,对么?"克莱拉应道。

"是啊,"他答道,"你们就绣绣花,跟你们的使女唱唱歌。我替你打着白、绿、紫的三色旗。我的盾牌上刻着一头跛扈的母狮子,下面刻着'妇女社会政治协会'字样的纹章。"

"我相信,"克莱拉说,"你大概情愿为妇女去斗争,而不愿看着她自己去斗争吧。"

"我情愿。如果她自己去斗争,那就会像一条狗在镜子

---

① 窦德绿:爱尔兰民间故事中的女主人公,爱尔兰国王康科巴的未婚妻,爱上了纳奥斯,两人借私奔到英格兰,途遇康科巴,将纳奥斯几兄弟杀害,窦遂在他们的坟上伤心死去。
② 伊苏特:爱尔兰民间故事,康瓦尔王马克命其侄特里斯坦至爱尔兰迎接新后伊苏特,归途中特里斯坦与伊苏特共饮一种药水,遂永久相爱,后为马克王刺杀。
③ 苏格兰及英格兰北部盛产的小山花,开蓝花。

前看着自己的影子拼命狂吠一样。"

"那你是镜子喽?"她撇着嘴问。

"要不就是影子。"他答道。

"恐怕,你这人聪明过头了。"她说。

"嗯,那我就把好心积德留给你吧,"他笑着回敬道,"你尽管好心积德,美人儿,就让我去聪明吧。"

克莱拉对他的贫嘴薄舌可腻了。他对她看看,忽然看见她仰着的脸并没有鄙夷的神色,却是满面凄凉。他不由对世间一切人都软下了心肠。回过头去,他对已冷落了半天的米丽安温柔起来。

在林子边上,他们遇见了林伯,一个四十岁的汉子,身材瘦削,肤色黝黑,他是斯特雷利磨坊的租户,他把磨坊改为养牛场。他漫不经心地牵着那头健壮的公马的缰绳,似乎累了。三个人站住,让他从头一条溪流的踏脚石上走过去,保罗眼看这么一匹高头大马精力无比充沛,竟然踩着如此轻快的步子,不胜赞赏。林伯在他们面前勒住了马。

"莱佛斯小姐,回去跟你爸爸说说,"他说话的声音尖得出奇,"他喂的小牲口连着三天拱坏了底下那排栅栏。"

"哪一排?"米丽安怯生生地问。

那匹大马粗声呼着气,掉过枣红色的身子,微低着头,披散鬃毛,抬起两只神采奕奕的大眼睛,疑惑地望着。

"跟我一起走几步,"林伯答道,"我指给你看看。"

那汉子牵着公马往前走。公马摇摆多姿地在一旁走着,当觉得自己踩进了小溪,就抖动白鬃毛,惊慌起来。

"别玩花招!"那汉子亲热地对那匹马说。

那匹马稍稍跳了几步就跃上溪岸,然后很轻巧地哗啦哗啦溅着水渡过了第二条小溪。克莱拉老大不高兴地走着,半似着迷,半似轻蔑地看着它。林伯站住,指着几棵柳树下的栅栏。

"喏,你瞧这就是牲口闯过来的地方,"他说,"我手下的人把它们赶回去三次了。"

"说得是。"米丽安回答时脸也红了,好像自己做错了事一样。

"你进来吗?"那汉子问。

"不,谢谢,我们倒想打池塘边绕过去。"

"好吧,那就请便。"他说。

那匹马走近屋子就乐得嘶叫几声。

"它到家了,高兴着呢。"克莱拉对这马感兴趣地说。

"是啊——它今天步子可利索呢。"

他们走过大门,看见大农舍里有个约莫三十五岁的女人迎面走来,她长得娇小玲珑,肤色黝黑,神情容易激动。她头发略带灰白,黑眼睛有点野气。她背剪双手走上前来。她哥哥迎上去。这匹大公马一看到她,就又嘶叫起来。她激动地走近一步。

"你可回来了,好小子!"她温柔地冲着这匹马,而不是冲着那汉子说话。这匹雄伟的大马低下头,掉过身子向她挨来。她把藏在背后手心里的皱皮黄苹果偷偷塞进马嘴里去,然后亲亲马眼睛边上。这匹马高兴得舒了一大口气。她一把搂住马头,贴在胸口。

"这匹马有多神气!"米丽安对她说。

林伯小姐抬起头来,一对黑眼睛直勾勾地看着保罗。

"啊,晚上好,莱佛斯小姐,"她说,"你好久没来了。"

米丽安介绍一下她的朋友。

"你家的马真好!"克莱拉说。

"是吗!"她又亲亲马,"哪一个男人都不一定比它可爱。"

"我看,比大部分男人更可爱!"克莱拉答道。

"真是个乖孩子!"那女人又把马搂在怀里,大声叫着说。

克莱拉被这匹大马迷住了,不由走上去拍拍马脖子。

"这匹马相当温驯,"林伯小姐说,"你见过这么大个头又这么温驯的么?"

"真是骏马!"克莱拉应道。

她想要盯着它眼睛看,想要让马儿也看着她。

"可惜它不会说话。"她说。

"哦,它会说——简直像会说话。"那女人应道。

这时她哥哥牵着马走了。

"你进来吗?进来吧,先生——我倒忘了请教贵姓。"

"莫雷尔,"米丽安说,"不啦,我们不进去了,不过我们倒想打磨坊的池塘走。"

"好——好,走吧。钓鱼吗,莫雷尔先生?"

"不。"保罗说。

"你要钓鱼的话,随时都可以来钓,"林伯小姐说,"我们一年到头都难得看见有个人来。你们来我真感到高兴。"

"池塘里有些什么鱼啊?"他问。

他们穿过前面的庭园,翻过水闸,踏上陡峭的堤岸来到池塘,池塘横亘在阴影里,有两个长满树木的小渚。保罗陪着林伯小姐走。

"我倒很想在这儿游泳。"他说。

"游吧。"她应道,"什么时候想来尽管来。我哥哥非常乐意跟你谈谈。他相当沉默,因为没人可以跟他谈谈。来游泳吧。"

克莱拉走上来。

"这儿水深恰到好处,"她说,"水也清。"

"是啊。"林伯小姐说。

"你游泳吗?"保罗说,"林伯小姐刚才说咱们什么时候想来尽管来。"

"当然,我们牧场里还有雇工。"林伯小姐说。

他们又谈了一会儿工夫,就径自爬上荒山,把这个眼神憔悴、孤独无伴的女人撇在堤岸上。

山坡上阳光普照。遍地野草丛生,任凭野兔出没。三个人默默走着。后来保罗说:

"她叫我感到好不自在。"

"你是说林伯小姐吧?"米丽安问道,"说得是啊。"

"她怎么啦?是过于孤独,变得疯疯癫癫的吗?"

"是啊。"米丽安说,"这种日子对她可不合适。我看,把她埋没在这儿真是残酷。我的确应当多去看看她。可是——她使我感到心神不安。"

"她使我为她感到惋惜——是啊,她真叫我伤脑筋。"她说。

"我看,"克莱拉脱口而出道,"她要的是个男人。"

另外两人沉默了片刻。

"可是把她逼得疯疯癫癫的是孤独。"保罗说。

克莱拉并不答碴,径自迈开大步爬上山去。她埋头走路。拨开枯枝败叶寻路时,两条腿一摆一动,甩着两只胳臂。她那苗条的身子与其说是在走,不如说跌跌撞撞爬上山去。保罗不由感到浑身一阵热。他真想打听打听她的情况。也许生活折磨得她好苦。米丽安正陪着他,边走边谈,可他把米丽安忘了。她觉得他没答理她,便看了他一眼。只见他两眼直盯在前面的克莱拉身上。

"你还认为她不大和气么?"她问。

他并没注意到这问话突兀。他心里也正想着这件事呢。

"她总有什么事不顺心的吧。"他说。

"是啊。"米丽安答道。

他们在山顶上发现一片隐蔽的荒地,荒地两边都有树林挡着,另外两边则有山楂树和接骨木,疏疏形成两排高高的树篱。在这些枝叶丛生的灌木林间有几个缺口,要是眼前有牲口的话,它们就可以闯进来。这儿的草地像平绒一般光滑,上面有野兔子的足迹和洞穴。但整片荒地却粗糙不平,都是又高又大的野樱草①,从来没人割过。粗苇草丛中到处都矗立着茁壮的野花丛。恰如一片锚地停满了桅杆高耸、玲珑可爱的船舶。

"唉!"米丽安失声叫了起来,她望着保罗,乌黑的眼睛张得老大。他笑了。他们一起观赏荒地上的野花。克莱拉隔开几步,正闷闷不乐地看着野樱草。保罗和米丽安紧紧挨在一起,压低嗓门在说话。他单腿跪着,赶快采集最美的花,手忙脚乱地从这一簇采到那一簇,嘴里一直轻声说着话。米丽安充满柔情地摘着花,慢慢磨蹭着。她觉得他做事总是太快,几乎像经过严格训练似的。不过他采的花束倒比她摘的更富有天然美。他爱这些花,仿佛这是他的花,他有这份权利。她对

---

① 野樱草:温带地区的一种野生植物,开黄花。

333

这些花反而更尊重:这些花具有她所没有的东西。

这些花鲜艳芬芳。他要喝花汁。他采的时候就把嫩黄色的小花蕊吃掉了。克莱拉兀自闷闷不乐地走来走去。他向她走去说:

"你干吗不采些花?"

"我不喜欢这套。花还是让它长着好看。"

"你要不要来几朵?"

"这些花宁愿人家别去动它。"

"我不信。"

"我不想把一些花的死尸弄到我的身边。"她说。

"这想法未免生硬做作,"他说,"花在水里养着决不比在土里长着死得快。再说,养在花钵里可好看呢——看上去生趣盎然。只有像死尸一样死气沉沉的东西才能叫作死尸。"

"这花究竟是不是死尸呢?"她分辩道。

"在我眼里不是死尸。采下的花不是花的死尸。"

克莱拉不再去跟他纠缠。

"就算不是——你又凭什么把它们采下来呢?"她问道。

"因为我喜欢花,我要花——而且花多的是。"

"这就够了吗?"

"够了。为什么不够? 这些花插在诺丁汉你屋里管保香。"

"那我就有幸眼看这些花死掉了。"

"不过——要是花真死了,那也没什么。"

于是他撇下她,径自俯伏在枝叶纷披的花丛间,花丛就像淡淡发亮的泡沫堆,密密麻麻,遍地都是。米丽安走近了。克莱拉正跪着,闻着野樱草的香味。

"我想,"米丽安说,"如果你敬重这些花,就不会伤害花。重要的是你采花时的心情。"

"这话似是而非,"他说,"你采花只因为你要花,就是这么回事。"他把那束花举了一举。

米丽安一言不发。他又采了几枝。

"瞧这些!"他继续说,"又粗又壮,活像小树,又像腿儿肥壮的小孩。"

克莱拉的帽子扔在近处的草地上。她还是跪着,探着身子闻着花香。看到她的脖子,他的心不由一阵强烈的悸动,它有多美啊,可眼下却偏偏毫不显得自负。她的乳房在短衫里微微晃动。她背影的曲线健美极了,而且没穿紧身胸衣。忽然间,他不知不觉在她头发上和脖子上撒了一把野樱花,嘴里说:

人本尘身,终归尘土,
上帝不收,魔鬼必留。①

凉飕飕的花儿掉在她脖子上。她楚楚可怜,惊恐地抬起灰色的眼睛看着他,不知他在干些什么。花儿掉在她脸上,她赶紧闭上眼。

他原来高高站在她身旁,忽然间感到尴尬了。

"我以为你想要举行一场葬礼呢。"他不安地说。

克莱拉奇怪地笑了,站起身,把野樱草从发际摘掉。她拿起帽子,扣在头上。发际还缠着一朵花儿。他看在眼里,可不肯告诉她。他把撒在她身上的花全收拾起来。

---

① 典出《圣经·创世记》第三章第十九节。"你本是尘土,仍要归于尘土。"保罗说的这段话是套用葬礼上的祷词。

林边有片蓝铃花像大水似的蔓延进了田野里,遍地都是。不过眼下已在凋谢了。克莱拉信步走向那儿。他跟着她徜徉走去。看到这片蓝铃花真叫他喜欢。

"瞧这片蓝铃花从林子里一直开到了外边!"他说。

这一回她总算带着一丝热情和感激回过脸来。

"是啊。"她笑了。

他不由激动起来。

"这使我想起林中的野人,当初他们面对这片旷野时,不知吓成什么样子啊!"

"你认为他们害怕吗?"她问。

"就不知道古老的部落间哪些人更害怕——是从乌漆麻黑的林子里闯出来,一头闯进一片光明的空地上的那些部落呢,还是从空地上蹑手蹑脚走进森林里去的那些部落。"

"我想大概是第二种。"她答道。

"是啊,你就一定感到自己很像空地的那种部落人,拼命想强迫自己走进黑地里,是不是?"

"我怎么知道呢?"她神情古怪地问。

谈话到此为止。

苍茫的暮色降临大地。山谷里阴影笼罩。只有一小块亮光照在对面克罗斯利河滨农场上。山顶也还浴着光明。米丽安慢慢走近前来,脸蛋掩在那一大把散乱的鲜花中,从遍地齐踝深的野樱草丛中走过。在她身后的树木已变得影影绰绰。

"咱们走吧?"她问。

三个人都掉转身子。他们全都一声不吭。下山路上看得见对过屋子的灯火,山脊上靠近天边的煤矿居民区,只剩下淡淡一抹模糊的轮廓,点缀着几星灯火。

"今儿玩得真好,是不?"他问。

米丽安喃喃表示同意,克莱拉不吱声。

"你觉得不好吗?"他死缠着问。

可是她仰起头走着,兀自不答理。他看到她一举一动装作不在乎的模样,就知道她心里很不好受。

在此期间,保罗带母亲上林肯去。她照旧那样兴高采烈,热情洋溢,谁知他刚跟她在火车车厢里面对面坐下,她就显出一脸憔悴的神色。他一时产生了一种她正从他身边溜走似的感觉。他想要抓住她,拴住她,简直想要用链子锁住她。他觉得自己必须亲手把她牢牢抓住才好。

他们快到市区了,母子俩都在窗口看着教堂。

"教堂到了,妈!"他大声叫道。

他们看见大教堂昂然屹立在旷野上。

"哟!"她欢呼道,"原来这就是教堂!"

他瞧着母亲。她那对蓝眼睛默默看着教堂,她似乎又变得叫他莫测高深了。平地矗起的大教堂衬托着蓝天,庄严而肃穆,它那种永恒的宁静中,似乎有什么东西,什么命中注定的东西反映到了她的身上。反正是怎么回事就是怎么回事。尽管他年轻气盛,意志刚强,也改变不了。他看见她虽然脸还是红红的,皮肤也还嫩,还有汗毛,可是眼角已出现鱼尾纹,眼皮略见松陷,眨也不眨,嘴巴老是紧紧闭着,带着幻想破灭的神情,脸上也同样有着那种永恒的神情,仿佛她终于识透了命运。他用尽平生之力叩着她的心扉。

"瞧,妈,这教堂高高屹立在城市之上,有多雄伟!想想看,多少条大街都在它脚下!看上去比整个城市还要大。"

"确实大啊!"他母亲欢呼道,突然又活跃起来。可是他刚才看见她坐着,目不转睛地盯着窗外的大教堂,脸色和眼神都凝滞不动,反映出人生的无情。看到她眼角的鱼尾纹和紧闭的嘴巴,他就感到自己简直要发狂。

他们吃了一顿饭,她认为吃得过分浪费了。

"别当我喜欢这顿饭。"她一边吃着炸肉排一边说,"我不喜欢,我真的不喜欢!想想你花费了多少钱!"

"你别计较我花的钱,"他说,"你忘了我现在就像是一个带女朋友出来玩的人。"

他还替她买了几朵蓝色的紫罗兰。

"快别这样!"她命令道,"叫我怎么去摆布这些花?"

"根本用不着摆布什么。站着别动!"

他就站在大马路当中,把花戴在她外套上。

"像我这么个老东西还戴花!"她鼻子里哼了一声,说道。

"要知道,"他说,"我就要人家认为咱们是挺时髦的人物。放神气点儿。"

"瞧我不把你的头揪下来。"她笑道。

"大摇大摆地走!"他命令道,"要像扇尾鸽那样神气活现。"

他花了一个钟头才陪她走完了这条大街。她在光荣洞旁站住了,她又在石弓前停了步,她到处都站住不走,乐得直叫唤。

一个男人走上前来,脱下帽子,向她行了个礼。

"要不要我带您参观一下市容,夫人?"

"不要,谢谢你,"她回答说,"我有儿子陪着。"

保罗听了就生她的气,怪她答话时没有多摆出点谱来。

"去你的吧!"她叫道,"哈!那不是犹太会堂吗!喂,你记得那次演讲吗,保罗……?"

可是她简直爬不动教堂那座山。他开头没在意。后来他突然发现她连话都说不出来了。这才带她走进一间小酒店,让她歇歇腿。

"没事儿,"她说,"我的心脏有点儿老化罢了;早晚总得有这么一天的。"

他并没答理,只是望着她。他的心又一阵紧缩得发痛。他直想哭,他急得直想捣毁什么东西。

母子俩又动身走了,慢腾腾地一步一步挨着。每一步都像是压在他胸口上的重担。他感到自己一颗心仿佛要炸开了。最后母子俩终于爬上山顶。她望着城堡大门,望着教堂正面,着迷似的站在那儿,简直像出了神。

"这比我想象中的还要强得多!"她叫着说。

可他却感到厌恶。她走到哪儿,他跟到哪儿,心里总在反复沉思着。母子俩一起坐在教堂里。他们跟唱诗班一起做礼拜。她胆怯了。

"我想,这礼拜人人都可以参加的吧?"她问他。

"是啊。"他答道。"你看他们该死的有脸把咱们轰走吗?"

"哎哟,我敢说,他们要是听到你这番话,准会把咱们轰走。"她叫道。

做礼拜的时候,她又显得满心喜悦和安宁,脸上喜气洋洋。可他始终想发火,想把东西砸毁,想大叫大喊。

后来,他们伏在墙上,探身俯瞰下面的城市,他突然脱口而出说:

339

"为什么一个人就不能有个年轻的妈妈？老的有啥用啊？"

"哎哟，"他母亲笑道，"这她自己也做不了主嘛。"

"我又为什么偏偏不是老大呢？瞧——当老大的总说年纪小的占便宜——可是瞧，老大才有年轻的妈妈。你应该生我做大儿子。"

"我有什么办法？"她分辩说，"仔细想想，这事怨我也怨你。"

他对她掉过头来，脸色煞白，怒目圆睁。

"你干吗要老啊？"他说，气的是自己无能为力，"为什么你走不动？为什么你不能陪我到处逛逛？"

"从前哪，"她答道，"我跑上那座山的能耐比你还强。"

"这话对我有什么用？"他大声喊着，一拳擂在墙上。接着他变得很伤心。"你病了，这真糟啊。小妈妈，这真……"

"病了！"她喊着说，"只不过我是老了点儿，你得稍微包涵点儿罢了。"

母子俩都默不作声了。但他们没法长时间僵持下去。后来吃茶点时他们又高兴了。他们坐在布雷福河畔看着游船，他趁此把克莱拉的事告诉了她。

母亲问了他无数问题。

"那她跟谁过日子啊？"

"跟她妈呗，住在蓝铃山上。"

"她们日子还过得去吗？"

"我想不见得。她们大概在挑花边。"

"孩子，她的魅力到底在哪儿啊？"

"妈，我不知道她有什么魅力。可她真好。不瞒你说，她看来人挺正派——一点也不是使心眼儿的人。"

"可是她年龄比你大得多。"

"她三十岁,我快二十三啦。"

"你还没告诉我你喜欢她哪一点呢。"

"因为我不知道——她有种敢于顶撞的作风——一种愤世嫉俗的作风。"

莫雷尔太太考虑了一下。本来,她儿子爱上了什么女人,她会高兴也来不及,那女人会——她也不知道会怎么样。可是他那么烦恼,突然变得暴跳如雷,一下子又意气消沉。她但愿他结识了个好女人——她也弄不清自己究竟希望什么,但也不想去深究。不管怎么说,她想起克莱拉可没半点儿敌意。

安妮也要结婚了。伦纳德早已上伯明翰干活去了。一个周末,他到家里来,她对他说:

"孩子,你气色不大好。"

"我不知道,"伦纳德说,"我觉得心烦意乱,妈。"

他已用他一贯的孩子气口吻叫她"妈"了。

"你寄宿的地方当真对你照顾得还不错吗?"她问。

"是啊——是啊。只是——总觉得有点别扭,你得自己给自己倒茶,即使你把茶倒在茶碟里,一口一口地啜,也没人来埋怨你。可这样一来不知怎么就觉得喝茶不那么有味儿了。"

莫雷尔太太笑了。

"你就为这个受不了啦?"她说。

"我不知道。我想结婚。"他扭着手指头,眼睛看着脚上的靴子,冲口而出道。沉默了一会儿。

"可是,"她叫道,"我记得你说过要再等一年呢。"

"不错,我的确这样说过。"他犟头倔脑地回答。

她又琢磨了一会儿。

"不瞒你说,"她说,"安妮有点儿爱挥霍。她到现在只不过攒起了十一英镑。而且我知道,孩子,你也没碰上多大好运气。"

他连耳朵都臊红了。

"我已经攒了三十四英镑。"他说。

"这点儿可派不了多大用场。"她答道。

他一言不发,只是扭着手指头。

"不瞒你说,"她说,"我是一无所有……"

"我不要你的,妈!"他大声叫道,满脸涨得通红,心里又难受又想分辩。

"不,孩子,我心里有数。我只是希望自己有钱罢了。花五英镑办婚事——还剩下二十九英镑。这笔钱办不了什么事。"

他仍然扭着手指头,无能为力,倔头倔脑,眼睛也不敢抬。

"可你当真想结婚吗?"她问,"你觉得自己应当结了吗?"

他睁着蓝眼睛直勾勾盯着她。

"对。"他说。

"那么,"她答道,"咱们大家都只好尽力而为啦,孩子。"

他再抬眼望着,已是热泪盈眶。

"我不想让安妮感到手头拮据。"他挣扎说。

"孩子啊,"她说,"你收入稳固——有个体面的职位。要是有个男人真需要我,我光靠他最近一星期的工资也会嫁给他的。一开头日子就过得很窘她可能会觉得难过。年轻姑娘都这样。她们总以为理所应当地会有个挺舒服的家在等着她们哩。可我倒有过讲究的家具。家具又不能代表一切。"

就这样,婚礼几乎立即就举行了。阿瑟回家了,穿着军装好不神气。安妮身穿一套鸽灰色礼服,真可以说是盛装了,看上去也蛮漂亮。莫雷尔说她急着结婚是傻瓜,对女婿很冷淡。莫雷尔太太帽子上缀着白尖儿,衬衫上也镶着白色,两个儿子看了都取笑她自命不凡。伦纳德心情愉快,态度热诚,活像个大傻瓜。保罗实在不明白安妮要结婚到底图个什么。他喜欢她,她也喜欢他。尽管如此,他还是相当忧伤地希望这件婚事美满。阿瑟穿着紫红和橙黄双色的军装潇洒非凡,这点他自己也有数,不过他对身上这套军装还是暗暗感到羞愧。安妮因为就要离开母亲,在厨房里号啕大哭。莫雷尔太太也稍微哭了一会儿,后来她拍拍安妮的背说:

"可别哭了,孩子,他会待你好的。"

莫雷尔跺着脚说,她嫁出去是作茧自缚,真是蠢货。伦纳德脸色煞白,神经紧张。莫雷尔太太对他说:

"孩子,我把她交托给你了,你可得好生对待她啊。"

"你放心好了。"他说。这场考验差点要了他的命,如今终于结束了。

莫雷尔和阿瑟都上床了,保罗像平常那样,坐着跟母亲聊天。

"妈妈,她嫁人你不难受吧?"他问。

"她嫁人我不难受——不过她离开我身边倒似乎不大习惯。她情愿跟伦纳德走,我甚至觉得难过。做娘的心总是这样——我也明知这样太可笑!"

"你会为她伤心吗?"

"我一想起自己结婚的那天,"他母亲回答说,"我只能盼望她的日子过得跟我的不同。"

"可你不是相信他会待她好吗?"

"不错,不错,人家说他配不上她。可我说,如果男人像他这样一片真心,姑娘又喜欢他——那么——一切都会圆满。他没什么配不上她。"

"那你放心了?"

"我决不让自己的女儿嫁给我感到不是完全真心的男人。然而,她走了,总还是感到像丢了什么似的。"

母子俩都感到伤心,希望她回来。保罗看见母亲穿着有点白镶边的黑绸子新短衫,似乎觉得她怪孤独的。

"妈妈,无论如何,我决不结婚了。"他说。

"唉,人人都这么说,孩子。你毕竟还没遇上意中人。只消等上一两年。"

"可我不要结婚,妈妈,我要跟你住在一起。咱们雇个用人。"

"咳,孩子啊,说说容易。咱们走着瞧吧。"

"瞧什么?我都快二十三了。"

"是啊,你不是早婚的人。可是不出三年……"

"反正我要陪着你。"

"孩子啊,将来就明白了,将来就明白了。"

"可你不希望我结婚吧?"

"我不愿看到你一辈子没个人照顾——不。"

"那你认为我应当结婚吗?"

"人人迟早都应当结婚。"

"可你情愿我晚婚。"

"事情难啊——难上加难。俗话说得好:

媳妇娶进门,儿子不认父母亲,
　　女儿嫁出门,终身惦念娘家情。"

"你以为我会让媳妇把我从你身边夺走吗?"

"说起来,你决不会叫她既嫁给你,又嫁给你妈吧。"莫雷尔太太笑道。

"她愿意怎么着就怎么着;可她用不着多管闲事。"

"用不着——等到她把你抓到了手心里——到那时你就明白了。"

"我永远也不要弄明白。有你在身边,我永远不结婚——我不结婚。"

"可我不愿意撇下你没人照应,孩子。"她叫道。

"你还不会撇下我。你是怎么个人?才五十三!我想你至少可以活到七十五。那时你瞧好了,我人也发福了,年纪也活到四十四,到那时我才娶个稳重的老婆。明白不!"

母亲坐着哈哈大笑。

"去睡吧,"她说,"去睡吧。"

"你跟我,咱们将来会有一座漂亮房子,雇个用人,一切都会称心如意。我靠画画也许能发财呢。"

"你去不去睡觉!"

"那时你还会有一辆小马驹拉的车子。自个儿瞧瞧——就像一位小小的维多利亚女王出巡。"

"我叫你上床去睡。"她大笑道。

他亲亲她就走了。他的宏图一贯如此。

莫雷尔太太坐着想心事——想想女儿,想想保罗,想想阿瑟。她对安妮出嫁心里很烦恼。一家子本来亲密团聚。她感到如今她一定要跟子女在一起过。生活对她来说真是丰富多彩。保罗要她,阿瑟也要她。阿瑟根本不知道自己爱她有多深。他目前是个可怜虫。他还从来没有被迫去了解自己。军队训练了他的身体,可没训练他的灵魂。他身体十分健康,长得非常英俊。茂密的黑发贴着小脑袋。鼻子稍微有点儿稚气,蓝黑的眼珠几乎有点儿像姑娘家,不过褐色的小胡子下面一张嘴倒长得丰满红润,有点男子气,下巴颏儿也结实。这张嘴像父亲;鼻子和眼睛像他母亲娘家的人——好看,原则性不强。莫雷尔太太为他很着急。他要真干起什么胡闹勾当来,倒是小心翼翼的。不过他还究竟会胡闹到什么地步呢?

军队并没对他有什么真正的好处。他痛恨下级军官作威作福。他恨非服从命令不可,仿佛他是匹牲口似的。可是他头脑清醒,不会乱尥蹶子。所以他就把注意力转移到尽量苦中作乐。他会唱歌,他是个会吃喝玩乐的人。他经常陷入困境,不过这些都是男子汉的困境,容易得到谅解。所以他一方面自尊心受到抑制,一方面却尽情享乐。他有意凭着相貌堂堂,一表人才,举止文雅,知书达理,把凡是心里想要的东西尽量弄到手,他果然没有失望。然而他还是坐立不安,心里总是不胜烦恼。他从未安安分分,独自净心待一会儿过。他在母亲身边时,甚至有点低声下气。他对保罗是又羡慕又喜爱,还有点儿瞧不起。保罗对他也是又羡慕又喜爱,还有点儿瞧不起。

莫雷尔太太的父亲曾给她留下一小笔钱,她决计把自己的儿子从军队里赎出身来。他欣喜若狂。当时他真像个孩子在过节。

他过去一向喜欢比阿特丽斯·怀尔德,趁休假期间他又跟她重新好上了。她身体比较健壮了一些。两个人经常一起去远足。阿瑟按大兵的方式,相当拘谨地挎着她胳臂。她常来弹钢琴伴奏,他唱歌。这时阿瑟就解开军装领子,满脸通红,眼睛发亮,用雄壮的男高音唱着。唱完两人就一起坐在沙发上。他似乎在炫耀自己的身体:结实的胸脯,两胁,还有包在紧身军裤里的大腿,她对此心里很清楚。

他跟她说话喜欢用方言。有时她跟他一起抽烟。也偶尔只在他烟卷上吸上几口。

有一晚,她伸手去拿他的烟卷。"别价,"他对她说,"别价,你别。要抽,我就给你一个满嘴烟味的吻。"

"我要抽一口,根本不要吻。"她答道。

"好吧,就给你抽一口,"他说,"再送一个吻。"

"我就要抽你嘴里的烟卷。"她大声喊叫,一面想夺下他嘴里的烟卷。

他肩膀挨着她坐着。她身材娇小,出手迅猛。他好不容易才避开了。

"我就要给你一个带烟味的吻。"他说。

"你这蠢货真讨厌,阿蒂①·莫雷尔,"她把身子往后一靠说。

"要来一个烟味的吻吗?"

这个大兵笑着向她凑过身子去。一张脸快挨近她的了。

"不要!"她掉过头去说。

他抽了一口烟,噘起嘴,把嘴唇凑近她。他那口修得短短的深褐色小胡子像板刷似的根根竖起。她看看那张皱拢的血红嘴唇,冷不防打他指缝间夺下烟卷,一闪身就逃掉了。他一

---

① 阿瑟的爱称。

跃而起追赶她,从她后面头发上抢走一把梳子。她转过身来,把烟卷向他扔去。他捡起来,衔在嘴上,坐了下来。

"讨厌!"她喊道,"还我梳子!"

她生怕特地为他梳好的头发会披散开来。她站着,两手拢着头。他把梳子藏在膝间。

"我没拿。"他说。

他说话时还在笑,烟卷在唇间颤动不已。

"瞎说!"她说。

"真的,不信你瞧!"他笑着给她看两手空空。

"你这不要脸的小鬼!"她大骂一声就冲过去扭着他要梳子,其实他早就夹在膝弯下了。她跟他厮打的时候,使劲扳他紧紧裹在军裤里的膝头,他格格笑个不停,笑得仰天躺在沙发上直打颤。烟卷也从嘴边掉下来了,差点烫痛喉咙。血液在淡褐色皮肤下涨红了,他笑啊笑的笑得两只蓝眼睛也花了,嗓子眼也胀得呛住了。他这才坐起来,比阿特丽斯把梳子插在头上。

"你撩拨我,比特。"他口齿不清地说。

她刷地伸出小白手,打了他一下耳光。他吓了一跳,对她瞪着眼睛。两人面面相觑。她的脸蛋慢慢红了,不由垂下两眼,接着头也低下去了。他绷着脸坐下。她走进洗碗间梳理乱发,自己也不知为什么,背地里竟洒下几滴眼泪。

等她回进屋来,又紧紧噘起嘴巴。不过这只是想掩饰心头热情罢了。他一头乱发,正坐在沙发上生气。她在他对面一张扶手椅上坐下,谁也不说话。寂静中连时钟嘀嗒嘀嗒的响声也像一下下捶击声。

"你像只小猫咪。"他终于半带歉意地说。

"嘿,谁叫你脸皮厚。"她答道。

接下来又沉默了老半天。他径自吹着口哨,就像一个万分激动的人偏偏不服这口气。冷不防她走到他身边,吻了他。

"来啊,可怜虫!"她嘲弄说。

他抬起脸,诧异地笑着。

"吻啊?"他问她。

"当我不敢?"她问道。

"来吧!"他谅她不敢,就朝她仰起嘴巴。

她古怪地颤声一笑,笑得浑身都跟着颤动了一下,这才不慌不忙把嘴贴上他的嘴。他双臂立即搂住她。长吻既毕,她就缩回脑袋,纤纤十指伸到他敞开的衣领里搂着他脖子。接着闭上双眼,听凭他尽情再吻。

她这样做完全出于自愿。她想怎么做就怎么做,谁也管不着。

保罗感到身边的生活正在起着变化。青春时代的环境一去不复返了。现在家里全是大人。安妮是个有夫之妇了。阿瑟正用家里人不知道的方法寻欢作乐。过去他们一家子住在一起这么多年一向是一起出去玩。可是如今,对安妮和阿瑟来说,生活的天地不是在母亲的老家里了。他们回家来过节和休息。所以屋里总有那种奇特的空虚感,恰如巢里的鸟飞走了。保罗越来越不安。安妮和阿瑟都走了。他坐立不安,也想走了。然而家对他来说就是在母亲身边。尽管如此,外面还有什么东西,这些东西才是他心里需要的。

他越来越不安。米丽安并不能满足他。过去他如痴如狂地想跟她在一起,如今这念头越来越淡薄了。有时他在诺丁汉遇见克莱拉,有时他跟她一起开会,有时他在威利农场跟她见面。不过碰到这种情况,场面就显得紧张。保罗和克莱拉还有米丽安之间有个三角关系。克莱拉在场,他总是用一种俏皮而俗气的嘲笑口吻说话,引起米丽安的强烈反感。不管在此以前的情况怎样。她本来也许正跟他亲亲热热坐在一起。可是只要克莱拉一露面,这一切就顿时化为乌有,他就对新来的人演起戏来了。

米丽安有一天傍晚跟他一起翻干草,两人过得很愉快。他原来使着马拉耙,刚耙完草,就来帮她把干草堆成圆锥形小堆。后来他跟她说起自己的希望和失望,他整个灵魂似乎赤裸裸地暴露在她面前。她感到自己好像在他身上看到了那颤动着的生命本身。月亮出来了,他俩双双走回家。他来找她看来是因为他迫切需要她,她倾听他,把自己全部爱情和信任都献给他。在她看来,他带来了最珍贵的东西交托给她,她要一辈子加以卫护。不仅如此,苍穹对星星的爱抚,也会远远不及她对保罗·莫雷尔心灵中善良的东西卫护得那么无微不至,至死不渝。她独自走回家去,感到得意扬扬,信心百倍。

就在第二天,克莱拉来了。他们到干草地里去用茶点。米丽安看着暮色由一片金光渐见苍茫。保罗一直跟克莱拉在做游戏。他堆了好多干草堆,一个比一个高,让大家跳着玩。米丽安不爱做游戏,干脆站在一边。埃德加、杰弗里、莫里斯,克莱拉和保罗都跳了。保罗胜了,因为他身子轻。克莱拉情绪高涨。她能像个女战士那样飞跑。保罗就喜欢她向干草堆冲过去,一跃而过,落在另一边时那副果敢的神态,只见她一对乳房不住颤动,一头密密的发丝披散开来。

"你碰到了!"他叫道,"你碰到了!"

"没!"她涨红了脸,回过身去问埃德加,"我没碰着吧?我不是干净利落吗?"

"我说不上。"埃德加笑道。

没一个人说得上来。

"可你碰着了,你输了。"保罗说。

"我没有碰着!"她大声嚷道。

"明明白白,清清楚楚!"保罗说。

"替我给他两巴掌!"她对埃德加叫道。

"不行,"埃德加大笑道,"我不敢。你要打自己动手。"

"你碰到了,什么也改变不了这事实。"保罗哈哈大笑。

她对他火冒三丈。原来她在这些小伙子面前得意扬扬,现在威风扫地。她忘了自己在做游戏。眼下他是有心要叫她下不了台。

"我看你真卑鄙!"她说。

他又哈哈大笑,笑的模样真叫米丽安痛心。

"我早知道你跳不过那草堆。"他逗着说。

她掉过脸去不理他。然而大家都明白,她只听他一个人的,心里只有他一个人,他也只听她一个人的,心里也只有她一个人。小伙子们看着他俩吵架觉得挺有趣。可是米丽安却看得很难受。

她看出保罗可能降低要求,他可能对自己不忠实,对真正的、深情的保罗·莫雷尔不忠实。他有变得轻浮的危险,有像阿瑟或他父亲那样追求个人欲望满足的危险。米丽安想到他竟然会为了跟克莱拉这样不加检点地胡闹,而不惜把灵魂都扔掉了,不由痛心之至。眼看这两个人互相嘲弄,保罗开着玩笑,她痛苦地默默无言。

过后他会赖账,不过他毕竟有些为自己感到羞愧,因而完全低头臣服于米丽安。可再往后他又反了。

"力求虔诚并不是真正的虔诚,"他说,"我认为乌鸦飞过天空的时候是虔诚的。可是它之所以这样,只是因为它感到自己是不由自主地飞到它要去的地方,而不是因为它认为自己这样做正在成为不朽。"

可是米丽安知道凡人应当在任何事上都力求虔诚,不管上帝怎么样,相信上帝总是无所不在的。

"我不信上帝对自己的事就了解得那么多,"他叫道,"上帝不了解事物,他自己就是事物。而且我敢说他不是充满生气的。"

可是在她看来,保罗是在竭力用上帝来为自己辩护,因为他要为所欲为,自找乐趣。他跟她之间长期争执不休。即使当着她的面,他也会对她完全不忠实;过后他就惭愧了,后悔了;接着他又痛恨她,又是一走了之。两个人的情况老是这样周而复始。

她使他六神不安。她依旧是一个忧心忡忡、焦虑多思的崇拜者。而他却使她伤心。一半时间他为她悲伤,一半时间他心里在痛恨她。她是他的良心;不知怎的,他感到这个良心太厉害了,他受不了。他抛不开她,因为她倒的确抓住了他善良的一面。他不能跟她厮守在一起,因为她不接受其余的大半个他。所以他心里一烦躁就把气出在她身上。

她二十一岁的时候,他给她写了一封信,这封信只能写给她一个人看。

"恕我最后一次谈谈我俩过去那段旧情。这种爱情也在起变化,是吗?就说那段爱情吧,躯壳不是已经死亡,只留下一个不可磨灭的灵魂给你吗?要知道,我可以给你精神上的爱,我早就把这种爱给了你;但决不是肉体上的爱。要知道,你是个修女。我把给圣洁的修女的爱给了你——犹如神秘的修士把爱献给神秘的修女一样。你确实很珍视这份爱。然而你又在惋惜——不,曾经在惋惜另外的那种爱。在我们的全部关系中没有肉体的关系。我不是以情理同你说话,而是以精神。这就是我们不能按常理相爱的原因。我们的爱不是日常的恋情。我们目前还是难免一死的凡胎,要在一起过日子可就糟了。因为不知怎的,有你在身边,我就不能长时间平凡度日,可你知道,要经常超脱这种凡人的状态也就是失掉凡人的生活。人要是结了婚就必须像彼此相亲相爱的常人那样生活在一起,彼此日常相处,丝毫不感到别扭——而不是像两个灵魂。我就有这个感觉。

"我拿不准,该不该把这信发出。不过你瞧——最好还是让你了解了解。Au revoir①."

米丽安把这信看了两遍,看后就封好。过了一年后,她才拆开封让她母亲看。

"你是个修女——你是个修女。"这句话一再打进她的心房。他过去说的话从来没有这样深深地、牢牢地打中她的心,就像中了致命伤。

她在大伙儿聚会后两天给他回信。

"'我们的亲近当初原来很美,只可惜有一个小小的错

---

① 法文:再见。

误。'"她引证了一句,"难道这错误是我的吗?"

他收到信后几乎立刻就从诺丁汉给她回信,同时寄上一小本莪默·伽亚谟①的书。

"接读回信很高兴;你如此镇静自若,使我羞愧难言,我是个何等夸夸其谈之徒啊!我们常常失和。不过我想,基本上我们可以永远在一起。

"我必须感谢你对我绘画的好感。我不少素描是献给你的。我期待你的指正,你的指正始终是极大的赏识,使我感到不胜羞愧,不胜荣幸。说说笑话,幸勿当真。Au revoir."

保罗的恋爱事件的第一阶段到此为止。当时他约莫二十三岁,虽然,还是个童男子,可是他那股性的本能长期受到米丽安的过分净化,如今变得格外强烈。他跟克莱拉·道斯说话的时候,一腔热血往往越流越快,越流越猛,胸口特别堵得慌,宛若胸口有团活生生的东西,一个新的自我,一个新的意识中枢,预告他迟早总得向这个或那个女人求爱。但是他属于米丽安。这一点她绝对肯定,他是承认她这份权利的。

---

① 莪默·伽亚谟:十一世纪波斯诗人,数学家,他的不朽诗篇《鲁拜集》(一译:《柔巴依集》)在1859年由爱德华·菲茨吉拉德意译为英文后,传诵一时。

第十章 克莱拉

保罗二十三岁时送了一幅风景画参加诺丁汉城堡的冬季画展。乔丹小姐对他很感兴趣,邀请他上她家去,他在她家里认识了其他一些画家。他逐渐变得雄心勃勃。

一天早上,他正在洗碗间盥洗,邮递员来了。他忽然听到母亲狂叫一声。赶紧奔进厨房,只见她站在炉前地毯上,拼命挥舞一封信,嘴里大叫"好哇!"就像发疯似的。他大吃一惊,吓得没命。

"哎哟,妈!"他失声惊呼道。

她飞跑到他面前,伸出双臂搂住他片刻,然后挥舞着信,大声叫着说:

"好哇,孩子!我就知道咱们总会成功!"

他怕她——这个头发斑白,身材娇小,态度严峻的女人怎么会突然这样疯头疯脑。邮递员听了生怕出什么事,又跑了回来。母子俩看见半截门帘上露出邮递员歪戴的帽子。莫雷尔太太就飞奔过去。

"他的画得了一等奖,弗雷德,"她大声叫着说,"还卖了二十个金币①。"

---

① 二十个金币合二十一英镑。

"哎呀,真没想到,真是了不起!"年轻的邮递员说,这人是他们从小看大的。

"莫尔顿少校买下了这幅画!"她大声叫着说。

"看来真了不起,真的,莫雷尔太太。"邮递员说,他那对蓝眼睛也发亮了。他送来了一份喜报,心里可高兴呢。莫雷尔太太进屋坐下,一味打着哆嗦。保罗生怕她看错信,到头来落得一场空欢喜。他仔仔细细看了一遍又一遍。不错,他看了才相信这事错不了。这时他才坐下,一颗心乐得怦怦直跳。

"妈妈!"他欢呼道。

"我不是说过咱们总会成功吗!"她说话时装出没有哭的样子。

他从炉火上提下水壶,冲了茶。

"你没想到过,妈妈……"他试探地开口说。

"没有,儿子——没想得那么多——不过我想的很多。"

"可没那么多吧。"他说。

"不—不—可我知道咱们总会成功。"

于是她恢复镇定,至少在表面上看来是这样。他敞开衬衫坐着,露出几乎像姑娘家一样细嫩的脖子,手里拿着毛巾,头发湿淋淋地竖着。

"二十个金币,妈妈!正好够你给阿瑟赎身。现在你用不着去借了。这正好够用。"

"真是的,我不要都拿去。"她说。

"可为什么?"

"因为我不要。"

"那好——你拿十二英镑,我留九英镑吧。"

母子俩反复就怎样分这二十个金币讨价还价。她只想拿她要用的五英镑。他不听她这一套。因此两人吵了一场,借此把兴奋的情绪平息了下来。

晚上莫雷尔从矿井下班回到家里就说:

"人家跟我说,保罗的画得了一等奖:五十英镑卖给了亨利·本特利公爵。"

"哟,瞧人家编的故事多离奇!"她大声叫着说。

"嘿!"他答道,"我说过这准保是鬼话。可是人家说是你告诉弗雷德·霍基森的。"

"真像我会告诉他这番话似的!"

"嘿!"莫雷尔附和道。

可是他毕竟还是感到扫兴了。

"他真的得了个一等奖。"莫雷尔太太说。

莫雷尔一屁股坐在椅子上。

"真的,我的天呐!"他失声惊叫道。

他呆呆地盯着屋子那头。

"至于五十英镑嘛——那是胡说八道!"她沉默了一会儿,"莫尔顿少校化了二十个金币买下这幅画倒是真的。"

"二十个金币!没有的事吧!"莫雷尔大声叫道。

"没错,而且也值这么些。"

"哎!"他说,"我不是不信。可是二十个金币买一小幅画,他只花了一两个钟头就画成了啊!"

他为儿子暗暗感到自豪。莫雷尔太太若无其事地鼻子里哼了一声。

"这钱他几时到手?"莫雷尔问。

"那我可说不上。我想,总得等画送到以后吧。"

大家都沉默了。莫雷尔顾不上吃饭,只是盯着糖缸。他那条黝黑的胳臂搁在桌上,他的手由于干活磨得粗糙不堪。他妻子装作没看见他用手背擦眼睛,把煤屑抹得一张黑脸全是脏。

"是啊,要是另外那个孩子没被害得送了命,也会有这么大成就呢。"他悄声说。

想起威廉,莫雷尔太太顿时感到像心里扎进一把凉飕飕的刀子。这下她才觉得自己累了,要歇歇了。

保罗应邀到乔丹先生家吃饭。约定后他说:
"妈,我要一套夜礼服。"

"是啊,恐怕你是要一套。"她说。她一团高兴。两人沉默了片刻。"家里有威廉的那一套,"她继续说,"我知道花了四英镑十先令呢,他一共只穿过三次。"

"你想让我穿这一套吗,妈?"他问。

"是啊,我想——至少上装,你穿着准合身。裤子要改改短。"

他上楼去穿上装和背心。下楼来时,只见他夜礼服上装和背心里露出一截绒布领子和衬衫前襟,好不古怪,而且衣服相当宽大。

"裁缝改一下就好了,"她用手捋捋他肩膀说,"料子真漂亮。我从来也不忍心让你爸爸穿这条裤子,现在我非常高兴。"

她刚摸到绸领子,便想起了大儿子。不过眼前这个儿子穿上这身衣服可是鲜龙活跳的。她的手顺势往下摸到他的脊背。他活着,是她的儿子。另一个儿子死了。

他穿上威廉生前的夜礼服出去吃过几顿饭。每回他母亲都又得意又欢喜,心里很踏实。如今他可出头了。她和孩子们替威廉买的饰纽都钉在他的衬衫前襟上;他虽穿着威廉一件配礼服的白衬衫,可是他体态优雅。他脸相虽粗犷,却是满面春风,挺讨人欢喜。看上去虽不见得特别像位绅士,可是她认为他确实出落得一表人才。

他把所见所闻统统都讲给她听。她听了就像亲自在场似的。他巴不得把她介绍给当晚七点半一起吃饭的这些朋友。

"去你的吧!"她说,"他们要认识我干吗?"

"他们要的!"他愤愤不平叫着说,"如果他们想认识我——他们说真的想认识我——那么他们也要认识你,因为你跟我一样聪明。"

"去你的吧,孩子!"她大笑道。

不过,她倒爱惜起自己一双手来了。这双手干了家务活如今也粗糙了。泡了这么多热水,皮肤都透亮,指关节也肿了。不过她开始小心不浸碱水。她惋惜的是当初自己一双手长得纤小细腻。安妮坚持要她多添几件适合她年纪的时髦短衫时,她也听从了。她甚至还容许在发际簪一个黑丝绒蝴蝶结。打扮好了,她就挖苦地对自己嗤之以鼻,坚信自己看上去怪模怪样,保罗看了却断言她跟莫尔顿少校夫人不相上下,而且大大胜过人家。全家境况日见好转。只有莫雷尔依然故我,倒不如说是慢慢垮下去了。

保罗和他母亲如今经常久久讨论着人生。宗教渐渐退居次要地位。他已经把妨碍自己的所有信念都铲除干净,扫清了道路,多少达到了这样一个基本信条,即凡人都应该凭自己内心来辨别是非,而且应该有耐心去逐渐认识自己的上帝。如今人生更使他感兴趣了。

"不瞒你说,"他对母亲说,"我不想属于富裕的中产阶级。我还是情愿做我的老百姓,我属于老百姓。"

"我的孩子,可要是别人这样说你,你听了不会难过吗?要知道你自以为跟任何绅士都可以平起平坐呢。"

"从我本身来说是如此,可是从我的阶级,我的教育或我的举止来说,并非如此。而从我本身来说,确是平等的。"

"说得不错。可你干吗又要说什么老百姓呢?"

"因为——人的差别不在于阶级,而在于本身。只是从中产阶级那儿你才得到思想,而从老百姓那儿——你能得到生活、温暖。你感受到他们的爱和恨。"

"我的孩子,话倒是说得不错。可是你干吗不去跟你爹的伙伴说说呢?"

"可他们有些不同。"

"没的事。他们就是老百姓。说到头来,在老百姓中间,你到底跟谁混在一起呢?是那些换了思想,变得像中产阶级的人。其他的人你是不感兴趣的。"

"可是——他们那儿有生活。"

"我不信你从米丽安那儿,就一定能得到远远超过从任何一个有教养的姑娘——比如说莫尔顿小姐吧——那儿得到的生活。对阶级抱势利观点的是你。"

她真诚地要他跻身中产阶级,她知道这事不很难。她要他娶上个名门淑女。

如今她开始跟一直在六神不安、满心烦恼的他进行斗争。他仍然跟米丽安藕断丝连,既不能彻底摆脱,又不能下决心订婚。这种优柔寡断似乎把他折磨得精疲力竭。再说,他母亲还疑心他对克莱拉也在不自觉地暗中倾心,因为克莱拉是个有夫之妇,她希望他会另爱上一个生活条件比较优越的姑娘。谁知他真傻,就因为人家姑娘社会地位高,他就不愿钟情于她,连略表爱慕之意都不愿。

"我的孩子,"母亲对他说,"你尽管聪明,敢于同旧的东西决裂,自己又肯冒险,可是看来,都没给你带来什么幸福。"

"什么叫幸福!"他叫道,"我才不在乎呢!我这人会幸福么?"

这句鲁莽的话把她问得心烦意乱。

"我的孩子,这要你自己判断了。不过要是你能碰上个能使你幸福的好女人——一旦有了养家糊口的手段,你就开始考虑成家——使自己可以不必日夜烦恼而能安心工作——这样你日子也就会好过得多了。"

他皱皱眉。母亲一下子打中他因米丽安而惹下的创伤。他一把捋开前额上乱蓬蓬的头发,两眼冒火,十分痛苦。

"你图的是安乐,妈。"他叫道,"那是女人的全部生活信条——只图心灵的安逸和肉体的舒适。我真瞧不起这一套。"

"哦,当真!"他母亲答道,"那你的生活信条就是超凡入圣的不满足啦?"

"对。我不管它是不是超凡入圣。不过你的幸福,去它的吧!只要生活充实,幸福不幸福又有什么关系。恐怕你的幸福反而会惹我厌烦。"

"你又从来不肯试一试看。"她说。说着一下子把她为他忧愁的感情统统发泄了出来。"可是这确实有关系!"她叫道,"你应当幸福,你应当尽量争取幸福,过得幸福。我怎么忍心眼看你的生活过得不幸福呢!"

"你自己的生活已经够糟的了,妈,不过这也并没使你比那些比较幸福的人处境更糟。我想你也算尽到力了。我也一样。我不是过得很好吗?"

"你过得不好,我的儿。搏斗啊——搏斗——还有受苦。就我所知,这就是你的全部情况。"

"可这又有什么不好呢,亲爱的?我跟你说这是最好的……"

"不是的。做人应当幸福,做人应当的。"

说到这里,莫雷尔太太不由浑身直发抖。她就好像是在力图保全他这条命而竭力打消他只求一死的念头似的,他们母子之间经常在发生这样的争执。他把她搂在怀里。她气色不好,怪可怜的。

"别担心!好妈妈,"他咕哝说,"只要你不认为做人是件微不足道的悲惨事,幸福也罢,不幸福也罢,都无关紧要。"

她把他紧紧搂住。

"可是我要你幸福。"她可怜巴巴地说。

"呃,亲爱的——不如说你要我活下去吧。"

莫雷尔太太感到自己一颗心为他操碎了。看眼前这种情况,她知道他是不愿活下去了。他对自己,对自己受的苦,对自己的生命抱着一种极其满不在乎的态度,这其实是种变相的慢性自杀。她一想起来就差点儿心碎了。她生性爱憎强烈,对米丽安这样阴险地破坏他的欢乐异常痛恨。尽管米丽安也是没法子,可她不管这些。既然米丽安破坏了他的欢乐,她就痛恨米丽安。

她多么盼望他会爱上一个配做他伴侣的姑娘啊——知书达理,身强体壮。可是他对任何比他身份高的女人看都不看。

他似乎喜欢道斯太太。不管怎么说,这种感情是健康的。他母亲日夜为他祈祷,但愿他不要虚度青春。她祈祷的既不是求神保佑他的灵魂,也不是求神保佑他为人正直,而只是求神不要让他虚度青春。当他睡觉的时候,她有多少时刻在不断地为他思虑,为他祈祷啊。

他不知不觉跟米丽安疏远了。阿瑟刚脱离了军队就结了婚。婚后六个月就生下孩子。莫雷尔太太替他又在公司里找到份差使,周薪二十一先令。她靠比阿特丽斯母亲帮忙,给他布置好一个两间房的小屋。这下子他可给绊住手脚了。不管他怎么挣扎,怎么蹦跶,终于给拴住了。有一阵子他对爱他的年轻妻子发火,使性子;每当娇嫩的小宝宝哭闹,他就简直心烦意乱。他跟自己母亲诉了半天苦。她只是说:"得了,我的孩子,你自作自受,现在你必须好好过日子。"于是他拿出勇气,果然认真干起活来,挑起他的担子,承认自己属于妻儿,当真好好过起日子。过去他跟父母家从来就不大亲热。如今他竟完全不来往了。

岁月慢慢流逝。保罗由于认识了克莱拉,多少跟诺丁汉的鼓吹妇女参政,拥护政治统一的社会党人有了来往。他和克莱拉在贝斯伍德有一个朋友,一天请他给克莱拉捎个口信。当天傍晚他就穿过斯宁顿市场到蓝铃山去。他走到一条铺着鹅卵石的简陋小街,两旁的人行道铺的是瓦楞青砖,他看到了那栋屋子。行人的脚步在这条崎岖的人行道上踩出嘎嚓嘎嚓、吧嗒吧嗒的响声,紧靠人行道,跨上一级台阶就是屋子大门。门上的棕色油漆已旧,裂缝间露出光秃秃的木头。他就站在台阶下的街上敲门。传来一阵笨重的脚步声;只见一个六十岁光景的大胖子女人巍然屹立在他面前。他站在人行道上抬眼望着她。她脸色相当严峻。

她把他领进沿街的客厅。客厅又小又闷,死气沉沉,都是红木家具,挂着炭笔画的祖先放大像,阴森森的。雷德福太太撇下他走了。她长得威风凛凛,简直雄赳赳的。一会儿克莱拉出来了。她的脸涨得血红,他也其窘无比。看来她似乎不愿在家里让人看见。

"我还当不是你的声音呢。"她说。

不过既然来了,她倒索性一不做二不休,请他从阴森森的客厅里到厨房去。

厨房也是一间又小又黑的屋子,不过屋里全是白花边,逼得人透不过气来。她母亲已重新坐到碗柜边,在从一大块花边网上抽着线。右手边盘着一团毛茸茸、拆散的棉纱线,左边放着不少四分之三英寸宽的花边。面前那块炉边地毯上堆着一大堆花边网。从花边经上抽出来的卷曲棉纱线就撒在壁炉边和围栏上。保罗生怕踩在白线堆上,不敢上前。

桌上是梳理花边的纺纱机。有一叠棕色的方纸板,一叠绕花边的纸板,一小盒针,沙发上还搁着一堆抽线的花边。

屋子里全是花边,黑沉沉,暖乎乎,把雪白的花边衬托得格外醒目。

"你进屋来就不必管这些活儿。"雷德福太太说,"我知道我们差点把道儿都堵塞了。不过你随意坐吧。"

克莱拉格外窘迫,让他坐在靠墙一把椅子上,正好对着一堆白花边。她自己就羞答答地坐在沙发上。

"你要喝瓶黑啤酒吗?"雷德福太太问道,"克莱拉,给他拿瓶黑啤酒。"

他推辞不喝,可是雷德福太太硬要他喝。

"这酒你看上去还对付得了,"她说,"难道你从来没有红过脸?"

"多亏我脸皮厚,才看不出血色。"他答道。

克莱拉又羞又恼,给他拿来一瓶黑啤酒和一个杯子。他斟了几分酒。

"好,为健康干杯!"他举起酒杯说。

"谢谢你。"雷德福太太说。

他把黑啤酒一饮而尽。

"点支烟抽抽吧,只要你别把屋子烧了就行。"雷德福太太说。

"谢谢你。"他应道。

"别,你用不着谢我,"她答道,"我能在屋里再闻到点烟味可高兴呢。我认为屋子里全是妇道人家就跟屋子没生火一样死气沉沉。我不是一只喜欢守住墙犄角的蜘蛛。我喜欢有个男人在身边,只要他还多少让人有个倚仗就行。"

克莱拉干起活来了。她的纺纱机呜噜呜噜地转动,白花边就从她指缝里跳到纸板上。纸板绕满了;她就绞断线,把一头别在绕好的花边下。然后再把一张新纸板安在纺纱机上。保罗眼巴巴看着她。她一本正经地端坐着,脖子和胳臂都光着,两耳还是羞得通红;她自惭形秽地低着头,一脸只顾干活的神态。两臂衬着白花边,更显得肤如凝脂,充满活力;两只保养得粉嫩的大手动作灵活地干着活,从容不迫。他不知不觉就这样一直眼巴巴看着她。她低着头的时候,他瞧见她脖子与肩头相连处的曲线;他看到暗褐色的发髻;他望着她一起一落,闪闪发亮的胳臂。

"我听克莱拉提起过你,"她母亲说,"你在乔丹厂工作吗?"她不停地抽着花边。

"是啊。"

"嗳,说起来,我还记得托马斯·乔丹过去经常问我要颗太妃糖吃呢。"

"真的啊?"保罗大笑道,"他吃到了吗?"

"有时吃到,有时没吃到——这是后来的情况。因为他这种人光拿人家的,自己可不舍得给人家,他就是这号人——至少过去总是这样。"

"我倒觉得他很正派。"保罗说。

"哦,那好啊,听到这话我很高兴。"

雷德福太太泰然盯着他看。她有种他所喜欢的果断神情。她脸上的皮肉虽然松弛了,可是眼神镇定,她身上有种坚强的气质,叫她看上去不见老,只有皱纹和松陷的脸颊是时代的错误。她具有正当华年的少妇那股力量和沉着。她继续用慢条斯理,雍容华贵的动作抽着花边。大花边网顺势堆在她围裙上;一段花边就散在她身边。她两条胳臂形态优美,不过像老象牙那么发黄而起油光。它们没有克莱拉的胳臂那种深深迷住他的柔和光泽。

"你一向都跟米丽安·莱佛斯来往!"她母亲问他。

"嗯……"他答。

"哦,她是个好姑娘。"她继续说,"她非常好,不过她有点儿太高傲,我可不喜欢。"

"她是有点儿这样。"他同意道。

"她不长上翅膀在众人头上飞过①才不会称心呢,决不会

---

① 按基督教传说,长翅膀在众人头上飞过的是天使。

称心。"她说。

克莱拉打断了话头,他就告诉她捎来的口信。她低声下气跟他说话。他在她做苦工时闯了进来,给了她一个冷不防。能使得她这样低声下气,他不由感到自己仿佛情绪昂扬,有了指望。

"你喜欢纺线吗?"他问。

"女人家还能干些什么!"她辛酸地答道。

"这是苦活儿?"

"多少算是吧。还不全是女人干的活吗?这就是我们女人勉强自己投入劳动力市场以来,男人玩的又一手花招。"

"好了,闭上嘴别谈男人啦,"她母亲说,"叫我说啊,要不是女人傻,男人就不至于变坏。对我就没有哪个男人敢坏到哪里去,除非他想吃不了兜着走。自然喽,男人都是些讨厌家伙,那是不消说的。"

"不过他们其实都还不错,是不?"他问道。

"说起来,男人跟女人就是有点儿不同。"她回答说。

"你还想回到乔丹厂去吗?"他问克莱拉。

"我可不想。"她回答。

"想,她可想呢!"她母亲叫着说,"要是她能回去就谢天谢地了。你别听她的。她老是那么自高自大,总有一天会把她摔成两半。"

克莱拉被她母亲折磨得够苦的。保罗感到自己好像突然睁开眼睛,恍然大悟。说到头来,他是不是该把克莱拉平常那些愤世嫉俗之言看得太认真呢?她正一个劲地纺着线。他想起她兴许要他帮忙,不由喜上心头。看来她口头摈弃实际被剥夺而得不到的东西还真不少。她的胳臂机械似的动着,可是那条胳臂决不该沦为机械的啊。她的脑袋伛到花边上了,可是那脑袋决不该伛得那么低的啊。她一味纺着纱,仿佛被抛弃在人世间的垃圾堆上,对她来说,被人世间抛弃的滋味是辛酸的,仿佛人世间不需要她了。怪不得她要大声抗议呢。

她陪他走到门口。他站在门阶下寒酸的小街上,抬眼望着她。她身材和举止都那么优雅,使他不由想起了被废黜的朱诺①。她站在门口,对那条街,对她周围的环境显出畏缩不前的神情。

"你要陪霍基森太太到赫克纳尔吗?"

他跟她净扯些没意思的话,两眼只是望着她。她那对灰眼睛终于和他的眼光相遇了。她的眼神带着说不出的羞愧默默注视着他,像不幸落在人家手中而在苦苦哀求。他心绪纷乱,不知所措。他过去还以为她是非常高傲的呢。

他一离开她就直想逃。他做梦似的走到车站,回到家里还不知道自己已经走出她住的那条街了。

他忽然想起罗纹车间女工工头苏珊要结婚了。第二天就去问她。

"喂,苏珊,听说你要结婚了。怎么样啊?"

苏珊涨红了脸。

"谁跟你说的?"她答道。

"没人。我只不过听说你想……"

"得,我是在想,可你用不着告诉人家。而且,我但愿不结算了。"

"不,苏珊,你这话可不能叫我相信。"

～～～～～～
① 朱诺:罗马神话中的天后,大神朱庇特的妻子,仪态雍容华贵。

"是吗?不过,你尽管相信我这话好了。我倒真巴不得能老在这儿待下去呢。"

保罗慌乱了。

"什么缘故呢,苏珊?"

姑娘满脸通红,眼睛发亮。

"就是这缘故。"

"那你一定要这样吗?"

她望望他算是回答。他为人坦率温柔,叫女人不由不信赖他。他心里明白。

"啊,对不起。"他说。

她眼睛里噙着泪水。

"不过你等着瞧吧,结果一切都会叫你满意的。你好自为之吧。"他若有所思地继续说。

"只好这样了。"

"是啊,先作最坏的打算,再想尽法子争取万事如意。"

不久他就找机会去看克莱拉。

"你想再回乔丹厂去吗?"

她放下手里的活儿,两条美丽的胳臂搁在桌上,对他看了好一会儿不答话。脸蛋逐渐红了起来。

"怎么啦?"她问。

保罗感到相当尴尬。

"哦,因为苏珊想走了。"他说。

克莱拉继续纺她的线。白花边一跳一蹦地绕上了纸板。他等着她。她头也不抬,终于用古怪的嗓门幽幽地说:

"这事你说起过没有?"

"除了对你,一句都没说过。"

两人又沉默了老半天。

"等招工广告出来我去应征吧。"

"你还是先去应征的好。我会把准确时间先通知你。"

她继续在那架小纺纱机上干着活,没跟他抬杠。

克莱拉来到了乔丹厂。有些老资格的工人,其中包括芳妮,还记得她先前的那一套,凭良心说大家都不喜欢想起这段往事。克莱拉为人一向板着面孔,沉默寡言,高人一等。她从来不跟女工们打成一片。要是她有机会找茬儿,就冷冷地找到人家,态度彬彬有礼,叫出差错的感到比骂他还丢脸。克莱拉对待芳妮这个神经紧张的可怜驼背倒体贴同情,结果反而惹得芳妮多洒几滴辛酸泪,其他监工对她出言粗鲁,她倒没哭得这么伤心。

克莱拉有些地方保罗并不喜欢,而且不少地方惹他很生气。如果她在近边,他总是看着她的健壮的前颈或后脖子,脖子上披着蓬蓬松松的金发,发脚很低。她脸上和胳臂上都长着细细的汗毛,几乎看不清。但给他看见了一回,以后就老是看到。

他在下午画画,她就会过来站在他跟前,一动也不动。尽管她既不说话,也不碰他,他总感到她在身边。虽然她站在两三步以外,他总感到她挨着他身子。于是他再也画不成了。他扔下画笔,干脆回过头去跟她说话。

有时她夸奖他的画;有时她吹毛求疵,冷酷无情。

"那张画你画得不大自然。"她会说;正因为她的非难倒也有几分符合实际,就更使他气得火冒三丈。

再比如,他会热情地问:"这张画得怎样?"

"呣!"她含糊地小声说,"我觉得没多大意思。"

"因为你不理解它。"他反驳道。

"那你还问我干吗?"

"因为我原来以为你会懂。"

她就耸耸肩膀表示瞧不起他的画。这下可把他气疯了。他暴跳如雷。然后把她痛骂一顿,又情绪激昂地把自己的画解释一番。这一来才吸引了她,提起了她的兴致。可是她从来不认错。

在她投身妇女运动的十年工夫中,她受到相当的教育,而且也感染了几分米丽安的那种热心求知欲,自学了法语,勉强能念念。她自认为是一个不一般的女人,特别是不同于本阶级别的那些女人。罗纹车间的女工全是好人家出身。这是一门规模不大的特殊行业,有一定的声誉。两间工房里都有种高尚优雅的气氛。不过克莱拉就是在她的同事们中间也显得落落寡合。

可是这些事她都不对保罗透露。她是个从不吐露心事的人。她身上有种神秘感。她沉默寡言,他感到她有不少保留。她过去的事表面上是尽人皆知的,可是个中奥秘却不让大家知道。这真动人。而且有时他会撞见她打眼角瞅着他,绷着脸,偷偷摸摸,像在监视,他总是赶紧避开。她常常遇到他的眼光。可是她自己的眼光倒仿佛掩饰起来,毫无流露。只冲他宽厚地微微一笑。她对他特别盛气凌人,因为她似乎很有学问,经验丰富,他望尘莫及。

有一天他从她工作台上拿起一本《磨坊札记》①。

"你会念法文吗?"他叫道。

---

① 《磨坊札记》是法国作家都德(1840—1897)的作品。

克莱拉漫不经心地回顾了一下。她正在做一只淡紫色的弹力丝袜,慢条斯理,有条不紊地转动着罗纹机,偶尔低下头去看看手里的活儿,或者调整一下织针;这一来她就露出一截动人的脖子,上面长着汗毛和纤细的发丝,衬托着光艳夺目的淡紫色丝益发显得洁白。她又转了几圈才住了手。

"你说什么?"她甜甜一笑,问道。

保罗遭到她如此冷淡无礼,两眼有点冒火。

"我不知道你会念法文。"他彬彬有礼地说。

"真的不知道?"她脸带三分嘲笑答道。

"摆臭架子!"他说,不过声音简直听不大清。

他眼睛望着她,气呼呼地闭口不语。她似乎瞧不起自己一针一针织出的袜子,可是她织的袜子却一点也挑不出毛病。

"你不喜欢罗纹车间的工作。"他说。

"哦,哪里,一切工作都是工作。"她答道,仿佛她心里全明白。

他对她这么冷淡很惊讶。他干什么事都得讲究热情。她准是有点儿特别。

"你愿意干什么?"他问。

她宽容地冲他笑笑,一边说:

"我向来不大有机会挑三拣四,所以我没有浪费时间去考虑这问题。"

"呸!"他说,这会儿是他表示鄙夷不屑了,"你这样说只不过是因为你过于高傲,不肯老实承认自己想要而偏偏得不到的东西罢了。"

"你对我倒非常了解。"她冷冷地答道。

"我知道你自以为非常了不起,而你在工厂里干活始终是在屈辱下讨生活。"

他很生气,很粗鲁。她只是不屑一理地掉过身子去。他吹着口哨沿着车间走去,跟希尔达打情骂俏。

事后他自忖:

"我对克莱拉这么无礼干什么?"他对自己有几分恼火,同时心里又很高兴。"她是活该,谁叫她摆臭架子。"他气呼呼地自言自语说。

午后他又到楼下去了。他心头压着块石头想要卸下。他想请她吃巧克力来了结这事。

"来一块?"他说,"我买了好些给自己甜甜嘴。"

她真吃了一块,他不由大大松了口气。他坐在她那台罗纹机旁边的工作台上,手指绕着一绺丝。她喜欢他动作迅猛像初生之犊。他一边心里在琢磨,一边晃动着两腿。巧克力就散放在工作台上。她有节奏地埋头转动着机子,然后弯下腰看着吊下的袜子,袜子下面坠着砣子。他望着她拱着的漂亮背影,和拖在地上的围裙带。

"你老是像在等待什么,我看你不论做什么事,你都不在真正地做:你在等待——就像潘妮洛浦[①]在纺纱时那样。"他情不自禁地说了句捉弄人的话。"我就叫你潘妮洛浦吧。"他说。

"那有什么关系?"她一边仔细挑开一针,一边说。

"只要我高兴,没关系。嗨,我说,你好像忘了我是你上司。我才想起来呢。"

[①] 潘妮洛浦是荷马所著史诗《奥德赛》中奥德修斯的妻子,奥出外多年,她一直在家等待其归来。

"这话什么意思?"她冷冷地问。

"就是说我有权管管你。"

"你有什么可挑剔的?"

"嗨,我说,你用不着发火。"他气呼呼地说。

"我不知道你要什么。"她继续干着活说。

"我要你好好对待我,态度尊重点。"

"也许要称你'先生'吧?"她从容地问。

"对,称我先生。我愿意听。"

"那我希望你上楼去,先生。"

他闭上嘴,皱起眉头。忽然他一下子跳下工作台。

"你对什么事都神气活现。"他说。

他说着就走到其他女工那儿去了。他觉得自己的火气太大了,他用不着发这么大的火啊。事实上,他隐隐怀疑自己是不是在卖弄。如果他是在卖弄,那就偏要卖弄一番。克莱拉听见他在另一间工房里同女工们说笑,她就恨他这么笑。

傍晚,他等女工们都走了就在车间走一圈,看见他买的巧克力原封不动搁在克莱拉那台罗纹机前。他由它去。第二天早上,巧克力还在,克莱拉自顾自干活。后来外号叫小猫咪的黑里俏姑娘米妮高声叫他:

"嗨,你没给大伙儿带巧克力吗?"

"对不起,小猫咪,"他应道,"我存心想请客,可我忘带了。"

"我想你准忘了。"她回答说。

"今儿下午我给你带来。乱扔着的巧克力你总不见得要吧?"

"哦,我倒不大挑剔。"小猫咪露出笑容。

"哦,不成,那上面全是灰尘。"他说。

他往克莱拉的工作台那儿走去。

"对不起,我把这些糖到处乱扔。"他说。

她的脸涨得绯红。他把巧克力一古脑抓在手心里。

"现在都脏了。"他说,"可惜你没吃。我不知道你干吗不吃。我本来打算叫你把糖吃了。"

他把巧克力从窗口扔到下面院子里。只是打眼角瞟了她一下。她给他看得不由畏缩了。

到了下午,他另带来一盒。

"你要来点儿吗?"他先把巧克力递给克莱拉,"新鲜的呐。"

她拿了一块就搁在工作台上。

"哦,多拿几块——讨个吉利。"他说。

她又拿了两块,还是搁在工作台上。于是她手忙脚乱地干起活来。他一直往车间那头走去。

"给你,小猫咪,"他说,"别贪嘴啊!"

"全都是给她的吗?"别的女工一哄而上,大声叫着说。

"哪儿的话!"他说。

女工们吵吵嚷嚷围成一圈。小猫咪脱身逃到一边。

"快过来吧!"她大声叫道,"该让我先挑,对吗,保罗?"

"别太欺负她们吧。"他说着就走了。

"你真是个好人儿。"女工们叫道。

"不值什么。"他答道。

他一言不发地走过克莱拉身边。她觉得要是碰碰这三块奶油巧克力准会烫手。她得鼓起全部勇气才能把巧克力偷偷塞进围裙口袋里。

女工们都爱他,可又怕他。他好的时候很好,一旦发起脾气来,就那么冷淡,简直好像眼里没有她们,至多只当她们是绕丝的筒管似的。而且,要是她们厚颜无耻,他就沉着地说:"请你接着干你的活吧。"说着就站在一边看。

他过二十三岁生日那天,家里正乱糟糟的。阿瑟正要结婚,母亲身子不舒服。父亲上了年纪,因为事故腿变得有点瘸,只能派到份微不足道的苦差事。米丽安使他不断受到良心的谴责。他觉得自己欠她情,然而又不能把自己一心奉献给她。再说,还需要他养家。他弄得左右为难。虽然过生日但他并不感到高兴,反而难受。

他八点钟就去上班。大半伙计都还没到。女工们要等八点半才来。他刚换衣服,就听得背后有人说:

"保罗,保罗,我要找你。"

原来是驼背芳妮,她正站在楼梯最上面一级。红光满面,神秘莫测。保罗惊讶地望着她。

"我要找你。"她说。

他不知所措,愣站着。

"来,"她哄着说,"趁你还没理信件先来一下。"

他走下六七级楼梯,到她那个干燥而狭窄的成品间去。芳妮走在头里,她那件黑色紧身胸衣很短——腋下就是腰身——绿黑两色的开司米裙子看上去很长,她跨着大步走在他这个小伙子前头,相形之下他就更显得体态优美了。她走到车间窄窄的角上自己的座位边,那儿的窗子面对着烟囱管。她激动地不断揉着铺开在面前工作台上的白围裙,保罗就看着她瘦瘦的手和扁扁发红的手腕。

她犹豫不决。

"你以为我们会忘掉你吗?"她责怪地问。

"怎么啦?"他问。他自己也把生日忘了。

"'怎么啦,'他还说'怎么啦!'喏,瞧这个!"她指指日历,他看到二十一日的粗黑字体四周有无数黑铅笔画的小叉叉。

"哎哟,给我庆贺生日的亲吻啊。"他哈哈大笑了,"你怎么知道的?"

"是啊,你想知道,是不?"芳妮乐不可支地取笑道,"大伙儿每人送你一个叉叉——克莱拉夫人不在内——也有人送你两个叉叉。不过我画了多少个就不告诉你了。"

"哦,我知道,你多愁善感。"他说。

"那你就错了!"她愤愤地叫道,"我决不会那么软弱。"她是女低音,嗓子很有力。

"你老是装作铁石心肠的轻佻女子,"他大笑道,"可你知道你真是多情……"

"我倒情愿被称为多情女子,也不愿被叫作冻肉。"芳妮脱口而出说。保罗知道她指的是克莱拉,不觉莞尔。

"你谈到我也这么恶毒吗?"他笑着说。

"没,我的宝贝儿。"驼背女人温柔得过分地答道。她三十九岁了。"没,我的宝贝儿,因为你并没把自己看成大理石雕像,把我们看成垃圾。我也并不比你差,是吗,保罗?"她这一提问把自己也逗乐了。

"唉,咱们谁也不比谁强啊。"他答道。

"不过我并不比你差,是不是,保罗?"她大胆地缠着问。

"那还用说。要是论到心眼好坏啊,你可胜过我。"

她甚至有点害怕面对眼前这种情境。她简直会兴奋得歇斯底里发作的。

"我原就估计自己会来得比大家早——大家可别说我心计深啊！好,闭上你的眼睛……"她说。

"张开你的嘴巴,瞧瞧上帝赐给你什么吧。"他接口说,说着真的张开了嘴,还以为人家会塞给他一块巧克力呢。他听见围裙窸窸窣窣响,还听见一下金属轻轻磕碰的声音。"我可要看啦。"他说。

他睁开眼睛。芳妮的长脸涨得通红,蓝眼睛闪闪发光,正盯着他。原来他面前工作台上放着一小扎颜料管。他脸色顿时发白。

"这不行,芳妮。"他立即说。

"我们大伙儿送的。"她赶紧说。

"不,可是……"

"颜料是不是买得对头啊？"她喜滋滋地晃着身子说。

"天哪！这是最好的货色。"

"可是不是买得对头啊？"她大声叫着说。

"这些颜料都是我打算等我发财的时候才买的。"他咬咬嘴唇。

芳妮激动得不得了。她一定得把话岔开才好。

"她们为了办这件事都坐卧不安呢;除了示巴女王①之外,大家都凑了份子。"

示巴女王指的是克莱拉。

"她不肯凑份子？"保罗问。

"她没捞到这机会;我们根本不告诉她;我们不打算让她

---

① 示巴女王:《圣经·列王纪上》中阿拉伯南部一古国的女王。

378

在这出戏里指手画脚。我们不要她凑份子。"

保罗对这女人笑笑。他感动极了。最后他要走了。她跟他离得很近。冷不防她张开两臂搂住他脖子,热烈地吻他。

"今儿个我可以吻你了。"她赔着小心说,"你脸色这么白,我真觉得心疼。"

保罗吻了她就离开了。她双臂瘦得可怜,他也真觉得心疼。

那天吃午饭时,他奔下楼去洗手,碰见克莱拉。

"你竟留下来吃饭!"他大声说。她可是难得这样的。

"是啊,刚才我好像是用一个老式外科手术器械托盘吃的饭。现在我必须出去走走,要不就会感到满口都是一股橡胶臭味。"

她说着可不动身。他顿时领会到她的意思。

"你要到什么地方去吗?"他问。

他们一起上城堡去了。她出门穿得很朴素,几乎近于难看的程度。在屋里她倒总是那么好看。她欲行又止地跟保罗并肩走着,一会儿低下头,一会儿又转过脸。她衣着邋遢,神态萎靡,这就显得大大矮了一截。他简直认不出她那仿佛潜藏着无限精力的健壮体态了。她怕在众目睽睽下露面,故意弯腰曲背,把身子缩着,看来几乎无足轻重。

城堡的庭园里苍翠欲滴。爬上陡峭的斜坡,他哈哈大笑,喋喋不休,可是她沉默不语,似乎在思索着什么。要到雄踞悬崖顶上那座方堡里去是来不及了。他们就凭着俯临公园那面峭壁边的短墙。在他们底下,砂岩的鸽巢里,鸽子在梳理羽毛,柔声咕咕叫唤。悬崖脚下的林阴道远处,小不点儿的树林矗立在树阴中,还有小不点儿的行人煞有介事地来去匆匆,简

379

直可笑。

"看上去觉得好像可以把这些行人当小蝌蚪似的舀起一把来。"他说。

她哈哈笑着答道：

"是啊，必须隔得老远，才能看清我们自己真正的身量。树木可高大得多了。"

"也只不过是自命不凡罢了。"他说。

她挖苦地笑笑。

林荫道外边，只见两条细长的铁轨伸展开去，铁轨边上密密麻麻堆着一小堆一小堆的木材，旁边就是冒着烟的玩具火车头在奔忙。运河像根银带任意贯穿在黑土堆间。远处，河边低地上密匝匝地都是住家，看上去像黑糊糊的毒草，鳞次栉比，密密层层，一直延伸过去，时不时被更高些的树木阻断，直到曲折流贯旷野的那条粼粼大河为止。连河对面的陡峭崖岸也显得矮小了。大片旷野给树木覆盖得郁郁葱葱，小麦田隐隐发亮，旷野无边无涯，绵延到青山耸立的虚无缥缈处。

"想起城镇发展得还不远，真叫人称快。现在还只是田野上的一小块疮疤罢了。"道斯太太说。

"一小块癞疮疤。"保罗说。

她打了个寒噤。她不喜欢这个小镇。她闷闷不乐地望着对面那片与她无缘的旷野，她那张漠然的脸，脸色苍白，带着敌意，使保罗一看就想起一个怨气冲天，抱憾终身的天使。

"可是这小镇还不错嘛，"他说，"这不过是临时的。这是我们先粗枝大叶搞起来临时凑合的，等我们将来想好了主意再说。这小镇总有一天会搞得很不错的。"

灌木丛中岩洞里的鸽子安逸地咕咕叫着。左面，圣玛丽大教堂耸立在小镇那些破砖烂瓦堆之上,直插云霄,同城堡比邻。道斯太太眺望对过那片旷野景色时不觉快活得露出笑容。

"我觉得心情好些了。"她说。

"谢谢你,"他应道,"不胜荣幸。"

"噢,你真叫人受不了!"她哈哈大笑了。

"嗯,你右手给人家的东西,左手又抢回去了,没错儿。"他说。

她觉得很有趣,只顾对他笑。

"可你这是怎么啦?"他问,"我知道你正在琢磨着什么特别的事。我已经从你脸色上看出来了。"

"我想我决不会告诉你。"她说。

"好吧,那就别说。"他答道。

她红着脸,咬咬嘴唇。

"不是的,"她说,"是那些女工。"

"她们怎么啦?"保罗问。

"她们有件什么事,已经筹划了一星期,今天她们似乎特别来劲。个个都一样;她们故意保守秘密来奚落我。"

"真的?"他关心地问。

她用气愤激昂的语调继续说:"她们要是不拿这个——她们有件秘密——来故意向我炫耀,我本来也不在乎。"

"真是女人家脾气。"他说。

"她们那种可恶的扬扬得意神气真叫人生气。"她紧张地说。

保罗一声不吭。他知道女工们得意的是什么。他心里很不安,自己竟成了这次新纠纷的祸根。

"她们要保守秘密尽管去保守好了,"她辛酸地沉思一下,继续说,"不过她们总该别这么夸耀,让我格外感到蒙在鼓里。这事——这事简直叫人受不了。"

保罗细细想了一会儿。他深深感到不安。

"我说给你听是怎么回事吧。"他脸色苍白,心里七上八下地说,"今儿个是我生日,她们全体女工给我买了一大堆颜料。她们妒忌你——"他觉得她一听到妒忌这个字眼,神态顿时冷冰冰的——"无非只是因为我有时带本书给你。"他慢吞吞加上一句说,"不过,要知道这只是小事一桩。请你别介意,因为——"他赶紧打个哈哈——"你瞧,尽管她们一时得意,要是她们眼下在这儿看到咱们,她们又会说什么呢?"

他冒失地提到他俩眼前的亲密关系,她听了不由生气。他说这话简直是侮辱。然而看他说得如此平心静气,她也只好竭力克制,勉强原谅了他。

他俩都把手搁在城堡墙的粗糙石栏上。他继承了母亲那种纤巧的气质,所以一双手长得小巧而充满活力。她四肢发达,所以双手也相应显得很大,不过皮肤白皙,看上去很有力。保罗眼睛瞧着这双手,心里就了解她的心思。他暗自说,"尽管她对我们这么高傲,她还是渴望有人去握住她的手呢。"这时她的目光也完全专注到了他的一双手上,觉得它们那么温暖而活泼,似乎这双手正是为她而生的。这时他正愁眉不展地凝视着旷野,陷入沉思。万物外形上千姿百态的微妙差别都从他眼前消失了;剩下的只是黑糊糊一大片,其中暗藏着多少忧伤和悲剧啊,所有的房屋和河滩,所有的人和飞禽,都无一例外;它们原只是外形不同罢了,既然万物形状仿佛都已模糊化开,就只剩下一大堆,黑糊糊的一大堆,充满着挣扎和痛苦,这一大堆构成了眼前的景色。工厂,女工们,他母亲,高耸雄伟的教堂,小镇的灌木丛,统统都湮没在幽暗、沉思和忧愁的氛围中。

"两点钟到了吗?"道斯太太猛然一惊说。

保罗吓了一大跳,眼前一切又都显出了本来面目,恢复了原有的个性,原有的麻木健忘,原有的无忧无虑。

他俩匆匆赶回去上班。

他急急忙忙安排晚班邮件,检查芳妮那个车间送上来的活儿,这些活儿都有一股熨烫的味儿。就在这时晚班邮递员进来了。

"'保罗·莫雷尔先生,'"他一边笑嘻嘻说,一边递给保罗一个邮包,"一个小姐的笔迹!可别让姑娘们看见哪。"

邮递员本人就是个最受欢迎的人物,他喜欢拿姑娘们对保罗的疼爱开心。

原来这是一卷诗集,还附了张便条:"谨献上薄礼,幸勿见外,免我向隅。顺致贺忱,并祝如意——克·道。"保罗顿时变得两颊绯红。

"天哪!道斯太太。这太破费她了。天哪,谁想得到啊!"

他一下子深受感动。心里充满了温暖。在这股暖流中,他几乎感到仿佛她就在身边似的,能够触摸到她——不仅看到了她的胳臂、她的肩膀、她的胸脯,而且摸到了,几乎自己与它们成为一体。

克莱拉这一招使他们俩关系更加亲密了。其他女工也都注意到每逢保罗碰到道斯太太,他就不由抬眼向她投去特别热情的一瞥,大家都能看出其中的奥妙。克莱拉知道他是无意的,也就不动声色,只是偶尔见到他向她迎面走来,她故意掉过脸去。

午饭时间他们经常一起出去走走;这事堂而皇之,完全公开,大家似乎都认为他完全没意识到自己的感情状态,而且这里面也没什么不妥。他现在跟她谈话多少带点儿过去跟米丽安谈话时那种热情,不过他不大关心谈话的本身;他也并不在乎自己最后是否说服了对方。

十月里有一天,他俩上兰伯利喝茶。他们在山顶上突然停下来。他爬上去坐在一扇栅栏门上,她就在踏级上坐下。这天下午一片静谧,淡淡一层薄雾,透出昏黄的光来。他们都默不作声。

"你几岁结婚的?"他平心静气地问。

"二十二。"

她的嗓门压低了,几乎低声下气的。她现在愿意告诉他这些了。

"都八年了?"

"是啊。"

"那你几时离开他的?"

"三年了。"

"一起过了五年!你嫁给他时爱他吗?"

她沉默了片刻;然后慢悠悠地说:

"我当时觉得多多少少是爱的。这事我没多想过。他要我,当时我过于拘谨。"

"你可以说是糊里糊涂结的婚?"

"对,我仿佛睡了大半辈子。"

"梦游症吗?可是——你几时醒来的?"

"我从小——就不知道自己醒过没醒过。"

"你从小到大一直在睡?多怪啊!难道他没唤醒你?"

"对,他从来没做到过那一点。"她单调地说。

棕色的小鸟掠过树篱,只见那里野蔷薇开得红艳艳的。

"做到过什么?"他问。

"打动我。我从来没真正拿他当回事。"

这天下午暖洋洋,暗沉沉。田舍的红屋顶在蓝蓝的雾霭中红得耀眼。他喜欢这天气。他能凭直觉领会克莱拉在说的话,可是却听不明白她具体在说些什么。

"可你为什么离开他?他对你态度很坏吗?"

她微微打了个寒噤。

"他——可以说他糟践我。因为他没得到我的心,他想要吓唬我。后来我就感到自己想要逃跑,好像自己被捆绑住手脚似的。他显得很卑鄙。"

"我明白了。"

其实他根本不明白。

"他老是这么卑鄙吗?"

"有点儿。"她慢慢答道,"后来他看出似乎不能真正得到我的心。于是他耍起野蛮手段来了——他就是野蛮!"

"那你最后是为什么离开他的?"

"因为——因为他对我不忠实。"

他们俩都沉默了片刻。她的手搁在门柱上稳住身子。他把手覆在她手上,一颗心怦怦跳。

"可是你就——就根本——从来不给他个机会?"

"机会?怎么给?"

"让他亲近你。"

"我嫁给他——本来就是心甘情愿……"

他们俩都尽力保持嗓门的平稳。

"我相信他爱你。"他说。

"看上去像是这么回事。"她回答说。

他想要挪开自己的手,可是办不到。她自己挪开了,免得他难堪。沉默了半晌,他又开腔说:

"你就此把他甩了?"

"他甩了我。"她说。

"我想他没能使自己成为你的命根子。"

"他想靠威胁来做到。"

不过这番话说得两人都感到有点如堕入五里雾中。保罗突然跳了下来。

"来,"他说,"咱们去喝茶。"

他们找到一家村舍,坐在阴凉的起居室里。她替他斟了茶。她很沉默。他感到她又避开他了。喝完茶,她沉思地凝视着茶杯,手里一直转动那枚结婚戒指。她想得出了神,竟然退下戒指,把它竖在桌上转起圈来。转得金戒指成了个玲珑剔透,闪闪发亮的圆球。圆球最后崩溃了,戒指在桌面上颠了几下才停住。她转了又转,转了又转。保罗看得入了迷。

可她毕竟是个结过婚的女人,他相信纯朴的友谊。他认为自己对她完全是正大光明的。他们之间只是一般文明男女之间的友谊而已。

他跟许许多多同年的青年一样。男女问题在他心目中显得复杂无比,以至他会拒不承认自己曾经想要克莱拉或米丽安,或任何认识的女人。性欲是一种超然的东西,并不属于一个女人。他心灵上爱着米丽安。而他一想起克莱拉就来了劲儿,他在心里同她搏斗,他对她乳房和肩膀的线条很熟悉,仿佛这些线条是在他脑海里塑造的,可是他并不是非要她不可。他情愿一辈子不要她。他认为自己跟米丽安才是真正心连心。有朝一日,他真该结婚的话,他就有责任娶米丽安为妻。他把这一点向克莱拉说明了,她什么也没说,只是由他去。只要有机会,他总去找她——道斯太太。同时他又经常给米丽安写信,偶尔还去探望她。整个冬天他就这么过去了,可他似乎并不太着急。母亲对他也比较放心。她以为他跟米丽安断了。

米丽安这时也知道克莱拉对他的魅力有多大;可她仍然肯定他的良知必将战胜。他对道斯太太的情感,比起他对她的爱情来实在浅薄,而且短暂。再说,道斯太太毕竟是结过婚的女人。她拿准他终究会回到她身边来的;说不定还会脱去几分稚气,矫正他对次要方面的欲望,这方面只有别的女人能满足他,她可满足不了他。只要他内心对她是忠实的,而且一定会回到她身边来,她就一切都忍受得了。

他一点也看不出自己处境有什么异常。米丽安是他的老朋友、情人,她属于贝斯伍德,属于故乡和他的青年时代。相比之下,克莱拉是个新朋友,她属于诺丁汉,属于生活,属于人世间。在他看来,这事十分清楚。

道斯太太同他有好几段时期关系冷淡,两人不大见面,不过后来总是又凑在一块儿。

"你对巴克斯特·道斯态度很坏吗?"他问她。这件事似乎老使他安心不下。

"哪方面呢?"

"哦,我不知道。可你难道不曾对他态度很坏吗?你难道没作出什么气死他的事么?"

"请问你指什么而言?"

"使他感到你不把他放在眼里——我知道。"保罗声称。

"你真聪明,我的朋友。"她冷冷地说。

两人谈话到此为止。不过这一来倒叫她冷落了他一阵子。

这些日子她很难得看见米丽安。两个女人之间的友谊虽未中断,却也大大淡薄了。

圣诞节刚过,克莱拉就问他:"星期天下午你来参加音乐会吗?"

"我答应上威利农场去。"他答道。

"哦,那好吧。"

"你不介意吧?"他问。

"干吗要介意?"她答。

这回答差点把他惹火了。

"不瞒你说,"他说,"我从十六岁起就跟米丽安两个人好上了——到现在七年了。"

"时间不短。"克莱拉答道。

"是啊,不过不知怎么的她……事情总不顺当……"

"究竟怎么呢?"克莱拉问。

"她好像把我死死地拽住,拽住,连我的一根头发都不肯随便让它落下、吹走——她全都得霸住不放。"

"可你不是愿意让人家霸住吗?"

"不,"他说,"我不愿意。我希望一切正常,彼此互给互取——就像你我。我要有个女人守住我,可不是把我捏在手心里。"

"可如果你爱她,就不可能像你我这样正常。"

"是啊,那除非我爱她得更厉害才行。可以说她对我的要求太过分了,我不能迁就。"

"要你怎么着?"

"要我把灵魂都交托给她。我看到她就忍不住要逃走。"

"可你还是爱她的呀!"

"不,我不爱她。我连她的嘴都没亲过。"

"为什么不亲?"克莱拉问。

"我不知道。"

"我看你是害怕吧。"她说。

"我不怕。我看见她心里就不知怎的,直想逃跑——她是那么好,而我这人却不好。"

"你怎么知道她究竟是什么样的呢?"

"我知道!我知道她要什么心灵的结合。"

"可你怎么知道她要呢?"

"我跟她来往七年了。"

"可你恰恰没看出她最主要的一点。"

"什么?"

"她并不要你所说的什么心灵的相交。那完全是你自己的想象。她要的是你。"

他反复思量着她这番话。也许他是错了。

"可她好像……"他开口说。

"你从来没试过。"她答道。

第十一章 考验米丽安

春天到了,他旧时那番狂热和思想斗争又恢复了。现在他知道他一定得去找米丽安。不过他有什么事感到难办的呢?他跟自己说,这只是他和她两个人过分讲究童贞观念,谁也打不破这一关。他原来可以娶她;可是由于他在家里的处境不利,这事就难办了,何况,他又不想结婚。结婚是终身大事,他并不觉得,既然他跟她两人已成为亲密伴侣,他们就势必要结为夫妻。他并没感到自己想要跟米丽安结婚。他巴不得自己有这种想法。只要他能怀有想要娶她和占有她这样可喜的欲望,要他用脑袋来换他都情愿。那么究竟他为什么毫无这种欲望呢?因为有着某种障碍。什么障碍?障碍在于肉体上的束缚。他怕肉体上的接触。可为什么呢?跟她在一起,他就感到内心里有什么捆住他手脚。他无法挣开手脚去爱她。他心里老有什么在挣扎,可是他却总不能去接近她。为什么?她爱他。克莱拉说她甚至还在想他呢;那为什么他不能去接近她,向她求爱,跟她亲吻呢?当他们一起走路,她怯生生地把胳臂钩住他的胳臂时,为什么他竟感到生怕会一时邪念萌发,不由畏缩起来呢?他深深欠她的情,他真心想属于她。说不定畏缩也罢,逃避也罢,本身就是爱的一种出之于过分贞节的最初表现形式。他对她并不厌恶。不,恰恰相反;

他心里怀着的是一股强烈的欲望跟比它更强烈的羞怯感和童贞观念之间的搏斗。看上去好像童贞观念是一种正面力量,它在他们两人身上都取得了胜利。跟她在一起,他感到很难克服这股力量;然而他跟她非常亲近,只有跟她在一起,他才能处心积虑地努力加以突破。再说他深深欠她情。因此,如果他们进行得顺当的话,就可以结婚;不过除非他深深体会得到结婚其乐无穷,否则他是决不会结婚的——决不会的。叫他怎么有脸去见他母亲啊。在他看来,牺牲自己,结下一门违乎本愿的亲事无异于堕落,势必毁了一生,贻害无穷。他还是尽力而为吧。

他对米丽安也确实怀着强烈的柔情。她总是神色忧郁,一心沉湎在她所追求的神圣事物里;而他在她心目中,几乎就是这种神圣事物。他决不忍叫她失望。如果他们努力一下,一切都会圆满解决的。

他看看周围。他认识的正派人当中有不少都跟他一样,处处受自己童贞观念的束缚,冲也冲不破。他们对待自己所钟情的女人都谨小慎微,情愿一辈子不娶,也不愿伤害她们,使她们受委屈。有些女人的丈夫相当粗暴地侵犯了她们女性的尊严,这种女人的儿子,就常常大大缺乏信心,而且过于腼腆。这些人往往宁愿克制自己,而不愿招致女人的责备;因为凡是女人都像他们的母亲,他们心目中净想着他们的母亲。他们情愿自己忍受独身生活的痛苦,也决不愿害别人受苦。

他又去找她。他望着她的时候,她神态中不知有什么东西竟会使得他热泪盈眶。有一天她在唱歌,他就站在她身后。安妮正在弹钢琴。米丽安唱着唱着,嘴巴看上去一副孤苦无告的样子。她像修女对着上天在歌唱似的,这不由使他想到,一个站在波蒂柴里的《圣母像》旁唱歌的姑娘的嘴巴和眼睛,神情也是那么圣洁。于是他心里又痛苦起来,只觉得火辣辣的。他何必对她另有所求呢?为什么他生性偏要跟她斗呢?只要他能对她始终温情脉脉,情意绵绵,跟她共同呼吸沉思和神圣梦想的气息,要他舍弃自己的一只右手他都心甘情愿。伤害她可不公道。她似乎永远像个黄花闺女;他一想起她母亲,眼前就仿佛看见了一个睁着棕色大眼睛的少女,尽管接连生了七个子女,她那童贞的少女心理,还只是差点被吓退,但却仍旧并没真吓退。这些子女的出世都几乎不问她是否愿意,他们仿佛不是她生下的,而是强加在她头上的。因此她根本谈不上让他们去,因为她从来也没占有过他们。

莫雷尔太太看到他又经常去找米丽安,不禁大为惊讶。他跟母亲只字不提。他既不解释,也不辩护。如果他回来得晚,挨了她骂,他就皱起眉头,对她摆出一副蛮横架子。

"我想几时回家就几时回家,"他说,"我已经是大人了。"

"她非要把你留到这么晚不成吗?"

"是我自己要留下的。"他答道。

"她就让你留下? 那好吧。"她说。

于是她只好不锁门就上床;可她净躺着不睡,一直等到听见他回来,往往等到他回来好久才睡。他又去找米丽安,这对她来说是一大痛苦。然而,她也承认,再多加干涉可毫无用处。他如今到威利农场去的身份是男人,不是小青年。她没有权利管他了。他们之间关系变得很冷淡。他简直什么事都不告诉她。她尽管遭到冷遇,还是照样等他,为他做饭,甘心替他做牛做马;可是她的脸又变得冷冰冰的,像戴上了面具。如今除了家务以外,她没事可干了;因为他的心一古脑给了米丽安。她不能原谅他。米丽安把他心里的兴致和温暖都扼杀了。他原来是个兴高采烈的小伙子,心里充满极其温暖的感情;现在他变得冷酷了,脾气越来越暴躁,心情越来越愁闷。这叫她想起了威廉,不过保罗更加糟糕。他做起事情更加专心,更加明白自己在干什么。他母亲知道他迫切需要一个女人,她看见他去找米丽安。如果他已经拿定了主意,任何力量都改变不了。莫雷尔太太厌倦了。她终于开始认命了;她完事了。她是碍事的。

他继续一意孤行。他多少了解母亲的心情。这反而使他心肠更硬了。他决计对她冷酷无情;可是这无异对自己的健康冷酷无情。他身体很快就搞垮了;可他还是死硬到底。

一天傍晚,他在威利农场的摇椅上躺着。几个星期来,他一直跟米丽安谈话,可始终没谈到点子上。这时他忽然开口说:

"我都二十四了,快啦。"

她一直在想着心事,一听这话猛吃一惊,抬眼望着他。

"嗯,你怎么会说这话?"

这种紧张气氛有些叫她害怕。

"托马斯·摩尔爵士①说,'活到二十四,宜于办婚事。'"

她古怪地笑着说:

"结婚还得托马斯·摩尔爵士批准?"

"不,可是活到这年纪应当结婚了。"

"嗳。"她沉吟一下,等着他说下文。

"我不能跟你结婚,"他慢悠悠地说,"现在不能,因为咱

---

① 托马斯·摩尔爵士(1478—1535):英国政治家、作家。

们没钱,而他们靠我养家糊口。"

她坐着,心里隐隐猜测着他下文说什么。

"不过现在我就想结婚……"

"你想结婚?"她跟着他说了一句。

"娶个女人——你知道我是什么意思。"

她一言不发。

"现在我终于必须结婚了。"他说。

"嗳。"她答道。

"你爱我吗?"

她苦笑了。

"你干吗害羞啊?"他说,"当着上帝的面你不会害羞,当着人面又何必害羞呢?"

"不,"她深沉地答,"我没害羞。"

"你害羞的,"他尖刻地说,"这都是我不好。可要知道我这样子——也是实在没法子——知道不?"

"我知道你没法子。"她应道。

"我非常爱你——可总有些不足。"

"哪儿不足?"她望着他说。

"噢,我有不足!应当害羞的是我——我像精神上的瘸子。我感到害羞。真可怜。这是什么道理啊?"

"我不知道。"米丽安答道。

"我不知道。"他重复了一遍,"难道你不认为咱们身上所谓的纯洁未免太厉害了?难道你不认为怕这怕那,嫌这嫌那,反而肮脏。"

她瞪着惊奇的黑眼珠看着他。

"你对这类事总躲着,我看到你这样,也采取这行动,老躲着,说不定变本加厉。"

屋里顿时沉默了一阵子。

"对,"她说,"是这么回事。"

"咱们俩亲热了这么些年,我跟你可以说是赤诚相见。你明白吗?"

"我也这么想。"她答道。

"那你爱我吗?"

她笑了。

"不要挖苦人。"他央求道。

她瞧着他,心里替他难受;他的眼神痛苦得黯淡无神。她真替他难受;他怀着这种曲里拐弯的爱,对他更有害,她永远也成不了他的好配偶,倒没什么。他坐立不安,一个劲儿地只想着由着性子来,拼命想发泄一通。他尽可以为所欲为,要她怎么样就怎么样。

"不,"她柔声说,"我并没挖苦。"

她觉得自己能为他忍受一切;她愿意为他受苦。他在椅子里探着身子,她把手搁在他膝上。他捧起手,亲了一下;不过这么做心里很痛苦。他感到这是把自己放在局外人的地位。他坐着为她的纯洁作出牺牲,看来这更像无谓的牺牲。他怎能热情洋溢地亲她的手呢?这样做会把她逼走,只留下痛苦。但他还是慢慢地把她搂过来,亲了她。

他们相互了解太深,作不了假。她亲他的时候,望着他的眼睛,只见他凝视着屋子对面,一种神秘古怪的炽热眼神叫她着迷。他一动也不动。她感觉得到他一颗心在胸腔里怦怦乱跳。

"你在想什么?"她问。

他的炽热眼神闪了一下,变得捉摸不定。

"我这阵子一直在想,我爱你,我抑制不了。"

她把头埋在他怀里。

"嗯。"她应道。

"就是这么回事。"他说。声音里似乎挺有把握,他的嘴亲着她的颈前。

这时她仰起头,眼光里流露着无限爱意,直盯着他的眼睛。那炽热的眼神挣扎着,仿佛竭力想避开她,后来总算平静了下来。他赶紧掉过头去。这时刻真痛苦万分。

"亲亲我。"她悄声说。

他闭上眼,亲了她,两臂紧紧搂住她,越搂越紧。

她陪他在田间走回家时,他说:

"我真高兴又回到你身边。跟你在一起我感到很单纯——好像没什么可隐瞒似的。咱们会不会幸福?"

"会。"她喃喃说,泪珠涌上了眼睑。

"咱们灵魂里有种邪性儿,"他说,"逼得咱们想要的东西不敢要,却拼命想躲开。咱们得跟这股邪性儿搏斗。"

"是啊。"她说,心里感到大吃一惊。

在路边的暗处,她站在低垂的荆棘树下,他亲了她,他的手指在她脸上摸个遍。在暗处,他看不见她,却摸得到她,心里不由热情洋溢。他紧紧搂住她。

"有朝一日你会要我吗?"他把脸埋在她肩头,喃喃说。这话真难开口啊。

"现在不成。"她说。

他的心一沉,希望幻灭了,顿时感到意气消沉。

"不成。"他说。

396

他搂着的手臂放松了。

"我就爱感到你的胳膊搁在那儿!"她的背紧紧贴着搂住她腰的胳膊,说道,"叫我感到有了着落。"

他收拢胳膊,紧紧搂住她的腰肢,让她靠着。

"咱们心心相印。"他说。

"是啊。"

"那咱们干吗不完全结合呢?"

"不过……"她结结巴巴地说。

"我知道这要求未免过分,"他说,"不过对你来说的确没多大风险——决不会落到失身被弃的下场。你信得过我吗?"

"哦,我信得过你。"这句回答干脆有力,"不是这个缘故——根本不是这个缘故——可是……"

"那是为什么呢?"

她把脸藏在他脖子窝里,怪可怜地叫了一声。

"我不知道!"她叫道。

她似乎有点儿神经质,不过略带几分恐惧。他一颗心就此凉了下来。

"你不认为这是丑事吧?"他问。

"对,现在不了。你教会了我。"

"那你是害怕吗?"

她急忙强自镇静。

"对,我只不过害怕罢了。"她说。

他温柔地吻她。

"放心吧!"他说,"那就随你的意好了。"

忽然她抓住他搂住腰的胳臂,身子绷得硬僵僵的。

"那你就来吧。"她从牙缝里说。

他一颗心又像团火似的扑腾腾乱跳起来,他紧紧抱住她,嘴巴吻着她的颈前。她受不了,缩开了。他放开她。

"你回去不会迟吧?"她柔声问。

他叹了口气,简直没听她在说什么。她等着,希望他会走。他终于迅速地吻了她一下,爬过篱笆。他回头一看,只见枝叶低垂的树阴下她的脸蛋只是隐隐发白的一个斑块。看不见她了,只见隐隐发白的一块。

"再见!"他温柔地说,不见她身子,只见她若隐若现的脸,只听到她的声音。他掉转身,朝大路那头奔去,攥紧了拳头;他走到湖滨的大堤边,不由靠在上面,几乎神志恍惚地,眺望着黑糊糊的湖水。

米丽安在草地上奔回家去。她不怕外人了,任凭人家怎么说去吧,她只怕跟他争。是啊,如果他死缠着不放,她会让他来的;如今事后想起这事来,她就心情沉重。他准会扫兴,他会得不到满足,因而从此撇下她的。然而他又是那么猴急,说来依了他她倒并不觉得是最重要的,更重要的是他们的爱情势必破裂。说到头来,他只是跟其他男人一个样儿罢了,只想谋求自己的满足。唉,不过他身上还是有一些别的,更加深切的感情!尽管他有种种欲望,她还是信得过他。他说过占有是人生一件大事。所有强烈的感情都凝集在它上面。说不定就是这么回事吧。这里面含有某种神圣的意味;因此,她愿虔诚地作出牺牲。他应当占有她。一想到这点,她又不由自主全身绷紧得硬僵僵的,仿佛在反抗着什么。可是,人生逼着她跨过这座痛苦的大门,她也只好听天由命了。不管怎么说,这一来就可以让他称心如意,这也是她的一段心愿吧。她左思右想,愈想愈准备接受他的要求。

如今他像个情人似的追求她,往往碰到他冲动的时候,她就把他的脸从她身边拨开,捧在手里,端详着他的眼神。他总不能正视她的眼光。她一对乌黑的眼睛,充满柔情,一片至诚而有所探索。他看了就不由避开。她片刻也不让他忘记。他一回过身来,就不得不深受自己和对方的责任感的折磨。心头那股旺盛的欲火和野性的热情,丝毫也得不到缓和,丝毫也得不到放纵。他必须恢复做一个遇事三思而行的人。他恍若一时热情冲昏头脑,刚刚苏醒,她把他唤回小天地、私人关系上来了。他实在受不了。"别管我,别管我!"他想要大声说,可是她偏要他瞧着她那对充满深情的眼睛。他那对充满着邪气,野性的欲火的眼睛却不属于她。

农场里的樱桃大丰收。屋后的樱桃树又高又大,郁郁葱葱的枝叶下结着累累果实,有紫红的,有绯红的。一天傍晚,保罗和埃德加采樱桃。那天正是大热天,这时天上乌云滚滚而来,暗沉沉,暖洋洋。保罗在树上爬得老高,高踞红屋顶之上。风不断呜呜呼啸,摇撼着树身,树木令人战栗地晃动,晃得人家心旌荡漾。保罗摇摇欲坠地蹲在细树枝上,给风摇得有点醉意,伸手到结着累累紫樱桃的粗树枝上去摘,把这些滑溜溜,凉冰冰的果子一把一把采下来。他伸出胳臂时,樱桃挨着他耳朵和脖子,一股凉意沁人心脾。在郁郁葱葱的枝叶下,深浅不一的红色,从灿烂的朱红到鲜艳的绯红,纷纷映入眼帘,都显得光彩夺目。

西沉的太阳蓦地烧红了残云。万道金光倏地把东南方照得通亮,柔和的金黄色晚霞层层叠叠堆在空中。人世间原来一直灰沉沉,暗蒙蒙的,不料一下子竟给金黄色的晚霞照亮。到处的绿树和青草,以及远处的湖水给霞光一照都纷纷惊醒了。

米丽安惊讶地走出门来。

"啊哟!"保罗听到她那圆润的嗓门叫道,"多妙啊?"

他往下一看,只见她朝他抬起脸来,脸上一抹淡淡的金光,看上去柔和极了。

"你爬得多高啊!"她说。

在她脚边,大黄树叶上有四只死鸟,那是偷吃樱桃给打死的。保罗看见树枝上吊着几颗樱桃核,都发白了,像骷髅似的,果肉都给啄光了。他又往下看看米丽安。

"云彩都烧着了。"他说。

"真美!"她叫着说。

她站在下面看起来是那么娇小玲珑,那么温柔可爱。他对着她扔下一把樱桃。她吓了一大跳。他低声格格笑,对她扔着樱桃。她捡起几颗樱桃,就逃开了。她把两小串樱桃挂在耳朵上,又抬头望了望。

"你还没摘够吗?"她问。

"快了,吊在上面就像乘船似的。"

"你要在上面待多久?"

"到太阳完全下山。"

她走到篱笆边,坐在那儿,眼望着金黄色的云彩纷纷碎裂,随着暮色渐浓,它们汇成了一大片玫瑰色的断云残片。金黄色炽烈如焚,成了鲜红色,仿佛天公心情痛苦达到了极点。然后鲜红色渐褪成玫瑰红,玫瑰红又褪成了深红,很快,天公的那股火辣辣的激情就平息了。人世间就此变得一片苍茫。

保罗赶快提着篮子爬下树,爬着爬着,把衬衫袖子也钩破了。

"真可爱。"米丽安捻着樱桃说。

"我袖子钩破了。"他答。

她揭起撕成三角形的裂口说:

"我只好给你补一下。"裂口快近肩膀处,她把手指伸进裂口说,"多暖!"

他笑了。嗓门里有种新奇的声调,叫她听得心儿怦怦直跳。

"咱们待在外面好吗?"他说。

"会下雨吗?"她问。

"不会,咱们走一阵子吧。"

他们沿着田野,走进密密种植着冷杉和松树的林子。

"咱们走到树林子里去好吗?"他问。

"你想去?"

"是的。"

冷杉丛里乌漆麻黑,尖利的杉针刺痛她的脸。她害怕了。保罗沉默不语,神态有异。

"我喜欢黑,"他说,"我希望黑得更深,更深。"

看上去他简直不把她看作是某个具体的个人似的;这时她对他来说只不过是个女人。她害怕。

他背靠着一棵松树站着,把她拖到怀里。她听凭他摆布,不过这是一种自我牺牲,她多少感到有点厌恶。这个嗓子沙哑、精神恍惚的男人对她来说无异于是个陌生人。

后来下起来雨了,松树浓香扑鼻。保罗躺在地上,脑袋枕着枯松针,倾听着沙沙的雨声——连续不断,十分刺耳。他的心情非常沉重。现在他才明白,原来她一直都没跟他在一起,她的灵魂处于恐惧状态,对他敬而远之。他肉体上平静了,可是仅此而已。他的内心里非常凄凉,非常忧伤,真是柔肠百转。他的手指在她脸上爱怜地摸个遍。于是她又深深地爱他了。他又温柔又漂亮。

"雨!"他说。

"是啊——你淋到了吗?"

她把手伸到他身上,摸摸他头发,摸摸他肩膀,摸摸他身上是不是淋到雨点。她深深地爱他。他把脸扑在枯树叶上躺着,心情特别宁静。他不在乎雨点是不是淋在身上;他情愿躺着,让全身淋个透湿;他感到似乎无牵无挂,似乎他此生已休,渐入来世,煞是可喜。这股不知不觉濒临死亡的奇怪感觉对他来说很新鲜。

"咱们得走了。"米丽安说。

"是啊。"他答道,可是光说不动。

眼下他觉得人生似乎是个影子,白天是个白影子;黑夜、死亡、寂静、休止,这才似乎是存在。人生于世,终日奔忙,孜孜以求——那完全是无谓之事。最紧要的是消失在黑暗中,飘然而去,与大自然融为一体。

"雨快落到咱们身上了。"米丽安说。

他站起身,扶她起来。

"真可惜。"他说。

"怎么啦?"

"不走不行啊。我感到很宁静。"

"宁静!"她跟着说了一遍。

"我一生从来没这么宁静过。"

她握着他的手走着。她捏着他的手指,感到有点儿害怕。

眼下他仿佛离她老远了;她生怕自己失去他。

"冷杉活像黑暗中的鬼怪,每棵冷杉都是个鬼怪而已。"

她害怕了,一言不发。

"一片静寂,整个黑夜都在莫名其妙地沉睡,我琢磨咱们死了就是这么着——莫名其妙地沉睡。"

她过去就怕面对他心里的兽性,现在却怕他的神秘了。她默默地在他身边走着。雨点落在树上啪嗒啪嗒地响。他们终于走到车棚。

"咱们在这儿待一会儿吧。"他说。

到处一片雨声,把一切声息都淹没了。

"我感到跟万物在一起非常奇妙,非常宁静。"

"嗳。"她耐着性子回答。

虽然她紧紧握着他的手,可他似乎又忘了她在身边。

"我想,摆脱我们的个性是我们的愿望,我们努力争取的目标——无所用心地活着,神志清醒地睡着——那是非常奇妙的;那就是我们的来世——我们的永生。"

"是吗?"

"是的——能够这样是非常美妙的。"

"你并不是经常这样说的。"

"可不。"

不一会儿他们就进屋了。大伙儿都好奇地瞧着他们。他眼睛里依旧保持那种平静而沉重的神色,声调里也依旧保持那种平静。大家都出于本能地由他去。

这时,凑巧米丽安的姥姥害病,家里就派米丽安到胡德林顿姥姥住的小屋去料理家务。那地方小巧精美。屋前有个大庭园,红砖墙,靠墙种着梅树。屋后还有一个庭园,围着一排高高的老树篱,跟田野隔开。景色非常美。米丽安没什么事好干,所以有不少时间读她心爱的书,写她感兴趣的思想漫笔。

假期她姥姥病体见好了,就坐马车到德比她女儿家去小住几天。她这位老太太脾气古怪,往往只住到第二天第三天就要回家,所以米丽安独自留在小屋里,她倒也乐得清静。

保罗经常骑自行车去,他们照例过得太太平平,快快乐乐。他没有多麻烦她,到了星期一休假,他就陪她消磨一整天。

这天天气好极了。他跟母亲说了一下去处就走了。她一整天都要孤单单一个人过了。这一想心头不免笼罩一层阴影;不过他可以畅所欲为地过三天逍遥日子。骑着自行车在清晨的小巷里横冲直撞可愉快呢。

十一点钟光景,他骑到小屋,米丽安正忙着做午饭。她脸色红润,忙忙碌碌,看上去跟小厨房倒十分协调。他亲了她一下就坐下看她忙着。屋子虽小,却很安逸。沙发上铺着麻布套子,上面全是方格图案,有红的,有青灰的,用旧了,洗过多次,不过还算好看。墙角碗柜上方有个架子,放着一具猫头鹰标本。太阳光透过香味阵阵的天竺葵叶丛,照进窗子。她正特地为他煮鸡。这一天屋里是他俩的天下。他俩就像夫妻。他替她打蛋,削土豆皮。他想,她给人一种家庭主妇的感觉,几乎像他母亲。她在炉边忙得满脸通红,发卷儿散乱了,谁也比不上她更美的了。

午饭吃得满意极了。他像个年轻的丈夫,切开熟肉。他俩一直热情不减地聊天。饭后她洗盘碟,他擦干,两人还到田野去散步。一条粼粼的小溪流进陡峭的河滩脚下的泥塘里。

他俩在这里漫步,还采集了一些立金花和许多大朵的蓝色的勿忘我草。于是她双手捧满鲜花,多半是金黄的水芹荠,坐在河滩上。她把脸埋在立金花里,脸上一片金黄的光辉。

"你的脸真明亮,像耶稣的变形像。①"

她瞧着他,带着疑问的神色。他求情似的冲她笑着,把手搁在她手上。随即亲了亲她的手指,又亲了亲她的脸。

大地全笼罩在阳光里,宁静极了,可是并未沉睡,只是略带期待似的颤抖着。

"我从没见过比这更美好的。"他说。他一直紧紧捏着她手。

"溪水一边流着一边自己在悄悄歌唱——你喜欢不喜欢?"她满怀柔情地看着他。他的眼睛乌黑乌黑,透亮透亮。

"难道你不认为今天是个盛大节庆?"他问。

她喃喃地说了一句表示同意。她一团高兴,他看得出来。

"这是咱们的节庆——就你我。"他说。

他们磨蹭了一会儿。于是两人在芬芳的百里香丛中站起身来,他直率地俯视着她。

"你来吗?"他问道。

他们手挽手,默默无言,走回家去。小鸡乱哄哄地沿着小径迎着她奔去。他锁上门,小屋就此成了小两口的天下。

他永远也忘不了自己在解衣领的时候,看见她躺在床上的模样。起先他只看到她的美,看得眼都花了。她的身子美妙极了,他连做梦也想不到她有这么美。他光站着,动也动不

---

① 见《圣经·马太福音》第十七章第一至九节,耶稣带着彼得、雅各和雅各的兄弟约翰,暗暗地上了高山,就在他们面前变了形象,脸面明亮如日头。

了,一句话也说不出,只是瞧着她,惊讶地露出笑容。他瞧着瞧着心里想要她了,谁知他刚向她迎上前去,她竟举起双手做了个告饶的小动作,他瞧着她的脸就停住了。她那对棕色大眼睛巴巴地看着他,一动也不动,听凭摆布,十分逗人;她躺着,仿佛她早已认命,准备作出牺牲;她的身子正等着他呢,可是她的眼神却像一头等待屠宰的牲口,引起他的注意,浑身热血顿时凉了半截。

"你当真要我吗?"他有如冷水浇背,不禁问道。

"是啊,一点不假。"

她非常沉默,非常镇静。她只知道自己在为他效劳。他简直受不了。她躺着准备为他作出牺牲,因为她如此爱他。他不牺牲她是不行了。刹那间他巴不得自己没半点欲念,或者死了拉倒。于是他又闭上眼睛,不敢看她,他的热血又沸腾了。

事后,他心里更疼她了——疼得没命。他疼她。可是不知怎的,他竟想要哭。就为了她那样作出牺牲,他简直受不了。他跟她一直待到深更半夜。他骑车回家时感到自己终于踏出了第一步。他不再是个毛头小伙子了。可是为什么他心灵上感到隐隐作痛呢?为什么他偏偏一想到死,一想到来世,反而感到那么亲切,那么宽慰呢?

他整整一周跟米丽安在一起厮混,热情奔放地把她缠得困乏不堪才兴尽意冷。他老是想几乎一意孤行地丝毫不顾到她,全凭自己感情那股蛮力胡来。他不能经常这样做,而且事后也往往总是留下一种失败之感,死亡之感。如果他真正跟她在一起,他就得抛开自己和自己的欲念。如果他要跟她相好,他就得抛开她。

"我每次来找你,其实你并不要我,是不是?"他的眼睛深深地带着痛苦而羞愧的神情问道。

"啊,要的!"她赶快回答。

他两眼盯着她。

"不。"他说。

她哆嗦了。

"不瞒你说,"她捧住他的脸,让它埋在她的肩窝里——"不瞒你说——像咱们这样——我对你怎能习惯呢?如果咱们结了婚,那一切就圆满了。"

他托起她的头,瞧着她。

"噢,你是说,你老是觉得受不了?"

"对——而且……"

"你老是紧张得不让我近身。"

她激动得直哆嗦。

"不瞒你说,"她说,"我一想到就不习惯……"

"最近你才习惯。"他说。

"不过我要一辈子都这样。妈妈跟我说过,结婚后有一件事会老是叫人觉得害怕,可是你非忍受不可,我一直相信这话。"

"现在还信?"他说。

"不,"她连忙叫着说,"我跟你一样,相信即使是那么着,爱情总是人生最高潮的标志。"

"话虽这么说,可事实上你仍旧根本不要这种爱。"

"不,"她把他的头搂在怀里,失望地轻轻扭动着身子,"别这么说!你不明白。"她痛苦地扭着,"我不是要替你生孩子吗?"

"可不是要我。"

"你怎能这么说？不过咱们要生孩子一定得结婚……"

"那咱们该结婚喽？我要你怀着我的孩子。"他肃然起敬地亲亲她的手。她看着他，忧伤地沉思着。

"咱们太年轻了。"临了她说。

"都二十四和二十三了……"

"还不到呢。"她苦恼地扭着身子声辩说。

"等你愿意的时候。"他说。

她沉重地低下头。他说这些话的绝望语调使她深为伤心。这始终是他俩间一件不如意的事。她默然顺从他。

他俩亲热了一个星期，星期天晚上，临睡前，他忽然跟他母亲说：

"今后我不老往米丽安母亲家里跑了。"

她吃了一惊，可是不愿问他什么话。

"随你便吧。"她说。

于是他上了床。不过他新近又沉默了，她不免纳闷。她几乎猜中是怎么回事。然而，她还是不理他的好。操之过急就会坏事。她眼看着他孤孤单单，不知他将怎么收场。他病了，而且过于沉默，不像他平时为人。他眉心老是打着小结，他吃奶时就一直这样，不过这个结已经多年不见了，现在可又来了。她对他实在爱莫能助。他只好独自闯下去，自己打天下。

他继续忠于米丽安。因为他曾经全心全意地爱过她。可是这日子一去不复返了。不足之感越来越强烈。开头只不过感到伤心。后来他才开始感到不能长此以往。他要逃走，要出国，怎么都行。他渐渐不再向她求欢。因为这不但没有促成两个人的亲近,反而使他们更疏远。而且他恍然大悟,这毫无好处。再努力也没用:他们两人之间永远无法圆满。

几个月来,他很少看见克莱拉。他们偶尔趁吃午饭时间出去散半小时步。不过他总是为了米丽安而克制自己。话虽这么说,碰到克莱拉,他眉头也不皱了,心里又高兴了。她当他个孩子似的百般迁就。他心想自己不在乎。可是骨子里却很生气。

有时米丽安说:

"克莱拉怎么样?最近我没听到她的消息。"

"我昨天跟她散了二十分钟步。"他答道。

"她说些什么来着?"

"我不知道。我想全是我一个人在唠叨——我往往这样。我大概告诉她罢工的事,妇女们对罢工的看法。"

"嗯。"

这是他对自己举止的说法。

实际上他自己也不知道,他对克莱拉所抱有的那股热忱不知不觉地使他和米丽安更疏远了,尽管他对米丽安感到负有责任,感到自己是米丽安的。他还自以为对她是十分忠实的哩。要到一个男人为感情驱使忘乎一切的时候,人们才能真正看清男人对女人所抱的感情,会强烈和炽热到何等惊人的地步。

他开始在朋友身上多花些功夫。一个是美术学校的杰索普;一个是大学里的化学实验辅导斯温;一个是教师牛顿;此外还有埃德加和米丽安的几个弟弟。借口工作需要,他跟杰索普写生和学画。他到大学里找斯温,两个人一起到闹市区去玩。和牛顿一起乘火车回家,他顺道跟他到星月俱乐部打一盘弹子。他对米丽安借口说跟男友在一起,自己也感到心安理得。他母亲放下心来了。他总是把自己的行踪告诉她。

夏天里,克莱拉常穿一件宽袖的薄纱衣服。她一抬起手,袖子就往后退,露出两条健美的胳膊。

"等一下,"他大声叫道,"抬着胳膊别动。"

他给她的手和胳膊画了速写。这些速写画还真包含有几分所画的实物对他具有的魅力。米丽安总是认真地翻查他的书本和纸张,一翻就看见这些画。

"我认为克莱拉的膀子长得真美极了。"他说。

"是啊!你什么时候画的?"

"星期二,在工场画的。你知道吗,我有一个角落可以干活。午饭前,凡是车间里需要料理的事我都能干完。到了下午,我就能干自己的事了。只要夜里把事情料理一下就是了。"

"嗯。"她翻着他的写生册说。

他经常恨米丽安。他恨她弯着身子仔细翻查他的东西。恨她不厌其烦地反复审核他,仿佛他是一份复杂的心理学报告似的。在跟她好的时候,他最恨的是她既像占有他又像不曾占有他似的,于是他就故意折磨她。他常说,她拿去了一切,却什么也没给。至少她没给过生龙活虎似的热情。她压根儿就没活在这世上,也没有冒过活气。要想找到她就像想找到根本不存在的东西一样。她只不过是他的良心,不是他的伴侣。他对她深恶痛绝,待她更加凶狠了。他们一直拖到第二年夏天。他跟克莱拉见面的次数越来越多了。

最后他总算开口说话了。一天傍晚他一直坐在家里工作。他们母子间似乎有那么一种人与人相处的特殊情况,就是双方可以故意地公然挑刺。莫雷尔太太当时又站稳了脚跟。他不再去缠着米丽安。那好吧,她采取袖手旁观态度,等他自己开口。他愿意回来找她,把积郁着的一肚子气发泄出来的时刻久已在意料之中。这天傍晚,母子间有种特殊的紧张气氛。他拼命像机器似的工作,以便自我逃避。天色晚了,白百合花的香味透过敞开的房门偷偷袭进来,仿佛它是到处弥漫,无所不在。他冷不防站起身,走向门外。

夜景之美使他不由想大喊大叫。一弯暗金色的上弦月,正沉落在庭园尽头那棵黑梧桐树后,月光把天际染成暗红色。近处,模模糊糊一排白百合花横贯园子,四下里一股花香,生气盎然。他踏进石竹花坛,石竹花刺鼻的香味突兀地与百合花那股摇曳的浓香掺和在一起,他穿越过去站在一排白百合花的旁边。这些花全都无力地蔫蔫低垂着,恍若在喘气。花香熏得他醉了。他沿着田野走去看月亮沉落。

一只秧鸡在干草场不断叫着。月亮一下子就落下去了,反而发出更红的光。在他背后,那些大朵的花探着身,仿佛在呼唤。随即,蓦地里,他又闻到了一股花香,粗俗呛人。他四下寻着香源,找到紫色的鸢尾花①,摸到花儿那肉嘟嘟的脖子和叉着的黑手。不管怎么说,他总算找到了。这些花挺立在暗处,香味实在难闻。月色渐渐在山顶处消融,没了,四下一片漆黑。秧鸡还在叫着。

他摘下一枝石竹花,突然进了屋。

"好啦,孩子,"他母亲说,"说真的,你该上床睡觉了。"

他站着把石竹花凑在嘴边。

---

① 鸢尾花是多年生草本植物,根茎淡绿色,叶子剑形,花青紫色。

"妈妈,我要跟米丽安吹了。"他镇静地说。

她打眼镜上面抬眼看他。他毫不退缩地回望着她。她的眼光跟他对视了一会儿就摘下眼镜。他脸色苍白。他终于长成男子汉了。她不该把他看得太清。

"不过我原以为……"她开口说。

"算了,"他答道,"我不爱她了。我不想娶她——所以我该结束了。"

"可是,"他母亲吃了一惊,失声叫道,"最近我还以为你打定主意要她呢,所以我就没说什么。"

"我打定过主意——我想要过——不过如今我不想要了。这没好处。我应该在星期天跟她吹了。我应当这样不是?"

"你心里最清楚。你知道我早就这么说过了。"

"我现在实在没法儿。我星期天就跟她吹了吧。"

"唉,"他母亲说,"我想这样最好。不过最近我看,既然你已经打定主意要她,所以我也决定不说什么了,还是不说什么的好。不过我还是一直说的这句老话,我认为她配不上你。"

"到星期天我就跟她吹。"他闻闻石竹说。他把花放进嘴里。他露出牙齿,心不在焉的,慢慢儿咬住花朵,咬得满嘴都是花瓣。他把花瓣唾进火里,吻吻他母亲,就去睡了。

星期天,一到下午他就趁早上农场去。他写过信给米丽安,说他们还是在田野上散散步,走到赫克诺尔去。他母亲对他很体贴。他什么话也没说。不过她看出他所做的努力。看到他脸上那副下定决心的异常神情,她心里平静了。

"别担心,孩子,"她说,"等事情全过去了,你心境就会好得多了。"

保罗暗暗吃惊,顿时厌恶地白了他母亲一眼。他并不希罕怜悯。

米丽安在巷尾跟他见面。她穿一件印花麻纱的短袖新衣服。看到这两个短袖和露在袖口下面两条棕色的胳臂,这么楚楚可怜,听凭摆布,他心里更加痛苦,不由横下一条心。她存心为他穿戴得漂漂亮亮,鲜艳动人。她似乎专为他一个人打扮得花枝招展。她如今是一个成熟的少妇,穿着新衣服显得多美。他每看她一眼,就觉得很痛苦,勉强克制着自己,一颗心差点爆裂了。可是他主意已定,无可挽回。

他们在山上坐下,他躺了下来,把头搁在她腿上,她捋着他的头发。她知道,照她的说法,他是"人在心不在"。每当她有他陪着,她往往找来找去找不到他的心。可是今儿下午,她却没料到。

他告诉她时已经快五点钟了。他们坐在河滩上,凹陷的黄土河滩上耷拉着一片延伸过来的草皮,他用一根树枝把草皮剔掉,碰到他烦恼不安,心肠狠毒的时候,他总是这样做。

"我一直在琢磨着,咱们应当吹了。"他说。

"为什么?"她大吃一惊,失声叫道。

"因为这样下去没好处。"

"为什么没好处?"

"就是没好处。我不想结婚。我根本不想结婚。要是咱们不打算结婚,这样下去就没好处。"

"可你为什么现在才说这话。"

"因为我打定主意了。"

"那最近这几个月的事怎么说?还有你当时跟我说的话

又怎么算?"

"我没办法,我不想继续下去。"

"你再也不要我了?"

"我想把咱们的事吹了,——你摆脱我,我摆脱你。"

"那最近这几个月的事怎么说?"

"我不知道。我一直只跟你说真话,自己怎么认为就怎么说。"

"那你为什么现在又变卦了呢?"

"我没变——我还是这样——只是我知道这样下去没好处罢了。"

"你没告诉我为什么没好处。"

"因为我不想继续下去——我不想结婚。"

"你向我求过多少回婚,我都没答应?"

"我知道,不过我想把咱们的事吹了。"

他恶狠狠地挖着土,双方沉默了一会儿。她低头沉思不语。他是个不可理喻的孩子。就像个任性的小娃娃,喝完水就把杯子一扔,砸个粉碎。她瞧着他,觉得她可以抓住他,从他身上逼出一些长性来,可是又觉得一筹莫展,于是她哭了。

"我说过你只不过十四岁——原来你只有四岁!"

他仍然恶狠狠地挖着土。他听到了。

"你是个四岁的娃娃。"她一气之下又说了一遍。

他不答理,只是心里嘟囔说:"那好吧,如果我是个四岁的娃娃,你要我干什么? 我可不要再找一个妈妈。"可是他什么都没跟她说,大家都保持沉默。

"你跟家里说过没有?"她问。

"我跟我妈说过。"

又沉默了半响。

"那你到底要什么?"她问。

"喔,我要咱们两人散伙。咱们这些年来一直相依为命;现在到此为止吧。我要离开你,走我的独木桥,你也离开我,走你的阳关道。那么你就可以过你自己的独立生活了。"

尽管她一肚子辛酸,这话倒也有几分道理,她不能不记在心头。她知道,自己感到多少给他牵着鼻子走,她就恨这点。因为她身不由己。从她感到双方的爱对她来说有点过分强烈的时候开始,她就恨自己不该爱上了他。而且,从内心深处来说,她所以恨他,正因为她爱他,他却左右着她。她对他这种左右曾经反抗过。她曾经尽力争取在最后摆脱他。现在,与其说他摆脱了她,倒不如说她真的摆脱了他了。

"再说,"他继续说,"咱们多多少少会彼此永远互相牵累的。从前你为我出了不少力,我为你也一样。现在让咱们重新开头,独立生活。"

"你想要怎么办?"她问道。

"没什么,——只想要自由自在。"他回答说。

话虽这么说,她心里明白他要自由是克莱拉的影响在他身上起作用。可是她什么也没说。

"我该怎么跟妈说呢?"她问。

"我跟我妈说过我要干脆一刀两断。"他答道。

"我不告诉家里人。"她说。

他皱皱眉。"随你便。"他说。

他知道自己让她陷入困境,丢下她不管,想到这里他很恼火。

"就跟家里人说你不会也不愿嫁给我,咱们吹了,"他说,

"这一点不假吧。"

她闷闷不乐地咬着手指头。她把他俩的事从头到尾回想一遍。她早知道事情会落到这地步,她一直都看到这一点。这完全不出她痛苦的意料。

"从来是这样——过去从来都是这样!"她大声叫着说,"咱们之间长期以来都在斗——你就是竭力要挣脱开我。"

这话像晴天霹雳似的不知不觉从她嘴里说了出来。他的心一下子停止了跳动。她就是这样看这件事的么?

"不过咱们在一起的时候,也有过一些美好的时刻,一些美好的时辰!"他声辩说。

"没有的事!"她叫道,"没有的事!过去一贯都是你竭力要挣脱开我。"

"不是一贯吧——开头总不是这样!"他声辩说。

"一贯如此,从一开头就是如此——一贯都是这样!"

她就说了这么几句,可是她已说得够了。他坐在那儿直发愣。他原来想说:"过去是很好,可是现在结束了。"过去他虽瞧不起自己,可总相信她是爱他的,谁知现在她竟否认他们的爱是真爱,"他过去一贯竭力要挣脱她吗?"那就真够荒唐的了。他俩之间原来什么真感情都没有;过去他一直想象存在着什么感情,原来根本是一场空。而且她本来就知道。她什么都清楚,却什么也没告诉他。她一直都知道。她一直都心中有数!

他不胜痛苦地默默坐着。闹到最后,整个事情对他来说竟然是场笑话。她实际上是在耍他,不是他耍她。她一句怪罪的话都没对他说过,一味逢迎他,心里却瞧不起他。现在她就瞧不起他。他变得聪明了,人也狠毒了。

"你应当嫁个崇拜你的人,"他说,"那你要把他怎么样就可以怎么样了。崇拜你的人会有不少呢,只要你能抓住他们性格中的短处就行了。你就应当嫁给这么一个。他们决不会竭力想挣脱开你。"

"谢谢你!"她说,"不过别再劝我嫁给什么人了。你以前这么劝过了。"

"好吧,"他说,"我再也不说什么了。"

他一动不动坐着,觉得倒好像不是他给了别人一下打击,而是他挨了别人一下打击似的。他们八年的友谊和爱情,他一生中的这八年,统统变得什么也不值了。

"你几时想到这样做的?"她问。

"我在星期四晚上就想定当了。"

"我知道总有这么一天。"她说。

他听了这话心里高兴得很。"噢,那好吧!如果她知道了,那么这消息对她也就不突兀了。"他心想。

"你跟克莱拉说过什么吗?"她问。

"没,可我现在要告诉她了。"

两人沉默了。

"你还记得去年这时候,在我姥姥家,你说过的事吗——甚至还有上个月说过的?"

"是啊,"他说,"我还记得!而且我是认真的!可说了没用那我也没办法。"

"因为你另有他求,所以才说了没用!"

"不管怎么说,反正没有用。你根本不相信我。"

她奇怪地大笑。

他默默坐着。他一心抱怨她欺骗了他。他满以为她崇拜他,实际上她却瞧不起他。她让他信口胡说,偏偏不予反驳。她让他一个人瞎闯。不过他话到嘴边又咽住了。他不敢说他满以为她崇拜他,实际上却瞧不起他。她找到他的盆子应当当面告诉他才对。她不是光明正大,他恨她。这么些年来,她一直当他个英雄似的看待,心里却悄悄地把他当个小娃娃,傻孩子。那她为什么要听凭一个傻孩子出乖露丑呢?他心里恨死她了。

她一肚子辛酸坐着。她早就知道了——嘿,她早就知道得一清二楚了!在他疏远她的那一阵子,她早就把他看清了,对他的渺小,他的卑鄙,他的愚蠢全看透了。甚至她的心灵上已经对他做好了防备。她并没有被弄得灰心绝望,并没有趴下,甚至都没有怎么被伤着。她早就知道了。可为什么他坐在那儿,偏偏还能如此希奇地左右她呢?他的一举一动都叫她着迷,仿佛她被他施行了催眠术似的。然而他却是卑鄙虚伪、反复无常的小人。为什么她还受到这种支配?为什么世上再没有别的比他胳臂的动作更能挑动她的心呢?为什么她被他紧紧拴住?为什么即使现在,假如他瞧着她,命令她,她还是会只得服从呢?任他什么鸡毛蒜皮小事的命令她都会服从。不过她知道,一旦服从了他,那她就把他抓在手心里了,叫他要东就东,要西就西。她有这份自信心。可是,这种新影响哪!唉,他不是个男子汉!他是个哭哭啼啼吵着要新玩具的小娃娃。无论他的心向往什么,都不会使他长久不变。好吧,就算他眼前非要走开。但一等他厌倦了他的新玩意儿,他还会回来的。

他一直挖着土,挖啊挖的,她给挖得烦死了。她站起身。他坐着把土块扔到河里去。

"咱们还到这儿附近去喝茶么?"他问。

"是啊。"她答。

喝茶时他们净扯着不相干的话题。那间乡下别墅的客厅,引得他滔滔不绝地讲起对装饰品的爱好,以及它跟审美力的关系。她态度冷淡而沉默。他们走回家时,她问:

"咱们互相不再见面了吗?"

"不再见面——或者难得见一两次了。"他答。

"也不通信?"她几乎挖苦地问。

"随你便。"他答道,"咱们不是陌生人——不管怎么着,决不该成为陌生人。我今后会不时给你写信。你嘛,请便。"

"我明白了!"她尖刻地答道。

不过他已经到了任何旁的事都伤不了他心的地步了。他已经作出生平一大决裂。刚才她告诉他说他们之间的爱情从来就是一场冲突,他已经大吃一惊,对别的再也无所谓了。假如根本没有什么爱情,那结束这段爱情也就用不着大惊小怪了。

他在巷尾离开她。看她穿着新上衣,孤零零地走回家,就要去面对她巷子那一头的家里人,他心里又羞愧又痛苦,一动不动地站在大道上,想到了自己让她受的罪。

为了恢复自尊心,他本能地走进柳树酒店去喝几杯。店里有四个出来玩的姑娘,各人正喝着一浅杯葡萄酒。她们桌上还放着一些巧克力。保罗坐在附近喝着威士忌。他注意到那些姑娘正在交头接耳,互相推搡。不一会儿,有个身材健美,肤色黝黑的轻佻姑娘向他探过身来说:

"吃块巧克力吗?"

另外三个姑娘大声笑着她的不害臊。

419

"好吧,"保罗说,"给我一块硬的——有果仁的,我不喜欢奶油的。"

"好,给你,"那姑娘说,"给你一块杏仁的。"

她指缝间抬着巧克力。他张开嘴,她把糖扔进他嘴里,脸也红了。

"你真好!"他说。

"咳,"她答道,"我们刚才看你愁眉苦脸的,她们都问我敢不敢请你吃块巧克力。"

"再吃一块也无所谓——换一种吃吃。"他说。

大家立刻嘻嘻哈哈地笑成了一团。

他九点钟才回家,天已黑了。他默默进屋。他母亲一直在等着他,赶紧焦急地立起身来。

"我跟她说过了。"他说。

"我很高兴。"他母亲大大放了心,回答说。

他疲惫地挂好帽子。

"我说我们还是彻底吹了吧。"他说。

"做得对,孩子。"他母亲说,"眼下她虽然难受,不过长远说来这样更好。我知道,你跟她不配。"

他一边坐下,一边笑得身子直摇晃。

"我在酒店里跟几个姑娘闹得真欢。"

他母亲瞧着他。他这会儿已经忘了米丽安。他讲给她听柳树酒店几个姑娘的事。莫雷尔太太瞧着他。看上去他这份高兴劲儿不像真的。骨子里是忧心忡忡,痛苦万状。

"快吃晚饭吧。"她柔声软气地说。

饭后他若有所思地说:

"妈妈,她一开头就根本没想跟我好,所以她并不失望。"

"我就怕她对你还没死心。"她说。

"不,"他说,"也许不会。"

"你会明白还是彻底完的好。"她说。

"我不知道。"他绝望地说。

"得了,别理她啦。"他母亲答道。

他就此不理她,丢下她一个人。很少人关心她,她关心的人也很少。她孤零零一个人等待着。

第十二章　激　情

　　他逐步做到可以靠美术来养家糊口了。自由商行已经接受了他替各种商品设计的几张图样,他还可以在一两个地方卖掉绣花图样和圣坛布的图样等一类东西。倒不是说他目前靠卖画已挣得了多少,而是将来还可以发展。他还跟一个陶器商店的花样设计员交上了朋友,从他新结交的朋友那里学到了一些那方面的知识。他对实用美术很感兴趣。同时他还孜孜不倦、慢条斯理地画他的画。他喜欢画大幅人像,画面十分明亮,但不是学印象派画家那样,仅仅用亮部和投影组成画面;他画的人像相当明确,跟米开朗琪罗的某些人像那样有一种明快性。他还按他认为是正确的比例,给他们配上景物作为背景。他凭记忆画了一大批画,凡是他认识的人都用上了。他坚信自己的艺术作品完全有价值。尽管他有时情绪消沉,有时畏缩不前等等,他对自己的作品还是有信心的。

　　他二十四岁时,对母亲第一次说出了自己的一个雄心。

　　"妈,"他说,"我会当个人人注目的画家的。"

　　她一面嗤之以鼻,一面做了个她特有的古怪姿势,仿佛半喜半恼似的耸了耸肩膀。

　　"好极了,孩子,咱们走着瞧吧。"她说。

　　"你瞧着吧,我的乖乖! 迟早有一天你会明白自己是不是小看人!"

"我十分满足,孩子!"她笑道。

"不过你日后总得改变的。瞧你跟米妮吧!"

米妮是个十四岁的小使女。

"米妮怎么啦?"莫雷尔太太神气十足地问。

"我听见今儿早上你已经冒雨出去拿煤时,她才说,'嗳,莫雷尔太太!我正要去拿呢。'"他说,"看来你倒真会差遣下人啊!"

"哼!这不过是人家孩子厚道罢了。"莫雷尔太太说。

"你还跟她赔小心似的说,'你总不能一下子同时做两件事吧?'"

"她正忙着洗碗碟呢。"莫雷尔太太说。

"她怎么说来着?'等一会儿又有什么,瞧你弄得一双脚又是水又是泥的!'"

"是啊——大胆的丫头片子!"莫雷尔太太说着笑了。

他瞧着母亲,也哈哈笑了。她心里疼爱他,又变得十分热情,十分乐观了。一时看上去仿佛春风满面。他兴高采烈地继续画他的画。她愉快时看上去气色很好,叫他都忘掉她的白发了。

这一年她跟他到怀特岛去度假。母子俩一起去度假真是太兴奋了,太美了。莫雷尔太太心里一团高兴,对样样都感到新奇。不过他但愿她能多陪他走走,可惜她走不动。她有一次昏倒了。脸色那么苍白,嘴唇那么青紫!他看了万分痛苦。感到胸口就像给人捅了一刀子似的。后来她好了,他也忘了。不过他内心总隐隐担忧,宛若伤口老没愈合。

跟米丽安分手以后,他几乎马上就找上了克莱拉。决裂后的第二天是星期一,他走到下面工场。她抬眼看着他,露出笑容。不知不觉间他们已经变得非常亲密了。她看到他面目一新,喜气洋洋。

"好啊,示巴女王!"他笑着说。

"怎么啦?"她问。

"你身上穿着件新上衣。我看你穿了挺合适。"

她红着脸问:

"那又怎么样呢?"

"合适极了! 我可以给你设计一件衣服。"

"怎么设计啊?"

他站在她面前,说话时两眼闪闪发亮。他直盯着她的眼睛。于是冷不防一把抱住她。她有点退缩。他把她衬衫拉拉紧,在她胸前抚抚平。

"更贴身点!"他解释说。

不过他俩都羞得满脸通红,他顿时就跑掉了。他摸到她了。他整个身子都激动得直哆嗦。

他们之间已经有一种默契了。第二天晚上,趁火车还没开,他先陪她去看一会儿电影。他们刚入座,他就看见她的手搁在他身边。有好一阵子他不敢摸它。银幕上的画面直晃动,抖个不停。于是他握住她的手。这手长得又大又结实,正好一把。他紧握不放。她既不动弹,也没什么表示。他们从影院里出来,他要乘的那班火车已经到了。他犹豫不决。

"明儿见。"她说。他一溜烟冲过了马路。

第二天他又下来跟她说话时,她对他相当高傲。

"星期一咱们去散散步好吗?"

她转过脸去。

"你要通知米丽安一声吗?"她挖苦地回答。

"我跟她吹了。"他说。

"几时?"

"上星期天。"

"你们吵架了?"

"没!我拿定主意了。我斩钉截铁地跟她说,我认为自己已跟她没有关系了。"

克莱拉没答腔,他回去干活了。她非常从容,非常高傲。

星期六晚上,他请她下班后跟他到饭馆里喝咖啡。她去了,神情十分冷淡,十分疏远。还有三刻钟他乘的火车才开。

"咱们走一会儿吧。"他说。

她答应了。他们走过城堡,进了公园。他怕她。她闷闷不乐地在他身边走着。步子有些勉强,怒气冲冲的。他不敢握她的手。

他们在暗处走着,他问:"咱们走哪条路?"

"我无所谓。"

"那咱们爬石阶吧。"

他突然掉过身子就走。他们已经走过了公园的石阶。她见他忽然撇下她,不由生气了,就站着不动。他回头找她,只见她孤零零站着。他突然把她搂在怀里,紧紧抱了一会儿,亲亲她。这才放开她。

"来吧。"他赔罪地说。

她跟着他。他握住她手,吻吻她手指尖。他们默默走着。走到亮处,他就松开她的手。谁也不吭声,一直走到车站。于是他们互相瞧着对方的眼睛。

"明儿见。"她说。

他去赶火车了。他身子机械似的行动着。人家跟他说话。他仿佛听到一种隐约的回声在回答他们。他精神恍惚了。星期一要不马上就到,他感到自己准会发疯。星期一他又可以见到她了。他仿佛全身不由自主地远远向前冲去,只被星期天挡着道儿。他受不了。要到星期一他才见得到她呢。可星期天偏偏挡着道儿——要焦急不堪地等了一个钟头又一个钟头。他真想用脑袋去撞车厢门。可是他坐着不动。他回家路上喝了几杯威士忌,谁知喝了反而更糟。可千万别让母亲心烦,这最要紧。他搪塞了几句,赶紧上床。他和衣坐着,下巴颏儿支在膝头,眼睛凝视着窗外亮着几盏灯火的远山。他既不在想,也不睡,只是纹丝不动坐着,凝视着。直到最后他冷得惊觉过来,一看表原来停在两点半上。这时已经三点多了。他疲劳不堪,知道还不过是星期天的清晨,不由心急如焚。这才躺下睡了。后来他骑了一整天自行车,骑得筋疲力尽才罢。他简直不知道自己身在何方。只知道过了这一天就是星期一。他睡到四点钟,醒来就躺着胡思乱想。他已逐渐离自己近了点——他仿佛能看见自己——真正的自己——就在前面什么地方。她下午会跟他一起去散步。下午!真是度日如年哪。

　　时间像蜗牛在爬。他父亲起身了,只听见他磨磨蹭蹭的,后来就上矿井去了,一双大皮靴嚓嚓嚓地在院子里踩过。雄鸡还在报晓。一辆大车顺着大路驶过。他母亲起身了。她拨开炉火。不一会儿她就轻声唤他。他应着,装作刚睡醒,居然装得很像。

　　他走到车站——又近了一英里!火车快到诺丁汉了。在隧道前会停么?不过这不要紧,吃饭前反正总开到了。他到了乔丹厂。再过半小时她就来了。无论如何,她总快要来了。他办完了来往信件。她该到了。也许她没来。他奔下楼去。哎呀!他隔着玻璃门就看见她了。她稍稍俯着身子在干活,他觉得不能贸然上前;他熬不住啊。终于进去了。他脸色苍白,紧张不安,神情尴尬,却又装得十分冷静。她会误解他吗?他外表上不能公然露出本来面目啊。

"今天下午你来不来?"他勉强说。

"大概来吧。"她咕哝着回答。

他站在她面前,一句话也说不出口。她转过脸不看他。他顿时又感到自己要失去知觉。他咬咬牙,上楼去了。他到目前为止件件事都办得不错,他要照此办理。这天整个上午他看什么都像雾里看花,隔得老远,有如上了麻醉药的感觉。他本人仿佛被一个紧身箍牢牢缚定在那儿,而另外一个他,则在远处做事,在分类账上记着账;他仔细监视着远处的他,免得出差错。

可是老这样心里又痛苦又紧张,实在长不了。他手脚不停地干着。可是还只十二点钟。仿佛他浑身衣服都钉在案头上,就这样站在那儿干着,逼着自己一笔笔写着。总算十二点三刻了。他可以结束了。于是他奔下楼。

"两点钟你在喷泉跟我见面。"他说。

"我要两点半才到得了。"

"好吧!"他说。

她看见他那双狂热而发黑的眼睛。

"我争取在两点一刻到。"

他只好满足了。他去吃了点儿午饭。他一直像上了麻醉药,每一分钟都长得没完没了。他在街上走了好几英里。后来他还以为要来不及赴约了。两点零五分他赶到了喷泉。接下来的刻把钟,那痛苦难受更加无法形容。这是强压住自己的内心使它不致忘形的苦恼。他到底看见她了。她来了!他早已等在这儿。

"你迟到了。"他说。

"只迟到五分钟。"她回答说。

"我对你可从没迟到过。"他笑着说。

她穿着一身藏青色衣服。他瞧着她美妙的身段。

"你缺几朵花。"他说着就朝附近花店走去。

她默默跟着他。他给她买了一束石竹花,有鲜红的,有朱红的。她红着脸,把花别在衣服上。

"这色彩好看!"他说。

"我情愿要色彩柔和些的。"她说。

他乐呵呵的。

"你在街上走像不像一团火?"他说。

她垂着脑袋,生怕碰见人。他们一路走着,他一路侧过眼来看她。她颊边有可爱的毛发遮住了耳朵,他真想去摸一摸。她给人一种沉甸甸的感觉,就像风中微微低垂的饱满的稻穗那样,使他觉得脑子晕晕乎乎的。他恍若在路上打转,周围一切都在打转。

他们一坐上电车,她就把沉甸甸的肩膀靠在他身上,他趁此握住她手。他感到自己从麻醉中苏醒过来,开始呼吸了。她金发间半掩半露的耳朵正挨近他。他实在忍不住想亲亲它。可是车子上有人。她耳朵还留待他去亲呢。说到头来,他不是他自己,他是她的某种附丽,就好比照在她身上的阳光。

他眼睛赶紧看着别处。外面一直在下雨。城堡高耸在市区平地上空,地基是大峭壁,上面雨水直泻。电车穿过中部铁路车站那片宽广的黑沉沉的空地,经过白晃晃的牛栏。然后沿着肮脏的威福路开去。

她随着电车的行驶轻轻晃动,因为她靠在他身上,晃动起来就压在他身上了。他是个生龙活虎、身材瘦长的汉子,有使不完的精力。他的脸相长得粗气,浓眉大眼,外貌平常;但两道浓眉下的那对眼睛可生气勃勃,叫她不由着了迷。他看上去眉飞色舞,两眼显出忍俊不禁的神情,然而却仍保持镇定。他的嘴巴也是如此,正要绽出得意的笑容,却是欲笑又止。他显得心事重重。她闷闷不乐地咬着嘴唇。他的手紧紧抓住她的。

他们在旋转栅栏前付了两枚半便士,过了桥。特伦特河涨满了,河水在桥下静静流着,轻柔地奔泻。刚才雨量不小。水位线上是粼粼发光的一大片潮水。天空灰蒙蒙,到处闪着银光。威福教堂里的大丽菊浸透了雨水,成了湿漉漉的深红色花球。沿着绿油油的河边草滩,沿着一排榆树有条小径,小径上一个人都没有。

黑黝黝的河面泛着银光,在河面和绿油油的浅滩上空,弥漫着极淡极淡的雾气,榆树闪烁着金光。河水浑然自成一体,悄悄地飞快奔流,像怪物似的自相卷绕。克莱拉闷闷不乐地在他身边走着。

她终于用相当刺耳的声调问他:"你干吗甩掉米丽安?"

他皱皱眉头。

"因为我想要甩掉她。"他说。

"为什么?"

"因为我不想再跟她来往下去。我不想要结婚。"

她沉默了片刻。他们顺着泥泞小径拣着道儿走。榆树上掉下滴滴水珠。

"你是不想跟米丽安结婚呢,还是根本不想结婚?"她问。

"两者兼而有之。"他答道——"兼而有之。"

因为有水潭,他们只得跳上路边的踏级。

"她怎么说来着?"克莱拉问道。

"米丽安?她说我是个四岁小娃娃,老是拼命想把她推开。"

克莱拉把这句话琢磨了一会儿。

"可你不是真的跟她来往过一阵子吗?"她问。

"是啊。"

"你现在倒不想再要她了?"

"对。我知道这没好处。"

她心里又在琢磨了。

"你不觉得自己太亏待她了吗?"她问。

"可不,我应当早几年就跟她吹了。不过再来往下去实在没好处。一错岂能再错。"

"你多大了?"克莱拉问。

"二十五。"

"我三十啦。"她说。

"我知道你三十啦。"

"我就要三十一啦——兴许现在就三十一了吧。"

"我不知道,也不在乎。这有什么关系?"

他们走进园林入口处。湿淋淋的红土小道已经沾满了落叶,在草丛间一直通向陡峭的堤岸。两侧的榆树就像一条大甬道旁边的柱子似的竖立着,枝桠交叉,构成一个高高的拱顶,枯叶就从上头掉落下来。一切都空落落,静悄悄,湿漉漉。她站在最高一级踏级上,他握着她双手。她笑吟吟地往下瞅着他眼睛。随即纵身一跳。她的胸脯贴着他的前胸。他抱住她就在她脸上吻了个遍。

他们顺着这条滑溜溜的陡峭的红土小道一路走着。一会儿她就松开他的手,让他搂住她腰。

"你挎得这么紧,按住我胳臂上的血脉了。"她说。

他们一路走着。他的手指尖挨到她晃动的乳房。四下里万籁俱寂,阒无一人。左边,透过榆树干和枝桠之间的口子显出湿泞泞的红土耕地。右边,往下一看,可以看见远远长在他们底下的榆树树顶,可以听见河水汩汩。有时还可以看见下面满潮的特伦特河静静流着,以及浅滩上点缀着几头小小的牛。

"自从寇克·怀特①小时候到这儿来玩算起,简直就没改变过。"他说。

不过他眼睛却盯着她耳朵下的脖子,脸上的红晕在这里与皮肤的蜜乳色融合在一起,还盯着她娇嗔的嘴巴。她走道时身子挨着他微微动着,他身子就像绷紧的弦。

走到榆树林半道,就是这片园林在河边的最高处,他们迟疑地不再往前走了。他领她穿到这条小道边树底下的草地上。红土的悬崖急转直下,穿过一片树木和矮树丛,通到粼粼发光,在树阴下显得黑黝黝的河流。底下浅滩一片绿油油。

---

① 寇克·怀特(1785—1806):英国诗人,生于诺丁汉,作品以描写故乡自然景色见长。

他和她依偎并立,默默无言,心里却在害怕,他们的身子一直靠在一起。下面河水汩汩奔流。

"你为什么恨巴克斯特·道斯?"他终于问道。

她庄重地向他转过身来。她向他凑上嘴巴,仰起脖子;她半闭着眼睛;翘起乳房,仿佛在请他吻她。他轻轻一笑,闭上眼,给她长长一吻。她的嘴和他的融为一体,两人紧紧抱着。过了几分钟才分开。他们就站在光天化日下的小路边。

"你愿意到下面河边去吗?"他问。

她瞧瞧他,由他扶着。他走到斜坡边上,开始往下爬。

"路滑。"他说。

"不要紧。"她应道。

红土坡地势陡峭。他一路滑行,从一簇野草攀到旁边一簇,一会儿吊着矮树丛,一会儿走到一棵树底下的一小块平地上。他在树下等她,兴奋得直笑。她的鞋沾满了红土。走起路来很不便。他皱皱眉。最后他抓住她手,她就站在他身边了。悬崖耸立在他们上头,顺势直下。她脸红了,眼睛闪闪发光。他看着脚底下还有一大段陡坡。

"这事太悬,"他说,"总之太脏了。咱们还是往回走吧?"

她赶紧说:"别为我着想。"

"得。要知道,我帮不了你忙。我只有碍事。把那个小包和你的手套给我。你这双鞋遭殃了!"

他们站在树下,在斜坡面上歇着。

"好啦,我又要走了。"他说。

他说着就走,跌跌撞撞,滑滑溜溜,一下就滑到另一棵树下,啪地摔了一跤,摔得差点喘不过气来。她小心翼翼跟在后面,身子吊着树枝和野草。他们就这样一步一步走到河边。

谁知叫他厌恶的是潮水已经淹没了小道,红土斜坡直通河面。他站稳脚步,使劲停住。小包的绳子啪地断了,棕色小包就此掉下来,落进水里,平平稳稳地漂走了。幸亏他身子还吊着树。

"哎呀,糟糕!"他发火叫道。接着就哈哈大笑。她正冒险往下走。

"当心!"他警告她说。他背靠树木站着等她。"来吧。"他张开双臂叫道。

她尽情跑着。他抓住她,两人站在一起看着黑黝黝的河水拍击着河岸。那个包早就漂得看不见了。

"不要紧。"她说。

他紧紧抱住她,亲亲她。这块地方刚刚够他俩立足。

"上当了!"他说,"不过那边有条沟,上面有人走过,所以咱们顺着走下去的话,我看一定找得到小道。"

河水滚滚流着,打着旋。对岸荒荒的浅滩上有牛在吃草。悬崖就在保罗和克莱拉右边高高矗起。他们背靠着树干,在水濛濛的寂静中站着。

"咱们试试看往前走。"他说,他们在红土中,沿着沟里一个人的钉靴踩出的脚印,拼命走着。他们走得浑身火热,满脸通红。他们粘上了一层泥的鞋沉甸甸的绊着脚。最后他们找到了那条高低不平的小道。只见上面乱七八糟的全是河边的碎石子,可是不管怎么样,总比较好走些了。他们用树枝把靴子的土剔干净。他的心跳得又快又急。

他们刚走到小平地上,他蓦地看见两个人影默默站在水边。心里不由怦地一跳。原来是两个人在钓鱼。他转过身对克莱拉举起手以示警告。她迟疑了一下,把衣服扣好。他们一起走过去。

钓鱼人好奇地回过头来看着这两个打扰他们清静的不速之客。他们生了一堆火,不过火快灭了。大家都一动不动。那两个人又回过头去重新钓他们的鱼了,他们像两尊雕像似的,俯临着粼粼发光的铅色河面。克莱拉红着脸低着头走路;他兀自好笑。他们径直走过杨柳树就让人看不见了。

"嘿,他们真该淹死!"保罗轻声说。

克莱拉不应声。他们沿着河边一条羊肠小道费劲地走着。突然小道不见了。面前的河岸是结实的红土,陡峭地直通河面。他站着,咬牙切齿地暗暗咒骂。

"过不了!"克莱拉说。

他直挺挺站着,环顾四周。前面是河流中的两个小沙洲,长满了柳树。但是可望而不可即。悬崖在他们头顶上空居高临下,像堵峭壁。后面,不远的地方是两个钓鱼人。对岸,在冷清清的午后,远处的牛默默吃着草。他又暗暗低声咒骂。他抬眼凝视着雄伟而陡峭的河岸。难道除了回去爬那条小道就没希望了吗?

"停一下。"他说着就在旁边陡峭的红土河岸上站稳脚跟,身手矫捷地爬上去。他望着每棵树脚下。终于找到要找的地方。山上并排长着两棵山毛榉,树根之间上面有一小块平地,平地上铺满湿漉漉的落叶,不过这就行了。说不定这地方钓鱼人正好看不见。他扔下雨衣,招手叫她来。

她费劲地走到他身边。一到上面她就目光呆滞地看着他,把头枕在他肩上。他四下看看才紧紧抱住她。他们安全了,除了对岸小小的孤独的牛,谁也看不见。他在她脖子前深深吻着,只觉得她的脉搏怦怦跳动。这时万籁俱寂,午后阒无一人,惟独他们俩。

她站起身来的时候,他原来一直看着地上,这时蓦地发现湿漉漉的山毛榉黑根上洒着不少鲜红的石竹花瓣,活像溅着点点血迹;这些细小的红斑还从她胸部一直顺着衣服淌到脚部。

"你的花都揉碎了。"他说。

她一边捋头发,一边神情抑郁地看着他。他忽然把手指尖点着她脸蛋。

"干吗那么愁眉苦脸?"他责怪她。

她忧伤地笑笑,仿佛感到孤独。他手指抚摸着她脸蛋,吻着她。

"别!"他说,"别烦恼了!"

她紧紧握住他手指,笑得浑身直哆嗦。然后她放下手。他把她的头发从额前捋开,摸摸她太阳穴,轻柔地吻她。

"你千万别发愁!"他柔声求她说。

"不,我不发愁!"她温柔地笑着,乖乖听从他。

"对,你不发愁! 你可别发愁。"他一边抚摸,一边恳求道。

"不愁!"她吻吻他,安慰他说。

他们又费劲地爬回崖顶,足足花了一刻钟。他一踏上平地草丛,就扔掉帽子,擦去额上的汗水,吁了口气。

"咱们这下总算回到平地上来了。"他说。

她在草丛上坐下直喘气,脸蛋涨得绯红。他吻了她,她忍不住笑了。

"现在我来替你擦靴子,免得你让体面人笑话。"他说。

他跪在她脚边,用根树枝和一团团乱草擦泥。她把手指

435

插进他头发里,把他脑袋扳到身边,吻了吻。

"我到底该做什么好啊?"他瞧着她乐呵呵说,"是擦靴子呢,还是谈情说爱呢? 请你回答我!"

"你爱怎么着就怎么着。"她答道。

"我暂时先做你的擦鞋小厮,别的不管!"谁知两人尽是盯着对方的眼睛,笑个不停。接着他们又啧啧连声,接起吻来。

"啧,啧,啧!"他像他母亲似的发出咂舌头的声音,"说真的,有个娘们儿在身边,什么事都干不成。"

他柔声唱着歌,重新擦起靴子来。她摸摸他一头浓发,他吻吻她手指。他不停地擦着她的靴子,好容易才算把它们弄得像样了。

"好咧,你瞧!"他说,"我是不是一个妙手回春的大能人? 站好! 咳,你看上去就像我们英国那样无懈可击!"

他在自己的靴子上稍微擦了擦,在水潭里洗洗手,唱着歌。他们一路走到克利夫顿村。他爱得她发疯,她的一举一动,衣服的每道皱痕,都让他感到一股热流,处处都惹人喜爱。

他们在一个老太太家里喝茶,她为他俩来感到非常高兴。

"你们怎么不拣个天气好点的日子来呀!"她守在一旁流连不去地说。

"不,"他笑道,"我们一直在说今儿天气真好呢。"

老太太好奇地看着他。他容光焕发,脸有异彩。眼睛乌黑有神,带着笑意。他愉快地捋捋小胡子。

"你们真那么说么!"她大声叫道,老眼中闪着一丝光芒。

"一点不假!"他笑着说。

"那今儿准是好日子。"老太太说。

她手忙脚乱地张罗着,不想离开他们。

"我不知道你们是不是也喜欢小萝卜,"她跟克莱拉说,"不过我菜园里种了一些——还有黄瓜。"

克莱拉红着脸。她看上去很漂亮。

"我想吃点儿小萝卜。"她回答说。

老太太满心喜欢,步履蹒跚地走了。

"她要是知道就糟了!"克莱拉悄悄对他说。

"得了,她可不知道;这也可见咱们神态自然。你的样子真能把一个天使长也骗过,我觉得这样也并没什么不好——这样装得自自然然——要是人家留咱们做客时,这样能使你显得可爱,使人家心里高兴,咱们也高兴——那么,咱们就说不上是在骗他们!"

他们继续吃着茶点。两人临走,老太太怯生生地拿来三支盛开的小朵大丽花,非常精致,花瓣斑斑点点,有红有白。她站在克莱拉面前,有点得意地说:

"我不知道是不是……"说着伸出一只枯槁的手,手里拿着花。

"哟,多好看!"克莱拉接过花叫道。

"都给她吗?"保罗不服气似的问她。

"都给,都给她,"老太太满面春风地回答,"你早已经得到你的那份儿了。"

"嗳,可我还要问她要一支!"他嘻皮涎脸地说。

"那她愿意给就给吧。"老太太笑着说,还愉快地行了个屈膝礼。

克莱拉有点沉默,不安。他们一路走着,他说:

"你不感到有罪吗?"

437

她睁着惊惶的灰眼睛瞧着他。

"有罪!"她说,"不。"

"可是你好像感到自己做了错事?"

"不,"她说,"我只是想,要是人家知道了就糟了!"

"要是人家知道了,人家就不再谅解了对么?可是事实上,人家的确能谅解,人家还感到高兴。管人家干吗?你瞧,这里只有树木和我,你丝毫不感到有错,对吗?"

他握住她胳臂,把她搂到面前,让她看着他的眼睛。他心里着急了。

"咱们不是罪人吧?"他不安地皱皱眉头说。

"不是。"她答道。

他笑着吻吻她。

"我相信,你喜欢有点犯罪的感觉,"他说,"我相信夏娃抖抖索索给撵出乐园时也有这种感觉。"

不过她神采飞扬,举止安详,倒叫他暗自高兴。后来他一个人坐在火车车厢里的时候,觉得自己心里乐不可支,看看四周的人都特别可亲,夜色也可爱,一切都十分美好。

他回家时莫雷尔太太正坐着看书。如今她身子骨不行啦,她脸色苍白,当时他并没注意到,事后追想起来却终生忘不了这事。她并没跟他提起自己有病。她想,这毕竟不是什么大病。

"你这么晚才回来!"她瞧着他说。

他眼睛炯炯有神,脸上似乎容光焕发。他对她笑嘻嘻的。

"是啊,我刚才跟克莱拉到克利夫顿园去了。"

母亲又瞧了他一眼。

"人家不说闲话吗?"她说。

438

"那有什么？她搞女权运动，还有这个那个的，这人家都已知道啦。再说人家真的说闲话又怎么样？"

"当然啦，这事也许没什么错。"母亲说，"可你也知道人言可畏，一旦有人议论她……"

"得了，我管不了这么多。归根结底，这些嚼舌头的也没什么了不起。"

"我想，你应当考虑考虑她。"

"我考虑过！人家有什么可说的？——无非是我们一起散散步。我相信你是妒忌。"

"要知道，如果她不是个有夫之妇，我本来只会高兴。"

"好了，亲爱的，她已经跟丈夫分居，而且常上台演讲；所以她早就遭到人家的白眼了。可是，就我所知，她也没多大损失。不，她对自己的一生已经无所谓了，既然无所谓，那还值什么呢？她跟我要好——这才变得有了点意思！这一来她就必须付出代价——我们两个都必须付出代价！人们都非常害怕付出代价；他们情愿饿死。"

"那好吧，孩子。咱们就走着瞧到底怎么样吧。"

"好吧，妈妈，我是坚持到底的。"

"咱们走着瞧吧！"

"而且她——她这人好极了，妈妈；她真是这样！你不知道！"

"这跟娶她做老婆可是两回事。"

"也许完全不是两回事。"

母子俩沉默了一会儿。他想要问母亲一句话，可是心里又害怕。

"你想不想认识她？"他迟疑地说。

439

"是啊,"莫雷尔太太冷冷地说,"我倒想知道一下她到底是个什么样的人。"

"她这人真好,妈妈,真的!一点都不平庸!"

"我也从没说她平庸。"

"可你似乎认为她——及不上……说真的,她这人真是百里挑一!她比谁都好,真的!她又好看,又诚实,她正直!她做人不卑不亢。别对她吹毛求疵!"

莫雷尔太太火了。

"我可没想对她吹毛求疵。也许她真像你说的那么好,可是……"

"你不赞成。"他替她把话说完。

"你希望我赞成么?"她冷冷地答道。

"对!对!——如果你有点眼力,就准会满意的!你想要见见她吗?"

"我说过我要见见她。"

"那我就带她来——把她带到这儿来好吗?"

"随你便。"

"那我就把她带到这儿来——星期天——来吃茶点。如果你瞧不起她,我可决不原谅你。"

母亲放声大笑。

"好像这事有多大关系似的!"她说。他知道自己得胜了。

"喔,妈妈,她一来就好了!她真有她自己的那种女王风度呢。"

偶尔从教堂出来时,他还陪着米丽安和埃德加走一阵子。

他不上农场去找她了。可是她对他还同过去一模一样,他当着她面也不感到窘迫了。有一天晚上,只有她一个人,他陪着她。他们从书本开始谈起,这是他们谈不厌的老话题。莫雷尔太太说过他跟米丽安的恋爱就像书本点起的一把火——书烧光了,火也灭了。就米丽安来说,她自夸对他了解得一清二楚,就像读一本书那样,甚至随时都能翻到她想读的某一章、某一行。他呢,很容易轻信,还以为米丽安真的比谁都了解他呢。所以兴致一上来,他就像个头脑简单的自我主义者那样,跟她净谈着自己的事。这回,话题也一眨眼就转到了他自己的活动。他能引起她这么大的兴趣,真感到无上荣幸呢。

"你最近一直在干什么呀?"

"我——喔,没什么! 我在花园里画了一幅贝斯伍德的写生,终于快画好了。这是第一百次试画了。"

两人就这么扯下去。于是她问:

"那么,最近你没出去过吗?"

"哦,我星期一下午陪克莱拉到克利夫顿园去了。"

"天气不大好,是不?"米丽安说。

"不过我想要出去走走,天气好不好无所谓。特伦特河涨潮了。"

"你到巴顿去了吗?"她问。

"没,我们在克利夫顿喝了茶。"

"真的! 那敢情好。"

"是不错,那老大娘逗极了! 她给了我们几朵大丽花,要多美有多美。"

米丽安低头沉思。他对她真是无话不谈,毫不隐瞒。

"她怎会送花给你们呢?"她问。

他笑了。

"因为她喜欢我们——据我看,因为我们正在兴头上吧。"

米丽安把手指含在嘴巴里。

"你回家晚了?"她问。

他终于对她这种声调不满起来。

"我赶上七点半一班火车。"

"嘿!"

他们默默走着,他生气了。

"克莱拉好吗?"米丽安问。

"我看挺好。"

"那就好!"她话里有点讥讽的口气,"顺便问一下,她丈夫怎么样? 一点也没听到他的消息。"

"他搞上别的女人了,也过得很好。"他答道,"至少我是这么看。"

"原来如此——你也不知道究竟。你不认为这种处境会叫女人难堪吗?"

"实在难堪!"

"真是太不公平了!"米丽安说,"男人为所欲为……"

"那就让女人也为所欲为吧。"他说。

"她怎么做得到? 要是她这么做,你就瞧着她的处境吧!"

"怎么啦?"

"哎哟,办不到! 你不懂得女人有多大损失。"

"是啊,我不懂。不过要是一个女人什么都得不到,只靠着个好名声当饭吃,嗐,这也未免太可怜了,蠢驴都会被饿死的呢!"

这么一说她至少明白他的道德观了,她知道他会根据这个道德观行事。

她从不直接问他什么事,可是她得打听个清楚。

过了几天,他碰见米丽安时,谈话转到结婚上面,谈谈又谈到克莱拉跟道斯的婚姻。

"你瞧,"他说,"她根本不知道结婚大事的极端重要性。她认为这种事稀松平常,不足为奇——人生难免总得过这一关——再说道斯——唉,多少女人都会情愿拼命巴结他呀;所以何不嫁给他呢?后来她就变成个不被理解的妻子①,待他很不好,管保是这么回事。"

"那她离开他只是因为他不理解她?"

"我想大概是吧。我想她只好这么做。这压根儿不是理解不理解的问题;这是个做人问题。跟着他,她只有一半活着,一半在冬眠,没有知觉。冬眠的女人就是不被理解的女人,她非觉醒不可。"

"那他怎么样?"

"我不知道。我倒认为他是尽量爱她的,不过他是个傻瓜。"

"那倒有点像你父母?"米丽安说。

"是啊,可是我认为,我妈开头从我爹身上真的得到了乐趣和满足。我认为,她爱过他;所以她才一直跟着他。不管好歹,他们毕竟还是相依为命的。"

"是啊。"米丽安说。

---

① 此词原文是法文。

他接着说:"我想,一个人必须从另一个人身上感受到真正、真正的热情——只要一回,一回就行了,哪怕这一回只维持三个月。瞧,我妈看上去就像人生在世的必需品她应有尽有了。她一点儿都不感到枯燥无味。"

"不见得吧。"米丽安说。

"开头,她跟我爹一定有过真正的感情。她心里明白;她是个过来人。这你可以在她身上,在他身上,在千百个你日常见到的人身上都觉察到;一旦你有了这种经历,你就可以应付任何事,变得成熟起来。"

"到底是什么经历呢?"米丽安问。

"这很难说,反正它是当你一旦真正跟别人结合时,能改变你这个人的某种巨大、强烈的体验。看上去它几乎能滋润你的心灵,使你能够应付一切,变得成熟。"

"你认为你妈跟你爹有过这种体验?"

"对,她在心坎里是感谢他给她这种体验的,尽管现在两个人已经十分隔膜了。"

"那你认为克莱拉从来没有过这种体验?"

"我敢说绝对没有。"

米丽安把这话玩味了一下。她明白他所追求的看来是一种火一般的激情的洗礼。她明白他不达目的是不会罢休的。也许他同有些人一样,都认为少年纵欲是人生大事;待他满足了以后就再不会心火难熬,坐立不安,而可以安定下来,把自己的一生乖乖交托给她了。得,那也好,如果他一定要去,就让他去满足吧——去得到他所谓的巨大强烈的体验吧。无论如何,一旦他到了手,他就不会再要了——这是他亲口说过的,那时他就会渴望她能给他的其他东西了。他就会渴望被别人管住,这样他才能去好好干活。据她看,他一定要走这固然痛苦,不过她既然能够让他上酒馆喝杯威士忌解馋,她也能让他去找克莱拉,只要这可以满足他的需要,以便他将来可以听凭自己占有。

"你有没有把克莱拉的事告诉你妈?"她问。

她知道这可以考验他对另外那个女人的感情认真程度。她知道如果他跟他母亲说过,那么他去找克莱拉就非同等闲,决不是一般男人去找婊子取乐。

"说过,"他说,"她星期天来吃茶点。"

"上你家?"

"对,我想让妈见见她。"

"嘎!"

沉默了一会儿。事情竟然比她意想中发展得更快。她突然感到一阵痛苦,他竟然能这么快这么彻底就把她扔了。他家里人过去一直敌视她,难道克莱拉倒能受他们欢迎?

"我去做礼拜时可以顺便来看看克莱拉,"她说,"我有好久没见到她了。"

"好极了。"他说着心里暗暗吃惊,而且不知不觉有点生气。

星期天下午,他上凯斯敦车站去接克莱拉。他站在月台上时,尽力想弄弄清楚自己有没有预感。

"我是不是觉得她要来啊?"他自言自语,竭力想搞个明白。他感到一颗心忐忑不宁,阵阵紧缩。这似乎是个预兆。这么说,他果真有个她不会来了的预兆!这么说她是不会来了,他不能按预想那样带她穿过田野上家里去,而只好独自回

445

去了。火车晚点了,看来一下午的时间都会白费了,还有晚上的时间也会白费了。他心里恨她不来。如果她不能守约,那么她干吗答应呢?也许她没赶上火车——他自己就经常赶不上趟——可是这不能说明她为什么偏偏误了这班车。他生她的气了,气得火冒三丈。

蓦地他看见火车慢慢绕过拐角,蜿蜒而来。好了,火车到了,不过她当然没有来。绿色的机车沿着月台一路嘶嘶地放气,一长列棕色的车厢拖过来了,几扇车门打开了。没,她没有来!没来!准是的;哎呀,她来了!她戴了一顶大黑帽!一下子他就在她身边了。

"我还当你不来了呢。"他说。

她向他伸出手,笑得上气不接下气;两人的眼光相遇了。他赶紧带着她沿着月台走去,一面连珠炮似的拼命说话,来掩饰自己的激动心情。她看上去真美,帽子上簪着暗金色的大朵绢制玫瑰花。她一身玄色衣服挺合身地裹着胸脯和肩膀,打扮得美极了。他陪她走着,心里感到很得意。他觉得车站上认识他的人,无不用敬慕的眼光看着她。

"我原来拿准你不来了。"他笑得直打颤。

她报之以大笑,几乎还喊出声来。

"我坐在火车里也心里直纳闷,要是你不来可叫我怎么办呢!"她说。

他冲动地抓住她手,两人沿着狭长的铁轨走着。他们走上通往纳塔尔那条路,走过雷肯宁庄农场。那天风和日丽。到处都看到金黄的落叶;林子边上的树篱上有不少鲜红的野蔷薇果。他采了一把给她戴。

他把野蔷薇果戴在她胸前衣襟上,一面说:"说真的,尽管你本该反对我采下这些蔷薇果,因为小鸟要吃。不过这一带小鸟吃的东西多得很,可不在乎这几颗果子。到了春天,你经常看得见浆果烂掉。"

他就这么唠唠叨叨,简直不知道自己在说些什么,只知道她耐着性子站着,让他把果子戴在她胸前衣襟上。她看着他这双敏捷的手,生气勃勃,觉得自己仿佛还什么都没见过。直到目前,一切都是模模糊糊的。

他们快走近矿山了。矿山就这样乌漆麻黑的静静屹立在稻田间,大堆大堆的矿渣就在麦田里蠢起。

"可惜这么美的景色偏偏有个矿井!"克莱拉说。

"你这么想吗?"他答道。"你瞧,我可习惯了,不看见矿井还想念呢。不,各处的矿井我都喜欢。我喜欢一排排的货车和吊车,喜欢白天的水汽,晚上的灯火。我小时候,老是以为所谓矿井,就是白天的烟柱子,晚上的火柱子,周围水汽濛濛,灯火通明,还有燃烧的煤堆——我以为上帝一直都在矿井顶上。"

他们快到家时,她默默走着,似乎畏缩不前。他用力捏捏她的手指。她红着脸,没有作出反应。

"你不想进屋去?"他问。

"不,我要进去的。"她应道。

他可决没想到她在他家的处境会相当特殊,相当困难。他本来还以为向他母亲介绍她,也就像介绍一个男朋友一样,只不过比一般男朋友可爱些罢了。

莫雷尔家住在一条陋巷里,陋巷从一座陡峭的小山通下来。巷子本身极不像样。屋子倒显得鹤立鸡群,只是又旧又脏,有一个大凸窗,屋的一侧不与邻屋相连,但仍显得光线阴暗。保罗打开通庭园的门,屋里顿时大变样。外面午后的阳光特别明媚,正是别有天地。小径上长着艾菊和小树,窗前是一块向阳的草地,周围种着一圈紫丁香。从庭园里放眼望去,阳光下净是一丛丛乱蓬蓬的菊花,再过去是大枫树和田野,远处靠近小山的几座红屋顶的农舍,沐浴在秋天午后的一派金光下。

莫雷尔太太穿着黑绸衫,坐在摇椅里。灰褐色的头发梳得光溜溜,从前额和高高的鬓角顺势往后梳;脸色有点苍白。克莱拉尴尬地跟着保罗走进了厨房。莫雷尔太太站起身来。克莱拉以为她是个贵夫人,还显得态度有点生硬。她心里非常紧张。她眼光似乎在发愁,又似乎听天由命了。

"妈妈——克莱拉。"保罗说。

莫雷尔太太微笑着伸出手来。

"他跟我常说起你。"她说。

克莱拉脸涨得血红。

"我冒昧上门来,希望您别介意。"她支支吾吾说。

"他一说要带你来,我就说不出的高兴。"莫雷尔太太答道。

保罗在一旁看着,感到一阵阵心痛。他母亲跟体态丰满的克莱拉一比,显得身材瘦小,脸色枯槁,完全不中用了。

"今天天真好,妈!"他说,"我们还看见一只樫鸟。"

母亲瞧着他,他早已对她转过身来。她心想,瞧他穿了一身精致的深色衣服,真是一表人才。他脸色苍白,神态超逸;任何女人都拴不住他这个人。她心里热烘烘的;同时她又替克莱拉难受。

"你还是把你的东西放在客厅里吧。"莫雷尔太太好声好气对这个少妇说。

"哦,谢谢你。"她应道。

"来。"保罗说。他带路走进小小的前屋,里面有老式钢琴,红木家具,发黄的大理石面壁炉架。壁炉里生着火,屋里散放着书籍和画板。他说,"我把东西到处乱扔,这样方便些。"

她喜欢他的美术用具、书籍和家人的照片。他马上告诉她,这是威廉,这是威廉的情人穿着夜礼服,这是安妮和她丈夫,这是阿瑟和他妻子带着小宝贝。她感到自己也成了他们一家人似的。他给她看了照片、书籍、素描,两人还谈了一会儿天。于是他们回到厨房里。莫雷尔太太把手里的书放开。克莱拉穿了一件黑白细条子的精纺薄绸衫。她的头发做得很简单,只是在头顶上盘个髻,仪态相当端庄而矜持。

"你们家原来竟住在斯宁顿林荫道上!"莫雷尔太太说,"当初我做姑娘的时候——哎哟,姑娘!——当初我年轻的时候,我们家住在米涅佛巷。"

"噢,是吗?"克莱拉说,"我有个朋友就住在六号。"

话就这样谈开了。他们谈到诺丁汉,诺丁汉的人;两人都很感兴趣。克莱拉仍然相当紧张,莫雷尔太太仍然保持几分尊严。她说话措词简洁精确。但保罗看得出她们俩正越谈越投机呢。

莫雷尔太太把自己同这个年轻些的女人相比,发现自己稳占上风。克莱拉态度恭敬。她知道保罗对自己的母亲十分尊重,她原来很怕见他母亲,以为会碰到个相当冷酷无情的人。没想到这位兴致勃勃的矮小女人居然谈笑风生。随后,她又觉得跟保罗很有同感:她决不愿去扫莫雷尔太太的兴。

他母亲显得那么坚定、自信,仿佛她一生中从没犯过难、发过愁似的。

一会儿莫雷尔下楼了,他午觉刚睡醒,衣衫不整,呵欠连天。他抓抓斑白的脑袋,穿着长袜就在地上啪哒啪哒走着。罩着衬衫的坎肩敞开着。他似乎跟家里的气氛显得格格不入。

"爹,这位是道斯太太。"保罗说。

莫雷尔顿时打起精神来。克莱拉看见他像保罗那样彬彬有礼地点头握手。

"哎呀,说真的!"莫雷尔大声叫道,"见到你真高兴——真的,一点不假。请别惊动。别,别,请随便吧,别客气。"

克莱拉没料到这个老矿工竟然如此热情好客。他竟然如此殷勤有礼!她觉得他这个人倒挺讨人喜欢。

"你是远道来的吧?"他问。

"不远,从诺丁汉来的!"她说。

"从诺丁汉!那你一路上倒真碰上了个好天气。"

说着他信步走进洗碗间去洗洗脸洗洗手,然后出于习惯,又拿起毛巾走到炉边来擦擦干。

喝茶时,克莱拉感到这家人的文雅沉着。莫雷尔太太态度从容自在,一边斟茶,一边招呼着客人,完全不知不觉,也不打断她说话。椭圆形的桌子非常宽敞。柳条花纹的深蓝色杯盘在光滑的桌布上显得很好看。还有一小盆小白菊花。克莱拉感到她一来,就把这小圈子凑得更圆满了,她很高兴。可是她有点害怕莫雷尔父子一家这种沉着。她学着他们说话的语气,这种语气不温不火。气氛虽冷却很明朗,大家都显得自然、和谐。克莱拉喜欢这种气氛,可是心底深处却有股恐惧。

保罗擦着桌子,母亲趁此和克莱拉谈天。克莱拉发觉他那活泼、苗壮的身子来回行动活像被一阵风吹来吹去似的。犹如风中树叶,忽东忽西。她大半颗心都跟着他。莫雷尔太太看到她探身向前,似听非听的样子,就知道自己谈话的时候,她的心早飞到别处去了,老太太不禁替她感到遗憾。

他擦完桌子,由那两个女人去谈天,自己干脆到园里去散步了。午后晴而微晕,天气温和。克莱拉隔窗目随他在菊花丛间徜徉。她感到似乎有什么不可捉摸的东西把她跟他拴在一起;然而他那潇洒自如,懒懒散散的动作却显得如此悠闲,他把沉甸甸的花枝扎在桩子上时,显得如此飘逸,她见了不知怎么才好,简直想失声高喊。

莫雷尔太太站起身来。

"你让我来帮你洗盘碟吧。"克莱拉说。

"嗳,没几件东西,我一会儿工夫就洗好了。"老太太说。

克莱拉还是帮着擦干茶具,心里暗暗高兴跟他母亲这么投机;可是偏偏又不能跟他到花园里去,不禁心急如焚。后来她总算脱身了,她才如释重负。

午后德比郡的群山金光灿烂。他走到对面另一个庭园里,站在淡白的紫苑丛旁,观看最后一批蜜蜂爬进蜂窠。听到她来了,他悠闲地转过身来说:

"这是这些小东西一天操劳的结束。"

克莱拉挨近他站着。面前一排红色的矮墙外边是乡村和远处的群山,在金光中影影绰绰。

这时米丽安正巧走进园门。她看见克莱拉朝他身边走去,看见他转过身来,看见他们在一起休息。看到他俩形影不离,僻处一隅,她就知道他们之间圆满如意了。据她看,他俩

451

可算是结婚了。她顺着狭长的庭园里那条煤渣路慢慢走来。

克莱拉从蜀葵梢头采下一节花穗,把穗子掰碎来取子。粉红色的花朵在她低垂的脑袋上凝视,仿佛在保护她。最后一批蜜蜂全进窠了。

她从钱串子似的花穗上把一枚枚扁平的子掰下来。保罗笑着说,"数数你有多少钱。"

"我富裕着呢。"她说着微微一笑。

"多少钱?呔!"他啪的用指头打了个榧子,"我能把这些小钱点化成金子吗?"

"恐怕不行。"她乐呵呵的。

他们相互看着对方的眼睛,格格地笑。就在这工夫,他们才刚注意到米丽安。刹那间,一切都改变了。

"你好啊,米丽安!"他喊道,"你说过要来!"

"是啊,你忘了吗?"

她跟克莱拉握握手说:

"看见你在这儿倒有些奇怪。"

"是啊,"克莱拉回答说,"到这儿来是有些奇怪。"

大家犹疑了一下。

"这儿挺可爱,对么?"米丽安说。

"我非常喜欢这儿。"克莱拉答。

于是米丽安顿时明白克莱拉受到欢迎,而她倒从来没受到过欢迎。

"你一个人来的?"保罗问。

"是啊,我上阿加莎家去吃茶点。我们要去做礼拜,我不过是顺便进来一下看看克莱拉。"

"你应该到这儿来喝茶的。"他说。

米丽安突然放声大笑,克莱拉不耐烦地转过脸去。

"你喜欢菊花吗?"他问道。

"是啊,菊花真好看。"米丽安答道。

"你最喜欢哪一种?"他问。

"我不知道。我想,是青铜色的吧。"

"我想,你不见得各个品种都看见过吧。来看看啊。克莱拉,来看看你最爱哪一种。"

他领着两个女人回到自己家的庭园,园里各种颜色的花丛乱七八糟,参差不齐,从花径一直通向田野。他知道这种尴尬情况并没有难倒过他。

"瞧,米丽安,这些白花是从你家花园里迁来的。这儿种的不及原来的好看是不是?"

"嗯。"米丽安说。

"不过它们比较耐寒。你们家过分给它们遮阳,花朵长得又大又嫩,然后很快就死了。我喜欢这些小黄花,你要不要来几朵?"

他们在外边的时候,教堂的钟声响了起来,洪亮的钟声飘过小镇和田野。钟楼傲然耸峙在鳞次栉比的屋顶上,米丽安瞧着钟楼,不由想起他带给她的素描。当时情况虽已不同,可是他毕竟还没扔掉她。她向他借本书看。他跑进屋去了。

"怎么!那是米丽安吗?"母亲冷冷地问。

"是啊,她说过她要来看看克莱拉。"

"那么说,你告诉过她了?"传来挖苦的回答。

"是啊,干吗不告诉呢?"

"那当然,你没理由不告诉。"莫雷尔太太说,她又回头看她的书去了。他看到母亲冷嘲热讽,不禁有点发怵,不过同时却不高兴地皱皱眉,心想:"我干吗不能随我的意思做呢?"

"你以前没见过莫雷尔太太吧?"米丽安正跟克莱拉说话。

"没,不过她为人真好!"

"是啊,"米丽安垂下头说,"有些方面她倒真好。"

"我倒也是这样想。"

"保罗有没有跟你常谈起她?"

"他谈了不少。"

"嘿!"

一时大家无话可说,等到他拿了书回来才打破沉默。

"书什么时候还你?"米丽安问。

"随你便。"他答。

克莱拉转身朝屋里走,他趁此陪着米丽安向大门口走去。

"你几时到威利农场来?"米丽安问。

"说不定。"克莱拉答。

"妈妈要我转告一下,如果你愿意来,她随时都欢迎。"

"谢谢你,我倒很想来,只是说不准几时。"

"喔,那好吧!"米丽安相当辛酸地大声说,说着掉头就走。

她顺着小径走,一路上把嘴凑到他给她的鲜花上。

"你当真不肯进屋?"他说。

"不进了,谢谢。"

"我们就要去做礼拜了。"

"嘿,那我回头还会跟你们再见!"米丽安一肚子辛酸地说。

"对。"

他们分手了。他感到有愧于她。她心情辛酸,瞧不起他。她相信,他仍然属于她。可是他倒可以跟克莱拉好,带她到家里,跟她一起坐在他母亲身边做礼拜,把几年前给过自己的赞美诗本递给她。她听见他登登登奔进屋的脚步声。

不过他没径直进去,在草地上就听见母亲的声音,他不由站住了,还听见克莱拉回答:

"我就恨米丽安爱刨根问底那份德行。"

"是啊,"他母亲赶紧说,"是啊;嗐,这一点可不叫人气愤吗!"

他的心火辣辣的,她们竟然在背后议论这姑娘,他生她们的气了。她们有什么权利说这话?这番话本身倒确实惹得他对米丽安无名火起。可同时他心里对克莱拉也大大产生反感,恼恨她竟然肆无忌惮地如此议论米丽安。他想,这两个女人中倒是米丽安的心地比较好呢。他走进门。母亲神情激动。一只手有板有眼地拍着沙发扶手,女人家疲累不堪时就是这副模样。他看见这种动作就受不了。大家都沉默了一会儿后,他才开口说话。

在礼拜堂里,米丽安看见他替克莱拉在赞美诗中找要唱的诗篇,当初他就常替她这么找的。讲道时他远远望见对面那姑娘,帽子的阴影遮住了脸。她眼看克莱拉跟他在一起,心里怎么想呢?他并没停下来多考虑。他感到自己对待米丽安心狠手辣。

做完礼拜,他同克莱拉去翻越潘特里克山。秋夜天色黑沉沉的。他们跟米丽安告别,他撇下这姑娘一个人,心里极度不安。"不过她这是活该。"他心里说,让她亲眼看见他跟别的漂亮女人在一起,他想想也高兴。

黑暗中有一股湿树叶的香味。他们一路走着,克莱拉的手捂在他手里暖烘烘,软绵绵。他心里充满矛盾,斗争激烈,使他走投无路。

上潘特里克山时,他一路走,克莱拉一路紧挨着他。他伸出胳臂搂住她腰。她每走一步,他手心里都感到她身子矫健的动作,刚才由于米丽安的缘故,他胸口感到一阵紧,现在轻松了,浑身热血沸腾。他把她越搂越紧,越搂越紧。

于是她悄悄说:"你还跟米丽安继续来往?"

"只不过谈谈而已。我们之间除了谈谈之外没别的事。"他辛酸地说。

"你妈妈不喜欢她。"克莱拉说。

"不喜欢,否则我早就娶了她。不过说真的,这都已经过去了!"

忽然间他的声调里怨气冲天。

"如果我现在跟她过啊,那我们就要净扯些什么'基督教的奥秘',或者诸如此类的劳什子。谢天谢地,我没跟她过!"

他们默默走了一阵子。

"可是你不能真正跟她断了。"克莱拉说。

"我跟她断不了,因为没什么可断的。"他说。

"对她说来可有。"

"我不知道为什么我不可以跟她活一天就做一天朋友,"他说,"不过只是朋友罢了。"

克莱拉从他身边缩开,不再跟他挨着。

"你干吗缩开?"他问。

她不答理,反而躲得更远。

"你为什么要一个人走?"他问。

还是不答理。她低着头,怒悻悻地走着。

"就因为我说过要跟米丽安做朋友吗?"他大声叫着说。

她什么话都不回答他。

"我跟你说,我们之间只是说说话而已。"他死乞白赖地说,一面打算重新抱住她。

她拼命抗拒。冷不防他大踏步走到她面前,挡住她道。

"真见鬼!"他说,"你到底要干吗?"

"你还是追米丽安去吧。"克莱拉奚落他说。

他热血上涌,摆出一副威胁的架势站好。她闷闷不乐地低垂着头。巷子里很黑,冷冷清清的。他蓦地一把抱住她,伸长脖子,在她脸上拼命乱吻。她拼命转过脸去避开他。他紧抱不放,无情地一味把嘴冲着她。她的乳房给他的胸膛压得好痛。她无可奈何,就此无力地偎在他怀里,他吻了又吻,吻了又吻。

他听见有人下山来了。

"站好!站好!"他声音嘶哑地说,说着抓紧她的胳臂,把她弄得好疼。如果他松开手,她就会倒在地上。

她叹了口气,晕头转向地在他身边走。两人默默走着。

"咱们从田里走吧。"他说;她这才清醒过来。

可她还是听凭他帮她跨过踏级,她默默跟他走过第一块漆黑的田野。她知道这条路通往诺丁汉,也通往车站。他似乎在东张西望。他们走上光秃秃的小山顶,山顶上有座破败的风车,只见黑糊糊的轮廓。他就此止步。他们一起高高站在暗处,观看面前星星灯火,黑暗中,只见到处都有闪闪发亮的点儿,那是散布各处的村落,高的高,低的低。

"就像踏在群星中。"他格格笑着说。

说着他就把她抱在怀里,紧紧搂住。她把嘴巴掉到一边,声音执拗而低沉地问:

"几点了?"

"没关系。"他嘶哑地央求说。

"怎么没关系——真的!我得走了!"

"还早呐。"他说。

"几点了?"她盯着问。

四周是一片黑夜,亮着星星点点的灯火。

"我不知道。"

她伸手到他胸前去掏怀表。他感到浑身火辣辣的。她在他背心口袋里掏着,他却站着直喘气。黑暗中她只看得见灰白的圆表面,却看不清数码。她弯下身子看表。他喘完气才重新把她搂在怀里。

"我看不见。"她说。

"那就别费事了。"

"好,我走了!"她说着转身就走。

"等一下,我来看看!"可是他也看不见。"我来划个火。"

他暗暗希望她赶不上火车。他用手遮住火,她看见他用双手搭起的这盏明晃晃的灯笼;火光照亮了他的脸,他双眼盯住表面。一眨眼工夫又全黑了。她眼前一片漆黑;只有脚跟前还有半截亮着的火柴头。他在哪儿?

"怎么啦?"她问,心里害怕了。

"你没办法了。"黑暗中传来他的回答。

她顿了一下。感到落在他手里了。她听出他声音里的口气,不禁害怕起来。

"几点了?"她问,声调安详明确,无可奈何。

"九点差两分。"他勉强说出真话。

"我从这儿赶到火车站,十四分钟能行吗?"

"不行。至少……"

她隔开一步路光景,看得清他黑糊糊的身影。她想要逃跑。

"我能行吗?"她苦苦问着。

"如果你拼命快走的话。"他粗声粗气地说,"不过你可以从从容容地走,克莱拉;去乘电车只有七英里路。我可以陪你去。"

"不,我要赶火车。"

"可是为什么呢?"

"我要嘛——我要赶火车。"

忽然间他换了一种口气。

"那好吧,"他说,声音又生硬又冷淡,"走吧!"

他冲在头里,走进暗处。她连奔带跑跟着他,急得要哭了。这下子他对她可凶狠了。她上气不接下气,跟在他后面,跑过坎坷不平、乌漆麻黑的田野,随时都要摔倒。不过,火车站两排灯总算越来越近。忽然一下子他撒腿就跑,大声叫着说:

"火车来了!"

隐隐听得一阵嘎啦嘎啦的声音。在右边,火车像一条发光的长虫正穿过夜空而来。嘎啦嘎啦的声音停了。

"火车在高架桥上。你正好可以赶上。"

克莱拉奔得气也喘不过来,末了总算赶上火车。汽笛鸣响。看不见他。看不见了!——而她正坐在一节满载旅客的车厢里。她感到这件事的残酷。

他扭头就往家里跑。懵懵懂懂地回到了自己家的厨房里。他脸色很苍白,眼色阴沉,神情不妙,仿佛喝醉了似的。母亲瞧着他。

"嘿,你这双靴子倒挺干净啊!"她说。

他瞧着自己的脚。随后他剥下外衣。母亲怀疑他是否喝醉了。

"她赶上火车了?"她说。

"赶上了。"

"希望她那双脚可别弄这么脏。我不知道你究竟拖她到哪儿去了?"

他好一会儿默不作声,一动不动。

末了他勉强问道:"你喜欢她吗?"

"是啊,我喜欢她。不过你就会厌倦她的,孩子。你自己心里也有数。"

他不回答。她看出他在一味喘着粗气。

"你刚才一路跑来的吗?"她问。

"我们得赶火车啊。"

"你会搞得筋疲力尽的。最好还是喝点儿热牛奶吧。"

这是他最好的兴奋剂,可是他不肯喝,就此上床去了。他倒身扑在床罩上,心里又气愤又痛苦,禁不住涌出泪来。一种肉体上的痛苦迫使他咬紧嘴唇,把血也咬出来了。内心的混乱使他无法思索,甚至麻木无所感觉。

"她就是这么对待我的么?"他把脸埋在被子里,心里翻来覆去说。他恨死她了。他越是回想方才的情景,就越是恨她。

第二天,他行动间显出了一种新的冷淡神态。克莱拉倒非常温柔,简直多情。可他对她很疏远,还带点儿瞧不起的意味。她叹了口气,继续显得很温柔的样子。他又回心转意了。

就在那星期,有天晚上,莎拉·伯恩哈特[①]在诺丁汉皇家剧院演出《茶花女》。保罗想去看看这位著名的老演员,他请克莱拉陪他去。他叫他母亲把钥匙给他放在窗口上。

"我去订座好不好?"他问克莱拉。

"好啊。请你穿上夜礼服好么!我从来没见你穿过呢。"

"不过,老天哪,克莱拉!想想我穿着夜礼服上剧院那成什么样子!"他抗辩说。

"你不想穿么?"她问。

"你要我穿我就穿;不过我准会感到像个傻瓜似的。"

她取笑他。

"那就为我做一回傻瓜吧,肯么?"

听了这番要求他顿时红了脸。

"看来我不穿是不行了。"

"你带着只手提箱干什么?"母亲问。

他脸涨得通红。

"克莱拉叫我带的。"他开腔说。

"你们买的什么座儿啊?"

"花楼——票价每张三先令六便士!"

"哎呀,真的呀!"母亲挖苦地叫道。

[①] 莎拉·伯恩哈特(1844—1923):法国著名女演员罗西尼·伯纳德的艺名。

"这种事也是难得的。"他说。

他在乔丹厂换衣服,穿上件大衣,戴上顶便帽,到一家咖啡馆去跟克莱拉碰头。她同一个搞妇女运动的朋友在一起。她穿着件旧的长大衣,一点也不合身,大衣还连着个风兜罩着头,他最讨厌这个了。三个人一起上剧院去。

克莱拉上楼脱去大衣,他这才发现她里面穿的也类似夜礼服,露出脖子、胳臂和一半胸脯。头发做得很时髦,礼服是绿绉纱的,挺合身。他心想,她出落得真是雍容华贵。他看得见她衣服里的身段,仿佛衣服是紧紧包着身子似的。他看着她的时候,几乎感觉得到她笔挺的身子哪儿结实,哪儿柔软。他不由攥紧了拳头。

今晚他就要挨着她裸露的胳臂,干坐在那儿,眼巴巴看着她那结实的胸脯,结实的脖子,眼巴巴看着绿绉纱下的乳房,紧身衣服里四肢的曲线。眼看对她可望而不可即,简直活受罪,他心里又恨起她来了。但他同时又不胜爱恋地看着她脑袋不偏不倚,目不斜视,噘起嘴巴,若有所思,无动于衷,仿佛听天由命,因为命运的力量过于强大,她反抗不了。她实在是身不由己;她受着比她本身强大的力量支配。她脸上有种永恒的神情,活像在沉思的斯芬克斯像①,他看了情不自禁地直想吻她。他故意掉下节目单,蹲下身子去捡,趁此吻吻她的手和腕。她的美色真叫他受罪。她坐着无动于衷。只有在灯光熄灭的时候,她才稍微挨近他一点儿,他就趁此用手指抚摸她的手和胳臂。他闻得到她身上淡淡的香味。他浑身血液自始至终不断卷起一阵阵白热化的浪潮,使他一时连知觉都丧

----

① 斯芬克斯像是古埃及金字塔附近的狮身人面石像。

失了。

戏在继续演下去。他茫然望着台上的一切仿佛都发生在远方某处,他不知是在什么地方,但似乎觉得那好像是在自己内心的某个遥远的地方。他就是克莱拉的两条玉臂,她的脖子,起伏的胸脯。那些似乎都是他的自我。同时戏也在远处什么地方上演,他同这戏也成为一体了。他的自我不存在了。存在的只有克莱拉那双灰黑色的眸子,朝他贴过来的胸脯,以及紧紧抓在他手里的胳臂。于是他感到自己渺小无能,她却不可抗拒地凌驾于他之上。

幕间休息时,灯光亮了,他痛苦得不得了。他想要逃到随便什么地方去,只要灯光再暗下来就好了。迷迷糊糊中,他晃晃悠悠出去喝了杯酒。后来灯光暗了,克莱拉和戏那种奇怪而荒唐的现实又重新抓住他的心。

戏还在演。可是他鬼迷心窍,只想吻吻她臂弯处那细小的青筋。他摸得到那青筋。他整个生命似乎都停止了,要到他嘴唇吻着那儿才会复活。非吻到不可啊。可是众目睽睽!到末了,他终于飞快弯下身子,嘴唇在那儿挨了一下。他的小胡子擦着她敏感的肌肤。克莱拉打了个寒噤,胳臂缩回去了。

剧终灯亮,观众鼓掌,他才如梦初醒,看了看表。他那班火车早开走了。

"我只好走回去了。"他说。

克莱拉望着他。

"太晚了?"她问。

他点点头。接着他帮她穿上大衣。

在闹哄哄的人群中,他凑在她肩头喃喃说:"我爱你!你穿这身衣服真美。"

她还是默不作声。他俩一起走出剧院。他看见出租汽车在等顾客,行人川流不息。他好像遇到一对敌视他的棕色眼睛。可是他不知道。他和克莱拉走开了,像机器人似的顺着去火车站的方向走。

火车早开走了。他回家只得走十英里路了。

"没关系,"他说,"我喜欢走路。"

"你要不要上我家过夜?"她红着脸说,"我可以跟妈睡。"

他望着她。两人的眼光相遇了。

"你妈会怎么说呢?"他问。

"她不在乎的。"

"你有把握吗?"

"完全有把握。"

"我要去吗?"

"随你便。"

"那好吧。"

他俩转身走了。他们在第一个电车站乘上了车。迎面吹来的风清新凉爽。城里一片黑。电车急匆匆开得直颠。他紧紧握着她的手,坐在车上。

"你妈早睡了吧?"他问。

"说不定。但愿没睡。"

他们急急忙忙沿着这条黑暗而幽静的小街走着,路上只有他们这一对行人。克莱拉赶紧进屋。他却犹疑不决。

"进来啊。"她说。

他跳上台阶,进了屋。她母亲就在里屋门口,门神似的,气势汹汹。

"你带来什么人?"她问。

"是莫雷尔先生,他误了火车。我想,咱们不妨留他过夜,省得他赶十英里路回去。"

"嗯!"雷德福太太大声叫道,"那是你的事!如果你请他来,我是非常欢迎他的。你当家嘛!"

"如果你嫌我,我就走。"他说。

"别,别,用不着!进来吧!我不知道你对我为她准备的晚饭满意不满意。"

晚饭原来只是一小碟土豆片,一片腌肉。桌上将就摆着一份餐具。

"要吃腌肉还有,土豆片可没添的了。"雷德福太太接着说。

"打扰你真不好意思。"他说。

"哪里哪里,别说客气话了!我可不爱听这个!你请她去看戏了吧?"末了一句问话里有点挖苦的味儿。

"怎么啦?"保罗不安地打着哈哈。

"哎,那这么点儿腌肉又算什么!宽宽衣服!"

这个门神般站着的女人打算摸摸情况。她在碗橱那儿忙忙碌碌。克莱拉脱下大衣。屋子里很暖和,在灯光下显得很安逸。

"我的天!"雷德福太太失声叫道,"你们俩真是一对金童玉女,哎呀,都打扮得漂漂亮亮干什么呀?"

"说真的,我们也不知道。"他觉得上当似的说。

"要是你们这么大摆阔气,那么这屋里可容不下你们这两位空心阔佬。"她挖苦他们。这番奚落真令人难堪。

他穿着晚礼服,克莱拉穿着绿礼服,光着胳膊,两人狼狈不堪。在那间小厨房里,他们觉得必须相互掩护。

"瞧那花!"雷德福太太指着克莱拉继续说,"她戴这花想干吗呀?"

保罗望着克莱拉。她涨红着脸,脖子也涨红了。大家沉默了一阵子。

"你看着不是觉得挺喜欢么?"他问道。

她母亲把他们俩都攥在手心里。他一颗心一直怦怦乱跳,焦急难熬。可他会跟她周旋的。

"我看着挺喜欢!"老太太大声叫道,"我干吗喜欢看她出自己洋相?"

"洋相出得再大的人我也看见过。"他说。这下子克莱拉在他保护下了。

"哦,呃!那是多早晚的事啊?"她母亲挖苦地反驳一句。

"就在他们自己吓唬自己的时候。"他回答说。

雷德福太太门神似的,威风凛凛,站在炉前地毯上不动,手里拿着叉子。

"反正是出洋相呗。"她最后回答说,说着就朝煎锅那边掉过身去。

"不对,"他不服气地争着,"做人就应当尽力打扮得好看。"

"你管这叫作好看吗?"她母亲叫着说,一面用叉轻蔑地指指克莱拉。"那一身——那一身看上去就不像正经打扮!"

"我认为你是妒忌,因为你不能这样出风头。"他笑着说。

"我!我要是高兴,可以穿着夜礼服跟任何人一块儿出去。"老太太轻蔑地回答。

"那你干吗不穿呀,莫非你是穿过了?"他抓住她的话柄。

冷场半响。雷德福太太在煎锅前翻着腌肉,他的心跳得很快,生怕得罪了她。

"我?"最后她叫道,"不,我没穿过!当初我做用人时,我一看见使女光着肩膀去参加起码舞会,就知道是什么德行!"

"你是不是太高尚了,不屑于参加起码舞会?"他说。

克莱拉低头坐着。他的眼睛乌黑熠亮。雷德福太太把煎锅从火上端开,站在他身边,把一片片腌肉放在他盘子里。

"真正只有一丁点儿!"她说。

"别把精的挑给我!"他说。

"她已经够了!"她答。

老太太的声调里有几分不惜计较的克制意味,保罗知道她息怒了。

"再吃点吧!"他跟克莱拉说。

她抬起灰色的眼睛看看他,一副受委屈的凄寂神色。

"不,谢谢!"她说。

"你干吗不吃?"他体贴地说。

他浑身热血像火烧。雷德福太太又坐了下来,门神似的,仪表庄严,神态冷淡。他索性撇下克莱拉,专心应付她母亲了。

"人家说莎拉·伯恩哈特都五十岁啦。"他说。

"五十!她快六十啦!"她回答。

"管她呢,"他说,"你根本想象不到!她演得我到现在还直想喝彩呢。"

"我倒想看看自己对那个老不死喝彩的情景!"雷德福太太说,"她该想想自己是个老奶奶,不是一个鸡猫子喊叫的卡塔马兰①了……"

~~~~~~~~~~

① 卡塔马兰在英语中既有泼妇之含义,又指长筏及南洋一带常用的双体船。

他哈哈大笑。

"卡塔马兰是马来亚使用的船。"他说。

"我就偏爱用这个字眼。"她反驳道。

"我妈有时也这样,我跟她说了都没用。"他说。

"我想她常给你两巴掌吧。"雷德福太太心情愉快地说。

"她真想打呢,她说她早晚要打,所以我就给她一张小板凳垫脚。"

"我妈最糟糕的就是,她不管干什么连张小板凳都用不着。"克莱拉说。

"可是她往往即使用了高跷也够不到那位小姐呢。"雷德福太太反驳保罗说。

"我想,她是不想用高跷去够。"他笑道,"我想准是这样。"

"给你们头上啪的来一巴掌,对你们这一对都有好处吧。"她母亲忽然大笑道。

"你干吗对我这么仇视?"他说,"我又没偷你什么。"

"是啊,我会留神看着的。"老太太笑道。

晚饭很快就吃好了。雷德福太太坐在椅子里。保罗点了支烟。克莱拉上楼去了,回来时拿了套睡衣,把它们打开摊在火炉围栏上。

"哎呀,我都已经忘了它们。"雷德福太太说,"这些东西从哪儿钻出来的?"

"从我抽屉里。"

"嗯,你买给巴克斯特的,他不肯穿,是不是?"——她哈哈笑着。"说是他情愿不穿裤子上床睡觉。"她推心置腹地对保罗说。

"他穿不惯睡衣这类东西。"

小伙子坐着喷烟圈。

"得,各有所好嘛。"他打着哈哈说。

接着大家七嘴八舌地扯了一通睡衣的优点。

"我妈就爱我穿着睡衣,"他说,"她说我穿了像个江湖小丑。"

"我想象得出你穿着准合适。"雷德福太太说。

过了一会儿他朝壁炉架上嘀嗒嘀嗒响的小钟瞥了一眼,已经十二点半了。

"真逗,"他说,"看完戏总要好几个钟头才能定下心来睡觉。"

"你们也该睡了。"雷德福太太收拾着饭桌说。

"你累了吗?"他问克莱拉。

"一点儿也不累。"她避开他眼光答道。

"咱们打一盘克里贝奇①好吗?"他说。

"我早忘了。"

"好吧,我再教你。我们打会儿克里贝奇好吗,雷德福太太?"他问。

"随你便,"她说,"可是时间不早啦。"

"打一两盘我们就困了。"他答道。

克莱拉拿来纸牌,他洗牌的时候,她坐着净转着她那枚结婚戒指。雷德福太太在洗碗间洗碗碟。时间越来越晚,保罗感到情况越来越紧张。

---

① 克里贝奇(Cribbage)是一种两三个人玩的纸牌游戏,每人每次发牌六张,取得十五点即可得分,累计满六十一分为胜。记分牌上有六十一个小洞,并有两个小木柱分别代表打牌两方。

"一副十五点两分,一副十五点四分,一副十五点六分,再加上两分是八……"

钟敲一点了,牌仍旧在打下去。雷德福太太把睡觉的准备工作都安排好了,门锁上了,水壶灌满了。保罗还在发牌,计分。他被克莱拉的胳臂和脖子迷住了。他相信自己看得出她乳房的分界线。他离不开她。她眼巴巴看着他的手,感到随着这双手的飞快动作,她的骨头关节都酥软了。她近在咫尺,他几乎像摸到她似的,但又没摸着。他精神奋发。他恨透了雷德福太太。她一直坐着,迷迷糊糊快睡着了,可她打定主意,就是死乞白赖坐在椅子上不走。保罗瞥了她一眼,再瞥了克莱拉一眼。她劈面碰到他的眼光,只见他两眼充满怒火和嘲弄,冷酷无情。她报以羞愧的眼光。不管怎么样,他知道她是跟他一个心思的。他照旧打下去。

最后雷德福太太身子僵硬地惊醒了,说道:

"这么晚了,你们两个该睡了吧?"

保罗打着牌,不应声。他心里真恨得她要命。

"再过一会儿。"他说。

老太太站起身,执拗地走到洗碗间,拿了准备给他点的蜡烛回来,她把蜡烛搁在壁炉架上,然后重新坐下。他恨得她要死,憋了一肚子火,就扔下纸牌。

"那我们不打了。"他说,可是声音还是气势汹汹的。

克莱拉看见他闭紧嘴。他又瞥了她一眼。看上去像是一种约定似的。她低头看牌,只顾咳嗽清嗓子。

"咳,好极了,你们总算打完了。"雷德福太太说,"喂,拿好东西,"——她把那套烤得暖呼呼的睡衣塞在他手里——"这是你的蜡烛。你屋子就在这一间的上面,只有两间屋,你决不会搞错的。好吧,明儿见。希望你睡得好。"

"我准睡得好,我一向睡得好。"他说。

"是啊,你这种年纪的人应当睡得好。"她答道。

他向克莱拉道了晚安就走了。每走一步,擦洗干净的白木楼梯就踩得吱吱嘎嘎响。他倔头倔脑走着。两扇门面对面。他推门进屋,没上门闩。

小屋里有张大床。梳妆台上有克莱拉的几枚发夹,还有发刷。墙角一块布下挂着她几件衣服和裙子。椅子上赫然放着一双丝袜。他细细看了一下屋子。他的两本书插在书架上。他脱下衣服,折折好,就坐在床上侧耳倾听。于是他吹灭蜡烛,躺下,不到两分钟他就几乎要睡着了。然而紧接着他又猛地一下子清醒过来,苦恼地在床上翻来覆去。就像他刚快入睡,冷不防给什么东西咬了一口,把他咬火了似的。他坐起来,望着乌漆麻黑的屋子。他垫着屈起的双腿坐在那儿,一动不动,静听着。只听得外面哪儿有只猫,又听得她母亲沉重而稳健的脚步,还听得见克莱拉清晰的声音:

"你替我把纽子解解开好吗?"

静了一会儿。最后母亲说:

"喂!你上来不上来?"

"不,还不上来。"女儿镇静地回答。

"哦,那好吧!如果还嫌早,那就再待一会儿。只是我睡着了你可别吵醒我。"

"我一会儿就来!"克莱拉说。

保罗随即听见她母亲慢悠悠地走上楼梯。只见门缝里烛光闪烁。她的衣服擦过房门,他的心怦怦直跳。接下来烛光暗了,他听见门闩喀嗒一响。她临睡前的准备工作倒的确做

471

得很悠闲。过了老半天才一片寂静。他坐在床上,神经紧张,身子微微哆嗦着。他的房门开了寸把缝。克莱拉一上楼,他就把她拦住。他等着。一片死寂。钟敲两下。于是他听见楼下火炉围栏嚓地一响。这下子他身不由己了。他浑身抖个不停。他感到自己不下去就活不成了。

他下了床,站定片刻,还是抖个不停。然后直奔房门。他尽量蹑手蹑脚。可下头一级楼梯就马上吱嘎一响。他听着。老太太在床上动了动。楼梯一片漆黑,只有楼下厨房门下面漏出一线灯光。他站定片刻。接着又机械地继续往下走着。走一步吱嘎一声,他不禁不寒而栗,生怕楼上老太太的房门突然打开。他摸索着底下的门,门闩声音很大地咯嗒一响打开了。他走进厨房,顺手砰地关上了门。老太太现在不敢来了。

于是他站着,动弹不得了。克莱拉背对着他,跪在炉边地毯一堆雪白的内衣上,烤火取暖。她没回头看,只是蜷着身子坐在自己脚跟上,丰满、柔美的背部对着他,脸蛋看不见。她在炉边烤火取暖。一边炉火红通通的,另一边的阴影黑糊糊,暖烘烘。她双臂松垂,懒洋洋的。

他哆嗦得很厉害,只好咬紧牙关,握紧拳头,强自镇定。然后向她走去。他一手搁在她肩头,另一手的指头扳着她下巴颏儿,抬起她的脸来。给他这一摸,她不由浑身震颤,一阵连一阵。她脑袋一直低着。

"对不起!"他明白自己一双手冰凉,喃喃说。

于是她抬眼望着他,心惊胆战,像害怕死亡似的。

"我的手冰凉。"他喃喃说。

"我喜欢。"她闭上双眼,悄悄说。

她说话时的热气喷在他嘴上。她两臂抱着他膝部。他的睡衣带晃到她身上,她不由一阵哆嗦。随着身体里一点点暖和起来,他才不再哆嗦了。

最后,他实在没法再这样站下去了,就扶起她来。她把头埋在他肩膀上。他一双手无限温柔地,慢慢在她周身抚摸着。她紧紧贴住他,尽量想让他保护自己。他牢牢抱住她。最后她望着他,默默无言,如怨如诉,拿不准自己是不是应该感到害臊。

他眼睛乌黑,非常深沉,非常温和。她的美色和他对这份美色的迷恋,仿佛引起了他的痛楚,他感到很难受。他有点痛苦地望着她,心里感到害怕。在她面前,他感到自卑。她热烈地吻着他两眼,先吻这只,再吻那只,她抱住他,她委身于他。他紧紧搂着她。片刻间热情如火如荼。

她站着,听凭他疼她,乐得浑身颤抖。她受损伤的自尊心治愈了。她的心病治愈了。她很快乐。她又感到扬眉吐气了。她的自尊心曾经受过损伤。她曾经被人瞧不起。如今她又扬眉吐气,心花怒放了。她恢复青春,受到赏识了。

于是他望着她,满面春风。他们相互取笑,他把她紧紧抱在胸前。时间一秒钟一秒钟,一分钟一分钟地过去,两个人还是直挺挺地紧紧抱着,亲着嘴,浑然一体,像尊塑像。

可是他的手指又去摸索她,他心神不宁,恍恍惚惚,毫不满足。热血一阵又一阵涌上来。她把头枕在他肩上。

"你上我屋里来。"他喃喃说。

她瞧着他,摇摇头,闷闷不乐地噘着嘴,眼睛里却热情洋溢。他目不转睛地盯着她。

"来吧!"他说。

她又摇摇头。

"为什么不来?"他问。

她还是心情沉重,郁郁寡欢,只顾望着他,她又摇摇头。他眼神冷下来了,终于让步。

后来,他回屋睡觉时,心里还在纳闷,不知她为什么不肯坦然去找他,让她的母亲知道。无论如何,那样他们的事就会明确了。她也可以跟他在一起过夜,用不着像现在这样上她母亲的床上去了。这真古怪,他实在弄不明白。他几乎一下子就睡着了。

早上醒来,只听见有人在对他说话。睁眼一看,雷德福太太门神似的,威风凛凛,低头看着他。她手里端着一杯茶。

"你想要一直睡到世界末日吗?"她说。

他顿时大笑起来。

"该是只有五点钟光景吧。"他说。

"啧,啧,"她回答说,"都快七点半了。喏,我给你端来一杯茶。"

他揉揉脸,把额前一头乱发捋开,起身了。

"怎么会一下就那么晚了呀!"他咕哝道。

他最恨给人吵醒。她觉得怪有趣的。她看见他露在绒布睡衣外面的脖子又白又圆,像个姑娘。他别扭地捋着头发。

"你抓头皮也没用,"她说,"抓抓还是早不了。喂,你要我端着杯子一直站着等你多久?"

"哎呀,去他的杯子!"他说。

"你该早点儿上床的。"老太太说。

他抬眼瞧着她,厚着脸皮大笑起来。

"我比你先上床。"他说。

"哎呀,天哪,你是比我先!"她叫道。

"想想看,竟然把茶给我端到床前!我妈准觉得这会害了我一辈子呢。"他搅着杯子里的茶说。

"难道她从来不端茶给你?"雷德福太太说。

"要是她会端茶,那就等于是树叶也会想飞上天去了。"

"哎呀,我一向把家里人惯坏了!所以他们全变得那么坏。"老太太说。

"你只有克莱拉这么一个,"他说,"雷德福先生早进天国了。所以我想,家里只有你一个人坏。"

"我并不坏,我只是心肠软罢了。"她走出卧室时说,"我只是个糊涂虫,一点不错!"

克莱拉默默吃着早餐,可是她对他有种主子的派头,这使他高兴得不得了。雷德福太太显然很喜欢他。他索性谈起他的画来了。

"你这样辛辛苦苦地扒拉着你那些画,究竟有什么好处啊?"她母亲大声说,"我倒想请问一下。究竟有什么好处?你最好还是尽兴玩玩吧!"

"嘀,"保罗大声叫着说,"我去年靠画画还挣了三十个金币呢。"

"真的!这么说来,那倒值得考虑考虑,不过跟你花的那些时间一比,可算不了什么。"

"而且人家还欠我四英镑。有个人说他愿付给我五英镑,要我画他夫妇带着狗,还有乡下别墅。我去画了,画了些鸡鸭而没画狗,他恼火了,所以我只好减去一英镑。我真腻了,我不喜欢狗。我画好一幅画了。等他把这四英镑付给我以后,我怎么花才好?"

"唔!你知道自己怎么花这笔钱。"雷德福太太说。

"可我要把这四英镑钱统统花光。咱们到海滨去玩一两天吧。"

"哪些人?"

"你,克莱拉和我。"

"怎么,花你的钱!"她有点发火,大声叫着说。

"干吗不花?"

"你这样干力不从心的事早晚会吃苦头的。"

"只要我没白花钱就成。你肯不肯赏光?"

"不,你们俩自己去决定吧。"

"你肯去了?"他又惊又喜地问。

"别管我肯不肯,你爱怎么着就怎么着吧。"雷德福太太说。

第十三章　巴克斯特·道斯

保罗带克莱拉去看戏后不久,他跟几个朋友在五味酒家喝酒,碰上道斯进来了。克莱拉的丈夫已开始发胖,褐色的眼睛上眼皮松垂。他的肌肉没有往昔健康时那么结实了。他显然是在走下坡路了。他跟姐姐吵了一架,就住到便宜的住处去。他的情妇抛弃他,另外找了一个愿意娶她的男人。他曾经因酗酒打架被拘留一夜,还卷进一次非法的赌钱事件。

保罗和他是宿敌,然而他们两人之间又有一种特殊的亲密感,仿佛暗中彼此很接近似的,有时在两个从来没说过话的人之间,确实会发生这种情况。保罗常常想到巴克斯特·道斯,常常想要接近他,跟他做朋友。他知道道斯也常常想到他,而且由于某种牵连,这人也常常为他所吸引。但尽管这样,这两个人除了怒目相视之外,从来没有正眼相看过。

因为保罗是乔丹厂的高级雇员,这回理当请道斯喝一杯。
"你要喝什么酒?"他问道斯。
"谁跟你这种混蛋喝酒!"那人答道。
保罗十分恼火,不屑地耸耸肩,转过脸去。
"贵族统治阶级实际上是种军事机构。"他继续说,"就拿德国来说吧。德国有千百个贵族,他们就是靠军队才能生存下去。他们贫困极了,生活落后极了。所以他们希望打仗。他们把打仗看成继续混下去的一个机会。没有仗打他们只是些闲散的饭桶。一旦有仗打,他们就能当上领袖和司令官。这下你们总该明白了——他们就是要打仗。"

他性子过急,架子十足,所以在酒店里发起议论来并不受人欢迎。老年人看见他态度骄横,过于自信,很是生气。大家都默默听着,他说完了也没人惋惜。

道斯听到这个青年人口若悬河,大声冷笑一下,打断了他:

"你这一套全是那天晚上从戏院里学来的吧?"

保罗望着他,两人眼光相遇。于是他知道道斯看见他跟克莱拉从戏院里出来。

"咦,戏院是怎么回事啊?"保罗一个同事问,这人就喜欢挖苦保罗,这下发觉又有什么有趣的事了。

"噢,他穿了一套短尾巴夜礼服,装作花花公子!"道斯瞧不起地把头朝保罗一扬,哼哼冷笑道。

"这未免有点过分了吧,"那个跟双方都熟的朋友说,"还带着个婊子什么的吗?"

"天哪,当然有啦!"道斯说。

"说下去,让大家都听听!"那个朋友叫道。

"你早明白了,"道斯说,"我想莫雷尔心里也完全雪亮。"

"哎呀,会有这样的事!"那个朋友说,"是正式的婊子吗?"

"婊子,老天哪,当然是啊!"

"你怎么知道的呢?"

"嗬,"道斯说,"我想,他跟那……一块儿过夜了。"

大家听了都拿保罗打哈哈。

"可是她是什么人呀?你认识她吗?"那个朋友问。

"我想我认识。"道斯说。

这句话又引起哄堂大笑。

"那就说出来吧。"那个朋友说。

道斯摇摇头,咕嘟一下喝了口啤酒。

"奇怪的是他自己倒丝毫不漏口风,"他说,"过一会儿听他吹吧。"

"说吧,保罗,"他那个朋友说,"不说没用。你还是自己老实招认的好。"

"招认什么?招认我偶然请个朋友去看戏吗?"

"嘻,那有什么,老弟,要是正大光明,就说给我们听听她是什么人吧。"那个朋友说。

"她是正大光明的。"道斯说。

保罗发火了。道斯用手指抹抹金黄色的小胡子,哼哼冷笑。

"真奇怪……!是那种人吗?"那个朋友说,"保罗老弟,我真没想到你还有这一招。你认识她吗,巴克斯特?"

"好像有点儿!"

他对在场的人挤挤眼睛。

"哎呀,得了吧,"保罗说,"我走了!"

那个朋友把手搭在他肩头挽留他。

"不行,"他说,"小子,你休想这么便宜就脱身。这件事你得向我们讲讲清楚。"

"那就向道斯打听去吧。"他说。

"你自己做的事用不着害怕嘛,老兄。"那个朋友缠着说。

这时道斯说了一句话,惹得保罗把半杯啤酒泼在他脸上。

"哎呀,莫雷尔先生!"酒店女招待大叫起来,她按铃去叫保镖。

道斯啐了一口,冲过去抓保罗。这时只见一条壮汉,卷起衬衫袖子,穿着紧身裤子,挺身而出。

"好啦,好啦!"他把胸膛挡住道斯说。

"出去!"道斯叫道。

保罗身子靠着酒柜的铜栏,索索发抖,脸色煞白。他痛恨道斯,恨不得当场就叫道斯去见阎王;这时他看见道斯额前一缕头发泼湿了,反而觉得这人一副可怜相。他一动不动。

"出去啊,你……"道斯说。

"行了,道斯。"酒店女招待大声叫着说。

"走吧,"保镖好言相劝道,"你最好还是走吧。"

说着,他故意让道斯从自己身边挤出去,以便把道斯逼到门口。

"可这是那小混蛋挑起的碴儿啊。"道斯有一半给镇住了,指着保罗·莫雷尔叫道。

"啊唷,道斯先生,你真会胡编!"酒店女招待说,"要知道这事从头到尾都是你一个人在闹。"

保镖依然对他挺着胸膛,逼着他挤出去,一直把他逼到门口,逼到门外台阶上;这时道斯转过身来。

"好吧,没关系。"他冲着自己的对头点点头说。

保罗对道斯不禁产生一股古怪的同情心,几乎有些怜惜,又夹杂着强烈的恨。花花绿绿的店门关上了,酒吧里鸦雀无声。

"真是活该!"酒店女招待说。

"不过眼睛里给人泼上一杯啤酒总不是个滋味!"那个朋友说。

"老实说,我真高兴他尝尝这种滋味呢。"酒店女招待说,"你再来一杯好吗,莫雷尔先生?"

她端起保罗的酒杯问着。他点点头。

"巴克斯特·道斯这个人哪,什么都不在乎。"一个人说。

"呸!他吗?"酒店女招待说,"他呀,他是个多嘴多舌的人,这样没什么好处。如果要找鬼上门,就去找个多嘴鬼!"

"得了,保罗老弟,"那个朋友说,"眼下你自己得留神一阵子了。"

"你只要别让他有机会找你碴子就行了。"酒店女招待说。

"你会拳击吗?"一个朋友问。

"一点儿也不会。"他脸色兀自发白,回答说。

"我还是教你一两手吧。"朋友说。

"谢谢,我没工夫学。"

不一会儿他就走了。

"詹金森先生,陪他一起去。"酒店女招待对詹金森先生使个眼色,悄声说。

那人点点头,拿起帽子,亲切地同大伙儿告了别,就跟在保罗后面叫道:

"等一下,老兄,我想,你跟我是同路的。"

"莫雷尔先生不喜欢惹上这种麻烦,"酒店女招待说,"你等着瞧吧,咱们今后请也请不到他了,真可惜。他这人谁见了都喜欢。巴克斯特·道斯这人大概是想坐牢了,准没错。"

保罗死也不愿让他母亲知道这件事。他忍气吞声,羞愧难言,心里痛苦极了。如今他做人有不少事不能跟母亲说。他有一种生活跟她无关——这就是他的性生活。其他部分仍旧抓在她手里。可是他感到自己不得不瞒住她一些事情,这使他很苦恼。他们母子之间如今相当沉默,这片沉默迫使他感到自己有必须向她进行辩解的地方:他感到自己受到了她的谴责。但另一方面有时他又恨她,想摆脱她的羁绊。他的生活要求摆脱她的束缚。这种生活就像走马灯似的,老是在原地打转,一步也走不远。她生养他,疼爱他,管着他。而他也反过来把爱倾注在她身上,以致他简直没法摆脱她,独自去生活,真正爱别的女人。在这个期间,他不知不觉地竟然抵制母亲的影响了。他有事不告诉她,母子间有了距离。

克莱拉很高兴,几乎对他很有把握。她觉得自己终于把他夺到手了;不料局面又变得有些捉摸不定起来。他开玩笑地把自己跟她丈夫间发生的那件事告诉她。她脸红了,灰色的眼睛闪闪发亮。

"他正是这么个人,"她叫着说,"活活是个大老粗!他就不配跟体面人混在一起。"

"可你不是嫁给了他吗?"他说。

他这么一提醒,她不由火冒三丈。

"我是嫁给他了!"她叫着说,"可我怎么知道呢!"

"我认为他本来可以很不错的。"他说。

"你认为是我害得他这样吗?"她叫道。

"噢,哪里哪里!是他自己害了自己。不过他身上总有点什么……"

克莱拉仔细看看她的情人。不知怎的,他那架势有点使她厌恶,那是一种对她进行超然的客观品评的态度,一种使她对他心冷的淡漠神气。

"那你打算怎么办呢?"她问。

"什么?"

"对巴克斯特呀。"

"那有什么办法?"他答道。

"看来,如果你非动手不可的话,可以跟他打一架。"她说。

"不打,我一点儿都没动拳头的意思。这真怪。大半男人生来动不动就捏紧拳头揍人,我可不是这样。我情愿要把刀子,或者手枪什么的来决斗。"

"那你最好带上什么家伙。"她说。

"不,"他笑呵呵的,"我不是刺客。"

"可是他会对你下毒手的。你不了解他。"

"好吧,"他说,"咱们走着瞧吧。"

"你准备听凭他吗?"

"要是我没办法的话,也许就听凭他。"

"要是他打死你呢?"她说。

"那我感到惋惜,为了他也为了我。"

克莱拉一时沉默不语。

"你真气死我了!"她大声说。

"那也没什么。"他笑了。

"可你为什么这么傻呢?你不了解他。"

"也不想了解他。"

"是的,可你也总不至于让人家爱把你怎么着就怎么着吧?"

"那我该怎么办呢?"他笑着答道。

"叫我就会带把左轮枪,"她说,"他这人真的很危险。"

"我会把自己手指头都打掉的。"他说。

"不会,你不愿带吗?"她央求道。

"不带。"

"什么都不带?"

"不带。"

"你听凭他去……?"

"对了。"

"你真是个傻瓜!"

"一点不错!"

她气得咬牙切齿。

"我恨不得使劲教训教训你!"她激怒得浑身发抖,大声叫着说。

"为什么?"

"竟让他这种人随意摆布你。"

"如果他得胜了,你可以回到他身边去。"他说。

"你要我恨你吗?"她问。

"得,我只是跟你说说罢了。"他说。

"你还说你爱我!"她说,声音低沉,流露出愤慨。

"难道我该宰了他才叫你满意吗?"他说,"可要是我宰了他,我就更会摆脱不了他的影响了。"

"你当我是傻瓜吗?"她叫道。

"一点也不。可是你不了解我,宝贝儿。"

两人都顿了一下。

"可你也不应当出头露面啊。"她央求道。

他耸耸肩膀。吟诵了一段诗句:

君子坦荡荡,
肝胆天可鉴,
不需屠龙刀,
何用封喉箭。

她目光锐利地望着他。

"但愿我能了解你。"她说。

"可惜简直没什么好让你了解的。"他笑着说。

她低着头陷入沉思。

他有几天没看见道斯。有天早晨,他从罗纹车间奔上楼,差点撞着这个魁伟的铁匠。

"见他妈的……!"道斯叫道。

"对不起!"保罗擦身而过说。

"对不起!"道斯哼哼冷笑说。

保罗轻松地用口哨吹着《让我跟姑娘们厮混》。

"我不准你吹口哨,骗子!"他说。

保罗不理他。

"那天晚上的事你要得到报应的。"

保罗走到墙角办公桌前,动手翻阅总账册。

他对小厮说,"去通知芳妮,我要零九七号订货,快!"

道斯站在门口,威风凛凛,居高临下,低头望着保罗的头顶。

"六加五得十一,一加六得七。"保罗大声算着账。

"你听见不听见?"道斯说。

"五先令九便士!"他写了个数字。"什么事?"他说。

"我让你看看是什么事。"道斯说。

保罗继续大声算着账。

"你这个小王八——你不敢正眼看我!"

保罗赶紧抓起沉甸甸的直尺。道斯吓了一跳。保罗用尺在账册上画了几道线,道斯怒火中烧。

"不管到哪儿,你等着我来教训你吧,你这只小臭猪,我要好好收拾你!"

"啊,好吧!"保罗说。

一听这话道斯就脚步沉重地从门口走来。正在这时传来一下尖厉的哨子声。保罗走到通话管那儿。

"喂!"他边说边听。"喂——是我!"他听着,随即放声大笑,"我马上下来,我现在有客。"

道斯从他声调里听出他原来在跟克莱拉通话。他走上前来。

"你这小鬼!"他说,"我一会儿就来做你的客人!当我容得了你这个目中无人的臭小子吗?"

货栈里别的伙计都抬眼望着。保罗的小厮拿着白乎乎的货物来了。

"芳妮说要是你事先通知她,昨天晚上就可以给你了。"他说。

"好,"保罗瞧着袜子回答说,"发货吧。"

道斯灰溜溜地站着,气得一筹莫展。保罗转过身去。

"请稍等片刻。"他对道斯说,说着想奔下楼去。

"天哪,我不准你跑!"道斯大喝一声,一把揪住他胳膊。他赶紧掉过身子。

"嗨! 嗨!"小厮慌了,大声叫着说。

托马斯·乔丹从那间有玻璃门的办公室冲出来,穿过屋子跑到跟前。

"怎么回事,怎么回事?"他扯起老头儿那种尖厉的嗓门说。

"我正要教训教训这个小……没别的。"道斯不顾一切地说。

"你这是什么意思?"托马斯·乔丹喝问道。

"就是这意思。"道斯嘴里这么说,心里已犹豫不决了。

保罗靠着柜台,面带羞色,露出苦笑的神气。

"这到底是怎么回事?"托马斯·乔丹喝问道。

"我也说不上来。"保罗摇摇头,耸耸肩说。

"你说不上来,说不上来!"道斯叫道,他一面凑上那张相貌英俊、充满怒气的脸,一面晃晃拳头。

"你说完了没有?"老头儿神气活现地大声叫道,"滚,干你的活去!早上别到这儿来撒酒疯!"

道斯缓缓地掉转魁梧的身躯来,面冲着他。

"撒酒疯!"他说,"谁喝醉了?你既没醉,我也没醉!"

"这调儿我们早就听到过了。"老头儿喝道,"快滚吧,别多磨蹭。居然跑到这儿来大吵大闹。"

道斯鄙夷地朝下看着他的老板。他一双手生来又大又粗,尽管常年干铁匠活,样子却仍旧挺好看,这会儿不停地挥舞着。保罗想起这是克莱拉丈夫的手,一阵仇恨又油然而生。

"不滚就撵你出去!"托马斯·乔丹喝道。

"怎么,谁要撵我走?"道斯哼哼冷笑道。

乔丹先生跳起身,大踏步走向道斯,一面赶他走,一面用矮小结实的身子挡着他说:

"滚出我的厂——滚!"

他抓住道斯胳臂便扭。

"去你的吧!"这铁匠说着用手拐儿一捅,就把矮小的老板推得踉踉跄跄,往后倒退。

大家还来不及帮一把,托马斯·乔丹已经撞到经不住一推的弹簧门上。门给撞开了,老板摔下五六级楼梯,跌进了芳妮的车间。大家顿时惊呆了。转眼工夫男女工人都跑来了。道斯站了片刻,恼恨地看着这场面,然后走开了。

托马斯·乔丹受了惊,跌得浑身青肿,幸亏没别的伤。可是他气极了。马上把道斯解雇,告他一个殴打罪。

开庭时,保罗·莫雷尔只得出庭作证。问起纠纷的起因,他说:

"因为有天晚上,我陪道斯太太去看戏,道斯就借机侮辱我和她;我把啤酒泼在他脸上,他想要报仇。"

"找女人①!"法官笑笑说。

法官对道斯说他认为道斯是卑鄙小人,这案子就此了结。

"这场官司都给你搅和了。"乔丹先生对保罗厉声说。

"我想没给我搅和,"保罗回答说,"再说,你也不见得真要定他罪吧!"

"那依你看,我打这场官司图个什么来着?"

"算了吧,"保罗说,"要是我说错了,请你原谅。"

克莱拉也非常生气。

"何必把我名字也牵扯进去?"她说。

"公开说出来总比背后让人嘀咕强。"

"根本没这个必要。"她声称。

---

① 这句话原文是法文。典出法国著名小说家、戏剧家大仲马(1802—1870)的作品《巴黎的莫希干人》。

"咱们不见得就此倒霉。"他漠不关心地说。

"你也许没什么。"她说。

"你呢?"他问。

"我原本没必要被人提到。"

"对不起。"他说,不过听起来他并没有道歉的意思。

他轻松地暗自说:"她的气会消的。"她果然气消了。

他把乔丹先生摔倒和审问道斯的事讲给他母亲听。莫雷尔太太仔细盯着他。

"你对这事怎么看?"她问他。

"我看他是个傻瓜。"他说。

话虽这么说,他心里却很不安。

"你有没有考虑过这事会闹到什么地步?"母亲说。

"没,"他回答,"船到桥头自会直。"

"是的,可一般说来,往往会不如人意。"母亲说。

"那就得容忍。"他说。

"日后你就会发现自己不如想象中那么善于容忍。"她说。

他继续赶快搞他的设计工作。

"你有没有问过她的意见?"她终于说。

"什么意见?"

"关于你,还有整个事情。"

"我不管她对我有什么意见。她没命似的爱着我,可是这种爱并不深。"

"不过你对她的爱也并不见得更深。"

他不胜诧异地抬头望着他母亲。

"是啊,"他说,"不瞒你说,妈妈。我想,我这人准有什么毛病,我不会真爱。一般说来,她在身边的时候,我确实爱她。妈妈,有时候在我只把她看作女人的时候,我是爱她;可是一到她说话和发议论的时候,我就往往不去听她的了。"

"可是她跟米丽安一样通情达理。"

"也许是吧,我爱她还胜过米丽安。可是为什么她们都抓不住我的心呢?"

最后一句问话几乎是哀叹。他母亲掉过脸去,坐在那儿,眼睛望着屋子那头,神色沉默严肃,似乎有点万念俱灰的样子。

"但是你不愿意娶克莱拉么?"她说。

"不娶,起先我或许愿意娶她。可是为什么——不知为什么我并不想娶她或者别的任何姑娘?我有时总感到自己对不起这些女人似的,妈妈。"

"孩子,怎么对不起她们啊?"

"我不知道。"

他不顾一切似的拼命继续画他的画;他触到了自己的痛处。

"说到要娶亲,"母亲说,"有的是时间。"

"不过妈妈呀。我甚至还爱着克莱拉,我也爱过米丽安。不过要我结婚,把自己完全献给她们我却办不到。要我属于她们可办不到。她们看来一心想要我,可我不能把自己交给她们。"

"你还没遇到合适的女人。"

"你在世一天,我就一天不会遇上合适的女人。"他说。

她一言不发。这时她又开始感到精疲力竭,仿佛她已完全不中用了。

"咱们走着瞧吧,孩子。"她答道。

事情老像走马灯似的走着走着又回到了原地,这真把他憋疯了。

克莱拉当然是热烈地爱着他,就情欲而言,他对她也可以说是这样。白天,他几乎把她忘了。她跟他在一个厂房里干活,可是他并不觉察。他忙忙碌碌,她在不在与他无关。可她在罗纹车间,却一直感觉到他就在楼上,仿佛具体地感觉到他这个人跟她在一个厂房里。她每秒钟都盼望他从门里走出来,他真的走出来时,她总是心头一震。可他经常对她很怠慢,很不客气。他对她发号施令,一副公事公办的腔调,态度冷淡。她竭力打点起精神去听他的命令,生怕弄错,生怕忘掉,可这对她说来真是受罪。她真想要伸手摸摸他的胸膛。她完全知道他那件背心里面的胸膛是什么模样,一心想要摸摸他。耳听他用毫无表情的语调吩咐她怎么干活,真把她逼疯了。她要撕破这个幌子,把他道貌岸然,一本正经的外衣扯个粉碎,把这个男人重新夺回来;可是她害怕,她还来不及感受到他的一分暖气,他就已经走了,她又苦苦想着他了。

他知道她每天到了晚上看不见他,心里就烦闷,所以他把这段时间大部分花在她身上。白天她往往日坐愁城,可是一到晚上,他们俩都感到无比幸福。这时他们总相对无言。一起坐上好几个小时,或者在黑暗中漫步,至多只说上一两句没意义的话。不过他手里握着她的手,她的胸脯在他胸前留下温暖,使他感到美满。

有天晚上,他们正沿着运河散步,他心里不知有什么烦恼。她知道她没有笼络住他的心。他一个劲儿地径自轻轻吹着口哨。她觉得从口哨声里倒比从谈话中可以多了解些真情,就留神听着。他吹的是一支忧伤不满的调子——听着这调子使她感到他是不会长久跟她厮守下去的。她默默走着。他们走到吊桥,他就坐在大桥墩上,看着水里映的星星。他跟她隔得老远。她心里一直在琢磨着。

"你要一直待在乔丹厂吗?"她问。

"不。"他不假思索地回答,"不,我要离开诺丁汉出国去——快了。"

"出国!干什么?"

"我不知道!我感到坐立不安。"

"那你想怎么办呢?"

"我得找个固定的设计工作干干,还得先卖掉自己的画。"他说,"我正在逐步取得成就。我知道。"

"你什么时候想到要走的呢?"

"我不知道。只要我妈健在一天,我大概去不长。"

"你离不开她?"

"长时间离开不行。"

她望着映在黑沉沉的水底里的星星。星星皎洁而耀眼。知道他要离开她固然是件痛苦的事,可他在她身边也几乎是件痛苦的事。

"如果你发了笔大财,你要怎么办?"她问。

"跟我妈住到伦敦近郊一座漂亮别墅里去。"

"原来如此。"

歇了半晌。

"我还可以来看你,"他说,"我不知道。别问我要怎么办,我不知道。"

大家沉默了。星星打着哆嗦,划破了水面。吹来了一阵风。他蓦地向她走去,把手搭在她肩上。

"别问我将来的事,"他愁苦地说,"我什么都不知道。不管怎么着,请你现在跟我待在一起好么?"

她把他搂在怀里。她毕竟是个有夫之妇,连他给她的这份爱都不配享有。他非常需要她。她拥抱着他,他真可怜啊。她双臂抱着他,用她身子的温暖抚慰他,疼爱他。她决不让这千金一刻就此消逝。

过了片刻,他抬起头,似乎想要开口说话。

"克莱拉。"他苦恼地说。

她热情如炽,一把搂住他,把他的头按到自己胸口。她受不了他声音里这股痛苦。她心里真害怕。他要她什么,她都可以给——都可以给。可是她并不想知道。她感到自己受不了。她要他从她身上得到安慰——得到安慰。她站着,抱住他,抚摸他,他这人简直叫她摸不透——简直不可思议。她要安慰他,让他把一切都忘个干净。

他心灵里的折腾很快平息,他把一切都忘了。但与此同时,对他说来克莱拉仿佛已不存在,眼前黑暗中存在的只是一个女人,暖呼呼的,是某种他所热爱并且几乎还有点崇敬的事物,但却并不是克莱拉,而她则完全委身给了他。他爱她时那种赤裸裸的贪婪和无法克制的激情,某种含有强烈、盲目和凶狠的原始性的东西,使她感到眼前这一刻简直有点可怕。她知道他平时多么枯寂,多么孤独,因而感到他终于来找她真是件大好事,而她接受他的爱无非是因为他的需要无论比起她,还是比起他本身来,都要更为强大,她的心灵还是清醒的。她这样做是为了满足他的需要,因为她爱他,哪怕他抛弃她也在所不惜。

这段时间,红嘴鸥一直在田间叫个不休。等他清醒过来,他还不知眼前是什么东西,只见暗处里弯弯曲曲,生气勃勃,还有什么声音在叫。后来他才明白看见的是野草,听见的是红嘴鸥。暖呼呼的是克莱拉喷出的热气。他抬起头,瞧着她的眼睛。这对眼睛又黑又亮,不可思议,像某种天性放荡的生命在窥视着他的生命,它跟他既陌生,又和谐;他把脸埋在她的颈窝里,心里感到害怕。她到底是什么啊?这是一个强有力的、陌生的、天性放荡的生命,此时此刻正一直在黑暗中和他的生命呼吸与共。这一些都远比他们自身要强大得多,他吓得不敢作声。他们相互结合了,同时把野草茎的扎刺,红嘴鸥的叫声,星星的运行也都结合了进去。

他们站起身来时,看见其他情侣正在偷偷溜到对面的树篱下。看来他们在那儿幽会是很自然的;夜色笼罩着他们。

度过了如此良宵之后,他们俩都领会了热情的无限,大家都平静了。他们感到自己渺小幼稚,不胜惶恐、惊诧,就像当初亚当与夏娃失掉天真,体会到那股魔力的强大时一样,这股魔力把他俩赶出伊甸园,去经历人间的日日夜夜,沧海桑田。这对他们每一个人都是一种启蒙,一种满足。认识他们自身的微不足道,认识把他们弄得神魂颠倒的那股巨大的生命浪潮,使他们心里得到安宁。既然如此了不起的一股神奇力量,能够压倒他们,把他们与自己融为一体,使得他们认识到自己在这股拔起每片草叶,每棵树木,每样生物的巨大浪潮中只是沧海一粟,那么何必自寻烦恼呢?他们可以听凭自己由生活摆布,每人都可以在旁人身上找到一种安宁。他们共同获得了某种明证。这种明证什么力量也勾销不了,什么力量也抢夺不走,这几乎成为他们生活的信念。

可是克莱拉并不满足。她知道存在着一股超乎寻常的力量,这股超乎寻常的力量笼罩着她,可是又不会常守着她。一到早上,它就会起了变化。他们已经知道了个中奥秘,可是她留不住这千金一刻。她要重度这一刻,她要某种永不消逝的东西。她还没有充分领略。她以为她要的是他。他对她来说是把握不定的。他们之间发生的事也许从此不会再来;他也许会抛弃她。她并没有完全赢得他。她并没有满足。她虽已经尝到,可是她并没有抓住——那种——她也不知道是什么——她拼命想要抓到手的东西。

到了早晨,他就感到相当平静,自得其乐。似乎他已经领略了热情烈火的洗礼,安下心来了。可是昨晚的事的关键并不是克莱拉。而是因她而发生的事,却并不是她本身。他们并没有彼此更加接近。看来他们似乎只是受一股巨大力量支配的盲目行动者。

那天白天,她在厂里看到他,一颗心竟像团火似的热辣辣烧着了。这是他的身子,他的额头。她胸中那团火愈烧愈旺,她恨不得紧紧抱住他。谁知这天早晨,他竟非常沉默,非常克制,径自发号施令。她跟着他走进阴暗可怕的地窖,张开双臂迎着他。他吻了她,炽热的激情又在他身上燃烧了。门口有人来了。他奔上楼,她恍恍惚惚地回到车间。

后来这股火才慢慢熄灭。他愈来愈感到自己这段体验是超乎具体个人,而并非落实在克莱拉身上的。他爱她。在双方共同领略的那一阵强烈的感情冲动之后,留下一种深深的两情缱绻的滋味。可是能够使他的心灵得到安定的决不是她。他对她的要求她绝对办不到。

而她却狂热地想念他。她每次看到他都非挨着他不可。

在厂里,他跟她谈起罗纹长袜,她的手就悄悄地在他腰上抚摸着。她跟着他走进地窖,匆匆接个吻,她那双始终脉脉含情的眼睛,充满着难以抑制的热情,不断盯着他。他见了她就害怕,惟恐她当着其他女工的面,明目张胆地露出马脚来。她到了吃饭时间总要等他,先让他拥抱再出去吃饭。他感到她简直没治了,真是他一大累赘,因此心里很恼怒。

"可你老是要我吻你、抱你干吗呀?"他说,"凡事总得看个时候啊。"

她抬眼望着他,眼睛里流露出怨恨。

"我果真老是想要吻你吗?"她说。

"可不老是吗,哪怕我来找你谈谈工作也要吻。我工作时不想扯到谈情说爱。工作归工作……"

"什么叫谈情说爱?"她问,"难道这还得规定专门时间?"

"不错,工作时间以外再谈。"

"你要根据乔丹先生工厂的下班时间来规定吗?"

"对,还要根据各种正经事什么时候办完来定。"

"只有在空闲的时间才能有爱情吗?"

"这就对了,而且也不能老是……老是抱抱吻吻的这种爱情呀。"

"你心里想的爱情就只是这样吗?"

"这就足够了。"

"你这么想我很高兴。"

于是她对他冷淡了好一阵子——她恨他;在她对他冷淡、鄙薄那段时期,他一直六神不安,直到她重新原谅他才罢。谁知他们重新热呼起来以后,他们仍然没有更接近些。他吸引她正因为他始终没有使她完全得到满足。

春天,他们一起上海滨去。他们在瑟德索浦附近一家小别墅里租了几间房,过着夫妇似的生活。雷德福太太有时跟他们一起去海滨。

在诺丁汉,大家都知道保罗·莫雷尔和道斯太太有来往,不过因为没有什么露骨的举止,克莱拉又老是过着单身生活,再说他看上去单纯老实,所以倒也没多大关系。

他喜爱林肯郡海岸,她喜爱大海。他们往往大清早就一起去洗海水浴。灰蒙蒙的曙光、远处荒芜的沼泽地区饱受严冬的侵袭,海边草地杂草丛生,真是满目荒凉,叫他看了心里高兴得不得了。他们从木板桥踏上大路时,朝无比单调的平地四下看看,陆地比天空稍微黑一点儿,沙丘外的大海声音细弱,这时他因感受到生活的冷酷无情而觉得内心充实。她最爱这种时候的他。他是那么孤独而坚强,两眼神采奕奕。

他们冷得簌簌抖,于是他跟她赛跑,顺着大路一直跑到沼泽中的青草地上。她跑得很快,脸色一下子就通红了,光着脖子,眼睛亮晶晶。他见她体态丰满,动作却如此敏捷,不由分外怜惜。他自己倒身子轻便;她姿势美妙,向前奔去。两人奔得发热了,就手拉手向前走去。

天空中曙光初现,已经冉冉西沉的苍白月亮显得别有韵味。幽暗的地上,万物都开始显出了生气,长有大片叶子的草木都变得清晰可见。他们穿过寒冷的大沙丘间一条小路,来到海滩。大片漫长的荒滩在曙光下的海边呻吟;海洋成了一长条带白边的黑水。苍茫大海上空已露出红光。一下子云彩都染红了,片片分散了,由绯红色变成橘红色,橘红色变成暗金色,太阳就在金光灿烂中升起,万顷波涛上一时筛落无数碎金,如火如荼,宛若有谁踏过海面,一路走,一路从桶里不断洒下金光。

　　碎浪沙沙地拍击着海岸。小小的海鸥像浪花似的,在海涛上空盘旋。个儿虽小,叫声似乎特别大。远处的海岸伸展开去,消失在晨曦中,芦苇丛生的沙丘随着海滩地势变为平地。马伯索浦在他们右面,显得很小。只有他们俩尽情观赏这片平坦的海岸,滔滔的大海,初升的朝阳,尽情聆听海水轻声低吟和海鸥凄厉啼叫。

　　他们在沙丘里有个温暖的洞,海风吹不到。他伫立着眺望大海。

　　"真美极了。"他说。

　　"快别多愁善感了。"她说。

　　她看到他像个孤独的诗人似的,站着凝视大海,心里不由恼火。他却哈哈大笑。她赶快脱掉衣服。

　　"今儿早上的浪头可真够意思的。"她得意扬扬地说。

　　她的水性比他好。他懒懒地站着看她。

　　"你不来吗?"她说。

　　"一会儿就来。"他答道。

　　她皮肤白嫩柔软,肩膀宽阔。海上吹来一阵微风,吹拂着她的身子,吹乱了她的发丝。

　　晨曦是一片金色,明净可爱。层层阴影似乎都向南北两面飘走了。克莱拉在微风轻抚下,站着有点儿畏缩,一面卷绕着乱发。在这个赤身露体的女人后面,长着一片海草。她眼望着大海,再对他看看。他正望着她呢,她就喜欢那对黑眼睛,可是无法理解。她双臂掩住乳房,躲躲闪闪,嘻嘻哈哈:

　　"唷,真凉哪!"她说。

　　他探过身子,吻吻她,蓦地紧紧抱住她,又吻了一下。她站着等他。他瞧着她眼神,随后眼光又移到灰白的沙滩上。

"好,去吧!"他轻声说。

她张开双臂,搂住他脖子,把他拉到身边,热情洋溢地吻他,边走边说:

"可你回头来吗?"

"一会儿就来。"

她拖着沉重的步子在软绵绵的沙滩上走着。他站在沙丘上,眼看灰茫茫的海岸围绕着她。她愈来愈小了,小得不相称,看上去只有一只大白鸟那样,费劲地向前走着。

"还不及海滩上一颗白卵石,还抵不上沙滩上翻滚着的一抹浪花。"他自言自语说。

她仿佛慢慢儿走过喧嚣的茫茫海岸。他正望着,忽然看不见她了。原来给阳光耀花了眼。他再看到她时,只见一丁点儿白斑,贴着涛声阵阵的白色海滩在移动。

"瞧她多小!"他自言自语说,"她像海滩上一颗沙子,看也看不见——只不过是随风飘动的一丁点儿斑点,一个小小的白浪泡,在晨曦中简直微不足道。凭什么她这样吸引我呢?"

这天早上就这样统统给搅乱了,她下海去了。辽阔的海滩,长着蓝色滨草的沙丘,粼粼的海水,在茫茫无涯的荒凉中,泛着炽热的白光。

"她到底算什么呀?"他自言自语说,"一边是海滨的清晨,雄伟壮丽,亘古不变;一边是她,自寻烦恼,永不满足,犹如浪花泡沫,转瞬即逝。她对我到底算什么呢,她就像浪花体现着大海那样体现着什么。可她究竟是什么呀?我感兴趣的可其实并不是她。"

他心里这种不由自主的沉思默想仿佛就从他嘴里清清楚楚说了出来似的,在清晨中谁都听得见,把他自己也吓了一跳,只好赶紧脱掉衣服,顺着沙滩跑下海。她正眼巴巴望着他。她胳臂对他一扬,身子在水里载沉载浮,肩膀浸在一汪银潭里。他跳进碎浪,一会儿工夫她的手就搭在他肩上。

他的水性很差,在水里待不长。她得意扬扬地围着他嬉水,自恃高明地跟他闹着玩,这一点他对她很不满。阳光深深映入水中,明媚喜人。他们在水中笑闹了一阵,就比赛着游回沙丘。

他们擦干身子,粗声喘着气,这时他看着她乐呵呵、气咻咻的脸蛋,发亮的肩膀,她擦身时,乳房颤巍巍的,他不由吃了一惊,于是他又想开了:

"可是她真漂亮得惊人,甚至连大海和清晨都不及她壮观。究竟她是……? 她是……?"

她眼看他一双黑眼珠骨碌碌地直盯着她,不由格格笑得停止了擦身。

"你在瞧什么呀?"她说。

"瞧你。"他笑着说。

她眼光跟他相遇,他顿时吻着她那起着"鸡皮疙瘩"的白肩,心想:

"她到底是什么呀? 她到底是什么呀?"

她在清晨时分跟他调情。这时他的亲吻有种超然、冷峻、强大不可抗拒的味儿,他似乎只知凭自己的意志行事,丝毫也不顾到她和她对他的需要。

白天稍晚些时候,他出去画素描。

"你陪你妈上苏顿去吧。"他说,"我太闷了。"

她站着望着他。他知道她想要跟他去,可是他情愿一个人去。有她在身边,她总叫他感到像置身在牢笼中,仿佛要深深透口气都办不到,仿佛有什么压在他身上。她感到他一味想要摆脱她。

到了晚上,他就回到她身边。他们摸黑顺着海岸走下去,走到沙丘避风洞坐上一会儿。

他们望着一片漆黑的大海,海上一点亮光都不见,她说,"看来啊,看来你只有晚上才跟我好——好像到了白天你就不跟我好了。"

他听了这番指责感到内疚,默默让冰凉的沙子漏过自己的指缝。

"晚上是你的天下,"他回答说,"白天我可要单独活动。"

"可这是干吗呀?"她说,"干吗呀,连眼下咱们度着这么短暂的假期也这样吗?"

"我不知道。白天调情可把我憋死了。"

"可咱们也用不着老是调情啊。"她说。

"碰到你跟我在一起的时候,就免不了。"他答。

她心里感到很痛苦,愣愣坐着。

"你想过要嫁给我吗?"他探问道。

"你想娶我吗?"她答。

"想,想,我希望咱们生男育女。"他慢慢答道。

她低头坐着,手指玩着沙子。

"可是你并不想真的同巴克斯特离婚呀?"他说。

隔了好一会儿她才答话。

"是不想,"她十分慎重地说,"我并不想离。"

"为什么?"

"我不知道。"

"你感到自己是属于他的吗?"

"不,我认为不是。"

"那怎么啦?"

"我认为他属于我。"她答。

他谛听着海风吹过低声絮语的漆黑海面,沉默了片刻。

"你根本没打算属于我?"他说。

"不,我属于你。"她答。

"不对,"他说,"因为你并不想离婚。"

这个结他们解不开,只好让它去,干脆抱着今朝有酒今朝醉,明日无酒再商量的态度。

"我认为你待巴克斯特太不像话了。"有一回他说。

他原指望克莱拉多半会像他母亲那样回答他:"你考虑自己的事去吧,别人的事不用操那么多心。"可是她竟然出乎他意料之外,拿他当真了。

"为什么?"她说。

"我看你把他当成铃兰了,所以你把他栽在合适的花盆里,当铃兰来照料他。你认定他是棵铃兰,就决不肯承认他是棵防风草。你容不了。"

"我可从来没把他当成过什么铃兰啊?"

"你把他当成一种什么样的人物看待,其实他并不是。女人家就是这样的。她自以为知道什么对男人有好处,就一定要让男人去享用它;只要她把他抓在手里,就一味给他吃她认为对他有好处的东西,全不管他是否正饿着肚子坐在那儿,吹着口哨想念他真想吃的东西。"

"那你正在干什么呢?"她问。

"我正在想自己该吹什么调子的口哨。"他笑着说。

她不但没给他一巴掌,反而认真考虑他说的话。

"你以为我定要把对你有好处的东西拿给你吗?"她问。

"但愿如此。不过爱情应该使人产生一种自由感,不是束缚感。米丽安就使我感到像头拴在桩上的驴。我只能在她那块地里吃食,别处就不行。这真叫人受不了!"

"那么你肯让女人愿意怎么做就怎么做么?"

"肯啊;我要想法让她愿意爱我。如果她不愿意——就拉倒,我不留住她。"

"如果你果真像你说的那么好……"克莱拉答道。

"我就要像我现在这么好!"他笑了。

尽管他俩笑着,可是大家默默无言,心里暗暗恨着对方。

"爱情是占住茅坑不拉屎。"他说。

"咱们俩谁占住茅坑了?"她问。

"哦,那还用说,当然是你啰。"

这样他俩又争了起来。她知道自己根本没有完全得到他。她没抓住他的要害部分,她也从没想法去抓过,甚至都不想去了解是怎么回事。他多少知道她仍然以道斯太太自居。她并不爱道斯,从来也没爱过他;可是她认为他爱她,至少依赖她。她对他感到绝对放心,对保罗·莫雷尔却从来没放心过。她心里充满对这年轻人的热情,这使她相当满足,消除了她的对自己的怀疑和不自信。不管她怎么着,她内心是踏实了。她几乎像恢复了自信心,如今终于昂首挺立了。她得到了确认;可是她根本不相信自己的一生属于保罗·莫雷尔,也不相信他的一生属于她。他们到头来总会分离,而她下半辈子准会一直对他苦苦地思念。不过不管怎样,她现在总算领略过了,她有了自信。而且就他来说几乎也是这种情况。他们一起相互通过对方经历了生活的洗礼;而现在他们的使命是分离。凡是他要去的地方,她不能陪他去。他们迟早总得分手。哪怕他们结了婚,彼此忠贞不渝,他还是会撇下她,继续独来独去,而她只落得个在他回家时侍候他的份儿。不过这是不可能的。他们都想要有个并肩同行的伴侣。

克莱拉跟她母亲住到马柏里广场去了。有天晚上,保罗和她正沿着伍德波罗路散步,遇上了道斯。保罗有点熟悉正在走近来的这个人的举止特点,可是他这会儿正全神贯注地想着心事,所以他只是以画家的眼睛注意到来人的外形。后来他突然哈哈一笑,转身对着克莱拉,一手钩住她肩膀,笑着说:

"咱们明明并肩走着路,可我的心却在伦敦跟一个假想的论敌奥本在辩论,那么你在哪儿啊?"

就在说话间,道斯走过去了,差点擦着保罗的身子。保罗抬眼一看,只见两只深褐色的眼睛燃烧着仇恨的烈火,但却带着点倦意。

"那是谁啊?"他问克莱拉道。

"是巴克斯特。"她答道。

保罗从她肩上放下手,回头看看。于是他又重新清楚地看见了刚才走近他的那个人的模样。道斯走路时依然昂首挺胸,身体笔直;不过他眼睛里有种鬼鬼祟祟的神色,给人个印象是他不管遇到谁都竭力想不给人认出来而悄悄走了过去,又老在疑神疑鬼地张望想知道人家怎么看待他。他一双手也似乎想藏起来。他穿着旧衣服,裤子膝部破了,围在脖子上的一块绢头很脏;不过帽子还戴得神气活现,遮住一只眼。克莱拉一看见他,顿时感到内疚。他脸有倦容,一副灰心丧气的样子,叫她看了又恨他,因为这副样子刺伤了她的心。

"他看上去真见不得人。"保罗说。

谁知他话里的怜悯声调反而伤了她的体面,她感到受不了。

"他粗俗的真面目暴露了。"她答。

"你恨他吗?"他问。

"你讲到女人的心狠,"她说,"我希望你知道男人在放纵他们那股蛮力时的心狠。他们简直不知道女人的死活。"

"我不知道?"他说。

"对。"

"难道我不知道你的死活?"

"你对我根本一无所知,"她辛酸地说——"对我!"

"还比不上巴克斯特知道得多?"他问。

"也许比不上。"

他感到猜不透,一筹莫展,就此火了。尽管他俩体验过了那么一段共同的经历,她在身边走,却像个陌生人。

"可是你对我倒非常了解。"他说。

她不答腔。

"你对巴克斯特的了解跟对我的了解一样深吗?"他问。

"他不让我了解。"她说。

"我让你了解我吗?"

"男人家就是不让你去了解,他们不让你真正接近他们。"她说。

"我也没让你接近过吗?"

"没,"她半响才答道,"你根本就不来接近我。你不能摆脱自己,你摆脱不了。巴克斯特这方面还比你强一点。"

他边走边琢磨。他气的是她把巴克斯特看得比自己还好些。

"你开始抬高巴克斯特只是由于你现在抓不住他了。"他说。

"不。我只不过看得清他和你不同的地方。"

不过他感到她对他有怨气。

有天晚上,他们从田野上走回家,她突然问他,把他吓了一跳:

"你认为这种事值得不值得——这个——这个性生活?"

"性爱活动本身吗?"

"对,你觉得这多少是值得的么?"

"可你怎么能把它单独分开来呢?"他说,"这是一切的最高潮了。咱们的亲密关系到此就达到最高潮了。"

"对我可不是。"她说。

他一言不发。心里顿时又恨她了。说到头来,她对他还是不满足,即使在这方面,尽管他原以为他们俩彼此都满足了。但他太盲目相信她了。

"我感到,"她慢吞吞地接着说,"好像我没抓住你,好像你根本不在,好像你要的不是我……"

"那么是谁?"

"是专供你自己享受的玩意儿。这玩意儿很美,我想也不敢想。不过你要的究竟是我,还是这玩意儿呢?"

他又感到内疚了。难道他完全不顾克莱拉,仅仅把她当成女人吗?但他认为这样分法简直是钻牛角尖。

"我跟巴克斯特在一起的时候,他真正是我的人,那时我确实感到他整个身心都是我的。"她说。

"当时比现在好吗?"他问。

"是啊,是好,当时比较圆满。可我并不是说你给我的比他给的少。"

"换句话说是我能够给你的。"

"也许可以这么说吧,不过你从来没把你这个人给我。"

他气呼呼地紧皱眉头。

"我一旦开始向你求欢,"他说,"我就像风扫落叶那样身不由己啦。"

"就完全顾不得我了。"她说。

"那么你觉得这毫无意思吗?"他问,简直懊恼得不得了。

"才有意思呢。有时你弄得我神魂颠倒——飘飘然——我领略到了……而且——还为此感到你真了不起——不过……"

"别老跟我说'不过'了。"他像浑身着火似的,赶紧吻着她说。

她默默顺从了。

事情确实像他说的一样。通常他一开始求欢的时候,一股热情总是势不可挡,一下子把理智啊、灵魂啊、气质啊,统统冲走,恰如特伦特河挟着漩涡和卷浪不声不响地顺流而下。微不足道的非难也好,微不足道的感觉也好,逐渐都烟消云散了,连思想都冲走了,一切都注入一股洪流滚滚东去。他变成了一个没有头脑,只有强大本能的人。他那双手像动物一样动个不停;他的四肢,他的身体都是精力充沛,有知有觉,各行其是,不受他意志支配。惟其如此,所以生气勃勃的寒星也似乎赋有了强大的生命。他和这些星星跳动着的是同样炽热的脉搏,眼前的羊齿植物受着一股力量的鼓舞,枝叶挺直,他也受着同样力量的鼓舞,身躯也同样挺直。仿佛他和星星,黑糊糊的杂草,以及克莱拉都被卷进了一股往半空直蹿的巨大火舌,一路直烧过去。万物都和他一起生龙活虎地蜂拥而前;万物都和他一起各自庄严肃穆地静止不动。尽管这一切都汇入一股生命的极乐洪流中,可是每样东西本身又都是静止的,这种奇妙的静止似乎就是幸福的无上境界。

克莱拉知道正是这种感觉把他拴在她身边,所以她无保留地献身于这种热情。可是事情往往叫她失望。他撇下她时,心里知道那天晚上只是在他们之间增添了一点儿隔阂。他们的欢娱越来越呆板了,毫无奇妙的魅力可言。此后,他们又逐步想出些新花样来挽回几分满足感。他们就在河边,靠得非常近,简直有点危险,黑魆魆的河水就离他的脸不远,这叫人感到心里扑扑跳。有时他们在不断有人路过的市郊道旁篱下小洼地里幽会,他们听见行人脚步声走近,几乎感到脚步踩得地面直震动,他们还听到行人说的话——说的都是些不指望被外人听到的猥琐无聊的小事。事后两个人都感到很害臊,这些事在他俩之间造成一些隔膜。他有点儿瞧她不起,仿佛她活该似的。

一天晚上,他撇下她,径直穿越田野直奔戴布罗克车站。天很黑了,虽然春天提早来了,还是有点雪意。保罗时间来不及了,他向前直冲。城区在一个陡峭的洼地边上突然中止;那儿的房屋亮着昏黄的灯火,矗立在黑暗里。他跨过踏级,迅速跳进田野的洼地里。斯怀恩斯赫德农场的果园下,亮着一扇温暖的窗户。保罗环顾四周,只见背后那片房屋矗立在洼地边上,衬着黑魆魆的天空,就像一只只野兽,睁着黄眼睛好奇地盯着暗处。他背后的城区似乎荒凉得很,在朦胧夜色中闪闪发光。农场水塘边的杨柳树下有什么动物惊动了。可惜天太黑,看不清是什么。

他正要跨上另一级踏级,只见一个黑影靠在上面。对方赶紧闪开。

"晚安!"他说。

"晚安!"保罗没在意,随口应道。

"是保罗·莫雷尔吧?"他说。

这时他才知道这是道斯。对方挡住他的路。

"我总算碰上你了吧?"他尴尬地说。

"我要赶不上火车了。"保罗说。

他一点也看不见道斯的脸。对方说话时似乎把牙咬得格嗒格嗒响。

"就要让你尝尝我的厉害了。"道斯说。

保罗打算往前走,对方迎面一站。

"你准备脱掉大衣呢,"他说,"还是老老实实挨打?"

保罗疑心对方是发疯了。

"可是,"他说,"我不懂怎么打架呀!"

"那么好吧。"道斯答道。保罗还没摸清头脑,脸上已经挨了一下,打得他跟跟跄跄往后直退。

夜色茫茫。他脱去大衣和外套,躲过一拳,顺手把大衣朝道斯身上甩去。道斯咒爹骂娘。保罗只穿着衬衣,这下可灵活了,他怒气冲天,只感到整个身体像利刃出鞘似的。他不会打架,所以要靠随机应变。对方面目越来越清楚了,他特别能看清那人的衬衣前襟。道斯踩着保罗的衣服绊了一下,随即

509

冲上前来。保罗的嘴巴流血了。他拼命想去揍对方的嘴巴,恨得憋足了一肚子气。他赶紧跨过踏级,正当道斯赶上来,他出手迅猛,一拳正打在对方的嘴巴上。他得意得浑身颤抖。道斯啐着唾沫,慢慢逼过来。保罗害怕了,他回过身重新踏上踏级。冷不防,不知从哪儿猛的飞出一拳,打中他耳部,把他打得无法招架,往后倒下。他听见道斯像头野兽似的呼哧呼哧直喘;随后膝部又挨了一脚,痛得他爬起来,不管敌方正在摆好架势守着他,几乎不顾一切地猛扑了上去。他感到对方对他拳打脚踢,可身上并不痛。他像只野猫,紧紧缠住这大个儿,打到末了,道斯啪的摔倒,摔得心慌意乱。保罗跟他一起倒下。他纯粹出于本能地伸出双手去扼对方的脖子,道斯又气又痛,还没来得及挣脱,保罗的手已经攥住了道斯的围巾,指关节扼进对方的喉部,他纯粹是出于本能,既不讲理智,也没有感觉。他的身子本来就结实灵活,死死顶住对方挣扎着的身子,丝毫也不放松。他几乎是无意识的,全凭他的身体本能地一个劲儿要杀死对方。对他本人来说,既无感觉,又无理智。他紧紧压住对方的身子,自己的身子一面挪位,千方百计想达到扼死对方的目的,一面在适当的时候使出恰当的抵御,击退对方的挣扎,他一声不吭,专心一意,毫不松劲,指关节渐渐越扼越深,他感到对方的挣扎也越来越疯狂。他的身子越来越收紧,像拧螺丝似的,渐渐地越来越使劲,拧出个窟窿才罢休。

突然一下子,他忧心忡忡,不胜惊讶,就此松手了。道斯已经屈服了。保罗刚明白自己在干什么,就感到身子痛得火辣辣的;他完全弄糊涂了。冷不防,道斯拼命使下劲,又重新挣扎起来。保罗两手本来紧紧攥着围巾,给对方一扭就脱开了,他就此被狼狈地甩在一边。他听见对方可怕的喘气声,可是他愣住了;一时还摸不清头脑,就感到被对方踢了几脚,他失去知觉了。

道斯像头野兽似的痛得直哼哼,一味朝趴在地上的对手踢去。蓦地近处传来凄厉的火车汽笛声。他回过头去,疑神疑鬼地瞪大眼睛看着。是什么来了?他看见火车的灯光闪过眼前,觉得好像有人来了,就赶快落荒而逃,往诺丁汉方向跑去。他边跑边模模糊糊地感觉到脚下某个地方,刚才隔着靴子曾踢中那小子的一根骨头。这一脚的可怕声音似乎还在他心里回响,他赶快逃出这个是非之地。

保罗渐渐苏醒过来。他知道自己的处境和遭遇,可是他不想动弹。他躺着不动,小小的雪片撩得他脸上痒痒的。这么一动不动地躺着真舒服啊。时间过去了。他本来不想醒来,雪片却不断唤醒他。最后他的意志终于发挥起作用来。

"我万万躺不得,"他说,"躺着是蠢事。"

可是他身子兀自不动。

"我说过我要爬起来。"他又说了一遍。"干吗不动呀?"

可是隔了老半天,他才能振作精神动弹一下,随后再逐步爬起来。他痛得头昏眼花,直想呕吐,但他脑子很清醒。他步履蹒跚,在暗中摸到了衣服,穿上,把大衣纽扣一直扣到耳朵根。又找了半天,他才找到帽子。他不知道脸上是否还在流血。他盲目地走着,每走一步都痛得没命,他回到水塘边洗了洗手和脸。冰凉的水刺痛皮肤,却有助于恢复精神。他爬回小山去乘电车。他要回到母亲身边——他必须回到母亲身边——这是他此刻一种盲目的意志。他尽量遮住脸,难受地勉强挣扎前进。他走着走着,地面似乎不断在倾斜。他感到

511

自己直想呕吐,跌进虚无缥缈中;就这样,像梦魇中一般,他终于回到了家里。

家里人人都睡了。他瞧瞧自己。只见脸无人色,血迹斑斑,几乎像张死人的脸。他洗了脸就上床。这一夜在谵妄状态中度过。早上他发现母亲正望着他。她那对蓝眼睛正是他巴不得想看到的。她在他身边;有她在照看他呢。

"妈妈,没什么大不了的,"他说,"是巴克斯特·道斯打的。"

"告诉我伤了哪儿。"她安详地说。

"我不知道——我肩膀痛。就说是自行车出事好了,妈妈。"

他胳膊动弹不得。不一会儿小使女米妮端着茶上楼来了。

"你妈差点把我魂也吓掉了——她晕倒了。"她说。

他感到自己忍不住了。他母亲照料着他;他把事情经过说给她听。

"现在全交给我来办吧。"她安详地说。

"好的,妈。"

她替他盖上被子。

"别想这些事了,"她说,"只要想法睡觉。大夫要到十一点才来。"

他一个肩膀脱臼了,第二天又犯了急性支气管炎。这时他母亲脸色枯槁,人也很瘦。她总是坐在那儿光对他望着,然后眼光对空间望着。母子之间有什么话想说,可谁也不敢提起。克莱拉来探望他。事后他对母亲说:

"她真叫我厌烦,妈妈。"

"是啊,我希望她不要来。"莫雷尔太太答道。

过了一天,米丽安来了,可他觉得她几乎像个陌生人。

"你知道吗,我才不把她们放在心上呢,妈妈。"他说。

"看来你是这样,孩子。"她忧伤地说。

后来消息传到外面,到处都知道他骑自行车出了事。不久他又能去上班了,不过经常觉得恶心和烦恼。他去找克莱拉,但可以说仿佛是视而不见。他不能工作。他跟母亲似乎尽量避开对方。因为母子间有某种谁也不忍提及的秘密。他不知道这是什么。只知道自己的生活打乱了,仿佛就要彻底垮了。

克莱拉不知道他是怎么回事。她觉察到他似乎根本不知道她在眼前。哪怕是他去找她,他也像不知道她在眼前似的,总是心在别处。她感到她在拼命抓他,可他的心在别处。这件事折磨得她好苦,所以她也折磨他。有一阵子她有一个月不同他亲近。他简直痛恨她。可又身不由己地被迫去找她。他多半时间是找男人做伴,一直上乔治酒家或白马酒家去。母亲身子有病,神情冷漠、缄默、暧昧。他提心吊胆担心着什么;连看都不敢朝她看一眼。她眼神似乎变得更阴郁了,脸色更黄了,可她仍然操劳着家务事。

在降灵节,他说他要跟朋友牛顿到布拉克普尔[①]去四天。牛顿是个大个儿,好好先生,有点爱吵吵闹闹。保罗说母亲必须上雪菲尔德[②]跟住在当地的安妮待上一星期。说不定换个环境对她会有好处。莫雷尔太太找诺丁汉一个妇科大夫看

---

① 布拉克普尔:英格兰西北部城市。
② 雪菲尔德:英格兰北部城市。

病。他说她的心脏不好,消化也不良。虽然她心里不想到雪菲尔德去,她还是同意去了。如今她儿子希望她做什么她都愿意照做。保罗说等到第五天他会去找她,在雪菲尔德住到节日结束再说。大家都讲定了。

两个年轻人高高兴兴地动身上布拉克普尔去了。保罗吻别莫雷尔太太时,她还挺精神的。一到火车站,他就把什么事都忘了。四天过得清清净净——无忧无虑,没有心事。两个年轻人过得自得其乐。保罗像换了一个人。他本人旧日的痕迹已消失了——克莱拉也好,米丽安也好,母亲也好,都不再叫他心烦了。他给她们三个都写信,而且给他母亲写长信;这些长信都写得生动有趣,她看了信不禁发笑。年轻人在布拉克普尔这种地方往往过得很愉快,他也过得很愉快。但由于母亲他心头总有一层阴影。

保罗一团高兴,一想起要到雪菲尔德陪他母亲住一阵子就来了劲。牛顿打算陪他们母子俩一起过节。他们乘的火车误点了。两个年轻人笑啊,闹啊,叼着烟斗,挥舞着皮包上了电车。保罗给他母亲买了一条真的花边领子,他想看她戴上这领子,这样他就可以逗逗她了。

安妮住在一幢精致的住宅里,还用了个小使女。保罗高高兴兴奔上台阶。他原以为母亲会在门厅里笑盈盈地等着他,谁知开门的竟是安妮。她对他似乎很冷淡。他沮丧地站了一会儿。安妮让他吻一下她的脸。

"妈妈病了吗?"他说。

"是啊,她不大舒服,别打扰她。"

"她在床上吗?"

"对了。"

于是他心里又涌起了那种古怪的感觉,仿佛阳光全消失了,只有一片阴影。他扔下皮包,奔上楼去。犹疑一下,才开了门。母亲穿着一件玫瑰红的旧晨衣,端坐在床上。她瞧着他,几乎像觉得害羞似的,露出低声下气恳求的神情。他看见她脸如槁木死灰。

"妈!"他叫道。

"我还以为你不来了呢。"她高兴地答道。

可他只是跪在床边,把脸埋在床单里,一边痛哭一边说:

"妈呀——妈呀——妈呀!"

她枯瘦的手慢慢摸着他的头发。

"别哭,"她说,"别哭——没事儿。"

不过他感到自己满腔热血正在化为泪水,他心里又害怕又痛苦,不由失声恸哭。

"别——别哭了。"母亲颤声颤气说。

她慢慢摸着他的头发。他吓得光顾哭,泪水使他身上每根神经纤维都觉得痛。突然间他哭声停了,可是他不敢从床上抬起头来。

"你来晚了。你刚才在哪儿啊?"母亲问。

"火车误点了。"他脸埋在床单里发出模模糊糊的声音回答。

"是啊,那个倒霉的中央车站老误点!牛顿来了吗?"

"来了。"

"你一定饿了,他们等你吃晚饭呢。"

他猛地抬头看着她。

"是什么病,妈?"他狠狠心问。

她回答他时,故意把眼光移开。

"孩子,只不过是一小块肿瘤罢了。你用不着发愁。长在那儿——这肿块有——好久好久了。"

泪水又涌出来了。他的头脑很清楚,很冷静,可是他的身体却在哭。

"在哪儿?"他说。

她把手扪着肋部。

"就这儿。不过你要知道他们可以把瘤子烧掉。"

他站着,只感到头昏眼花,一筹莫展,像个孩子。他想,也许病情正如她所说的那样吧。错不了,他再三自我宽慰确是那样。可是他全身心,他周身的血都完全知道这是怎么回事。他在床边坐下,握住她的手。她生平只戴过一枚戒指,就是结婚戒。

"你身体几时不舒服的?"他问。

"昨天刚开始。"她乖乖地答。

"痛!"

"对,不过跟在家时常犯的差不多。我认为安塞尔大夫这人大惊小怪。"

"你不该单独出门的。"他说。这话与其说是对她说,不如说是对自己说。

"好像出门跟生病有什么关系似的!"她赶快回答说。

他们沉默了片刻。

"快去吃饭吧,"她说,"你一定饿了。"

"你吃过了没有?"

"吃了,我一个人美美地吃了一顿。安妮待我真好。"

母子俩谈了一会儿,他才下楼去。他脸色煞白,神情紧张。牛顿愁眉苦脸,不胜同情地坐着。

饭后他到洗碗间帮安妮刷洗盘碟。小使女出去办事了。

"当真是肿瘤吗?"他问。

安妮又哭起来了。

"她昨天痛的那副模样——我从来没见过谁像这样受罪!"她哭道,"伦纳德拼命跑去请安塞尔大夫,她上床时跟我说:'安妮,瞧瞧我肋部这个肿块。我不知道这是什么。'我一看,心想自己准要晕过去了,保罗,千真万确,这肿块有我两个拳头这么大呢。我说:'老天哪,妈呀,这肿块几时长出来的?'她说:'哎呀,孩子,长了好久啦。'我想我真该死,保罗呀,我真该死。原来她在家里已经痛了好几个月啦,竟然没人关心她。"

他眼泪汪汪,随后突然干了。

"可是她在诺丁汉一直上大夫那儿去——她从没跟我说过。"

"如果我在家里,"安妮说,"我早就自己发现了。"

他感到如同一个人在虚无缥缈中行走似的。午后他去找大夫。大夫为人精明可亲。

"可那是什么病呢?"他说。

大夫瞧着这年轻人,把两手叉在一起。

"可能是肋膜里长着一个大肿瘤,"他慢吞吞说,"这个我们可能有办法去掉。"

"你们不能开刀吗?"保罗问。

"那儿开不得。"大夫答。

"你肯定吗?"

"完全肯定。"

保罗琢磨了片刻。

"你肯定这是肿瘤吗?"他问,"为什么诺丁汉的詹姆逊大夫从来没发现有肿瘤呢?她已经在他那儿看了好几个星期。他诊断她是心脏不好,消化不良。"

"莫雷尔太太从来没告诉詹姆逊大夫有这么个肿块。"大夫说。

"你知道那是个肿瘤吗?"

"不,我拿不准。"

"那还可能是什么呢?你问我姐姐,家里有没有人生过癌。会是癌吗?"

"我不知道。"

"你打算怎么办?"

"我要跟詹姆逊大夫会诊一下。"

"那就会诊吧。"

"你必须安排一下。他从诺丁汉到这儿的出诊费至少十个金币。"

"你要他几时来?"

"我今晚上门来,我们可以商量商量。"

保罗咬咬嘴唇走了。

大夫说,母亲可以下楼来用茶点。儿子就上楼去搀扶她。她穿着伦纳德送给安妮的那件旧玫瑰红晨衣,脸上略有一丝血色,看来又显得年轻了。

"你穿这件衣服真好看。"他说。

"是啊,这衣服我穿着是好看,我简直认不得自己了。"她答。

她刚站起身想走,脸色就变了。保罗半抱半架地扶着她。走到楼梯口,她就不行了。他抱起她,赶紧下楼,让她躺在长榻上。她身子很轻很弱。脸色看上去像个死人,发青的嘴唇紧闭着。她睁开眼——那对忠实的蓝眼睛——哀求地望着他,似乎在求他原谅她。他把白兰地端到她唇边,可是她已经张不开嘴了。她一直爱怜地眼巴巴看着他。她是为他感到难过。他的眼泪扑簌簌地在脸上流个不止,可是神色不变。他一心想往她嘴里灌点儿白兰地。不一会儿她总算能咽下一茶匙白兰地了。她疲惫不堪,躺下了。泪水继续在他脸上往下淌。

"不过,"她喘着气说,"就要过去了,别哭!"

"我不哭!"他说。

过了一会她又好些了。他跪在榻边。他们彼此望着对方的眼神。

"我不想给你添麻烦。"她说。

"不,妈妈。你得绝对安静,这样马上就会好的。"

可是他吓得嘴唇也发白了,两人的眼光相遇时大家都心照不宣。她的眼睛是那么蓝——蓝得像勿忘我那样奇妙!他觉得只要这对眼睛换成另一种颜色,他也能好受些。他一颗心似乎在胸腔中慢慢撕裂了。他跪在那里,握着她的手,谁也不吭声。后来安妮进来了。

"你好了吗?"她怯生生地对母亲喃喃说。

"那当然。"莫雷尔太太说。

保罗坐下来,同她谈谈布拉克普尔的见闻,她听得津津有味。

过了一两天,他到诺丁汉去看詹姆逊大夫,商量会诊的事。保罗简直一个钱也没有。可是他能借。

他母亲过去常在星期六早上去看大众门诊,那时间就诊只收一点儿诊费。儿子也是在星期六去的。候诊室里全是穷苦的妇女,她们耐着性子坐在靠着四壁的长凳上。保罗想起他母亲,穿着黑衣服,也这样坐等。大夫姗姗来迟。妇女们看上去都有些提心吊胆的样子。保罗问值班护士,大夫一来能不能让他先看。这事总算谈妥了。妇女们耐着性子团团围坐着,好奇地看着这个年轻人。

大夫终于来了。他约莫有四十岁上下,长得很好看,褐色皮肤。他妻子死了,他因为爱妻子,所以专攻妇科疾病。保罗通报自己姓名和母亲的姓名。大夫记不得了。

"四十六号M。"护士说,大夫查了查本子里记的病历。

"生了个大肿块,可能是肿瘤,"保罗说,"安塞尔大夫打算给你写封信。"

"啊,对了!"大夫说着从口袋里掏出一封信来。他非常和蔼可亲,客客气气,十分忙碌。他明天就到雪菲尔德来一趟。

"你父亲是干什么的?"他问。

"他是煤矿工人。"保罗说。

"看来不大宽裕吧?"

"这个——有我照应着呢。"保罗说。

"你呢?"大夫微笑道。

"我是乔丹医疗器械厂的职员。"

大夫对他笑笑。

"噢——上雪菲尔德去!"他把两手的指尖合在一起,眼睛笑眯眯地说,"八个金币?"

"谢谢你!"保罗红着脸,站起身说,"你明天来吗?"

"明天——星期天?来呀!你能告诉我下午一班车几点

钟开吗?"

"四点十五分有一班车从中央车站开出。"

"到你们家怎么走?要我走着去吗?"大夫笑道。

"有电车,"保罗说,"到西园去的电车。"

大夫在本子上记下了。

"谢谢你!"他说着跟保罗握握手。

于是保罗回家去看父亲,现在就由米妮在照料他。瓦尔特·莫雷尔如今头发很白了。保罗看见他正在园里挖土。他写过一封信给父亲。父子俩握了握手。

"你好,儿子!你回来了?"父亲说。

"对,"儿子答,"不过我今晚就回去。"

"是吗,老天爷!"莫雷尔叫道,"你吃了没有?"

"没呢。"

"你就是这样,"莫雷尔说,"进来吧。"

父亲害怕儿子提起他妻子。父子俩进了屋。保罗默默吃着;父亲双手沾满泥土,卷起袖子,坐在他对面一张扶手椅里,望着他。

"喂,她怎么样啦?"最后莫雷尔小声说。

"她能坐起来了。能扶她下楼喝茶了。"保罗说。

"真是造化!"莫雷尔大声叫着说,"但愿咱们不久就可以接她回家。诺丁汉那个大夫怎么说?"

"他明天要去给她做检查。"

"啊呀,他真的去吗!恐怕要一大笔钱吧?"

"八个金币!"

"八个金币!"莫雷尔气喘吁吁说,"得,咱们得想法上哪儿弄钱去。"

521

"我付得起。"保罗说。

父子俩沉默了一会儿。

"她说她希望你跟米妮好好相处。"保罗说。

"是啊,我很好,我想的跟她一样。"莫雷尔答道,"哎呀!米妮真是个好姑娘。"他神色沮丧地坐着。

"三点半我就得走了。"保罗说。

"孩子啊,你可受累啦!八个金币!谁想到她会落到这个地步啊?"

"咱们必须看明天大夫怎么说。"保罗说。

莫雷尔深深叹了口气。屋子显得异常空寂。保罗觉得他父亲脸色苍老凄凉,一副不知所措的样子。

"爹,你下星期一定得去看看她。"他说。

"但愿那时她已回到家里了。"莫雷尔说。

"要是她没回来,"保罗说,"那你就一定得去。"

"我不知道上哪儿去弄钱。"莫雷尔说。

"我会写信告诉你大夫怎么说。"保罗说。

"可是你写的信净掉文,我看都看不懂。"莫雷尔说。

"好吧,我就写大白话。"

要莫雷尔写回信可不行,因为他除了自己的姓名几乎什么都写不来。

大夫来了。伦纳德觉得有责任雇辆出租汽车去接他。检查没花多大工夫。安妮、阿瑟、保罗和伦纳德在客厅里焦急地等着。两个大夫下楼了。保罗朝他们看一眼。他根本没抱过什么希望,除非他自欺自。

"可能是肿瘤,咱们必须等着瞧。"詹姆逊大夫说。

"如果是肿瘤,"安妮说,"你能把它烧掉吗?"

"大概能吧。"大夫说。

保罗把八个半金镑放在桌上。那位大夫数了数,从钱包里掏出一枚弗洛林①,放下。

"谢谢你!"他说,"莫雷尔太太的病情这么严重,我很遗憾。不过我们必须尽力而为。"

"不能开刀吗?"保罗说。

大夫摇摇头。

"不行,"他说,"即使能开,她的心脏也受不了。"

"她的心脏有危险吗?"保罗问。

"是啊,你们必须对她多加注意。"

"很危险吗?"

"不——噢——不,不!注意点儿就行。"

大夫走了。

随后保罗抱起母亲下楼来。她干脆像个孩子似的躺着。但他一踏上楼梯级,她就用双臂紧抱住他脖子。

"我真怕这座混账楼梯。"她说。

说得他也害怕了。下一回他索性让伦纳德去抱她吧。他感到自己简直无力抱她。

"大夫认为只是一个肿瘤,"安妮对母亲大声说,"他能够烧掉它。"

"我知道他能。"莫雷尔太太奚落地说。

她装作没注意保罗已经走出屋子了。他坐在厨房里抽烟。后来他想把衣服上一点灰掸去。他又望了一眼。原来这

---

① 弗洛林:英国银币,等于二先令。八个金币合一百六十八先令,八个半金镑合一百七十先令,所以大夫找了一枚弗洛林(二先令)的零钱。

是母亲的一根白发。竟有这么长！他捻起发丝,发丝就往烟囱里飘。他一松手。这根长长的白发飘啊飘的,就此飘进黑洞洞的烟囱里了。

第二天,他回去上班前特来吻吻她。这时正是大清早,只有他们母子俩在一起。

"你不要着急,孩子。"她说。

"不急,妈妈。"

"别急,犯不着这么傻。你自己要保重。"

"好的。"他答道。隔了半晌又说,"我下星期六再来,要不要带爹来?"

"我想他是想来的。"她答,"反正,要是他想来,总得让他来吧。"

他又吻了她一下。把两鬓的发丝捋开,动作那么轻柔,仿佛她是个情人。

"你别迟到了?"她喃喃说。

"我就走。"他说得很轻。

他兀自又坐了几分钟,把棕色和斑白的发丝从她鬓角捋开。

"你的病不会更厉害吧,妈妈?"

"不会,儿子。"

"你向我保证?"

"保证,我决不会更厉害。"

他吻了她,用双臂拥抱了她片刻才走。在阳光明媚的大清早,他一路哭一路奔到车站;他自己也不知道哭什么。她想念他的时候,一对蓝眼睛睁得大大的,圆圆的。

下午他陪克莱拉去散步。他们坐在一片开着蓝铃花的小林子里。他握着她的手。

"你瞧吧,"他对克莱拉说,"她好不了啦。"

"唉,你怎么能知道!"克莱拉答道。

"我知道。"他说。

她情不自禁地把他搂到怀里。

"尽量忘了它吧,宝贝儿,"她说,"尽量忘了它吧!"

"我会忘的。"他答。

她的胸脯就在跟前,他觉得暖呼呼的。她的手插在他头发里。真叫人舒心啊,他不由伸出胳膊搂住她。可是他忘不了。他只是嘴上跟克莱拉谈着别的事。而且情况老是这样子。她一感到那个——他的痛苦——又涌上了他的心头时,就大声向他喊道:

"别想了,保罗!别想了,心肝儿!"

她把他紧紧贴在自己胸前,把他当成孩子似的又摇又哄。于是他看在她面上,暂且把烦恼抛在一边,但等剩下自己一个人的时候,就又重新烦恼起来。他每每走着走着,就会无意识地一路哭着。他的头脑和双手都忙个不停。他自己也不知道为什么哭。这是他的心在哭啊。不管他跟克莱拉在一起也好,跟白马酒家一帮男人在一起也好,总是同样感到孤独。存在的只有他自己和心头的那股重压。有时他也看看书。他得让脑子不致闲着。还有克莱拉多少也能让他脑子不至于闲着。

星期六,瓦尔特·莫雷尔到雪菲尔德来了。他孤独凄凉,看上去简直像丧家犬。保罗奔上楼去。

"我爹来了。"他吻吻母亲说。

"他来了?"她疲惫地说。

莫雷尔有点惊惶失措地走进卧室。

"你觉得怎么样,婆娘?"他说着走上前去,怯生生地匆匆吻她一下。

"哦,我还算好。"她答道。

"我看你还好。"他说。他站着低头看着她。然后用手绢擦擦眼泪。他光是看着,像条丧家犬似的无依无靠。

"你过得还不错吧?"他妻子相当疲惫地问,仿佛跟他说话要费好大劲似的。

"嗯,"他答道,"你料想得到,她做事往往手脚太慢。"

"她能及时给你把饭菜做好吗?"莫雷尔太太问。

"唉,有时我还得对她吆喝吆喝才行。"他说。

"要是她没及时做好,你就得吆喝她几句才行。她总要把事情拖到最后关头才去做。"

她吩咐他几句。他坐着望着她,仿佛她对他是个陌生人,当着这陌生人的面,他又尴尬又自卑,而且他好像手足无措,只想逃走。他一心想要逃走,如坐针毡似的,恨不得离开这个叫人活受罪的场合,可是又不得不留下,因为这样面子上才好看些,这一来他待着就更不好受了。他愁眉苦脸,捏紧拳头搁在膝头上,觉得面临这一大难关实在尴尬。

莫雷尔太太病情没多大起色。她在雪菲尔德待了两个月。要说有什么变化的话,到最后病情只有变得更加严重了。可是她想要回家去。安妮自己也有孩子要照料。莫雷尔太太一定要回去。因此他们从诺丁汉弄来一辆汽车——她病太重,坐不了火车——她就在阳光下一路坐车回家。当时正是八月里,风和日丽,秋高气爽。在蓝天下,他们都看出她已奄奄一息了。然而她比过去几个星期都显得愉快。大家都有说有笑。

"安妮,"她叫道,"我看到那块岩石上有条四脚蛇窜过去。"

她眼力真好,她还是那么生气勃勃。

莫雷尔知道她来了,打开大门等着。人人都殷切地期待着她,半条街的人都出动了。他们听见大汽车开来的声音。莫雷尔太太面带笑容,坐着车一路驶来。

"瞧他们大家竟都出来看我了!"她说,"不过,我想换了我也是会这样的。你好啊,马修斯太太。你好啊,哈里逊太太。"

她们谁都听不见,但她们看见她在微笑和点头。据说,她们也都看见她脸上的死气。这真是本街的一件大事。

莫雷尔想要抱她进屋,谁知他太老了。阿瑟当她孩子似的抱起她来。他们把她放在炉边一张深深的大椅子里,那里原来一直放着她的摇椅。等她宽了衣服,坐下喝了一点儿白兰地,她才朝屋里四下看看。

"安妮,别以为我不喜欢你家,"她说,"不过,总还是回到自己家里的好。"

莫雷尔粗声嘎气答道:

"是啊,婆娘,是啊。"

那个挺有意思的小使女米妮说:

"你回来我们真高兴。"

庭园里的向日葵开得一片金黄,枝叶缠绕,可爱极了。她眺望着窗外。

"那是我的向日葵啊。"她说。

第十四章 解 脱

有一天晚上保罗在雪菲尔德,安塞尔大夫说:"顺便说一句,我们这儿传染病医院收留了一个诺丁汉来的病人——叫道斯。他在世上好像没什么亲人。"

"巴克斯特·道斯!"保罗惊叫了。

"就是这个人——依我看,这家伙过去身体不错。最近出了点儿毛病。你认识他吗?"

"他过去就在我现在做事的地方干活。"

"真的?你知道他一些情况吗?他就是闷闷不乐,要不然病情准比现在要好得多。"

"他的家庭情况我不大清楚,只知道他跟老婆分手了,我想,因此有点儿消沉。请你跟他提一下我,好吗?就跟他说我要去看他。"

保罗第二回看见安塞尔大夫就说:

"道斯怎么样啦?"

"我跟他说,"大夫答道,"'你认识不认识诺丁汉一个姓莫雷尔的?'他瞧了我一眼,仿佛想朝我扑过来。所以我又说:'我看你知道这名字,他叫保罗·莫雷尔。'接着我又告诉他,你说要去看他。'他要干什么?'他说,仿佛你是个警察似的。"

"他说他愿意见我吗?"保罗问。

"他什么也不愿说——不说好,不说赖,也没表示不感兴趣。"大夫答道。

"为什么不说呢?"

"这正是我想要了解的。他一天到晚躺在那儿闷闷不乐。一句话都套不出口。"

"你看我可以去吗?"保罗问。

"去去也无妨。"

这一对冤家自从打了一架以后,两人之间越来越感到难分难解了。保罗对他总感到有点内疚,多少要对他负点责。处于这样一种心理状态,他对道斯几乎有一种痛切的亲切感。而道斯心里也感到灰心丧气,痛苦不堪。再说,他们曾怀着赤裸裸的极端仇恨彼此交过手,这就把他们联在一起。不管怎么说,各人都看到了对方本性。

他拿了安塞尔大夫的名片到隔离病院去。护士是一个健壮的爱尔兰少妇,领他到病房去。

"吉姆·克罗①,有人来看你啦。"她说。

道斯大吃一惊,咕哝一声,突然翻过身来。

"呃?"

"呱呱!"她嘲弄道,"他只会说'呱呱!',我带了一位先生来看你。快说声'谢谢你,'讲点礼貌。"

道斯马上抬起那对惊惶的黑眼睛,看着护士身边的保罗。他的眼神充满恐惧、怀疑、仇恨和痛苦。保罗迎面碰上这对骨

---

① 吉姆·克罗原是对黑人的蔑视称呼,此处指护士瞧不起道斯这种穷苦人。Crow 在英语中意为乌鸦,所以下文护士又讽刺他不会说话,只会呱呱。

碌碌的黑眼睛,一时踟蹰不前。两个人都怕再看到双方当初曾露出来过的那副赤裸裸的本相。

"安塞尔大夫告诉我你在这儿。"保罗伸出手说。

道斯呆板地握握手。

"所以我想要来一趟。"保罗继续说。

没有回答。道斯躺着,两眼盯着对面墙壁。

"说'呱呱'呀,"护士嘲弄说,"说'呱呱'呀,吉姆·克罗。"

"他病情好转了吧?"保罗问她。

"哦,好!他老躺着,幻想自己要死了,"护士说,"吓得自己一句话也说不出口了。"

"你一定得跟什么人谈谈才好。"保罗笑道。

"就是啊!"护士也笑道,"这儿只有两个老头和一个老是哭哭啼啼的孩子。真倒霉!我巴不得想听听吉姆·克罗的声音,可他只会说'呱呱'!"

"你真倒霉!"保罗说。

"可不是吗?"护士说。

"我想,我来得正巧!"他笑了。

"啊哟,真像天上掉下来的!"护士乐呵呵地说。

不一会儿她就扔下这两个人不管了。道斯瘦了些,又像过去那么英俊了,但却奄奄地缺少生气。正如大夫说的,他躺着闷闷不乐,一点也不想积极争取康复。看来他似乎连心脏都懒得跳动一下。

"你日子不好过吧?"保罗问。

道斯忽然又看了他一眼。

"你在雪菲尔德干什么?"他问。

"我妈生了病住在瑟斯顿街我姐姐家里。你在这儿干什么?"

没有回答。

"你住院多久啦?"保罗问。

"我说不准。"道斯勉强答道。

他躺着,一个劲儿盯着对面墙壁,似乎竭力想当做保罗不在那里。保罗感到心里又痛苦又愤怒。

"安塞尔大夫告诉我说你在这儿。"他冷静地说。

对方还是不答腔。

"我知道,伤寒症很厉害。"保罗死乞白赖地说。

道斯忽然说:

"你来干什么?"

"因为安塞尔大夫说你在这儿一个人都不认识。对吗?"

"我哪儿都没认识的人。"道斯说。

"得,"保罗说,"那是因为你不愿意结交。"

又是沉默。

"我们打算尽快把我妈接回家去。"保罗说。

"她怎么啦?"道斯出于病人的同病相怜心情问道。

"她生了癌。"

又是沉默。

"不过我们要把她接回家,"保罗说,"我们得去搞一辆汽车。"

道斯躺着在琢磨。

"你干吗不向托马斯·乔丹借他的车子?"道斯说。

"他那车不够大。"保罗答道。

道斯躺着一边琢磨,一边眨着眼睛。

"那问杰克·庇尔金顿去,他会借给你的。你认识他。"

"我想去雇一辆。"保罗说。

"你去雇才傻呢。"道斯说。

这个病人瘦了,又恢复了过去的英俊。保罗为他难过,因为他眼神看来很疲劳。

"你在这儿找到工作了吗?"他问。

"我到这儿只一两天就得了病。"道斯答道。

"你需要进疗养院。"保罗说。

对方的脸色又阴沉下来。

"我不进疗养院。"他说。

"我爹在西索浦进过一所疗养院,他很喜欢。安塞尔大夫会介绍你去的。"

道斯躺着在思索。显然他已没有勇气再去跟世上的人和事打交道了。

"现在海滨可美呢,"保罗说,"太阳照在沙丘上,不远就是海浪。"

对方不答腔。

"天哪!"保罗心里太痛苦了,不愿再多找麻烦,就说,"等你知道自己又能走路又能游泳,那就万事大吉了。"

道斯迅速瞥了他一眼。他那双黑眼睛害怕碰到人世间其他人的眼睛。不过听到保罗那种真正痛苦和无奈的声调倒感到一阵安慰。

"她快死了?"他问。

"她像灯油快熬干了,"保罗答,"不过心情倒愉快、活泼!"

他咬咬嘴唇。过了片刻他站起身来。

"得,我要走了,"他说,"我把这半克朗给你留下。"

"我不要。"道斯咕哝说。

保罗不回答,只是把钱放在桌上。

"得,"他说,"我下回到雪菲尔德再想法来看你。说不定你愿意见见我姐夫吧?他在派伊克罗夫特斯干活。"

"我不认识他。"道斯说。

"他人很不错。我叫他来好不好?他兴许可以给你带几份报纸来看看。"

对方没答腔。保罗走了。道斯刚才在他心中激起的那股强烈感情压下去了,他不禁打了个寒战。

他没告诉他母亲,不过第二天他跟克莱拉说起这次探病。那是午膳时间。那时他们已经不大一起出去了,可是这一天他请她陪他上城堡园林去。他们坐在园子里,鲜红的天竺葵和金黄的荷包草在阳光下争奇斗艳。这阵子她一直采取小心提防的态度,对他相当不满。

"你知道巴克斯特得了伤寒,住在雪菲尔德医院里吗?"

她睁着一对惊惶的灰眼睛望着她,脸都发白了。

"不知道。"她吃惊地说。

"他好些了。我昨天去看过他——大夫告诉我的。"

克莱拉听了这消息似乎惊呆了。

"他病很重吗?"她内疚地问。

"本来很重。他现在恢复了。"

"他跟你说了什么?"

"哦,没什么!他看上去闷闷不乐。"

他俩之间存在着一种隔膜。他又透露了一些消息给她。她一言不发,默默走着。第二回他们一起去散步,她挣脱他的胳臂,跟他拉开一段距离走着。而他正拼命需要她的安慰呢。

"你不愿跟我好吗?"他问。

她不理他。

"怎么啦?"伸出胳臂搂住她肩膀说。

"别碰!"她挣脱身子说。

他由她一个人走着,自己重新陷入沉思。

最后他问道:"是巴克斯特搅得你心神不宁吗?"

"我过去对他很坏!"她说。

"我说过多少回你待他不好。"他答道。

他们彼此怀有敌意。两人都一心想着自己的心事。

"我待他——是的,我待他不好。"她说,"现在你待我不好。我这叫活该!"

"我怎么对你不好?"他说。

"我这叫活该。"她又说了一遍,"我根本没认为他值得我爱,现在你也不认为我值得你爱。不过我这叫活该。他爱我胜过你爱我一千倍。"

"他才不爱你呢!"保罗不服气道。

"他爱我的!好歹他还尊重我,而你就做不到。"

"看来他倒好像真尊重你似的!"他说。

"他真的尊重我!是我害他变得不像样子的——我知道自己害了他。这点是你开导我的。可他爱我胜过你爱我一千倍。"

"那好吧。"保罗说。

他现在只想孤零零一个人待着。他自己的烦恼已经够多了,多得几乎受不了。克莱拉只是折磨他,叫他厌烦。他离开她的时候心里一点也不难过。

她一有机会就立刻上雪菲尔德去看她丈夫了。这次见面并不圆满。不过她给他留下一些玫瑰花、水果和钱。她想要跟他言归于好。倒不是她爱他。她看着他躺在那儿,心里并没产生爱他的热情。她只是想要对他低声下气,想跪在他面前。她现在想要作出自我牺牲。说到头来,她毕竟无法使保罗真正爱她。她害怕的是道德上说不过去。她想要赎罪。所以她向道斯跪下,这样让他感到说不出的痛快。可是夫妇间的距离依然很大——太大了。男的对此感到吃惊。这反而使女的颇为喜欢。她就喜欢感到自己跨过不可逾越的距离来服侍他。这时她就得意了。

保罗去看过道斯一两回。这两个男人素来是冤家对头,如今竟然有了一种友情。不过他们从来不提夹在当中的女人。

莫雷尔太太病情渐渐恶化。起初他们还经常抱她下楼,有时甚至抱到园子里。她背后用东西撑着坐在椅子里,笑容可掬,十分动人。结婚金戒指在白皙的手上闪闪发亮;她的头发也梳得一丝不苟。她眼看着枝叶缠绕的向日葵凋谢,菊花开放,还有大丽花也开了。

保罗和她彼此都害怕。他知道她快死了,她也知道。可他们都装作一副兴高采烈的样子。每天早晨,他一起身就穿着睡衣上她屋里。

"你睡过了吗,母亲?"他问。

"睡了。"她答。

"睡得不大好吧?"

"嗯,是不大好。"

于是他知道她一夜没合眼。他看见她的手在被窝下捂着肋边的痛处。

"那儿痛得厉害?"他问。

"不,一点儿痛罢了,不值一提。"

她又像过去那样,轻蔑地鼻子里哼了一声。她躺着就像个姑娘。一对蓝眼睛始终盯着他。可是眼睛下那黑眼圈叫他看了又感到心痛。

"今儿是大晴天。"他说。

"今儿是好天。"

"要不要把你抱下楼去?"

"再说吧。"

于是他下去替她准备早餐。一整天他就只惦着她。这是一种长期痛苦,使他心里火烧火燎的。傍晚天没黑他就赶回家,朝厨房窗子望了一眼。她不在,没起床。

他径直奔上楼,亲亲她。他几乎鼓不起勇气地问:

"你没起床吗,小鸽子?"

"没。"她说,"都是吃了那吗啡;吃得我困死了。"

"大概他给你吃太多了吧。"他说。

"大概是吧。"她答道。

他痛苦地在床边坐下。她像个小孩似的蜷着身子侧睡。夹着银丝的棕色头发都披散在耳边。

"头发挠得你痒痒吗?"他轻轻把头发撩开说。

"痒。"她答道。

他的脸贴近她的脸。她那对蓝眼睛像个姑娘的眼睛,直冲着他笑眯眯的,叫人感到温暖,笑得充满柔情。他看了不由心悸,感到又恐惧,又痛苦,又疼爱。

"你把头发梳成辫子吧,"他说,"躺着别动!"

他到她背后,仔细拆松她的头发,梳梳通。头发好似棕色夹白色的细长柔丝。她的头缩在肩膀间。他一边轻柔地为她梳头,编成辫子,一边咬着嘴唇,感到茫然。这一切看上去不像真的,他不能理解。

晚上他往往在她屋里工作,不时抬眼看着她。往往看到她那对蓝眼睛直勾勾地盯着他。母子俩的眼光相遇时,她就微微一笑。他又呆板地不断工作,手里干出好活儿,却不知道自己在做什么。

有时他进来时脸色非常苍白而呆滞,眼神警惕而匆促,就像一个不省人事的醉汉。他们都害怕两人之间那道纱幕撕破。

于是她装出病情好转的样子,跟他说说笑笑,听到一些鸡毛蒜皮的新闻故意大惊小怪。因为他们两人都到了这个地步,最多只能在琐碎小事上做做文章,免得涉及大事,那他们做人的自恃心就要垮了。他们害怕,所以他们才装作满不在乎,高高兴兴。

有时她躺着,他就知道她在回想往事。她的嘴唇渐渐抿成一条缝。她把身子绷得硬邦邦,这样临死就不会发出痛苦的叫喊了。他永远也忘不了接连好几个星期来,她一直紧紧咬住嘴唇,那么顽强地孤零零一个人受着折磨。有时,病情轻些了,她就谈起她丈夫。一谈起她就恨他。她不能原谅他。他一进屋来她就受不了。她心头涌起一些往事,这些往事曾使她极为痛苦,不料现在又如此强烈地兜上心头,使她不吐不快,所以她就告诉了儿子。

他感到自己的生命在心里一寸寸破灭了。泪水往往平白无故地夺眶而出。他奔到火车站,泪水就洒在人行道上。他往往工作也干不下去。手中的笔也不写了。他坐着出神,愣愣望着。等他醒过来,就感到恶心,四肢哆嗦。他从来不问究竟是怎么回事。他也不开动脑筋去分析一下,了解一下。他只是默默忍受,一味闭着眼,听凭它去。

他母亲也是如此。她想到痛苦,想到吗啡,想到来日;但简直从没想到死亡。她知道,死期近了。她不屈服可不行。可是她决不向死神求情,也不同死神友好。两眼黑茫茫,紧闭着嘴,黑茫茫,她被推向死亡的门口。日子一天天过去,一晃就过了好几个星期,好几个月。

有时,碰上阳光明媚的下午,她几乎显得挺高兴。

"我尽量去想过去的好时光——咱们上马伯索浦去,还有罗宾汉海滩和香克林,"她说,"说到底,也不是人人都见识过那些名胜的。那些地方多美啊!我尽量去想这些,不想别的。"

后来,有一整个晚上她又一言不发,他也一言不发。母子俩一起僵着,倔着,默不作声。到末了他回到自己屋去睡觉,一到门口就瘫痪似的靠在那儿,一步也动不了啦。他丧失了知觉。一股他自己也说不清的感情怒潮似乎在他心中肆意逞威。他靠门口站着,默默忍受,也不问个究竟。

到了早上,母子俩又恢复正常了。尽管她服用吗啡后脸如死灰,身体像死尸。然而他们总算又心情开朗了。有时,尤其是安妮和阿瑟在家的时候,他往往把她暂时撇开。他不大去找克莱拉。通常他总是去跟男人待在一起。他机警,活泼,灵敏;可是每当朋友们看见他脸色煞白,眼睛乌黑发亮的时候,他们心里对他就有点不放心了。有时他去找克莱拉,但她几乎总是对他冷冷的。

"我要你!"他干脆说。

偶尔她会答应他。可是她害怕。每次他跟她在一起时,不知怎的总有点什么——有点不自然的味道——使她直想从他身边逃开。她渐渐怕他了。他那么沉默,可又那么古怪。在这个装作她情侣的人心灵深处,仿佛有另一个虽然摸得着,可是抓不住的人在那儿,她害怕他,他像个什么邪魔,叫她吓得发抖。她对他产生一种极端厌恶的心理。他简直像个罪犯。他要她——他跟她睡了觉——可是这使她感到像给死神抓在手心里。她心惊胆战躺着。可是没有人在抚爱她。她简直恨死他了。随即心头又涌上阵阵柔情。但她不敢去对他表示怜惜。

道斯住到诺丁汉附近的西利上校疗养院来了。有时保罗上那儿去探望他,克莱拉倒是难得去一次。这两个男人竟希奇古怪地成了好朋友。道斯恢复得很慢,身体似乎很虚弱,看来他听凭保罗做主了。

十一月初,克莱拉提醒保罗说自己快过生日了。

"我差点儿忘了。"他说。

"我看你完全忘了。"她答道。

"没有忘。咱们到海滨去度周末好吗?"

他们去了。天气又阴又冷。她等他对她温柔热情一番,谁知他似乎没把她放在心上。他坐在火车车厢里,眺望野景,她跟他说话,他却吓了一跳。其实他并没一定在想什么事。这情境就像是他们俩似乎压根儿并不存在在世界上。她走到他身边。

"怎么啦,宝贝儿?"她问。

"没什么!"他说。"这些风车翼子看上去多单调?"

他握住她的手坐着。他既不能说话,又不能思想。然而,坐着握住她的手倒真是一大安慰。她并不满足,心里很痛苦。他是人在心不在,她对他无足轻重。

傍晚,他们坐在沙丘里,望着黑浪滚滚的大海。

"她决不会屈服。"他悄声说。

克莱拉的心一沉。

"不会的。"克莱拉应道。

"人各有死法啊。我爹家里的人就像一头牛进宰牛场似的被吓掉了魂,只好任人牵着脖子去送命。可我妈妈家里的人却得一寸一寸朝前推。他们是顽强的好汉,不愿意死。"

"是啊。"克莱拉说。

"她不愿死。她不能死。那天牧师伦肖先生来了。他对她说:'想想看,你,你就要在彼土跟你父母姐妹,还有儿子团聚了。'她却说:'我离开他们好久了,照样过日子,现在没有他们照样也能过日子。我要的是活人,不是死人。'事到如今她还要活下去呢。"

"哎呀,多吓人!"克莱拉吓得说不出话来。

"她光瞧着我,她要守着我。"他单调地说下去,"她意志如此坚强,看来她似乎决不会去——决不会!"

"别想这些了!"克莱拉大声说。

"她过去很虔诚——现在也很虔诚——可是这没用。她干脆就是不肯屈服。你知道不知道,星期四我对她说:'妈妈,要是我非死不可,我就死。我心甘情愿去死。'她厉声对我说:'你以为我不是这样吗?你以为你愿意死就能死吗?'"

他的声音哽住了。他没哭,只是单调地说下去。克莱拉想要逃走。她回头看看。只见海岸漆黑一片,潮声回响,黑沉沉的天朝她压下来。她吓得站起身。她要到有亮光的地方,有其他人的地方去。她要离开他。可他垂头丧气坐着,纹丝不动。

"我不想叫她吃,"他说,"她也知道这点。每次我问她:'你要吃什么吗?'她简直怕说'好'。她说:'我来一杯本吉尔酒吧,'我对她说:'这东西只会提你神。''对,'她几乎大喊大叫说,'可是我一点不吃,心里就像有什么在咬似的。我受不了。'于是我就去替她拿吃的。是癌在咬得她受不了啊。我真巴不得她快死。"

"来!"克莱拉粗声说,"我要走了。"

他跟着她顺着漆黑的沙滩走。他总是离得远远的。几乎没觉察有她这个人在。她怕他,讨厌他。

他们在恍恍惚惚中回到诺丁汉。他总是忙忙碌碌,总是没事找事,总是一会儿找这个朋友,一会儿找那个朋友。

星期一,他去看巴克斯特·道斯。道斯没精打采,脸色苍白,起身迎接他,一手扶着椅子,一手伸了出来。

"你不该起床。"保罗说。

道斯一屁股坐下,有点怀疑地打量着保罗。

"你要是有更要紧的事去干,可别在我身上浪费时间。"他说。

"我要来,"保罗说,"给,我带给你一些糖果。"

病人把糖果放在一边。

"这个周末过得不怎么好。"保罗说。

"你妈怎么样了?"对方问。

"简直没什么变化。"

"我还以为,她也许恶化了呢,因为星期天你没来。"

"我上斯基格涅斯去了,"保罗说,"我要换换环境。"

对方目光阴暗地望着他。他似乎在等人家对他推心置腹,可不大敢开口问。

"我跟克莱拉一起去的。"保罗说。

"我也知道。"道斯不动声色说。

"这是老早约好的。"保罗说。

"你们请便吧。"道斯说。

这是他们之间第一次明确地提到克莱拉。

"不,"保罗慢吞吞说,"她对我厌倦了。"

道斯又看了他一眼。

"自从八月以来,她就一直对我厌倦了。"保罗又说了一遍。

两个人在一起沉静得发慌。保罗提议下一盘跳棋。他们就默默下棋了。

"等我妈去世我就出国去。"保罗说。

"出国去!"道斯跟着他说了一句。

"对,我不在乎做什么。"

他们继续下棋。道斯赢了。

"我得重新开始一种新生活,"保罗说,"恐怕,你也一样。"

他吃掉道斯一枚棋子。

"我不知道从哪儿干起。"对方说。

"事情要来总会来的,"保罗说,"用不着去强求——至少——不,我也不知道。给我块奶油糖吧。"

两个人吃着糖果,又下了一盘跳棋。

"你嘴上怎么有伤疤?"道斯问。

保罗赶紧用手捂住嘴,眼睛瞧着花园。

"我骑自行车出了事。"他说。

道斯下棋时手在哆嗦。

"你那回不该取笑我。"他声音低低地说。

"几时来着?"

"那天晚上在伍德波罗路上,你跟她走过我身边——你的手还搂着她肩膀呢。"

"我根本没取笑你。"保罗说。

道斯的手指一直按住棋子。

"你刚刚走过我身边之后,我才知道你在那里。"保罗说。

"我也一样。"他说,声音很低。

保罗又吃了一块糖。

"我根本没笑,"他说,"要笑也只是像平时那么笑笑。"

两个人下完了棋。

那天晚上,保罗为了要找点事做做,特地从诺丁汉走回家。布威尔上空给高炉映得一片红光;乌云像低矮的天花板一样笼罩着。他在公路上走这十英里路时,只觉得就像是在从黑沉沉的天地交界处一直走出生活以外去似的。可是其实终点只不过是那间病房罢了。即使他走啊走的走一辈子,最终也只能走到那儿去。

他快到家时居然不感到累,或者说不知道累。走过田野时他看得见她卧房窗口里红通通的火光直闪耀。

"她一死,"他自言自语说,"火也就灭了。"

他悄悄脱去靴子,偷偷上楼。他母亲房门敞开,因为她还是一个人睡。红通通的炉火照到楼梯口。他像影子似的悄没声儿,偷偷朝门口张望。

"保罗!"她喃喃说。

他的心似乎又碎了。他进了房,坐在床边。

"你搞得多晚!"她喃喃说。

"不怎么晚。"他说。

"唉,都什么时候了?"喃喃声中流露出哀怨和无奈的心情。

"十一点刚过。"

他说的不是真话,已经快一点了。

"哦,"她说,"我还以为晚了。"

他知道长夜漫漫,她那种无法形容的痛苦是老不会消失的。

"你睡不着吗,我的小鸽子?"他说。

"是啊,我睡不着。"她哀诉道。

"不要紧,小宝贝!"他低声说,"不要紧,心肝儿。我陪你半小时,我的小鸽子;这样也许会睡得好些。"

他坐在床边,一边用指尖有节奏地慢慢抚摸她的眉心,摸得她闭上眼,哄她睡,另一只手握住她的手指。他们听得见别间屋子里入睡的人的鼻息。

"快去睡吧。"她在他手指的爱抚下,一动不动躺着,喃喃说。

"你要睡了?"他问。

"是啊,我想睡了。"

"我的小宝贝,你好点儿了吗?"

"好了。"她像个焦躁不安的孩子得到抚慰似的说。

日子照旧一天天、一星期一星期地过去。这时他简直难得去看克莱拉了。可是他却心神不安,到处找人,想得到点帮助,可谁也帮不了这个忙。米丽安温情脉脉地给他写过信。他去看她。她看见他脸色苍白憔悴,眼神阴郁,茫然若失,不由感到一阵辛酸,激起了怜悯,心痛得无法忍受。

"她怎么样了?"她问。

"还那样——还那样!"他说,"大夫说她撑不了多久,可我知道她撑得住。她会在家里过圣诞节。"

米丽安打了个寒噤。她把他拖到身边。她把他紧紧搂在胸前;她吻吻他,吻了又吻。他屈服了,可是这真是活受罪。她吻不了他的痛苦啊。痛苦仍不受干扰地继续存在。她吻他的脸,激起了他的热情,然而他的心却仍旧别有所思,受着死亡的威胁而痛苦不安。她不断地吻吻他,摸摸他的身子,到最后他感到自己简直要发狂了,就干脆脱身离开了她。眼下他要的可不是这个——不是这个。而她却还以为自己抚慰了他,对他大有好处。

到了十二月,下了点雪。如今他一直待在家里。他们家雇不起护士。就由安妮回来照顾她母亲;他们挺喜欢的那个教区护士早晚各来一次。保罗和安妮分担护理工作。到了晚上,每当朋友跟他们在厨房里,他们往往一起放声大笑,笑得浑身发抖。这是反作用。保罗滑稽可笑。安妮怪里怪气。大伙儿笑啊笑的,笑出了眼泪,拼命想放低声音。莫雷尔太太孤零零躺在暗地里,听见他们的声音,痛苦中不由泛起一丝轻松感。

过后保罗自觉内疚,战战兢兢上楼去看看她有没有听见。

"要不要我给你点牛奶?"他问。

"一点儿就行。"她可怜巴巴地答道。

他回头就在牛奶里搀点儿水,免得太滋补。然而他其实爱她远胜于自己的生命。

她每夜服用吗啡,心脏病阵阵发作。安妮就睡在她身边。大清早,他姐姐一起身,他就进屋去。母亲用了吗啡,早上醒来总是元气大伤,脸如死灰。她眼神越来越阴郁,睁大着两个黑眼珠。一到早上,她就又疲乏又疼痛,实在受不了。然而她又不能哭,她不愿意哭,甚至不愿意多抱怨。

"今儿早上你多睡了一会儿,小宝贝。"他会跟她说。

"是吗?"她烦躁不安,倦容满面说。

"是啊,都快八点了。"

他伫立着眺望窗外。大地覆盖着白雪,一片苍茫,满目荒凉。随后他替她按脉,脉搏一下强一下弱,像声音和回声。这应该是预示死期到了。她知道他想知道什么,就让他去按脉。

有时他们相互看看对方眼色。于是他们几乎像商量妥了。看样子似乎他也同意她死了。可是她偏不肯死,她不肯。她的身子熬得只剩一把骨头。眼神阴郁,充满痛苦。

他终于问大夫说:"你能不能给她用点什么药,让她结束这一切?"

然而大夫却摇摇头。

"她已撑不了多少日子了,莫雷尔先生。"他说。

保罗回进屋去。

"我再也受不了啦,咱们全要给逼疯了。"安妮说。

姐弟俩坐下来吃早餐。

"趁我们在用餐,你去陪她坐会儿,米妮。"安妮说。可是那姑娘害怕。

保罗踏雪穿过田野,穿过林子漫步走去。他看见皑皑雪地里有兔子和小鸟的足迹。他走了好几英里路,一抹袅袅如烟的晚霞费力地慢慢染红天际,流连不去。他心里想今天她大概要咽气了。林子边有头驴子踏过雪地朝他走来,脑袋挨着他,跟他并排走。他伸出胳臂搂住驴脖子,脸颊贴着驴耳朵摩啊摩的。

母亲默默无言,依然活着,嘴巴苦苦咬住,只有她那对神情痛苦的阴郁眼睛还有生气。

快过圣诞节了,雪下得更大了。他和安妮都感到再也拖不下去了。然而她那对阴郁的眼睛仍然充满生气。莫雷尔默默无言,心惊胆战,尽量让人家忘了自己。有时他走进病房,看看她,看了就惶惶然退出屋子。

她仍然顽强地活下去。矿工们举行了罢工,在圣诞节前两星期左右又复工了。米妮端着牛奶杯上楼去。那是矿工复工两天后的事了。

"工人一直在说手痒了吗,米妮。"她说,声音微弱而暴躁,仍显得不屈不挠。米妮吃了一惊。

"莫雷尔太太,据我所知可不是这样。"她回答道。

"可我敢打赌,他们一定手痒了。"奄奄一息的老太太疲乏地叹口气,晃晃脑袋说,"不过,好歹说来,这星期总可以有钱买点东西了。"

她什么事都不放过。

男人们要恢复上工了。她说:"你爹下井用的东西要好好晾晾了,安妮。"

"这种事你用不着操心,好妈妈。"安妮说。

一天晚上,只剩下安妮和保罗两个人。护士上楼去了。

"她会活过圣诞节的。"安妮说。姐弟俩十分恐惧。

"她活不过，"他冷酷无情地说，"我给她服吗啡。"

"哪种吗啡？"安妮说。

"从雪菲尔德带来的统统用上。"保罗说。

"唉——行啊！"安妮说。

第二天，他在卧室里画画。看样子她睡着了。他在自己的画面前轻轻地走来走去。忽然间她小声哭叫着：

"别走来走去，保罗。"

他回头一看，只见她的眼睛像两个黄泡泡嵌在脸上，正望着他。

"不走了，宝贝儿。"他轻柔地说。他心里仿佛又有一根弦啪地断了。

那天晚上他把藏着的吗啡丸都拿下楼去。仔细把药丸都研成末子。

"你在干什么？"安妮说。

"我把药放到她晚上喝的牛奶里。"

于是姐弟俩像两个串通干淘气事的孩子似的，一起笑着。他们尽管心里直打鼓，头脑总算还有点清醒。

那天晚上护士没来安顿莫雷尔太太。保罗把热牛奶倒在牛奶杯里。这时是九点钟。

她在床上直起身来，他把牛奶杯放到她嘴边——那张他本来宁死也不愿它受到痛苦的嘴边。她呷了一口，就把杯口推开，睁着阴郁而诧异的眼睛望着他。他也看着她。

"噢，真苦，保罗！"她做了个鬼脸说。

"这是大夫给你开的一剂新的安眠药。"他说，"大夫认为吃了这药，你早上就不会那样子了。"

"但愿不那样才好。"她像个孩子似的说。

她又喝了几口牛奶。

"不过味道真够呛!"她说。

他看见她虚弱无力的手指抓着杯子,嘴唇微微翕动。

"我知道——我尝过的。"他说,"回头我再给你喝点儿清牛奶。"

"那敢情好。"她说着继续吃药。她像个孩子似的乖乖听从他。他不知她是不是知道。他看见她勉强下咽时,瘦削干瘪的脖子在蠕动。于是他下楼再去取牛奶。这时她已喝得杯底朝天了。

"她喝了没有?"安妮悄声说。

"喝了——她说味道苦。"

"哦!"安妮咬着下唇笑道。

"我告诉她这是新药。牛奶呢?"

姐弟俩一起上楼去。

"不知为什么护士不来安顿我?"母亲像孩子似的,闷闷不乐地埋怨着。

"她说要上音乐会去,心肝儿。"安妮答。

"真的?"

他们沉默了一会儿。莫雷尔太太一口喝下清牛奶。

"安妮,刚才那药真够呛!"她怨道。

"是吗,心肝儿? 好了,没关系。"

母亲疲乏地又叹了口气。她的脉搏很不规则。

"让我们来安顿你睡吧,"安妮说,"也许护士很晚才来得了。"

"嗷,"母亲说,"那你们来吧。"

他们翻开被窝。保罗看见母亲穿着绒布睡衣,像个小姑娘似的蜷成一团。他们立刻铺好半边床,把她搬动一下,又铺另外半边,把睡衣拉拉直,遮住那双小巧的脚,再替她盖上被。

"好了,"保罗轻柔地抚摸她说,"好了!你一会儿就睡着了。"

"是啊,"她说,"我没想到你们铺床铺得这么好。"她几乎欢欢喜喜地又加了一句。于是她蜷起身子,脸蛋枕着手,脑袋缩在肩膀间。保罗把她那条细长的白发辫放到肩上,吻了她一下。

"你就会睡着的,心肝儿。"他说。

"是啊,"她信赖地答,"晚安。"

他们熄了灯,屋里静悄悄。

莫雷尔早睡了。护士并没来。安妮和保罗在十一点光景去看看她。看样子她跟平时服了药一样安睡了。她的嘴张开一条缝。

"咱们要不要守夜?"保罗说。

"我还照平时那样陪她睡,"安妮说,"她说不定会醒的。"

"好吧,如果你看到有什么变化就叫我。"

"好。"

他们对卧室的炉火恋恋不舍,觉得室外黑夜茫茫,雪花飘飘,人世间只有他们两个人孤孤单单的。最后他到隔壁屋里去睡了。

他几乎立即睡着了,不过时时惊醒。随后他就酣睡了。耳边忽听得安妮悄声喊着:"保罗,保罗!"他就惊醒过来。他看看姐姐穿着白睡衣,背上拖着一条长辫,站在暗处。

"怎么啦?"他坐起身,低声问。

"来看看她。"

他偷偷下床。病房里点着一盏煤气灯。母亲脸蛋枕着手躺着,蜷起身子,仿佛睡着了。可是嘴却张着,粗声大气呼吸着,像在打鼾,呼吸之间要隔老半晌。

"她要去了!"他低声说。

"是啊。"安妮说。

"她这样子有多久了?"

"我刚醒。"

安妮穿着睡衣,身子还缩成一团,保罗用条深黄色毛毯裹住自己,这时才三点。他拨旺了火。然后两人坐着等。打鼾般很大的吸气声响了——屏了一会儿——然后才呼了出来。呼吸中间停了一歇——停的时间挺长。于是他们害怕起来。打鼾般很大的吸气声又响了。他弯下身子凑近看了她一眼。

"这不吓死人吗!"安妮低声说。

他点点头。两人又无可奈何地坐下。又传来打鼾般很大的吸气声。他们的心又悬在半空。然后又呼了出来,气又长又粗。这呼吸声极不规则,中间隔了半晌,响彻全屋。莫雷尔在自己屋里继续沉睡。保罗和安妮蜷着身子缩做一团,一动不动地坐着。打鼾般很大的吸气声又响了——屏住气的那片刻长得叫人难受——然后又发出粗哑的呼气声。时间一分一分地过去。保罗又弯下腰看看她。

"她会老这样拖下去的。"他说。

两人都默不作声。他望望窗外。勉强能辨出园子里的积雪。

"你去睡在我床上吧,"他对安妮说,"我来熬夜。"

"不,"她说,"我跟你一起留下。"

"我情愿不要你陪。"他说。

最后安妮悄悄溜出屋,只留下他一个人。他用深黄色毛毯紧紧裹住身子,蹲在母亲面前守着。她底下一排牙床骨凹陷,看上去真吓人。他守着。有时他觉得这种巨大的鼻息再也不会响了。他实在受不了这种等待。谁知蓦地里又响起那巨大的粗哑鼾声,叫他吃了一惊。他悄无声息地又添了火。千万不能惊动她。时间一分分过去。黑夜在声声鼾声中过去。每响起一声鼾声,他心里就一阵绞痛,到最后他也感觉不了那么多了。

他父亲起床了。保罗听见老矿工一面打呵欠,一面穿上长袜。接着莫雷尔穿着衬衫和长袜进屋了。

"嘘!"保罗说。

莫雷尔站在一边看着。他惊惶失措地朝儿子看了一眼。

"我是不是最好还是留在家里?"他悄声说。

"不。去上班吧。她拖得到明天。"

"我看不行。"

"行,去上班吧。"

莫雷尔害怕地又对她看了一眼,乖乖走出屋去。保罗看见他吊袜带的带子在腿旁直晃荡。

又过了半小时,保罗下楼去,喝了杯茶又回来。莫雷尔穿着下矿井的工作服,又上楼来。

"我要去吗?"他说。

"去吧。"

几分钟后,保罗听到父亲沉重的脚步踏着踩实了的雪地走了。街上矿工三五成群地迈着沉重的脚步去上班,打着招呼。可怕的、拖长的呼吸还在继续——唏——唏——唏,隔了半晌——才呵—呵—呵—呵的一声呼了出来。远处雪地里响起炼铁厂的汽笛声。汽笛一声接一声,一会儿呜呜叫,一会儿嗡嗡响,有的声音远而轻,有的声音近,也有煤矿和其他厂里的鼓风机声。后来声音都静寂了。他添上火。粗大的呼吸声打破了静寂——看上去她还是那样。他拉开百叶窗,朝外面张望。天色仍然漆黑。也许有一点亮意。也许是雪地泛青。他拉上百叶窗,穿好衣服。这时他身子直打哆嗦,他拿起盥洗台上那瓶白兰地喝了几口。雪地渐渐发青了。他听见一辆轻便马车当郎当郎地沿街驶来。对了,都七点钟了,天色蒙蒙亮了。他听见有人在打招呼。万物苏醒了。晦暗的曙色死气沉沉,悄悄笼罩着雪地。是的,他看得见房屋了。他熄了煤气灯。看上去屋里很黑。呼吸声还照样不断,可他已经习惯了。他看得见她,她还是老样子。他不知道把厚被子堆在她身上,会不会使她呼吸更困难些,那吓人的鼻息就此停止。他看了她一眼。那不是她——一点儿也不是她。如果他把毛毯、厚衣服都堆在她身上……

冷不防房门推开了,安妮走进来。她疑惑地看看他。

"还是老样子。"他沉着地说。

他们窃窃私语了一会儿,于是他下楼去吃早餐。这时是七点四十分。不一会儿安妮也下来了。

"这多糟糕!她那样子看上去多糟糕!"她吓得晕头转向,悄声说。

他点点头。

"要是看上去她就这模样那多吓人!"安妮说。

"喝点茶吧。"他说。

他们又上楼了。不一会儿,街坊都来了,胆战心惊地问道。

"她怎么啦?"

情况还是这样。她手托腮边躺着,张开嘴巴,有一声没一声地发出响亮而可怕的鼾声。

十点钟,护士来了。她露出了古怪而愁眉苦脸的神色。

"护士,"保罗叫着说,"她这样还要拖好多天吧?"

"拖不长啦,莫雷尔先生。"护士说,"拖不长啦。"

大家都沉默了。

"这多可怕?"护士哭哭啼啼说,"谁能想到她会挺得住啊?下去吧,莫雷尔先生,下楼去。"

最后,十一点钟光景,他下楼到邻居家去坐坐。安妮也下楼了。护士和阿瑟在楼上。保罗双手捧着脑袋坐着。忽然间安妮飞奔过院子,发疯似的大声叫道:

"保罗——保罗——她没了!"

转眼他就回到自己家,跑上楼去。她蜷着身子,静静躺着,脸蛋枕着手,护士在擦她嘴巴。别人全退开几步。他跪了下去,脸贴住她的脸,双臂搂住她。

"我的好妈妈呀——我的好妈妈呀——噢,我的好妈妈呀!"他悄声叫了一遍又一遍,"我的好妈妈呀——噢,我的好妈妈呀!"

后来他听见护士在他背后边哭边说:

"她好了,莫雷尔先生,她好了。"

他抬起脸,离开还有暖气的尸体,径直下楼,擦起自己的靴子来。

要办的事多得很,要发讣闻啊什么的。大夫来了,朝她瞥了一眼,叹口气。

"唉——可怜!"他说着回身就走,"对了,六点钟到诊所里来开死亡证。"

父亲四点钟下班回家。他默默拖着脚步进屋,坐下。米妮忙着为他张罗晚饭。他累极了,把污黑的胳臂搁在桌面上。饭菜有他喜欢吃的瑞典大头菜。保罗拿不定他是不是知道了。好一阵子都没人吭声。临了儿子说:

"你看到百叶窗下着吗?"

莫雷尔抬眼一看。

"没有,"他说,"怎么——她没了吗?"

"是的。"

"几时没的?"

"今儿十二点光景。"

"嗨!"

莫雷尔默默坐了片刻,然后开始吃饭。就像没出过什么事似的。他默默吃着他的大头菜。饭后他洗洗脸就上楼换衣服。她房门关着。

他下楼时,安妮问他:"你去看过她了吗?"

"没。"他说。

一转眼他就出去了。安妮也走了,保罗去找殡仪馆、牧师、大夫,还有死亡登记处。事情可真多。回家时将近八点了。殡仪馆的人一会儿就来量做棺材的尺寸。屋子里只有她一个死人,空空荡荡的。他拿了支蜡烛上楼。

屋子里原先暖和了好长一段时间,如今冷冰冰的。鲜花、瓶子、盘子、所有病房里的杂乱东西都收拾掉了;真是满目萧条。她停灵在床上,从脚尖兜上来的被单像片洁白的雪坡,那么宁静。她像个少女在沉睡似的。他一手拿着蜡烛,弯下腰看她。她像个姑娘正在沉睡中梦见爱人。嘴巴微微张开,似乎痛苦得莫名其妙,可是她的脸色并不见老。额头洁白明净,宛若岁月从未在上面留过痕迹。他又看看她的眉毛,看看稍稍偏向一边的迷人的小鼻子。她又恢复青春了。只是梳理得漂漂亮亮的头发两鬓夹着银丝,两条垂在肩后的发辫交错着银丝和棕丝。她还会苏醒的。她会抬起眼睑。她仍然跟他在一起。他弯下腰,热情地吻吻她。可是嘴边挨到的却是一片冰凉。他恐怖地咬咬嘴唇。眼睛看着她,心里觉得自己决不能放她走啊,不能!他把她的头发从鬓角捋开。鬓角也是冰凉的。他看见她哑口无言,对苦痛的原因莫名其妙。于是他蹲在地板上,悄声对她说:

"妈妈啊妈妈!"

殡仪馆来人时,他还陪在她身边,来的小伙子是他以前的同学。他们触动她时恭恭敬敬,默默无声,一副公事公办的样子。他们没朝她看一眼。他不放心地望着他们。他和安妮都拼命守护着她。姐弟俩不让任何人来看她,把街坊们都得罪了。

过了一会儿,保罗出去到一个朋友家打牌。回到家里已经半夜了。他进屋时父亲从长沙发上欠起身子,用抱怨的口气说:

"我还当你永远不回来了呢,儿子。"

"我没想到你会守着不睡的。"保罗说。

看样子父亲很孤独。莫雷尔原是个从不害怕的人,简直可以说天不怕地不怕。保罗猛然省悟,原来他是害怕一个人在家守着死者,才不敢去睡。他心里很难过。

"我忘了只有你一个人,爹。"他说。

"要吃点什么吗?"莫雷尔问。

"不要。"

"坐下——我给你煮了点儿牛奶。你喝掉。天挺冷的,喝吧。"

保罗喝了。

"我明儿得上诺丁汉去一趟。"他说。

过了一会儿,莫雷尔去睡了。他急忙走过紧闭的房门,让自己的房门开着。不久,儿子也上楼了。他照例进房跟母亲亲吻请安。屋子里又黑又冷。他希望家里人让她屋里的炉火烧着就好了。她仍然在做着青春时代的梦。可是她会觉得冷的呀。

"好妈妈啊,"他悄声叫着,"好妈妈!"

这回他没有吻她,生怕觉得冰凉、陌生。她睡得那么甜,他看了觉得宽心一些。他轻轻关上门,免得惊醒她,径自上床了。

到了早上,莫雷尔听见安妮下楼,保罗在楼梯口对面屋里咳嗽,这才鼓起了勇气。他打开她的房门,走进黑沉沉的屋子。他看见朦胧中隆起的白色人影,可是他不敢看她。他迷迷糊糊的,害怕得不由自主,马上又扔下她走了出来,再也没朝她看一眼。他已经有好几个月没看过她了,因为他不敢看。她看上去又像当年正当青春的妻子了。

"你看过她了?"早餐后安妮厉声问他。

"对。"

"你认为她好看吗?"

"好看。"

转眼工夫他就出了门。看来他始终偷偷摸摸地想避开。保罗忙着办丧事,到处奔波。他在诺丁汉遇见克莱拉,两人在一家咖啡馆喝茶,这时他们又兴高采烈了。她看见他并没把这事当成伤心事,大大放心了。

后来,亲戚们陆续来参加丧礼,丧事办得尽人皆知,子女们都忙于应酬,顾不得去想自己的事。在一个狂风暴雨天气里,他们把她安葬了。湿漉漉的泥土亮闪闪的,素花都淋湿了。安妮抓住他胳膊,探着身子。她看见墓穴下威廉的棺木露出乌黑的一角。橡木棺材稳稳地放了下去。她去了。大雨倾盆,泻在墓穴里。穿着丧服的送葬者,打着雨水闪烁的伞纷纷离去了。寒雨如注,公墓阒无一人。

保罗回家,忙着为宾客张罗饮料。父亲坐在厨房里陪着莫雷尔太太娘家的亲戚,那些"上等人",边哭边说她是多好的娘子,自己又怎么尽力为她做一切——一切。他拼命为她效劳,他是问心无愧的。她虽然不在了,可是他总算为她尽了最大努力。他掏出白手绢擦眼泪。他又说了一遍,自己是问心无愧的。他一生为她尽了最大努力。

他就是这样竭力把她置之脑后。他从来不去想她这个人本身。他尽量回避自己心里的一切真情实意。保罗痛恨父亲坐着一味婆婆妈妈地念叨她。他知道父亲在酒馆里也准是在这样做。因为莫雷尔的内心里正在不由他自主地发生着一场真正的悲剧。后来,他有时午睡醒来下楼,常常会吓得脸色发白,直打哆嗦。

"我梦见你妈了。"他小声说。

"是吗,爹?我每次梦见她,她总是像生前健在时一样。我时常梦见她,不过看上去总是美好正常,仿佛什么都没改变似的。"

可是莫雷尔却害怕得蹲在炉火前。

几个星期工夫就在似真非真的状况下过去了,没多大痛苦,也说不出什么,也许还有点儿轻松感,日子过得简直像白夜①。保罗坐立不安,到处跑来跑去。自从他母亲病重以来,他有好几个月没跟克莱拉谈情说爱。可以说,她对他没话好说,相当冷淡。道斯难得见她一回,不过两个人对横亘在他们之间那一大段距离都没有跨出一步。他们三个人都随波逐流,听其自然。

道斯复元得很慢。圣诞节时他住在斯基格涅斯的疗养院,身体差不多全好了。保罗到海滨去玩几天。他父亲跟安妮在雪菲尔德。道斯来到保罗的寓所。他在疗养院期满了。两个人之间虽然有一大段保留,可是看上去彼此倒有情有义。道斯如今简直不大离得开保罗,他知道保罗和克莱拉实际已经分手。

圣诞节后两天,保罗要回诺丁汉去了。临走那天晚上,他和道斯围炉而坐,抽着烟。

"你知道克莱拉明天要来吗?"他说。

对方朝他瞥了一眼。

"是啊,你告诉过我。"他答道。

保罗把杯子里剩下的威士忌都喝干。

"我告诉房东太太说你妻子要来了。"他说。

"真的?"道斯畏缩了一下说。不过他几乎已听凭保罗替他做主了。他手脚不大灵便地站起来,伸手去拿保罗的酒杯。

"让我给你斟满。"道斯说。

保罗跳起身。

---

① 原文是法文 nuit blanche。

"你坐着别动。"保罗说。

但是道斯一只手直打颤,继续搅和着那杯酒。"你看行了就告诉我!"

"谢谢,"保罗说,"不过你用不着起来。"

"活动活动对我有好处,老弟,"道斯答,"我开始认为自己又好了。"

"要知道,你就要好了。"

"我就要好了,当然就要好了。"道斯对他点点头说。

"伦说他可以在雪菲尔德给你找个工作。"

道斯又朝他看了一眼,那对阴郁的眼睛对保罗说的话句句都表示同意,也许有点儿受他摆布了。

"从头做起倒也有趣,"保罗说,"我感到比你还要乱糟糟。"

"怎么个乱糟糟呢,老弟?"

"我不知道。我不知道。我仿佛掉在一个又黑又闷的无底洞里,一条出路也找不到。"

"我知道——我理解。"道斯点点头说,"不过你迟早总会找到出路的。"

他说话带着抚爱的口吻。

"我想总找得到吧。"保罗说。

道斯一副死心塌地的样子,磕磕烟斗。

"你可不像我那样把自己毁了。"他说。

保罗看见对方的腕子,那只苍白的手握着烟斗杆在磕烟灰,仿佛他已经认命了。

"你多大了?"保罗问。

"三十九啦,"道斯瞥了他一眼说。

道斯那对棕色的眼睛使他深为不安。这对眼睛流露出自知已经潦倒,几乎在恳求人家重新使他安心,帮他重新恢复信心,求人家给他温暖,求人家让他重新站稳脚跟。

"你正当壮年,"保罗说,"看样子你也不像伤了多大元气。"

那对棕色眼睛一下子发亮了。

"元气倒是没伤,"他说,"劲儿全在这儿呢。"

保罗抬眼一看,不由笑了。

"咱们俩都还有不少精力,足够咱们大干一场。"他说。

两个人的眼光相遇了。他们交换了一下眼色。他们看出对方眼色里那种迫切的热情,就把威士忌一饮而尽。

"不错,天哪!"道斯气喘吁吁说。

顿了一下。

保罗说:"我不明白,你为什么不重起炉灶。"

"怎么……"道斯示意他继续说下去。

"嗳——破镜重圆呗。"

道斯捂住脸,摇摇头。

"不行了。"他说着苦笑一下,抬眼看看。

"怎么啦?因为你不要吗?"

"也许是吧。"

他们默默抽着烟。道斯咬着烟斗时露了一下牙。

"你是说你不要她吗?"保罗问。

道斯脸上露出嘲弄的神情,凝视着一幅画。

"我自己也不知道。"他说。

烟雾袅袅腾起。

"我相信她要你。"保罗说。

"真的?"对方答道,口气柔和而讥讽,有点不着边际。

"谁骗你。她从来没真正跟我好过——你总是在幕后作怪。所以她不肯离婚。"

道斯继续挖苦地凝视着壁炉架上那幅画。

"娘们儿就是这样对待我,"保罗说,"她们没命似的要我,可是她们又不想跟我。她始终属于你,我有数。"

道斯心里那股得意扬扬的男子汉气概又抬头了。他那口牙露得明显了。

"也许我是个傻瓜吧。"他说。

"你是个大傻瓜。"保罗说。

"尽管如此,也许你这傻瓜比我更傻。"道斯说。口气里有点儿得意,也有点儿恶意。

"你这样认为吗?"保罗说。

沉默了好一阵子。

"总而言之,我明天要走了。"保罗说。

"我明白。"

于是他们再也不说话。互相残杀的本性又恢复了。他们几乎不敢看着对方。

他们合住一间卧室。临睡时,道斯似乎心不在焉,想着什么事。他穿着衬衫,坐在床边,瞧着自己双腿。

"你冷吗?"保罗说。

"我在看这双腿。"对方答。

"腿怎么啦?看上去很好嘛。"保罗在床上说。

"看上去很好,可是还有点水肿。"

"怎么啦?"

"来看看。"

保罗勉强起了床,去看看对方这双相当漂亮的腿,只见腿上长满亮闪闪的暗金色汗毛。

"瞧这儿,"道斯指着皮肤说,"瞧下面的水分。"

"哪儿?"保罗说。

道斯用指尖一按,就按出个小小的凹痕,慢慢才长平。

"那没什么大不了。"保罗说。

"你摸摸。"道斯说。

保罗伸出手指试试。果然按出小小的凹痕。

"咿!"他说。

"糟不糟?"道斯说。

"怎么啦?这又算不了什么。"

"你腿上水肿,就算不了一个男子汉。"

"我看不出有多大关系,"保罗说,"我胸腔里也有病。"

他回到自己床上去了。

"我想,我其他部位都没问题。"道斯说着把灯关了。

第二天早上,天下雨。保罗收拾行李。大海灰蒙蒙、暗沉沉,波涛汹涌。看样子他越来越想脱离人世间了。这样做使他感到一种恶作剧的乐趣。

两个男人到了火车站。克莱拉下了火车,沿着月台走来,她身体挺直,镇静自若。身着一件长大衣,戴顶花呢帽。两个男人看见她这么镇静都对她暗暗怀恨。保罗在检票口跟她握手,道斯靠着书摊,冷眼看着。因为下雨,他把黑大衣一直扣到下巴颏儿。他脸色苍白,沉着中几乎带点高贵的神气。他微微瘸着腿,迎上前去。

"我原想你脸色似乎应该更好些。"她说。

"哦,我现在全好了。"

三个人不知所措地站着。她让两个人都不敢接近她。

"咱们直接上寓所吧,"保罗说,"或者上别的什么地方去。"

"咱们还是回家的好。"道斯说。

保罗走在人行道外侧,道斯并排走着,再里边是克莱拉。他们客客气气谈着天。起居室面对大海,海上灰蒙蒙,波涛汹涌,潮水就在不远处嘶叫。

保罗把大扶手椅转过来。

"坐下,老兄。"他说。

"我不要椅子。"

"坐下。"保罗又说了一遍。

克莱拉脱下衣帽,放在长沙发椅上。她有一点儿怨恨的神气。她用手指理着头发,坐了下来,态度相当冷漠和镇定。保罗跑下楼去同房东太太说话。

"我看你冷了,"道斯对老婆说,"往火边靠近点。"

"谢谢你,我非常暖和。"她答道。

她眺望着窗外的大雨和大海。

"你几时回去?"她问。

"哦,房间租期到明天为止,所以他要我留下。他今晚回去。"

"然后你想上雪菲尔德去?"

"对了。"

"你能开始工作了?"

"我要开始工作。"

"你果真找到活干了?"

"对——星期一起。"

"看样子你还不行。"

"为什么不行?"

她没有回答,只是一味望着窗外。

"你在雪菲尔德有住处吗?"

"有。"

她又望着窗外。窗玻璃给滚滚雨水弄得模模糊糊。

"你好歹能凑合吗?"她问。

"我想能吧。我总得凑合啊!"

保罗回来时,两个人正相对无言。

"我四点二十分就走。"他一进屋就说。

没人应声。

"希望你把靴子脱了。"他对克莱拉说,"那儿有我的一双拖鞋。"

"谢谢你,"她说,"脚不湿。"

他把拖鞋放在她脚边。她的脚挨到了拖鞋。

保罗坐下。两个男人看上去都不知怎么好,甚至都有点狼狈的样子。不过道斯这时显得比较安心,仿佛一切都听天由命,而保罗却在竭力强打精神。克莱拉心想自己还从没见过他这么渺小可悲。他仿佛尽量想把自己缩到最小的范围内。瞧他来去张罗和坐着谈话的样子,总觉得他不免有点虚伪,不自然。趁他不察,冷眼看他,她暗自说这人靠不住。他一向自有他的动人处,热情奔放,当心情好时可以让她饱尝浓厚的生之乐趣。可如今他却一副渺小可悲的样子。他这人的性情真捉摸不定。她丈夫可比他要有男子汉气概得多。至少不管怎么风吹草动,他倒从没有摇摆不定过。她想,保罗这人真是变化无常,忽阴忽阳,时真时假。他永不会成为任何女人可以放心依靠的人。她尤其瞧不起的是他那竭力畏缩,变得渺小的神气。她丈夫至少还有男子汉气概,被打败时就屈服。可是保罗却决不会承认被打败。他会老是转来转去,徘徊不定,越来越显得渺小。她瞧不起他。然而她两眼却还是看着他而不是看着道斯,看样子他们三个人的命运似乎都操在他手心里。因此她恨他。

如今她似乎更了解男人了,了解他们能做什么,会做什么。她越来越不怕他们了,而且越有自信心。原来他们并不是她过去想象中的卑劣的自大狂,了解到这点她更加舒心了。她懂得了好多道理——她想要弄懂的差不多全懂了。她已经心满意足过,这点滋味还在,而她要求的也不过如此。总之,他走了她并不感到遗憾。

他们吃了晚饭,围着炉火喝酒吃果仁。大家都不说一句正经话。可是克莱拉明白保罗正在退出这个三角关系,让她可以自由地仍跟丈夫一起过日子。这一点使她很恼火。说到头来,他真是个卑鄙小人。他拿走了他想要的,然后再还给她。她却忘了她自己也曾拿到过她想要的,而且在心底里,实际上也希望人家把拿走她的还给她。

保罗感到彻底垮了,只落得孤孤单单。他母亲过去真正给过他做人的力量。他爱她。事实上,过去是母子俩在合力对付这个世界。如今她归天了,给他永远留下一段人生的空白,撕破的面纱,透过面纱裂缝,他的生命正慢慢漂走,仿佛是在被拖向死神。他想要什么人主动来帮助他。他怕随着慈母一过世,他自己也就会逐渐离死不远,面对这件大事,他对其他不大重要的东西都开始采取听之任之的态度。克莱拉可无法充当他的精神支柱。她要他,可是却并不想去了解他。

他感到她要的是有成就的男人,不是内心苦恼的真正的他。这种事太苦恼了,她受不了;他不敢给她。她应付不了他。这使他感到羞愧。一则他陷于窘境,二则他对能否好好活下去毫无信心,三则没有人留住他,所以他暗地里感到羞愧。他总觉得不踏实,虚无缥缈,在这个具体的人世间毫不足道,于是他把自己越缩越小。他并不想死,他不甘心屈服。可是他并不怕死。如果没人来帮助他,他就一个人过下去。

道斯本来已经被迫走上了绝路,直到他害怕了起来。他曾敢于一直走到死亡边缘,从容勾留,稍做回顾。后来,他吓倒了,害怕了,只好爬回来,像个乞丐似的接受施舍。这里面多少有几分崇高。照克莱拉看来,他承认自己被打败了,而且不管怎样要求对方泼水重收。为他她可以这样做。

三点钟了。

"我四点二十分走,"保罗又跟克莱拉说,"你也那一班走呢还是晚一点?"

"我不知道。"她说。

"七点一刻我跟我爹在诺丁汉见面。"他说。

"那我晚一点再走吧。"她答。

道斯蓦地跳起来,好像紧张得不得了。他眺望着大海,可是视而不见。

"角落里有一两本书,"保罗说,"我都看完了。"

四点钟光景,他动身了。

"跟你们俩不久就会再见的。"他握握手说。

"对,"道斯说,"而且说不定——有一天——我还可以把钱还给你,只要⋯⋯"

"你等着瞧吧,我会来讨的。"保罗笑了起来,"过不了多少日子我就会弄得分文不名的。"

"唉——好吧……"道斯说。

"再见。"他对克莱拉说。

"再见。"她伸出手给他说。接着他临走时她又看了他最后一眼,自觉羞愧,默默无言。

他走了。道斯夫妇又重新坐下。

"这种天出门真糟糕。"道斯说。

"嗯。"她应道。

他们天南地北瞎扯一通,扯到天渐渐黑了。房东太太端来茶。道斯不等人请,就像个做丈夫的那样自动把椅子拉到了桌前。然后他腼腆地坐着等人家给他斟茶。她像妻子似的,问也不用问他就理所当然地侍候起他来。

喝过茶,快六点了。他走到窗前,外面一片漆黑。大海在咆哮。

"还在下雨。"他说。

"是吗?"她答。

"今天晚上你不走了,对么?"他吞吞吐吐说。

她没答理。他等待着。

"这么大的雨要我是不会走的。"他说。

"你要我留下吗?"她问。

他抓住黑窗帘的手颤抖着。

"是的。"他说。

他还是背对着她。她站起身,慢慢走到他跟前。他放下窗帘,犹犹疑疑的,对她回过身来。她背剪双手站着,带着忧郁而猜不透的神色抬眼望着他。

"你要我吗,巴克斯特?"

他回答时声音都嘶哑了:

"你要回到我身边吗?"

她哀叹一声,举起双臂,钩住他脖子,把他搂到身边。他把脸埋在她肩上,紧紧抱住她。

"让我回来吧,"她心醉神迷地低声说,"让我回来吧,让我回来吧!"她用手指理着他细密的黑发,仿佛并不完全清醒似的。他把她搂得更紧了。

"你还要我吗?"他语不成声地咕哝道。

第十五章　被遗弃的人

　　克莱拉跟她丈夫回到雪菲尔德，保罗从此再不大见到她。瓦尔特·莫雷尔看来似乎听任自己陷身于种种苦恼之中，但尽管如此，他仍能在这大堆苦恼中勉强混日子。父子俩除了彼此感到千万不能让对方落入真正缺衣少食的困境之外，简直没什么情分。由于没人老待在家里，也没人受得了家里这份空寂，保罗索性住到诺丁汉去了，莫雷尔也住到贝斯伍德一份有交情的人家去了。

　　对这年轻人说来，一切似乎都完蛋了。他画不成了。他母亲临死那天他完成的一幅画就是他最后的作品，他对这幅画倒还满意。工作时没有克莱拉做伴了。等他下班回家，他再也拿不起画笔。什么都没有了。

　　所以他老是在城里东逛西逛，跟他认识的人喝酒厮混。这日子真叫他厌倦。他跟酒吧间女招待谈天，几乎碰见随便什么女人都交谈，可是他眼神总是那么阴郁、紧张，仿佛他在到处寻求什么。

　　一切都似乎如此异常，如此虚幻。行人似乎没有理由在大街上行走，房屋似乎没有理由在大白天挤在一起。这些东西似乎没有理由占据空间，应该让它空着。他的朋友跟他说话；他听见声音，他也回答人家。不过为什么说话时要弄出吵吵闹闹的声音,他可不明白。

他独自一个人的时候,或者在工厂里拼命呆板地干活的时候最自在。干活时他真正忘了一切,这时他就没有意识了。不过活儿总有干完的时候。他很伤心,觉得事物都失去了真实性。初雪乍下。他看见灰茫茫一片中夹着小小的珍珠。这些雪珠一度曾引起他极其强烈的感情。如今雪珠是飘下来了,可是似乎没什么意思。刹那间这些雪珠就不再在那地方了,只剩下原来就在的空间。夜间,高敞明亮的电车沿路开来。说来也怪,这些电车为什么不惮其烦地来去匆匆呢?他问大电车道,"干吗不惮其烦地一路开到特伦特桥去啊?"没有它们似乎还比有它们在更好些。

最真实的事是夜里一片漆黑。在他看来,黑暗是十全十美的,能够使人理解,叫人觉得安宁。他可以放心让自己沉浸在黑暗中。忽然间有一张纸在他脚跟前飘起,顺着人行道吹走了。他伫立不动,身子僵直,双拳攥紧,心里变得痛苦不堪。他又看见病房,看见母亲,看见母亲的眼睛了。他曾经在不知不觉中跟母亲在一起,陪着她。这张纸呼的刮走,提醒他她已经不在了。可是他曾经跟她在一起过。他要万物都静止,这样他就可以又跟她在一起了。

日子一天过了又一天,一星期过了又一星期。不过万物似乎融为一体了。他简直说不清哪是今天哪是昨天,哪是这星期哪是上星期,哪是这里,哪是那里。什么都分不清,认不出。他经常出神,一次就是个把钟头,记不得自己做过什么事。

有一天夜间,他回到寓所已晚。炉火快灭了,人人都入睡了。他添上几块煤,朝桌上看了一眼,决定不吃晚饭。于是他坐在扶手椅上。室内十分宁静。他什么都不知道,不过他看得见蒙蒙烟雾袅袅升向烟囱。不一会儿,两只耗子小心翼翼地钻了出来,啃着掉下地的面包屑。他像隔着老远似的冷眼看着。教堂的钟声敲了两下。他听到远远传来铁路上货车刺耳的哐当哐当声。不,货车并不远,货车就在它们应在的地方。可他自己到底身在何方呢?

时间慢慢过去。两只耗子横冲直撞,竟猖狂地在他拖鞋边跳跳蹦蹦了。他纹丝不动。他不想动弹。他什么都不想。这样比较省心。一点儿也用不着为想知道什么事而苦恼。有时,其他意识机械似的活动着,不禁脱口而出道:

"我在干什么呀?"

于是,他在自我麻醉的恍惚状态下,自己回答说:

"在自杀。"

随后顿时有股模糊而活跃的感觉告诉他说,这样做不对。过了一会儿,忽然来了个问题:

"为什么不对啊?"

又没有回答。但他胸腔里有一股火热的倔劲儿不甘心自寻绝路。

他听见一辆沉重的双轮小马车当啷当啷地沿街驶过的声音。蓦地电灯灭了;自动配电机的电表①格嗒一响。他没动弹,只是坐着一味盯着面前。两只耗子急急忙忙逃走了,炉火在黑沉沉的屋子时发着红光。

于是,内心的对白开始了,这回不仅完全机械化,而且更

---

① 二十世纪初英国城市中家庭用电往往用一种自动配电的电表,在投币口投入若干硬币,即能供应电力若干,用完必须再投入硬币,否则即停电。

加清晰了。

"她死了。她这么挣命——究竟图个啥呢?"

他不顾一切地想随她而去。

"你活着啊。"

"她没活着。"

"她活在你心里。"

忽然间,他对这个思想包袱感到厌烦了。

"你一定得为着她继续活下去。"他内心的意志说。

他不知怎的总感到别扭,仿佛打不起精神来。

"你一定得把她的生活和她生前所做的一切继承下来,贯彻下去。"

可是他并不想这样。他想认命了。

"可你能够继续画画,"内心的意志说,"要不然你能生儿育女。这两项都能贯彻她的努力啊。"

"画画不是生活。"

"那就生活下去。"

别扭的问题又来了:"跟谁结婚呢?"

"尽力找个最好的吧。"

"米丽安?"

可是他不相信这话。

他突然起立,径自去上床睡觉。他一走进卧房,就关上房门,握紧拳头站着。

"妈呀,我的亲……"他用尽心灵的全部力量开口说。说说又住口了。他不肯说下去了。他不肯承认自己要去死,要去结束生命。他不肯承认生活打败了他,也不肯承认死亡打败了他。

他径直去睡觉,索性只顾睡觉,倒一下子就睡着了。

一星期一星期就这样过去了。老是孤零零一个人。他心里犹疑不决,一会儿打定主意去死,一会儿又顽强地要活。真正的痛苦在于他没地方好去,没事情好做,没什么话好说,简直不像他自己了。有时他发疯似的在大街上奔跑;有时他简直发疯了,又像看见点什么,又像没看见,弄得他一颗心像要跳出来似的。有时他叫了一杯酒,正站在酒馆里的酒柜前,突然一切都离开他远远的往后退去。他仿佛从远处看见酒吧间女招待的脸蛋,喋喋不休的酒徒,红木酒柜面上自己的酒杯。在他和这批酒徒之间不知隔着一层什么。他就是触摸不到。他并不想接近这些人,也不想要自己那杯酒。他猛地转过身走出去。站在门槛上,瞧着华灯初上的大街。可是他跟这一切都格格不入。似乎有什么东西把他隔离了开来。在那些路灯下形形色色的事都有,就是跟他隔开一层。他够不到。他觉得自己摸不到路灯杆,即使够得着也摸不到。他能上哪儿去呢?既不能回到酒馆里去,也不能到前面什么地方去,实在没地方好去啊。他感到透不过气来了。天下之大居然无处容身。内心的压力越来越大,他感到自己要粉身碎骨了。

"我死不得。"他说;说着就盲目转过身来,走进酒馆痛饮一番。有时三杯落肚他倒也受用,有时反而糟糕。他一路走着。他永远坐立不安,走到东,走到西,到处走啊走的。他打定主意要工作了。可是他刚画了六笔,就狠狠扔下铅笔,站起身就走,匆匆赶到俱乐部去。他在那儿可以打牌,打弹子,或者赶到一个能跟酒吧间女招待鬼混的地方去,在他看来,女招待也不过跟她手里拉着的汲酒铜把手差不多。

他瘦得很,下巴削尖。他不敢看镜子里自己的眼睛,他从不朝自己看一眼。他想要脱离自己,可是又没什么好抓住。绝望中他想起了米丽安。说不定——说不定……?

于是,星期天晚上,他偶然到惟一神教派教堂去,教徒起立唱第二支赞美诗的时候,他看见她就在他前面。她唱诗时下唇闪闪发亮。看样子她似乎好歹也领悟了一些道理;如果人间没有希望,就寄希望于天上。她的安慰和生命似乎都寄托于来世。他一股强烈的同情不禁油然而生。她唱诗时似乎一心向往着神秘和安慰。他对她抱着希望。他巴不得讲道赶快结束,可以趁此跟她说话。

人群一哄而出,当他面把她拥走了。他连挨都没法挨近她。她不知道他就在那儿。他看见她黑鬓发下微微低垂的褐色后颈。他要把自己交给她。她比他强,比他高明。他愿意依靠她。

她盲目地在教堂外一小批善男信女中转悠。她在人堆里老是这么神色恍惚,不得其所。他走上前去,拉住她胳膊。她猛吃一惊。心里害怕,她那对棕色的大眼睛就睁得更大了,看见是他,不由露出疑问的神色。他稍稍从她身边缩开。

"我没想到……"她嗫嚅地说。

"我也没想到。"他说。

他眼睛看着别处。他突然燃起的希望火花又熄灭了。

"你在城里干什么?"他问。

"我待在安妮表姐家里。"

"嘿,长住吗?"

"不,明天就走。"

"你一定得直接回家吗?"

她瞧瞧他,随即把脸隐到帽檐下。

575

"不,"她说,"不;倒也不必。"

他转过身去,她跟他走了。他们在那批善男信女中穿行。圣马利亚教堂的风琴还在传出乐声;黑压压的人影从亮着灯光的门口走出来;人们纷纷走下台阶。巨大的彩色玻璃窗在夜空中发光。教堂就像挂着的一盏大灯笼。他们沿着石洞街走着,他雇了车到特伦特桥。

"你干脆跟我一起吃晚饭吧,"他说,"吃完我送你回家。"

"好吧。"她答,声音低沉而嘶哑。

他们在车上时简直不大说话。黑糊糊、涨满潮的特伦特河在桥下流着。朝考威克那一头望去,一片黑茫茫。他住在霍尔姆路,在荒凉的市郊,面临河对岸那片靠近斯宁顿修道院和考威克森林陡坡的草地。潮水退了。静静的河水和黑暗横亘在他们左侧。他们几乎有点害怕地赶紧沿着住屋一侧向前走去。

晚饭摆好了。他把窗帘从窗子上撩开。桌上摆着一瓶鸢尾花和血红的秋牡丹。她低头赏花。一边用指尖拈着花,一边看着他说:

"美不美?"

"美,"他说,"你喝什么——咖啡好吗?"

"我倒喜欢喝咖啡。"她说。

"对不起,请稍等片刻。"

他到厨房里去了。

米丽安脱下衣帽,四下看看。这屋子很朴素,没什么家具。墙上挂着她的照片,克莱拉的,还有安妮的。她瞧着画板,瞧瞧他在画什么。上面只有几根毫无意义的线条。她又去瞧瞧他在看什么书。一看就知道只是本普通小说。信架上的信有安妮写的,有阿瑟写的,也有几个她不认识的人写来的。凡是他接触过的东西,只要是跟他有一点点关系的东西,她都全神贯注地细细过目。他离开她已经多时了,她要重新看看他,看看他处境怎样,目前在做什么事。可是屋子里没什么东西可以帮助她看出什么端倪。这间屋只能使她感到难过,它显得那么清苦,那么不舒适。

她正好奇地翻看他的速写本,他端着咖啡进屋来了。

"这里面没什么新的,"他说,"也没什么特别有趣的。"

他放下茶盘,越过她肩头往下看。她慢条斯理地一页页翻着,专心一意地细细看着。

她对着一幅速写看了半天。"咦!"他说,"我倒忘了。画得不坏吧?"

"不坏,"她说,"就是我不大懂。"

他从她手里拿过本子,一张张翻着。他又发出一种又惊又喜的怪声。

"这里面有些作品不坏。"他说。

"一点也不坏。"她严肃地说。

他又感到她关心他的画。难道是因为关心他吗?为什么她总是最关心从他的画里面表现出来的他呢?

他们坐下吃晚饭。

"顺便问一下,"他说,"我好像听到你自食其力了?"

"是的。"她埋着头喝咖啡答道。

"是什么事?"

"我只是上布罗敦农学院去念三个月书,将来也许留在那儿当老师。"

"唷——听起来对你挺合适的!你一向要求独立自主。"

"是啊。"

"你干吗不告诉我?"

"我也是上星期刚知道。"

"可是我一个月前就听说了。"他说。

"是啊,不过当时还没说定。"

"我早就该想到了,"他说,"你曾经跟我说过你在试试看。"

她谨慎而拘束地吃着,她似乎因为自己敢那么明目张胆地干这件事感到发怵,这点他很清楚。

"我想,你心里很高兴吧。"他说。

"非常高兴。"

"是啊——这多少是件好事。"

他心里相当失望。

"我想,这事非常了不起。"她用几乎有点傲慢而且愤愤不平的口吻说。

他嘿嘿笑了一下。

"为什么你不以为然?"她问。

"哦,我可没不以为然啊。不过你日后就会明白,自食其力可不是最重要的。"

"不,"她勉强忍住气说,"我也没这么想。"

"我认为工作对一个男人来说,几乎可以说是最重要的,"他说,"虽然我不是这种情况。不过女人工作起来只是拿出一部分劲儿。真正关键的一部分却掩盖起来了。"

"可男人就能全心全意地投入工作?"她问。

"是啊,不错。"

"女人只能拿出不足道的一部分劲儿?"

"对了!"

她抬眼看着他,一气之下,眼睛睁得老大。

"这么说,"她说,"要真是这样的话,那真太不像话啦!"

"是啊。不过我也并不是无所不知。"他答道。

饭后,他们走近炉边。他给她拿过一把椅子来,面对自己放好,两个人都坐下了。她穿着一件深紫红色的衣服,跟她的深色皮肤和浓眉大眼很相称。发卷依然做得又漂亮又随便,不过她的脸可老气多了,丰满的脖子也瘦些了。他觉得她似乎老了,比克莱拉还老。转眼她的青春已一去不复返。她身上现出一种呆板、迟钝的神态。她沉思了片刻,随即抬眼看着他。

"你情况怎么样?"她问。

"马马虎虎。"他答。

她瞧着他,等着。

"不见得吧。"她说,声音很低。

她那双褐色的手紧张不安地抓住自己的膝盖。这双手仍旧毫无把握,举止慌张,几乎控制不住。他看见这双手不由畏缩了一下。然后他闷闷不乐地打着哈哈。她用嘴唇微微噙住指尖。他那细长、黝黑、不胜痛苦的身子躺在椅子里一动不动。她突然从嘴边拿开手指,瞧着他。

"你跟克莱拉吹了吗?"

"吹了。"

他的身子像扔弃的废物似的横在椅子里。

"不瞒你说,"她说,"我看咱们应当结婚。"

他好多个月以来,还是第一回猛然清醒了过来。他对她肃然起敬。

"为什么?"他说。

"瞧,"她说,"你多么自暴自弃!你可能会生病,可能会送命,而我却蒙在鼓里——那时就跟我从来不认识你一样。"

"如果咱们结婚呢?"他问。

"至少,我可以防止你自暴自弃,沦为像……像克莱拉那样的其他女人的牺牲品。"

"牺牲品?"他笑嘻嘻地重复了一遍。

她默默低下头。他躺着,又感到灰心失望了。

"我可不大相信,"他慢悠悠说,"结婚会有多大好处。"

"我只是为你着想。"她答道。

"我知道你为我着想。不过——你爱我这样深,你要把我揣在兜里。我可要憋死了。"

她低下头,把手指噙在嘴里,心头却涌起一股辛酸。

"不结婚你打算怎么办?"她问。

"我不知道——看来,还是混下去吧。也许我不久就要出国了。"

他声调里那种灰心失望、破釜沉舟的意味,使她不禁一下跪倒在离他不远的炉边地毯上。她就这么蜷曲着身子,仿佛给什么压垮了,抬不起头来。他一双手无力地搁在椅子扶手上。她注意到这双手。她感到现在他躺着听凭她摆布了。如果她能站起来,拉住他,用双臂搂住他说,"你是我的,"那他就会任她做主了。可是她敢吗?她可以轻易地牺牲自己。可是她敢表明自己心迹吗?她注意到他穿着深色衣服的修长身子,看上去真是生命的得意之作,如今正瘫在紧挨着她的椅子里。但是不行,她不敢伸出双臂搂住他,把他拉过来,说,"这是我的,这身子是我的,交给我吧。"然而她想要这么做。她的女性本能给唤起了。可是她蹲着身子,不敢如此。她生怕他不肯让她这么做。她生怕这么做太过分。他的身子就这么被遗弃似的,躺在那儿。她知道自己应当拉过它来,认作她的,并声明自己是主宰。可是——她能这么做吗?面对着他,面对着他内心那股向往着不知什么东西的强烈欲望,她无能为力,这实在是她的致命伤。她两手微动,脸儿微抬。她眼睛微微颤动,如怨如诉,几乎无所适从,突然向他露出了恳求的神色。他的同情心不禁油然而起。他抓住她双手,把她拉近身边,安慰她。

"你想要我,想嫁给我么?"他说,声音很低。

唉,他为什么不主动要她呢?她的心都已属于他了。他为什么不要属于他的东西呢?她对他苦苦单相思了这么久,他偏偏一直不要她。如今他又来让她难堪了。这对她未免太过分了。她把头往后一仰,双手捧住他的脸,望着他的眼睛。不,他心肠太硬了,他要的是别的。尽管她爱他,她还是祈求他不要把事情弄成好像是她单方面的要求似的。她受不了这个,受不了他,她也不知道究竟受不了什么。可是这使她心里憋得慌,简直叫她感到要炸裂了。

"那你希望这样么?"她十分认真地问。

"也并不太迫切。"他痛苦地回答。

她掉过脸去;然后,庄重地立起身来,她把他的头搂在怀里,轻柔地抚摸着他。那么说,她是不会跟他在一起了!因此她倒不妨安慰安慰他。她用手指梳弄着他的头发。对她来说,这是痛苦中带着甜蜜的自我牺牲。对他来说,这是既厌恶又痛苦的又一次失败。他受不了——她的胸脯暖呼呼的,让他靠着,却并没分担他的愁闷。他多么想依靠她得到宁静,因此这种装出来的宁静反而更使他痛苦难耐。他把身子缩了回去。

"难道咱们不结婚就什么都谈不上了吗?"他问。

他痛苦得龇牙咧嘴。她把小指头噙在嘴里。

"是的。"她说,声音低沉得像丧钟,"是的,我想谈不上了。"

这一来,两个人之间就完了。她不能把他拿去,使他不再负着沉重的担子。她只能对他作出自我牺牲——每日每时都心甘情愿地自我牺牲。而他并不需要这个。他需要她抱住他,欢欢喜喜,不容违抗地对他说,"别再这么坐立不安,寻死觅活的了。你已是我的终身伴侣。"可她没这份力量。再说她要的真是一个伴侣吗?或者她是想在他身上找个救世主吧?

要离开她嘛,他感到自己误了她一生。可是他知道,留下来,硬把内心里那个不顾一切的人憋死,就等于放弃他自己的生活。他并不希望为了使她得到生活而放弃自己的生活。

她悄悄坐着。他点上支烟。烟雾袅袅上升。他在思念他的母亲,把米丽安都忘了。突然她瞧了他一眼,不由一阵怨恨。这么说,她的牺牲是完全无足轻重的。他冷淡地躺在那儿,对她漠不关心。忽然间她又看出了他的缺乏信仰,他的浮躁易变。他会像个任性的孩子那样毁了自己的。那好吧,他活该!

"我想我得走了。"她温和地说。

听她的声调,他知道她瞧不起他。他悄悄站起身来。

"我送你去。"他答。

她站在镜前用别针别上帽子。他竟然拒绝她的牺牲,这叫她感到多么辛酸,真是说不出的辛酸啊!下半辈子看上去是完了,仿佛前途的光明全熄灭了。她低着头赏花——桌上如此芬芳,洋溢着春天气息的鸢尾花,和血红的秋牡丹竟相争艳。养这么些花真像他平素的爱好。

他摆出几分自信的神态,步子敏捷,冷酷无情,在屋子里默默走来走去。她知道她对付不了他。他会像黄鼠狼似的从她手里溜走。然而,没有了他,她的日子又会过得毫无生趣。她一面沉思,一面摸着花朵。

"拿去吧!"他说,说着从瓶里拿出花,就这样水淋淋的,赶快拿到厨房里。她等着他,接过花,两人就一起出去了,他侃侃谈着,她感到心都死了。

她就要跟他分手了。他们坐在车上时,她痛苦地依偎着他。他却毫无反应。

他到何处去呢?他今后的结局会怎么样?她受不了他在她心头留下的那股空虚的感觉。他如此愚蠢,如此自暴自弃,从来没有安分过。如今他到何处去呢?他糟蹋了她的青春,他才不关心呢!他没有一心追求的目标,他只关心自己一时兴至为之的事,如此而已,其他什么都不大关心。得了,她就等着瞧吧,倒要瞧瞧他变得怎么样。他一旦闹够了,自会死了心来找她。

他在她表姐家门口同她握握手,就离开了她。他转过身时心里感到最后一线希望都失去了。他坐在车上,只见城市顺着铁路轨伸展开去,前面一片灯火。城市郊外的乡村,那些将发展成为更多城市的星星点点——大海——黑夜——等等等等!可偏偏没有他的容身之地!他不管站在什么地方,总是孑然一身。在他的胸前,当着他的面,延伸着茫茫无边的空虚,在他的身后,也到处都是茫茫无边的空虚。路人在街头行色匆匆,却谁也消除不了他内心的那种空虚感。他们只是一小点一小点幢幢人影,听得出他们的脚步声和说话声,但每个人影都沉浸在同样的黑夜,同样的沉寂中。他下了车。乡村中万籁俱寂,小星星在天际高照,小星星远远地闪烁在潮水里,苍穹倒映在水中,到处都是茫茫黑夜的辽阔和可怖。白昼会短暂地惊醒它、搅乱它一阵子,可是不久它又会回来,而最后总会永远留在人间,把万物都包罗在它的沉寂中,包罗在天然的幽暝中。没有时间,只有空间。谁能说他母亲曾经活过而现在已经不再活着?她曾经在一个地方,如今在另一个地方,如此而已。不管他母亲在何方,他的心都离不开她。如今她出门到黑夜中去了,可他仍然与她同在。母子俩在一起。不过他的身子,他的胸膛还正靠在踏级围栏上,他的双手还正抓着横木。这些看来多少是实在的。他在哪儿呢?——只是个微不足道的血肉之躯立在那儿,还不如洒落在田野里的一粒麦穗呢。他受不了。茫茫黑夜的沉寂似乎从四面八方向他这点微小的生命火花逼来,逼得它消失无踪,可他尽管渺小,却消灭不掉。万物都销声匿迹的黑夜,漫漫伸展开去,伸展到星星和太阳以外。星星和太阳只剩寥寥几个亮点,在黑暗中吓得直打转,互相抱成一团;这片黑暗压倒一切,连星星和太阳都显得渺小,畏惧。这些,连他本人在内,全都那么微乎其微,从根本上说来简直等于零,然而却又并不等于零。

"妈妈!"他悄声叫道,"妈妈!"

举世滔滔,她是支撑他的惟一力量。如今她去了,和夜色融成一片。他希望她抚摸他,带他一起走。

可是不行,他不愿就此罢休。他猛地转过身来,朝着城市那片灿烂金光走去。他握紧拳,抿紧嘴。他决不走那条路,决不步她后尘,走向黑暗,他加快步伐,朝着隐约中热气腾腾、生气勃勃的城市走去。

一九八二年十二月译竣
一九八四年十一月修订

"外国文学名著丛书"书目

第 一 辑

书 名	作 者	译 者
伊索寓言	〔古希腊〕伊索	周作人
源氏物语	〔日〕紫式部	丰子恺
堂吉诃德	〔西班牙〕塞万提斯	杨 绛
泰戈尔诗选	〔印度〕泰戈尔	冰 心 石 真
坎特伯雷故事	〔英〕杰弗雷·乔叟	方 重
失乐园	〔英〕约翰·弥尔顿	朱维之
格列佛游记	〔英〕斯威夫特	张 健
傲慢与偏见	〔英〕简·奥斯丁	王科一
雪莱抒情诗选	〔英〕雪莱	查良铮
瓦尔登湖	〔美〕亨利·戴维·梭罗	徐 迟
欧·亨利短篇小说选	〔美〕欧·亨利	王永年
特利斯当与伊瑟	〔法〕贝迪耶	罗新璋
巨人传	〔法〕拉伯雷	鲍文蔚
忏悔录	〔法〕卢梭	范希衡 等
欧也妮·葛朗台 高老头	〔法〕巴尔扎克	傅 雷
雨果诗选	〔法〕雨果	程曾厚
巴黎圣母院	〔法〕雨果	陈敬容
包法利夫人	〔法〕福楼拜	李健吾
叶甫盖尼·奥涅金	〔俄〕普希金	智 量
死魂灵	〔俄〕果戈理	满 涛 许庆道

书　名	作　者	译　者
当代英雄	〔俄〕莱蒙托夫	草　婴
猎人笔记	〔俄〕屠格涅夫	丰子恺
白痴	〔俄〕陀思妥耶夫斯基	南　江
列夫·托尔斯泰中短篇小说选	〔俄〕列夫·托尔斯泰	草　婴
怎么办？	〔俄〕车尔尼雪夫斯基	蒋　路
高尔基短篇小说选	〔苏联〕高尔基	巴　金　等
浮士德	〔德〕歌德	绿　原
易卜生戏剧四种	〔挪〕易卜生	潘家洵
鲵鱼之乱	〔捷〕卡·恰佩克	贝　京
金人	〔匈〕约卡伊·莫尔	柯　青

第　二　辑

荷马史诗·伊利亚特	〔古希腊〕荷马	罗念生　王焕生
荷马史诗·奥德赛	〔古希腊〕荷马	王焕生
十日谈	〔意大利〕薄伽丘	王永年
莎士比亚悲剧五种	〔英〕威廉·莎士比亚	朱生豪
多情客游记	〔英〕劳伦斯·斯特恩	石永礼
唐璜	〔英〕拜伦	查良铮
大卫·科波菲尔	〔英〕查尔斯·狄更斯	庄绎传
简·爱	〔英〕夏洛蒂·勃朗特	吴钧燮
呼啸山庄	〔英〕爱米丽·勃朗特	张　玲　张扬
德伯家的苔丝	〔英〕托马斯·哈代	张谷若
海浪　达洛维太太	〔英〕弗吉尼亚·吴尔夫	吴钧燮　谷启楠
哈克贝利·费恩历险记	〔美〕马克·吐温	张友松
一位女士的画像	〔美〕亨利·詹姆斯	项星耀
喧哗与骚动	〔美〕威廉·福克纳	李文俊
永别了武器	〔美〕欧内斯特·海明威	于晓红

2

书　名	作　者	译　者
波斯人信札	〔法〕孟德斯鸠	罗大冈
伏尔泰小说选	〔法〕伏尔泰	傅　雷
红与黑	〔法〕司汤达	张冠尧
幻灭	〔法〕巴尔扎克	傅　雷
莫泊桑中短篇小说选	〔法〕莫泊桑	张英伦
文字生涯	〔法〕让-保尔·萨特	沈志明
局外人　鼠疫	〔法〕加缪	徐和瑾
契诃夫小说选	〔俄〕契诃夫	汝　龙
布宁中短篇小说选	〔俄〕布宁	陈　馥
一个人的遭遇	〔苏联〕肖洛霍夫	草　婴
少年维特的烦恼	〔德〕歌德	杨武能
德国，一个冬天的童话	〔德〕海涅	冯　至
绿衣亨利	〔瑞士〕戈特弗里德·凯勒	田德望
斯特林堡小说戏剧选	〔瑞典〕斯特林堡	李之义
城堡	〔奥地利〕卡夫卡	高年生

第 三 辑

埃斯库罗斯悲剧二种	〔古希腊〕埃斯库罗斯	罗念生
索福克勒斯悲剧二种	〔古希腊〕索福克勒斯	罗念生
欧里庇得斯悲剧二种	〔古希腊〕欧里庇得斯	罗念生
神曲	〔意大利〕但丁	田德望
西班牙流浪汉小说选	〔西班牙〕克维多 等	杨　绛 等
阿拉伯古代诗选	〔阿拉伯〕乌姆鲁勒·盖斯 等	仲跻昆
列王纪选	〔波斯〕菲尔多西	张鸿年
蕾莉与马杰农	〔波斯〕内扎米	卢　永
莎士比亚喜剧五种	〔英〕威廉·莎士比亚	方　平
鲁滨孙飘流记	〔英〕笛福	徐霞村

书　名	作　者	译　者
彭斯诗选	〔英〕彭斯	王佐良
艾凡赫	〔英〕沃尔特·司各特	项星耀
名利场	〔英〕萨克雷	杨　必
人性的枷锁	〔英〕威廉·萨默塞特·毛姆	叶　尊
儿子与情人	〔英〕D. H. 劳伦斯	陈良廷　刘文澜
杰克·伦敦小说选	〔美〕杰克·伦敦	万　紫　等
了不起的盖茨比	〔美〕菲茨杰拉德	姚乃强
木工小史	〔法〕乔治·桑	齐　香
恶之花　巴黎的忧郁	〔法〕波德莱尔	钱春绮
萌芽	〔法〕左拉	黎　柯
前夜　父与子	〔俄〕屠格涅夫	丽　尼　巴　金
卡拉马佐夫兄弟	〔俄〕陀思妥耶夫斯基	耿济之
安娜·卡列宁娜	〔俄〕列夫·托尔斯泰	周　扬　谢素台
茨维塔耶娃诗选	〔俄〕茨维塔耶娃	刘文飞
德国诗选	〔德〕歌德　等	钱春绮
安徒生童话选	〔丹麦〕安徒生	叶君健
外祖母	〔捷〕鲍·聂姆佐娃	吴　琦
好兵帅克历险记	〔捷〕雅·哈谢克	星　灿
我是猫	〔日〕夏目漱石	阎小妹
罗生门	〔日〕芥川龙之介	文洁若

第 四 辑

一千零一夜		纳　训
培根随笔集	〔英〕培根	曹明伦
拜伦诗选	〔英〕拜伦	查良铮
黑暗的心　吉姆爷	〔英〕约瑟夫·康拉德	黄雨石　熊　蕾
福尔赛世家	〔英〕高尔斯华绥	周煦良

书 名	作 者	译 者
月亮与六便士	〔英〕威廉·萨默塞特·毛姆	谷启楠
萧伯纳戏剧三种	〔爱尔兰〕萧伯纳	潘家洵 等
红字 七个尖角顶的宅第	〔美〕纳撒尼尔·霍桑	胡允桓
汤姆叔叔的小屋	〔美〕斯陀夫人	王家湘
白鲸	〔美〕赫尔曼·梅尔维尔	成 时
马克·吐温中短篇小说选	〔美〕马克·吐温	叶冬心
老人与海	〔美〕欧内斯特·海明威	陈良廷 等
愤怒的葡萄	〔美〕斯坦贝克	胡仲持
蒙田随笔集	〔法〕蒙田	梁宗岱 黄建华
悲惨世界	〔法〕雨果	李 丹 方 于
九三年	〔法〕雨果	郑永慧
梅里美中短篇小说选	〔法〕梅里美	张冠尧
情感教育	〔法〕福楼拜	王文融
茶花女	〔法〕小仲马	王振孙
都德小说选	〔法〕都德	刘 方 陆秉慧
一生	〔法〕莫泊桑	盛澄华
普希金诗选	〔俄〕普希金	高 莽 等
莱蒙托夫诗选	〔俄〕莱蒙托夫	余 振 顾蕴璞
罗亭 贵族之家	〔俄〕屠格涅夫	陆 蠡 丽 尼
日瓦戈医生	〔苏联〕帕斯捷尔纳克	张秉衡
大师和玛格丽特	〔苏联〕布尔加科夫	钱 诚
茨威格中短篇小说选	〔奥地利〕斯·茨威格	张玉书 等
玩偶	〔波兰〕普鲁斯	张振辉
万叶集精选	〔日〕大伴家持	钱稻孙
人间失格	〔日〕太宰治	魏大海

5

第 五 辑

书 名	作 者	译 者
泪与笑　先知	〔黎巴嫩〕纪伯伦	冰　心　等
华兹华斯 柯尔律治 诗选	〔英〕华兹华斯 柯尔律治	杨德豫
济慈诗选	〔英〕约翰·济慈	屠　岸
汤姆·索亚历险记	〔美〕马克·吐温	张友松
大街	〔美〕辛克莱·路易斯	潘庆舲
田园三部曲	〔法〕乔治·桑	罗　旭　等
金钱	〔法〕左拉	金满成
果戈理小说戏剧选	〔俄〕果戈理	满　涛
奥勃洛莫夫	〔俄〕冈察洛夫	陈　馥
谁在俄罗斯能过好日子	〔俄〕涅克拉索夫	飞　白
亚·奥斯特洛夫斯基戏剧六种	〔俄〕亚·奥斯特洛夫斯基	姜椿芳　等
复活	〔俄〕列夫·托尔斯泰	草　婴
静静的顿河	〔苏联〕肖洛霍夫	金　人
谢甫琴科诗选	〔乌克兰〕谢甫琴科	戈宝权　任溶溶
维廉·麦斯特的学习时代	〔德〕歌德	冯　至　姚可崑
叔本华随笔集	〔德〕叔本华	绿　原
艾菲·布里斯特	〔德〕台奥多尔·冯塔纳	韩世钟
豪普特曼戏剧三种	〔德〕豪普特曼	章鹏高　等
铁皮鼓	〔德〕君特·格拉斯	胡其鼎
加西亚·洛尔卡诗选	〔西班牙〕加西亚·洛尔卡	赵振江
你往何处去	〔波兰〕亨利克·显克维奇	张振辉
显克维奇中短篇小说选	〔波兰〕亨利克·显克维奇	林洪亮
裴多菲诗选	〔匈〕裴多菲	孙　用
轭下	〔保〕伐佐夫	施蛰存

书　名	作　者	译　者
卡勒瓦拉(上下)	〔芬兰〕埃利亚斯·隆洛德	孙　用
破戒	〔日〕岛崎藤村	陈德文
戈拉	〔印度〕泰戈尔	刘寿康